全国专业技术人员计算机应用能力考试命题研究中心　编著

全国专业技术人员
计算机应用能力考试
专用教程

Internet
应用

人 民 邮 电 出 版 社
北 京

图书在版编目（C I P）数据

Internet应用 / 全国专业技术人员计算机应用能力考试命题研究中心编著. -- 北京 : 人民邮电出版社, 2010.1

全国专业技术人员计算机应用能力考试专用教程
ISBN 978-7-115-21547-5

Ⅰ. ①I… Ⅱ. ①全… Ⅲ. ①因特网－资格考核－自学参考资料 Ⅳ. ①TP393.4

中国版本图书馆CIP数据核字(2009)第196512号

内 容 提 要

本书以国家人力资源和社会保障部考试中心颁布的最新版《全国专业技术人员计算机应用能力考试考试大纲》为依据，在多年研究该考试命题特点及解题规律的基础上编写而成。

本书共 7 章。第 0 章在深入研究考试大纲和考试环境的基础上，总结提炼出考试内容的重点及命题方式，为考生提供全面的复习和应试策略。第 1 章～第 6 章根据 Internet 应用科目的考试大纲要求，分类归纳了 6 个方面的知识内容，主要包括如何接入 Internet、使用 IE 浏览器、电子邮件的收发、上传与下载文件、使用 MSN 进行即时通信和局域网的应用等。各章节在讲解前均对本章内容进行了考点分析，并在各小节结束后提供模拟练习题，供考生上机练习。

本书的配套光盘不仅提供上机考试模拟环境及 10 套试题（共 400 道题），还提供考试指南、模拟练习及试题精解等内容，供考生复习时使用。

本书适合报考全国专业技术人员计算机应用能力考试“Internet 应用”科目的考生选用，也可作为大中专院校相关专业的教学辅导书或各类相关培训班的教材。

全国专业技术人员计算机应用能力考试专用教程——

Internet 应用

- ◆ 编　　著　全国专业技术人员计算机应用能力考试命题研究中心
  责任编辑　李　莎
- ◆ 人民邮电出版社出版发行　　北京市崇文区夕照寺街 14 号
  邮编　100061　　电子函件　315@ptpress.com.cn
  网址　http://www.ptpress.com.cn
  北京艺辉印刷有限公司印刷
- ◆ 开本：800×1000　1/16
  印张：13.75
  字数：301 千字　　2010 年 1 月第 1 版
  印数：1 – 5 000 册　　2010 年 1 月北京第 1 次印刷

ISBN 978-7-115-21547-5

定价：38.00 元（附光盘）

读者服务热线：(010)67132692　印装质量热线：(010)67129223

反盗版热线：(010)67171154

■■ 丛 书 序 ■■

▸组织编写本丛书的初衷◂

全国专业技术人员计算机应用能力考试（又称全国职称计算机考试）是由国家人力资源和社会保障部组织的针对非计算机专业人员的考试，是各企事业单位在评聘相应专业技术职务时指定要求通过的考试。编者在多年对该考试的辅导培训工作中发现，由于是针对非计算机专业技术人员的无纸化考试，不少考生从未接触过计算机，面对分布广泛的知识点难以抓住考试重点，加上缺少对上机考试环境的认识与了解，往往不知该如何应对考试，应考压力较大。

为了引导广大考生掌握复习要点与方法，熟悉考试环境，提高应试能力，本丛书的编委们对历年考题进行了深入剖析，并根据考试大纲和多年的教学经验编写了本丛书。

本丛书目前共推出5本，分别为：

- 《全国专业技术人员计算机应用能力考试专用教程——中文Windows XP操作系统》
- 《全国专业技术人员计算机应用能力考试专用教程——Excel 2003中文电子表格》
- 《全国专业技术人员计算机应用能力考试专用教程——Word 2003中文字处理》
- 《全国专业技术人员计算机应用能力考试专用教程——PowerPoint 2003中文演示文稿》
- 《全国专业技术人员计算机应用能力考试专用教程——Internet应用》

▸本丛书能给考生带来的帮助◂

1．紧扣考试大纲，明确复习要点，减少复习时间

本丛书以最新的考试大纲为依据，并深入研究了近几年的考试真题，在全面覆盖考试大纲知识点的基础上合理地划分学习模块，并对知识点进行重新归纳，使考生既能掌握具体的知识点，又能较好地把握整个知识体系，而不会感到内容零散和跳跃性大。同时，在讲解各章之前均结合考试大纲罗列出考点要求，并在讲解各小节知识之前通过考点分析和学习建议两个小板块指出复习的重点，帮助考生提高复习效率。

2．按题型举例讲解，考生可反复练习，易于记忆

为帮助考生顺利掌握大量的知识点，书中以清晰的标题级别对各知识点进行分门别类地讲解。同时，对于有多种操作方法的知识点，则通过方法1、方法2……的方式进行详细介绍，并对一些重点和难点还会结合考试题型举例介绍，也就是说书中的大部分操作步骤实际上对应的是考题的详细解题步骤。考生可结合书中的操作步骤反复进行上机练习，以强化巩固所学知识。

3．讲解浅显易懂、易于操作，让初学者一学就会

由于考生是非计算机专业人员，对计算机的操作不太熟悉。因此本丛书结合新手学习计算机的特点，尽量做到语言描述清楚、浅显，使考生一看就懂。操作步骤明确、一步一图，并通

过在图中配上操作提示的方式，帮助考生通过读图就能掌握操作方法。此外，书中还提供“提示”和“考场点拨”两个小栏目，帮助刚刚接触计算机的考生轻松上手。

4．各章小节后都提供模拟练习题，突出上机操作，帮助考生举一反三

模拟练习题类似于真题，是根据其对应小节的知识点在考试题库中的命题类型及方式精心设计的。考生通过模拟练习不仅可以巩固所学知识点，还可进一步掌握考试重点，并能对其他相似操作举一反三。

5．配套模拟考试光盘，帮助考生熟悉考试环境，做到心中有数

本丛书的配套光盘中提供模拟考试系统，使考生提前熟悉上机考试环境及方式，其中提供的400道模拟考试题及其试题精解演示，可供考生模拟演练并通过解答获知答题思路及具体操作方法，进一步突破复习难点，取得事半功倍的学习效果。

▸怎样使用本丛书◂

- 充分了解考试要求，明确复习思路。建议考生先仔细阅读第0章的考纲分析与应考策略，充分了解到底要考哪些知识点，弄清考试重点，掌握复习方法，了解考试过程中应注意的问题及解题技巧。
- 抓住考试重点，有的放矢。不主张考生采用题海战术，因为并不是练习做得越多就越好，因为考试是随机抽题，而考题的要求也是会千变万化的，但考查的重点与方式基本不变。因而考生应注意对各种知识点进行归纳总结，这样在复习时才能抓住重点，掌握其操作要领，以不变应万变。建议将这些知识点与各软件的主菜单对应起来学习，这样在考试时可快速找准操作命令。
- 善用配套光盘，勤于练习。建议考生将复习精力和大部分时间放在考试大纲中要求掌握的基础知识和重点知识上，然后通过配套光盘提供的模拟考试系统进行反复练习，不仅能熟悉考试环境，还能检测自己的掌握情况，及时查漏补缺。

▸联系我们◂

尽管在本书的编写与出版过程中，编者力求做到精益求精，但由于水平有限，书中难免有疏漏和不足之处，恳请广大读者批评指正。

本丛书责任编辑的联系邮箱为：lisha@ptpress.com.cn。

编者

2009年8月

光盘使用说明

将光盘放入光驱中，光盘会自动开始运行，并进入演示主界面。若不能自动运行，可在“我的电脑”窗口中双击光盘盘符，或在光盘的根目录下双击 autorun.exe 文件图标也可运行光盘。

在光盘演示主界面上方有“考试简介”、“应试指南”、“模拟练习”、“试题精解”、“仿真考试”以及“退出系统”等几个选项卡，单击某个选项卡，即可进入对应模块。下面分别介绍各个模块的功能。

1.“考试简介”模块

该模块主要是介绍全国专业技术人员计算机应用能力考试的考试形式、考试时间和考试科目等内容，单击右侧窗格中的按钮即可查看相应内容，如图 1 所示。

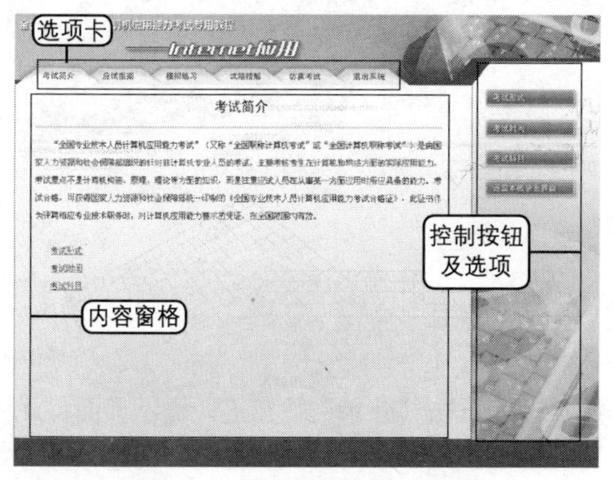

图 1 “考试简介”模块的主界面

2.“应试指南”模块

该模块主要是介绍关于“全国专业技术人员计算机应用能力考试”的考试系统的使用方法，单击其右侧窗格中的按钮即可查看相应的内容，如图 2 所示。

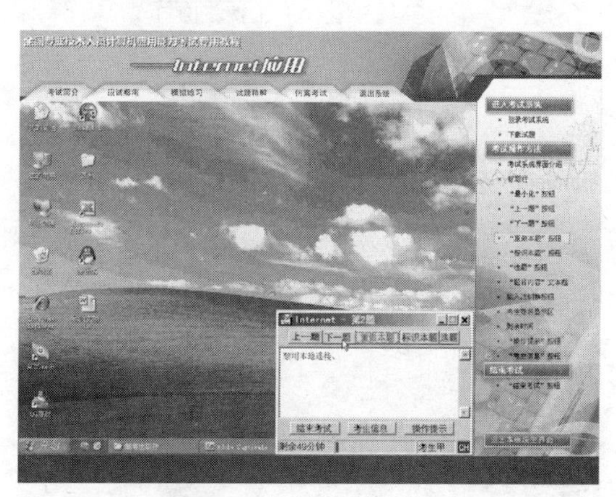

图 2 “应试指南”模块

3.“模拟练习”模块

在该模块中可以按照图书中的章节、有计划地练习本光盘题库中的每一道题。在右侧窗格中单击章节标题可以显示出该章节下的所有题目，再单击题目名称即可在该窗格的右下方显示具体的题目要求，并可在左侧窗格中进行练习。如果不知道该怎样操作，可以右侧窗格下方的单击“怎么继续做这道题”按钮查看提示信息。若要返回“模拟练习”的主界面可单击右侧窗格底部的“返回本板块主界面”按钮，如图 3 所示。

4.“试题精解”模块

该模块以视频演示的方式，展示了本光盘题库中每一道题的解题方法及操作过程。在右侧窗格中单击章节标题可以显示该章节下的所有题目，再单击题目名称即可在右下方显示具体的题目要求。此时单击“看看本题怎么做”按钮，即可观看该题的解答演示，如图4所示。

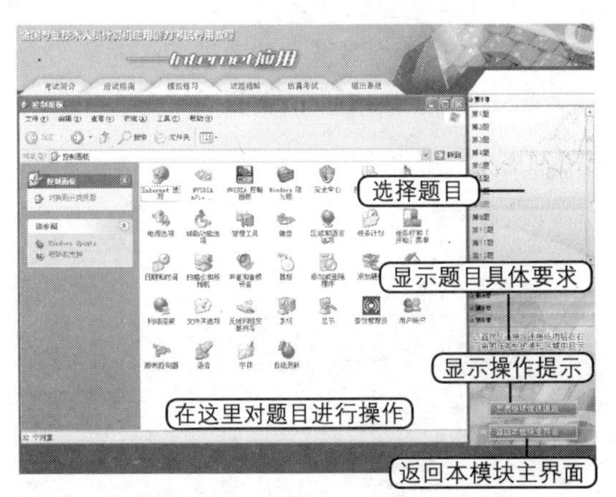

图3 “模拟练习”模块

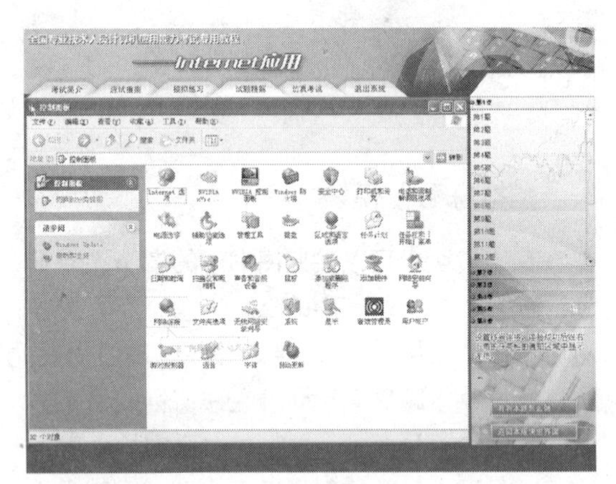

图4 “试题精解”模块

5.“仿真考试”模块

该模块提供了10套、共400道试题供读者进行模拟考试，其主界面如图5所示。在右侧窗格中可以通过“第1套题”~“第10套题”按钮选择相应的试题，也可以通过“随机生成一套试题”按钮随机抽题。

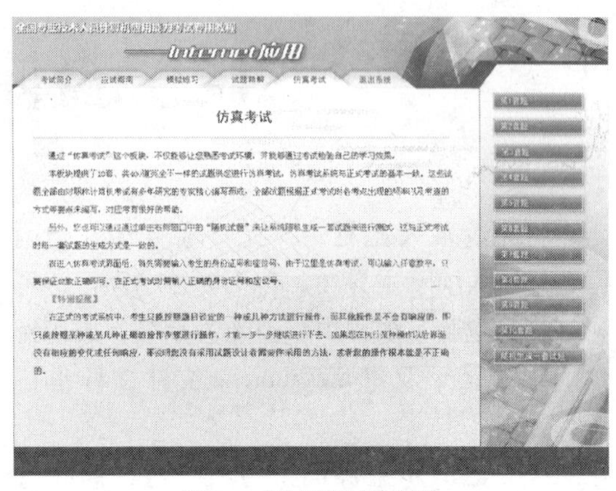

图5 “仿真考试”模块

（1）在单击图5所示的右侧窗格的任一按钮选题后即可进入登录界面，在此输入考生的身份证号（模拟考试时可以输入15位数字或者18位数字）和座位号（2位数字），如图6所示。

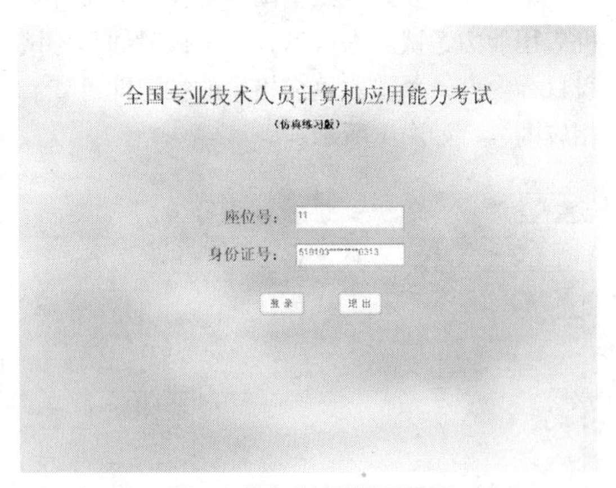

图6 仿真考试的登录界面

（2）单击“登录”按钮进入提示界面，此时应仔细阅读其中的“操作提示”信息，并等待进入考试界面，如图7所示。

（3）进入考试界面，可以看到右下角有一个对话框，如图8所示。在该对话框的中间窗格显示的是该题的“操作要求”，单击“上一题”和“下一题”按钮可以跳转题目，单击“重做本题”按钮可以重做该题，单击“标识本题”按钮可对当前题目进行标识，单击“选题”按钮可以在弹出的对话框中任意选择要做的题目。

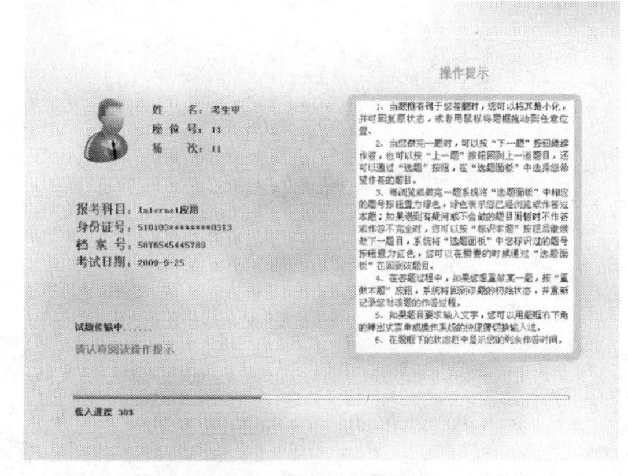

图7 操作提示界面

说明：在单击“选题”按钮后弹出的对话框中，曾被“标识”过的题目号将以红色呈现，此时可以方便地识别与选择被标识的题目。

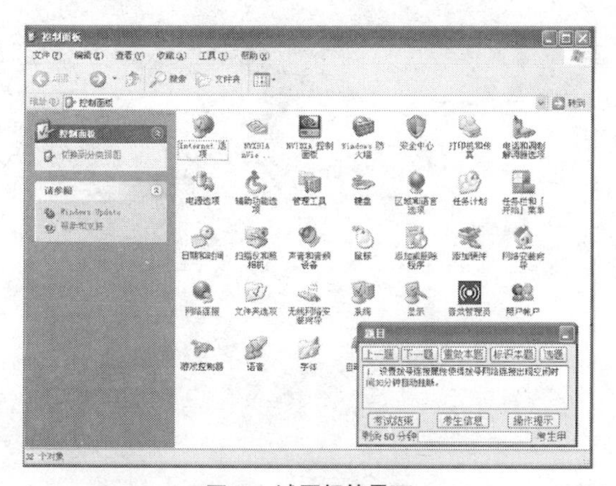

图8 试题解答界面

(4) 答题结束后单击“结束考试”按钮，在打开的对话框中连续单击“交卷”按钮可以结束考试，并显示本次考试的得分，如图9所示。单击“返回”按钮，将返回“仿真考试”模块的主界面。单击“查看错题演示”按钮将进入“错题演示”模块，在该模块中可以查看在这次仿真考试中所有做错了的题目的操作演示。

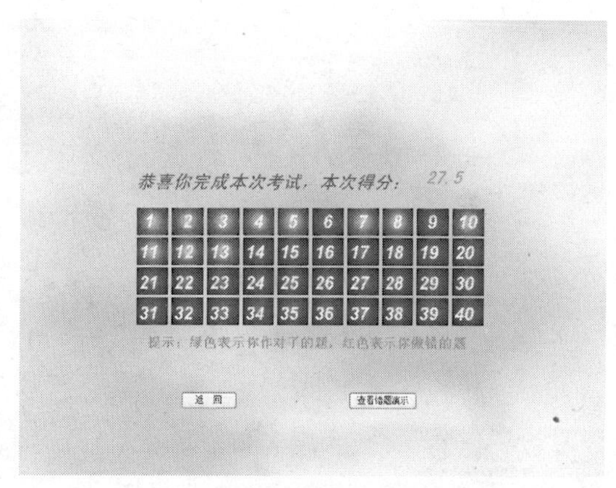

图9 结束考试界面

6.“退出系统”模块

在图1所示的光盘主界面中单击“退出系统”选项卡将直接退出系统。

目　录

第3章 ▶收发电子邮件◀

第4章 ▶上传与下载文件◀

第 0 章 考纲分析与应试策略

0.1 考试介绍

“全国专业技术人员计算机应用能力考试”（又称“全国职称计算机考试”或“全国计算机职称考试”）是由国家人力资源和社会保障部组织的针对非计算机专业人员的考试，主要考核考生在计算机和网络方面的实际应用能力，考试重点不是计算机构造、原理、理论等方面的知识，而是注重应试人员在从事某一方面应用时所应具备的能力。考试合格，可获得国家人力资源和社会保障部统一印制的《全国专业技术人员计算机应用能力考试合格证》，此证书作为评聘相应专业技术职务时，对计算机应用能力要求的凭证，在全国范围内有效。

0.1.1 考试形式

考试科目采取模块化设计，每一科目单独考试。考试全部采用实际操作的考核形式，由40道上机操作题构成，每科考试时间为50分钟。

在考试中，考试系统会截取某一操作过程让应试人员进行操作，通过对应试人员实际操作过程的评价，判断其是否达到操作要求、是否符合操作规范，进而测量出应试人员的实际应用能力。

0.1.2 考试时间

全国职称计算机考试不设定全国统一的考试时间，各省市的考试时间由相应的人事部门确定，一般一年有多次考试的机会，报考前可以查阅当地人事部门的相关通知。考生在某一考试中如果未能通过，可以多次重复报考该科目，多次参加考试，直到通过该科目。

0.1.3 考试科目

从 2009 年开始，各省市全国职称计算机考试开始逐渐淘汰《中文 Windows 98 操作系统》、《Word 97 中文字处理》、《WPS Office 办公组合中文字处理》、《Excel 97 中文电子表格》、《PowerPoint 97 中文演示文稿》、《计算机网络应用基础》和《AutoCAD (R14) 制图软件》等 7 个老版本软件模板，主要有 18 个模块可供报考，详见随书光盘“考试简介”板块介绍。

报考时选择自己最为常用、最为熟悉以及有一定相关性的科目有利于顺利通过考试，如 Windows XP 和 Word 2003 是我们平常工作和生活中接触最多的软件，而 Excel 2003 和 PowerPoint 2003 又与 Word 2003 有一定相关性，很多基本操作都相同或相似。

0.2 考试内容

《Internet 应用》考试要求的内容如下。

1. Internet 接入方式

（1）考试要求掌握的内容。

◈ TCP/IP 的安装过程、TCP/IP 的属性设置；

◈ 创建拨号连接的方法；

◈ 设置拨号连接属性、启动拨号连接；

◈ DHCP 的设置，DNS 服务的设置方法。

（2）考试要求熟悉的内容。

调制解调器的设置和网络适配器的安装步骤。

（3）考试要求了解的内容。

调制解调器驱动程序的安装过程。

2. 局域网应用

（1）考试要求掌握的内容。

◈ 能在局域网上熟练使用网络共享的资源，熟练掌握访问共享文件夹的方法；

◈ 共享文件夹共享权限和本地权限的作用和设置方法；

◈ 查找网上计算机和共享文件资源；

◈ 网络打印机的安装、设置和使用。

（2）考试要求熟悉的内容。

网络驱动器的设置和使用。

（3）考试要求了解的内容。

用户与组的管理，主要指用户账号和组的创建与管理。

3. IE 浏览器的使用

（1）考试要求掌握的内容。

◈ IE 浏览器浏览、查询和检索的方法；

◈ 保存、打印指定的网页和图片；

◈ 设置 IE 浏览器的基本选项；

◈ 收藏夹的使用与整理方法；

◈ 历史记录的设定；

◈ 利用 Google 和百度搜索引擎、地址栏等搜索网上资源的方法。

（2）考试要求熟悉的内容。

◈ Web 页的超媒体结构，统一资源定位器 URL；

◈ 会查看用不同语言编写的网页。

（3）考试要求了解的内容。

◈ 利用 IE 浏览器使用 FTP 服务的方法；

◈ IE 中 Internet 选项中的不同站点安全等级、分级审查程序和 Internet 程序的设置；

◈ 收藏夹的导入和导出；

◈ 如何更改工具栏的外观、网页的字体与背景颜色与如何加快网页的显示速度等有关设置和配置。

4. 电子邮件收发管理软件的使用

（1）考试要求掌握的内容。

◈ Outlook Express 的启动方法；

◈ Outlook Express 常规选项的设置、阅读、撰写和发送等选项的设置；

◈ 电子邮件账号管理；

◈ 接收、查看和保存电子邮件，撰写和发送新邮件，为电子邮件添加附件，答复、转发电子邮件以及对邮件进行复制、移动和邮件文件夹的管理；

◈ 使用通讯簿。

（2）考试要求熟悉的内容。

◈ 改变 Outlook Express 窗口布局；

◈ 对邮件的安全和拼写检查等选项的

设置；

◈ HTML 邮件的制作方法；

◈ 运用邮件规则对邮件进行管理。

（3）考试要求了解的内容。

◈ 如何设置电子邮件的预览窗格和邮件视图的显示方式；

◈ Outlook Express 回执选项和维护选项的设置方法；

◈ 电子邮件和联系人的查找。

5．FTP 客户端软件的使用

（1）考试要求掌握的内容。

◈ FTP 协议的概念和文件传输中用到的常用术语；

◈ 使用 FTP 客户端软件上传和下载文件和文件夹；

◈ 管理本机和 FTP 站点上的文件和文件夹。

（2）考试要求熟悉的内容。

◈ 连接和断开 FTP 站点；

◈ FTP 站点的管理，包括添加、删除 FTP 站点和修改 FTP 站点的属性。

（3）考试要求了解的内容。

◈ 常用相关属性的设置；

◈ 菜单选项的简单设置。

6．Internet 即时通信工具的使用

（1）考试要求掌握的内容。

◈ 利用 MSN 进行消息的传递；

◈ 使用语音和视频进行聊天及其相关设置；

◈ 设置用户的状态和与收发消息相关的设置等。

（2）考试要求熟悉的内容。

◈ 下载、安装和设置 MSN；

◈ 成为合法的 MSN 用户；

◈ MSN 其余参数的设置；

◈ 利用 MSN 传送文件和邮件；

◈ 利用 MSN 在用户之间进行文件共享。

（3）考试要求了解的内容。

MSN 的隐私设置。

0.3 复习方法

掌握一些合理的复习方法可以使自己面对考试的时候能够得心应手、游刃有余。

0.3.1 熟悉考试形式

全国职称计算机考试是无纸化考试，考试全部在计算机上操作，侧重考查考生的实际操作能力。因此，在复习时我们除了要选购一本合适的教材外，还应有一张包含仿真试题系统的光盘来时常做模拟练习或仿真考试，这样可以提前熟悉考试系统，感受考试气氛，对考试的形式做到心中有数。实际考试时，有的没使用过仿真考试软件的考生由于不熟悉考试规则和操作而不知所措，最终不能通过考试，十分可惜。

仿真试题系统中的题目在出题方式和考查的知识点方面都应该类似于题库中的考题，并且能够基本涵盖考试大纲所要求的知识点。通过熟练地练习，在考试时就会发现自己做的大部分题都似曾相识，从而轻松地通过考试。

0.3.2 全面细致复习，注重上机操作

全国职称计算机考试的复习应该以教材为主，教材中一般都包含了考试大纲，考试

的所有知识都在考试大纲内。考试时侧重基本操作，考查的知识点多而全，很可能会考到很多自己平时根本没用过的东西。因此复习时应对照考试大纲对相关知识点进行全面细致的复习。

由于考试采取机试的方式，考查考生的实际操作能力，所以在复习过程中，应根据教材的讲解，尽量边学习边上机操作，将考试大纲要求的每一个知识点均在计算机上操作通过，重要知识点甚至可以多次反复练习。在掌握所有知识点基本操作的基础上，可以有针对性地使用仿真试题系统进行测试巩固，找出自己的薄弱点，重点加以复习。

有的考生在复习时喜欢去购买大量的仿真题来做，认为只有这样才可以保证顺利通过考试。其实复习时没有必要去过多地购买各种各样的仿真试题来做，这些试题都是根据考试大纲的知识点来设计的，只要复习时多研究考试大纲，多上机操作，即可轻松应对考试。很多仿真试题考查的知识点是相同的，复习时关键在于掌握解题方法，而不在于能记忆多少道试题的具体操作步骤。

在熟悉考试大纲要求的各知识点基本操作的基础上，建议使用本书附带光盘中“模拟练习”和“仿真考试”功能进行练习和模拟考试，该系统中包含10套共400道完整试题，并有详尽的解题演示供反复巩固，这对于掌握绝大部分知识点的基本操作和熟悉考试环境便以足够。

对于另外购买或收集的模拟试题，我们可以着重了解题目的内容，注重操作方法的多样性，最好在解题的过程中注意分析各部分知识点的分值分布，以便于我们对考试中知识点考核有一个全面的了解。

0.3.3 归纳整理，适当记忆

复习时进行一定的归纳整理，可以使复习渐渐变得轻松。譬如，在Internet中操作要达到同一目的往往有很多种方法，但总结起来往往都是以下几种：执行某项菜单命令、单击某工具栏按钮、执行某右键菜单命令、按某快捷键。考试时如果题目中没有明确地要求或暗示使用某种方法，而自己使用常用的方法又无法解题，则应考虑使用其他几种方法。

对于一些常用或重要的快捷键，应适当加以记忆，否则如果考试时遇到考查该知识点，则会不知所措。

0.3.4 战略上藐视，战术上重视

职称计算机考试面对的对象大部分是社会上不是从事计算机专业的同志，所以它的考试难度较低，可把握性较强，因此没有必要把考试看得非常困难，只要自己拿出一定的精力，掌握一定的复习方法，要顺利通过考试不是什么难事，毕竟该项考试只需做对24道题、得到60分即可通过。

当然，我们在战略上藐视的同时，也应重视考试前的复习，特别是一些平时自以为对计算机或应考科目很熟悉的考生，他们因一时疏忽，没有根据教材仔细复习，不注意考试规定考查的知识点，结果没有通过考试的比比皆是。职称计算机考试考查的软件虽然一般都是一些常见软件，但其考查的知识点比较广，和我们平时的操作有很多不同，有可能是我们平时根本就没有接触到的，比如Internet应用考试时要求配置网络，考查不再常见的拨号上网的连接方式和设置方法等。

因此，即使认为自己在平时应用中操作比较熟练，也应多看看教材，尤其是大纲中列出的知识点，对自己不知道的知识点一定要弄明白。

0.4 应试经验与技巧

全国职称计算机考试主要是为了落实国家加快信息化建设的要求，提高专业技术人员在计算机与网络方面的基本应用能力。掌握一些从考试实践中总结出来的经验和技巧，可以使考生考试时充分发挥出自己的实际水平，从而取得较为理想的成绩。

0.4.1 考试细节先知晓

全国职称计算机考试采取网络报名、上机考试的方式，因此应注意考试前、考试中的一些细节。

（1）不要弄错考试的具体时间和地点。异地参考尤其不要早到（一天以上）或晚到，考试前应清楚考点的具体地址，最好能提前摸清从居住地到考点的路线、交通方式以及路上大致花费的时间，以免错过考试时间。

（2）仔细阅读准考证上的考试须知。计算机考试有别于其他考试，千万不要犯经验错误。入场时间一般在考前30分钟，具体见准考证。千万不能忘了带准考证和身份证，以免进不了考场。

（3）考试采取网上报名，现场照相的方式。该照片不仅用于识别应试人员身份，如果应试人员考试合格，还要将此照片打印到应试人员的考试证书上，这样能够有效地预防应试人员替考，保证考试的公平与公正。照相后应按照考场中的计算机编号对号入座。双击考试工具输入准考证上的身份证号和座位号，单击“登录”按钮，进入待考界面。如果准考证上的身份证号有误，考后应联系监考老师更正。

（4）考试系统只允许登录一次，一旦退出系统便认为是交卷，不能再次登录。这一点与平时在模拟系统中有所不同，真正考试时不能像模拟试题系统那样现场查看成绩，单击“结束考试”按钮并确认交卷后就不能再答题了，应特别注意。考生答完题即使不单击“结束考试”按钮，50分钟时间到后，计算机会自动为你交卷。

（5）考试过程中如果出现死机、突然断电等情况，不必紧张，请告知监考老师为你处理。考试中如果出现鼠标点击什么地方都没有反应，如单击“上一题”、“下一题”时没有出现题目的变化的情况，就可判断为死机。无论什么情况，你之前做过的题都保存在系统中，不会因为故障而丢失。等监考老师排除故障后可以接着进行考试，时间也会续算，不会因此而减少。

（6）考试前考试服务器自动分配场次、考试时间，然后打印出准考证，考生的考试信息一旦生成即不能改动。因此在考试时一定要填好表或涂准卡，注意各模块的代码，以防带来不必要的麻烦。

（7）每个考生的试卷都是在考前临时随机生成的，无规律可言，不同考生所生成的试卷也不同，这样能够有效地预防考生之间的抄袭行为，保证考试的公平与公正。

（8）每场考试开考前都要经过国家人事部考试中心的验证，通过后方能开考。等一个批次考完后，考试服务器自动阅卷，没有人为干预的因素，其公正性不必怀疑。

0.4.2 做题方法技巧多

全国职称计算机考试采用上机考试的方式，为了考查考生各方面知识点的应用能力，其试题系统有一些特别的地方，因此在做题时也有一些特殊的技巧。

（1）掌握“先易后难”的做题总原则。我们参加考试的基本要求是合格，也就是说只需要答对24道题目就能通过考试。如果要在50分钟内做40个操作题，这就要求我们应快速地做题。当阅读一个题的时候，如果不能第一时间看出本题的做法，或者即使能看出本题的做法，但是已经知道这题在做的时候非常麻烦，需要的步骤多、时间长，可以先不做本题，用鼠标单击一下“标识本题”按钮，继续做下一题。第一轮做完，一般都能做对大部分题目，这时自己就有了底气和信心，更容易做出经过标识的难题了。

用这种方法做完所有题之后，再来做标识的题目，以增加通过考试的几率，甚至获取高分：单击一下“选题”按钮，那些标识为红色的题目就是自己标识的未做的题，鼠标单击题号切换到相应的题目，继续做该题。如果经过稍长时间考虑仍然不能解决该题，继续标识本题，再去做其他未做的题目。用这种方法，可以保证自己在规定时间内能做完易做的题目，不致因为时间分配不当而丧失得到自己会的题目分值的机会。

在使用这种方法时，应注意将只要没做完或没想出解决方法的题目都做标识，如果第二轮、第三轮没有做出经过标识的题时，更应该再一次地标识本题，否则以后就不知道自己还有哪些题目没有做出了。

（2）注意理解领会题目的考查意图。在平时的使用中，完成一个操作可能有多种方法，但是由于考试的试题是被设计在特定的试题环境下，有的题目设计时只想考查考生使用某一种方法的能力。因此，我们必须注意判断出题者的考查意图，分析出题目要求用哪种具体的操作才能正确地做对题目，而不能只用自己习惯的方式去操作。

比如，有一个题目为：已知计算机flower上有epson共享打印机，添加该共享打印。一般来说，最为大家所熟悉的、也是最方便的添加网络打印的方法为：进入网络打印机所在的用户文件夹，双击进行安装。但是试题要求考查的是通过“打印机和传真”窗口，一步步查找网络打印机再进行添加。为了完成此题，您就必须按照其考查意图，使用“打印机和传真”窗口完成。

这种限制考生解题只能用一种方法的题目在考试时时有出现，比如，当使用菜单命令或者单击工具栏中的常用工具按钮都不能完成试题时，应考虑单击鼠标右键试试能否调出快捷菜单，很多试题就是专门设计考查考生使用鼠标右键调用快捷菜单功能的。因此，这就要求我们平时应多练习一题多解，就是在练习的时候要多注意这一个题有哪几种做法，尝试着去试一试，当然在考试时用其中的一种做法就可以了。

（3）善于利用考试系统的仿真环境。职称计算机考试采用仿真环境来进行考试，也就是说如果你参加Internet应用模块的考试，考试时使用的并不是真正连接到Internet中进行，而只是一个仿真的平台。在这种平台上，你在答题的时候只有采用了正确的操作方式，界面才会有变化，才能继续下一步操作，否则考试程序没有响应。一般来说，试题解答完毕，对试题界面执行任何操作都不会再有响应，也就是说最后的结果是一张静止的图片（一般软件的菜单栏可以在任何时候单击弹出，但选择命令时不会再有响应）。

如果这一道试题的界面依然可以操作，说明这道题目做得还不完整，或者根本没有做对，这也提醒你需要重做本题。

（4）大胆解题、细心观察。由于考试环境是一个仿真环境，与当前题目无关的菜单、工具按钮等都被屏蔽了，只有你选对了菜单命令，或单击了正确的工具按钮，才会打开相应的对话框继续下面的操作，或者界面才会有相应的变化。所以当你大致确定使用哪一种方式解题时，便可大胆地去尝试，同时须进行仔细的观察，如果方法不正确是不会有响应的，这样可以提高自己的做题速度。

另外，如果自己要找的选项在对话框中的内容有很多的时候，不需要逐项去找，也不需要去认真思考，只要拖动滚动条到相应的位置，如果正确的选项在这一区域，系统就会停止于这一区域，再拖动滚动条也拖不动了，在这一区域中再任意去点击各选项，能够选中的选项就是题目所要求的选项。

因此，考试时应大胆地去执行相应的命令，细心地观察操作的效果，直到操作的结果是一个静止的图片为止。

（5）掌握解答要求复杂的题目的技巧。在考试时，可能会碰到某一题目语言比较多、比较复杂的情况，这时可以不用一次性将题目要求读完，再去考虑题目的解答方法，而是可以边读题目要求边按已想到的方法去解题。如果前面的操作能顺利执行下去，说明已经找到了正确的解题方法，可以继续读下面的题目要求并解答下去。如果操作不能执行，则可再多读一些题目要求。这样可以大大提高做题的速度。

（6）使用软件自带的帮助系统帮助解题。使用标识难题、逐轮解决的方法一个个解答试题，如果最后剩下几个难以解决的题目，实在毫无头绪，这时可以考虑调用软件自带的帮助系统帮助解题。

职称计算机考试系统界面的默认方式看上去好像将当前计算机锁定了，除了试题，任务栏、开始菜单等都没有了。其实考试系统也是一个应用程序，只是在进入系统后即对考试界面进行了全屏处理。如果已经对试题毫无办法，同时按下键盘上的【Alt+Tab】组合键，试试是否可以回到真实的Windows系统环境。如果可以回到Windows系统，则再试着找找当前计算机中是否有自己当前应考科目的软件，如果能够找到，那就尝试用启动软件的几种方式启动相应的软件。进入真实的软件后，其所有的功能都可用，如果有哪一个题目不会，可以按【F1】键调出“帮助”系统，输入相关的关键字，得到解题的相关方法提示。了解解题方法后，单击Windows任务栏中的考试系统图标，可以回到考试系统中继续解题。

当然，考试时间有限，如果每个题目都采用这样的方法，无论如何是不能按时解答完成所有题目的，也很难在这么短的时间内消化这么多知识点，找到相应的解题方法。要顺利通过考试，关键还要平时积累，遇到实在不会的题目时再用这种办法。

（7）终极解题法。在使用各种方法都不能正确解答题目时，也不应轻易放弃题目的解答，最好能利用所剩不多的时间，做最后的努力，即根据题目要求，大致确定执行命令的区域，用鼠标密集在该区域点击，只要点中正确的地方，即会有界面的变化或弹出相应的对话框，以后说不定问题便可迎刃而解。这种方法也是充分利用考试系统的仿真环境的特殊方法，虽然由于考试时间有限的原因不能供考生投机取巧，但可作为考生解题的一种终极方法。

0.4.3 操作注意事项

参加职称计算机考试时，应注意一些操作效果和方法上的问题，以免出现误解或失误。

（1）在考试系统中操作时的效果可能与在真实的软件环境中有些小差别，比如：格式化磁盘时，进度条不能像真正的格式化那样逐渐进行到最后，但只要操作正确、操作完整，最后得到一张静止的图片，便能够得分了。

（2）记住软件的常用快捷键。考试中有的题目限定考生只能使用快捷键的功能。比如，在 Internet 应用模块试题中一个题目为：在不使用鼠标的情况下，在新的浏览器窗口中打开新浪网页。显然这是考查使用键盘上的【Ctrl+N】组合键打开新窗口的操作。

（3）注意切换英文字母的大小写以及中文字符的半角、全角状态。在 Windows 操作系统中，有时需要区分字母的大小写。比如，一个题目为：注册一个 MSN 账号，密码为 RSBKS。解答这个题目时如果不注意将密码的几个字母大写，则会发现无论怎么设置，题目都还处在编辑状态下，不能继续下去。如果在输入汉字时，发现输入的是大写英文字母，则是【Caps Lock】键处于启用状态的原因，需要再次按一下该键取消其启用状态，才可正常使用输入法输入汉字。

另外，适时切换中文输入法状态下字符的半角、全角状态，可以解答不同的题目。

（4）在试题界面中，“复制”、“粘贴”的快捷键【Ctrl + C】和【Ctrl + V】一般是无效的，当试题中要求输入文字时，需要用输入法手动输入。但考试中最好使用鼠标单击试题界面右下角的输入法图标切换输入法，最好不要使用键盘切换（包括考试的任何时候），因为只要使用键盘，则可能会造成要求回答下一题时其题目要求面板丢失，在屏幕上找不到的情况。

如果一旦发生这种情况，可以要求监考老师对考试系统进行重置。重置后可以继续答题，不需要再重新解答前面的题目，但由于需要再重新输入座位号和身份证号，会浪费一些时间。

第 1 章 接入Internet

Internet又称因特网或国际计算机互联网，它连接着全世界数不胜数的计算机和计算机网络。在使用Internet之前，必须首先接入Internet。接入Internet的方式主要有通过调制解调器（Modem）电话拨号接入、局域网接入和ADSL接入。本章主要介绍第1种接入方式。

本章考点

- **要求掌握的知识**
  - 创建拨号连接的方法
  - 设置拨号连接属性
  - 启动拨号连接
- **要求熟悉的知识**
  - 调制解调器的设置
- **要求了解的知识**
  - 调制解调器驱动程序的安装过程

1.1 Internet基础

考点分析：本节内容是Internet应用的基础知识，在考试时不会直接考查。但在后面的学习和操作中会应用到相应的名称和术语，所以考生还是要对IP地址、Internet使用的主要协议和域名系统有一定了解。

学习建议：稍做了解，打下基础。

1.1.1 Internet简介

用通信线路将若干计算机连接起来，并配以适当的软件与硬件，达到在计算机之间相互交换信息的目的，这样便形成了网络。政府机构、企业、学校等组织将机构内部的计算机连接起来组成网络，在计算机之间进行通信，形成了局域网。将多个这样的局域网通过各种方法相互连接起来实现地区间、国际间的信息传递，从而形成一个世界性的网络，这就是当今的Internet。

Internet最初起源于美国，在20世纪50年代初，出于军事上的需要，美国科学家们将远程雷达和其他设备同一台IBM的计算机连接起来，用于对远程雷达等设备测量到的防空信息数据进行处理，从而形成了具有通信功能的终端计算机网络系统。随着科研的不断发展与军事的需要，美国国防部远景研究规划局于1968年提出研制ARPANET的计划，并在1971年2月建成该网，用以帮助美军研究人员进行信息交流。这为Internet的发展奠定了基础。20世纪80年代中期，由于ARPANET的成功建立，美国国家科学基金会为鼓励各大学校与研究机构共享主机资源，决定建立计算机科学网（NSFNET），该网络与ARPANET构成了美国的两个主干网。后来，随着人类社会的进步和计算机事业的不断发展，便逐渐形成了Internet。

由于 Internet 能给人类带来诸多的帮助与便利，因此世界上许多国家的机构相继加入，使得利用 Internet 在国际之间相互传递信息成为现实，Internet 也因此快速遍布全球。

1.1.2 计算机网络分类

计算机网络分类的标准很多，如根据拓扑结构、应用协议等分类，但是这些标准只能反映网络某一方面的特征。最能反映网络技术本质特征的分类标准是分布距离，计算机网络按分布距离可以分为局域网（LAN）、城域网（MAN）和广域网（WAN）3 类。

1．局域网（LAN）

局域网（LAN，Local Area Network）是在有限的地域范围内把分散在一定范围内的计算机、终端、大容量存储器的外围设备、控制器、显示器以及用于连接其他网络而使用的网间连接器等相互连接起来，进行高速数据通信的计算机网络。局域网是在小型机、微型机大量推广后发展起来的，配置容易、传输速率高，一般可达 4Mbit/s ～ 2Gbit/s。

2．城域网（MAN）

城域网（MAN，Metropolitan Area Network）一般是以一个城市为单位，采用光纤作为主干，在整个城市中分布的计算机网络。这类网络内的计算机距离为 10 ～ 100km，采用 IEEE 802.6 标准，传输速率较高，一般可达 50 ～ 100kbit/s。现在已有主干带宽为 Gbit/s 的光纤宽带城域网，可提供 10/100/1000Mbit/s 的高速连接。

3．广域网（WAN）

广域网（WAN，Wide Area Network）在物理空间上跨越很大，联网计算机之间的距离一般在几万米以上，跨省、跨国甚至跨洲。局域网之间也可通过特定方式进行互联，实现局域网资源共享与广域网资源共享相结合，形成了地域广大的远程处理和局域处理相结合的广域网系统，其速率为 9.6kbit/s ～ 45Mbit/s。人们日常所说的 Internet（因特网）就是一个广域网。

1.1.3 IP地址

IP（Internet Protocol）地址是分配给主机的一个 32 位的二进制地址，由 4 个十进制字段组成，中间用小圆点隔开，如 202.210.0.8。IP 地址由一个被称为 InterNIC 的专门组织进行分配，InterNIC 组织在各个地区都设立有地区网络信息中心，其所做的工作就是为加入 Internet 的用户分配一个唯一的网络标识地址，以便 Internet 上的其他用户访问。

IP 地址被划分为 5 类，划分规则如下。

- A 类：第 1 个字段的值为 0 ～ 127，通常用于大型网络。
- B 类：第 1 个字段的值为 128 ～ 191，通常用于中型网络或网络管理器。
- C 类：第 1 个字段的值为 192 ～ 223，通常用于小型网络。
- D 类：第 1 个字段的值为 224 ～ 239，通常用于多点广播。
- E 类：第 1 个字段的值为 240 ～ 255，通常用于扩充备用。

注意：在 Internet 中，一个主机可以拥有一个或多个 IP 地址，但不能将同一个 IP 地址分配给多个主机，否则会出现通信错误。

1.1.4 Internet使用的主要协议

协议（Protocol）是指网络设备用来通信的一套规则，这套规则可以理解为一种彼此都能听懂的公共语言，它专门负责计算机之间的相互通信。Internet 使用的主要协议有：TCP/

IP 和 HTTP。

1．TCP/IP

TCP/IP 即 Transmission Control Protocol/Internet Protocol（传输控制协议 / 网际协议），它是目前最常用到的一种通信协议。在局域网中，TCP/IP 最早出现在 UNIX 操作系统中，现在几乎所有的厂商和操作系统都开始支持它。同时，TCP/IP 也是 Internet 的基础协议。

TCP/IP 最初是由美国国防部高级研究计划局开发并用于有关国防项目的。由于它能够用在一个异构网络环境中（也就是说可以在各种广泛的硬件和操作系统上实现），因此得到了广泛的应用支持，它既可以用于局域网，也可以用于广域网。

2．HTTP

HTTP（HyperText Transfer Protocol，超文本传输协议）是因特网上应用最为广泛的一种网络协议，所有的 WWW 文件都必须遵守这个标准。

HTTP 是一个客户端和服务器端请求和应答的标准（TCP），客户端是终端用户，服务器端是网站。通过使用 Web 浏览器、网络爬虫或者其他工具，客户端发起一个到服务器上指定端口（默认端口为 80）的 HTTP 请求。我们称这个客户端叫用户代理（user agent）。应答的服务器上存储着一些资源，比如 HTML 文件和图像。我们称这个应答服务器为源服务器（origin server）。在用户代理和源服务器中间可能存在多个中间层，比如代理、网关，或者隧道（tunnels）。

1.1.5 域名系统

与 IP 地址相比，人们更喜欢使用具有一定含义的字符串来标识 Internet 上的计算机，因此，在 Internet 中用户可以用各种各样的方式来命名自己的计算机，这样就可能在 Internet 网上出现重名的机会。如提供 WWW 服务的主机都命名为 WWW，提供 E-mail 服务的主机都命名为 MAIL 等，这样就不能唯一的标识 Internet 网的主机位置。为了避免这种现象的发生，Internet 协会采取了在主机名后加上后缀名的方法，这个后缀名称为域名，用来标识主机的区域位置。

Internet 网上的主机就可以用“主机名 . 域名”的方式进行唯一的标识。如：www.tongji.edu.cn 中 www 为主机名，tongji.edu.cn 为域名，由服务器管理员申请后即可使用。域名具有一定的区域层次隶属关系，一般结构形式为“区域层次名 . 机构名 . 国别名”，tongji 表示同济大学，edu 表示国家教育机构部门，cn 表示中国。www.tongji.edu.cn 就表示中国教育机构同济大学的 www 主机。

Internet 协会规定机构性域名有 7 类，分别如下。

- com：商业机构组织。
- edu：教育机构组织。
- int：国际机构组织。
- gov：政府机构组织。
- mil：军事机构组织。
- net：网络机构组织。
- RG：非营利机构组织。

地理性国别域名，对于不同的国家有不同的名称。

- cn：中国
- us：美国
- jp：日本
- fr：法国
- au：澳大利亚
- ca：加拿大
- uk：英国

1.2 接入Internet的方式

考点分析：本节主要介绍接入 Internet 的几种方式，在考试时也不会直接考查。稍作了解，以保证知识的系统性。

学习建议：建议看一遍，知道通过哪些方式可以接入 Internet 即可。

1.2.1 通过电话拨号接入Internet

通过调制解调器（Modem）拨号上网是前几年相当普及的一种上网方式，目前，由于拨号上网的网速较慢，其使用率已经很低，但由于它具有连入方式简单等特点，因此仍被部分用户采用，适合于上网时间较少的个人用户。

要想享用 Internet 的诸多功能，首先必须将计算机接入 Internet，这需要相关软硬件的支持。

因为计算机接受的信息是数字信号，而电话线只能传递模拟信号，因此要通过电话线传递数字信息，就必须在发送前将数字信号转换成模拟信号，接收时再将模拟信号转换成数字信号，这个工作过程必须通过调制解调器来完成。通过拨号上网的连接示意图如图 1-1 所示。

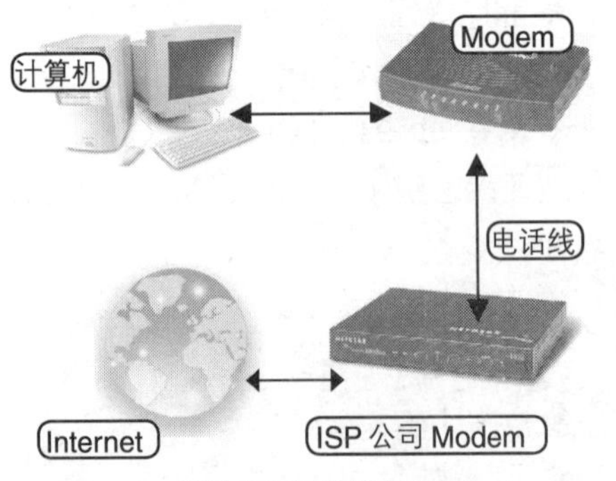

图 1-1 通过电话拨号接入 Internet

电话拨号接入的硬件需求包括：一台计算机、一个调制解调器和一根电话线。调制解调器有内置和外置两种，内置调制解调器的形状与显卡、声卡相似，直接插入到计算机主板插槽中。外置调制解调器置于机箱外面，通过通信线与计算机主机的串行通信口（com1，com2 和 USB）相连。调制解调器还有一个与电话线连接的接口需连接电话线。

电话拨号接入的软件需求是在安装好 Windows 操作系统的计算机上，安装调制解调器的驱动程序并设置 TCP/IP 协议。

通过调制解调器接入 Internet 还需要一个可以拨入 Internt 的服务供应商（ISP）的电话号码，以及账号。现在接入 Internet 最常用的电话号码有 16900 和 16300，而账号又分为注册用户和非注册用户。成为注册用户需要到当地电信公司办理注册手续，注册手续办完后电信公司会分配给用户一个用户账号（包括用户名和密码）；而非注册用户账号的用户名和密码是公开的，比如在北京地区，北京网通公司 16900 非注册用户拨号接入互联网的用户名和密码均是 169，北京电信公司 16300 非注册用户拨号接入互联网的用户名和密码均是 16300。

1.2.2 通过ADSL宽带接入Internet

ADSL 即 Asymmetric Digital Subscriber Line（非对称或数字用户线路），是 DSL 的一种非对称版本，它利用数字编码技术从现有铜质电话线上获取最大数据传输容量，同时又不干扰在同一条线上进行的常规话音服务。用户可以在上网“冲浪”的同时打电话或发送传真，而不会影响通话质量或降低下载 Internet 内容的速度。它是一个常用的 Internet 接入工具。

ADSL 可实现高速数据通信和交互视频两个功能。数据通信功能可为因特网访问、公司远程计算机或专用的网络应用；交互视频包括需要高速网络视频通信的视频点播(VoD)、电影、游戏等。

ADSL主要有传输速率较高、上网和打电话互不干扰、安装使用方便快捷并提供多种先进服务等特点。

1．具有很高的传输速率

ADSL在普通电话线上支持的上传速率为640kbit/s～1Mbit/s，下载速率为18Mbit/s～8Mbit/s，有效传输距离为3km～5km。

2．上网和打电话互不干扰

ADSL可以与普通电话共存在一条电话线上，在一条普通电话线上接听电话、拨打电话的同时可进行ADSL传输，而又互不影响。

3．安装使用方便快捷

ADSL安装包括局端线路调整和用户端设备安装。在局端方面由服务商将用户原有的电话线接入ADSL局端设备，操作极其简单。用户端的ADSL安装也非常简易方便，只要将电话线接上滤波器，滤波器与ADSL Modem之间用一条2芯电话线连接，ADSL Modem与计算机网卡之间用一条双绞线连接即可完成硬件安装，再将TCP/IP协议中的IP、DNS和网关参数项设置好，便完成了安装工作。

4．提供多种先进服务

ADSL线路提供Internet高速宽带接入的服务，用户只要通过ADSL接入，访问相应的站点便可免费享受多种宽带多媒体服务。

ADSL接入Internet有虚拟拨号和专线接入两种方式。采用虚拟拨号方式的用户采用相应的拨号程序连入Internet。采用专线接入的用户只要开机即可接入Internet。

所谓虚拟拨号是指用ADSL接入Internet时需要输入用户名与密码，但ADSL连接的并不是具体的接入号码，如163等，而是所谓的虚拟专网VPN的ADSL接入的IP地址。

1.2.3 通过ISDN专线接入Internet

ISDN即Integrated Services Digital Network（综合业务数字网），在中国出现的时间不长。ISDN的线路稳定、不易掉线，这使得它的普及速度相当快。

ISDN分为宽带和窄带两种。宽带ISDN主要提供150Mbit/s以上速率接口的业务，窄带ISDN主要包括2Mbit/s基群速率接口和2B+D基本速率接口。中国电信将其窄带业务中的基本速率接口（BRI）称为“一线通”。所以，我们称“一线通”为ISDN是不正确的说法，因为这只是它提供的最低一种速率。

“一线通”是基于电话网设置的，其用户线路就是普通的电话线，使用方法也类似普通电话，它可以在电话线路上实现2B+D（一共有144kbit/s的速率）的多信道通信。其中两个B信道可以独立作通信用，每一个B信道有64kbit/s的速率。也就是说用户可以一边打电话一边上网。

ISDN的优点主要有终端多、传输速度快、传输效果好等。

1．终端多

“一线通”可使一对电话线连接多达8个不同的终端，目前可允许两个终端同时进行通信，使用户可以一边上网，一边打电话。

2．传输速度快

“一线通”连接速度快的特点是原有的电话线路不能比拟的。通过2B+D端口的一个B通道上网的速率高达64kbit/s，是拨号上网方式的2倍，如果以两个B通道同时上网，则达到普通拨号上网的4倍。

3．传输质量好

ISDN线路的抗干扰性好，信号质量高。虽然使用和原来电话同样的线路，但因为采用了数字传输技术，误码率在百万分之一以下，远低于模拟线路，不再出现“断线”和误码现象。

ISDN的申请过程和普通拨号上网基本上类似，即带上身份证和身份证复印件到能够提供ISDN服务的ISP服务商填写申请表格，并交纳申请和安装费用。现在能够提供ISDN服务的ISP服务商很多，基本上能够提供普通拨号上网的ISP服务商都能够提供ISDN服务，如中国联通、中国电信等。至于申请的费用，不同城市和地区略有不同。

1.2.4 其他接入Internet方式

现在，通过有线电视、电力线和无线网络也可以实现接入Internet的目的。

1．通过有线电视接入Internet

电缆调制解调器（Cable Modem，缩写为CM）主要用于有线电视网进行数据传输。它是一种广（播）电（视）部门在有线电视（CATV）网上开发的宽带接入技术，已经成熟并进入市场。Cable Modem在原理上也是将数据进行调制后在Cable（电缆）的一个频率范围内传输，接收时进行解调，传输机理与普通调制解调器相同，不同之处在于它是通过有线电视CATV的某个传输频带进行调制解调的。有线电视公司一般从42MHz～750MHz之间电视频道中分离出一条6MHz的信道用于下行传送数据。通常下行数据采用64QAM（正交调幅）调制方式，最高速率可达27Mbit/s，如果采用256QAM，最高速率可达36Mbit/s。上行数据一般通过5～42MHz之间的一段频谱进行传送，为了有效抑制上行噪声积累，一般选用QPSK调制，QPSK比64QAM更适合噪声环境，但速率较低。上行速率最高可达10Mbit/s。

2．通过电力线接入Internet

Power Line Communication即利用电力线来进行网络数据的传输。目前只需通过连接在计算机上的“电力猫”，再插入家中任何一个电源插座，就可以实现最高14Mbit/s的速度上网冲浪，这一速度比ADSL目前最高限速512kbit/s快20多倍，而且使用成本低廉。

电力线通信技术是利用电力线传输数据和话音信号的一种通信方式。该技术是把载有信息的高频加载于电流，然后用电线传输，接受信息的调制解调器再把高频从电流中分离出来，并传送给计算机或电话，以实现信息传递。

3．通过无线网络接入Internet

无线上网分两种，一种是通过手机开通数据功能，以计算机通过手机或无线上网卡来达到无线上网，速度则根据使用不同的技术、终端支持速度和信号强度共同决定。另一种无线上网方式即无线网络设备，它是以传统局域网为基础，以无线AP和无线网卡来构建的无线上网方式。

无线上网主要有以下几种方式。

- 802.1X：通过无线网卡和AP的连接，进入局域网通过网关上网。现在一般用802.1g，54Mbit/s连接速度，一般酒店，公司会做这方面的无线覆盖。
- GPRS：通过GPRS手机或者卡件+SIM卡直接拨号登录CMNET或者WAP上网，连接速度115kbit/s，很方便，手机有信号的地方就可以接入。

◈ CDMA：和 GPRS 差不多，大多是通过卡件上网，连接速度是 230kbit/s，但是实际速度要低很多。
◈ 3G 网络：也就是移动的 TD-SCDMA，电信的 CDMA2000，或者联通的 WCDMA。速度已经和宽带相媲美了，尤其是电信的 3G-CDMA2000(EVDO)，下载速度达到 175kbit/s。

1.3 安装调制解调器

考点分析：这一考点是常考内容，一般有 1～3 题。主要考查的内容是安装调制解调器的驱动程序和设置调制解调器，其中设置调制解调器出题可能性很大。

学习建议：建议重点掌握通过光盘或没有光盘安装调制解调器驱动程序的两种操作，以及设置调制解调器的扬声器声音、最大端口速度，禁用和删除调制解调器的操作。

1.3.1 连接硬件

无论内置还是外置调制解调器（Modem），都有 Line 和 Phone 端口，只需正确连接这些端口即可，如外置调制解调器的连接端口如图 1-2 所示。

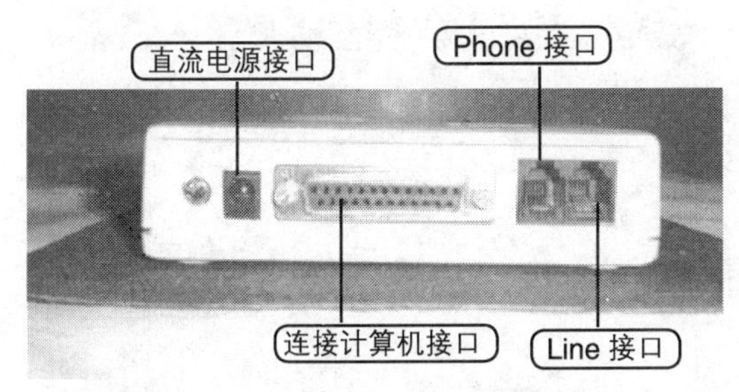

图 1-2　外置调制解调器的连接端口

操作提示

图中的调制解调器通过并行接口连接到计算机主板的并行接口中，但由于现在很多主板取消了并行接口，一般通过 USB 接口连接计算机。

下面以外置调制解调器为例讲解其连接方法，具体操作如下。

1. 在关机状态下用调制解调器附带的数据线将 Modem 和计算机主机串口连接起来。
2. 将连接到电信局一端的电话线插到调制解调器的 Line 端口。
3. 将连接电话机一端的电话线插到调制解调器的 Phone 端口。
4. 连接调制解调器的电源线。
5. 接通电源后，启动计算机，调制解调器即可正常运行。

1.3.2 安装调制解调器驱动程序

连接好调制解调器后，还必须安装相应的驱动程序，调制解调器才能被 Windows XP 操作系统识别并正常使用。内置调制解调器和外置调制解调器驱动程序的安装方法基本相同，主要有两种方法。

方法 1：通过“电话和调制解调器”安装。

这是一种常用的安装调制解调器驱动程序的方法，通过打开“控制面板”窗口，单击“电话和调制解调器”超级链接，然后在打开的窗口中安装调制解调器驱动程序。

1. 单击 开始 按钮，在弹出的“开始”菜单中选择【控制面板】菜单命令，如图 1-3 所示。
2. 在打开的“控制面板”窗口中，单击“打印机和其他硬件”超级链接，如图 1-4 所示。

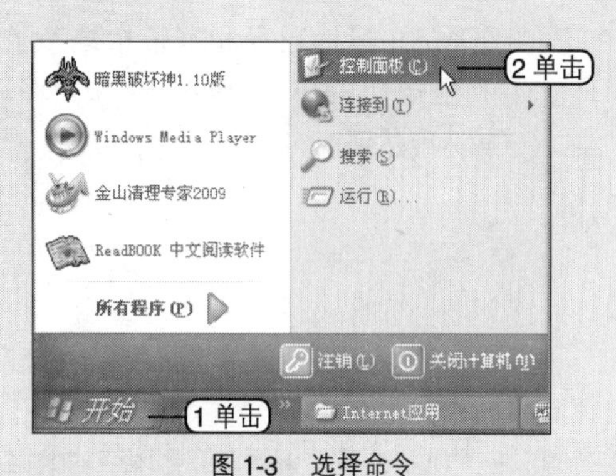

图 1-3　选择命令

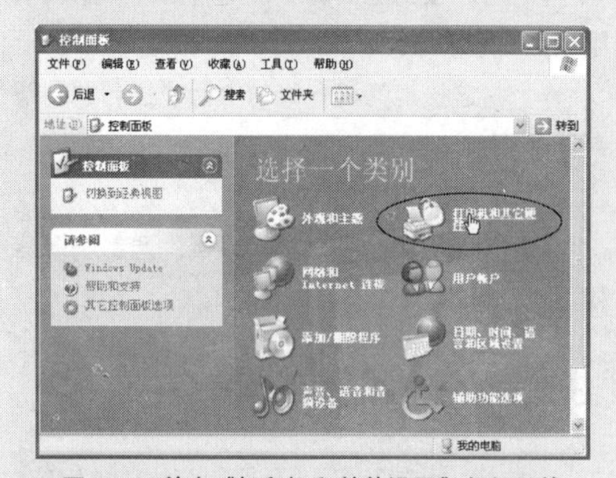

图 1-4　单击"打印机和其他设置"超级链接

③ 在打开"打印机和其他硬件"窗口中，单击"电话和调制解调器选项"超级链接，如图 1-5 所示。

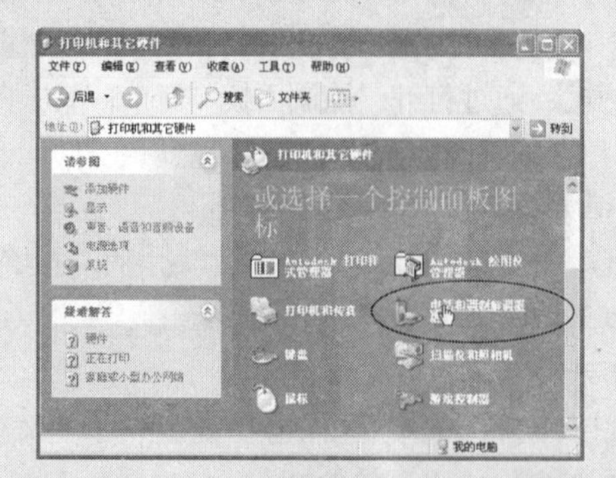

图 1-5　单击"电话和调制解调器选项"超级链接

④ 在打开的"位置信息"对话框中按提示选择自己所在的国家或地区，输入自己所在城市的区号与拨外线时要拨打的号码，并在"本地电话系统使用"选项组中选择本地通信系统所使用的拨号方法。现在一般都使用音频电话，所以选中"音频拨号"单选项，单击 确定 按钮，如图 1-6 所示。

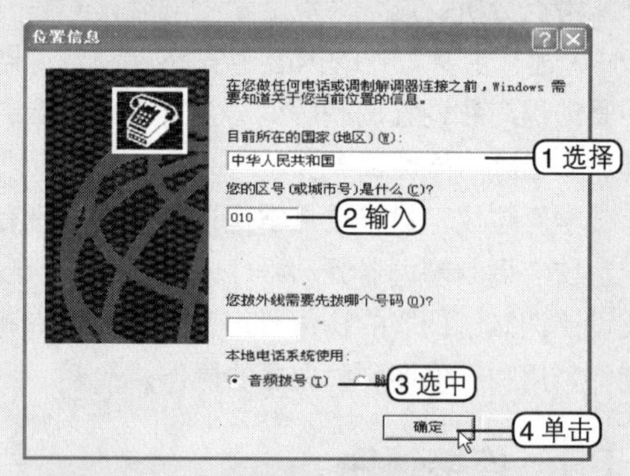

图 1-6　输入位置信息

⑤ 打开"电话和调制解调器选项"对话框，单击"调制解调器"选项卡，单击 添加(D)... 按钮，如图 1-7 所示。

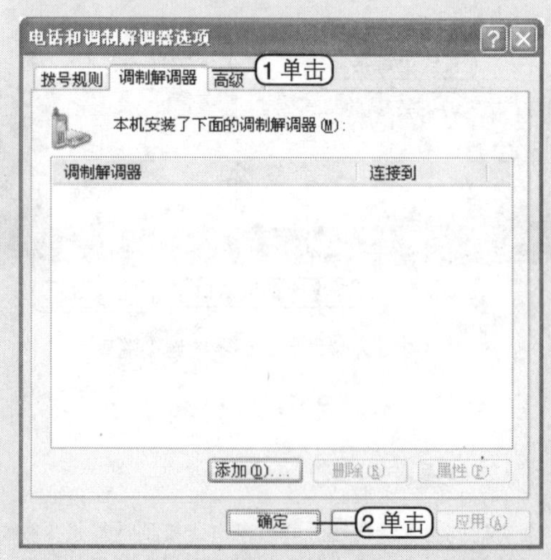

图 1-7　"电话和调制解调器选项"对话框

⑥ 打开"安装新调制解调器"对话框，选

中“不要检测我的调制解调器；我将从列表中选择”复选框，单击 下一步(N) > 按钮，如图 1-8 所示。

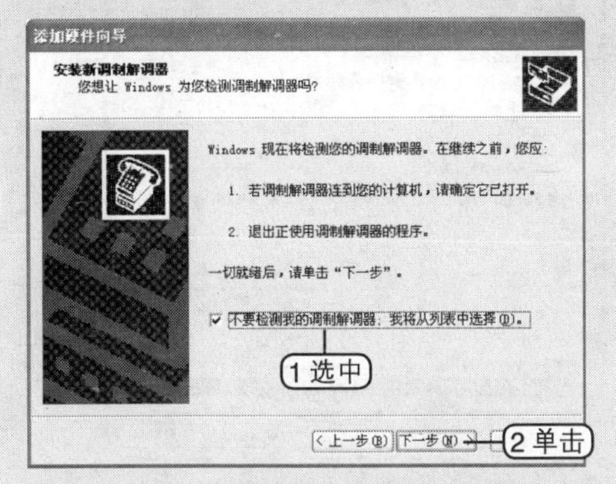

图 1-8 “安装新调制解调器”对话框

操作提示

如果不知道自己所使用的是什么品牌与型号的调制解调器，则不选中该复选框，直接单击 下一步(N) > 按钮，系统将自动进行检测，并选择与之对应的驱动程序，询问用户是否需要安装；如果驱动程序库中没有该调制解调器的驱动程序，则会提示用户从磁盘安装。

7 打开“安装新调制解调器”对话框选择 Modem 的型号，这里在“型号”栏中选择“标准 56000 bps 调制解调器”选项，单击 下一步(N) > 按钮，如图 1-9 所示。

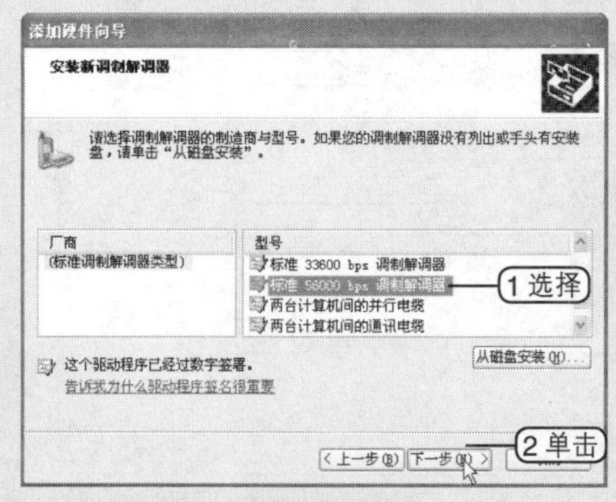

图 1-9 选择调制解调器型号

操作提示

如果“型号”列表框中未列出所使用的调制解调器的型号，可将购买调制解调器时商家提供的安装光盘放入光盘驱动器中，然后单击 从磁盘安装(H)... 按钮，再在打开的对话框中选择光盘中驱动程序所在的位置。

8 打开“安装新调制解调器”对话框，选中“选定的端口”单选项，然后在下面的列表框中选择连接的端口“COM1”，单击 下一步(N) > 按钮，如图 1-10 所示。

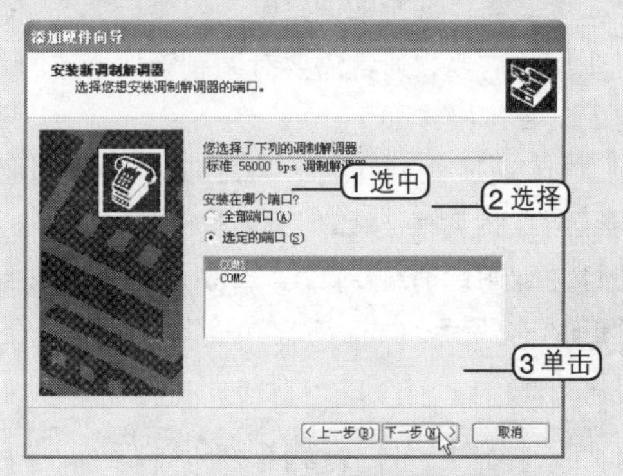

图 1-10 选择端口

9 系统自动安装选择的驱动程序，安装完毕，打开如图 1-11 所示的对话框，单击 完成 按钮返回“电话和调制解调器选项”对话框，再次单击 确定 按钮完成 Modem 驱动程序的安装。

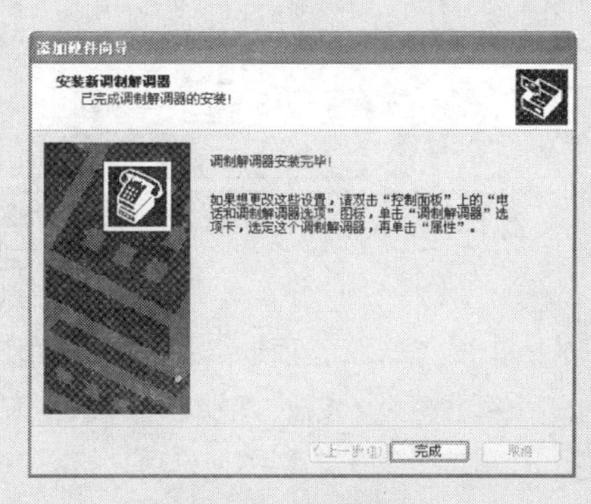

图 1-11 完成安装

方法2：通过“添加硬件”安装。

打开“控制面板”窗口，切换到“经典”视图，双击“添加硬件”图标来安装调制解调器驱动程序。这时首先打开“添加硬件向导”对话框，然后单击[下一步(N) >]按钮，此时系统自动搜索与计算机相连且没有安装驱动程序的硬件，再在打开的向导对话框中根据提示选择驱动程序安装即可。

1.3.3 设置调制解调器

安装完成调制解调器驱动程序后，为了满足上网的需要，通常需要对调制解调器进行设置，其具体操作如下。

1 通过“控制面板”窗口打开“调制解调器选项”对话框，单击“调制解调器”选项卡，选择安装好的调制解调器，单击[属性(P)]按钮，如图1-12所示。

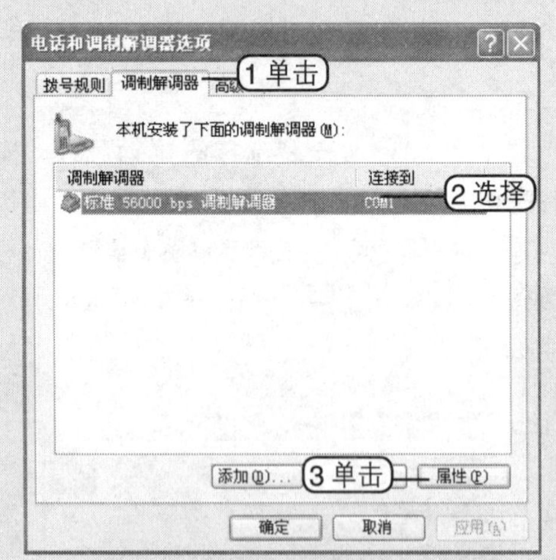

图1-12 “调制解调器选项”对话框

2 单击“常规”选项卡，单击“设备用法”下拉列表框右侧的⌄按钮，在弹出的下拉列表中选择“使用这个设备（启用）”选项，如图1-13所示。

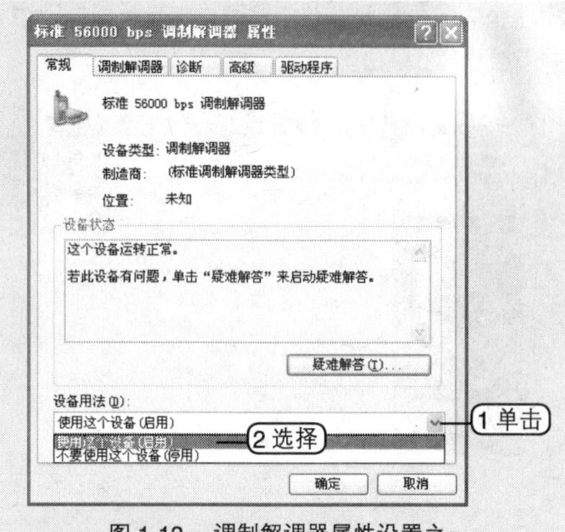

图1-13 调制解调器属性设置之一

操作提示

如果要禁止使用调制解调器，则需要在“设备用法”下拉列表框中选择“不要使用这个设备(停用)”选项。

3 单击“调制解调器”选项卡，用鼠标拖动“扬声器音量”栏中的滑块调整调制解调器扬声器音量；单击“最大端口速度”下拉列表框中选择“115200”选项设置端口连接速度，单击[确定]按钮完成设置，如图1-14所示。

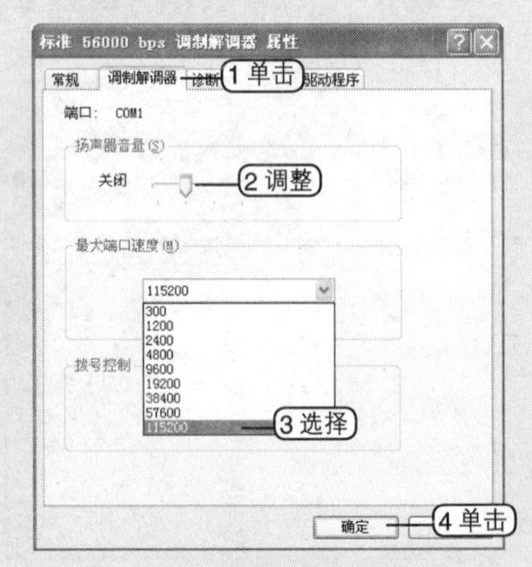

图1-14 调制解调器属性设置之二

考场点拨

删除调制解调器的方法有多种，但考试中经常考到的只有以下两种：一种是从控制面板中打开“电话和调制解调器选项”对话框，然后单击“调制解调器”选项卡，选择安装好的调制解调器，单击[删除(R)]按钮，再单击[确定]按钮，即可完成删除操作；还有一种是从控制面板中打开系统的“设备管理器”窗口，从中选择调制解调器，单击鼠标右键，在弹出的快捷菜单中选择【删除】菜单命令删除，如图 1-15 所示。

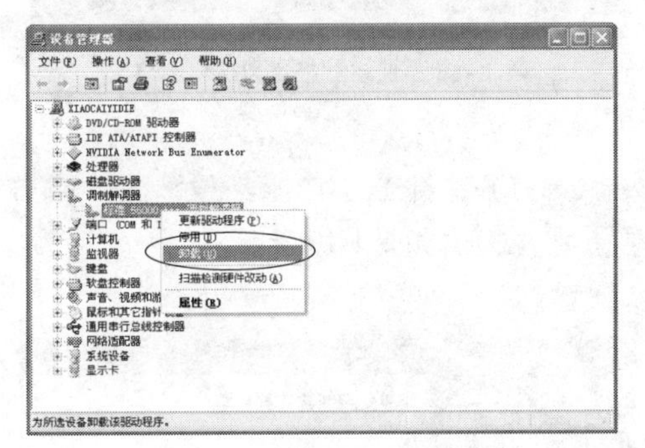

图 1-15　删除调制解调器

操作小结：设置调制解调器即设置调制解调器的属性，其方法是选择需设置的调制解调器后，单击[属性(P)]按钮，然后在打开的对话框中根据要求进行各项设置

1.3.4　自测练习及解题思路

1．测试题目

第 1 题　利用操作系统默认方式安装调制解调器的驱动程序。

第 2 题　设置调制解调器的最大端口速度到 57600。

第 3 题　调节调制解调器的扬声器声音到最大。

第 4 题　禁止使用调制解调器。

第 5 题　删除调制解调器。

2．解题思路

第 1 题　按照 1.3.2 中介绍方法操作。

第 2 题　打开调制解调器属性对话框，单击“调制解调器”选项卡，再进行设置。

第 3 题　同上题。

第 4 题　同上题。

第 5 题　未指明操作方法，可逐一尝试两种删除方法。

1.4　建立拨号连接

考点分析：这一考点是常考内容，而且是基础考点，建议考生要非常熟悉这一块的操作。考试时，考题通常会提供拨号的电话号码、用户名和密码，需要考生按要求输入。除此之外，拨号设置的可考内容更多，是常考知识点，往年几乎都考到过，应熟练掌握。

学习建议：熟悉最常用的拨号连接创建操作，重点掌握对拨号的设置。

1.4.1　创建一个拨号连接

连接好调制解调器并安装驱动程序后，还必须创建一个拨号连接，才能将电脑连入 Internet，下面以创建一个电信 16300 的拨号连接为例，其具体操作如下。

1 打开“新建连接向导”对话框，准备创建拨号连接，其方法有如下几种。

- **通过“开始”菜单：选择【开始】→【所有程序】→【附件】→【通讯】→【新**

建连接向导】菜单命令，如图 1-16 所示。

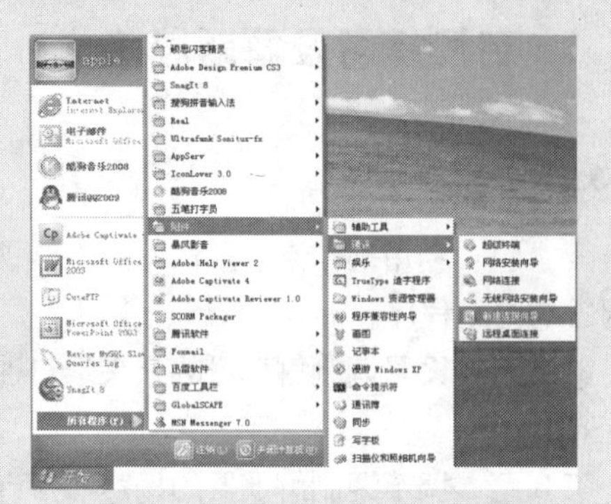

图 1-16　通过“开始”菜单打开

◈ 通过“网上邻居”图标：在桌面上的“网上邻居”图标上单击鼠标右键，在弹出的快捷菜单中选择【属性】菜单命令，打开“网络连接”窗口，单击左侧窗格中的“创建一个新的连接”超级链接，如图 1-17 所示。

图 1-17　通过“网上邻居”图标

◈ 通过“控制面板”窗口：选择【开始】→【控制面板】菜单命令，打开“控制面板”窗口，单击“网络和 Internet 连接”超级链接，在打开的窗口中单击“网络连接”超级链接，如图 1-18 所示，打开“网络连接”窗口，选择【文件】→【新建连接】菜单命令。

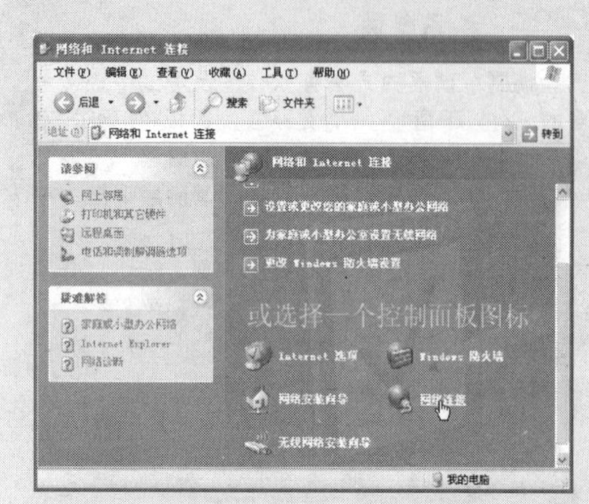

图 1-18　通过“控制面板”窗口

2 打开“新建连接向导”对话框，单击下一步(N) >按钮，如图 1-19 所示。

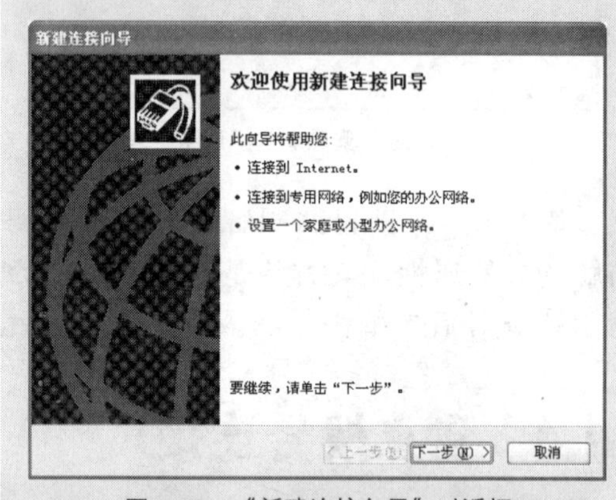

图 1-19　“新建连接向导”对话框

3 在打开的“网络连接类型”对话框中选择网络连接类型。由于是直接连接 Internet，所以这里选中“连接到 Internet”单选项，单击下一步(N) >按钮，如图 1-20 所示。

4 在打开的“准备好”对话框中选择连接到 Internet 的方式，这里选中“手动设置我的连接”单选项，单击下一步(N) >按钮，如图 1-21 所示。

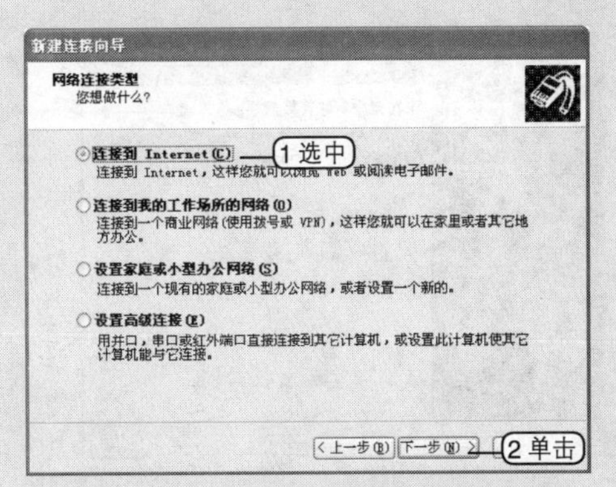

图 1-20　选择网络连接类型

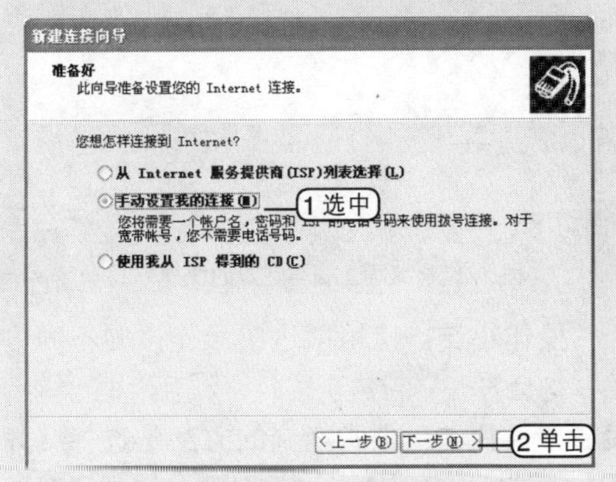

图 1-21　选择连接方式

操作提示

ISP 是提供 Internet 接入服务和信息增值服务的服务商，使用调制解调器方式上网必须通过 ISP 才能够连入 Internet。如果经常上网，并希望获得高质量的服务，需选择 ISP 服务商并申请上网账号。这里使用的 163 拨号上网是将上网费用记入拨号电话的电话费中，一般比申请账号的上网方式稍贵，但十分便捷。

5 在打开的“Internet 连接”对话框中选择连接的设备，这里选中“用拨号调制解调器连接”单选项，单击 下一步(N) > 按钮，如图 1-22 所示。

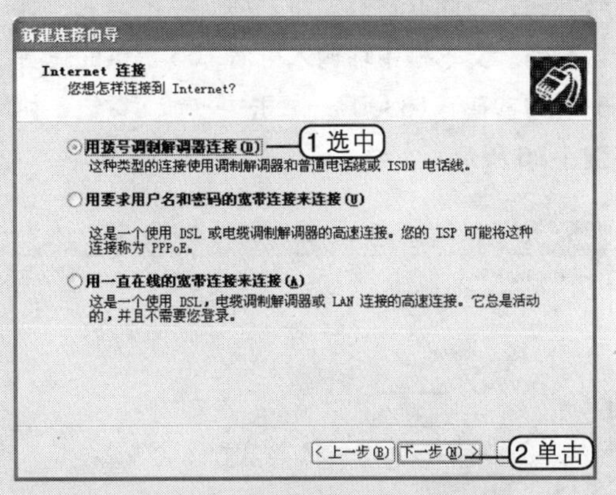

图 1-22　选择用于连接的设备

6 在打开的“连接名”对话框中输入网络连接的名称。这里在“ISP 名称”文本框中输入“电信 163”，单击 下一步(N) > 按钮，如图 1-23 所示。

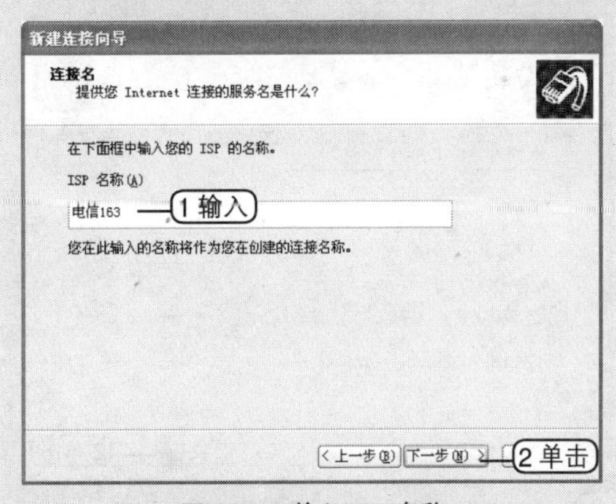

图 1-23　输入 ISP 名称

7 在打开的“要拨的电话号码”对话框中输入 ISP 提供的免费上网账号。由于是中国电信，所以这里在“电话号码”文本框中输入“16300”，单击 下一步(N) > 按钮，如图 1-24 所示。

8 在打开的“Internet 账户信息”对话框中输入 ISP 提供的免费上网用户名和密码。由于这里使用的是电信 163 的免费上网账号的拨号方式，因此只需在“用户名”、“密码”、“确认密码”文本框中均输入电信 163 提供的免费账号与密码“16300”，单击下一步(N)>按钮，如图 1-25 所示。

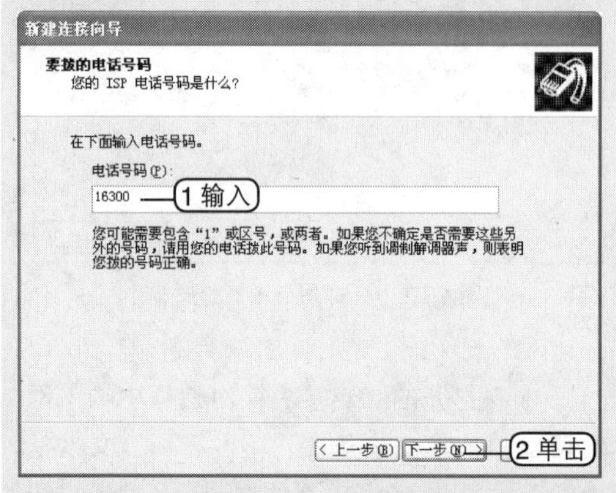

图 1-24　输入电话号码

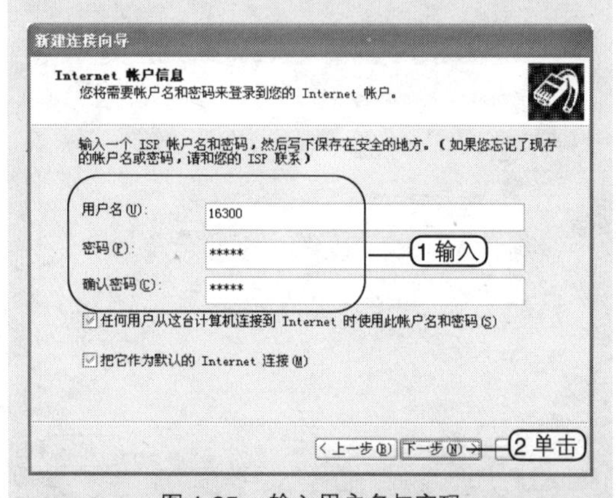

图 1-25　输入用户名与密码

9 打开“正在完成新建连接向导”对话框，选中“在我的桌面上创建一个该连接的快捷方式”复选框，在桌面上创建一个该连接的快捷方式，方便以后的操作，单击完成按钮完成拨号连接的建立，如图 1-26 所示。

创建拨号连接后即可在桌面上看到该连接的快捷方式，如图 1-27 所示。

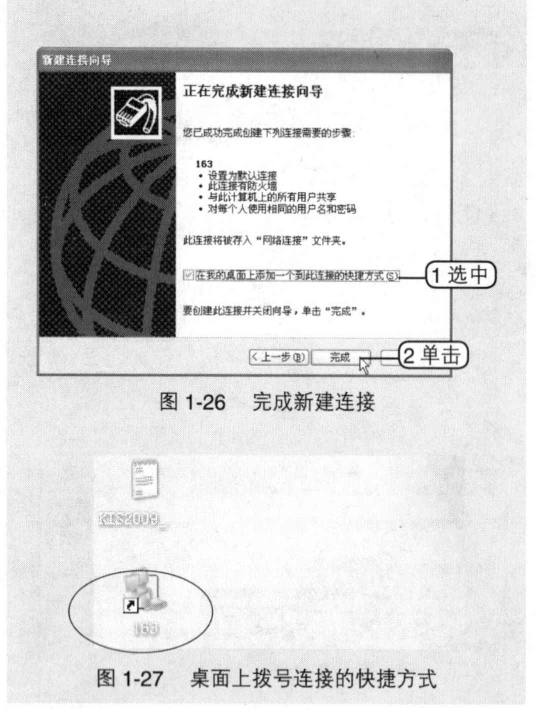

图 1-26　完成新建连接

图 1-27　桌面上拨号连接的快捷方式

操作小结：使用创建拨号连接的不同方法，均会打开“新建连接向导”对话框再进行设置。最快速、最常考到的方法是选择【开始】→【所有程序】→【附件】→【通讯】→【新建连接向导】菜单命令。

1.4.2　对拨号连接进行设置

拨号连接建立好之后，可根据需要对其属性进行一些设置，以使其更好地为用户服务。可以进行设置的属性非常多，如更改连接的名称、启用或禁止连接防火墙、设置拨号连接的安全性、设置拨号连接的相关网络协议、设置拨号连接的备用号码、设置拨号连接的重拨选项、连接后是否在通知区域显示图标和允许自己访问别人共享资源或允许别人访问自己的共享资源等。

1. 更改拨号连接的名称

更改拨号连接的名称有以下 3 种方法。

方法 1：利用右键菜单更改。

打开“网络连接”窗口，用鼠标右键单击该拨号连接，在弹出的菜单中选择【重命名】菜单命令。

方法 2：利用菜单命令更改。

打开“网络连接”窗口，选择拨号连接，在窗口中选择【文件】→【重命名】菜单命令，如图 1-28 所示。

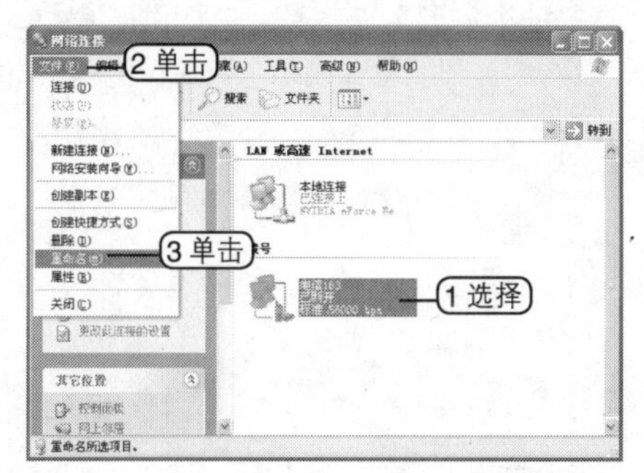

图 1-28　选择【文件】→【重命名】菜单命令

方法 3：利用窗口操作更改。

打开“网络连接”窗口，选择拨号连接，在窗口左侧的“网络任务”窗格中单击“重命名此连接”命令，如图 1-29 所示。

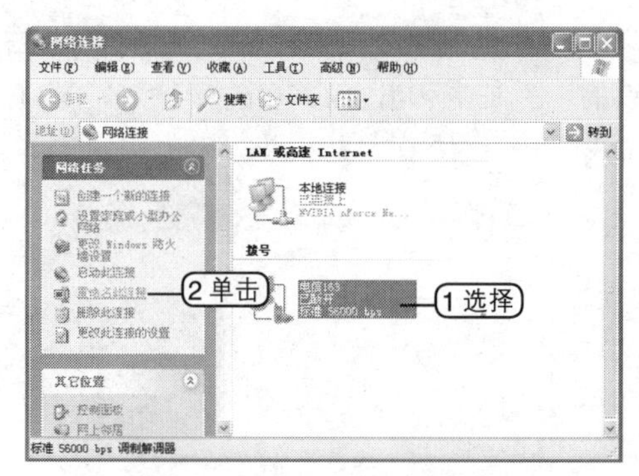

图 1-29　单击“重命名此连接”命令

2. 打开拨号连接的属性设置界面

打开拨号连接的属性设置界面有以下 3 种方法。

方法 1：利用菜单命令打开。

打开“网络连接”窗口，选择拨号连接，在窗口中选择【文件】→【属性】菜单命令，如图 1-30 所示。

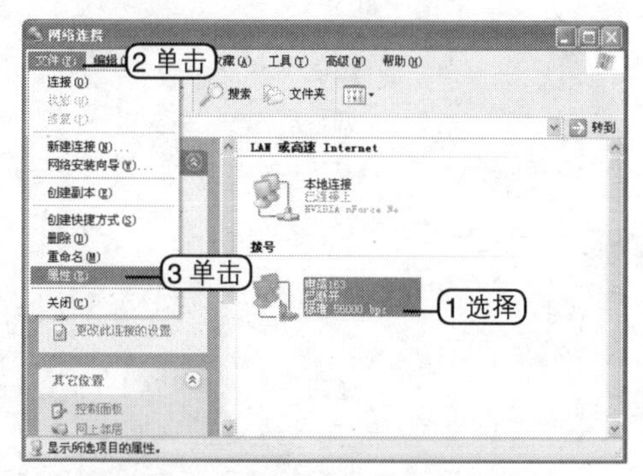

图 1-30　选择【文件】→【属性】菜单命令

方法 2：利用窗口操作打开。

打开“网络连接”窗口，选择拨号连接，在窗口左侧的“网络任务”窗格中单击“更改此连接的设置”命令，如图 1-31 所示。

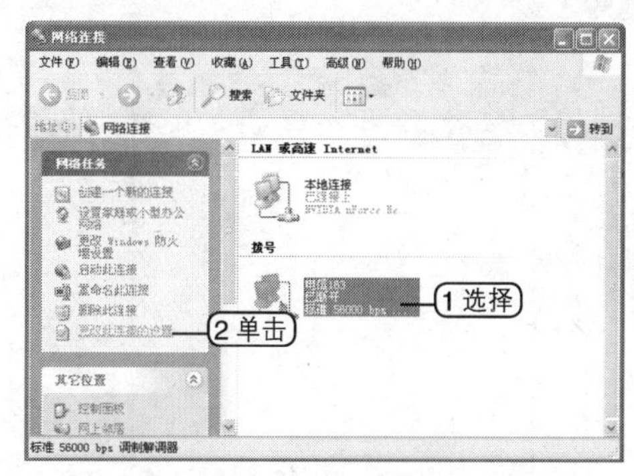

图 1-31　单击“更改此连接的设置”命令

方法 3：利用右键菜单打开。

打开“网络连接”窗口，用鼠标右键单击该拨号连接，在弹出的菜单中选择【属性】菜单命令。

3. 设置拨号连接的“常规”选项

拨号连接的“常规”选项中主要包括设置重拨选项和连接后是否在通知区域显示图标等。下面设置连接后不在通知区域显示图标，其具体操作如下。

1 打开“网络连接”窗口，用鼠标右键单击“电信 163”拨号连接，在弹出的菜单中选择【属性】菜单命令，如图 1-32 所示。

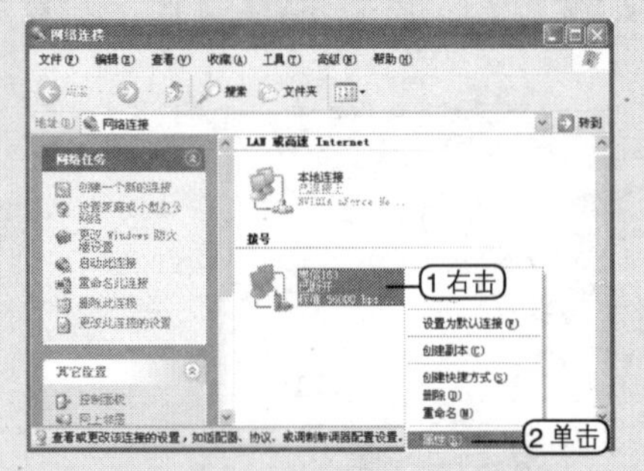

图 1-32 选择【属性】菜单命令

2 打开“电信 163 属性”对话框，在“常规”选项卡中，取消选中“连接后在通知区域显示图标”复选框，单击 确定 按钮，如图 1-33 所示。以后在拨号接入 Internet 后将不会有图标显示在通知区域。

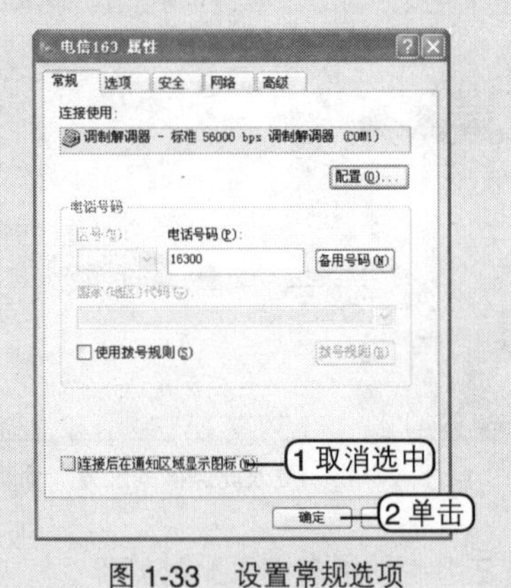

图 1-33 设置常规选项

4．设置拨号连接的“选项”选项

拨号连接的“选项”选项中可以设置与拨号相关的一些设置，比如连接时显示的连接进度，提示名称、密码和证书等，包括含 Windows 登录域和提示电话号码。另外还可以在拨号网络连接出现故障时设置系统自动重拨的次数和重拨的间隔；如果系统长时间出现连接空闲可以让系统自己挂断拨号连接，挂断前的空闲时间也可以根据自己的需要设置；此外在拨号网络断线时还可以让系统断线自动重拨。

下面以设置重拨次数为“5”，重拨时间间隔为“30 秒”为例具体讲解。

1 打开“电信 163 属性”对话框，单击“选项”选项卡，在“重拨次数”数值框中单击右侧的微调按钮，设置为“5”，如图 1-34 所示。

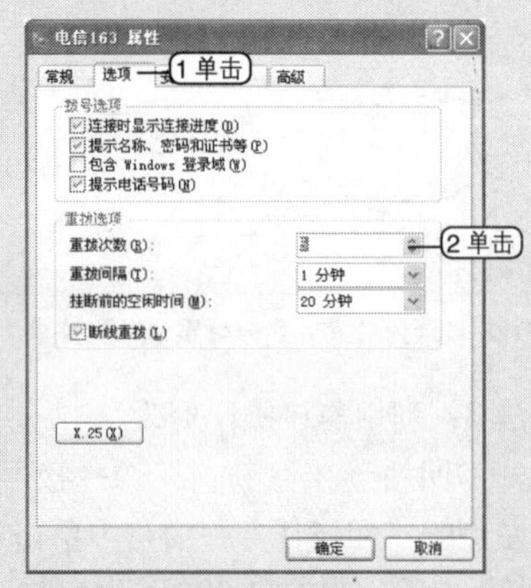

图 1-34 设置重拨次数

2 用鼠标单击“重拨间隔”下拉列表框右侧的 按钮，在弹出的列表中选择“30 秒”选项，单击 确定 按钮，如图 1-35 所示。

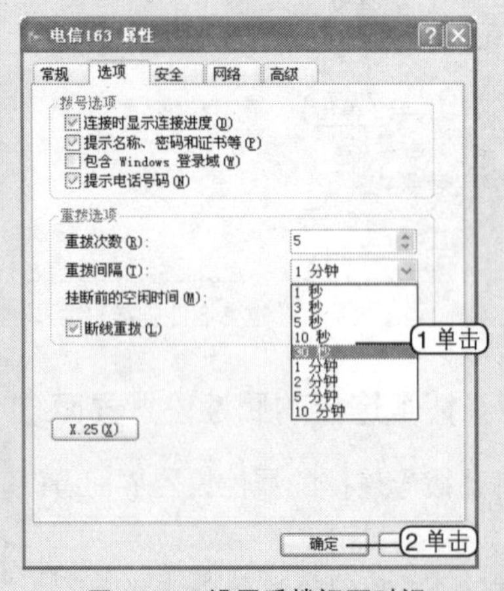

图 1-35 设置重拨间隔时间

操作提示

设置重拨次数时，也可以将鼠标光标定位到“重拨次数”数值框中，删除默认的数值，然后重新输入需要的数值。

5．设置拨号连接的“安全”选项

拨号连接的“安全”选项中，既可以选择“典型”设置，也可以选择“高级”设置，通常情况下对网络安全协议方面的知识比较精通的用户可以选择“高级”设置。

而在“典型”设置中，主要是对用户登录拨号网络验证身份时对密码的要求，下面设置连接登录时需要有安全措施的安全密码，其具体操作如下。

1 打开“电信163属性”对话框，单击“安全”选项卡，在“安全选项”栏中选中“典型”单选项。

2 用鼠标单击“验证我的身份为”下拉列表框右侧的 按钮，在弹出的列表中选择“需要有安全措施的密码”选项，单击 确定 按钮，如图1-36所示。

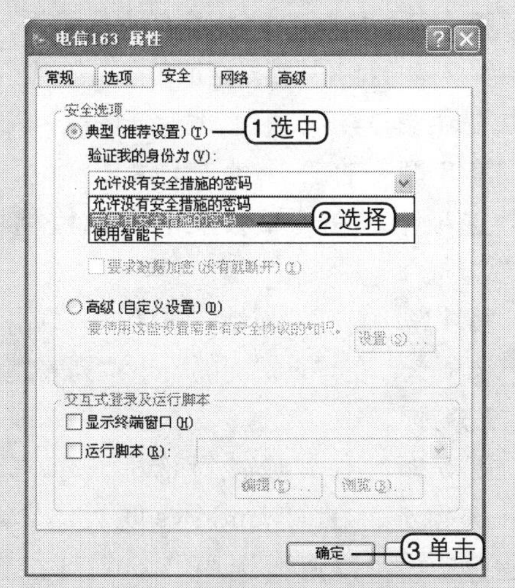

图1-36　选择“需要有安全措施的密码”选项

6．设置拨号连接的“网络”选项

在拨号连接的网络选项中可以设置宽带的连接类型和安装该网络需要的网络协议等，如图1-37所示。

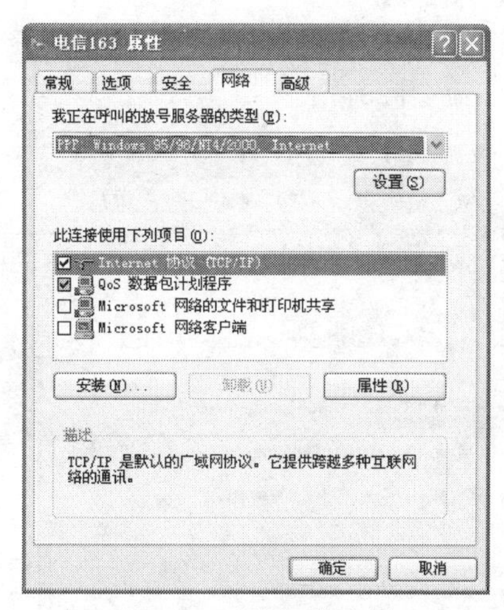

图1-37　设置网络选项

在“此连接使用下列项目”列表框中有和用户使用关系比较密切的4个选项，分别如下。

- “Internet协议（TCP/IP）”复选框：拨号连接所使用的默认协议，只有选中该协议才能接入Internet。
- “QoS数据包计划程序”复选框：网络连接后，数据传输的质量和效率相关的属性。
- “Microsoft网络的文件和打印机共享”复选框：确定是否允许网络中的其他计算机使用本机上的打印机和共享资源。
- “Microsoft网络客户端”复选框：是否允许本机访问Microsoft网络中的资源。

7．设置拨号连接的“高级”选项

在拨号连接的“高级”选项中主要涉及是否启用Internet连接防火墙和Internet连接共

享。下面设置共享 Internet 连接并启用 Internet 连接防火墙，其具体操作如下。

1 打开“电信 163 属性”对话框，单击“高级”选项卡，在“Internet 连接共享”栏中选中“允许其他网络用户通过此计算机的 Internet 连接来连接”复选框。

2 在“Windows 防火墙”栏中单击设置(E)...按钮，如图 1-38 所示。

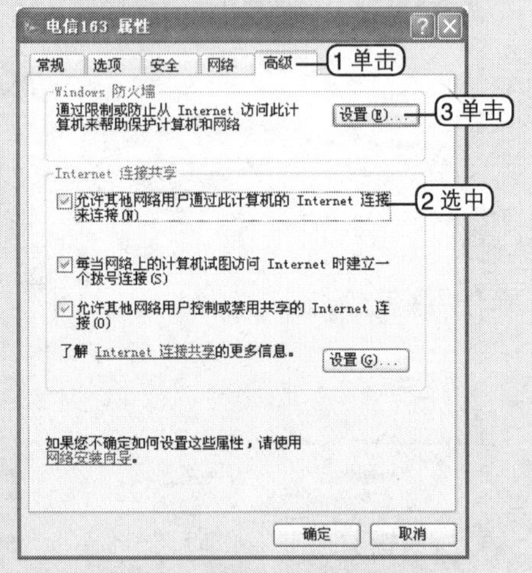

图 1-38 单击“高级”选项卡

3 打开“Windows 防火墙”对话框，选中“启用（推荐）”单选项，单击确定按钮返回“电信 163 属性”对话框，继续单击确定按钮完成操作，如图 1-39 所示。

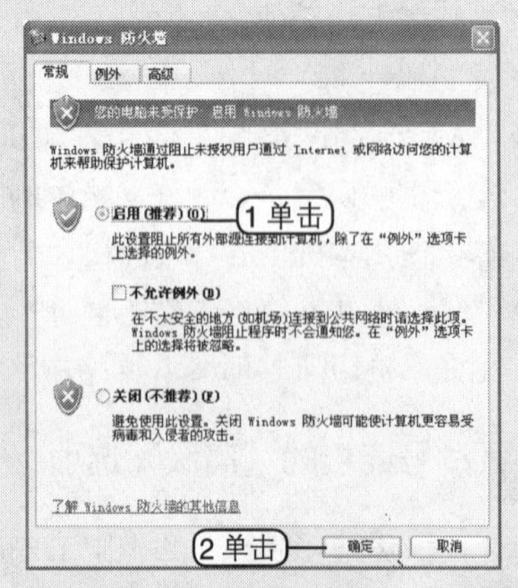

图 1-39 选中“启用（推荐）”单选项

操作提示

启用 Internet 连接防火墙可以对上网的计算机增加一道防护，在一定程度上避免黑客的攻击。

1.4.3 自测练习及解题思路

1．测试题目

第 1 题 添加一个拨号连接，要求所拨电话号码为“16900”，将拨号连接的名称设为 Leo，用户名为 Leo，密码为 123456，其余均遵循默认设置。

第 2 题 设置拨号连接，接通后在右下角的任务栏通知区域显示连接图标。

第 3 题 设置拨号连接属性，使得拨号网络连接出现故障时自动重拨 10 次。

第 4 题 设置拨号连接属性使得拨号网络连接出现故障时自动重拨间隔为 2 分钟。

第 5 题 为拨号连接启用 Internet 防火墙。

2．解题思路

第 1 题 按照 1.4.1 中介绍方法操作。

第 2 题 打开属性对话框，在“常规”选项卡中，选中“连接后在通知区域显示图标”复选框。

第 3 题 打开属性对话框，单击“选项”选项卡，在“重拨次数”数值框中输入“10”。

第 4 题 打开“属性”对话框，单击“选项”选项卡，在“重拨间隔”下拉列表框中选择“2 分钟”。

第 5 题 打开属性对话框，单击“高级”选项卡，在“Windows 防火墙”栏中单击设置(E)...按钮，选中“启用（推荐）”单选项。

1.5 接入与断开Internet

考点分析：接入与断开是 Internet 应用的基础，但在考试中出现的次数并不多，相对来说，考查断开 Internet 的几率要大些。

学习建议：建议熟练掌握各种接入与断开方式，以及如何用内部电话拨号上网。

1.5.1 拨号

连接了拨号连接后即可开始拨号接入 Internet 了，其具体操作如下。

1 打开拨号连接对话框准备拨号，其方法有如下几种：

- 利用右键菜单拨号：在桌面上的拨号连接图标上单击鼠标右键，在弹出的快捷菜单中选择“连接”菜单命令，如图 1-40 所示。

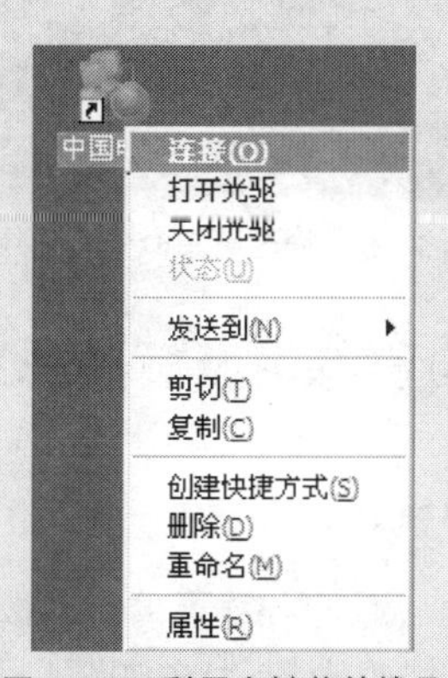

图 1-40 利用右键菜单拨号

- 双击桌面快捷图标：双击桌面上创建的拨号连接图标拨号。
- 利用“网上邻居”图标拨号：在桌面上的“网上邻居”图标上单击鼠标右键，在弹出的快捷菜单中选择“属性”命令，然后在打开的“网络连接”窗口中双击建立的拨号连接图标，如图 1-41 所示。

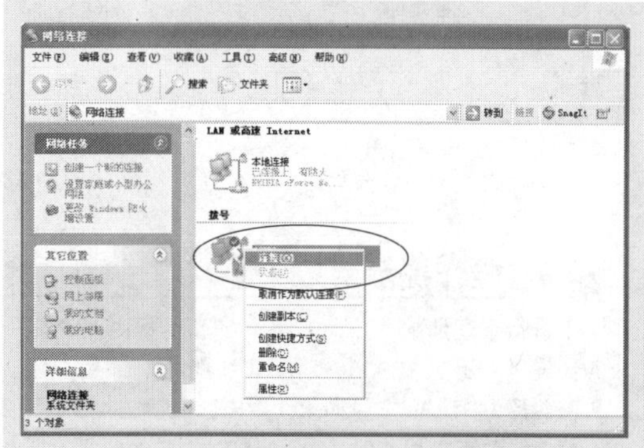

图 1-41 利用“网上邻居”图标拨号

- 利用“开始”菜单拨号：选择【开始】→【连接到】菜单命令，在弹出的菜单中选择创建的拨号连接。

2 打开如图 1-42 所示的拨号连接对话框，在“用户名”和“密码”文本框中输入对应的内容，单击 拨号(D) 按钮。

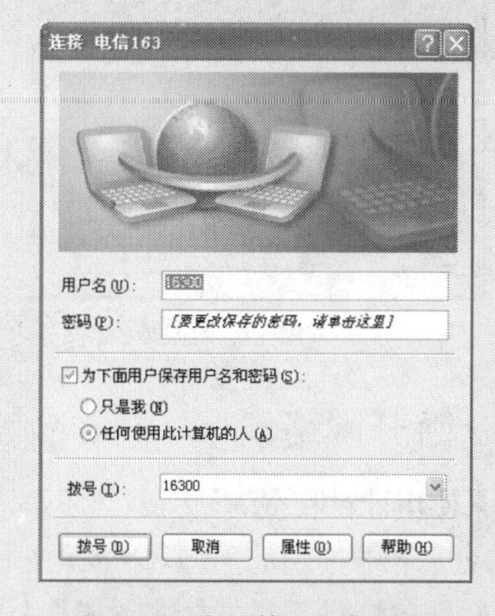

图 1-42 打开拨号连接对话框

3 打开如图 1-43 所示的“正在连接”对话框。连接成功后系统将自动关闭该对话框，并在任务栏的通知区域中出现不断闪烁的图标，此时即可畅游 Internet 了。

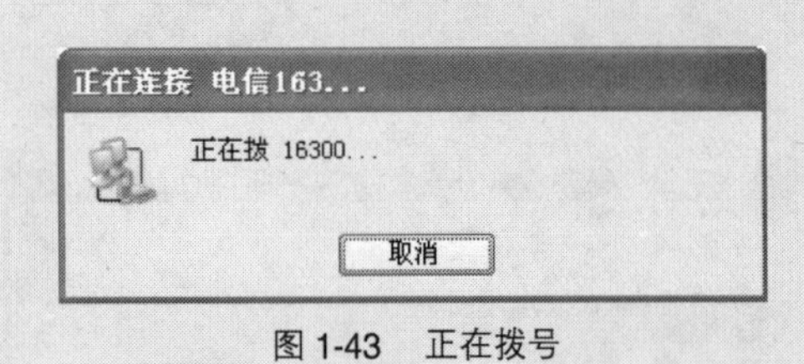

图 1-43　正在拨号

操作提示

对于进行了注册的用户，其用户名和密码由 ISP 服务商提供，不是 16300。对于非注册用户，用户名和密码都为“16300”。如果使用内部电话拨号上网，拨打外线时首先拨“0”，即在“拨号”下拉列表框中输入“0，16300”，如图 1-44 所示。

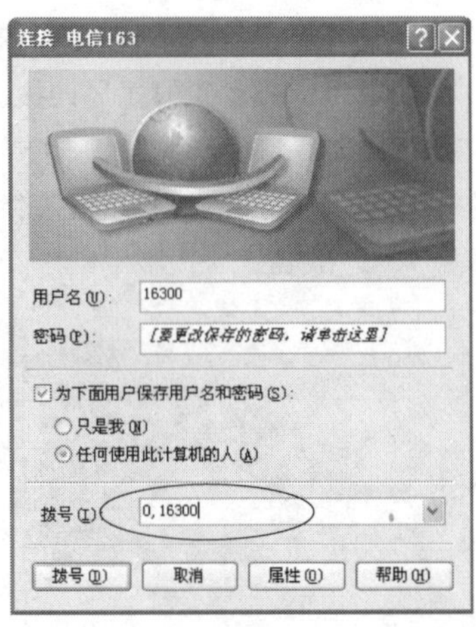

图 1-44　使用内部电话拨号上网

1.5.2　断开网络

如果使用计时收费的网络，当不再需要上网时，应断开网络连接，否则会继续支付上网费用，而且在没断开网络之前不能拨打电话。断开网络连接的方法主要有如下两种。

方法 1：利用任务栏提示区中图标。

双击任务栏提示区中的图标，在打开如图 1-45 所示的连接状态对话框中单击“断开(D)”按钮。

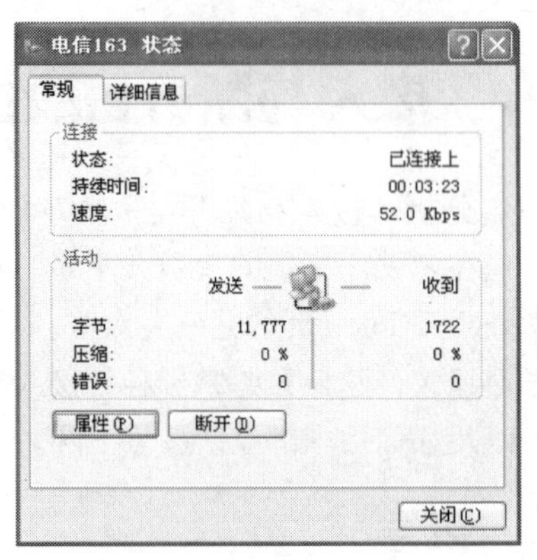

图 1-45　通过对话框断开网络

方法 2：利用右键菜单。

在任务栏通知区域的图标上单击鼠标右键，在弹出的快捷菜单中选择“断开”菜单命令，如图 1-46 所示。

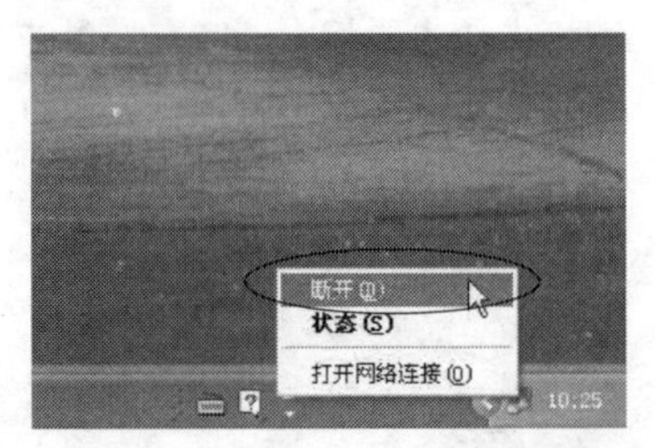

图 1-46　通过菜单命令断开网络

1.5.3　自测练习及解题思路

1．测试题目

第 1 题　通过右键菜单启动拨号连接，其中用户名和密码均为“16300”。

第 2 题　利用内部电话拨号上网。

第 3 题　断开网络。

2．解题思路

第 1 题　注意指定使用右键菜单启动。

第 2 题　注意拨号时输入的号码。

第 3 题　若题目未特别指明使用何种方式，应逐一尝试两种方法。

第 2 章 IE浏览器的使用

浏览器是一种能够接收用户的请求信息，并到相应网站获取网页内容的专用软件。常见的浏览器有Microsoft公司的Internet Explorer（以下简称IE浏览器）和Netscape等。由于IE浏览器集成于Windows操作系统中，所以它是常用的网页浏览软件，也是“Internet应用”考试科目中唯一要考查的浏览器。本章将讲解使用IE浏览器浏览网页和设置IE浏览器的方法。

本章考点

要求掌握的知识

- 使用IE浏览器浏览、查询和检索信息的方法
- 保存、打印指定的网页和图片
- 设置IE浏览器的基本选项
- 收藏夹的使用与整理
- 历史记录的设定
- 利用Google和百度搜索引擎，地址栏等搜索网上资源

要求熟悉的知识

- Web页的超媒体结构
- 统一资源定位器URL
- 查看用不同语言编写的网页

要求了解的知识

- 利用IE浏览器使用FTP上的资源
- Internet选项中不同站点安全等级、分级审查程序和Internet程序设置
- 收藏夹的导入和导出
- 更改工具栏的外观、网页的字体与背景颜色

2.1 IE浏览器的启动与退出

考点分析：启动与退出IE浏览器是经常会考查到的考点。考题大部分会明确要求以哪种方式启动或退出，若没有具体要求，则应先使用常用的方式进行操作，如果常用方式不行，再试试其他方式。

学习建议：熟练掌握各种启动与退出方式。

2.1.1 启动IE浏览器

接入Internet后，启动IE浏览器主要有如下几种方式。

方法1：通过桌面快捷方式启动。

若已在系统桌面上创建了IE浏览器的快捷方式，则双击桌面上的Internet Explorer快捷方式图标，如图2-1所示。

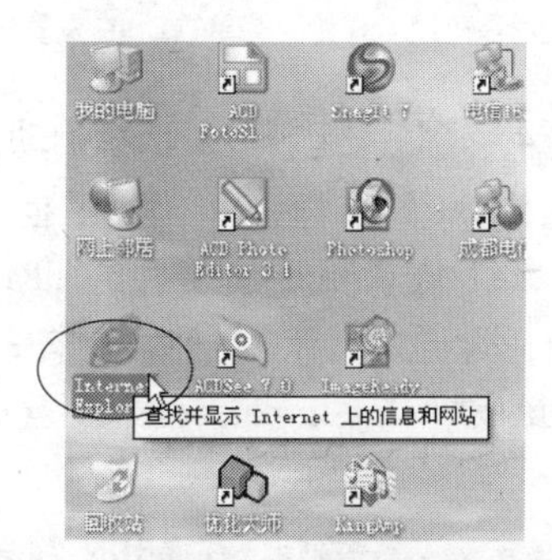

图2-1 通过桌面快捷方式图标启动IE浏览器

方法 2：通过快速启动栏启动。

单击桌面底部任务栏左侧“快速启动”栏中的 IE 浏览器图标，如图 2-2 所示。

图 2-2 通过“快速启动”栏启动 IE 浏览器

方法 3：通过“开始”菜单直接启动。

单击开始按钮，在弹出的菜单中选择其顶部的【Internet】菜单命令，如图 2-3 所示。

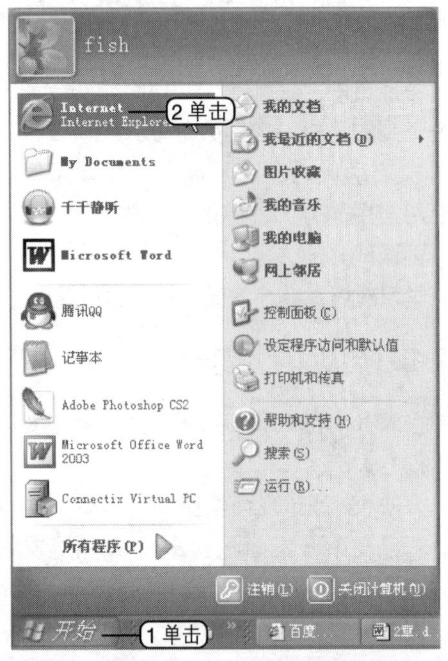

图 2-3 通过“开始”菜单启动 IE 浏览器

方法 4：通过“运行”对话框启动。

在操作系统的“运行”对话框中输入“iexplore.exe”或者 Internet 资源的 URL。

下面通过“运行”对话框，打开输入中华网的 URL“www.china.com”来启动 IE 浏览器。

1 单击开始按钮，在弹出的菜单中选择【运行】菜单命令，如图 2-4 所示。

操作提示

URL（统一资源定位器，英语 Uniform Resource Locator 的缩写）也被称为网页地址，是 Internet 中标准的资源地址。它是用于完整地描述 Internet 上网页和其他资源的地址的一种标识方法。Internet 中的每一个网页都具有一个唯一的名称标识，通常就称为 URL 地址。这种地址可以是本地磁盘，也可以是局域网上的某一台计算机，更多的是 Internet 上的站点。简单地说，URL 就是 Web 地址，俗称“网址”。

图 2-4 选择菜单命令

2 打开“运行”对话框，在其中的“打开”下拉列表框中输入“www.china.com”，单击确定按钮，如图 2-5 所示。

图 2-5 打开“运行”对话框

③ 系统将启动 IE 浏览器，并进入中华网的主页，如图 2-6 所示。

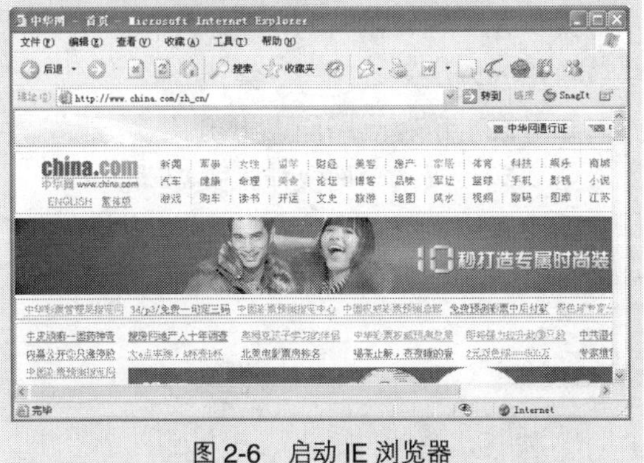

图 2-6　启动 IE 浏览器

方法 5：通过“开始”菜单的“所有程序”启动。

打开 Windows XP 的“开始”菜单，选择【所有程序】→【Internet Explorer】菜单命令，如图 2-7 所示。

图 2-7　通过“所有程序”菜单启动 IE 浏览器

2.1.2　退出IE浏览器

当不需要浏览网页时，可以退出 IE 浏览器，以释放更多的资源。退出 IE 浏览器主要有以下几种常用的方法。

方法 1：在打开的 IE 浏览器窗口中，用鼠标单击其右上角的×按钮。

方法 2：在打开的 IE 浏览器窗口中，用鼠标双击其左上角的图标。

方法 3：在打开的 IE 浏览器窗口中，用鼠标单击其左上角的图标，在弹出的快捷菜单中选择【关闭】菜单命令，如图 2-8 所示。

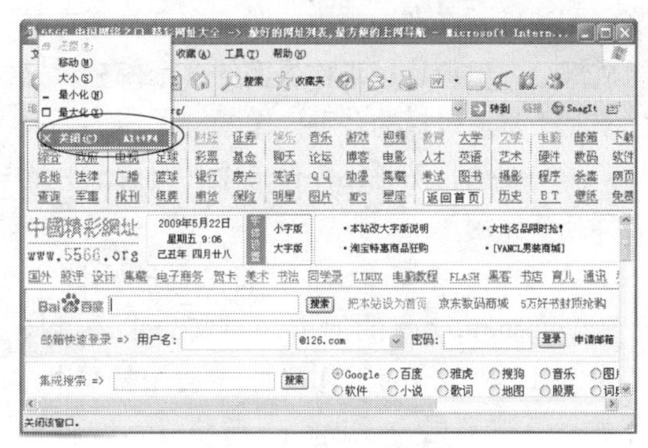

图 2-8　关闭 IE 浏览器

方法 4：在打开的 IE 浏览器窗口中，按【Alt+F4】组合键。

方法 5：在打开的 IE 浏览器窗口中，选择【文件】→【关闭】菜单命令，如图 2-9 所示。

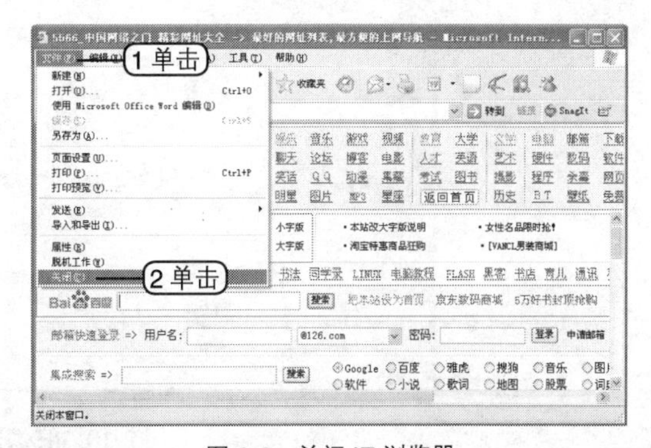

图 2-9　关闭 IE 浏览器

2.1.3 自测练习及解题思路

1．测试题目

第 1 题 启动 IE 浏览器。

第 2 题 退出 IE 浏览器。

第 3 题 用桌面快捷方式启动 IE 浏览器。

第 4 题 通过快捷键退出 IE 浏览器。

2．解题思路

第 1 题 题目没有明确要求用何方法，应从最常用的方法开始，一一尝试。

第 2 题 解题思路同第 1 题。

第 3 题 双击桌面快捷方式启动。

第 4 题 按【Alt+F4】组合键。

2.2 认识IE浏览器工作界面

考点分析：认识工作界面只是操作 IE 浏览器的基础，在考试当中一般不会直接考查其组成部分，但应认识工作界面的各个部分，这样有利于学习以后的各种操作。

学习建议：熟悉工作窗口中各组成部分的名称及其作用。

启动 IE 浏览器后，将打开网址为 http://cn.msn.com 的默认主页，如图 2-10 所示。IE 浏览器的工作界面主要由标题栏、菜单栏、工具栏、地址栏、链接栏、网页显示窗口和状态栏等部分组成，各部分的功能简介如下。

2.2.1 标题栏

标题栏位于 IE 浏览器最上侧，其左侧显示的是网页名称，右侧分别为“最小化”、“最大化”/“还原”和“关闭”3 个控制按钮，如图 2-11 所示。使用鼠标拖动标题栏，可以在系统桌面上移动 IE 浏览器窗口的位置。

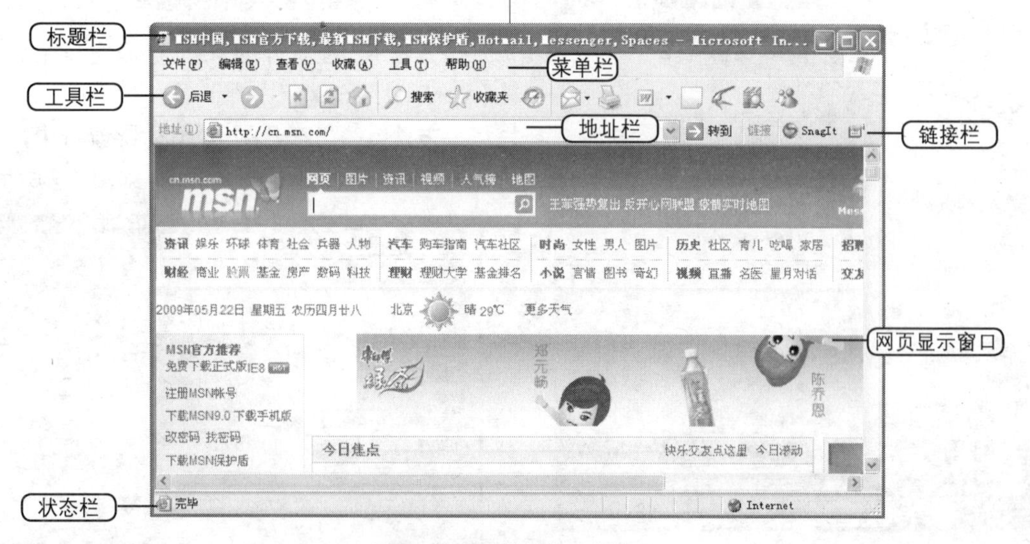

图 2-10 IE 浏览器的工作界面

MSN中国, MSN官方下载, 最新MSN下载, MSN保护盾...

图 2-11　IE 浏览器的标题栏

2.2.2　菜单栏

菜单栏中包括“文件”、“编辑”、“查看”、“收藏”、“工具”和“帮助”6 个菜单项，通过选择各菜单项下的命令可实现对 Web 文档的编辑、保存、复制等操作，还可设置 IE 浏览器或获得帮助信息，如图 2-12 所示。

文件(F)　编辑(E)　查看(V)　收藏(A)　工具(T)　帮助(H)

图 2-12　IE 浏览器的菜单栏

2.2.3　工具栏

工具栏中包括“后退”、“前进”、“停止”、“刷新”、“主页”、“搜索”、“历史”等按钮，通过单击这些按钮可以实现相应的功能，如图 2-13 所示。

图 2-13　IE 浏览器的工具栏

工具栏中的快捷按钮数量和种类用户可以自己定制，默认显示且常用的按钮如下。

- “后退”按钮：单击该按钮，可以浏览以前浏览过的某一网页。单击该按钮右侧的按钮，将弹出一个已经浏览过网页的标题列表，选择其中某个标题，就可以重新打开该网页进行浏览。
- “前进”按钮：单击该按钮，可以跳转到使用“后退”按钮浏览网页之前访问过的网页进行浏览。同样，单击该按钮右侧的按钮，将弹出一个已经浏览过网页的标题列表，选择其中某个标题，就可以重新打开该网页进行浏览。
- “停止”按钮：单击该按钮，可以中止 IE 浏览器下载并显示当前网页的剩余信息。通常情况下，如果所浏览的网页需要经过一段时间才能完全显示时，单击该按钮就可以帮助尽快取消对这一网页的浏览。
- “刷新”按钮：单击该按钮，可以使 IE 浏览器重新下载并显示当前网页的信息。通常情况下，如果所浏览的网页显示不完整或浏览期间该网页的内容发生了变化，就需要使用这个按钮。需要注意的是，对于动态网页和有时间限制的网页，单击该按钮可能导致出错。
- “主页”按钮：单击该按钮，IE 浏览器将打开默认的、初次打开 IE 浏览器时浏览的网页。
- “搜索”按钮：单击该按钮，可以通过 IE 浏览器内置的搜索引擎在 Internet 中进行搜索。
- “收藏夹”按钮：单击该按钮，将打开 IE 浏览器的“收藏夹”窗格，在其中保存了 IE 浏览器内置和用户保存的网页超级链接。利用这些超级链接，可以快速定位到想要浏览的网页。
- “历史”按钮：单击该按钮，将打开 IE 浏览器的“历史记录”窗格，其中按照浏览网页的时间，保存了 IE 浏览器访问过的网页超级链接。利用这些超级链接，可以快速定位到过去浏览过的网页。
- “邮件”按钮：该按钮是 IE 浏览器启动默认的邮件处理程序的按钮。单击该按钮，将打开选择处理方式的菜单，通过该菜单可以发送与接收邮件，还可以将当前浏览的网页甚至其对应的超级链接发送出去。

◈ “打印”按钮：该按钮是启动打印机设置程序，完成当前网页打印的按钮。

2.2.4 地址栏

地址栏主要用于输入要浏览的网页的地址。打开一个网页后，也会在地址栏中显示当前页的URL地址，如图2-14所示。在默认条件下，IE浏览器的自动填充功能会对地址栏中的地址起作用，因此，输入不完整的URL地址或单击其右侧的按钮，在弹出的下拉列表框中选择曾经输入的网址，也可以打开对应的网页。

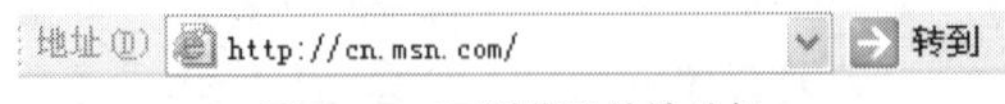

图2-14 IE浏览器的地址栏

2.2.5 链接栏

链接栏中是Microsoft公司推荐站点的快捷方式图标，单击某个快捷方式图标可以快速在IE浏览器中打开相应的网站，如链接栏中的图标过多，可单击»图标，在弹出的下拉列表中选择所需的快捷站点，如图2-15所示。

图2-15 IE浏览器的链接栏

用户也可自行在其中创建或删除快捷方式图标。其方法有如下几种。

方法1：将网页的图标从地址栏拖到链接栏。

方法2：将超级链接从网页拖到链接栏。

方法3：在收藏夹列表中将超级链接拖到链接文件夹中。

2.2.6 网页显示窗口

网页显示窗口位于地址栏下面，显示所浏览网页的内容，也是浏览器最主要的部分，如图2-16所示。

图2-16 IE浏览器的网页显示窗口

2.2.7 状态栏

状态栏主要显示浏览器当前操作状态的相关信息。当输入或者选择了某一网页的地址后，状态栏中将显示“正在连接站点”，表示正在查找需要连接的主机；当找到指定的主机时，则会显示“已找到站点”；开始连接Web服务器主机时则显示“正在打开网页”，以及表示连接情况的进度条等信息；当连接成功后，在状态栏中则会显示“完成”信息，如图2-17所示。

图2-17 IE浏览器的状态栏

2.3 使用IE浏览器浏览网页

考点分析：这一考点是常考内容，而且是基础考点，建议考生要非常熟悉这些操作，保证能得到这类题目的分数。考试题目经常会要求考生连续执行两个以上操作，如打开网页后再保存等。

学习建议：熟练掌握各种打开网页、在新窗口浏览、脱机浏览、保存网页信息、发送和打印网页的方法。本节基础知识点较多，出题频率很高，认真掌握所有操作。

2.3.1 打开指定网页

在 IE 浏览器中打开指定网页有多种方法，根据不同情况采用不同方法可提高效率。

方法 1：通过输入 URL 地址打开。

在 IE 浏览器的地址栏中输入需浏览网页的 URL 地址，再按回车键或单击地址栏右侧的"转到"按钮，如图 2-18 所示。

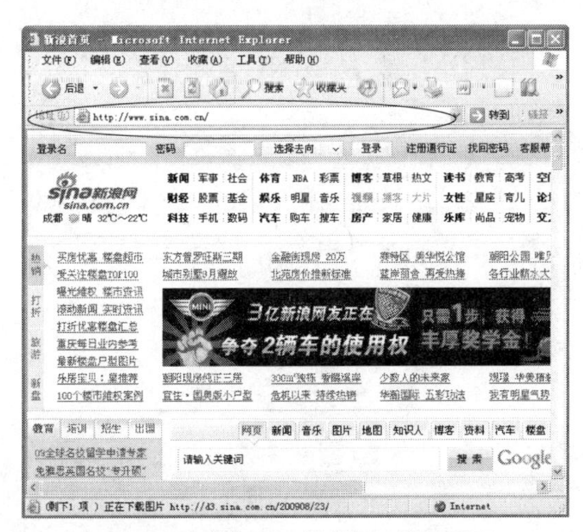

图 2-18 单击 URL 地址打开指定网页

方法 2：通过菜单命令打开。

在 IE 浏览器窗口中，选择【文件】→【打开】菜单命令，打开"打开"对话框，在"打开"下拉列表框中输入需要浏览网页的 URL 地址，按回车键或单击 确定 按钮，如图 2-19 所示。

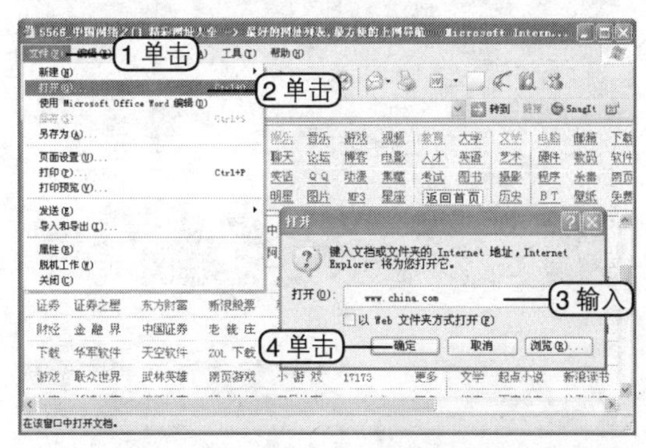

图 2-19 通过"打开"对话框打开指定网页

方法 3：通过超级链接打开。

单击网页中的超级链接，将鼠标指针移到网页中的某一段文字或某一幅图片上时，鼠标指针将变为☝形状。单击该段文字或图像便可链接到其他网页或网页中的另一个位置上，这样的文字或图像便是超级链接的载体。通过单击网页中的这些超级链接，便可浏览相关的信息。

下面通过超级链接浏览中华网的军事网页，其具体操作如下。

1 启动 IE 浏览器，将打开默认的网页，在地址栏中输入中华网的 URL 地址"www.china.com"，再按回车键，如图 2-20 所示。

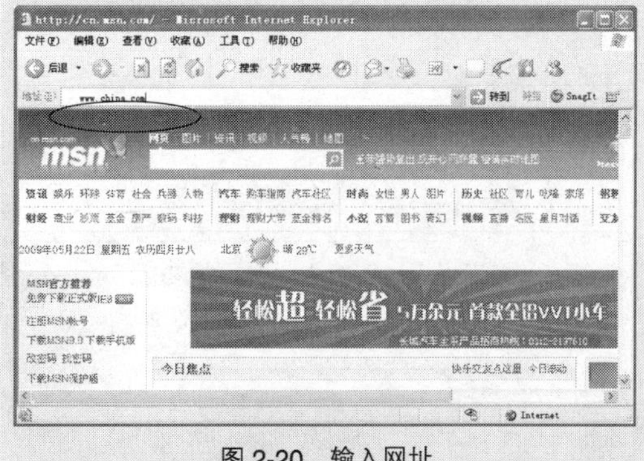

图 2-20 输入网址

2 在打开的中华网主页面中显示了很多超级链接，在其中单击需要浏览的“军事”超级链接，如图 2-21 所示。

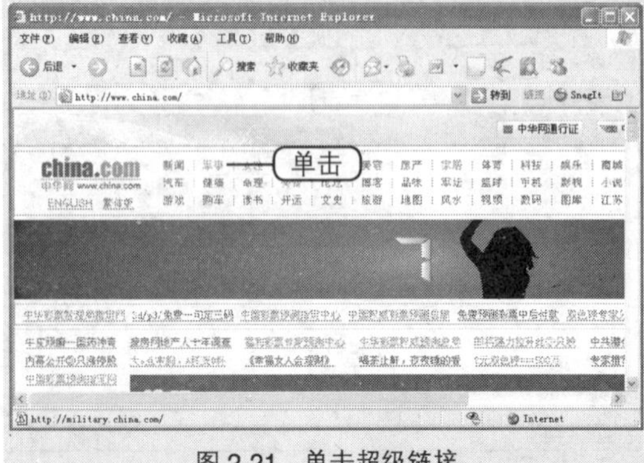

图 2-21 单击超级链接

3 在打开如图 2-22 所示的“中华网军事”页面中也显示了很多超级链接，在其中单击需要查阅信息的超级链接将打开该信息页面，即可浏览你感兴趣的信息了。

图 2-22 打开的网页

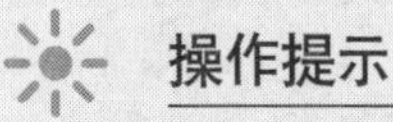

操作提示

在很多情况下，单击网页中的超级链接时，新的网页并不是显示在当前的浏览器窗口中，而是另外打开了一个浏览器窗口进行显示，这是网页设计人员的刻意设计。

2.3.2 在新窗口中浏览新的网页

如果希望保留当前窗口中浏览的网页，在新窗口中浏览新的网页，可以通过以下几种方法来实现。

方法 1：通过菜单命令浏览。

在 IE 浏览器窗口中，选择【文件】→【新建】→【窗口】菜单命令，如图 2-23 所示。

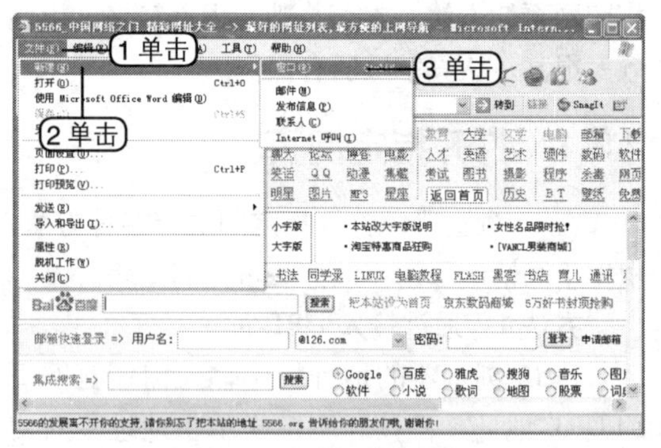

图 2-23 选择菜单命令

方法 2：通过快捷键浏览。

使用快捷键【Ctrl+N】重新打开一个浏览器窗口，然后输入网址。

方法 3：通过右键菜单浏览。

用鼠标右键单击网页中的某个超级链接，在弹出的快捷菜单中选择【在新窗口中打开】菜单命令，如图 2-24 所示。

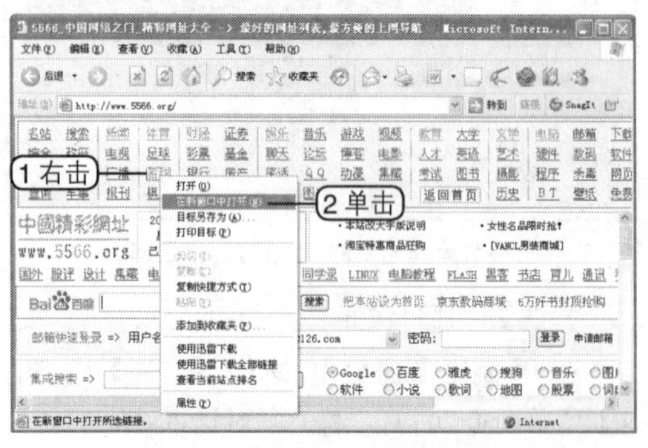

图 2-24 使用鼠标右键打开新窗口

下面使用右键菜单在新的窗口中浏览中华网的汽车网页为例进行讲解，其操作方法如下。

① 启动IE浏览器，在打开网页地址栏中输入中华网的URL地址，打开其主页。

② 用鼠标右键单击网页中的“汽车”超级链接，在弹出的快捷菜单中选择【在新窗口中打开】菜单命令，如图2-25所示。

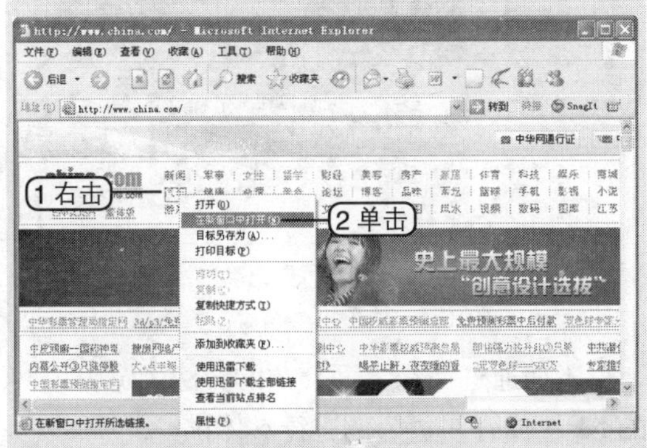

图2-25　使用鼠标右键选择菜单命令

③ IE浏览器将重新打开一个如图2-26所示的窗口，显示“中华网汽车”页面的相关信息和内容。可以看到，在该窗口的后面，中华网主页的窗口同样存在。

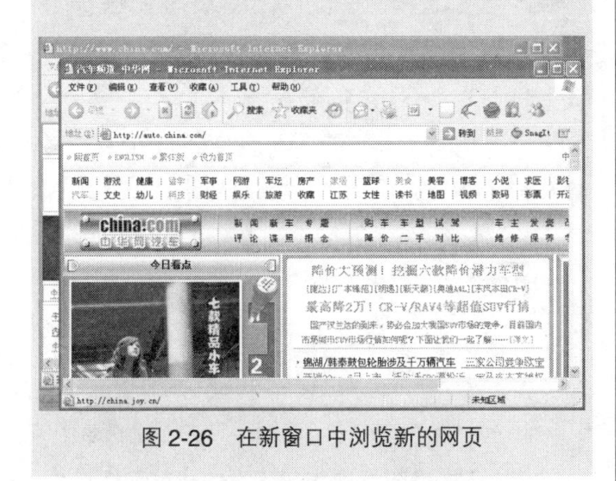

图2-26　在新窗口中浏览新的网页

方法4：通过重启浏览器浏览。

重新启动一次IE浏览器，在IE浏览器的地址栏中输入需浏览网页的URL地址，再按回车键或单击地址栏右侧的“转到”按钮。或者重新启动一次IE浏览器，选择【文件】→【打开】菜单命令，在弹出的“打开”对话框的“打开”下拉列表框中输入需要浏览网页的URL地址，按回车键或单击 确定 按钮。

2.3.3　打开已浏览过的网页

如果要在IE浏览器中打开已经浏览过的网页，可以通过以下几种方法来实现。

方法1：通过工具按钮打开。

在IE浏览器窗口中，通过“前进”和“后退”按钮，可以方便地查看刚刚访问过的网页，如图2-27所示。

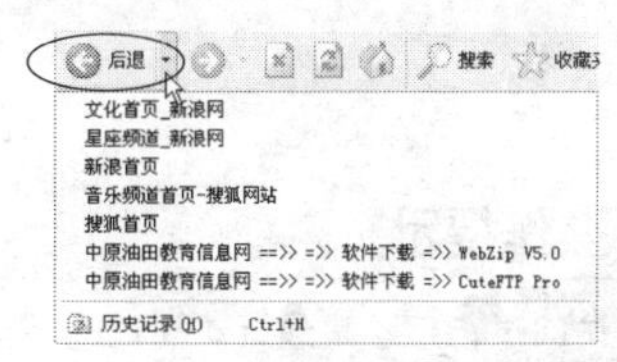

图2-27　“后退”下拉列表

方法2：通过“收藏夹”按钮打开。

在工具栏中单击“收藏夹”按钮，将打开IE浏览器的“收藏夹”窗格，在其中保存了IE浏览器内置和用户保存的网页超级链接。单击这些超级链接也可快速定位到已经浏览过并进行保存的网页，如图2-28所示。

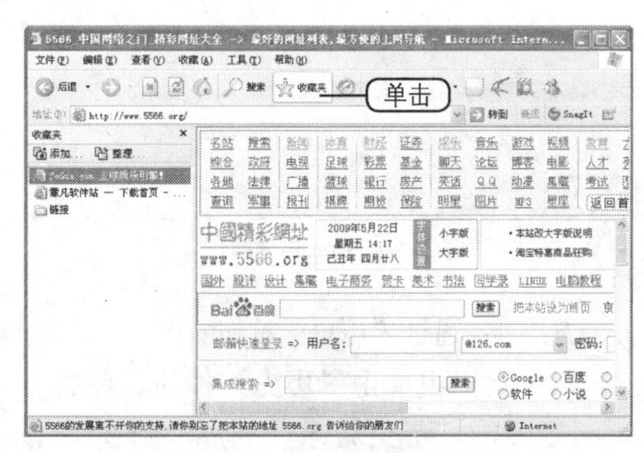

图2-28　打开收藏夹窗格

方法3：通过地址栏右侧的 按钮打开。

单击地址栏右侧的 按钮，在弹出的下拉列表中将显示最近浏览过的网址列表，选择所需的网址即可，如图2-29所示。

图2-29 最近访问过的网址

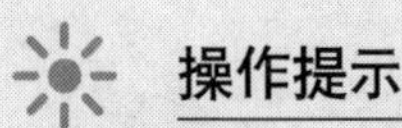

操作提示

如果曾经访问过，但不是最近访问过的网页，可以在地址栏中输入该网址的前一个或几个字符，此时地址栏的下拉列表中将自动显示曾访问过，且与输入内容前面部分相同的网址，如图2-30所示。

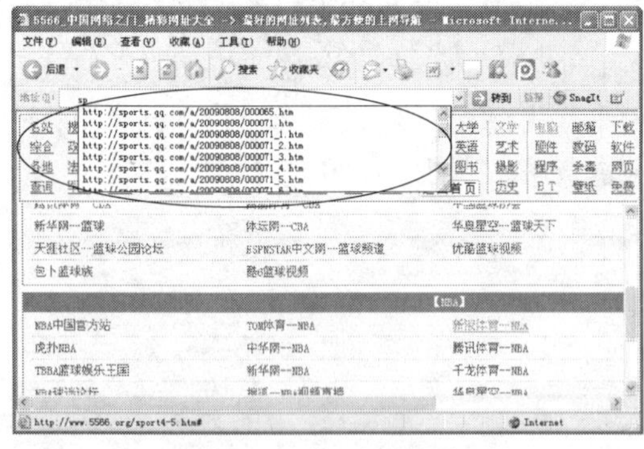

图2-30 输入部分网址

方法4：通过“历史”按钮打开。

在工具栏中单击“历史”按钮，将打开IE浏览器的“历史记录”窗格，在其中按照浏览网页的时间，保存了IE浏览器访问过的网页超级链接。单击相应超级链接，可以快速定位到过去浏览过的网页，如图2-31所示。

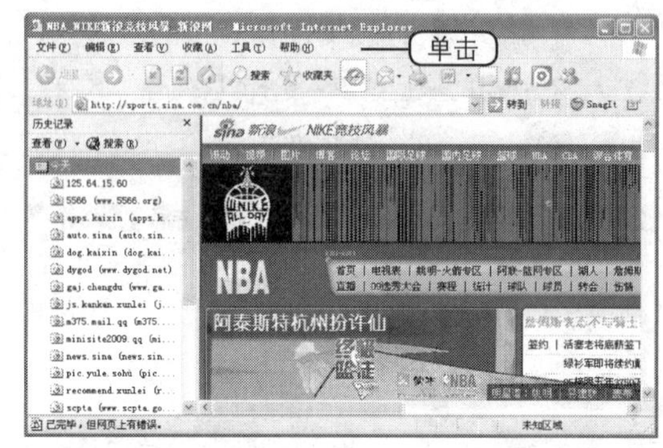

图2-31 打开历史记录窗格

下面通过使用上面介绍的方法浏览腾讯网的NBA体育网页为例进行具体讲解。

1 启动IE浏览器，单击“历史”按钮，将打开IE浏览器的“历史记录”窗格。

2 单击需要打开的“sports qq”超级链接，如图2-32所示。

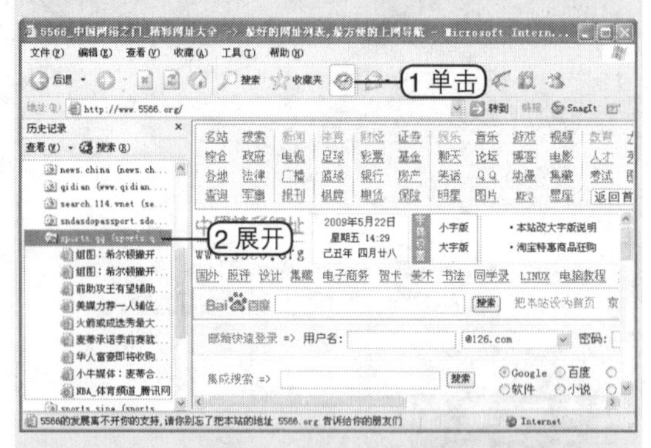

图2-32 打开IE浏览器的“历史记录”窗格

3 在弹出的选项中单击“NBA_体育频道_腾讯网”超级链接，打开已经浏览过的腾讯网NBA体育频道网页，如图2-33所示。

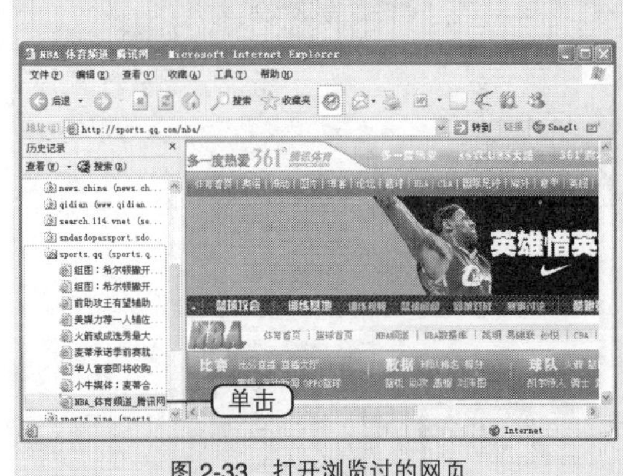

图 2-33　打开浏览过的网页

2.3.4　脱机浏览网页

连接网络并打开所需网页后，由于上网时间或费用的限制，可将当前打开的网页设置为脱机工作，从而在不连接网络的情况下显示网页。

1．设置脱机浏览网页

设置脱机浏览网页的具体操作如下。

1 启动 IE 浏览器，选择【文件】→【脱机工作】菜单命令，如图 2-34 所示。

图 2-34　选择菜单命令

2 这时，在 IE 浏览器标题栏中将显示“……[脱机工作]”的字样，如图 2-35 所示，该网页就能被脱机浏览。

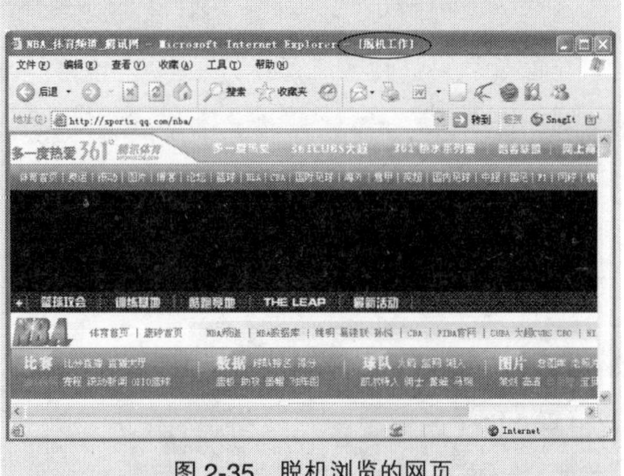

图 2-35　脱机浏览的网页

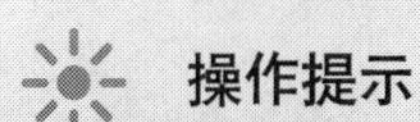

操作提示

重复一次上面的操作即可将 IE 浏览器恢复到与 Internet 连接状态。

2．脱机浏览网页的特点

通常情况下，脱机浏览网页需要与“收藏夹”和“历史记录”窗格配合使用。这种方法与“打开已浏览过的网页”一节中叙述的方法相比，脱机浏览网页的最大特点是：“脱机浏览”浏览的是已经下载到 IE 历史记录中的“旧”内容，而“打开已浏览过的网页”则是使用历史记录中的超级链接，重新下载新的内容。

2.3.5　保存网页

对于网络中有用的信息，可以将其保存下来以便日后参考或者脱机浏览。保存网络信息主要有保存整个网页、保存超级链接对应的网页、保存网页中的图片、保存网页中的文字和保存网页中的快捷方式等操作。

1．保存当前网页

保存当前网页具体操作如下。

1 启动 IE 浏览器，选择【文件】→【另存为】菜单命令，如图 2-36 所示。

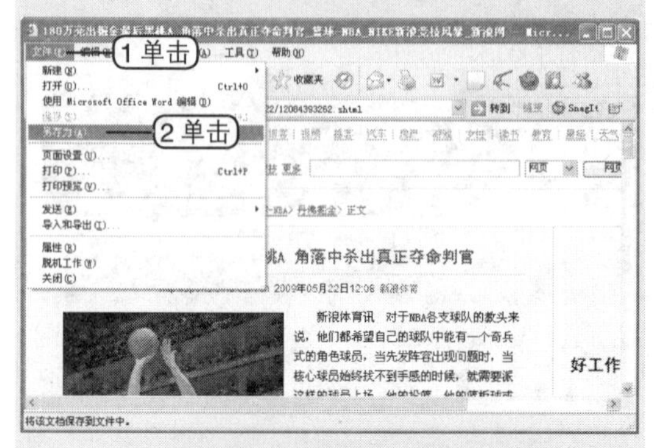

图 2-36 选择菜单命令

2 在打开的“保存网页”对话框中的“保存在”下拉列表框中选择网页的保存位置，在“文件名”下拉列表框中输入文件名（也可保持默认名称），在“保存类型”下拉列表框中选择文件的类型，然后单击【保存(S)】按钮，如图 2-37 所示。

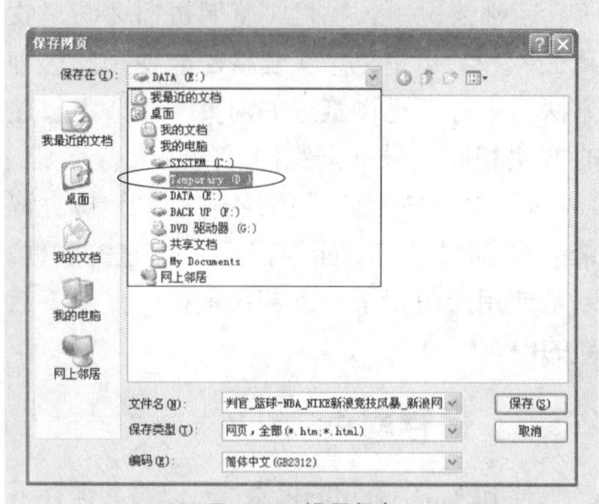

图 2-37 设置保存

3 网页中将打开对话框，显示保存进度，如图 2-38 所示，稍等片刻所需网页就被保存到选择的位置。

4 保存完毕，打开保存的文件夹，可以看到 .htm 格式的文件和一个同名的文件夹，如图 2-39 所示，双击 .htm 格式的网页文件即可打开 IE 浏览器窗口并显示网页内容。

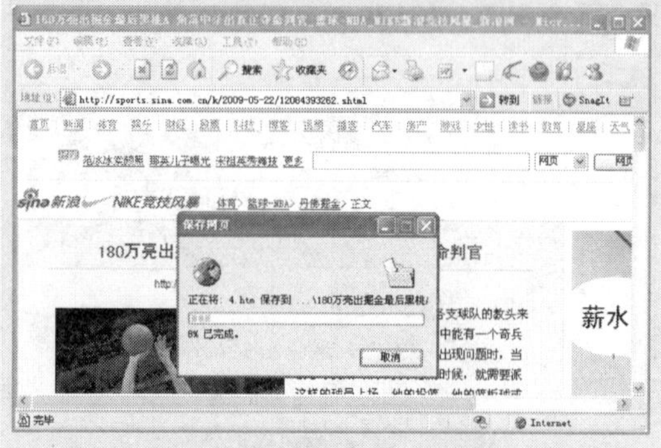

图 2-38 显示保存进度

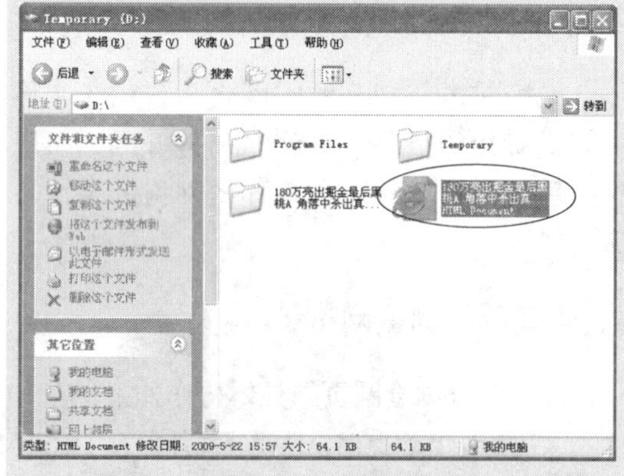

图 2-39 完成保存

保存文件的类型是指准备保存的文件的类型，IE 浏览器可将网页保存为多种格式，分别适用不同的场合，主要有以下几种。

- 网页，全部（*.htm，*.html）：该种文件类型用于保存打开网页中的全部信息（包括文字、图像、框架和样式表等，甚至一些音视频文件），保存后的网页除了有一个 htm 或 html 格式的文件外，还会存在一个与文件同名的文件夹，用来保存网页中其他信息。
- Web 档案，单一文件（*.mht）”：该种文件类型主要用于将打开网页的全部信息保存在一个 MIME 编码的文件中，并将保存当前网页的可见信息，但只有安装 Outlook Express 5 以上版本后才能使用该格式。

◈ 网页，仅 HTML (*.htm，*.html)：该种文件类型只保存 HTML 页的信息（除图像、声音或其他文件外）。

◈ 文本文件：该种文件类型可以将当前网页以纯文本格式保存。

考场点拨

考题有时会要求考生先打开网页，再保存，所以考生在做题前，应先理解题意。一般考题的界面中已显示网页，则无需打开；如没有显示网页，多半需要通过地址栏输入网址打开网页后，再进行保存操作。

2. 保存超级链接对应的网页

保存超级链接对应的网页主要有以下两种方法。

方法 1：通过打开网页保存。

单击该超级链接，打开对应的网页，使用保存当前网页的方法进行保存。

方法 2：通过右键菜单保存。

用鼠标右键单击该超级链接，在弹出的快捷菜单中选择【目标另存为】菜单命令，然后在打开的对话框进行保存设置。其具体操作如下。

1 启动 IE 浏览器，用鼠标右键单击“汽车”超级链接，在弹出的快捷菜单中选择【目标另存为】菜单命令，如图 2-40 所示。

2 在打开的“另存为”对话框的“保存在”下拉列表框中选择网页的保存位置，在“文件名”下拉列表框中输入文件名（也可保持默认名称），在“保存类型”下拉列表框中选择文件的类型，然后单击 保存(S) 按钮，如图 2-41 所示。

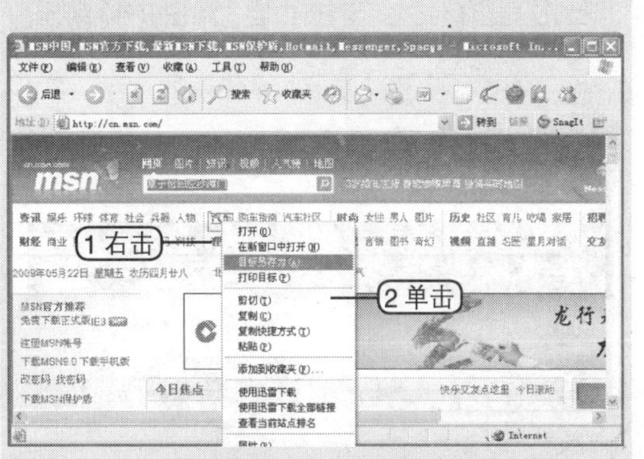

图 2-40　选择菜单命令

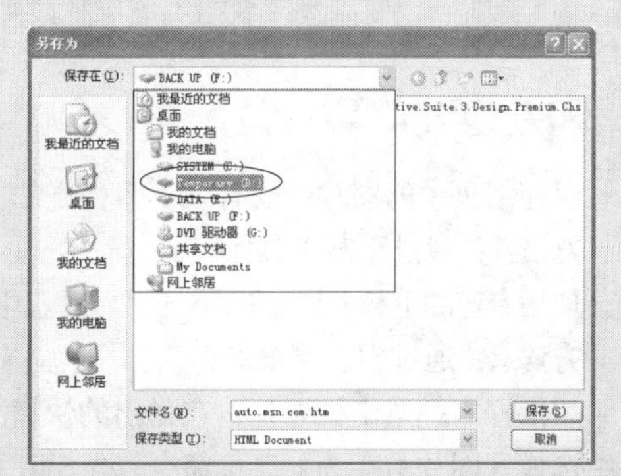

图 2-41　设置保存

3 网页中将打开对话框，显示保存进度，如图 2-42 所示，稍等片刻后所需网页就可被保存到选择的位置。

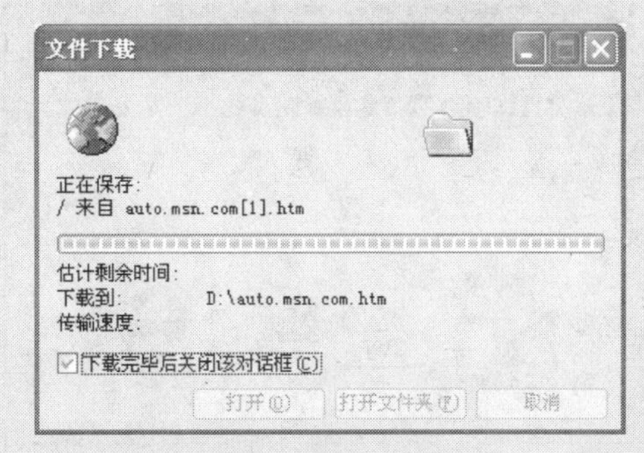

图 2-42　显示保存进度

4 保存完毕，打开保存的文件夹，可以看到保存的文件，双击 .htm 格式的网页文件即可打开

IE 浏览器窗口并显示网页内容，如图 2-43 所示。

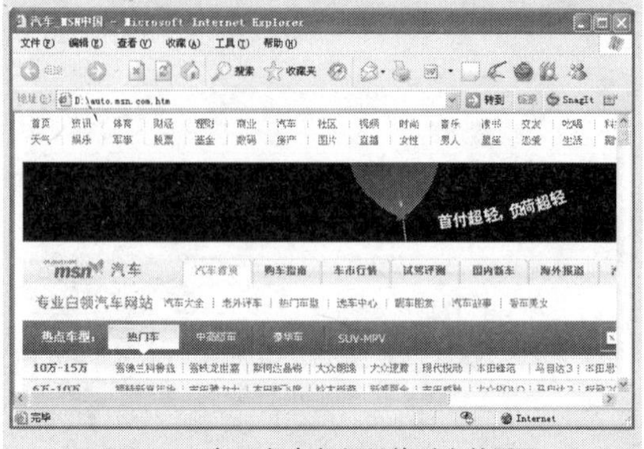

图 2-43　打开保存超级链接对应的网页

3．保存网页中的图片

保存网页中的图片主要有以下两种方法。

方法 1：通过下载工具保存。

使用专业的下载工具，将图片下载到硬盘中。

方法 2：通过右键菜单保存。

用鼠标右键单击该图片，在弹出的快捷菜单中选择【图片另存为】菜单命令，然后在打开的对话框中设置保存位置、文件名和类型，单击 保存(S) 按钮。其具体操作如下。

1 启动 IE 浏览器，在网页中选择一张图片，单击该图片，如图 2-44 所示。

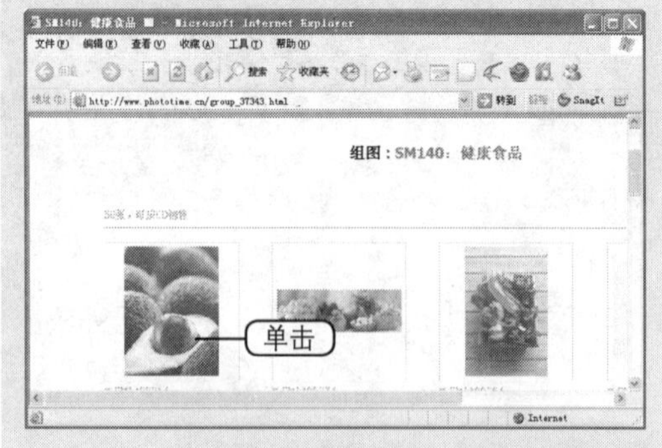

图 2-44　单击图片

2 IE 浏览器将打开该图片单独的网页，用鼠标右键在图片上单击，在弹出的快捷菜单中选择【图片另存为】菜单命令，如图 2-45 所示。

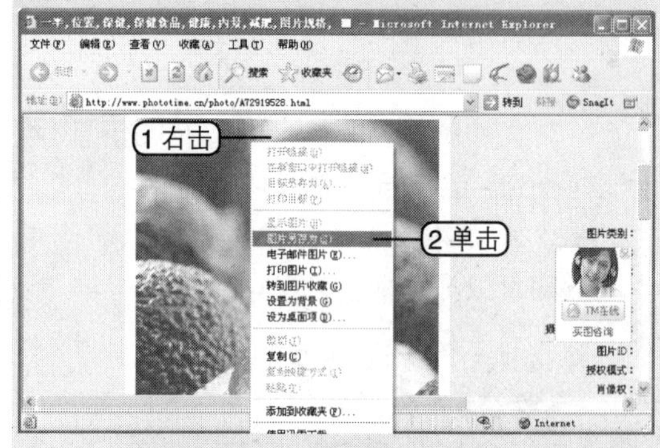

图 2-45　选择菜单命令

3 在打开的“保存图片”对话框中的“保存在”下拉列表框中选择图片的保存位置，在“文件名”下拉列表框中输入文件名（也可保持默认名称），在“保存类型”下拉列表框中选择图片的类型，然后单击 保存(S) 按钮，如图 2-46 所示。

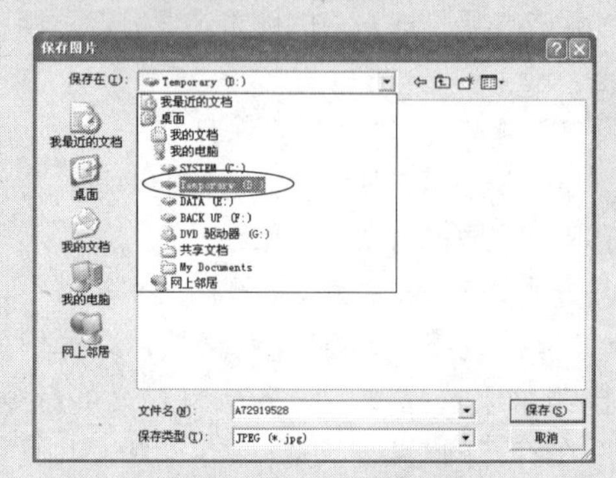

图 2-46　设置保存

4 保存完毕，打开保存的文件夹，可以看到保存的图片，双击该图片文件即可进行浏览，如图 2-47 所示。

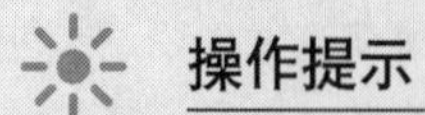

操作提示

通常情况下，如果保存的图片大于 200 像素 ×200 像素，图片上方将自动显示“图像”工具栏，如图 2-48 所示。单击工具栏中的保存图片按钮，也可以打开“保存图片”对话框进行图片保存。

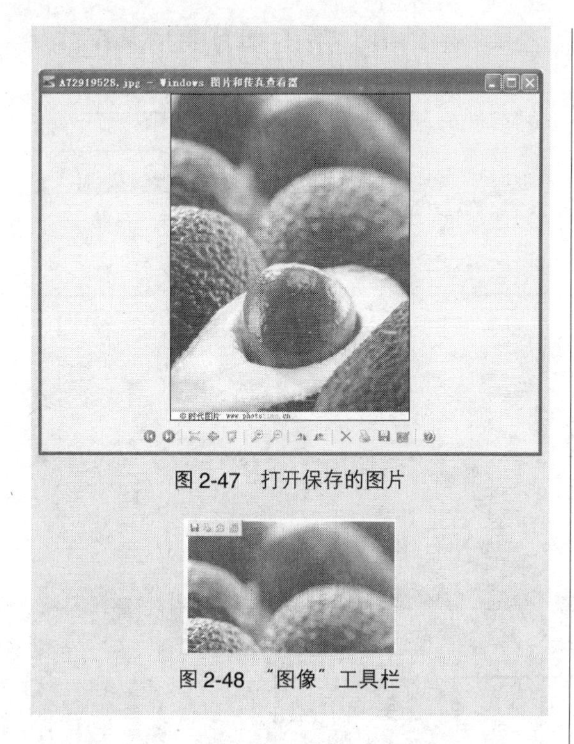

图 2-47　打开保存的图片

图 2-48　"图像"工具栏

4．保存网页中的文字

保存网页中的文字主要有以下几种方法。

方法 1：通过菜单命令保存。

在网页上按住鼠标左键不放并拖动，选择需要保存的文字，选择【编辑】→【复制】菜单命令，如图 2-49 所示，打开文字处理软件，如 Word、记事本或写字板等，将复制的内容粘贴到文档中并进行保存。

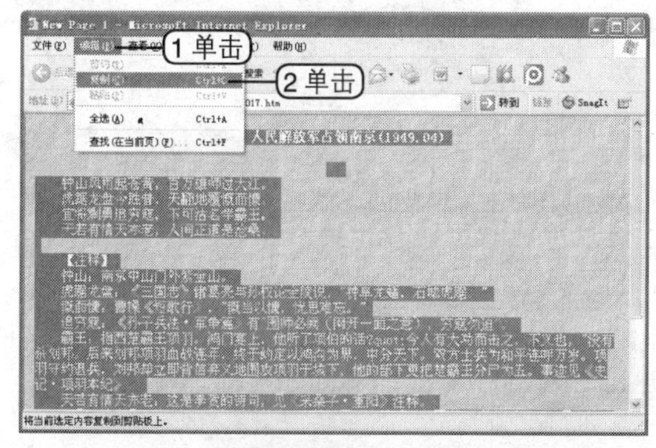

图 2-49　选择【编辑】→【复制】菜单命令

方法 2：通过另存为方式保存。

在需要保存文字的网页上选择【文件】→【另存为】菜单命令，如图 2-50 所示，在打开的"保存网页"对话框中的"保存类型"下拉列表框中选择"文本文件"选项，然后单击 保存(S) 按钮。

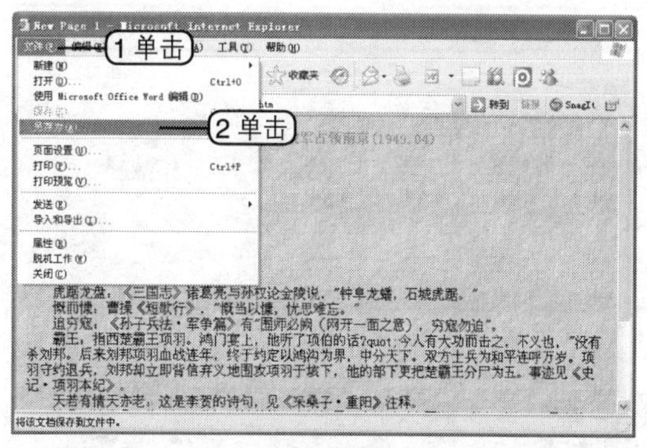

图 2-50　选择【另存为】菜单命令

方法 3：通过快捷键保存。

在网页上按住鼠标左键不放并拖动，选择需要保存的文字，按【Ctrl+C】组合键，打开文字处理软件，将复制的内容粘贴到文档中并进行保存。

方法 4：通过 Word 编辑命令保存。

在需要保存文字的网页上选择【文件】→【使用 Microsoft Office Word 编辑】菜单命令，如图 2-51 所示，启动 Word 并显示该网页的所有内容，删除不需要保存的信息，将剩余的部分以 Word 文档的形式进行保存即可。

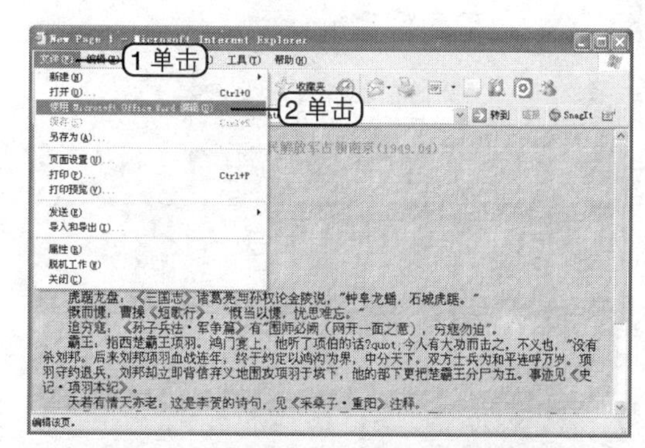

图 2-51　使用 Microsoft Office Word 编辑

方法 5：通过右键菜单保存。

下面以使用右键菜单的方式将某网页中的文字保存到 Word 中为例具体讲解保存网页中文字的方法。

① 打开网页，按住鼠标左键不放并拖动，选择需要保存的文字，在选择区域内单击鼠标右键，在弹出的快捷菜单中选择【复制】菜单命令，如图 2-52 所示。

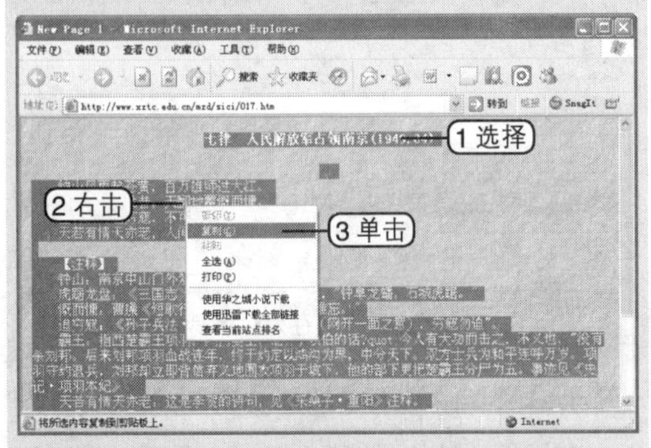

图 2-52　复制文本

② 启动文字处理软件 Word，按【Ctrl+V】键将复制的内容粘贴到 Word 文档中，如图 2-53 所示。

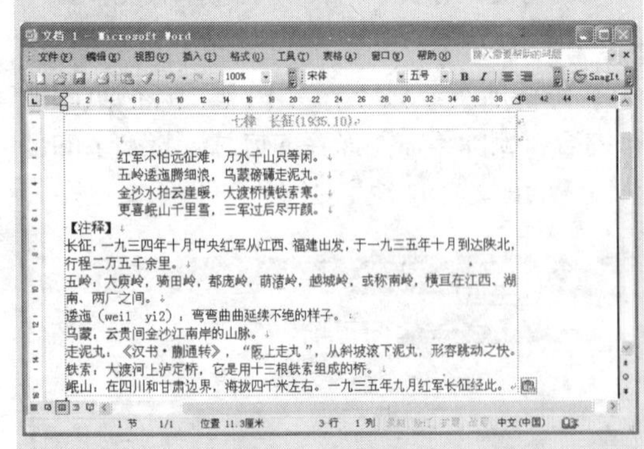

图 2-53　粘贴文本

③ 选择【文件】→【另存为】菜单命令，如图 2-54 所示。

④ 在打开的“另存”对话框的“保存在”下拉列表框中选择文档的保存位置，在“文件名”下拉列表框中输入文件名（也可保持默认名称），在“保存类型”下拉列表框中选择文件的类型，然后单击 保存(S) 按钮，如图 2-55 所示。

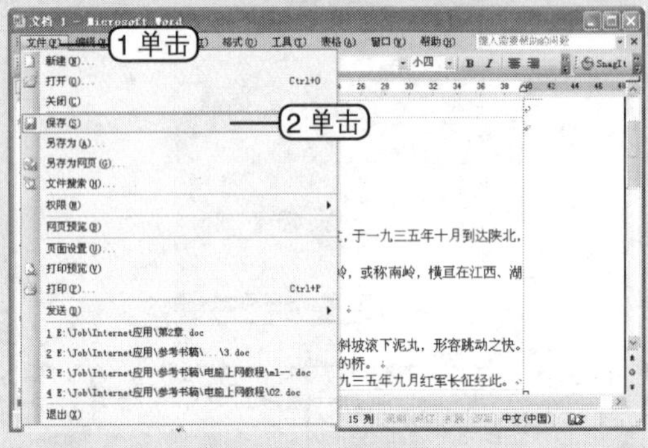

图 2-54　选择保存

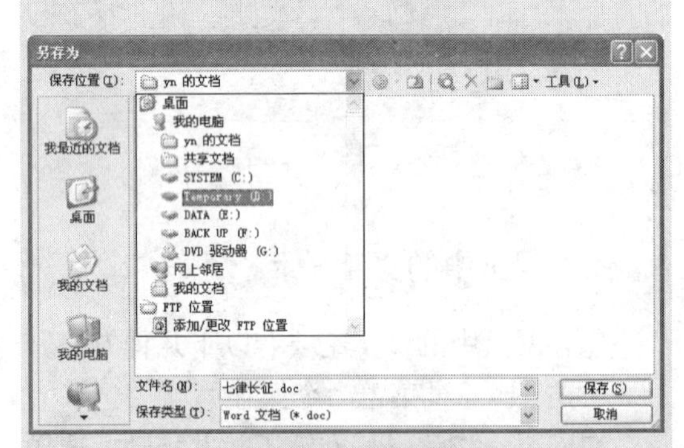

图 2-55　设置保存

⑤ 保存完毕，打开保存的文件夹，可以看到保存为 Word 文档类型的网页中的文字，如图 2-56 所示。

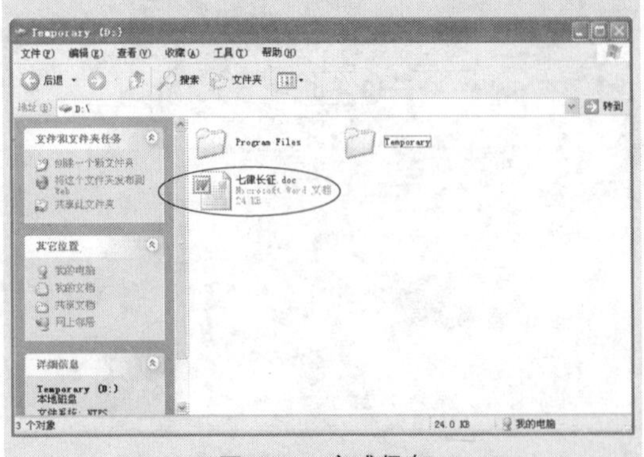

图 2-56　完成保存

操作提示

执行了网页的复制操作后，在文字处理软件中，通过右键菜单选择“粘贴”命令，通过菜单执行“粘贴”命令，或按【Ctrl+V】键均可将复制的网页文本粘贴到其中。

5. 保存网页的快捷方式

保存网页的快捷方式主要有以下三种方法。

方法 1：通过右键菜单保存。

用鼠标右键单击当前网页的空白区域（对于要保存的当前网页），在弹出的快捷菜单中选择【创建快捷方式】菜单命令，如图 2-57 所示，即可将访问该网页的快捷方式保存到桌面上。

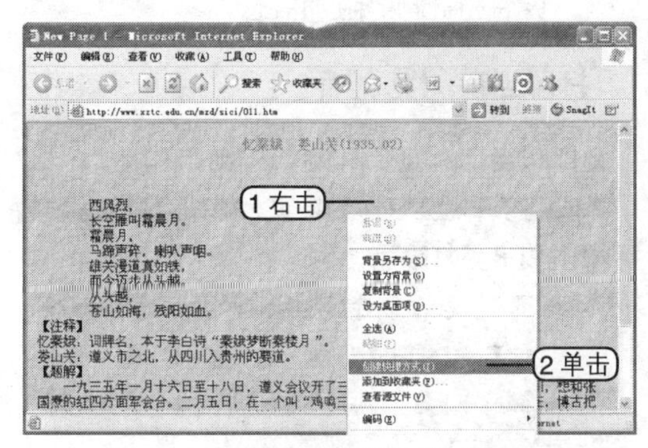

图 2-57 选择【创建快捷方式】菜单命令

方法 2：通过右键单击超级链接保存。

用鼠标右键单击当前网页中的包含超级链接的对象（对于要保存所链接的网页），在弹出的快捷菜单中选择【复制快捷方式】菜单命令，如图 2-58 所示，即可将访问该网页的快捷方式保存到桌面上。

方法 3：通过菜单命令保存。

在当前页中选择【文件】→【发送】→【桌面快捷方式】菜单命令，如图 2-59 所示，也可将当前网页的快捷方式保存到桌面上。

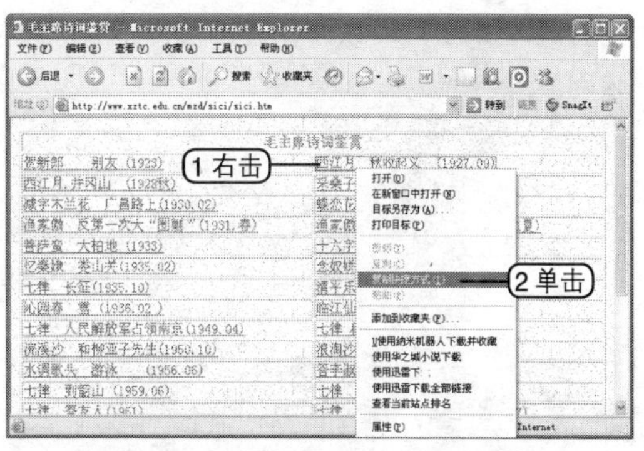

图 2-58 选择【复制快捷方式】菜单命令

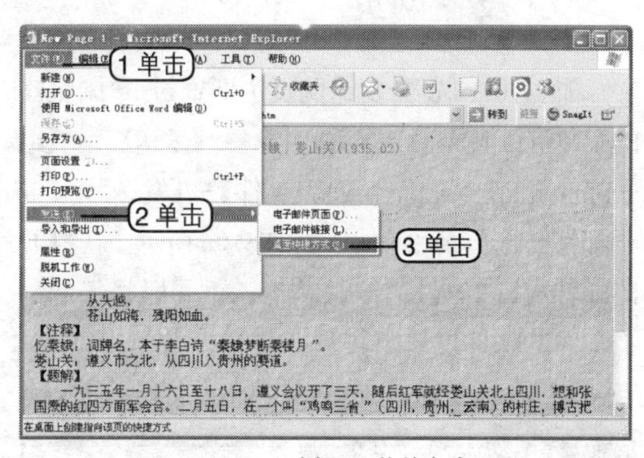

图 2-59 选择 IE 菜单命令

下面通过菜单命令保存网页的快捷方式。

1 打开需要保存的网页，在当前页中选择【文件】→【发送】→【桌面快捷方式】菜单命令，如图 2-60 所示。

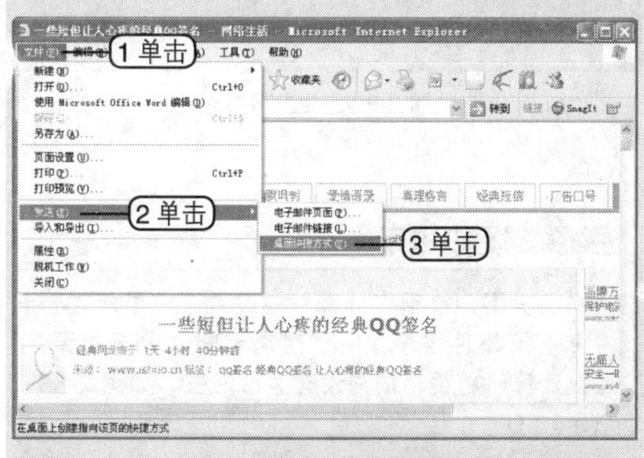

图 2-60 选择 IE 菜单命令

2 在系统桌面上即可看到保存的网页快捷方式，如图 2-61 所示，直接双击即可打开该网页。

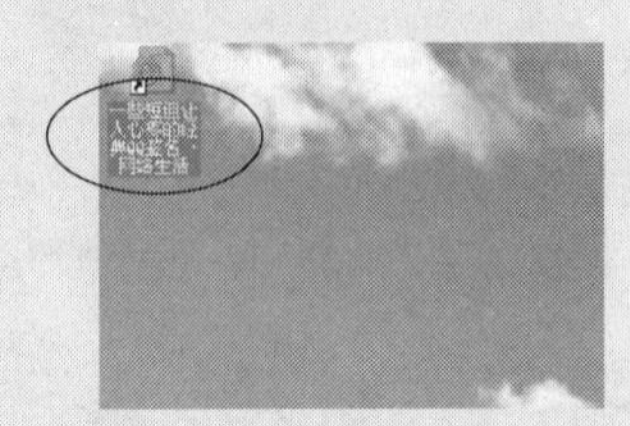

图 2-61 保存的网页快捷方式

2.3.6 发送网页

通过 IE 浏览器发送网页主要通过 IE 浏览器的菜单进行操作，选择【文件】→【发送】→【电子邮件页面】菜单命令或者【文件】→【发送】→【电子邮件链接】菜单命令，如图 2-62 所示，在打开的邮件窗口中填写相关的内容，就可以将包含网页信息的邮件发送出去。

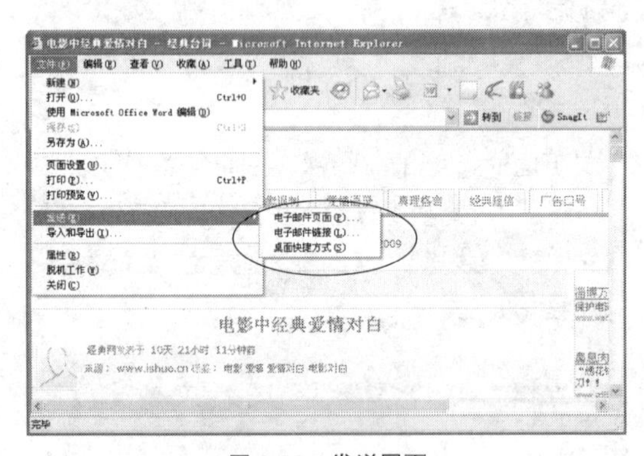

图 2-62 发送网页

操作提示

通常情况下，必须在计算机中设置了电子邮件账户和电子邮件程序才能使用电子邮件发送网页，否则计算机将提示用户没有进行配置，如图 2-63 所示。

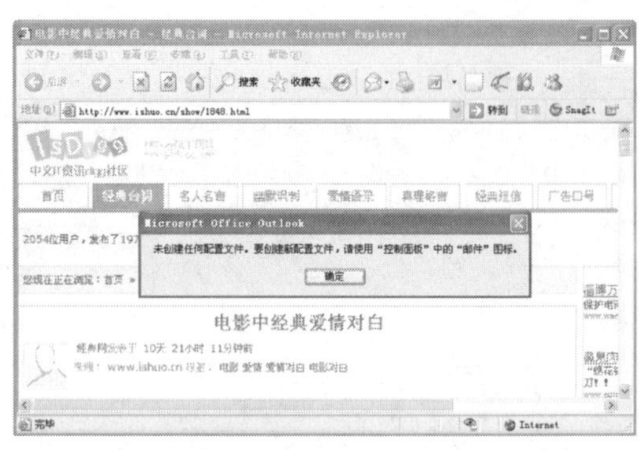

图 2-63 系统提示信息

2.3.7 打印网页

IE 浏览器允许使用不同方式打印网页，如按照屏幕显示打印当前网页；打印出网页的一部分，以及指定打印网页标题、日期、时间、页码、页眉和页脚等附加信息。

1. 打印当前浏览页面

打印当前浏览页面的具体操作如下。

1 打开需要打印的网页，使用以下任意一种操作打开“打印”对话框。

◆ 通过菜单命令：在当前页中选择【文件】→【打印】菜单命令，如图 2-64 所示。

图 2-64 选择【文件】→【打印】菜单命令

◆ 通过右键菜单：在当前页中单击鼠标右键，在弹出的快捷菜单中选择“打印”命令，如图 2-65 所示。

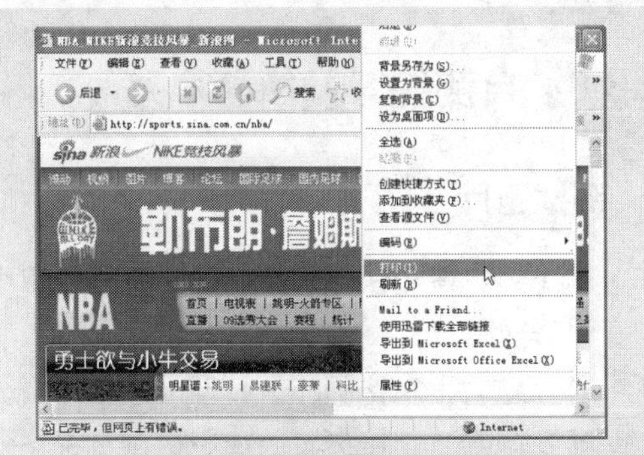

图 2-65　选择右键菜单命令

2 在打开的“打印”对话框的“份数”数值框中输入打印份数，如输入“2”，如图 2-66 所示。

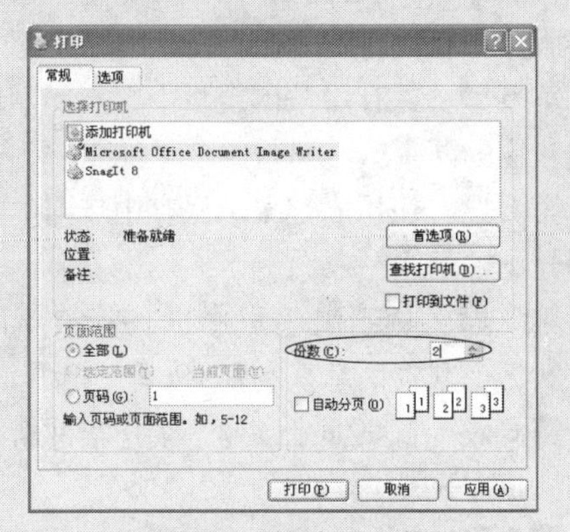

图 2-66　设置打印份数

3 单击 首选项(R) 按钮，打开“打印首选项”对话框的“页面”选项卡，在“页面大小”栏的下拉列表框中设置页面大小，这里选择“A4”选项，在“方向”栏中设置页面方向，这里选中“纵向”单选项，单击 确定 按钮，如图 2-67 所示。

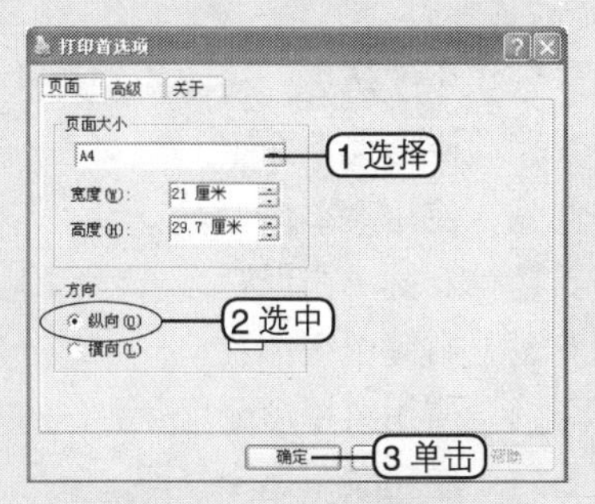

图 2-67　设置打印首选项

4 返回“打印”对话框，单击“选项”选项卡，选中“打印链接列表”复选框，设置只打印当前网页中的链接，单击 打印(P) 按钮，如图 2-68 所示即可开始打印当前浏览的页面。

图 2-68　完成打印

操作提示

如果在“选项”选项卡选中“打印链接的所有文档”复选框，打印时会将当前浏览网页链接到的所有网页一起进行打印。

2. 打印框架网页的指定内容

在打印使用框架进行布局的网页时，可以只打印其中一个目标框架内的内容，不需要将全部内容都进行打印。

如果要打印框架网页内指定的内容，则需要在目标框架内单击鼠标右键，在弹出的快捷菜单中选择【打印目标】菜单命令，IE 浏览器会打开设置对话框，在其中对项目进行设置后，单击 打印(P) 按钮即可打印。

3. 更改网页打印时的外观

如果需要打印网页中一些相关信息，或者调整打印版心的尺寸，则需要在打印之前对打印页面进行设置。

在需要打印的网页中，选择【文件】→【页面设置】菜单命令即可打开“页面设置”对话框，如图 2-69 所示。

图 2-69 “页面设置”对话框

在“页面设置”对话框中可以进行打印使用的纸张大小、纸张方向、页眉和页脚、纸张来源，以及页边距等的设置。其中页眉和页脚使用特定的符号表示不同的含义，如表 2-1 所示。

表 2-1 打印页眉页脚使用的符号

打 印 内 容	需要输入的符号
窗口标题	&W
当前页码	&p
网页总数	&P
单个与号（&）	&&
网页地址（URL）	u
右对齐的文本（后跟 &b）	&b
居中对齐的文本（介于 &b 和 &b 之间）	&b&b
24 小时格式的时间	&T
时间（格式与“控制面板”中的“区域和语言选项”中设定一致）	&t
长格式时间（格式与“控制面板”中的“区域和语言选项”设定一致）	&D
短格式时间（格式与“控制面板”中的“区域和语言选项”设定一致）	&d

2.3.8 自测练习及解题思路

1．测试题目

第 1 题 使用快捷键在新的浏览器窗口中打开中华网网页。

第 2 题 重新访问昨天打开的某个主页。

第 3 题 从连接浏览改成脱机浏览中华网页面，然后再回到连接状态。

第 4 题 保存当前浏览的中华网的网页到“D:\ 网页保存”文件夹，保存名称是中华网页文字版，保存类型是 txt。

第 5 题 保存中华网首页中“新闻”超级链接对应的网页。

第 6 题 使用右键菜单保存中华网中的一张图片。

第 7 题 从新浪主页中进入新浪新闻中心，然后把网页信息复制到 word 文档中。

第 8 题 在桌面上创建一个中华网新闻网页的快捷方式。

第 9 题 打印中华网军事网页，要求打印 3 份，并打印全部的页面。

2．解题思路

第 1 题 使用快捷键【Ctrl+N】重新打开一个浏览器窗口，然后输入网址“www.china.com”。

第 2 题 用“历史”按钮的方式。

第 3 题 使用菜单命令。

第 4 题 使用菜单命令。

第 5 题 右键单击保存。

第 6 题 右键单击保存。

第 7 题 使用菜单命令保存。

第 8 题 使用菜单命令打印。

第 9 题 使用菜单命令打印。

2.4 收藏网页

考点分析：这是常考的基础知识点，命题数量在一套试题中占 1 ～ 3 道，操作比较简单，因此得分比较容易。

学习建议：建议熟练掌握如何将网页添加到收藏夹，如何访问收藏夹，以及如何设置收藏夹。

2.4.1 将网址添加到收藏夹

将网址添加到收藏夹的方法有很多种，常用的有以下一些。

1. 将当前网页添加到收藏夹

将当前网页添加到收藏夹是最常用的收藏夹操作，下面将新浪网的 NBA_NIKE 新浪竞技风暴网页添加到收藏夹的“体育世界”文件夹中，其操作方法如下。

1 打开新浪网的 NBA_NIKE 新浪竞技风暴网页，执行以下任意一种操作，打开“添加到收藏夹”对话框。

- 通过右键菜单添加：用鼠标右键在该网页空白处单击，在弹出的快捷菜单中选择【添加到收藏夹】菜单命令，如图 2-70 所示。

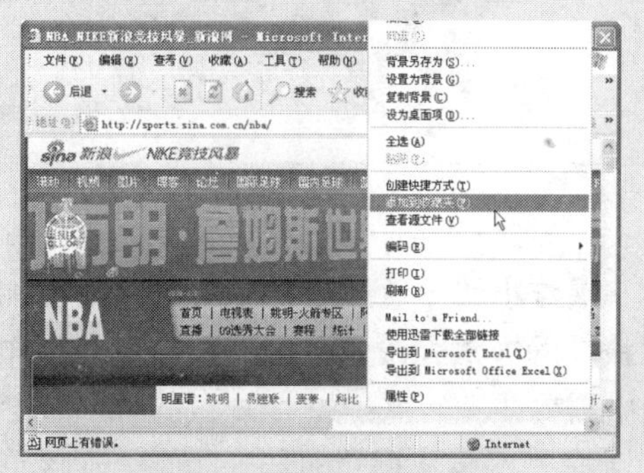

图 2-70　使用右键快捷菜单

- 通过工具栏按钮添加：在 IE 浏览器窗口的工具栏中单击 收藏夹按钮，在打开的“收藏夹”窗格中单击 添加... 按钮，如图 2-71 所示。

图 2-71　使用工具按钮

- 通过菜单命令添加：在 IE 浏览器窗口中选择【收藏】→【添加到收藏夹】菜单命令，如图 2-72 所示。

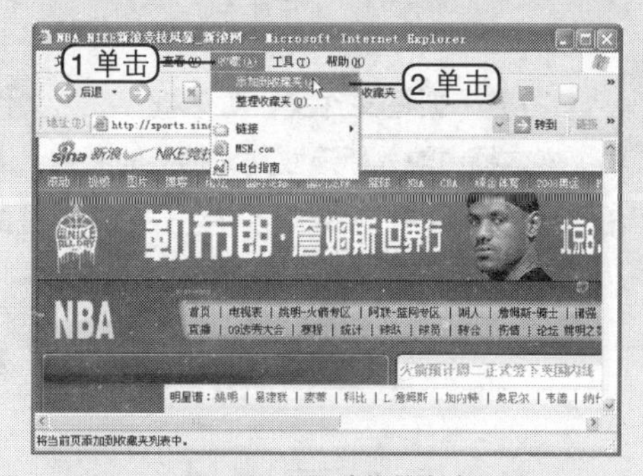

图 2-72　通过菜单命令

2 打开“添加到收藏夹”对话框，选中“允许脱机使用”复选框，在“名称”文本框中保持网页默认的名称，单击 创建到(C) >> 按钮，如图 2-73 所示。

图 2-73　“添加到收藏夹”对话框

操作提示

选中“允许脱机使用”复选框，可以脱机浏览收藏的网页，并且可以利用IE浏览器的同步机制（启动该机制需要在IE浏览器窗口中选择【工具】→【同步】菜单命令）来保持收藏网页与源网页的同步。

3 在“添加到收藏夹”对话框下侧自动展开被折叠的部分，单击新建文件夹(W)...按钮，如图2-74所示。

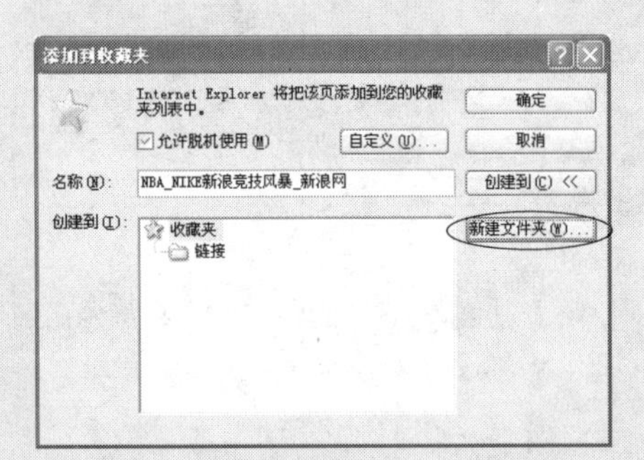

图2-74　展开对话框

4 打开“新建文件夹”对话框，在“文件夹名”文本框中输入新建收藏文件夹的名称，这里输入“体育世界”，单击确定按钮，如图2-75所示。

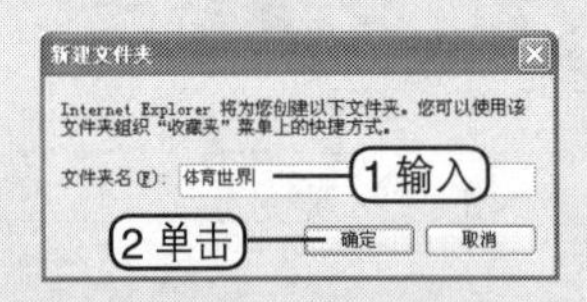

图2-75　新建文件夹

5 返回“添加到收藏夹”对话框，可以看到在收藏夹中已经创建了一个“体育世界”文件夹，当前网页将被添加到这个文件夹中，单击确定按钮，如图2-76所示。

6 IE浏览器会将当前网页添加到收藏夹中，并同步显示进度，如图2-77所示。

7 完成后在IE浏览器窗口的工具栏中单击收藏夹按钮，在打开的“收藏夹”窗格中单击展开“体育世界”文件夹，单击其中“NBA_NIKE新浪竞技风暴_新浪网”超级链接即可浏览收藏的网页，如图2-78所示。

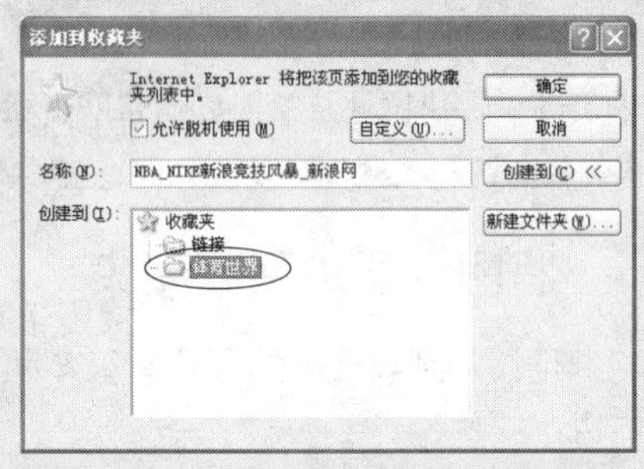

图2-76　返回“添加到收藏夹”对话框

图2-77　添加进度

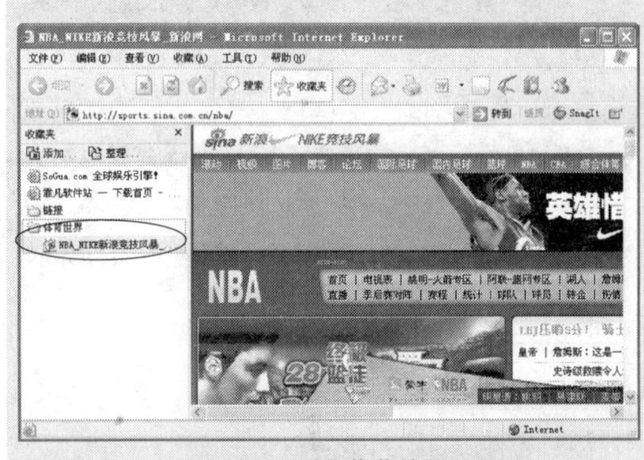

图2-78　浏览收藏的网页

操作小结：通过菜单命令将网址添加到收藏夹的方法是最常用的方法。但在操作过程中需要注意一点：如果在“添加到收藏夹”对话框中不展开折叠的部分，而是直接单击确定按钮，所收藏的网页链接将直接创建在默认位置（“收藏夹”文件夹内），如图2-79所示。

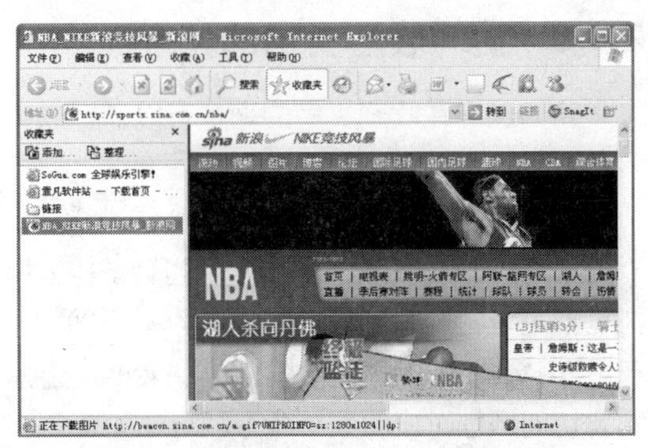

图 2-79 将当前网页添加到“收藏夹”文件夹

考场点拨

本例操作的步骤较多，但实际考试时，其步骤相对较少，如不会要求将网页添加到收藏夹的同时新建文件夹，一般直接保存在收藏夹中或保存在收藏夹已建立好的文件夹中。

2. 将网页中的链接网页添加到收藏夹

将网页中的链接网页添加到收藏夹通常有以下两种方法。

方法 1：通过鼠标拖动添加。

用 IE 浏览器打开网页，将需要添加的超级链接用鼠标拖动到 IE 浏览器窗口工具栏的收藏夹按钮上，如图 2-80 所示。

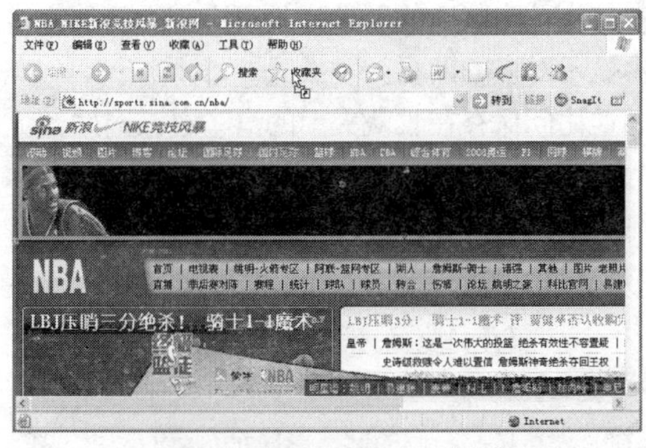

图 2-80 拖动超级链接添加到收藏夹

操作提示

用鼠标直接拖动超级链接到收藏夹按钮上，该超级链接将被添加到默认位置（“收藏夹” 文件夹内），如图 2-81 所示。如果打开“收藏夹”窗格，则可以拖动到任何一个文件夹中。

图 2-81 默认收藏夹位置

方法 2：通过右键菜单添加。

用 IE 浏览器打开该链接所在的网页，在需要添加的超级链接上单击鼠标右键，在弹出的快捷菜单中选择【添加到收藏夹】菜单命令，如图 2-82 所示。在打开的“添加到收藏夹”对话框中进行相应的设置后，单击 确定 按钮可完成当前网页的收藏。

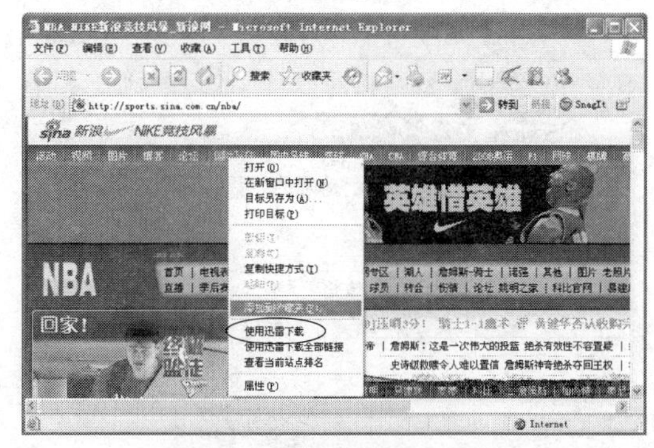

图 2-82 将超级链接添加到收藏夹

下面以将新浪网的 NBA_NIKE 新浪竞技风暴网页中的“电视表”超级链接添加到收藏

夹中为例进行具体讲解，其操作如下。

1 打开新浪网的NBA_NIKE新浪竞技风暴网页，在“电视表”超级链接上单击鼠标右键，在弹出的快捷菜单中选择【添加到收藏夹】菜单命令，如图2-83所示。

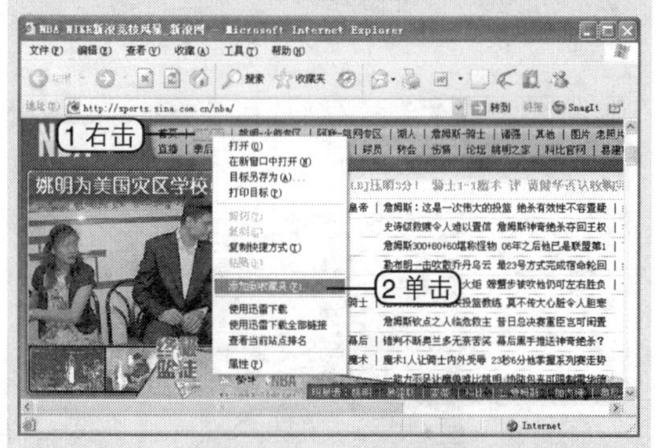

图2-83 选择菜单命令

2 打开“添加到收藏夹”对话框，选中“允许脱机使用”复选框，在“名称”文本框中保持网页默认的名称，单击 确定 按钮，如图2-84所示。

图2-84 “添加到收藏夹”对话框

3 完成后在IE浏览器窗口的工具栏中单击 收藏夹 按钮，在打开的“收藏夹”窗格中通过单击“电视表”超级链接即可浏览收藏的网页，如图2-85所示。

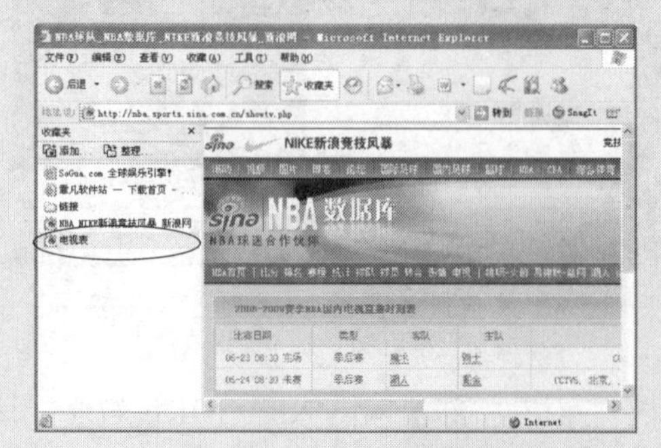

图2-85 浏览收藏的网页

2.4.2 访问收藏夹中的网址

访问保存在收藏夹中的网址可以通过以下两种方法来实现。

方法1：通过菜单命令访问。

对于保存在收藏夹中的网址超级链接，IE浏览器也将它们添加到窗口的“收藏”菜单下，在IE浏览器窗口中打开“收藏”菜单，选择需要访问网址对应的菜单命令即可，如图2-86所示。

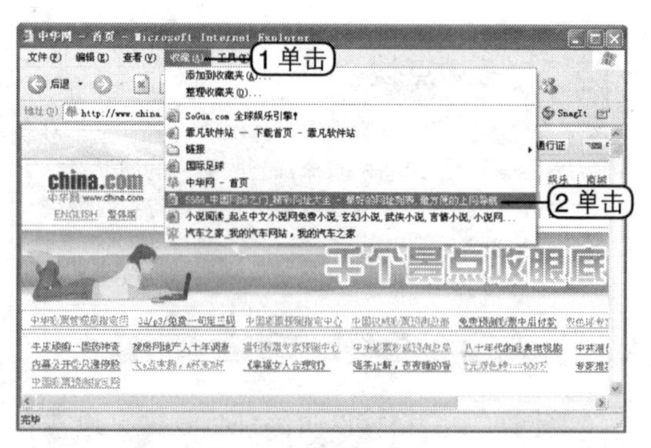

图2-86 选择菜单命令

方法2：通过“收藏夹”窗格访问。

单击IE浏览器窗口中工具栏的 收藏夹 按钮，或者选择【查看】→【浏览器栏】→【收藏夹】菜单命令，即可打开“收藏夹”窗格，在其中单击收藏的网址，就可以在右侧的窗格中显示对应的网页。

访问保存在收藏夹中的汽车之家网站。

1 打开IE浏览器，选择【查看】→【浏览器栏】→【收藏夹】菜单命令，如图2-87所示。

2 打开“收藏夹”窗格，在其中单击“汽车之家_我的汽车网站，我的汽车之家”超级链接，就可以在右侧的窗格中显示对应的网页，如图2-88所示。

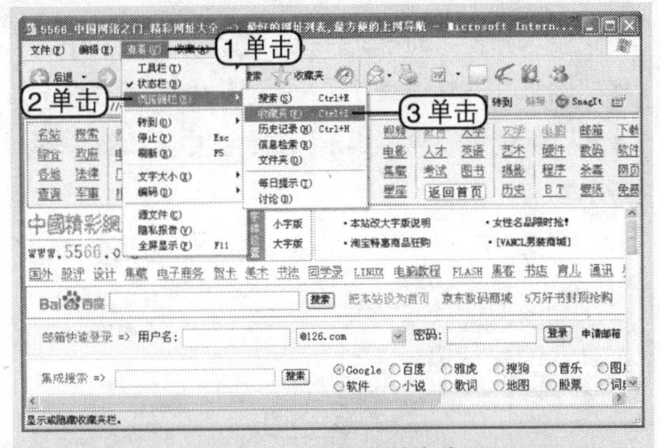

图 2-87 选择菜单命令

图 2-88 访问收藏的网站

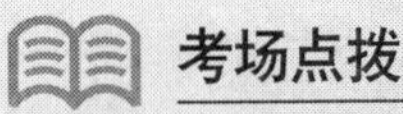

考场点拨

在考试时，如要求访问收藏夹中的网址，多半是通过“收藏夹”窗格来访问，可先尝试此种方法。

2.4.3 整理收藏夹

用户可以随时对收藏夹进行整理，整理后可以使收藏夹看起来更加井然有序。整理收藏夹常用的方法有以下几种。

1. 利用“整理收藏夹”对话框整理

这是最常见的整理收藏夹的方法，在这个对话框中可以进行如下一些操作。

◈ 新建文件夹。

◈ 移动保存的网址。

◈ 删除保存的网址。

◈ 重命名保存的网址。

下面就以新建两个文件夹，并将保存的网址移动到这两个文件夹中，并进行删除和重命名操作为例，讲解如何利用“整理收藏夹”对话框整理收藏夹，其具体操作如下。

1 打开 IE 浏览器，选择【收藏】→【整理收藏夹】菜单命令，如图 2-89 所示。

2 打开 “整理收藏夹”对话框，在其中单击 创建文件夹(C) 按钮，在右侧列表框中创建文件夹，并将其命名为“娱乐”，如图 2-90 所示。

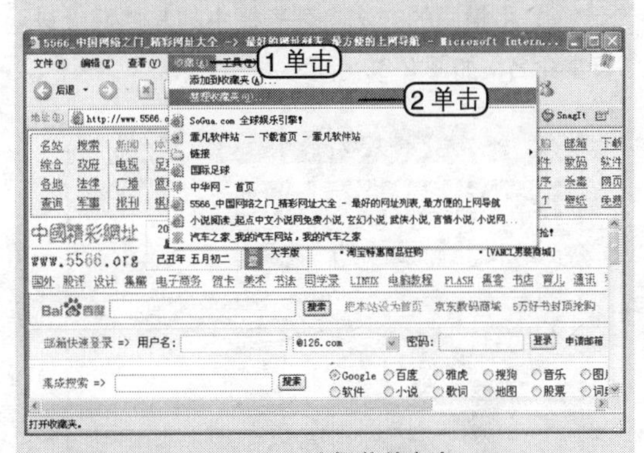

图 2-89 选择菜单命令

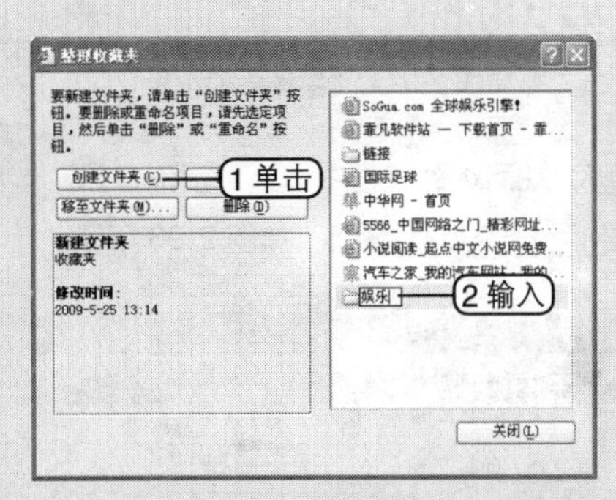

图 2-90 新建文件夹

3 按回车键完成操作，用相同方法创建另一个文件夹，并将其命名为“新闻”。

4 在网址列表框中选择“汽车之家_我的汽车网站，我的汽车之家”选项，单击 重命名(R) 按钮，将其重命名为“汽车网站”，如图2-91所示，按回车键。

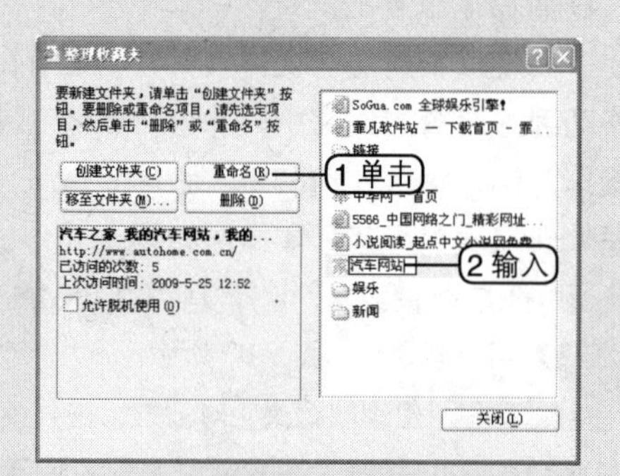

图2-91 重命名保存的网址

5 用相同的方法将列表框中的其他网址进行重命名，如图2-92所示。

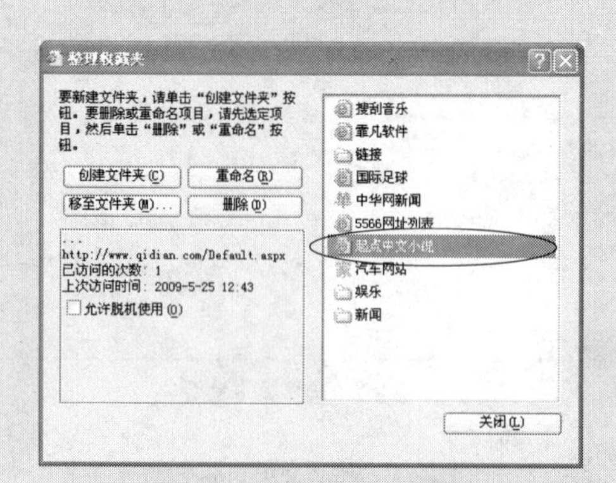

图2-92 重命名后的结果

6 在网址列表框中选择“搜刮音乐”选项，单击 移至文件夹(M)... 按钮，如图2-93所示。

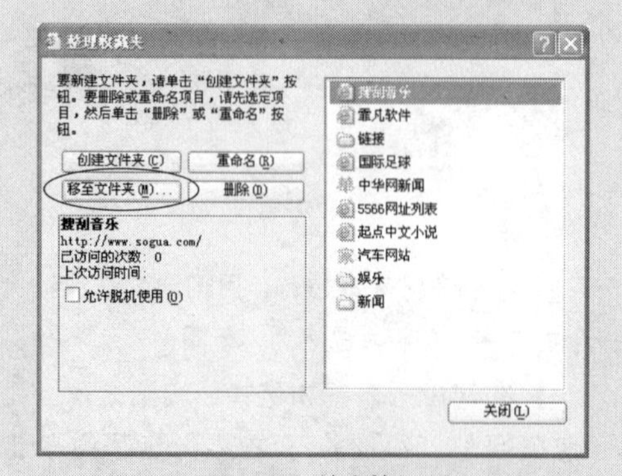

图2-93 单击按钮

7 打开“浏览文件夹”对话框，在其中选择“娱乐”选项，单击 确定 按钮，把“搜刮音乐”网址移动到“娱乐”文件夹中，如图2-94所示。

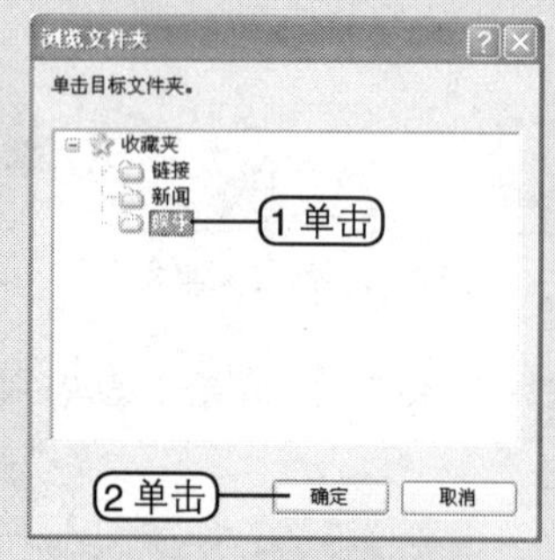

图2-94 移动保存的网址

8 用同样的方法将其他网址分别移动到“娱乐”和“新闻”文件夹中，在列表框中选择“新闻”选项，即可看到其中保存的网址，如图2-95所示。

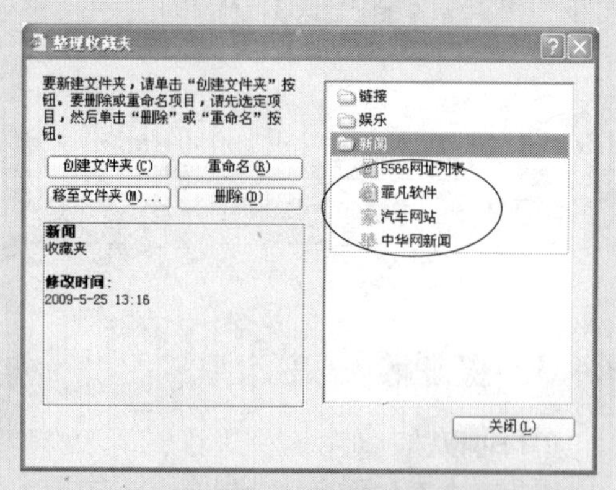

图2-95 查看保存的网址

9 在列表框中单击“娱乐”选项，在展开的网址列表中选择“国际足球”选项，单击 删除(D) 按钮，在打开的提示框中单击 是(Y) 按钮，即可将该网址从收藏夹中删除，如图2-96所示。

10 单击 关闭(L) 按钮，关闭“整理收藏夹”对话框，在 IE 浏览器窗口的工具栏中单击☆收藏夹按钮，可以看到整理过后的收藏夹，如图 2-97 所示。

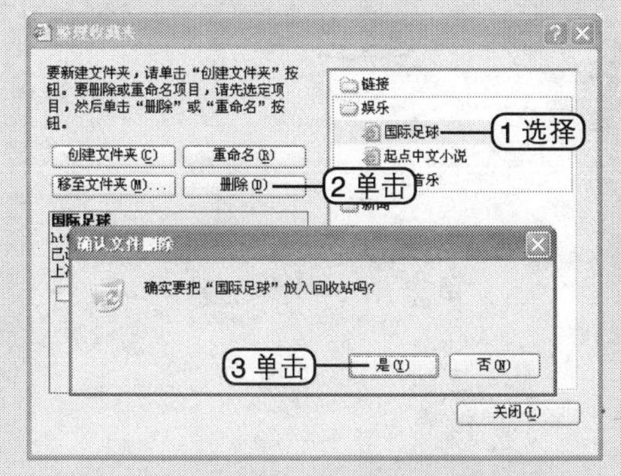

图 2-96　删除保存的网址

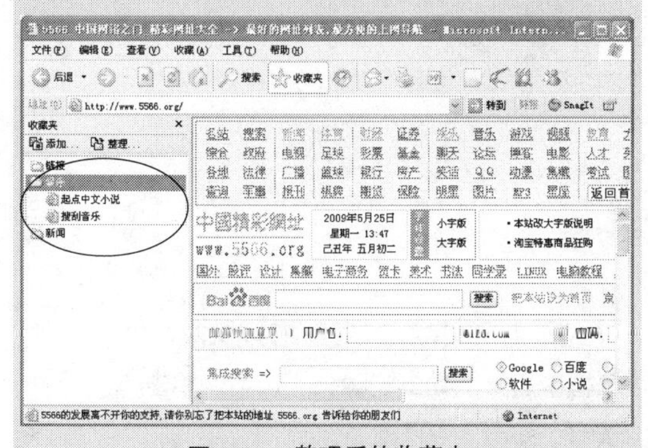

图 2-97　整理后的收藏夹

操作提示

在“整理收藏夹”对话框中，如果需要将选择的超级链接设置成脱机浏览状态，只需要在左下角的列表框中选中“允许脱机使用”复选框，然后列表框下侧会显示一个 属性(P) 按钮，如图 2-98 所示。这时，应该单击该按钮，在打开的该网址属性对话框中单击“计划”选项卡，选中“仅在执行‘工具’菜单的‘同步’命令时同步”单选项，单击 确定 按钮，如图 2-99 所示，然后，IE 会进行一次网页同步。

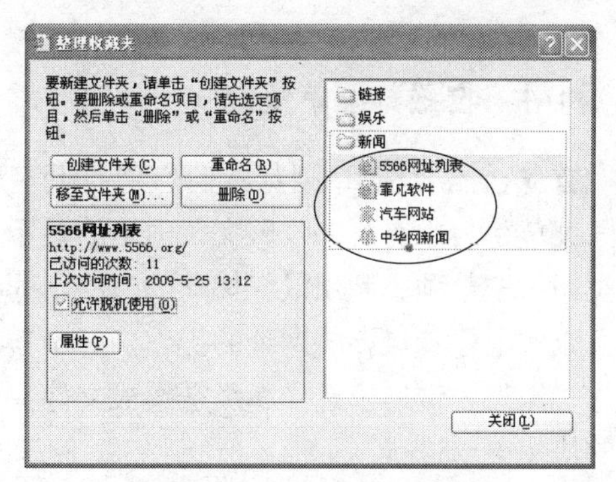

图 2-98　允许脱机使用

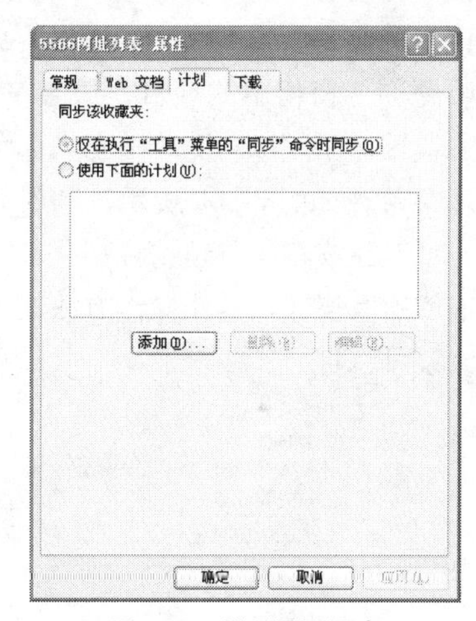

图 2-99　设置网页同步

2. 利用“收藏夹”窗格整理

利用“收藏夹”窗格整理需要先打开“收藏夹”窗格，用鼠标拖动需要移动的超级链接到新的位置即可实现移动保存的网址的操作。对于其他操作，如重命名、删除等则需要借助于选择超级链接或文件夹对应的如快捷菜单进行。

操作提示

在“收藏夹”窗格中单击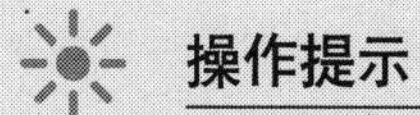按钮，也可以打开“整理收藏夹”对话框。

3．利用“收藏”菜单整理

首先，需要在IE浏览器窗口中打开“收藏”菜单，其中有与“收藏夹”窗格的显示项目类似的菜单项，利用鼠标拖动的方法，同样也可以实现移动保存的网址的操作。对于其他操作，则需要借助于选择超级链接或文件夹对应的快捷菜单进行。

4．利用快捷菜单整理

无论是“整理收藏夹”对话框中的项目，还是“收藏夹”窗格中的项目，或者“收藏”菜单中的项目，用鼠标右键单击它们都会打开一个快捷菜单，如图2-100所示，利用菜单中的命令，可以完成在“整理收藏夹”对话框中能够完成的所有操作，具体操作方法这里不再赘述，大家可以自己实践一下。

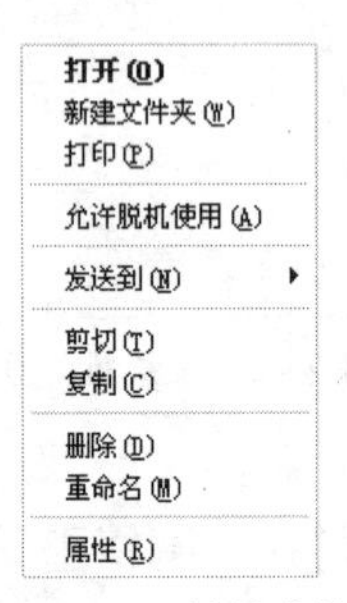

图2-100 快捷菜单

2.4.4 导入与导出收藏夹

导入与导出收藏夹的目的是为了实现多台计算机之间的信息共享。主要是通过导入与导出收藏夹项目和Cookie项目实现的。

1 打开IE浏览器，选择【文件】→【导入和导出】菜单命令，如图2-101所示。

2 打开“导入/导出向导”对话框，单击 下一步(N) > 按钮，如图2-102所示。

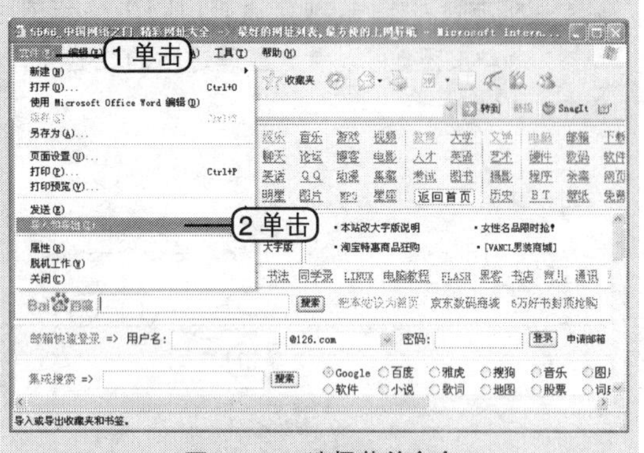

图2-101 选择菜单命令

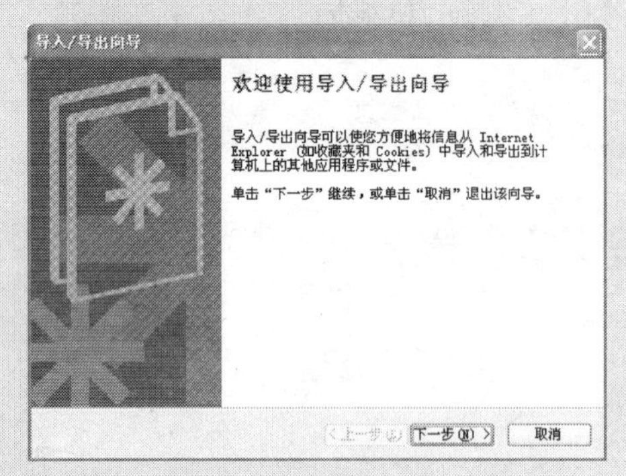

图2-102 “导入/导出向导”对话框

3 打开“导入/导出选择”对话框，在列表框中选择“导出收藏夹”选项，单击 下一步(N) > 按钮，如图2-103所示。

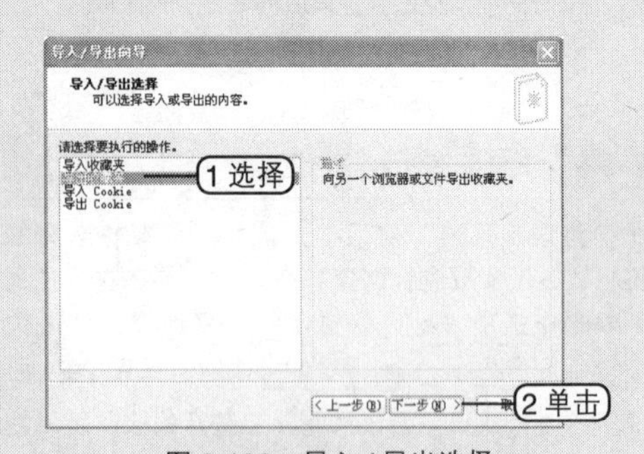

图2-103 导入/导出选择

4 打开“导出收藏夹源文件夹”对话框，选择要导出的文件夹，这里选择“娱乐”选项，单击 下一步(N) > 按钮，如图2-104所示。

图 2-104　导出收藏夹源文件夹

5 打开“导出收藏夹目标”对话框，单击 浏览(R)... 按钮选择保存的目标位置后，单击 下一步(N) > 按钮，如图 2-105 所示。

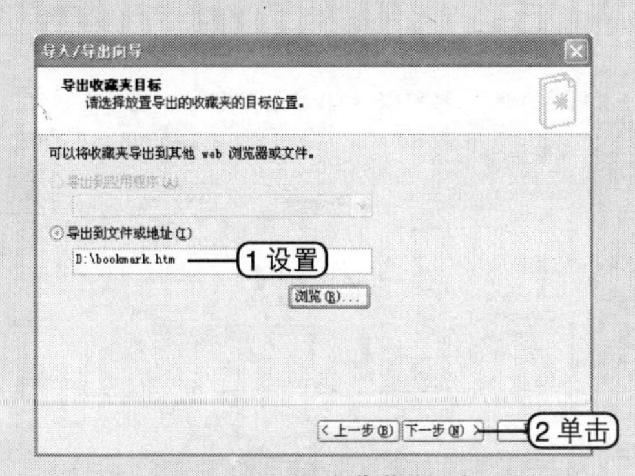

图 2-105　导出收藏夹目标

6 在打开的对话框中单击 确定 按钮和 完成 按钮，完成操作，如图 2-106 所示。

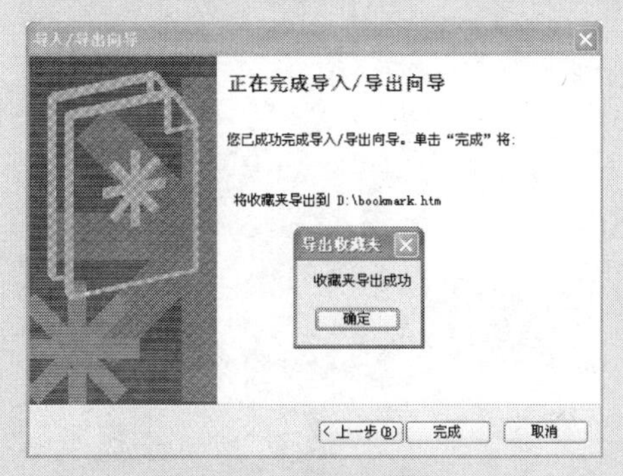

图 2-106　完成操作

考场点拨

IE 导出的收藏夹项目是一个标准的 HTML 格式的文件，一旦考试时出现导入的考题，只需在“导入 / 导出选择”对话框的列表框中选择“导入收藏夹”选项，然后按照提示进行操作即可。

2.4.5　自测练习及解题思路

1．测试题目

第 1 题　将中华网首页添加到收藏夹的默认位置。

第 2 题　将新浪首页中的体育链接直接添加到收藏夹中。

第 3 题　使用鼠标拖动方式将中华网军事网页存放到收藏夹的“我的最爱”子文件夹中。

第 4 题　将收藏夹中“我的最爱”子文件夹改名为“删除”，并将其删除。

第 5 题　通过“收藏夹”窗格访问中华网新闻中心。

2．解题思路

第 1 题　分别尝试使用不同的方式进行操作。

第 2 题　右键单击的方法。

第 3 题　先创建“我的最爱”子文件夹，再执行拖动操作。

第 4 题　在“整理收藏夹”对话框中进行。

第 5 题　打开窗格，单击网页超级链接。

2.5 搜索网上资源

考点分析：这是一重要基础考点，命题也很简单，一般是使用不同的方式搜索某个资源，对于各搜索引擎的作用可以只作了解。

学习建议：记住各种搜索的效果，以及实现该效果的方法。

2.5.1 通过“搜索”窗格搜索资源

“搜索”窗格是IE浏览器自带的、用于搜索网络资源的场所。

下面以搜索与“金庸”相关的信息为例进行讲解。

1 使用如下任意一种方法打开“搜索”窗格。

- 通过菜单命令打开：在IE浏览器窗口中，选择【查看】→【浏览器栏】→【搜索】菜单命令，如图2-107所示。

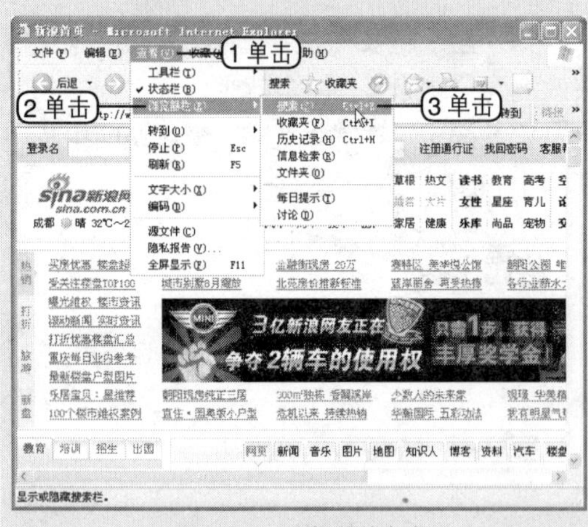

图2-107 选择菜单命令

- 通过工具按钮打开：在IE浏览器窗口的工具栏中，单击搜索按钮，或者按【Ctrl+E】键，如图2-108所示。

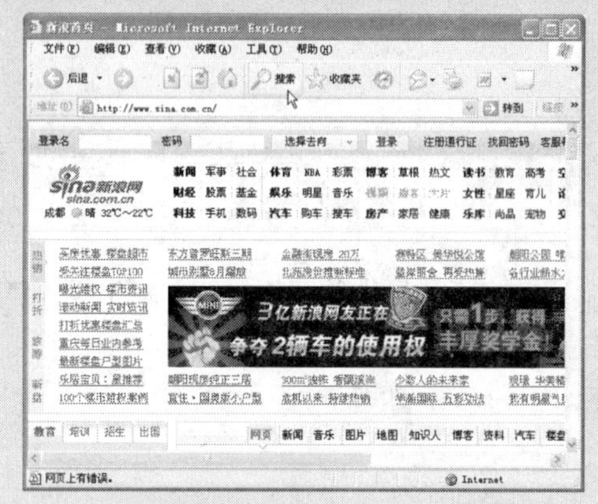

图2-108 单击工具按钮

2 在窗口左侧显示“搜索”窗格，在“查找包含下列内容的网页”文本框中输入要搜索的信息“金庸”，单击搜索按钮，如图2-109所示。

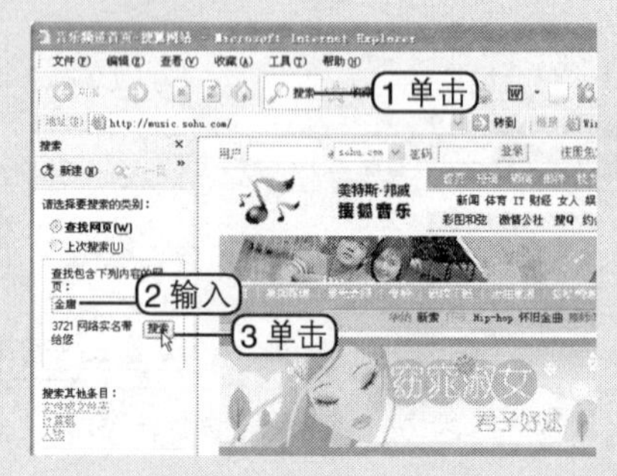

图2-109 输入搜索信息

3 稍后“搜索”窗格中会显示出搜索结果列表，如图2-110所示。

图2-110 搜索结果

4 单击搜索结果列表中的“金庸小说”超级链接，在右侧的网页浏览区中即可显示该网页所包含的内容，如图2-111所示。

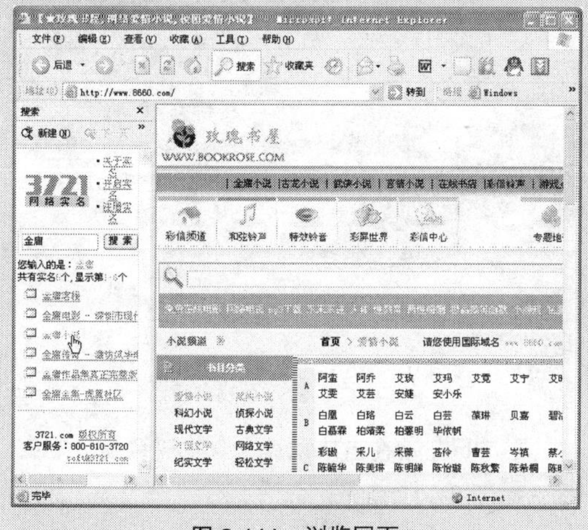

图2-111 浏览网页

操作提示

搜索时，可以自定义搜索的方式，选择使用哪些搜索类别，以及可在哪些搜索提供商中进行搜索。如果需要自定义搜索，单击“搜索”窗格中的”按钮，在弹出的菜单中选择“自定义”命令，然后进行设置即可，如图2-112所示。

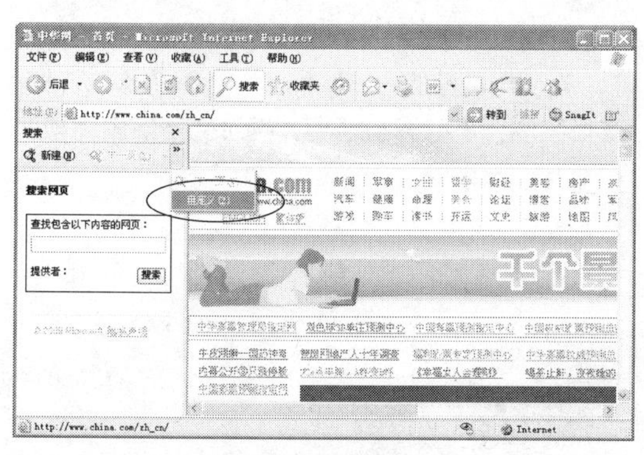

图2-112 设置自定义

操作小结：通过“搜索”窗格搜索资源最快捷也是最常用的方法就是单击IE浏览器工具栏中的搜索按钮，在窗口左侧“搜索”窗格的“查找包含下列内容的网页”文本框中输入要搜索的信息，单击搜索按钮进行搜索。

2.5.2 通过地址栏搜索资源

直接在IE浏览器窗口“地址”栏中输入需要浏览的网站或网页的中文名称，甚至可以只输入部分关键字，按回车键或者单击转到按钮，即可搜索相关的网站或网页。下面以通过地址栏搜索打开中央电视台网站为例进行具体讲解，其操作方法如下。

1 打开IE浏览器，在“地址”栏中输入“中央电视台”，如图2-113所示。

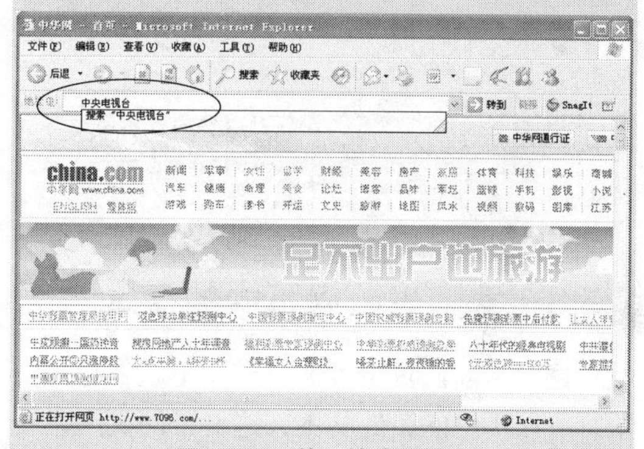

图2-113 输入搜索关键字

2 单击转到按钮，即可看到搜索到的网页列表，如图2-114所示。

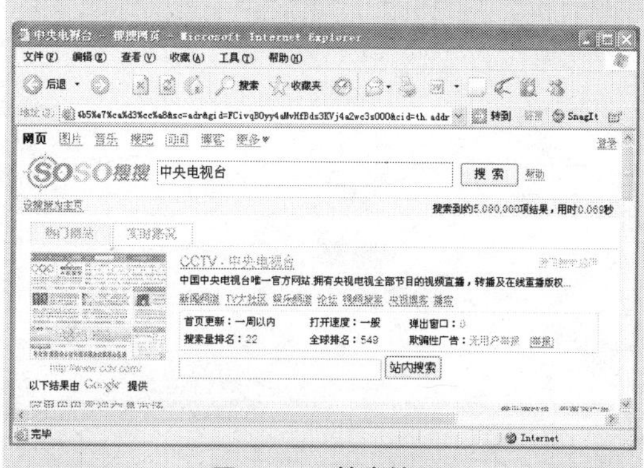

图2-114 搜索结果

3 单击搜索结果列表中的“CCTV-中央电视台”超级链接，即可打开中央电视台的网站，如图2-115所示。

图2-115 浏览网页

操作提示

利用地址栏搜索时，IE浏览器可以自动显示与搜索关键字最匹配的网页，同时也将列出其他一些相似的站点。

2.5.3 搜索当前网页中的文本

搜索当前网页中的文本实际上就是查找当前打开网页中的某处文本，这对于网页内容较多时比较适合。下面在打开的网页中搜索“中国经济”文本。

1 打开IE浏览器，选择【编辑】→【查找(在当前页)】菜单命令，如图2-116所示。

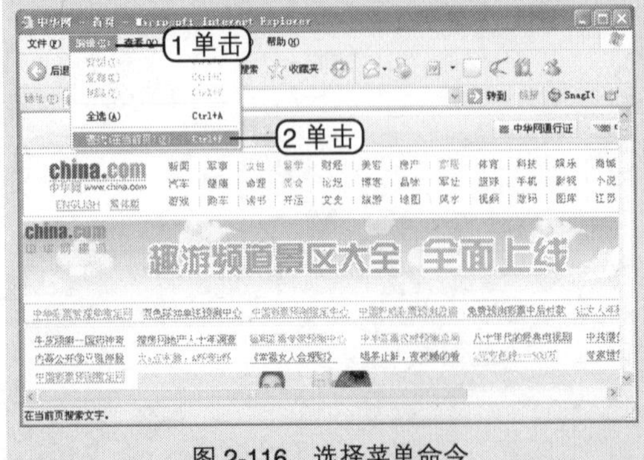

图2-116 选择菜单命令

2 打开“查找”对话框，在其中的“查找内容”文本框中输入需查找的内容“中国经济”，单击 查找下一个(F) 按钮，如图2-117所示。

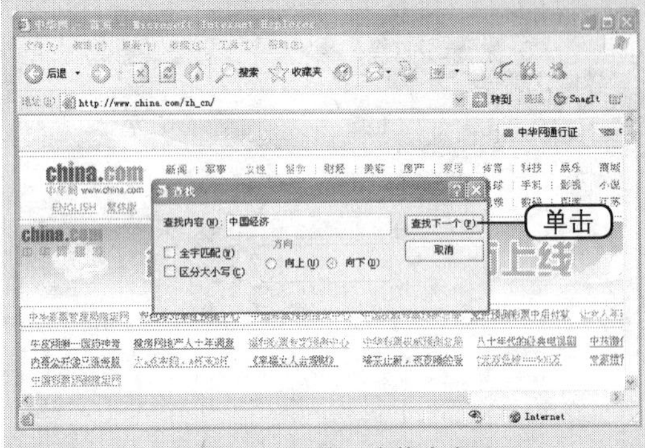

图2-117 输入查找内容

3 IE开始在当前网页上查找符合条件的文本，如图2-118所示。

图2-118 查找到的内容

4 单击 查找下一个(F) 按钮，IE将继续查找，当查找完成，将打开提示框，提示文档搜索完毕，如图2-119所示。

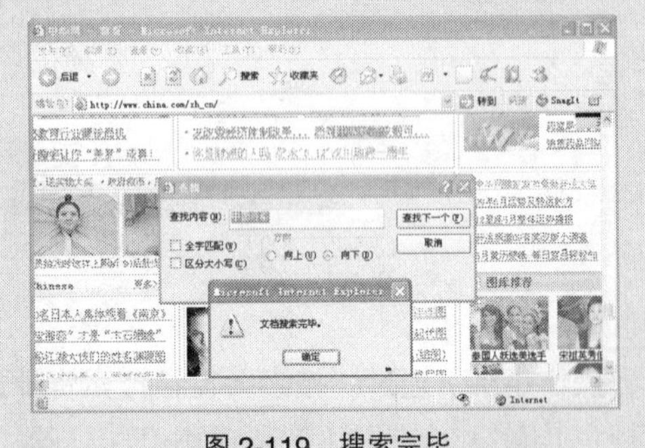

图2-119 搜索完毕

操作小结：在 IE 浏览器中搜索当前网页中文本的方法与在 Word 中查找文本方法相似。在 IE 浏览器窗口中选择【编辑】→【查找（在当前页)】菜单命令，打开“查找”对话框，在“查找内容”文本框中输入查找内容，单击查找下一个(F)按钮即可进行搜索。

考场点拨

由于搜索到符合条件的文本后，IE 浏览器将该文本以蓝底白字的形式显示出来，所以在考试时，考生进行搜索操作后，只需通过查看是否有以蓝底白字形式显示出来的文本或该文本与搜索文本是否一致来判断操作的正确性。

2.5.4 常见搜索引擎的使用

搜索引擎（Search Engine）是一种用于帮助用户在 Internet 上查找信息的搜索工具，它能以一种特殊方式对 Internet 中的信息进行解释、处理、提取和组织，并为用户提供检索功能，从而达到搜索信息的目的。使用专业的搜索引擎可以在更短的时间内查找到更具体、更全面的信息。卜面主要介绍在中文搜索领域比较有影响力的两个搜索网站 Google (http://www.google.cn/）和百度（http://www.baidu.com/)。

1. 使用 Google 搜索引擎

Google 网站是一个相当专业的搜索引擎网站，它的网站目录中记录了 10 亿多个网址，在同类搜索引擎中首屈一指。其搜索主页面如图 2-120 所示。

Google 搜索引擎提供了“网页”、“图片”、“视频”、“地图”、“咨询”、“音乐”和“财经”等搜索模块，选择不同的选项卡即可只搜索该范围内的信息，在使用关键词搜索时还可以通过选中“所有网页”、“中文网页”、“简体中文网页”或“中国的网页”单选项来缩小搜索范围，从而得到更为精确的搜索结果。

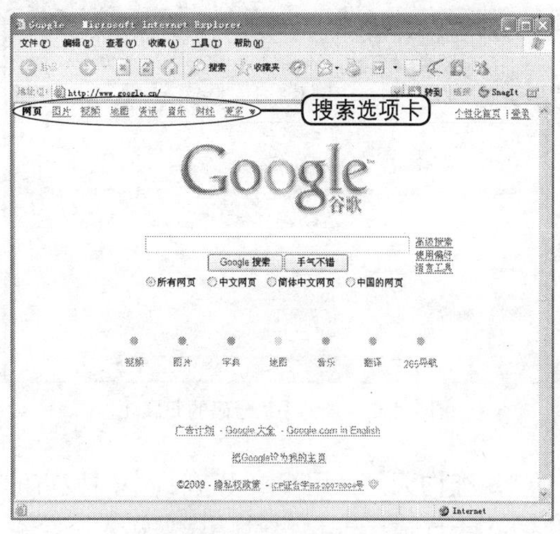

图 2-120　Google 主页面

另外，Google 搜索引擎还具有一些特殊功能，其主要功能如下。

◈ 快速搜索公司主页：如果输入关键字后直接单击手气不错按钮，将会在打开网页中第一项列出与输入关键字相同网站超级链接。如图 2 121 所示为输入“海尔集团”，单击手气不错按钮后打开的网页效果。

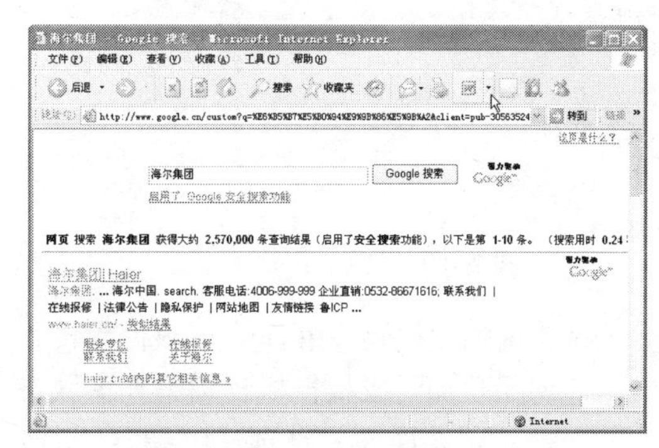

图 2-121　手气不错

◈ 查询手机号码归属地：Google 能自动将以 13 开头的 11 位数字识别为手机

号码，因此用 Google 可以查询手机号码的归属地，如图 2-122 所示。

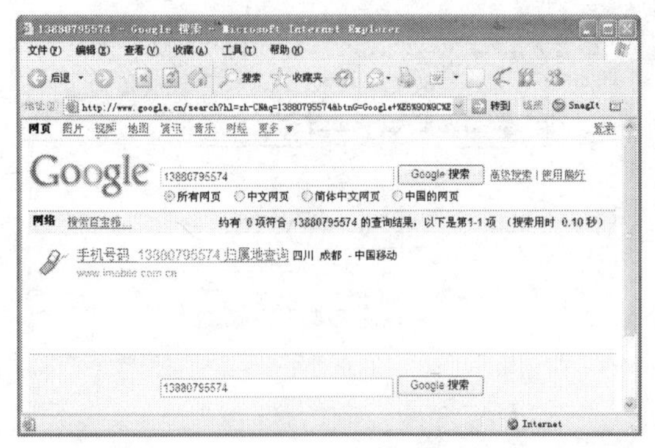

图 2-122　查询手机号码的归属地

◈ 查询天气：用 Google 查询中国城市的天气或天气预报时，只需输入一个关键词“天气”、tq 或 TQ 和要查询的城市名称，中间以空格隔开，然后进行搜索即可。Google 返回的网站链接会提供当地最新的天气状况和天气预报，如图 2-123 所示。

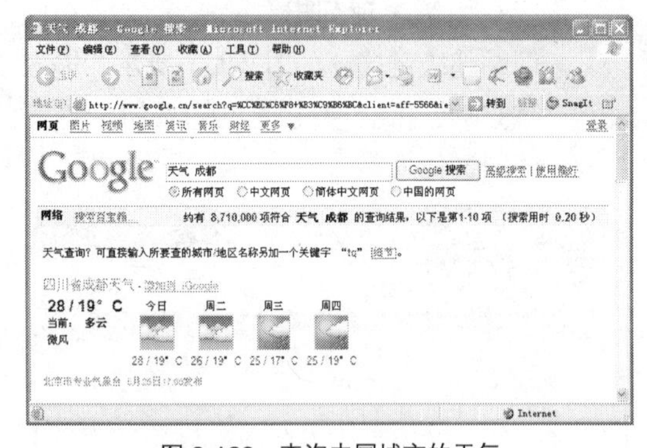

图 2-123　查询中国城市的天气

◈ 查询邮政编码：用 Google 根据城市查询邮政编码或根据邮政编码查询城市时，只需输入关键词“邮编”、yb 或 YB 和要查询的城市地名或邮政编码，中间以空格隔开，然后进行搜索即可，如图 2-124 所示。

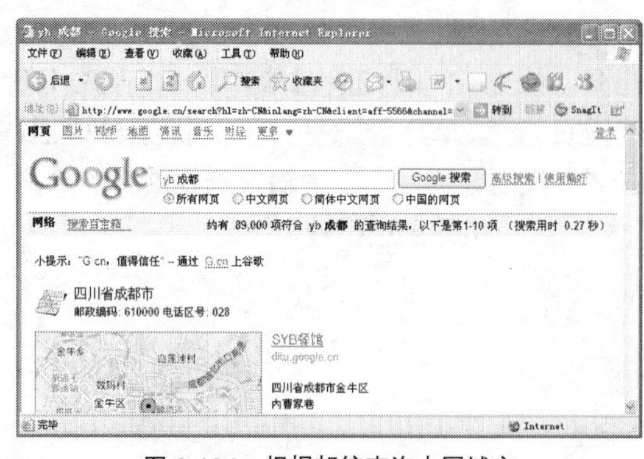

图 2-124　根据邮编查询中国城市

◈ 搜索文件：Google 可以支持 13 种非 HTML 文件的搜索，包括 pdf、doc、ppt、xls、rtf、swf、ps 等文件类型。如果只需查找某类型的文件而不需一般的网页，可以 filetype: 开头，后跟文件类型。例如查找 Flash 文件，只需以 filetype:swf 为关键字进行搜索。

◈ 查询电话区号：用 Google 根据城市查询长途电话区号或根据长途电话区号查询城市，只需输入关键词 qh 或 QH 和要查询的城市或电话区号，中间以空格隔开，然后进行搜索。

◈ 中英互译：Google 给中英文单词互译带来了极大的方便。单击网页下方的“翻译”图标，在打开的网页中输入需翻译的中文或英文单词、句子，单击翻译按钮，即可进行翻译。在 Google 搜索引擎主页面中单击右侧的“语言工具”超级链接，在打开如图 2-125 所示的页面中可以对其他多个国家的语言进行翻译，还可在“翻译网页”文本框中输入某个网页的网址，对该网页进行翻译。

◈ 高级搜索：在 Google 搜索引擎主页面中单击右侧的“高级搜索”超级链

接，在打开的页面中可以根据需要设置多个搜索条件来缩小搜索范围。如利用Google的高级搜索功能，搜索有关2009年春夏巴黎时装周一个月之内的信息，其具体操作步骤如下。

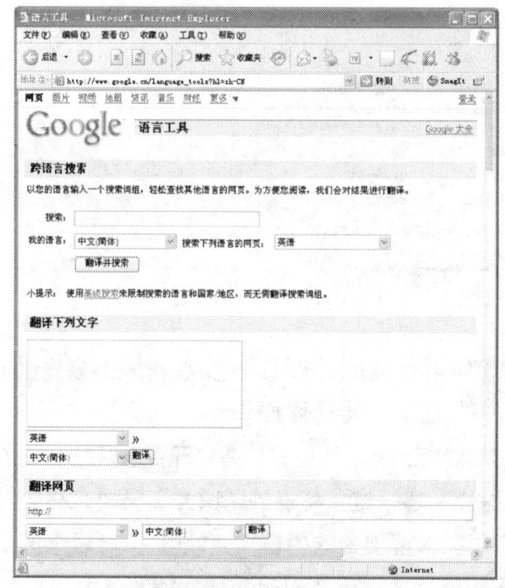

图2-125 “语言工具”页面

1 启动IE浏览器，并打开Google网站，单击其右侧的“高级搜索”超级链接，如图2-126所示。

图2-126 打开Google首页

2 在打开的“高级搜索”界面的“包含全部字词”文本框中输入“2009年春夏”；在“包含完整字词”文本框中输入“巴黎时装周”；在“不包括字词”文本框中输入“秋冬”；在“日期”下拉列表框中选择“过去一个月内”选项；在“语言”下拉列表框中选择“简体中文”选项；其他保持默认，单击 Google 搜索 按钮搜索，如图2-127所示。

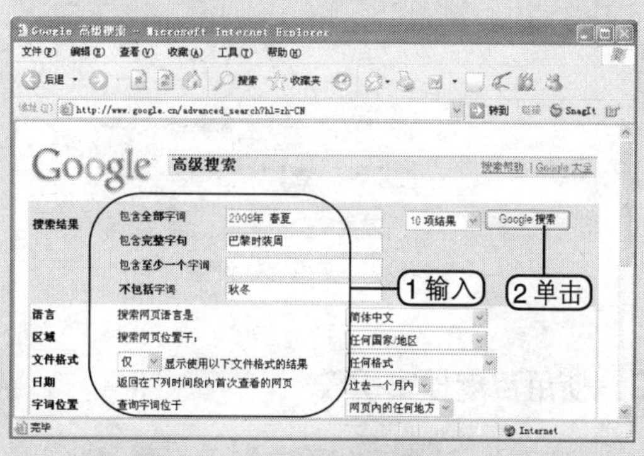

图2-127 设置搜索信息

3 在打开的页面中列出搜索结果，单击超级链接可打开相应网页，如图2-128所示。

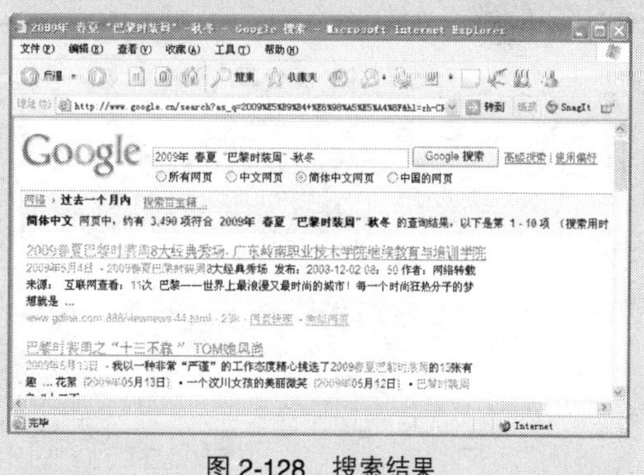

图2-128 搜索结果

操作提示

经常使用Google搜索引擎，可单击主页面右侧的“使用偏好”超级链接，在如图2-129所示的页面中进行设置，再单击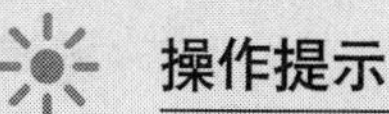按钮保存。以后使用进行搜索时就会遵循该设置。

图 2-129　使用偏好设置

2. 使用百度搜索引擎

百度是一个非常优秀的搜索引擎网站，它的搜索功能十分强大，它可以根据 Internet 本身的链接结构对搜索到的所有网站自动进行分类，并能为每一次搜索迅速提供准确的结果，如图 2-130 所示。

图 2-130　百度首页

“百度”搜索引擎的主页面提供了“新闻”、“网页”、MP3、“图片”、“贴吧”、“视频”和“知道”7 大快速搜索模块，单击所需类型的选项卡即可进入相应的搜索模块。“百度”搜索引擎也提供了高级搜索功能，在主页中单击“高级搜索”超级链接便可进入如图 2-131 所示的高级搜索页面。

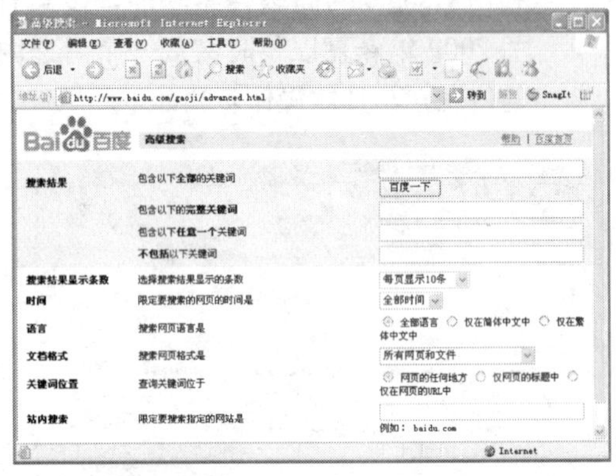

图 2-131　百度高级设置页面

利用百度的“图片”搜索模块搜索一张回锅肉的图片，其具体操作步骤如下。

1 启动 IE 浏览器，并打开百度网站，单击“图片”超级链接切换到“图片”模块，在文本框中输入要搜索的内容“回锅肉”，然后选择图片类别，如选中“大图”单选项，单击 百度一下 按钮，如图 2-132 所示。

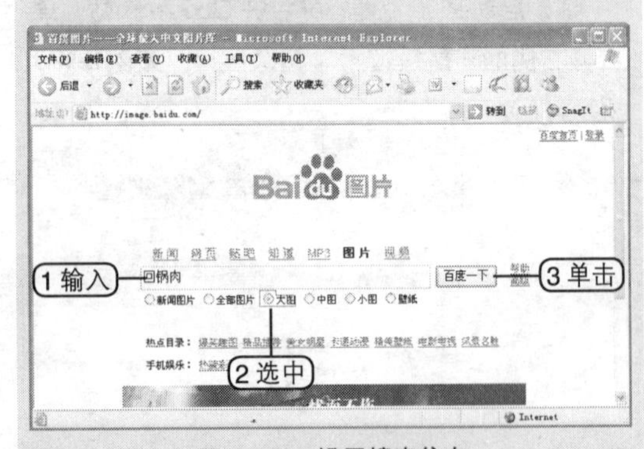

图 2-132　设置搜索信息

2 打开搜索页面，在该页面中显示了搜索到的图片列表，如图 2-133 所示。

3 单击第 8 张图片超级链接，即可重新启动一个 IE 浏览器窗口，并打开该图片，如图 2-134 所示。

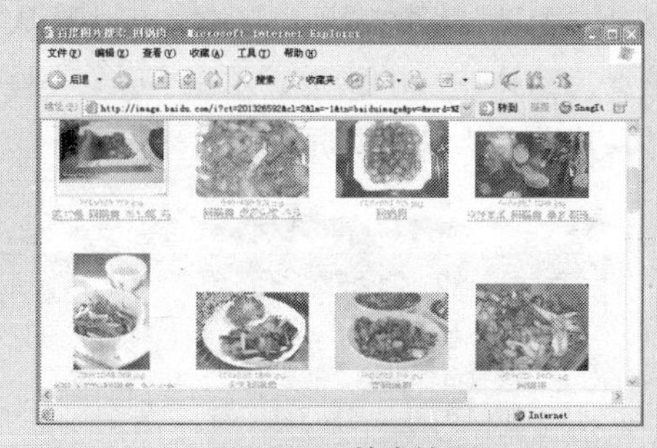

图 2-133　搜索结果

图 2-134　打开图片

2.5.5　自测练习及解题思路

1．测试题目

第 1 题　利用 IE“搜索”窗格搜索“鲁除”的简介。

第 2 题　在 Google 搜索引擎中搜索多个关键词“北京”、“高校”。

第 3 题　在百度中搜索“Q7”图片。

2．解题思路

第 1 题　打开“搜索”窗格搜索。

第 2 题　在两个关键字之间用空格隔开。

第 3 题　切换到“图片”搜索选项卡下。

2.6　设置IE浏览器

考点分析：这是一常考知识点，题量也较大，知识点也较多，涉及 IE 浏览器常规设置、安全设置、外观设置、Internet 连接设置和高级设置等内容。

学习建议：建议仔细学习本节内容，掌握所有知识点。

设置 IE 浏览器通常通过“Internet 选项”对话框来设置，在 IE 浏览器窗口中选择【工具】→【Internet 选项】菜单命令，可打开“Internet 选项”对话框，在其中有“常规”、“安全”、“隐私”、“内容”、“连接”、“程序”和“高级”7 个选项卡，单击打开可以进行相应的设置，如图 2-135 所示。

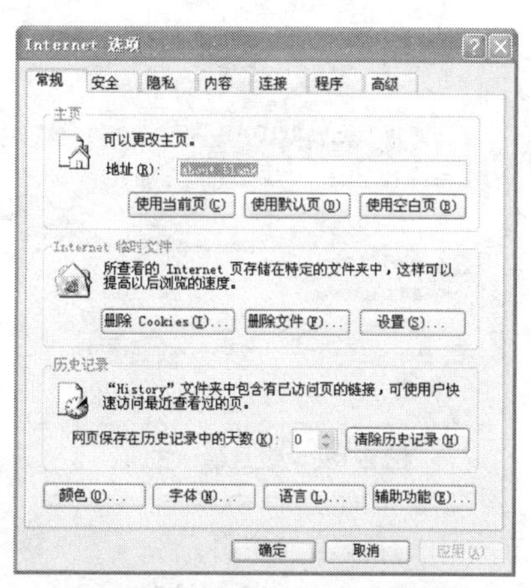

图 2-135　“Internet 选项”对话框

2.6.1 IE浏览器常规设置

IE浏览器允许用户对其起始主页、历史记录和临时文件等多方面进行设置，以满足用户的需要及个人习惯。

1．设置默认主页

默认情况下，每次启动IE浏览器时都会自动打开一个网页，这个网页就是IE浏览器的默认起始主页。设置默认主页主要有以下4种方法。

方法1：设置主页为空白页。

打开“Internet选项”对话框，在“常规”选项卡的“主页”栏中单击[使用空白页(B)]按钮，单击[确定]按钮即可将默认主页设置为空白页。

方法2：设置主页为默认页。

打开“Internet选项”对话框，在“常规”选项卡的“主页”栏中单击[使用默认页(D)]按钮，单击[确定]按钮即可将系统默认的http://www.microsoft.com/isapi/redir.dll?prd=ie&pver=6&ar=msnhome设置为默认主页，如图2-136所示。

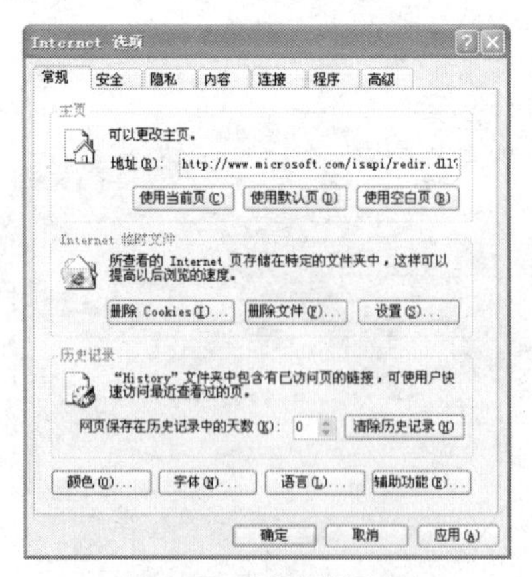

图2-136 设置默认主页

方法3：直接输入主页。

打开“Internet选项”对话框，在“常规”选项卡“主页”栏的“地址”文本框中输入需要设置为默认主页的网址，单击[确定]按钮即可将其设置为默认主页，如图2-137所示。

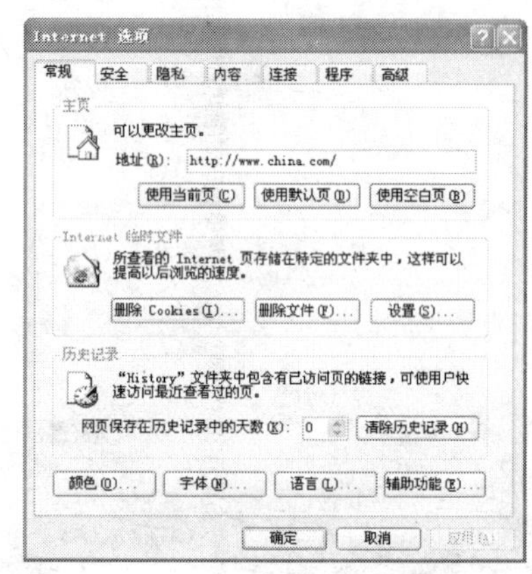

图2-137 输入默认主页

方法4：设置主页为当前页。

设置当前页是指将当前打开并显示的网页设置为主页。

下面将已打开的中华网的主页设置为默认主页为例进行讲解，其具体操作如下。

1 启动IE浏览器，并打开中华网网站，选择【工具】→【Internet选项】菜单命令，如图2-138所示。

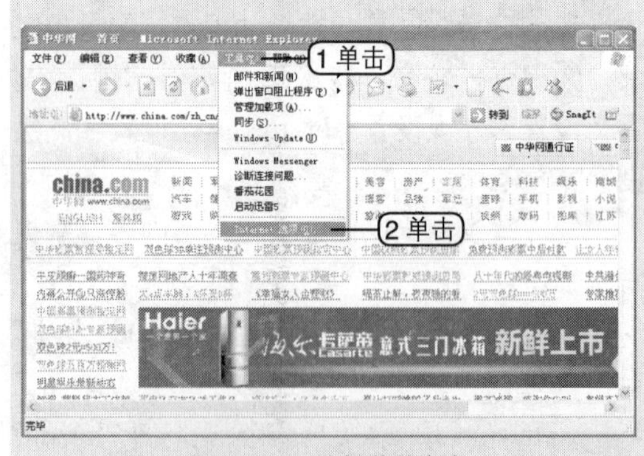

图2-138 选择菜单命令

2 打开“Internet选项”对话框的“常规”选项卡，单击[使用当前页(C)]按钮，当前网页的网址

便自动出现在“地址”文本框中，如图 2-139 所示。

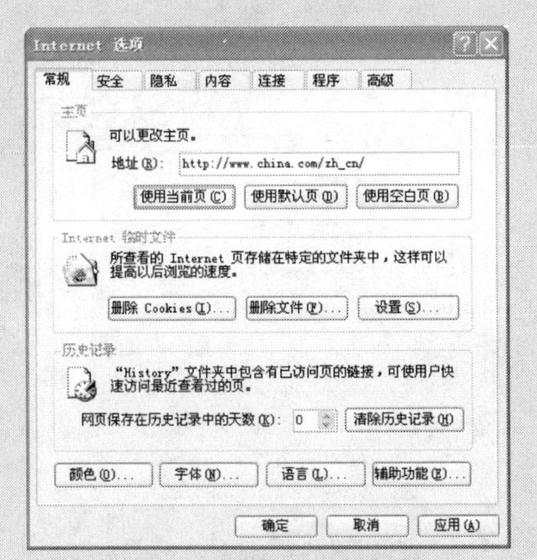

图 2-139　将当前网页设为默认主页

3 单击 确定 按钮关闭对话框。下次启动 IE 浏览器时就会自动打开设为默认主页的中华网网页。

考场点拨

在考试中考查该知识点时，有时要求考生先打开需设置的网页，再设置主页；有时默认已打开网页，考生只需执行设置操作即可。所以在考试时应先分辨是否要求打开网页。

2．设置 Internet 临时文件

在 IE 浏览器中访问网页时，浏览器会自动将访问过的网页内容保存在本地磁盘的 IE 临时文件夹中，这些保存的文件就被称为临时文件。设置临时文件主要有以下三个方面的内容。

- 删除 Cookie：Cookie 是一种网站以小文本形式存储在计算机上的文件，它们也被 IE 保存在临时文件夹中，通常利用“Internet 选项”对话框的“隐私”选项卡进行设置。在“常规”选项卡的“Internet 临时文件”栏中单击 删除 Cookies(I)... 按钮即可删除这些 Cookie。
- 删除文件：要删除 IE 临时文件夹中的所有网页信息，单击“常规”选项卡的“Internet 临时文件”栏中的 删除文件(F)... 按钮，打开“删除文件”对话框，如图 2-140 所示。如果要删除所有的脱机浏览网页，需要选中“删除所有脱机内容”复选框，否则删除的仅仅是临时文件夹中的网页信息。

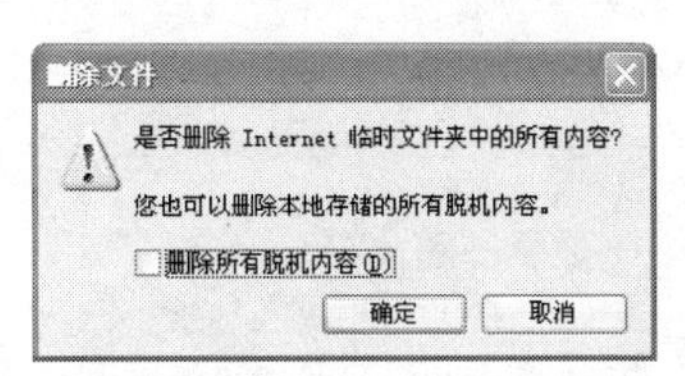

图 2-140　“删除文件”对话框

- 设置临时文件夹：在“Internet 选项”对话框中，单击“Internet 临时文件”栏中的 设置(S)... 按钮，打开“设置”对话框，在其中可以进行设置临时文件夹的位置、调整保存临时文件的磁盘空间大小、查看保存的网页文件信息、查看和调整 ActiveX 控件等操作，如图 2-141 所示。

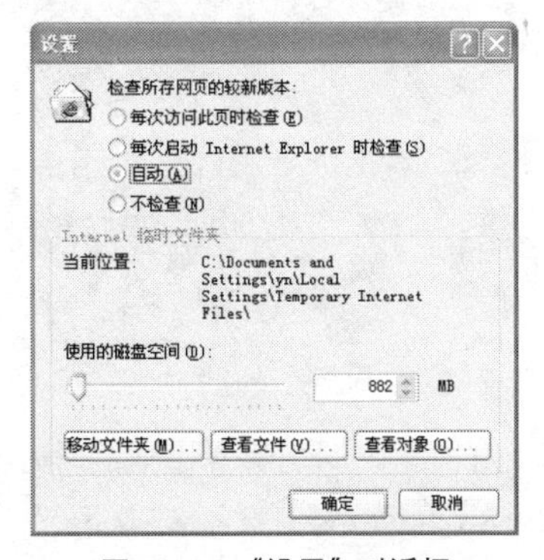

图 2-141　“设置”对话框

下面通过“设置”对话框设置临时文件夹为 20MB，临时文件夹的位置是 D 盘，其具体操作如下。

1 启动IE浏览器，选择【工具】→【Internet选项】菜单命令，打开“Internet选项”对话框的“常规”选项卡，单击“Internet临时文件”栏中的 设置(S)... 按钮，如图2-142所示。

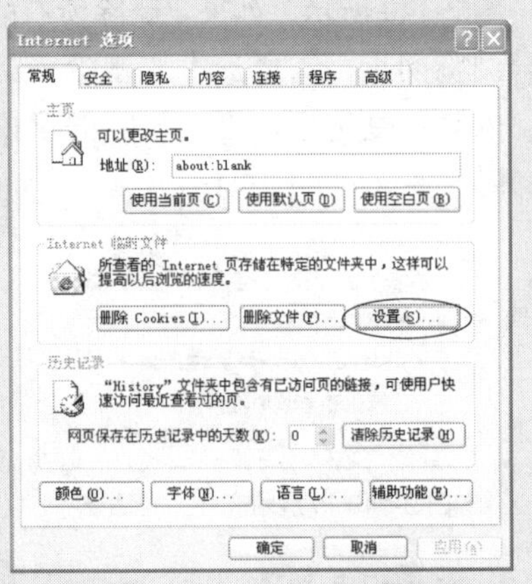

图2-142 设置临时文件

2 在打开的“设置”对话框中拖动“使用的磁盘空间”栏中的滑块，调整临时文件夹大小为“20”，完成后单击 移动文件夹(M)... 按钮，如图2-143所示。

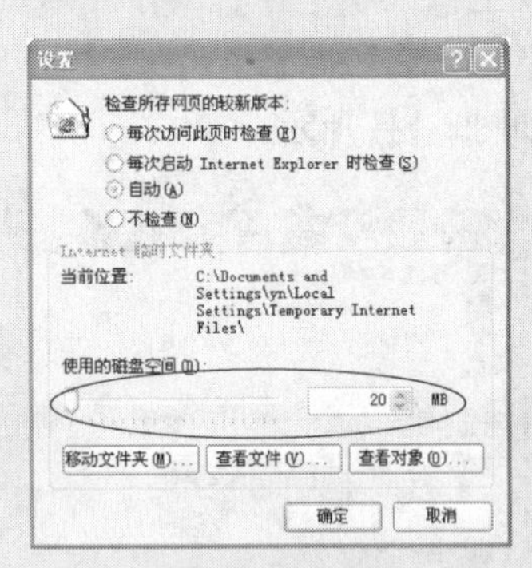

图2-143 调整临时文件夹大小

3 在打开的“浏览文件夹”对话框的列表框中选择Internet临时文件夹的新位置，如D盘，单击 确定 按钮，如图2-144所示。

4 返回“设置”对话框，单击 查看文件(V)... 按钮，在IE浏览器窗口中打开“Temporary Internet Files”文件夹，查看保存的网页文件信息，如图2-145所示。

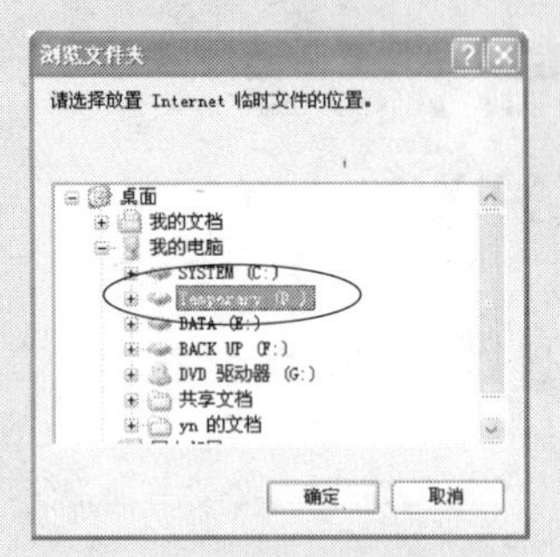

图2-144 调整临时文件夹的位置

图2-145 查看保存的网页文件信息

5 返回“设置”对话框，在该对话框中单击 确定 按钮，应用对Internet临时文件夹大小的设置及位置的更改。打开“注销”提示框，单击 是(Y) 按钮，重新启动计算机使设置生效，如图2-146所示。

图2-146 使设置生效

3. 设置历史记录

IE浏览器可记录一定时间内用户浏览过的网页地址，就是历史记录。

下面通过“设置”对话框设置保存历史记录的天数为20天，然后删除已访问的历史记录。

1 启动IE浏览器，选择【工具】→【Internet选项】菜单命令，打开“Internet选项”对话框的“常规”选项卡。在“网页保存在历史记录中的天数”数值框中输入“20”，如图2-147所示。

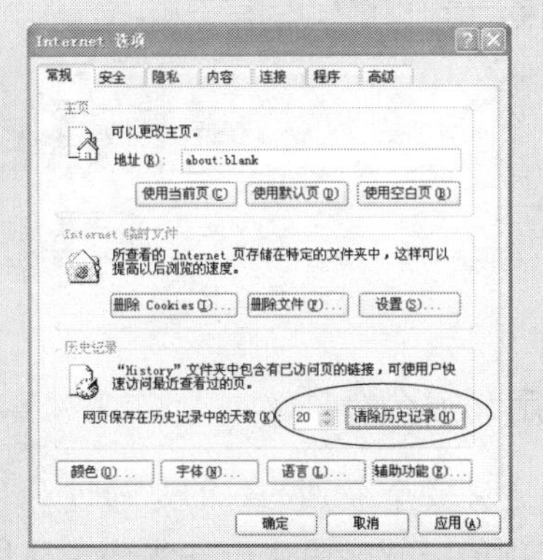

图2-147　设置网页保存在历史记录中的天数

2 单击 清除历史记录(H) 按钮，在打开的提示框中单击 是(Y) 按钮，如图2-148所示。

图2-148　确认删除历史记录

3 单击 确定 按钮应用设置，完成历史记录的设置。

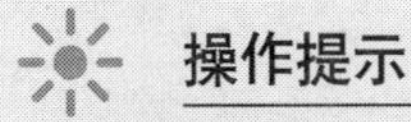

操作提示

在“网页保存在历史记录中的天数”文本框中可设置要保存多少天的历史记录，但最多只能设置为99天。

考场点拨

在实际考试中，一般删除历史记录和更改历史记录的考题分别存在，很少联合起来出题。

2.6.2　设置Internet安全选项

随着Internet的广泛应用，安全问题成为重中之重，IE主要通过“安全”选项卡进行安全设置，如图2-149所示。主要包括设置安全级别、自定义安全级别、设置隐私级别和将指定网站指派到安全区域等操作。

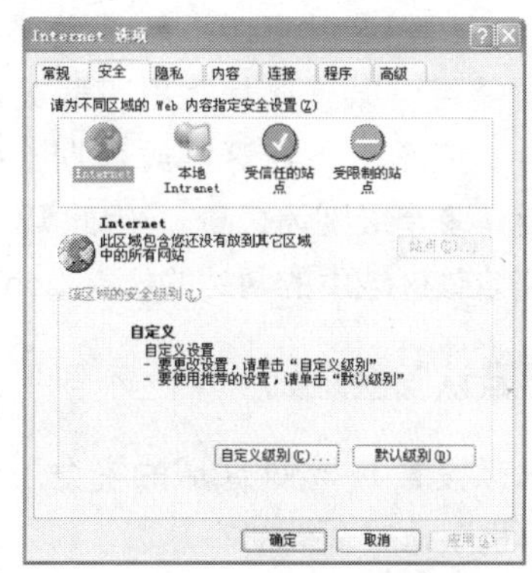

图2-149　“安全”选项卡

IE浏览器将Internet世界按区域划分为Internet区域、本地Intranet区域、受信任的站点区域和受限制的站点区域4类，不同区域的默认安全级别各不一样，具体如下。

- “Internet”区域：默认情况下，该区域包含非本站点和未划归其他任何区域的局域网内所有站点，该区域的默认安全级别为“中”。还可以通过“隐私”选项卡更改该区域的隐私设置。
- “本地Intranet”区域：该区域通常包含按照网络系统管理员的定义，不需要代理服务器的所有地址。包括在“连接”选项卡上指定的站点、网络路径和本地Intranet站点。该区域默认安全级别为“中”。因此，IE允许该区域中的网站在计算机上保存Cookie，并由创建Cookie的网站读取。

◈ “受信任站点”区域：该区域通常包含信任的站点，也就是说，相信可以直接从这里下载或运行文件，而不用担心危害计算机或数据。该区域默认安全级别为“低”。因此，IE允许该区域中的网站在计算机上保存Cookie，并由创建Cookie的网站读取。

◈ “受限制站点”区域：该区域通常包含不信任的站点，也就是说，不能肯定是否可以直接从这里下载或运行文件，而不危害计算机或数据。该区域默认安全级别为“高”。因此IE将阻止来自该区域中的网站的所有Cookie。

1. 设置默认安全级别

下面以设置Internet区域的安全为例讲解设置计算机默认安全级别的方法。

1 打开“Internet选项”对话框，单击“安全”选项卡，在“请为不同区域的Web内容指定安全设置”列表框中选择要进行设置的区域，这里选择“Internet”区域，单击 默认级别(D) 按钮，如图2-150所示。

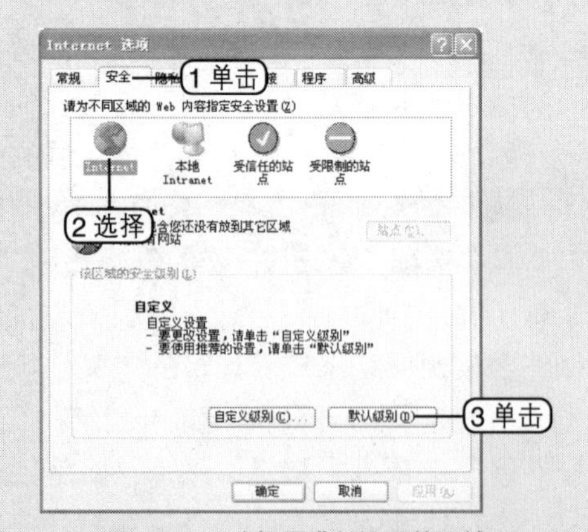

图2-150 选择要进行设置的区域

2 展开“该区域的安全级别”栏，在其中拖动滑块，设置安全级别为“高”，单击 确定 按钮，如图2-151所示。

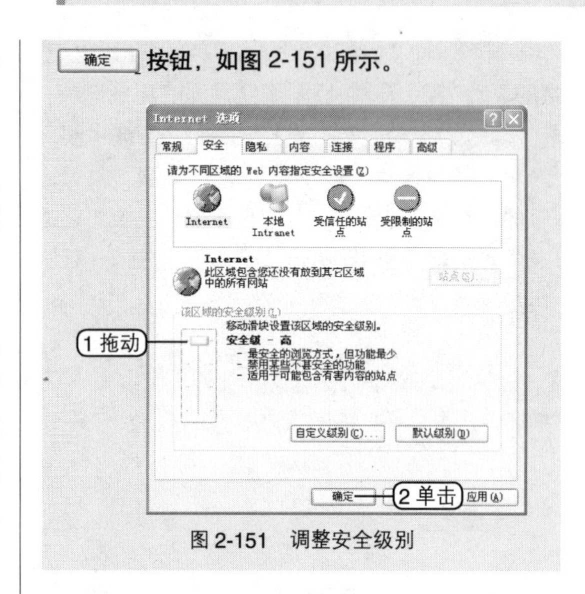

图2-151 调整安全级别

2. 自定义安全级别

自定义安全级别的目的是通过对Internet安全选项的设置，阻止一些程序或项目在IE浏览器中运行，比如弹出式广告，嵌入网页中的Flash动画、声音、视频或图片等。下面就通过自定义安全级别来阻止广告的运行。

1 在IE浏览器窗口中打开“Internet选项”对话框，单击“安全”选项卡，在“请为不同区域的Web内容指定安全设置”列表框中选择要进行设置的区域，这里选择“Internet”区域，单击 自定义级别(C)... 按钮，如图2-152所示。

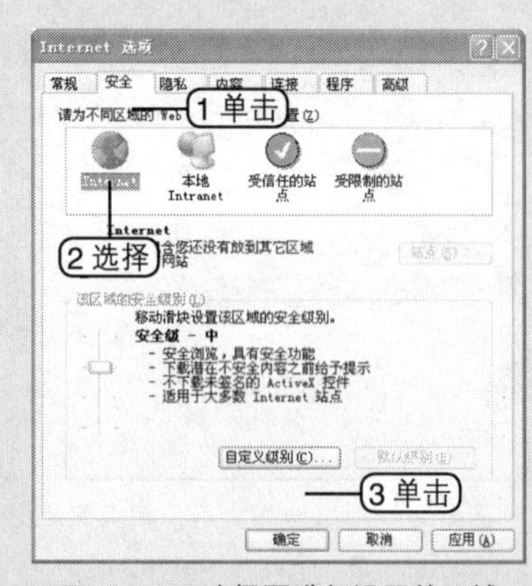

图2-152 选择要进行设置的区域

2 打开“安全设置”对话框，拖动“设置”列表框右侧的滚动条，滚动到如图 2-153 所示的位置处，在“活动脚本”选项下面选中“禁用”单选项。

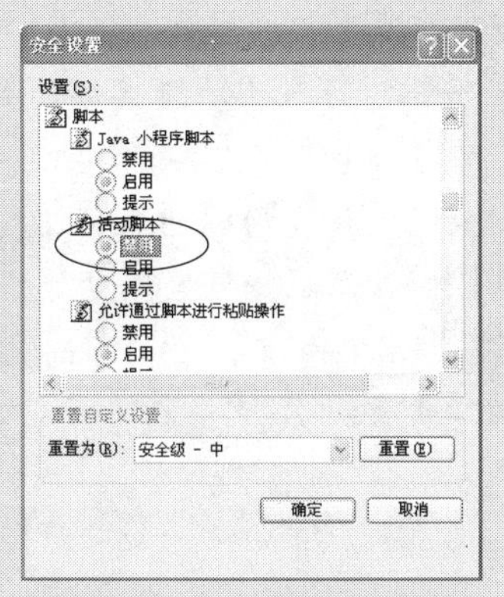

图 2-153 “安全设置”对话框

操作提示

采用这种方法禁止弹出式广告也会让一些特殊网页不能正常打开，如在进入一些聊天室等无地址栏的弹出式窗口网页时会受到妨碍。

3 单击 确定 按钮返回“Internet 选项”对话框，弹出式广告即被禁止。

3．将指定网站指派到安全区域

自定义安全级别后，某些本来安全的网站功能也被禁用，此时可将这些网站设置为受信任的站点，从而可以完整使用该网站的功能。其具体操作如下。

1 打开“Internet 选项”对话框，单击“安全”选项卡，在“请为不同区域的 Web 内容指定安全设置”列表框中选择“受信任站点”区域，单击 站点(S)... 按钮，如图 2-154 所示。

2 在“将该网站添加到区域中”文本框中输入中华网网址，单击 添加(A)... 按钮，将其添加到下面的“网站”列表框中，单击 确定 按钮完成设置，如图 2-155 所示。

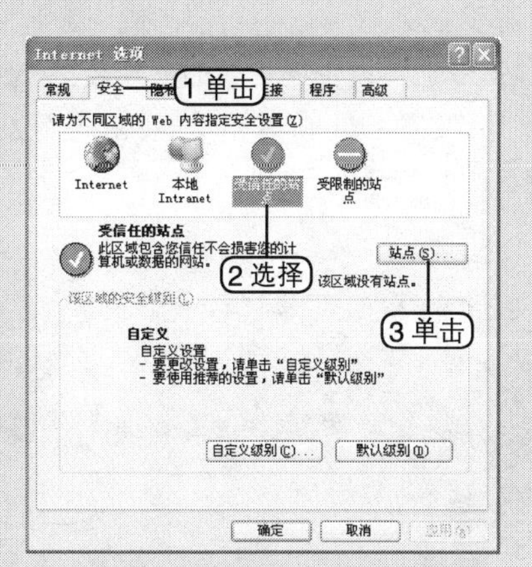

图 2-154 选择要进行设置的区域

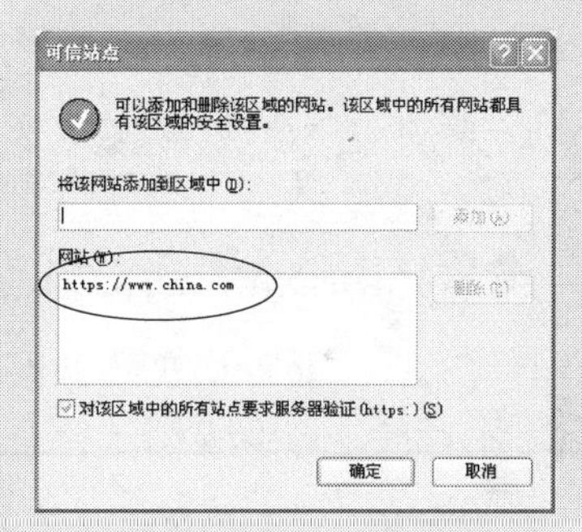

图 2-155 将指定网站指派到安全区域

操作提示

在添加受信任的站点时，不能添加本地网站，一般添加 Internet 中的网站。如果需要禁止访问某些站点，可选择“受限制的站点”区域，再单击 站点(S)... 按钮，使用相同的方法，输入站点地址并禁止用户访问。

2.6.3 设置Internet隐私

浏览网页时，网站服务器会将记录用户个人信息的 Cookies 文件保存到本地计算机中。设置隐私级别就是为了保护这些信息。下面为设置隐私级别为“高”的具体操作。

1 打开“Internet 选项”对话框，单击“隐私”选项卡。

2 拖动“设置”栏中的滑块将隐私级别设置为“高”，单击 确定 按钮应用设置，如图 2-156 所示。

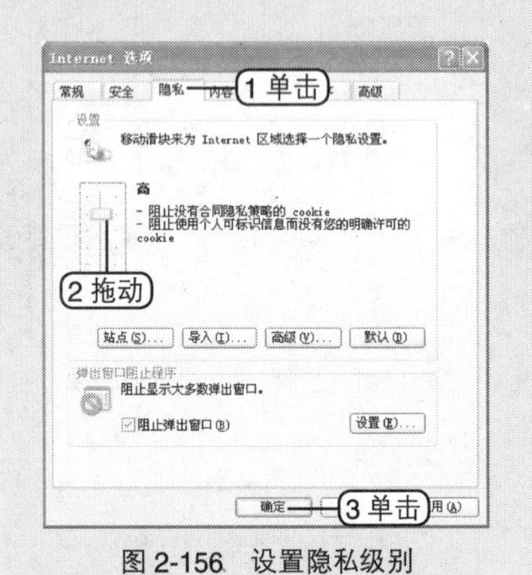

图 2-156 设置隐私级别

2.6.4 设置Internet连接方式

由于计算机接入 Internet 的方法很多，通常情况下，必须指定 IE 浏览器选择一种接入方式来访问 Internet，这就需要在“Internet 选项”对话框的“连接”选项卡中进行设置。在其中有“拨号和虚拟专用网络设置”和“局域网（LAN）设置”两个区域，分别设置 IE 的两种连接方式，如图 2-157 所示。

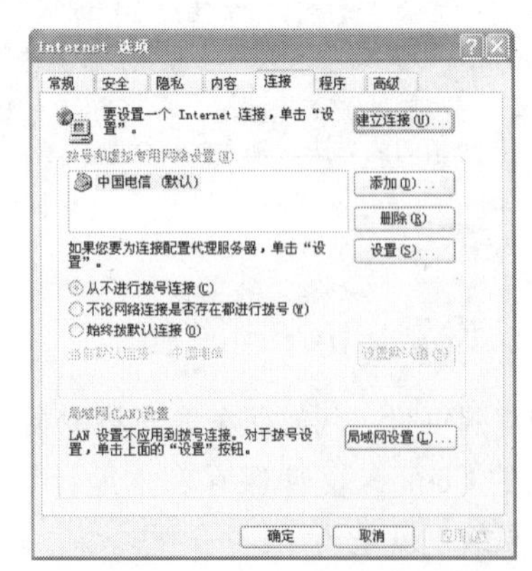

图 2-157 “连接”选项卡

1. 拨号和虚拟专用网络设置

采用这种方式接入 Internet 的用户，如果还没有建立相应的连接，或者还想添加新的连接，应该首先单击 建立连接(U)... 按钮，或者单击 添加(D)... 按钮，打开“新建连接向导”对话框，建立相应的连接（具体操作参考前一章）。对于已建立的连接，可以通过单击 删除(R) 按钮将其删除，或者单击 设置(S)... 按钮，在打开的对话框中进行设置（具体操作参考前一章），如图 2-158 所示。

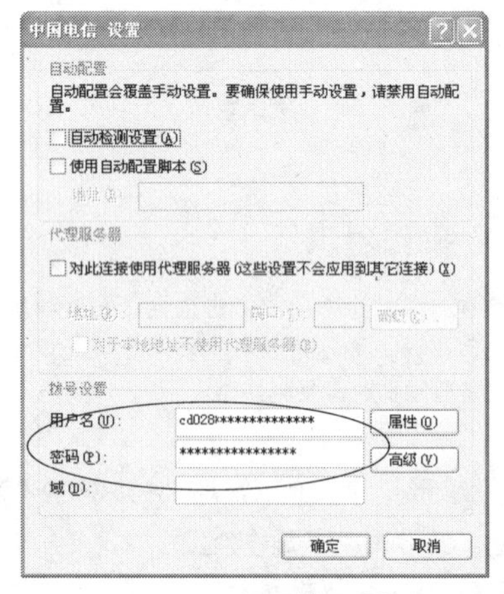

图 2-158 设置拨号连接

这里需要特别提醒的是，如果使用拨号或虚拟专用网络接入 Internet，就应该选中“无论网络连接是否存在都进行拨号”或“始终拨默认连接”两个单选项中的一个，并将建立的连接中的一个设置成“默认”（选择需要设置成默认的连接名，单击 设置默认值(E) 按钮即可）。

2. 局域网（LAN）设置

下面设置计算机通过局域网连接 Internet，其具体操作如下。

1 打开“Internet 选项”对话框，单击“连接”选项卡，在“局域网（LAN）设置”栏中单击 局域网设置(L)... 按钮，如图 2-159 所示。

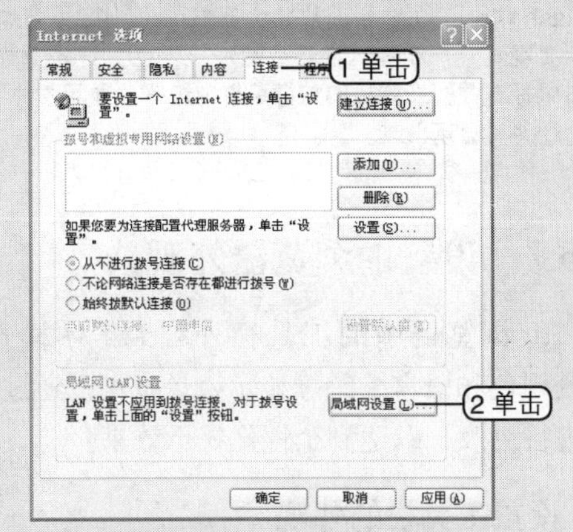

图 2-159 “连接”选项卡

2 打开“局域网（LAN）设置”对话框，在“代理服务器”栏中选中“为 LAN 使用地理服务器”复选框，单击 高级(C)... 按钮，如图 2-160 所示。

3 打开“代理服务器设置”对话框，对代理服务器进行设置，设置完毕后，单击 确定 按钮，如图 2-161 所示。

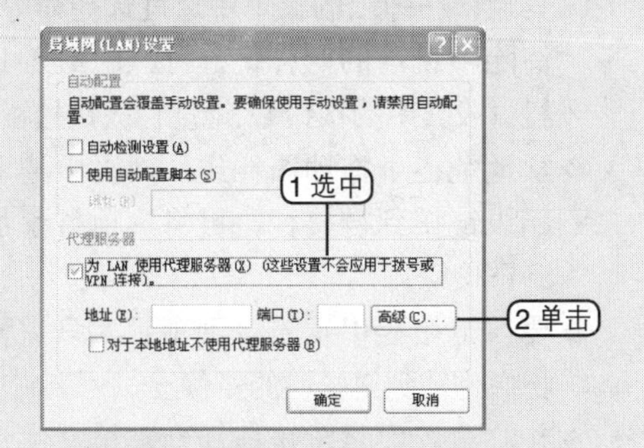

图 2-160 “局域网（LAN）设置”对话框

操作提示

对于普通的局域网，设置代理服务器只需要在“局域网（LAN）设置”对话框的“代理服务器”栏中输入服务器地址和端口号即可。如果对不同的协议使用不同的代理服务器，则需要打开“代理服务器设置”对话框，对代理服务器进行详细设置。

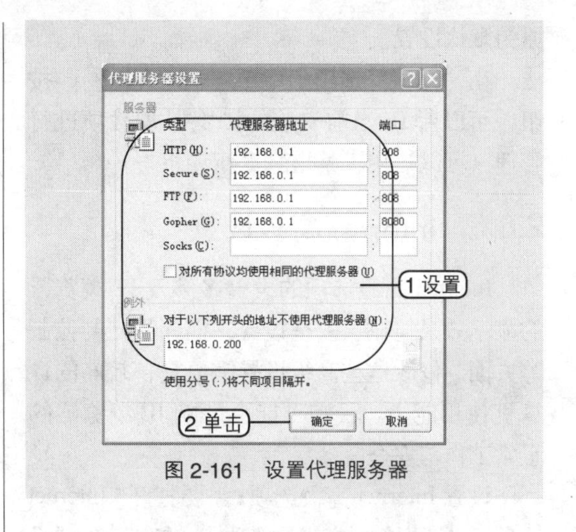

图 2-161 设置代理服务器

2.6.5 设置Internet默认程序

在 IE 浏览器中可以设置管理电子邮件、新闻组、日历和 Internet 呼叫的程序很多，但在网页上单击相应的超级链接时，IE 浏览器打开的程序就是该类别程序中的默认程序。设置默认程序时，只需打开“Internet 选项”对话框的“程序”选项卡，在相应下拉列表框中选择即可，如图 2-162 所示。

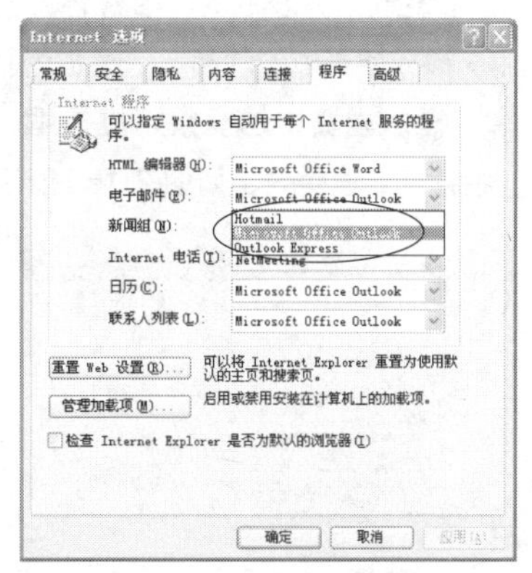

图 2-162 “程序”选项卡

在“程序”选项卡中单击 重置 Web 设置(R)... 按钮，可以将安装了 IE 和 Internet 工具之后又安装了其他 Web 浏览器后修改的某些 IE 设置还原为默认设置。

在“程序”选项卡中单击[管理加载项(M)...]按钮，可以对IE当前安装的浏览器加载项进行管理（可以启用、禁用、更新和报告）。

2.6.6 Internet高级设置

Internet高级选项的设置多涉及IE浏览器的显示效果控制、安全设置、插件程序的控制等方面。修改这些高级设置需要具备较高的计算机使用能力，否则可能会影响IE浏览器的正常工作与安全。

设置Internet高级选项，需要打开“Internet选项”对话框的“高级”选项卡，在其中的“设置”列表框中列出了“http 1.1设置”、“安全”、“从地址栏中搜索”、“打印”、“多媒体”、“浏览”、“辅助功能”等多个复选框设置区域，选中复选框完成设置后，单击[确定]按钮可使设置生效。下面取消网络中Flash动画、视频和图片的显示，其具体操作如下。

1 打开“Internet选项”对话框，单击“高级”选项卡。

2 在“设置”列表框的“多媒体”选项中取消选中“播放网页中的动画”、“播放网页中的声音”和“播放网页中的视频”复选框，单击[确定]按钮使设置生效，如图2-163所示。

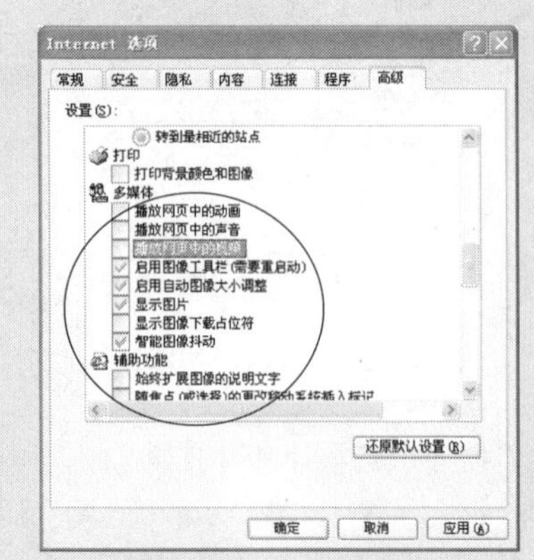

图2-163 “高级”选项卡

操作提示

取消Flash动画、视频和图片的显示后，网页中的Flash动画、视频和图片将全部显示为符号，如果要观看某一动画、视频或图片，可在符号上单击鼠标右键，在弹出的快捷菜单中选择“显示图片”命令将其显示出来。

2.6.7 设置IE浏览器外观

IE浏览器中的工具栏外观、字体样式、背景颜色和语言编码等显示效果也可以通过设置进行更改，以达到个性化显示效果。

1．设置工具栏的外观

设置工具栏的外观主要有以下一些操作。

- 通过向上、向下、向左或向右拖动，可以移动或调整地址栏和链接栏的大小，甚至可以将它们移动到菜单栏。
- 在IE浏览器窗口中选择【查看】→【工具栏】菜单命令或用鼠标右键单击工具栏，在弹出的菜单中通过选择命令，清除项目前的✔标记，可以隐藏工具栏（或其中的按钮）、地址栏或链接栏。
- 从地址栏中拖动图标或从网页中拖动超级链接到链接栏，可将该项目添加到链接栏。
- 要在链接栏中重新排列项目，只需要把它拖动到链接栏的新位置。
- 在收藏夹中将链接拖动到链接文件夹中也可以将收藏的链接添加到链接栏。
- 在IE浏览器窗口中选择【查看】→【工具栏】→【自定义】菜单命令或用鼠标右键单击工具栏，在弹出的快捷菜单中选择【自定义】菜单命令，如图2-164所示，都可以打开“自定义工具栏”对话框，在其中可以对工具栏的外观进行设置。

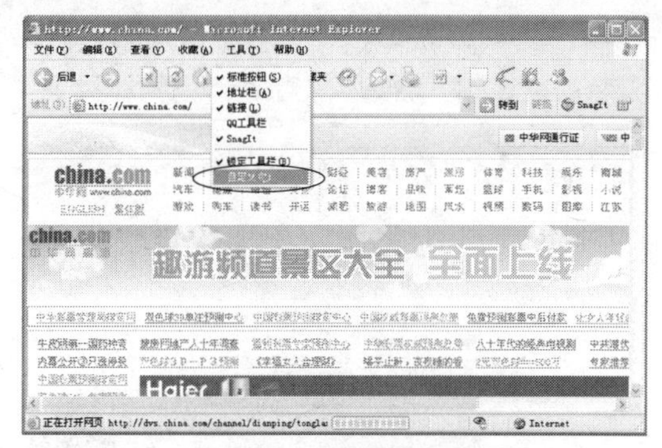

图 2-164　选择菜单命令

下面在工具栏中删除“信息检索”按钮，并添加“字体”和“编码”按钮。

1 在 IE 浏览器窗口中选择【查看】→【工具栏】→【自定义】菜单命令，如图 2-165 所示。

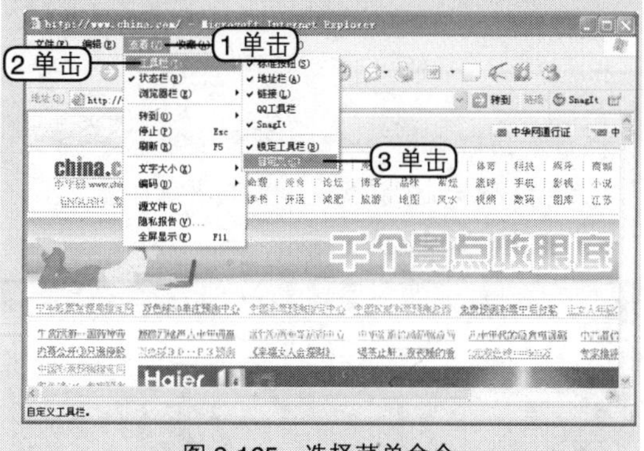

图 2-165　选择菜单命令

2 打开“自定义工具栏”对话框，在“当前工具栏按钮”列表框中选择“信息检索”选项，单击[<- 删除(R)]按钮，将其删除，如图 2-166 所示。

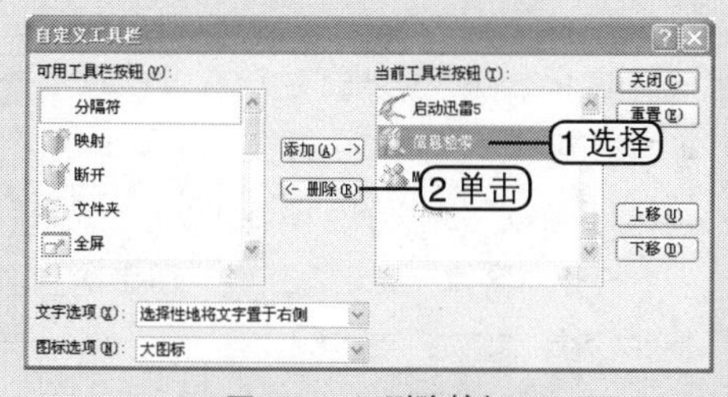

图 2-166　删除按钮

3 在“可用工具栏按钮”列表框中选择“字体”选项，单击[添加(A) ->]按钮，将其添加到工具栏中，在“当前工具栏按钮”列表框中将会显示添加的“字体”选项，如图 2-167 所示。

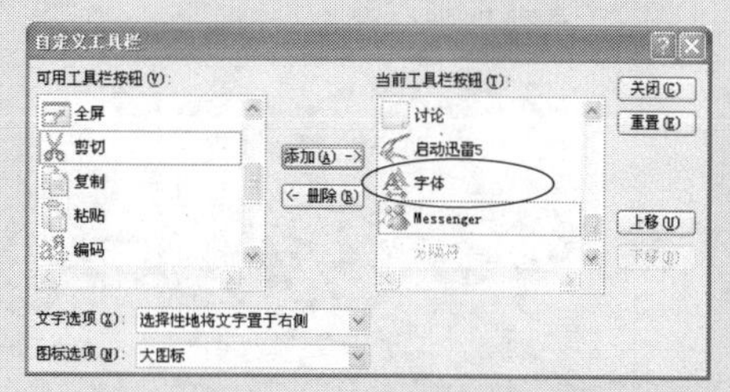

图 2-167　添加按钮

4 用相同的方法添加“编码”按钮到工具栏中。

5 完成后，单击[关闭(C)]按钮，在 IE 浏览器窗口的工具栏中即可显示设置后的按钮，如图 2-168 所示。

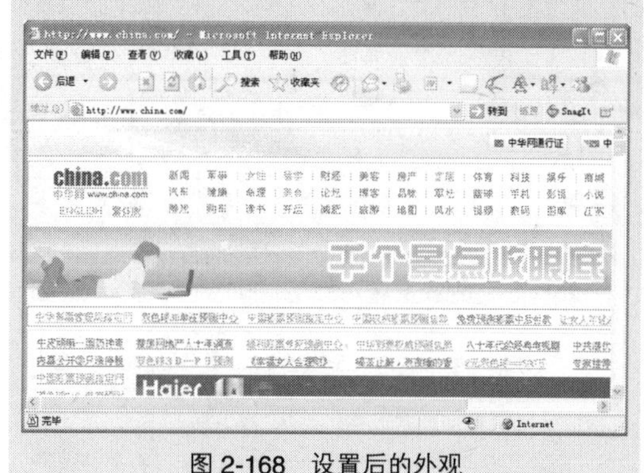

图 2-168　设置后的外观

2．设置网页文件和背景颜色

IE 浏览器可以首先为所有未使用样式表的网页指定字体和颜色首选项，然后再通过指定是否在使用样式表的网页中部分或全部使用首选项来控制使用样式表的网页的显示风格。其具体操作如下。

1 在IE浏览器窗口中选择【工具】→【Internet选项】菜单命令，打开“Internet选项”对话框的“常规”选项卡，单击 颜色(O)... 按钮，如图2-169所示。

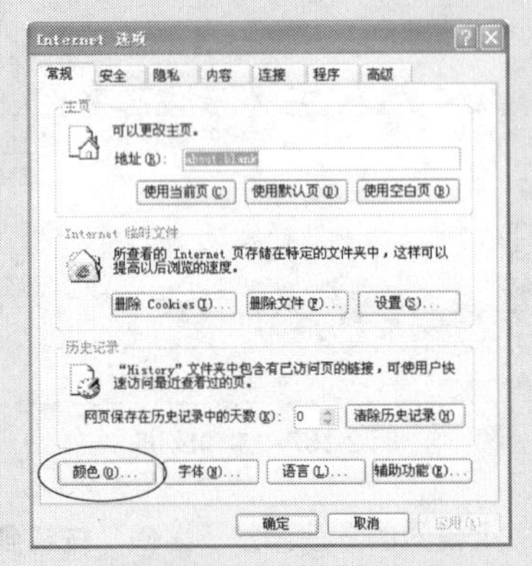

图2-169　单击按钮

2 打开“颜色”对话框，取消选中“使用Windows颜色”复选框，在“颜色”栏中单击“文字”按钮，如图2-170所示。

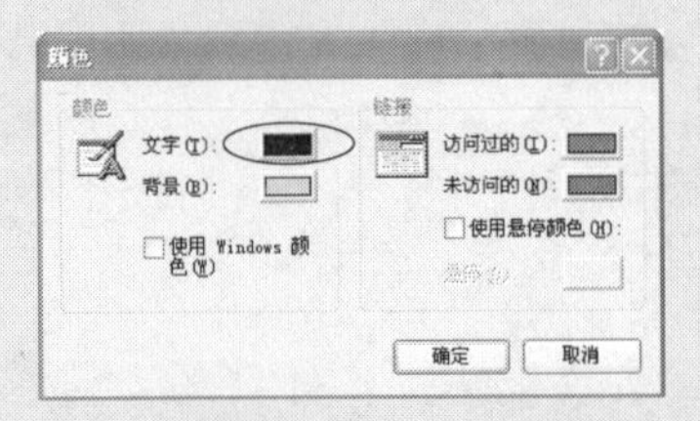

图2-170　“颜色”对话框

3 在打开的对话框中选择一种颜色，单击 确定 按钮，如图2-171所示。

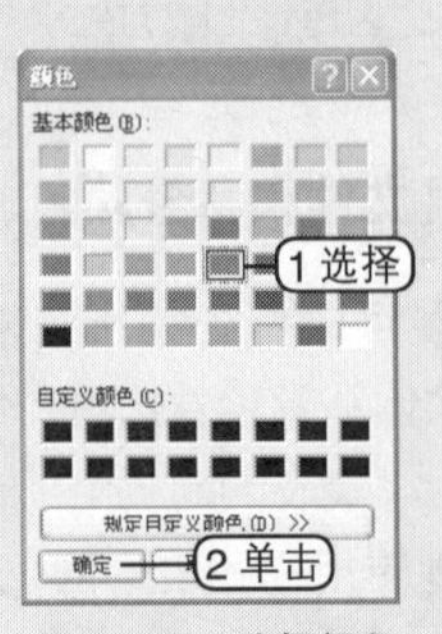

图2-171　选择颜色

4 连续单击两次 确定 按钮，完成网页颜色的设置，效果如图2-172所示。

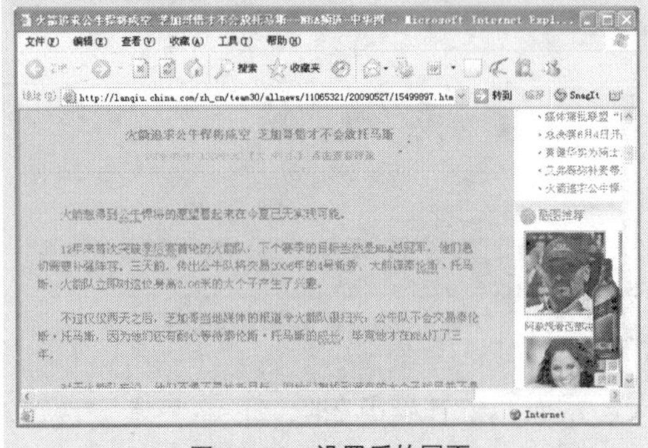

图2-172　设置后的网页

操作提示

通过“颜色”对话框中的“链接”栏，还能对网页中超级链接的各种形态的颜色进行设置。

5 在IE浏览器窗口中选择【查看】→【文字大小】→【较大】菜单命令，如图2-173所示，将网页的字体设置大一些。

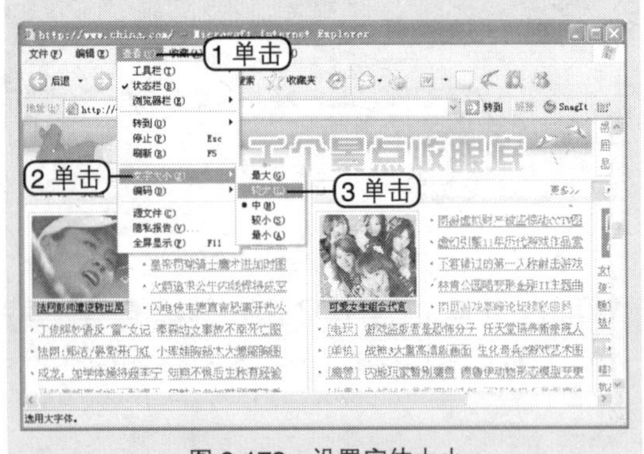

图2-173　设置字体大小

6 在IE浏览器窗口中选择【工具】→【Internet选项】菜单命令，打开“Internet选项”对话框的“常规”选项卡，单击 字体(N)... 按钮。

7 打开“字体”对话框，在“纯文本字体”列表框中选择“隶书”选项，设置网页中的纯文本字体，单击 确定 按钮，如图2-174所示。

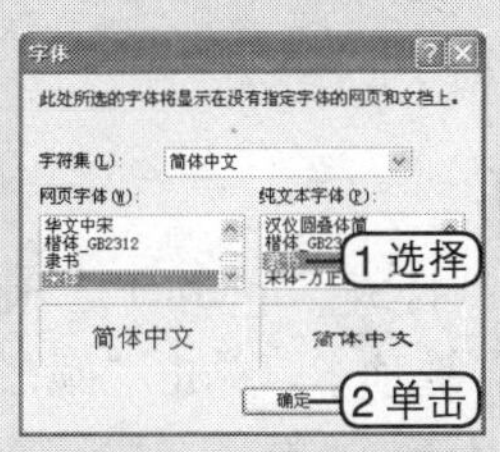

图 2-174 “字体”对话框

8 在IE浏览器窗口中选择【工具】→【Internet选项】菜单命令，打开“Internet 选项”对话框的“常规”选项卡，单击 辅助功能(E)... 按钮。

9 打开“辅助功能”对话框，在“格式”栏中选中“不使用网页中指定的颜色”复选框，单击 确定 按钮，如图 2-175 所示。

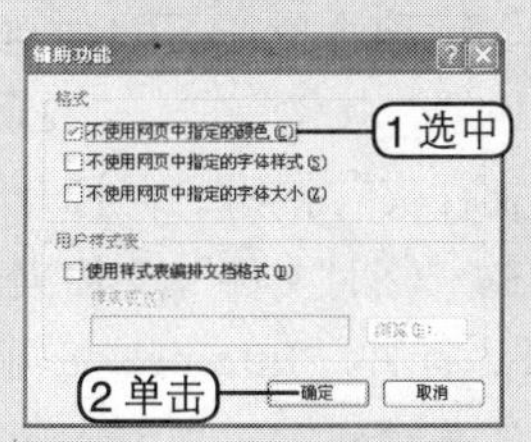

图 2-175 “辅助功能”对话框

3. 设置网页中的语言

设置网页中的语言就是设置 IE 浏览器使用的语言编码类型，通常有以下几种方法。

方法 1：打开 IE 的“自动选择”功能。

在 IE 浏览器窗口中选择【查看】→【编码】→【自动选择】菜单命令，如图 2-176 所示。如果系统提示需要下载语言支持组件，则需要从网络下载语言编码。

方法 2：手工为网页选择语言编码。

在 IE 浏览器窗口中选择【查看】→【编码】→【其他】菜单命令，选择一种语言编码，如图 2-177 所示。

方法 3：设置语言首选项。

设置语言首选项是指当某个网站提供了多种语言文字内容时，通过添加语言并对这些语言进行排列，将最合适的语言进行显示。

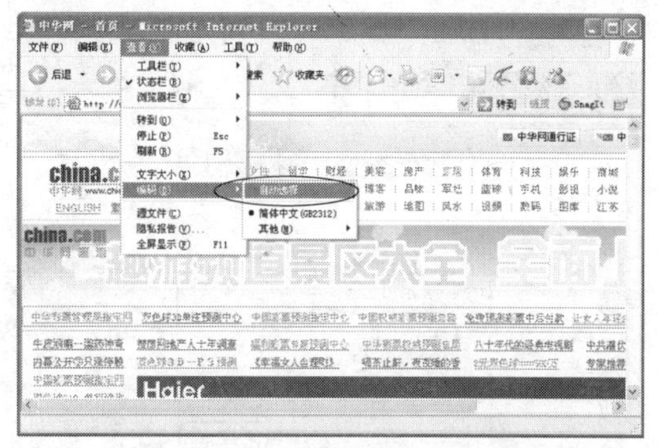
图 2-176 自动选择语言

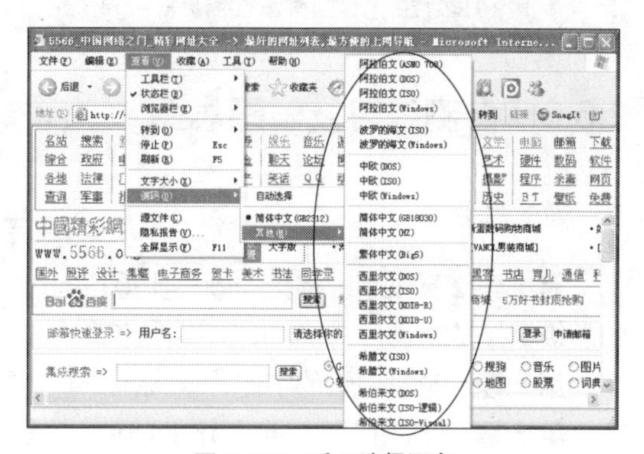
图 2-177 手工选择语言

下面将英语（美国）添加到语言首选项中，其具体操作如下。

1 在 IE 浏览器窗口中选择【工具】→【Internet 选项】菜单命令，打开“Internet 选项”对话框的“常规”选项卡，单击 语言(L)... 按钮。

2 打开“语言首选项”对话框，单击 添加(A)... 按钮，如图 2-178 所示。

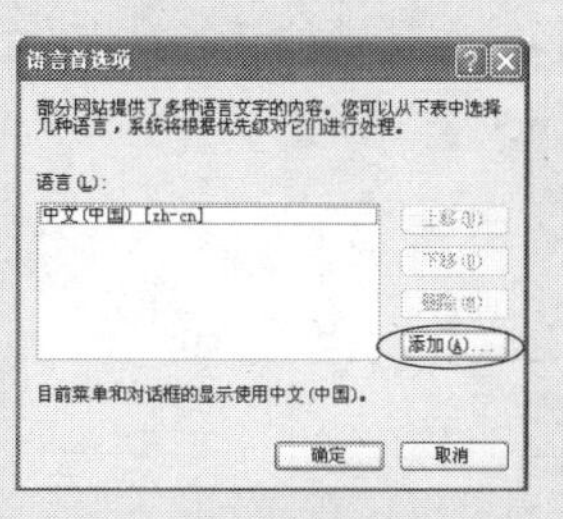

图 2-178 “语言首选项”对话框

3 打开“添加语言”对话框，在“语言”列表框中选择“英语(美国)[en-us]”选项，单击 确定 按钮，如图2-179所示，即可将该种语言编码添加到网页中。

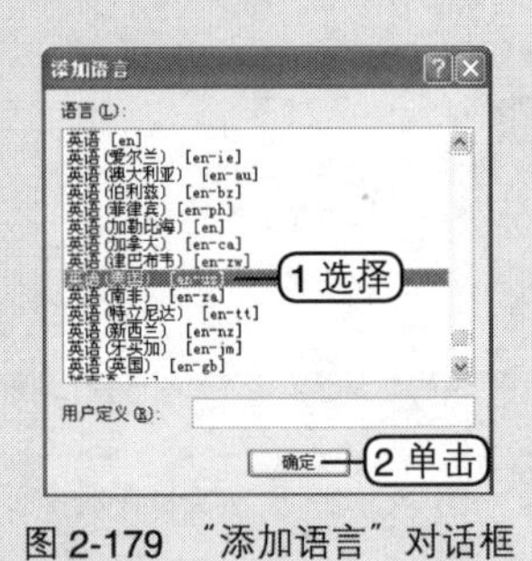

图2-179 “添加语言”对话框

2.6.8 自测练习及解题思路

1．测试题目

第1题 更改超级链接的颜色使得访问过的超级链接是紫色。

第2题 更改网页的字体为最大。

第3题 利用局域网连接Internet，在Internet选项中设置代理服务器http://cai.hurricane.edu.cn，其中端口为:8080。

第4题 设置默认主页为空白页。

第5题 设置默认主页为中华网首页。

第6题 设置Internet临时文件保存在E:\临时文件\中。

第7题 在Internet选项中删除IE临时文件夹的所有内容，并删除所有脱机内容。

第8题 在“受信任的站点”区域上添加www.5566.net。

第9题 关闭IE的动画和视频多媒体功能，加快网页浏览速度。

2．解题思路

第1题 打开“Internet选项”对话框，进入“常规”选项卡，单击“颜色”按钮，打开“颜色”对话框，单击“访问过的”后的按钮，进入颜色界面，选择紫色。

第2题 使用菜单命令。

第3题 打开“Internet选项”对话框进行设置。

第4题 按照2.6.1中方法进行。

第5题 同上一题。

第6题 打开“Internet选项”对话框，进入“常规”选项卡，在“Internet临时文件”栏中单击“设置”按钮，进入“设置”对话框，单击“移动文件夹”按钮，在打开的对话框中选择E盘中的“临时文件”文件夹。

第7题 打开“Internet选项”对话框，进入“常规”选项卡，在“Internet临时文件”栏中单击 删除文件(F)... 按钮，打开“删除文件”对话框，选中“删除所有脱机内容”复选框。

第8题 打开“Internet选项”对话框，进入“安全”选项卡，单击 站点(S)... 按钮，打开“可信站点”对话框，在“将该网站添加到区域中”文本框中输入栏中输入“https://www.sina.com”，单击 添加(A)... 按钮。

第9题 打开“Internet选项”对话框，进入“高级”选项卡，在“多媒体”选项中，取消选中“播放网页中的动画”复选框和“播放网页中的视频”复选框。

第3章 收发电子邮件

电子邮件是一种在Internet上广泛使用的信息传递服务。Outlook Express 6.0是Windows操作系统中用于电子邮件收发管理的软件。使用Outlook Express可以进行邮件账号管理、电子邮件管理、其他辅助功能管理等。

本章考点

要求掌握的知识

- 启动Outlook Express
- Outlook Express常规选项的设置、阅读、撰写和发送等设置
- 电子邮件账号管理
- 接收、查看和保存电子邮件
- 撰写和发送新邮件
- 为电子邮件添加附件
- 答复、转发电子邮件
- 对邮件进行复制和移动
- 邮件文件夹的管理
- 使用通讯簿

要求熟悉的知识

- 改变Outlook Express窗口布局
- 设置邮件的安全和拼写检查等
- HTML邮件的制作方法
- 运用邮件规则对邮件进行管理

要求了解的知识

- 设置电子邮件的预览窗格和邮件视图的显示方式
- 设置Outlook Express回执和维护
- 查找电子邮件和联系人

3.1 Outlook Express的启动与退出

考点分析：软件的启动与退出操作是各科考试中最容易出现的考点，不同的软件其启动、退出方法却大同小异，用户完全可以举一反三，快速学习本节知识。其中，通过“开始”菜单启动是最常考到的知识点。

学习建议：熟练掌握Outlook Express的各种启动与退出方式。

Outlook Express是Microsoft操作系统自带的一种电子邮件收发软件，需要注意的是Office组件Outlook与Outlook Express是两个完全不同的软件平台，它们之间没有共享代码，Outlook Express实际上是Internet Explorer的一部分。

3.1.1 启动Outlook Express

启动Outlook Express主要有如下几种方式。

方法1：通过桌面快捷方式启动。

对于在系统桌面上创建了快捷方式的，双击桌面上的Outlook Express快捷方式图标，如图3-1所示。

图 3-1 通过桌面快捷方式图标启动

方法 2：通过“开始”菜单快捷命令启动。

单击按钮，在弹出的菜单中选择其顶部的【Outlook Express】菜单命令，如图3-2 所示。

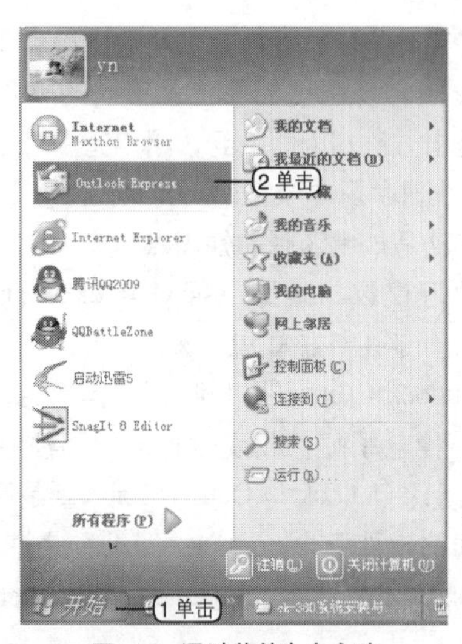

图 3-2 通过菜单命令启动

方法 3：通过“开始”菜单“所有程序”启动。

单击按钮，在弹出的菜单中选择【所有程序】→【Outlook Express】菜单命令，如图 3-3 所示。

方法 4：通过快速启动栏启动。

单击桌面底部任务栏左侧快速启动栏中的Outlook Express 图标，如图 3-4 所示。

图 3-3 通过菜单命令启动

图 3-4 通过快速启动栏启动

3.1.2 退出Outlook Express

当不需要收发邮件时，可以退出 Outlook Express，退出 Outlook Express 主要有以下几种常用的方法。

方法 1：在打开的 Outlook Express 窗口中，选择【文件】→【关闭】菜单命令，如图 3-5 所示。

方法 2：在打开的 Outlook Express 窗口中，用鼠标单击其右上角的按钮。

方法 3：在打开的 Outlook Express 窗口中，用鼠标双击其左上角的图标。

方法 4：在打开的 Outlook Express 窗口中，用鼠标单击其左上角的图标，在弹出的快捷菜单中选择【关闭】菜单命令，如图 3-6 所示。

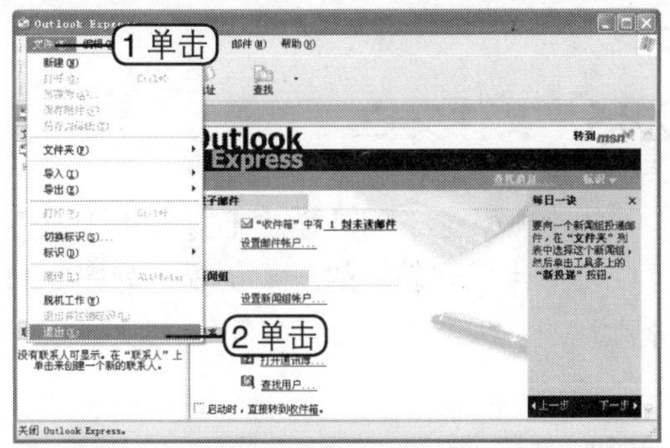

图 3-5　Outlook Express

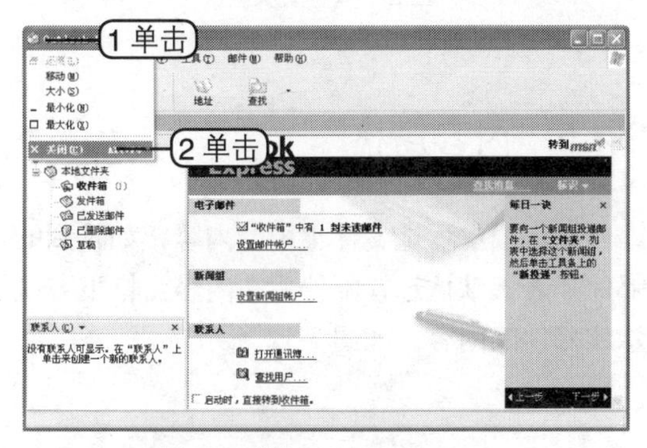

图 3-6　关闭 Outlook Express

方法 5：在打开的 Outlook Express 窗口中，按【Alt+F4】键。

3.1.3　自测练习及解题思路

1．测试题目

第 1 题　启动 Outlook Express。

第 2 题　退出 Outlook Express。

2．解题思路

第 1 题　题目没有明确要求用何方法，应从最常用的方法开始，分别尝试各种方法。

第 2 题　解题思路同第 1 题。

3.2　认识Outlook Express工作界面

考点分析：认识工作界面只是操作 Outlook Express 软件的基础，在考试当中一般不会直接考查其组成部分。在 3.8.1 节中将讲解设置界面的详细知识，考点也大多集中在该节。

学习建议：熟悉工作窗口中各组成部分的名称及其作用，这将有助于学习后面的内容。

启动 Outlook Express 后，界面如图 3-7 所示。

第一次使用 Outlook Express 时，其工作界面会默认显示 5 个部分：联系人列表框、文件夹列表、文件夹栏、工具栏和状态栏，各部分的功能简介如下。

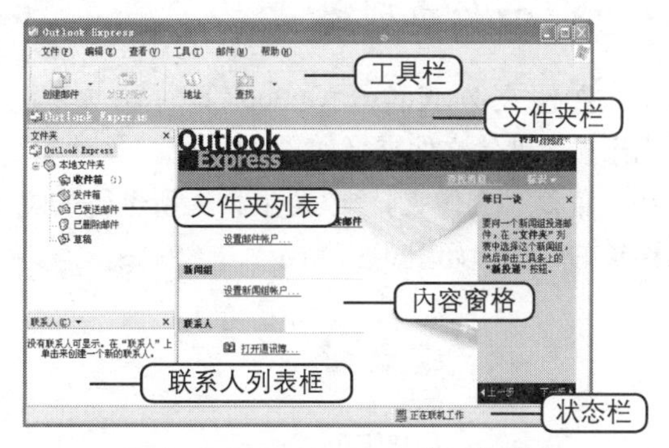

图 3-7　Outlook Express 的工作界面

3.2.1　工具栏

工具栏位于 Outlook Express 文件菜单栏

的下方，通过它可以快速访问最常用的选项，其中的每个按钮都与菜单中选项一一对应，如图 3-8 所示。

图 3-8　工具栏

3.2.2　联系人列表框

联系人列表框位于 Outlook Express 左下侧，用于显示通讯簿中联系人名称，通过它可以更加快捷地给联系人创建新邮件，如图 3-9 所示。

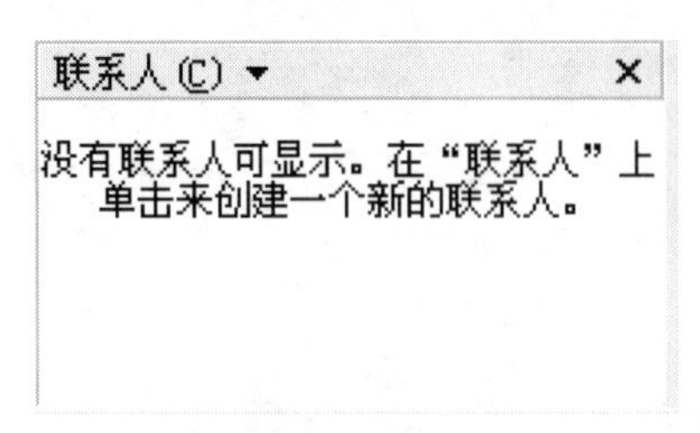

图 3-9　联系人列表框

3.2.3　文件夹列表

文件夹列表位于 Outlook Express 左侧，用于显示默认文件夹（如“收件箱”、“发件箱”和“草稿”文件夹），以及由个人所创建的文件夹的列表，如图 3-10 所示。

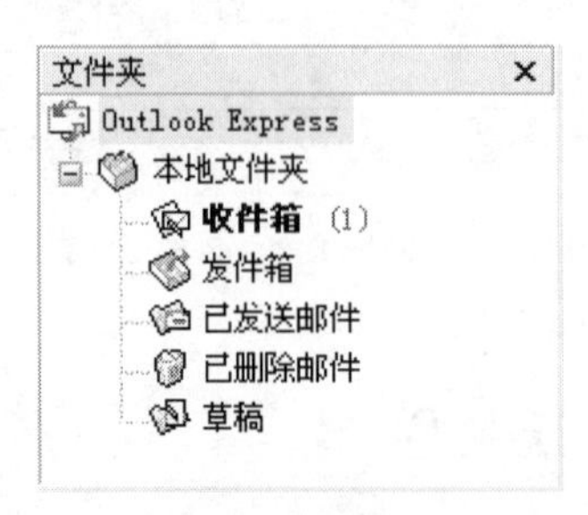

图 3-10　文件夹列表

3.2.4　文件夹栏

文件夹栏位于工具栏的下方，用于显示用户在文件夹列表中的当前位置，如图 3-11 所示。

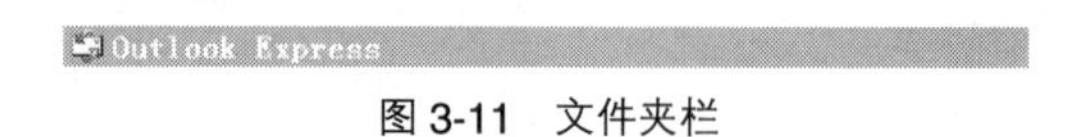

图 3-11　文件夹栏

3.2.5　内容窗格

显示当前所选文件夹中的内容，如收到的邮件列表，默认选择邮件后在内容窗格下方显示该邮件的内容，如图 3-12 所示。

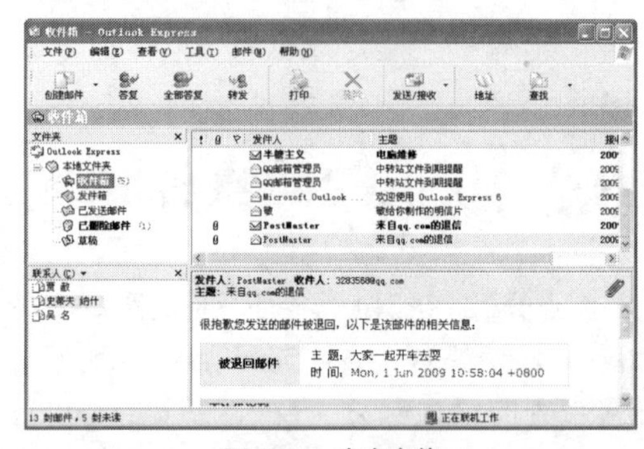

图 3-12　内容窗格

3.2.6　状态栏

状态栏位于 Outlook Express 的下方，用于显示所选文件夹的当前状态（例如，现在是否联机等），如图 3-13 所示。

图 3-13　状态栏

3.3 添加和管理邮件账号

考点分析：这是一基础知识点，命题数量在试题中占 1~2 个。虽然知识点较多，但只需重点掌握如何添加邮件账号的相关操作，因为它的出题可能性很大。

学习建议：熟练掌握如何添加邮件账号、设置账号属性和导入与导出，注意这里的添加邮件账号包括首次添加和添加多个邮件账号两种操作。

3.3.1 首次添加邮件账号

第一次使用 Outlook Express 时，会自动出现“Internet 连接向导”对话框，要求填写已有的邮件账号信息。其具体操作如下。

1 启动 Outlook- Express，打开“Internet 连接向导”对话框，在“显示名”文本框中输入显示的姓名，如“caiju1979（该姓名可任意输入）”，单击[下一步(N) >]按钮，如图 3-14 所示。

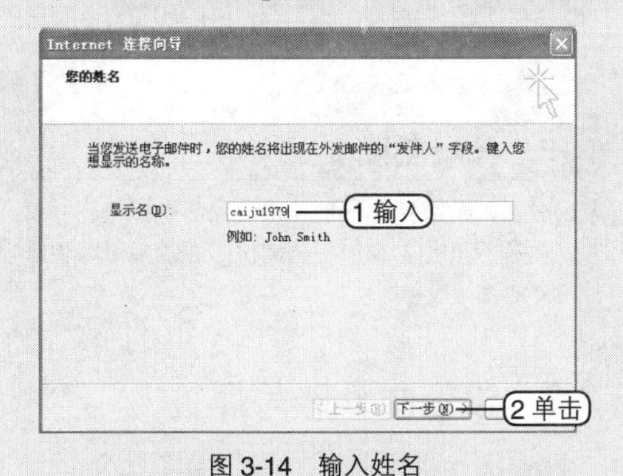

图 3-14 输入姓名

操作提示

因为显示名会显示在发出的每封信中，为方便联系，显示名都用自己的姓名，如添加一个“caiju1979@126.com”的邮箱账户，输入的显示名为“caiju1979”。

2 打开“Internet 电子邮件地址”对话框，在“电子邮件地址”文本框中输入使用的电子邮箱，如“3283568@qq.com”，单击[下一步(N) >]按钮，如图 3-15 所示。

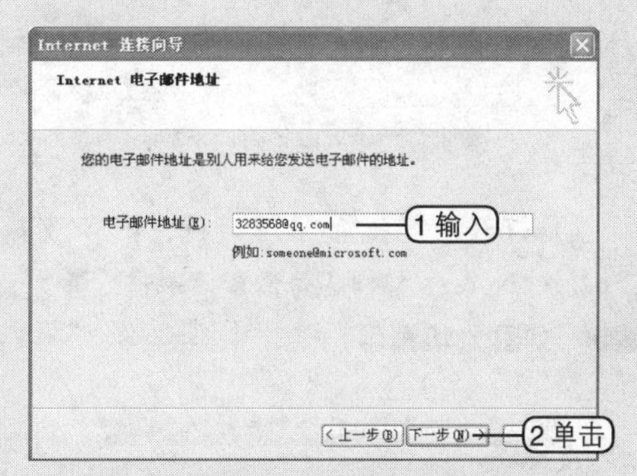

图 3-15 输入电子邮件地址

3 打开“电子邮件服务器名”对话框，在“接收邮件（POP3，IMAP 或 HTTP）服务器”文本框中输入其接收的邮件服务器名，如“pop.qq.com”，在“发送邮件服务器（SMTP）”文本框中输入发送的邮件服务器名“smtp.qq.com”，单击[下一步(N) >]按钮，如图 3-16 所示。

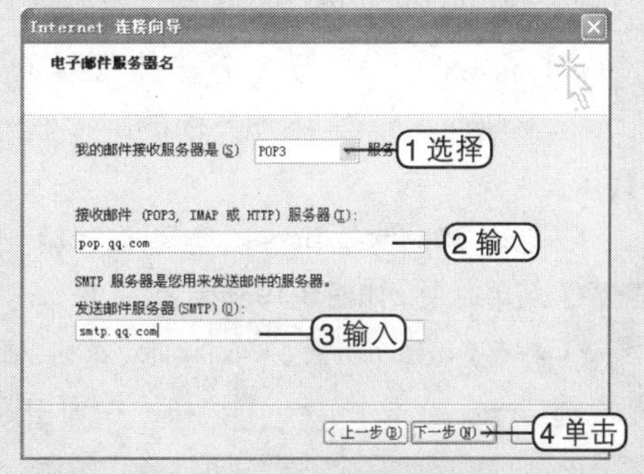

图 3-16 输入电子邮件服务器名

4 打开“Internet Mail 登录”对话框，在

“密码”文本框中输入该邮件账号的密码，单击 下一步(N) > 按钮，如图 3-17 所示。

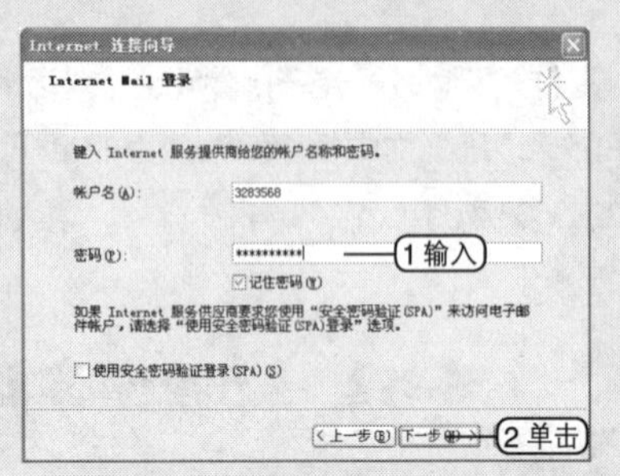

图 3-17　输入电子邮件密码

5 打开“祝贺您”对话框，提示完成 Outlook Express 邮件账号设置，单击 完成 按钮，如图 3-18 所示。

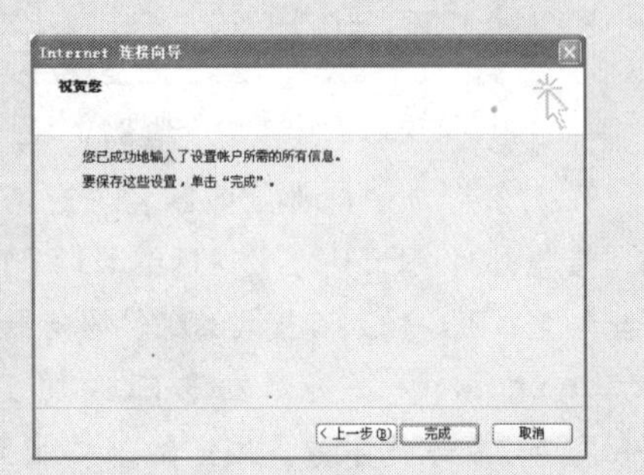

图 3-18　完成邮件账号添加

3.3.2　添加多个邮件账号

Outlook Express 支持多个邮件账号的使用，因此，还可以为其添加其他的邮件账号，其具体操作如下。

1 启动 Outlook Express，选择【工具】→【账户】菜单命令，如图 3-19 所示。

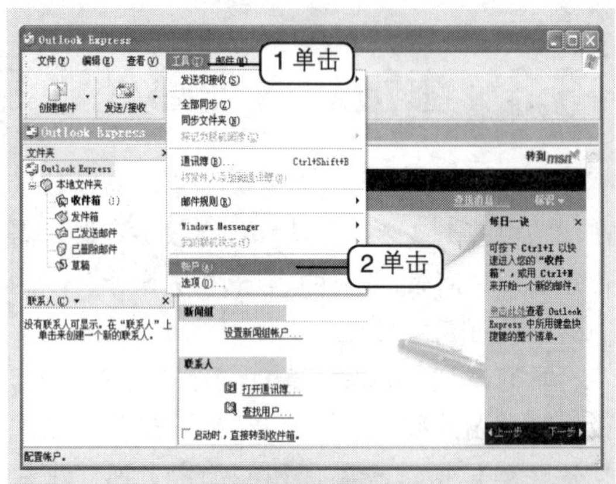

图 3-19　选择菜单命令

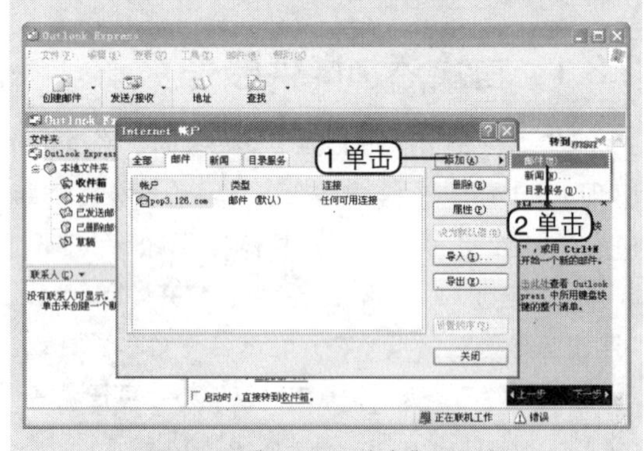

图 3-20　“Internet 账户”对话框

2 打开“Internet 账户”对话框，单击“邮件”选项卡，单击 添加(A) 按钮，在弹出的菜单中选择“邮件”命令，如图 3-20 所示。

3 其余的操作按照首次添加邮件账号进行即可。

考场点拨

考试时，如果题目中只是要求添加邮件账号，并没有说明是不是首次添加，只需按照添加多个邮件账号的方法进行操作即可。

3.3.3　设置邮件账号属性

设置邮件账号属性的具体操作如下。

1 打开“Internet 账户”对话框，单击“邮件”选项卡，选择需要设置属性的账号，单击 属性(P) 按钮，如图 3-21 所示。

2 在打开的该账号的属性对话框的“常规”选项卡中即可自定义账户名称，这里在“邮件账户”文本框中输入“qq 邮箱”，如图 3-22 所示。

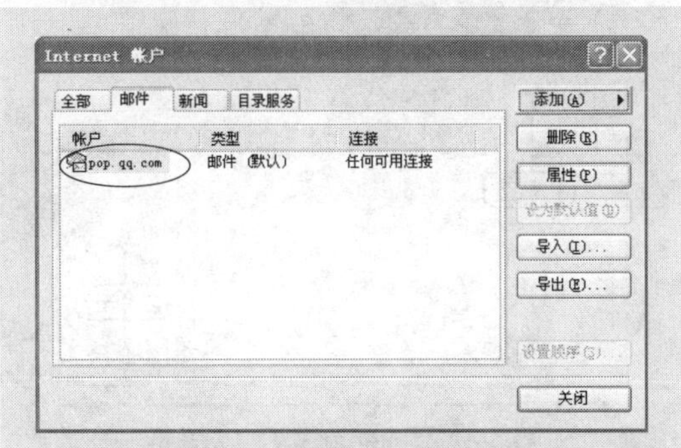

图 3-21 “Internet 账户”对话框

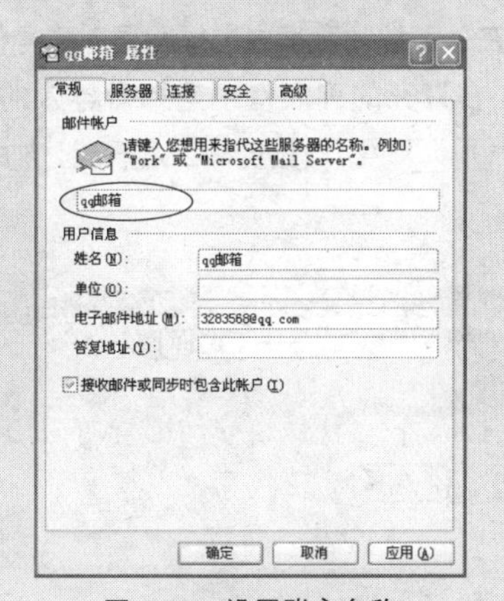

图 3-22 设置账户名称

3 单击“服务器”选项卡，选中“我的服务器要求身份验证”复选框，单击 设置(E)... 按钮，如图 3-23 所示。

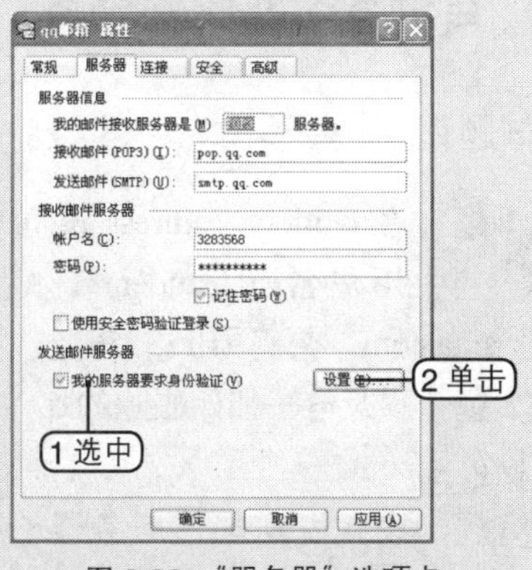

图 3-23 “服务器”选项卡

操作提示

目前，Internet 中注册申请的电子邮箱，在使用非 Web 方式发送邮件时，都要求服务器进行身份验证。

4 打开“发送邮件服务器”对话框，保持默认选中“使用与接收邮件服务器相同的设置”单选项，如图 3-24 所示，连续单击 确定 按钮完成设置。

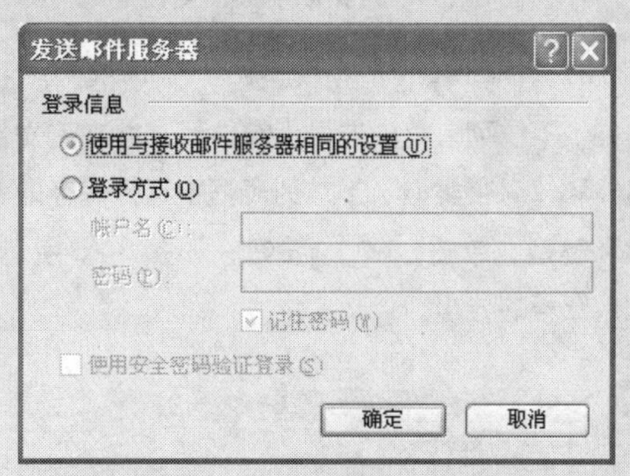

图 3-24 “发送邮件服务器”对话框

考场点拨

在考试中，本知识点的考查通常是以“设置发送邮件服务器的账户名和密码”方式进行。做题时一定要注意选中“我的服务器要求身份验证”复选框，否则不会得分。

3.3.4 导入、导出邮件账号

账号备份的目的是为了信息安全，在平常使用 Outlook Express 时，应该养成良好的操作习惯，最好定期对账号进行备份，以防止意外事件而丢失重要资料。

1．导出账号

导出账号的具体操作如下。

1 打开“Internet 账户”对话框，单击“邮件”选项卡，选择需要导出的账号，单击 导出(E)... 按钮，如图 3-25 所示。

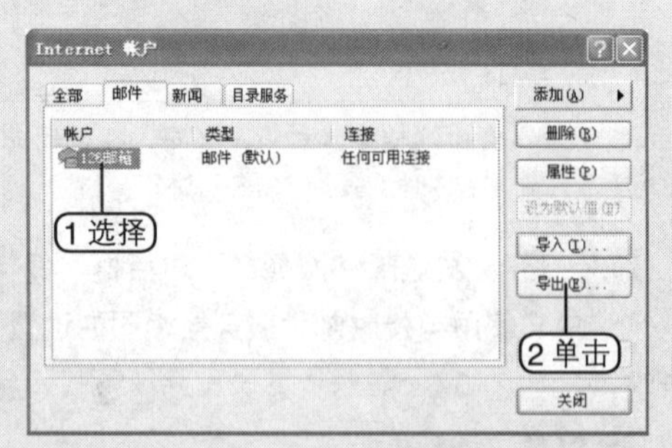

图 3-25 “Internet 账户”对话框

2 打开“导出 Internet 账户”对话框，在“保存在”下拉列表框中选择保存位置，并在“文件名”和“保存类型”下拉列表框中选择保存的名称和类型，单击 保存(S) 按钮，如图 3-26 所示，完成账号的导出。

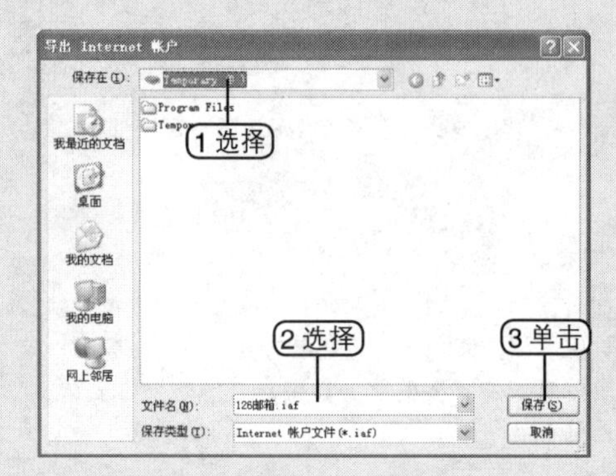

图 3-26 导出账号

考场点拨

考试时，如遇到选择文件位置的对话框，一般通过对话框上方的下拉列表框选择，而不使用左侧的按钮。

2. 导入账号

导入账号的具体操作如下。

1 打开“Internet 账户”对话框，单击“邮件”选项卡，单击 导入(I)... 按钮，如图 3-27 所示。

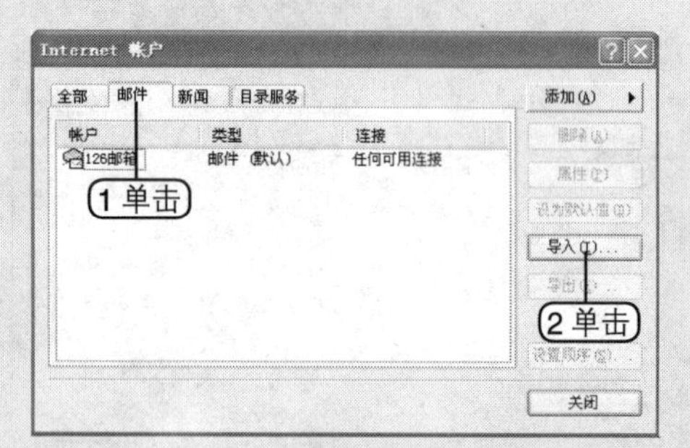

图 3-27 “Internet 账户”对话框

2 打开“导入 Internet 账户”对话框，在“保存在”下拉列表框中选择需导入账号保存的位置，在打开的列表框中选择需导入的账号，单击 打开(O) 按钮，如图 3-28 所示，完成账号的导入。

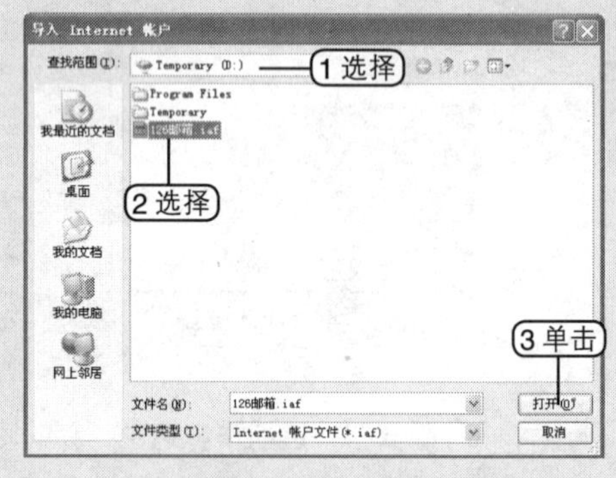

图 3-28 导入账号

3.3.5 自测练习及解题思路

1. 测试题目

第 1 题 在 Outlook Express 建立电子邮件账户，其中用户名为“student”，邮箱地址为 zcks@sina.com，密码为 123456。

第 2 题 修改电子邮件账户的邮件地址为 caiju1979@qq.com。

第 3 题 设置发送邮件服务器的账户名 caiju 和密码 88888888。

2．解题思路

第 1 题　打开“Internet 账户”对话框，单击“邮件”选项卡，单击“添加”按钮，在弹出的菜单中选择“邮件”命令，其余按照首次添加邮件账号的方法进行。

第 2 题　打开“Internet 账户”对话框，单击“邮件”选项卡，选择需要更改属性的邮件账户，再单击 属性(P) 按钮，打开“属性”对话框。

第 3 题　打开“Internet 账户”对话框，单击“邮件”选项卡，选择需要更改属性的邮件账户，再单击 属性(P) 按钮，打开“属性”对话框。单击“服务器”选项卡，选中“我的服务器要求身份验证”复选框，单击“设置”按钮。打开“发送邮件服务器”对话框，在“登录信息”栏中选中“登录方式”单选项，在“账户名”输入栏中输入“caiju”，在“密码”栏中输入“88888888”。

3.4　编写和发送电子邮件

考点分析：这一考点是常考内容，也属于本章的基础考点。由于这部分操作即使在日常生活中也经常会用到，所以考试中经常会出现相应考题。

学习建议：考生要非常熟悉这一部分的操作，为了取得较好的成绩，一定要熟练掌握 3.4 节的所有知识点。

3.4.1　进入撰写电子邮件的窗口

进入撰写电子邮件的窗口主要有以下 3 种方式。

方法 1：通过菜单命令进入。

在 Outlook Express 窗口中，选择【文件】→【新建】→【邮件】菜单命令，如图 3-29 所示。

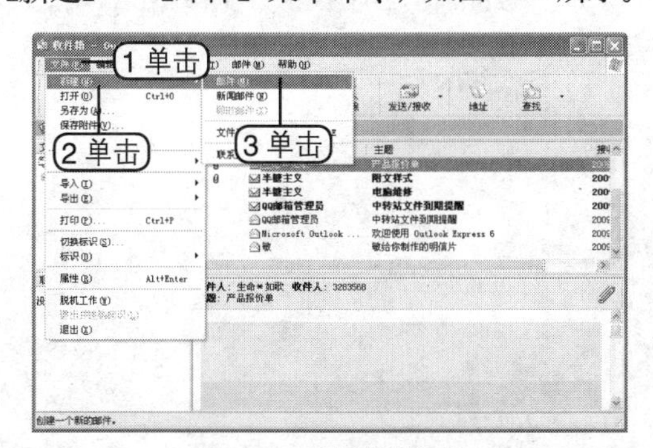

图 3-29　选择菜单命令

方法 2：通过工具栏进入。

在 Outlook Express 窗口的工具栏中，单击“创建邮件”按钮 创建邮件，如图 3-30 所示。

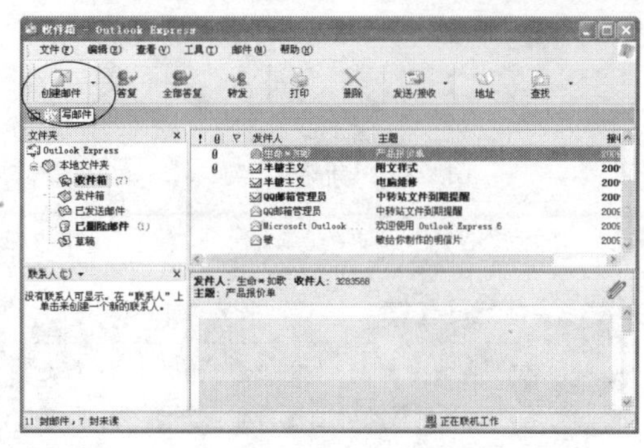

图 3-30　单击工具栏中按钮

方法 3：通过联系人进入。

在 Outlook Express 窗口的联系人列表中选择需要发送邮件的联系人进入写邮件窗口，可避免输入收件人邮箱地址，简化操作。

下面通过选择联系人的方式进入编写电子邮件的窗口，其具体操作如下。

1 打开 Outlook Express 窗口，在联系人列表中，双击需要发送邮件的联系人，这里用鼠标右键单击联系人“贾赦”，在弹出的菜单中选择“发送电子邮件”菜单命令，如图 3-31 所示。

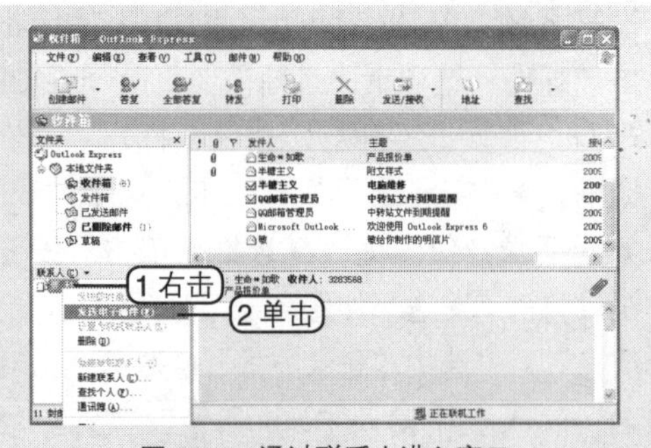

图 3-31 通过联系人进入窗口

2 打开“新邮件”窗口，如图 3-32 所示，即可在其中进行邮件的各种编辑操作。

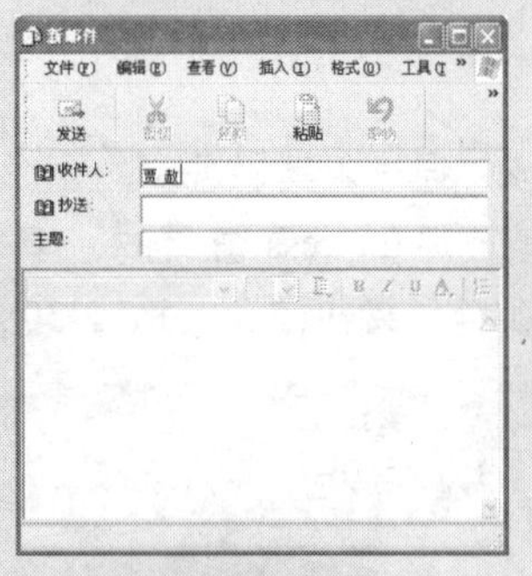

图 3-32 “新邮件”窗口

考场点拨

考试时很少单独考查如何进入撰写电子邮件的窗口，而是将进入撰写邮件的窗口与撰写邮件进行综合考查。

3.4.2 撰写邮件

撰写邮件包括写内容、设置文字格式、应用信纸、设置背景效果、插入超级链接、插入图片和插入附件等操作。

1. 撰写一般邮件

撰写一般邮件主要包括输入收件人、抄送、主题和邮件内容等，主要包括以下两种方式。

方法 1：直接撰写。

打开“新邮件”窗口，在“收件人”文本框中输入邮件接收者的邮箱地址；在“抄送”文本框中输入需要将该邮件一同发送给其他邮箱地址；“主题”文本框中输入邮件的主题，然后输入邮件正文，如图 3-33 所示。

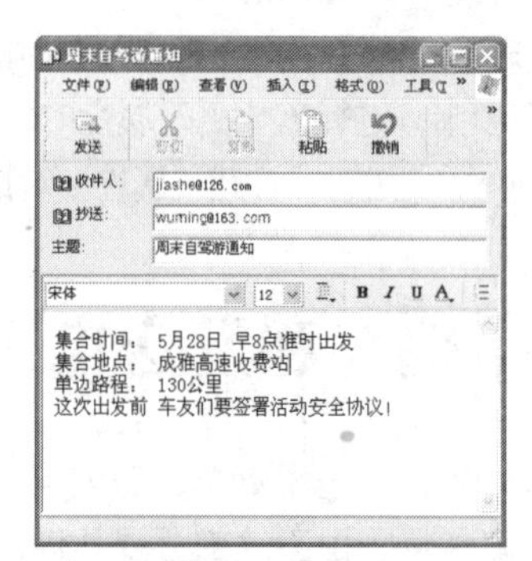

图 3-33 撰写邮件

方法 2：为已有收件人撰写。

打开“新邮件”窗口，在工具栏中单击“收件人:”按钮，在打开的“选择收件人”对话框中设置收件人和抄送的相关选项，然后返回“新邮件”窗口，输入邮件正文。

下面为朋友发送一封电子邮件，其具体操作如下。

1 打开“新邮件”窗口，单击“收件人:”按钮，如图 3-34 所示。

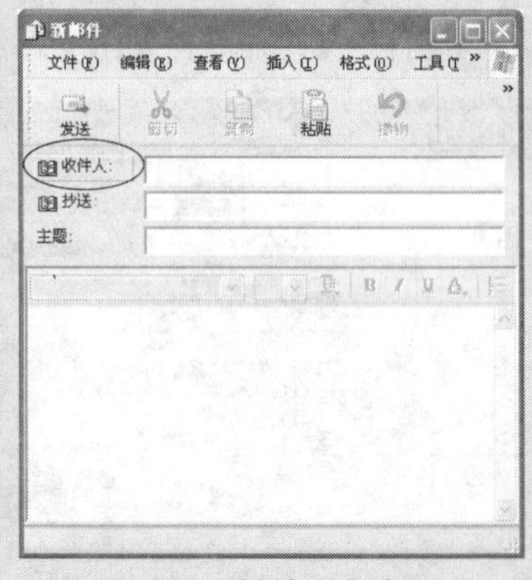

图 3-34 “新邮件”窗口

2 打开“选择收件人”对话框，在“姓名”列表框中选择所需的收件人“贾赦”，单击 收件人(T): -> 按钮，如图 3-35 所示，将其添加到“邮件收件人”列表框中。

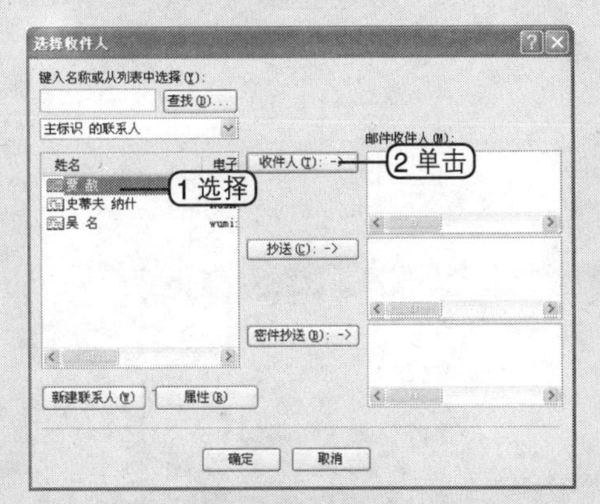

图 3-35 添加收件人

3 继续使用前面的方法选择收件人“史蒂夫 纳什”，单击 收件人(T): -> 按钮将其添加到“邮件收件人”列表框中，如图 3-36 所示。

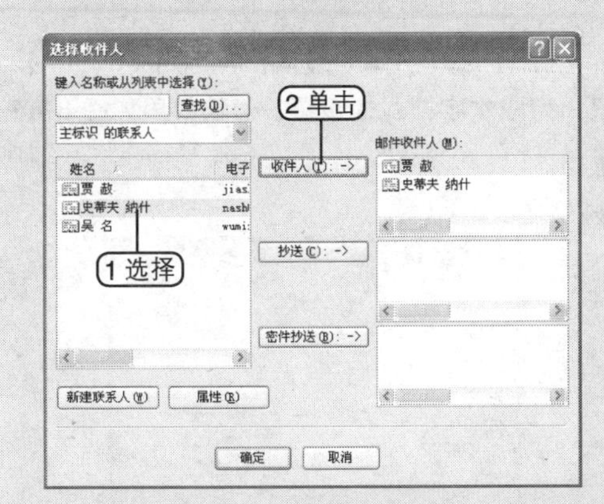

图 3-36 继续添加收件人

4 在“姓名”列表框中选择选择所需的收件人“吴明”，单击 抄送(C): -> 按钮，将该联系人添加到“邮件收件人”列表框中，单击 确定 按钮，如图 3-37 所示。

5 返回“新邮件”窗口，输入主题和相关

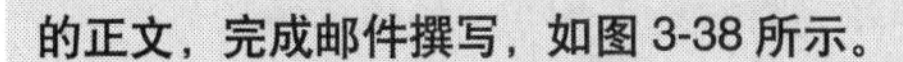
的正文，完成邮件撰写，如图 3-38 所示。

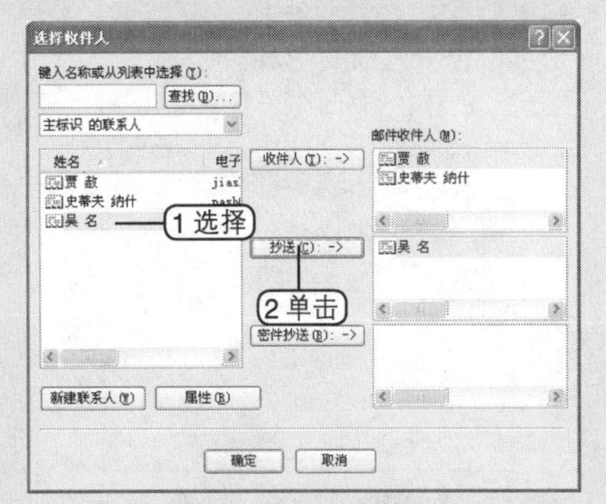

图 3-37 添加抄送收件人

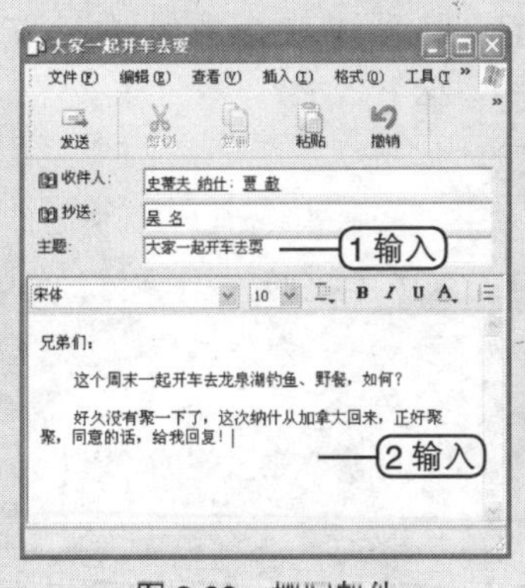

图 3-38 撰写邮件

2．设置邮件文字格式

编写邮件时，可以对正文中文字的“大小”、“字体”、“颜色”和“段落”等进行设置，主要有以下两种方式。

方法 1：通过工具栏设置。

通过“新邮件”窗口中的文字格式工具栏中的各种工具对文字进行设置，如图 3-39 所示。

图 3-39 文字格式工具栏

方法 2：通过对话框设置。

打开“新邮件”窗口，选择【格式】→【字体】菜单命令，打开“字体”对话框，在其中对文字进行设置，如图 3-40 所示。

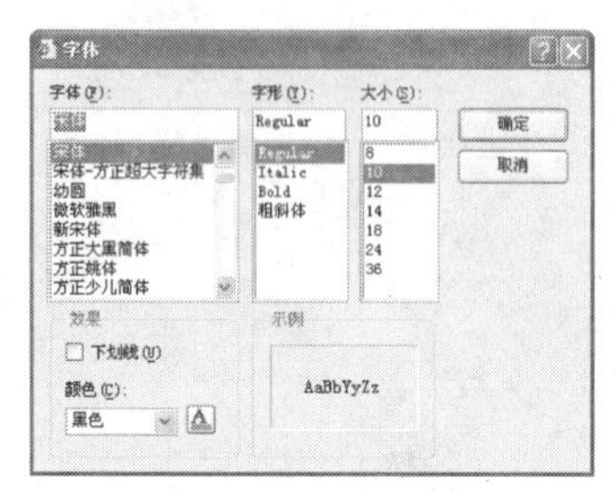

图 3-40 “字体”对话框

下面将邮件正文中的文字设置为“幼圆”、“粗斜体”、“18”和“蓝色”，其具体操作如下。

1 打开“新邮件”窗口，选择邮件正文的全部文字，选择【格式】→【字体】菜单命令，如图 3-41 所示。

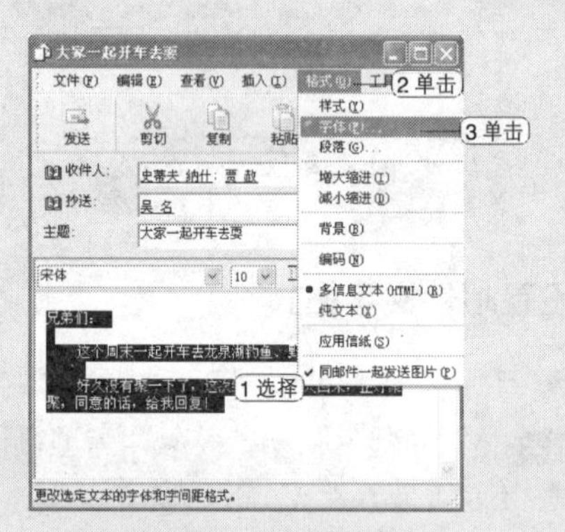

图 3-41 选择菜单命令

2 打开“字体”对话框，在“字体”列表框中选择“幼圆”选项，在“字形”列表框中选择“粗斜体”选项，在“大小”列表框中选择“18”选项，在“效果”栏中单击A按钮，如图 3-42 所示。

3 打开“颜色”对话框，选择“蓝色”色块，单击 确定 按钮，如图 3-43 所示。

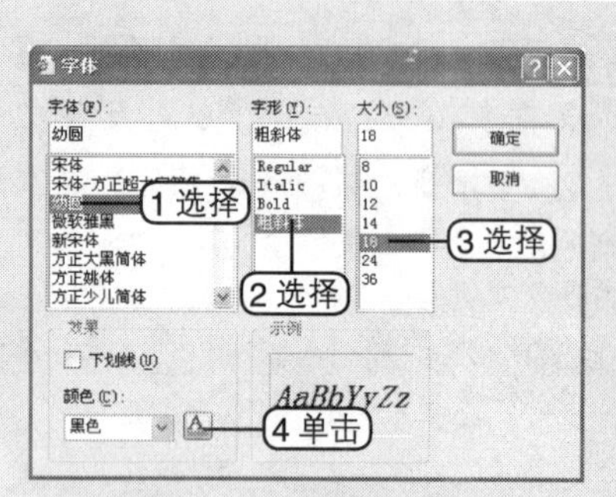

图 3-42 “字体”对话框

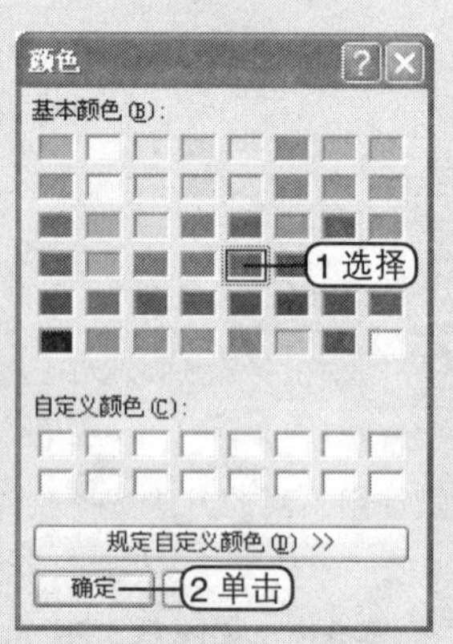

图 3-43 “颜色”对话框

4 返回“字体”对话框，单击 确定 按钮，完成文字格式的设置，最终效果如图 3-44 所示。

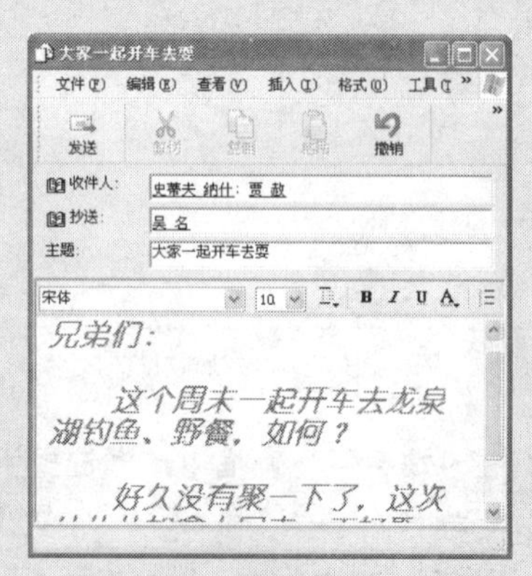

图 3-44 设置格式后的效果

操作小结：对邮件中文字进行设置最常用

的操作就是选择【格式】→【字体】菜单命令，打开“字体”对话框。

3．应用信纸

信纸的应用主要有以下两种使用方法。

方法 1：通过【邮件】菜单应用。

打开 Outlook Express 窗口，选择【邮件】→【新邮件使用】菜单命令，在打开的菜单中选择一种信纸样式，如图 3-45 所示。

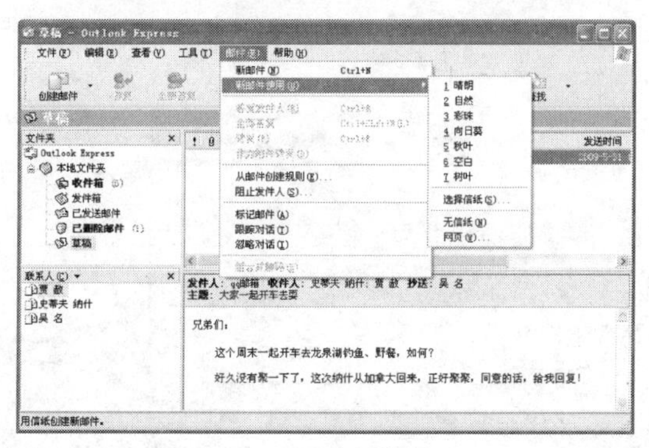

图 3-45　应用信纸

方法 2：通过【格式】菜单应用。

打开“新邮件”窗口，选择邮件的正文，选择【格式】→【应用信纸】菜单命令，在打开的菜单中选择一种信纸样式。下面就为邮件应用一种信纸，其具体操作如下。

1 选择邮件的正文，选择【格式】→【应用信纸】→【自然】菜单命令，如图 3-46 所示。

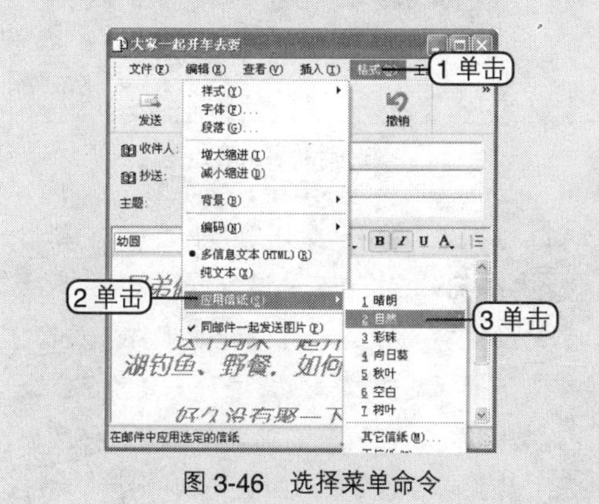

图 3-46　选择菜单命令

2 邮件正本背景被设置为“自然”信纸，如图 3-47 所示。

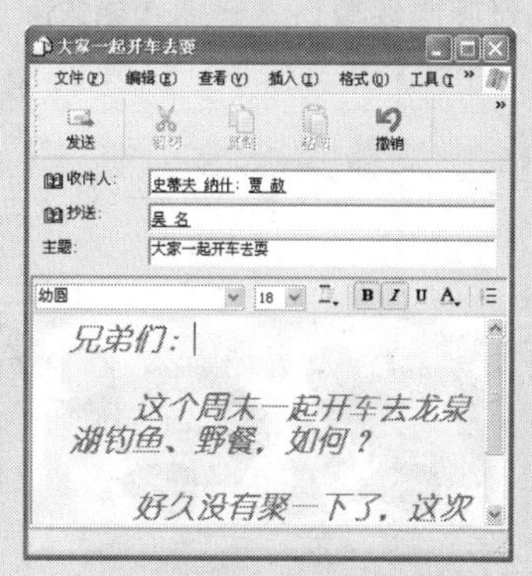

图 3-47　应用信纸的效果

操作提示

选择【格式】→【应用信纸】→【其他信纸】菜单命令，可以打开“选择信纸”对话框，如图 3-48 所示，在其中可以选择其他类型的信纸，或者自己创建信纸，并且能够对信纸进行相应的编辑。

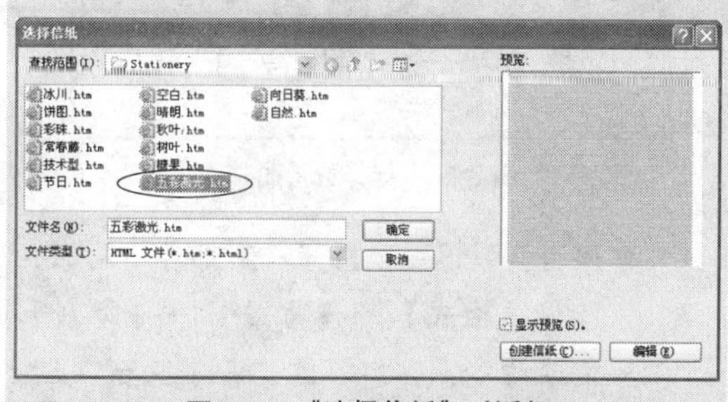

图 3-48　“选择信纸”对话框

4．设置其他背景效果

对于 Outlook Express 中的邮件，还可以进行图片背景设置、声音背景设置和颜色背景设置，下面分别进行讲解。

◈ 图片背景设置：打开“新邮件”窗口，选择【格式】→【背景】→【图片】菜单命令，在打开的“背景图片”对话框中选择一张图片作为邮件的背景。

下面为邮件设置背景图片的具体操作。

❶ 打开邮件窗口，选择【格式】→【背景】→【图片】菜单命令，如图 3-49 所示。

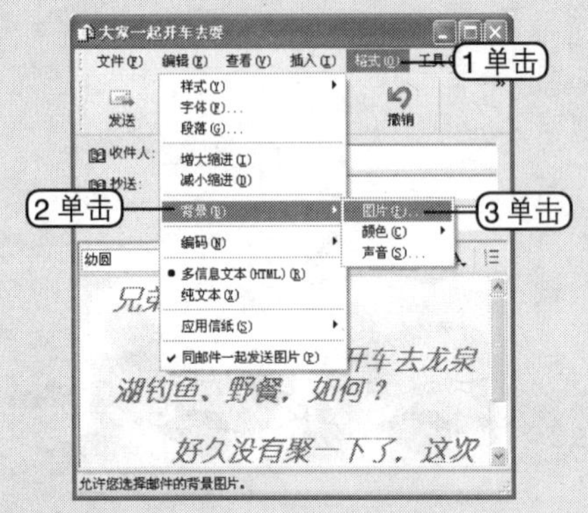

图 3-49　选择菜单命令

❷ 打开“背景图片”对话框，单击“文件”下拉列表框右侧的 按钮，在弹出的列表中选择一张图片，单击 确定 按钮，如图 3-50 所示，完成背景图片设置。

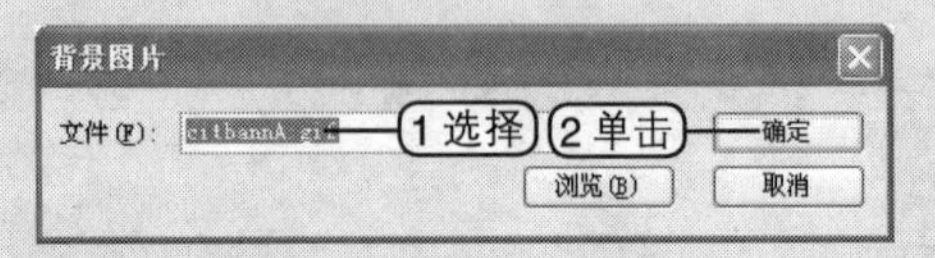

图 3-50　选择背景图片

◈ 声音背景设置：打开“新邮件”窗口，选择【格式】→【背景】→【声音】菜单命令，在打开的“背景声音”对话框中选择一种声音作为邮件的背景声音。

下面为邮件设置声音的具体操作。

❶ 打开邮件窗口，选择【格式】→【背景】→【声音】菜单命令，如图 3-51 所示。

❷ 打开“背景音乐”对话框，单击 浏览(B)... 按钮，如图 3-52 所示。

❸ 在打开的对话框中选择一种音乐，单击 打开(O) 按钮，如图 3-53 所示。

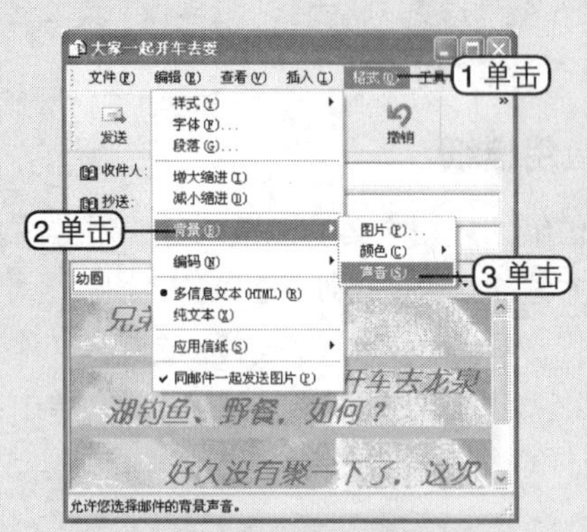

图 3-51　选择菜单命令

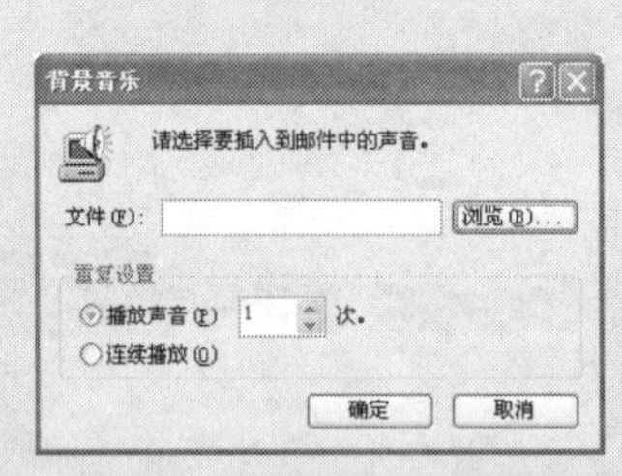
图 3-52　“背景音乐”对话框

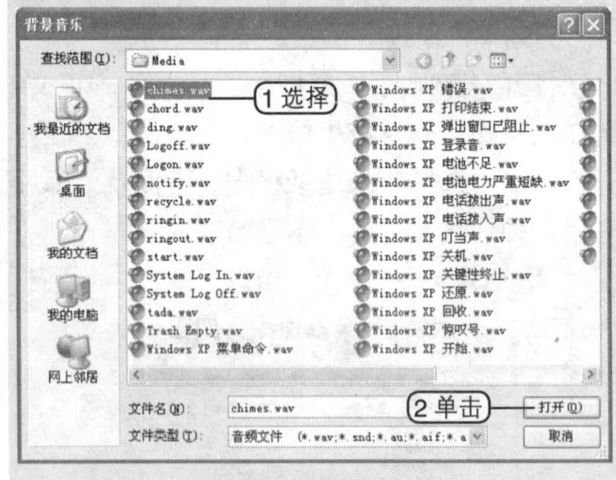

图 3-53　选择背景音乐

❹ 返回“背景音乐”对话框，单击 确定 按钮，完成音乐的设置。

◈ 颜色背景设置：打开“新邮件”窗口，选择【格式】→【背景】→【颜色】菜单命令，在打开的菜单中选择一种颜色作为邮件的背景，如图 3-54 所示。

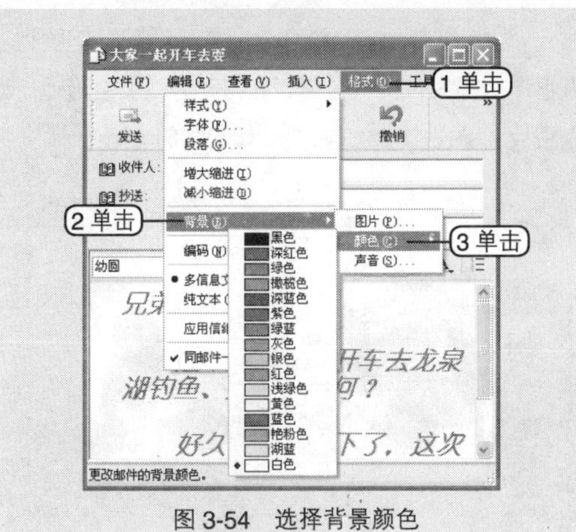

图 3-54　选择背景颜色

5．插入超级链接

插入超级链接主要有以下 3 种方式。

方法 1：直接插入。

直接插入即在邮件正文中输入完整的 URL 地址。

方法 2：通过菜单命令插入。

打开"新邮件"窗口，选择【插入】→【超级链接】菜单命令，在打开的"超级链接"对话框的"URL"文本框中输入超级链接，如图 3-55 所示。

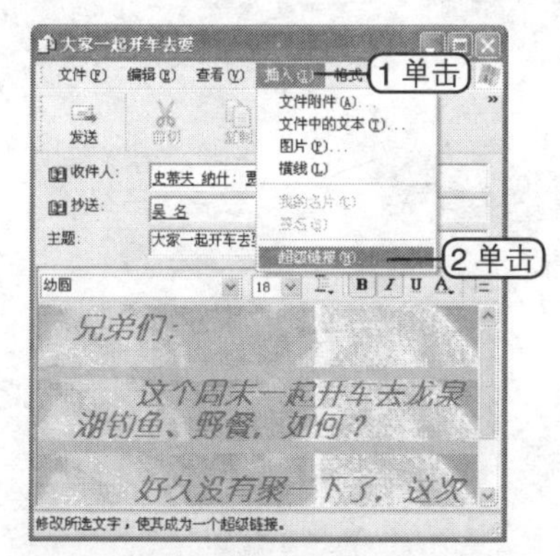

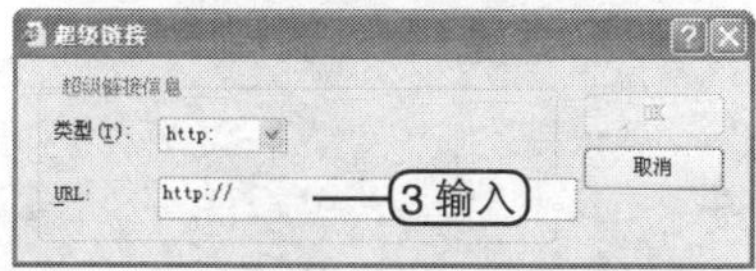

图 3-55　插入超级链接

方法 3：通过工具栏插入。

选择邮件正文中的一段文字后，单击工具栏中的按钮即可在打开的对话框中设置超级链接。

下面就为邮件正文中的"龙泉湖"文本设置超级链接。

1 打开邮件窗口，选择"龙泉湖"文本，单击工具栏中的按钮，如图 3-56 所示。

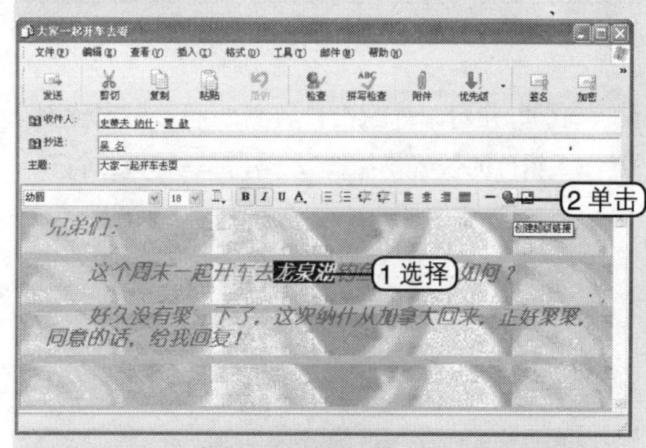

图 3-56　选择文本

2 打开"超级链接"对话框，在"URL"文本框中输入需链接的邮件地址"http://www.ctrip.com/community/itinerarywri/1197208.html"，单击 OK 按钮，如图 3-57 所示。

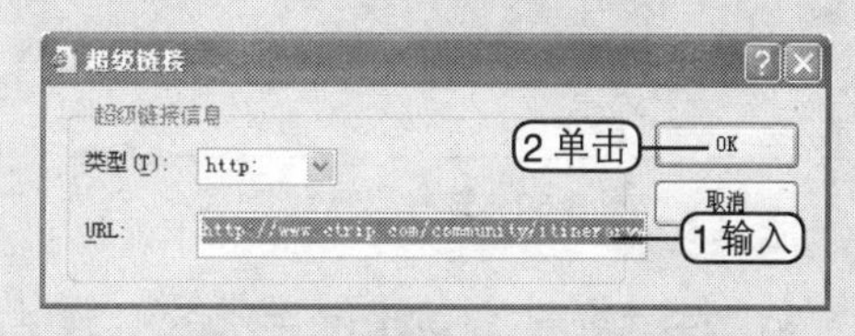

图 3-57　"超级链接"对话框

3 返回邮件窗口，可以看到插入了超级链接的文本，如图 3-58 所示。

6．插入图片

在邮件中插入图片可添加邮件的美感和说明力。

下面就为邮件正文插入一张龙泉湖的图片。

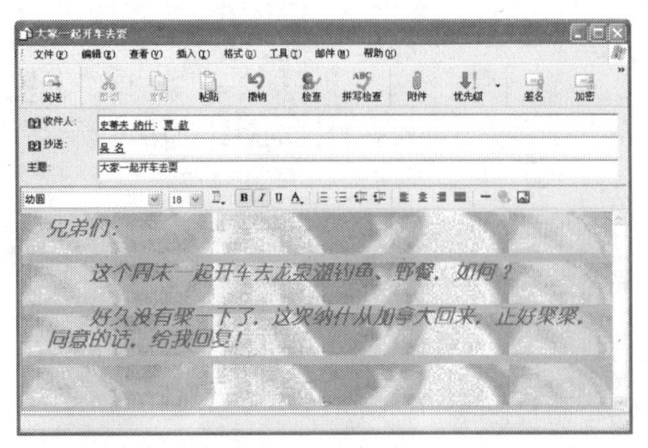

图 3-58　最终效果

1 打开写邮件窗口，将文本插入点定位到需插入图片的位置，执行以下任意一种操作打开“图片”对话框。

◈ 单击工具栏中的[图片]按钮。

◈ 选择【插入】→【图片】菜单命令，如图 3-59 所示。

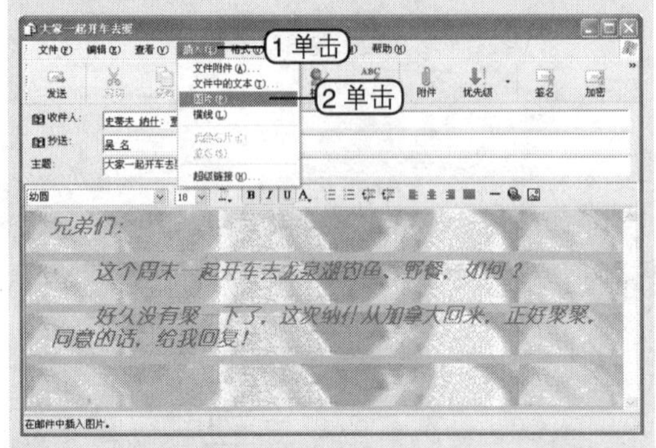

图 3-59　选择菜单命令

2 打开“图片”对话框，单击[浏览(R)...]按钮，如图 3-60 所示。

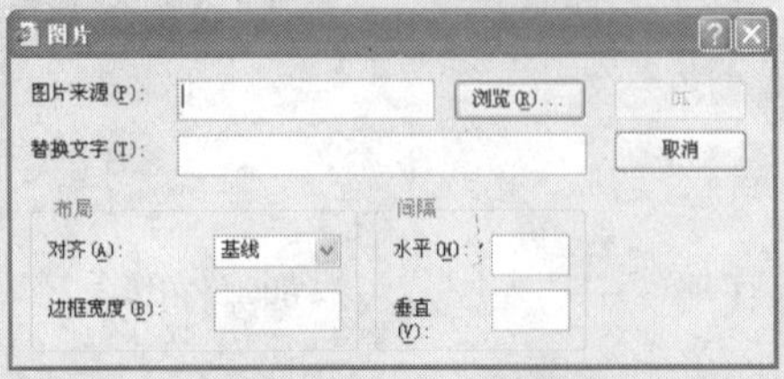

图 3-60　“图片”对话框

3 在打开的对话框中的“查找范围”下拉列表框中选择图片保存位置，在打开的列表中选择一张图片，单击[打开(O)]按钮，如图 3-61 所示。

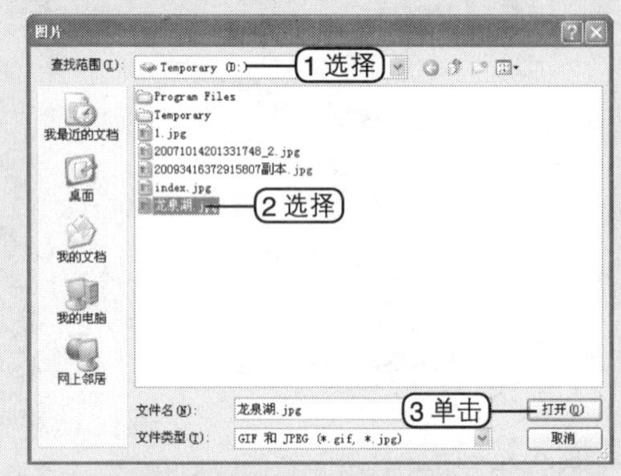

图 3-61　“图片”对话框

4 返回“图片”对话框，单击[OK]按钮，即可将图片插入到邮件中，如图 3-62 所示。

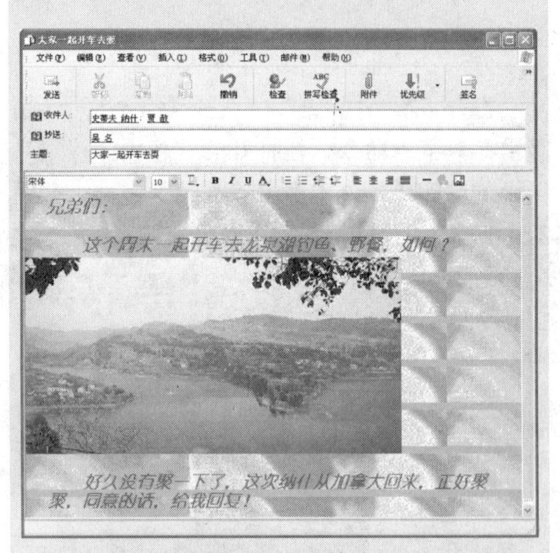

图 3-62　最终效果

考场点拨

在考试时如要求插入图片，首先一定要在邮件正文文本框中单击鼠标定位插入点，而且要根据题意选择合适的地方单击。

7. 插入附件

有时需要随邮件发送多个文件，这时即可将这些文件作为邮件的附件发送。几乎所有类型的文件都可以添加为附件，但文件夹除外，但可以将文件夹压缩为一个文件添加为附件。通常，附件的大小有一定的限制，它取决于邮件服务器所分配的大小。

下面为邮件正文插入附件。

1 打开写邮件窗口，执行以下任意一种方法打开“插入附件”对话框。

- **通过工具栏：单击工具栏中的附件按钮，如图 3-63 所示。**

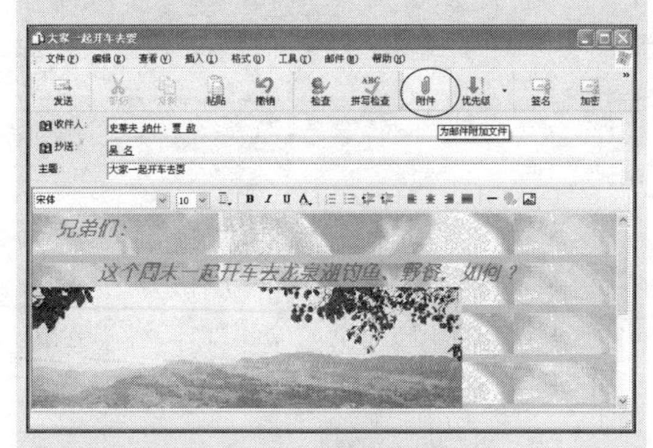

图 3-63 单击工具按钮

- **通过菜单命令：选择【插入】→【文件附件】菜单命令，如图 3-64 所示。**

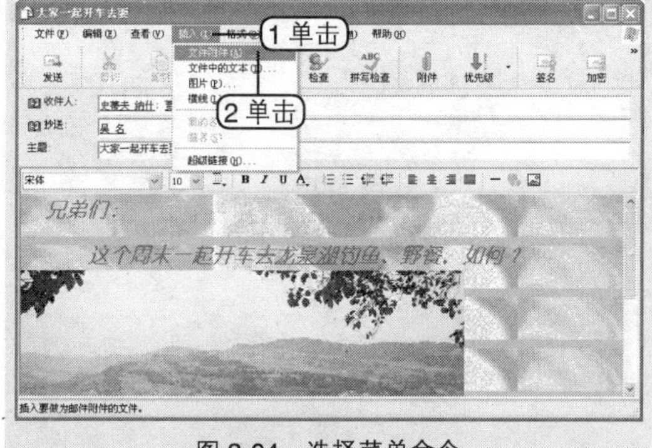

图 3-64 选择菜单命令

2 打开“插入附件”对话框，在“查找范围”下拉列表框中选择附件文件保存的位置，在打开的列表中选择该文件，单击附件(A)按钮，如图 3-65 所示。

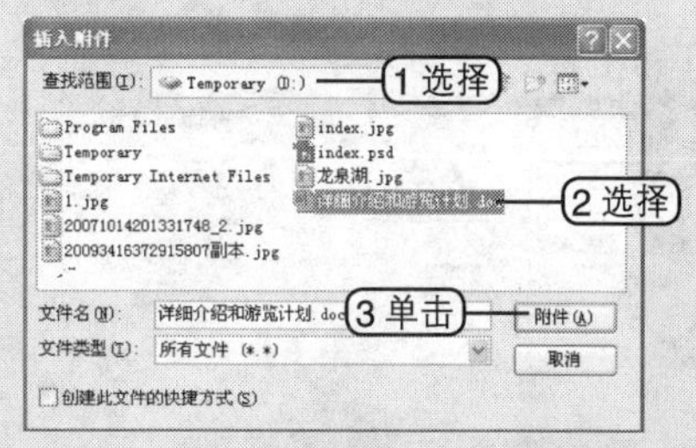

图 3-65 选择附件文件

3 返回邮件窗口，即可看到增加的“附件”文本框和相关信息，如图 3-66 所示。

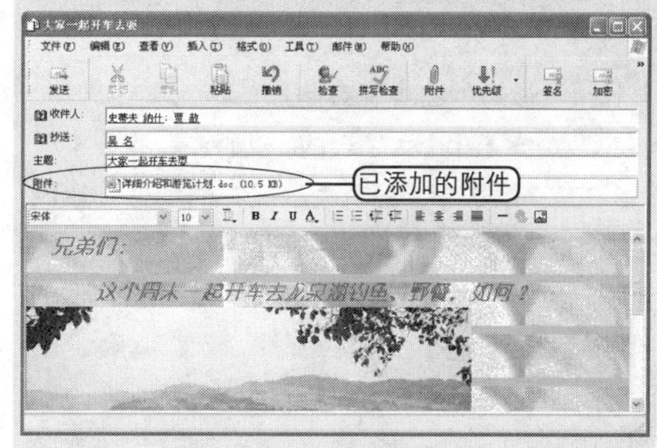

图 3-66 最终效果

考场点拨

在添加附件后，有的考题会要求发送邮件，才算完成该题，所以在做邮件类的题型时，操作完成后，最好再单击“发送”按钮。

3.4.3 保存和续写邮件

撰写好邮件后，并不一定会立即发送，这时就需要保存邮件，保存的邮件也可根据需要再次编辑。

1．保存邮件

保存邮件的具体操作如下。

1 打开邮件窗口，选择【文件】→【保存】菜单命令，如图 3-67 所示。

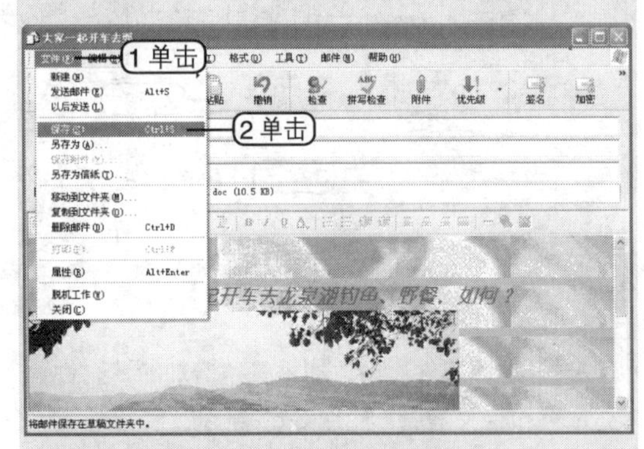

图 3-67　选择菜单命令

2 该邮件将被保存到“草稿”文件夹中，在 Outlook Express 窗口的“文件夹”列表中单击“草稿”选项，即可看到保存的邮件，如图 3-68 所示。

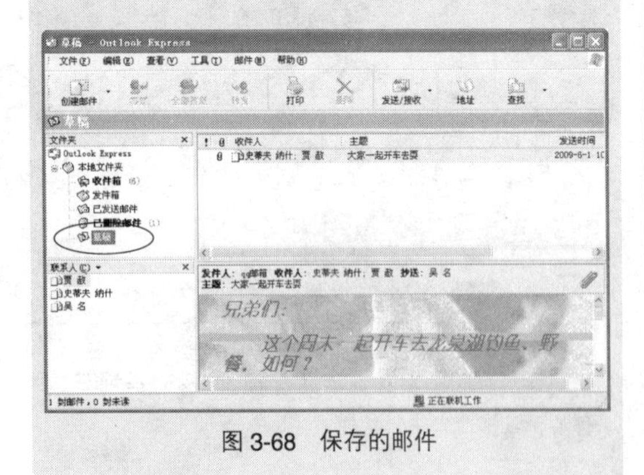

图 3-68　保存的邮件

2．续写邮件

续写邮件主要有以下 3 种方法。

方法 1：打开“草稿”文件夹，选择需要编辑的邮件，在其上双击，即可打开该邮件窗口，进行续写。

方法 2：打开“草稿”文件夹，选择需要编辑的邮件，在 Outlook Express 窗口中选择【文件】→【打开】菜单命令，如图 3-69 所示，即可打开该邮件窗口进行续写。

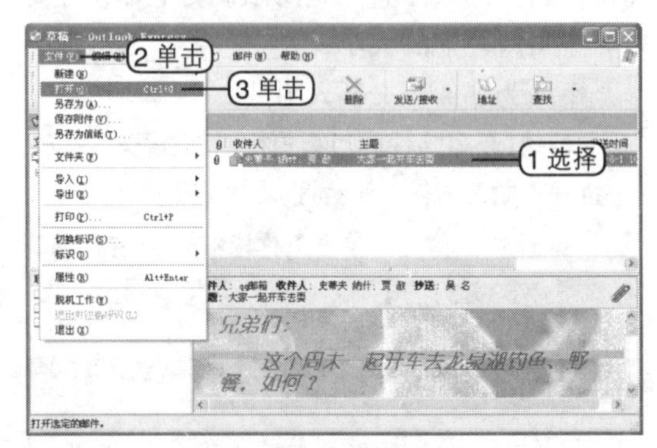

图 3-69　选择菜单命令

方法 3：打开“草稿”文件夹，在需要编辑的邮件上单击鼠标右键，在弹出的快捷菜单中选择【打开】菜单命令，如图 3-70 所示，打开该邮件窗口进行续写。

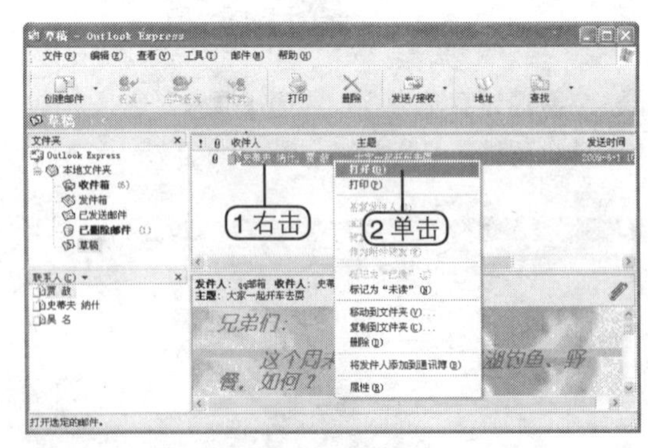

图 3-70　通过快捷菜单续写邮件

3.4.4　发送邮件

通过 Outlook Express 发送邮件时，邮件收件人分为 3 种：常规收件人、普通抄送收件人和密件抄送收件人。其中普通抄送收件人和密件抄送收件人的区别如下：

◈ 普通抄送收件人表示每位收件人都可以看到这封邮件的其他收件人。

◈ 密件抄送收件人表示其他收件人是不可以看到密件抄送者的邮件地址。

邮件的发送主要有以下两种方式。

方法 1：立即发送。

撰写完邮件后单击工具栏中的发送按钮，或者选择【文件】→【发送邮件】菜单命令，如图 3-71 所示。

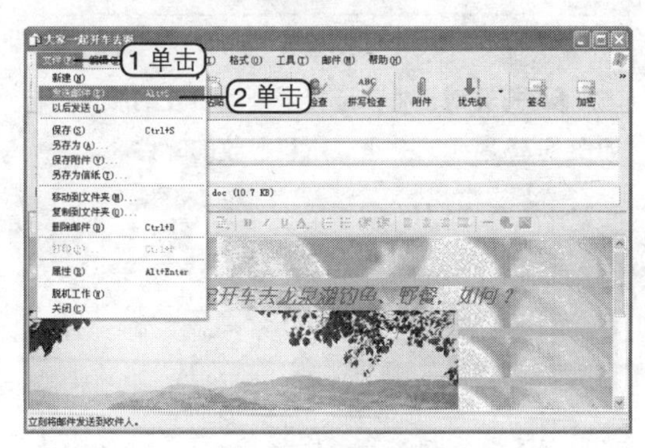

图 3-71　立即发送邮件

方法 2：以后发送。

选择【文件】→【以后发送】菜单命令，如图 3-72 所示。

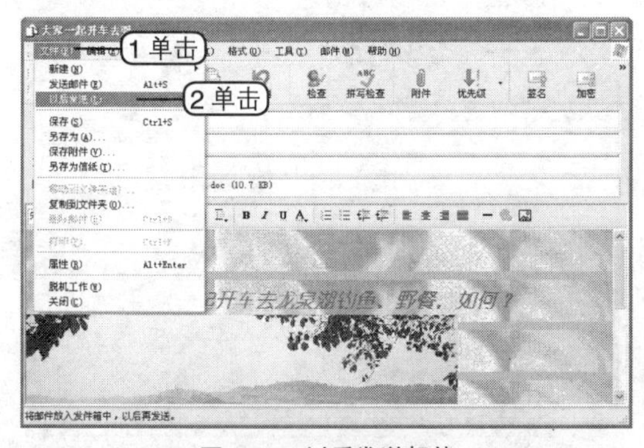

图 3-72　以后发送邮件

3.4.5　自测练习及解题思路

1．测试题目

第 1 题　创建一个新的邮件，收件人为“caiju@qq.com”，抄送人为“caiju1979@qq.conm”。

第 2 题　编辑邮件内容，邮件主题为周年纪念，内容是 3 月 12 号晚上在成都饭店给姚姚和一一过结婚周年纪念。

第 3 题　设置邮件的文字，其中字体为楷体，大小为 25。

第 4 题　设置新邮件的背景颜色为“红色”。

第 5 题　通过工具栏在邮件中应用自然的格式的信纸。

第 6 题　在邮件中将自己的照片设置为图片背景。

第 7 题　在邮件中将自己的照片作为附件进行发送。

第 8 题　将邮件保存到草稿中。

2．解题思路

第 1 题　按照 3.4.2 内容操作。

第 2 题　解题思路同第 1 题。

第 3 题　打开“字体”对话框或工具按钮进行设置。

第 4 题　尝试通过工具栏按钮还是菜单进行设置。

第 5 题　特定通过工具栏按钮进行设置。

第 6 题　逐一尝试是通过菜单命令还是工具栏进行设置。

第 7 题　逐一尝试是通过工具栏按钮还是菜单进行设置。

第 8 题　通过菜单命令进行设置。

3.5 接收电子邮件及后续操作

考点分析：接收电子邮件及后续操作是常考内容，如接收所有账号的邮件、接收某个账号的邮件、保存邮件和保存邮件中的附件这些知识点几乎在每次考试中都会出现。而其他知识的出现频率相对较低。

学习建议：由于这些考点都很重要，考查频率也很高，考生应熟练掌握所有知识点。

3.5.1 接收电子邮件

接收电子邮件主要有接收所有账号中的邮件和只接收某个账号的邮件两种情况。

1. 接收所有账号中的邮件

接收所有账号中的邮件主要有以下 2 种方式。

方法 1：通过工具按钮接收邮件。

打开 Outlook Express 窗口，单击发送/接收按钮右侧的▾按钮，在弹出的菜单中选择【接收全部邮件】菜单命令，如图 3-73 所示。

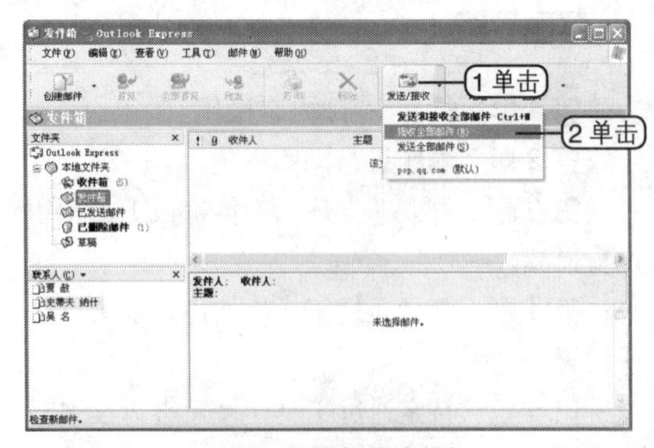

图 3-73 选择菜单命令

方法 2：通过菜单接收邮件。

其具体操作如下。

1 打开 Outlook Express 窗口，选择【工具】→【发送和接收】→【接收全部邮件】菜单命令，如图 3-74 所示。

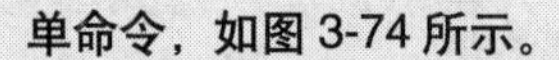
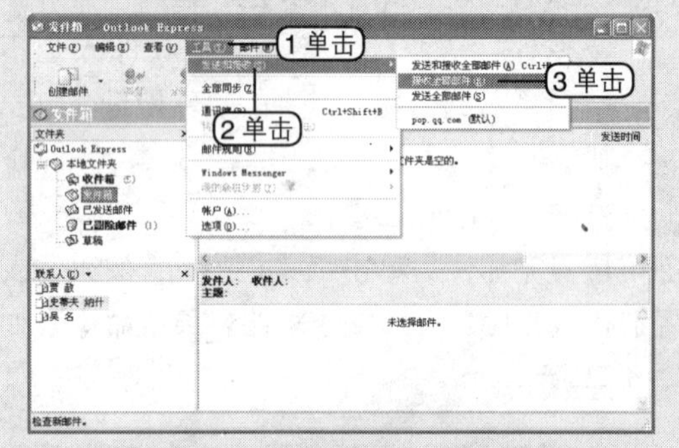

图 3-74 选择菜单命令

2 打开对话框，连接到邮箱所在的服务器，如图 3-75 所示，并下载所有接收的邮件。

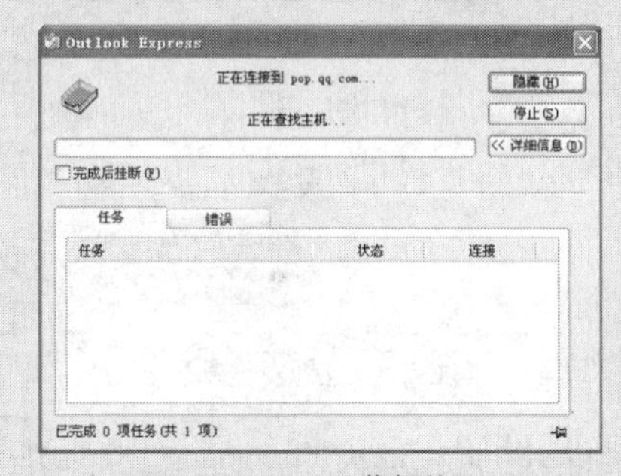

图 3-75 下载邮件

3 在“收件箱”文件夹中即可看到所有的邮件，如图 3-76 所示。

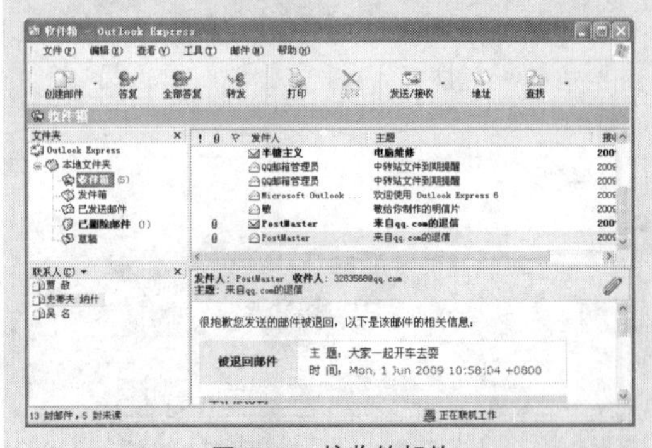

图 3-76 接收的邮件

2．接收某个账号中的邮件

接收某个账号中的邮件也有以下2种方式。

方法1：打开 Outlook Express 窗口，选择【工具】→【发送和接收】菜单命令，在弹出的菜单中选择一个电子邮箱账号，如图3-77所示。

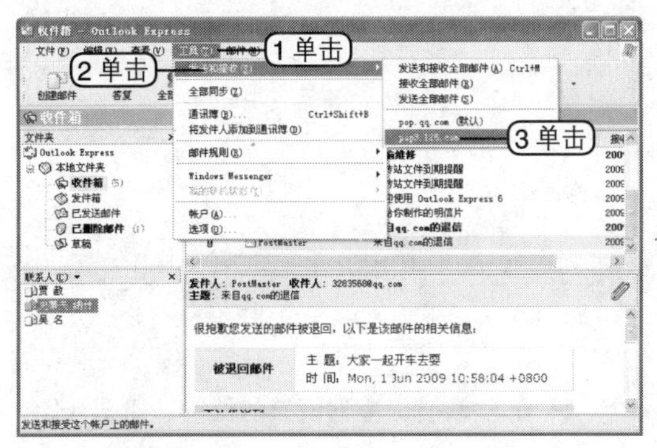

图3-77　选择菜单命令

方法2：打开 Outlook Express 窗口，单击发送/接收按钮右侧的▾按钮，在弹出的菜单中选择一个电子邮箱账号，如图3-78所示。

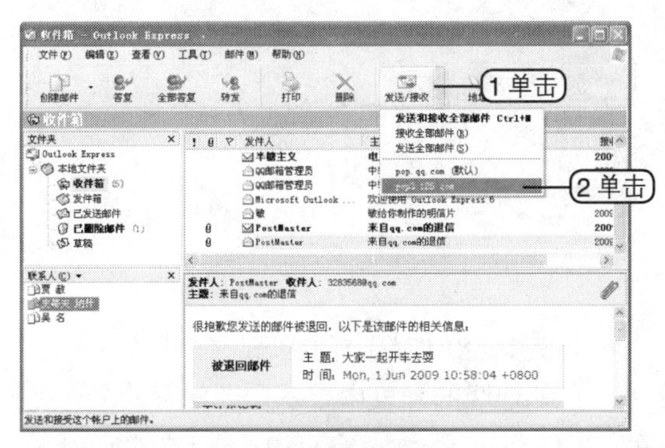

图3-78　选择菜单命令

3.5.2　阅读电子邮件

如果需要阅读电子邮件，则在 Outlook Express 窗口中单击“收件箱”文件夹，在列表中列出了所有收到的邮件。通常可以通过以下3种方法进行阅读。

方法1：通过单击阅读。

在邮件区的列表中单击需要阅读的电子邮件，在邮件预览区中即可显示并阅读邮件的正文，如图3-79所示。

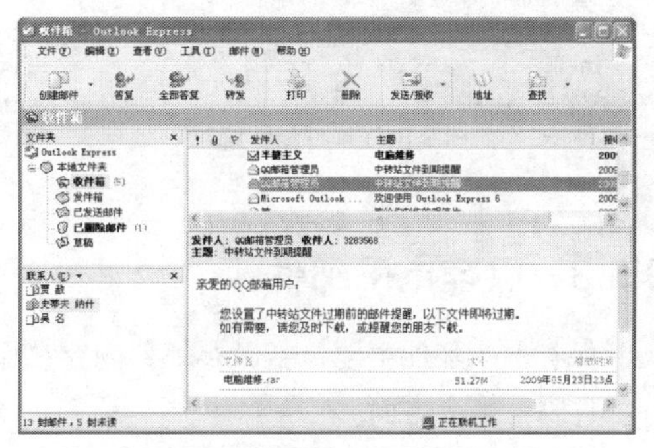

图3-79　在邮件预览区中阅读邮件

方法2：通过右键菜单阅读。

在邮件区的列表中，用鼠标右键单击需要阅读的电子邮件，在弹出的快捷菜单中选择【打开】菜单命令，如图3-80所示，打开该邮件的显示窗口。

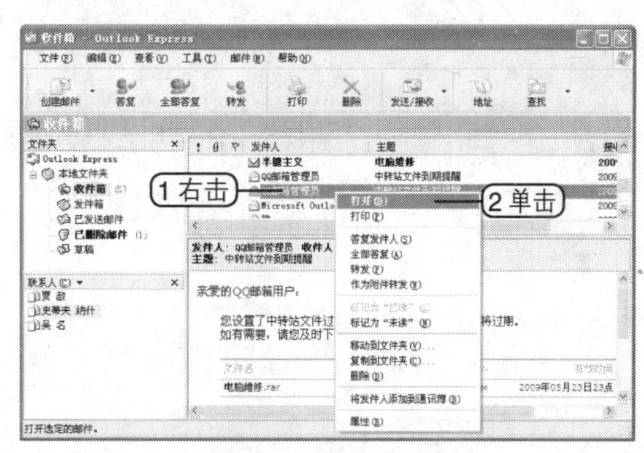

图3-80　选择菜单命令

方法3：通过双击阅读。

在邮件区列表中双击需要阅读的电子邮件，打开该邮件显示窗口，如图3-81所示。

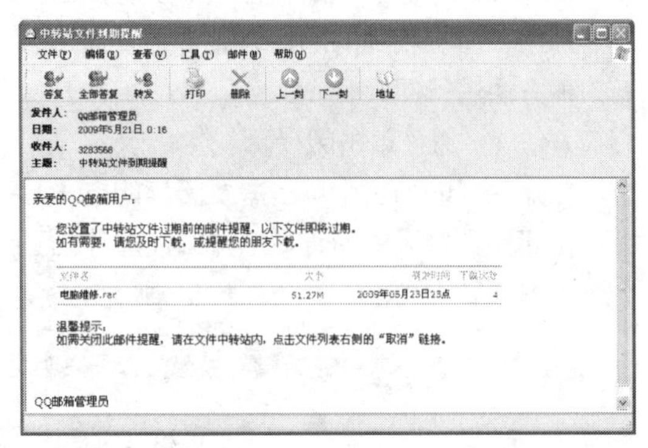

图 3-81　邮件显示窗口

3.5.3　保存电子邮件

保存电子邮件主要包括保存邮件内容和保存邮件附件两个方面。

1．保存邮件内容

保存邮件内容主要有以下 2 种方法。

方法 1：阅读邮件的状态下保存。

1 在邮件区的列表中双击需要阅读的电子邮件，打开该邮件的显示窗口。

2 选择【文件】→【另存为】菜单命令，如图 3-82 所示。

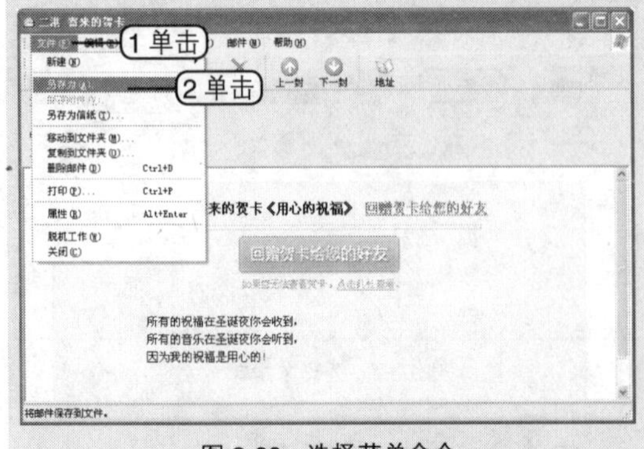

图 3-82　选择菜单命令

3 打开“邮件另存为”对话框，在“保存在”下拉列表框中选择邮件保存位置，在“文件名”和“保存类型”下拉列表框中设置邮件保存的名称和类型，单击 保存(S) 按钮，如图 3-83 所示。

图 3-83　设置保存

4 邮件就被保存到设置的位置，如图 3-84 所示。

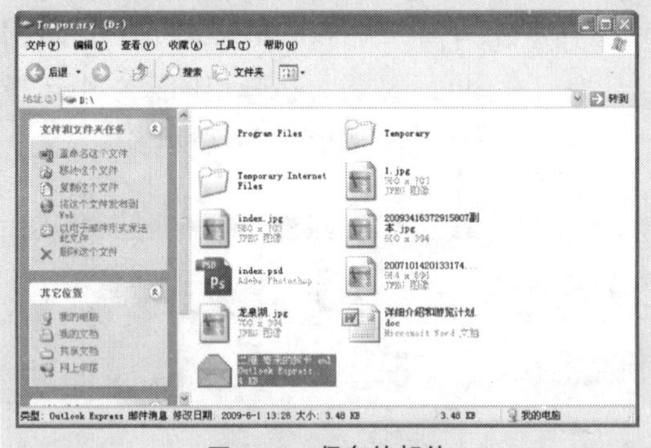

图 3-84　保存的邮件

方法 2：在预览邮件状态下保存。

在邮件区的列表中单击需要保存的电子邮件，在 Outlook Express 窗口中选择【文件】→【另存为】菜单命令，如图 3-85 所示，打开“邮件另存为”对话框，在其中可像方法 1 一样设置保存的位置、名称和类型，完成保存操作。

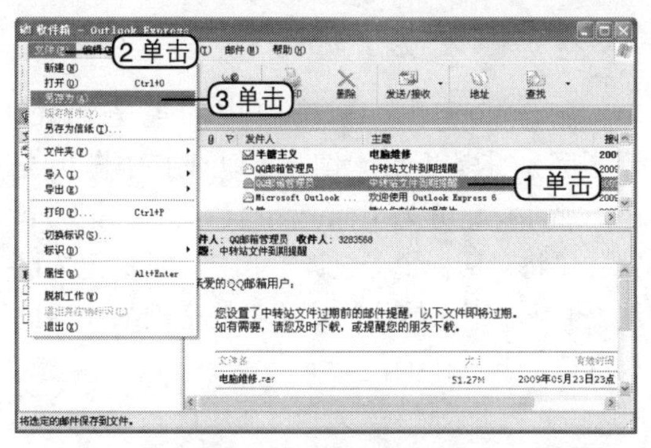

图 3-85　选择菜单命令

2．保存附件

保存附件指在接收的邮件中只保存其中的附件。其方法有 2 种。

方法 1：通过“保存附件”对话框。

通过“保存附件”对话框保存附件的具体操作如下。

1 找到需保存附件的邮件，执行以下任意一种方法，打开“保存附件”对话框：

◈ 通过菜单命令：在邮件区的列表中单击需要保存其附件的电子邮件，在 Outlook Express 窗口中选择【文件】→【保存附件】菜单命令，如图 3-86 所示。

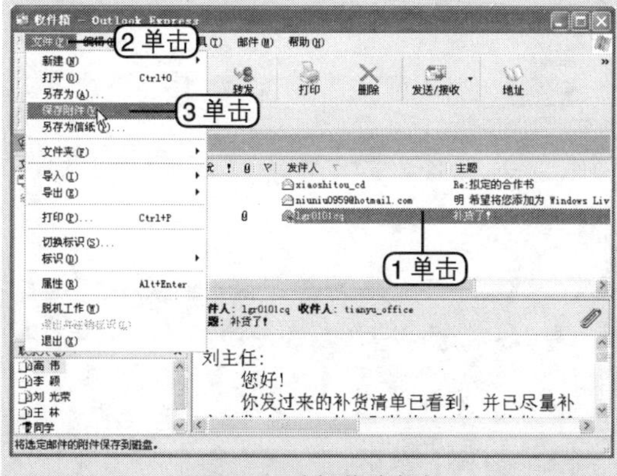

图 3-86　选择菜单命令

◈ 通过按钮保存：在邮件区的列表单击需要保存其附件的电子邮件，单击预览窗口右侧的📎按钮，在弹出的菜单中选择【保存附件】菜单命令，如图 3-87 所示。

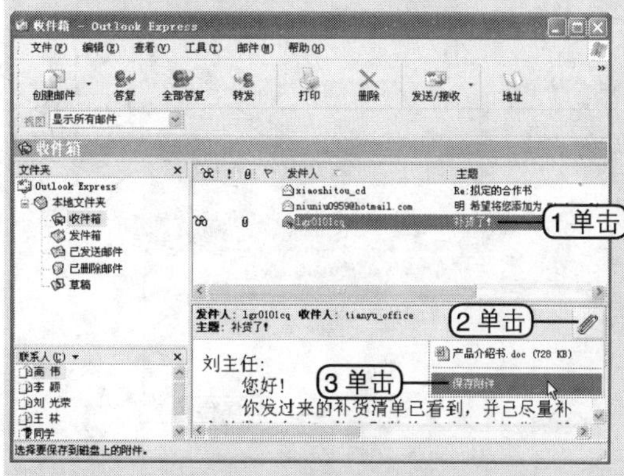

图 3-87　通过按钮保存

◈ 通过邮件显示窗口的菜单保存：打开需保存邮件的显示窗口，选择【文件】→【保存附件】菜单命令，如图 3-88 所示。

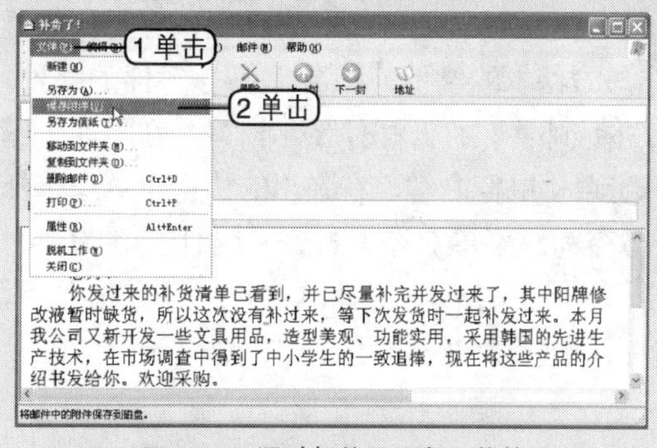

图 3-88　通过邮件显示窗口菜单

2 打开“保存附件”对话框，单击“保存到”栏的 浏览(B)... 按钮，如图 3-89 所示。

3 打开“浏览文件夹”对话框，在中间的列表框中选择附件的保存位置后，单击 确定 按钮，如图 3-90 所示。

4 返回“保存附件”对话框，单击 保存(S) 按钮，将附件保存到指定位置。

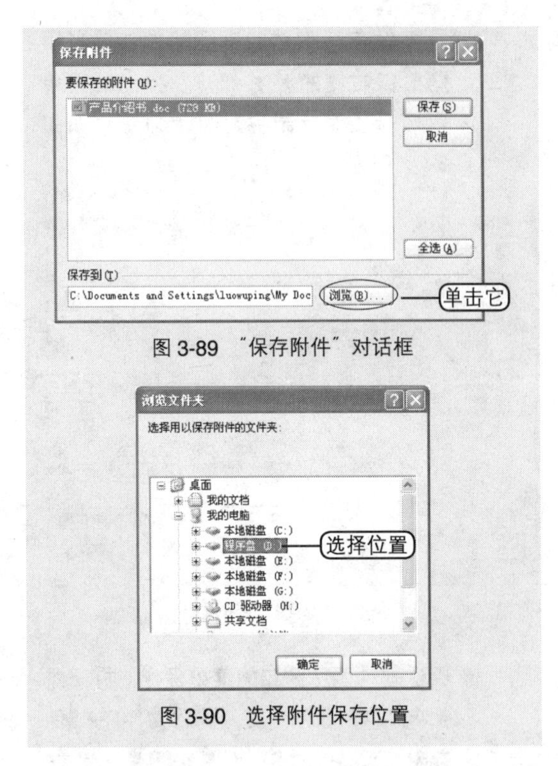

图 3-89 “保存附件”对话框

图 3-90 选择附件保存位置

方法 2：通过“附件另存为”对话框。

通过“附件另存为”对话框保存附件的操作与方法 1 的类似，找到需保存附件的邮件，双击该邮件，打开邮件显示窗口，在附件上图标上单击鼠标右键，在弹出的快捷菜单中选择【另存为】菜单命令，打开“附件另存为”对话框，在其中设置附件的名称、保存位置后，单击保存(S)按钮即可，如图 3-91 所示。

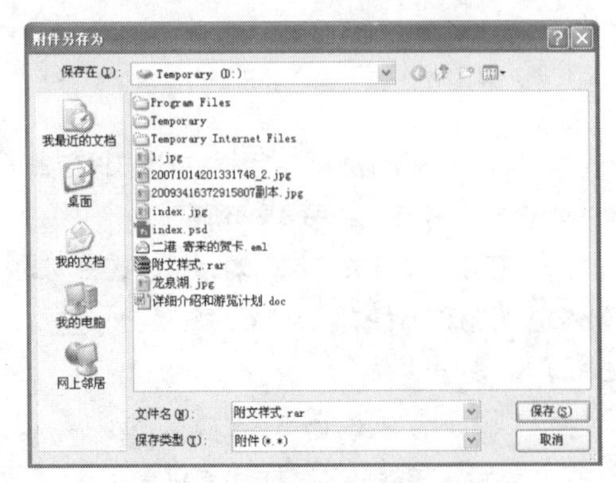

图 3-91 “附件另存为”对话框

3.5.4 标记电子邮件

在 Outlook Express 窗口中的电子邮件，为了区别其是否被阅读，可以在其中做上标记。邮件标记分为“标记为已读”、“标记为未读”、“将对话标记为已读”和“全部标记为已读”4 种。下面就将收件箱中的全部邮件标记为已读，其具体操作如下。

1 打开收件箱，选择【文件】→【全部标记为“已读”】菜单命令，如图 3-92 所示。

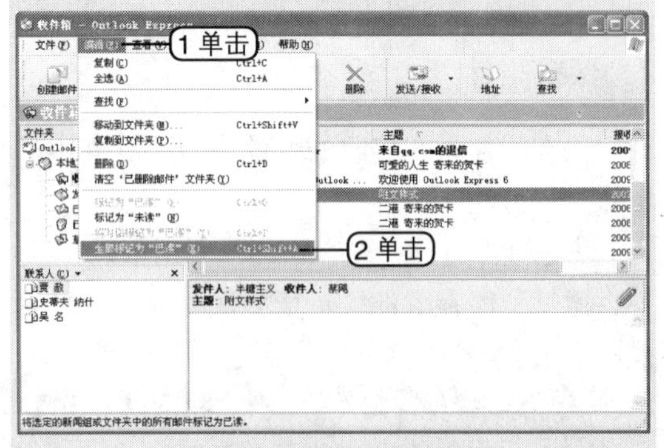

图 3-92 选择菜单命令

2 在邮件列表区中即可看到所有的邮件呈已读状态，如图 3-93 所示。

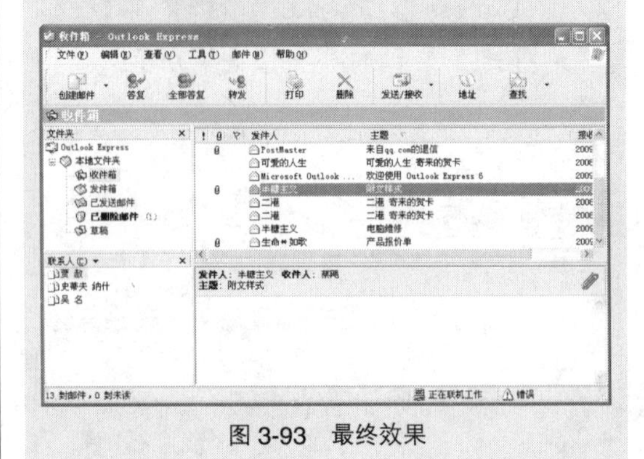

图 3-93 最终效果

操作提示

邮件已读状态表现为普通文字显示，邮件未读状态表现为文字加粗显示。

3.5.5 答复和转发电子邮件

收到并阅读完电子邮件后，可以直接答复，也可以将其转发给其他收信人。

1. 答复电子邮件

答复电子邮件指阅读邮件后直接给发件人回复邮件，其具体操作如下。

1 在邮件区的列表中单击需要答复的电子邮件，执行以下任意一项答复操作，打开答复邮件窗口。

- **在 Outlook Express 窗口选择菜单命令：选择【邮件】→【答复发件人】菜单命令，如图 3-94 所示。**

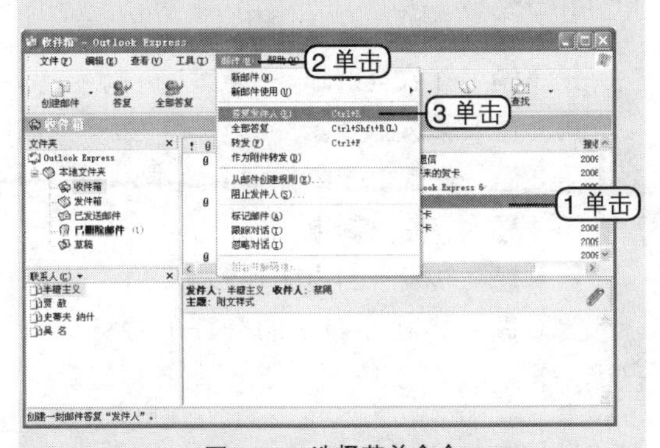

图 3-94 选择菜单命令

- **在邮件显示窗口选择命令：在 Outlook Express 的邮件区列表中双击需要答复的电子邮件，进入邮件显示窗口，选择【邮件】→【答复发件人】菜单命令，如图 3-95 所示。**
- **在 Outlook Express 窗口单击按钮：在邮件区的列表中单击需要答复的电子邮件，单击工具栏中的答复按钮，如图 3-96 所示。**

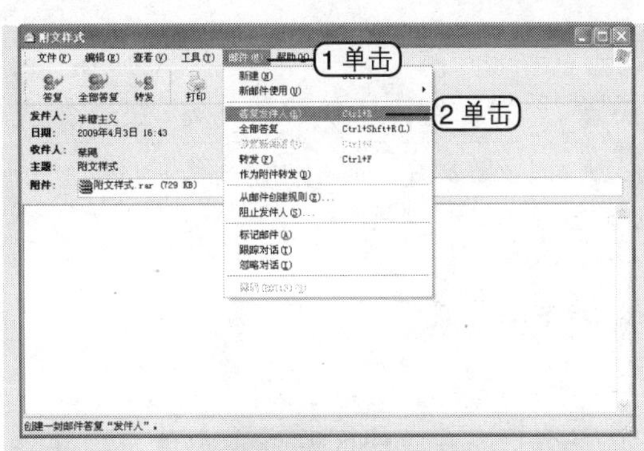

图 3-95 邮件的显示窗口

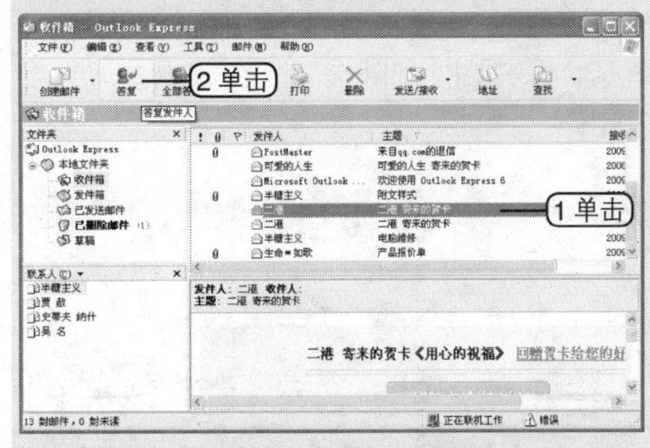

图 3-96 选择答复邮件

- **在邮件显示窗口单击按钮：在 Outlook Express 的邮件区列表中双击需要答复的电子邮件，进入邮件显示窗口，单击工具栏中的答复按钮。**

2 打开答复邮件窗口，在其中撰写邮件，单击发送按钮，完成答复操作，如图 3-97 所示。

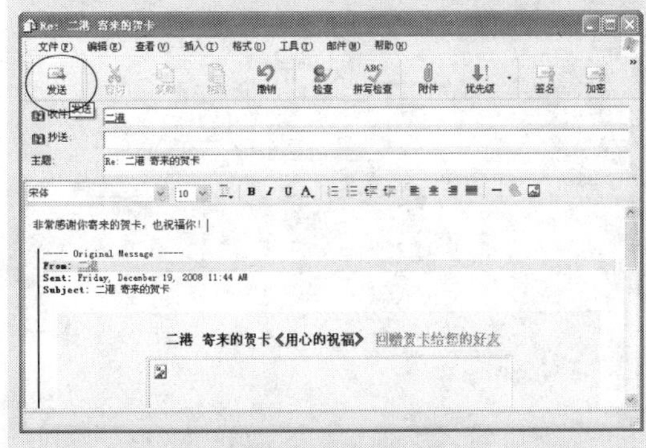

图 3-97 最终效果

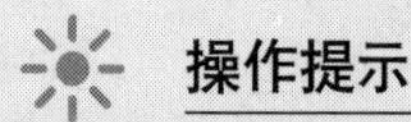

当收到的邮件中所包含的邮件账户有多个收件人时，使用“全部答复”即可。

2. 转发电子邮件

转发电子邮件主要有以下几种方式。

方法 1：在邮件区的列表中单击需要转发的电子邮件，在 Outlook Express 窗口中选择【邮件】→【转发】菜单命令，如图 3-98 所示，打开转发邮件窗口，在其中撰写并发送邮件。

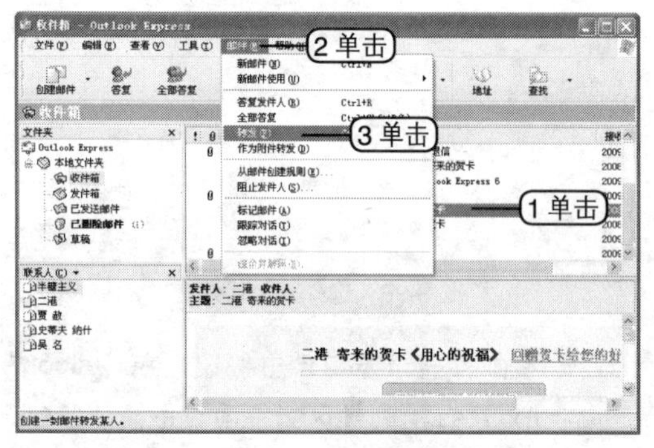

图 3-98 选择菜单命令

方法 2：打开需转发邮件的显示窗口，选择【邮件】→【转发】菜单命令，如图 3-99 所示。

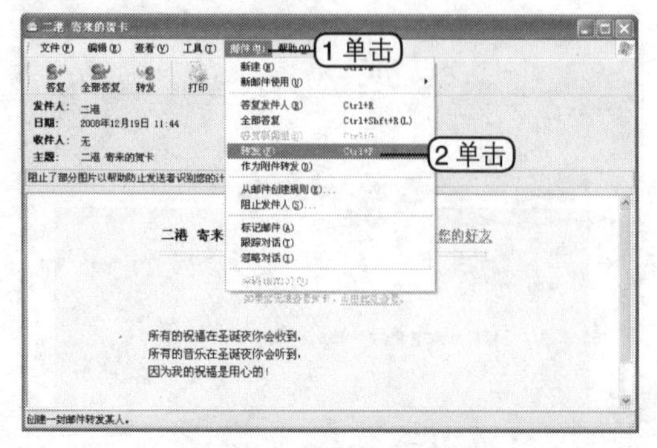

图 3-99 邮件的显示窗口

方法 3：在邮件区的列表中单击需要转发的电子邮件，单击工具栏中的转发按钮，打开转发邮件窗口，在其中撰写并发送邮件。

方法 4：打开需转发邮件的显示窗口，单击工具栏中的转发按钮，打开转发邮件窗口，在其中撰写并发送邮件。

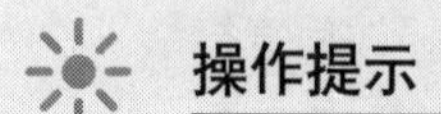

默认情况下，转发的邮件会包含原件中的附件。

3.5.6 自测练习及解题思路

1. 测试题目

第 1 题 接收全部邮件账号的邮件。

第 2 题 阅读邮件。

第 3 题 保存电子邮件到 F 盘中。

第 4 题 答复一封电子邮件。

第 5 题 转发一封电子邮件。

第 6 题 将收件箱中的全部邮件标记为已读。

2. 解题思路

第 1 题 打开 Outlook Express 窗口，单击“发送 / 接收”按钮右侧的按钮，在弹出的菜单中选择【接收全部邮件】菜单命令。

第 2 题 使用所有的方式。

第 3 题 参见 3.5.3 小节中第 1 点内容。

第 4 题 参见 3.5.5 小节中第 1 点内容。

第 5 题 参见 3.5.5 小节中第 2 点内容。

第 6 题 参见 3.5.4 小节中内容。

3.6 管理及维护电子邮件

考点分析：这一考点是常考内容，建议考生最好多上机练习，熟悉操作步骤，保证能得到这类题目的分数。虽然考试涉及的知识点较多，但由于这些知识点都比较简单，试题通常为 1~2 题。

学习建议：熟练掌握所有知识点。

3.6.1 复制及移动电子邮件

复制电子邮件也是一种保存的方式，移动电子邮件则是将其直接保存到其他位置。

1. 复制电子邮件

下面将复制电子邮件到新建的文件夹“复制”中，其具体操作如下。

1 在邮件区的列表中单击需要复制的电子邮件，选择【编辑】→【复制到文件夹】菜单命令，如图 3-100 所示。

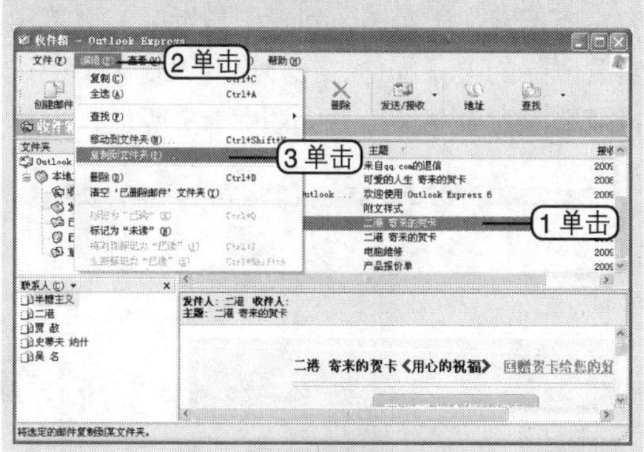

图 3-100 选择菜单命令

2 打开“复制”对话框，单击[新建文件夹(N)]按钮，如图 3-101 所示。

3 打开“新建文件夹”对话框，在“文件夹名”文本框中输入“复制”，单击[确定]按钮，新建文件夹，如图 3-102 所示。

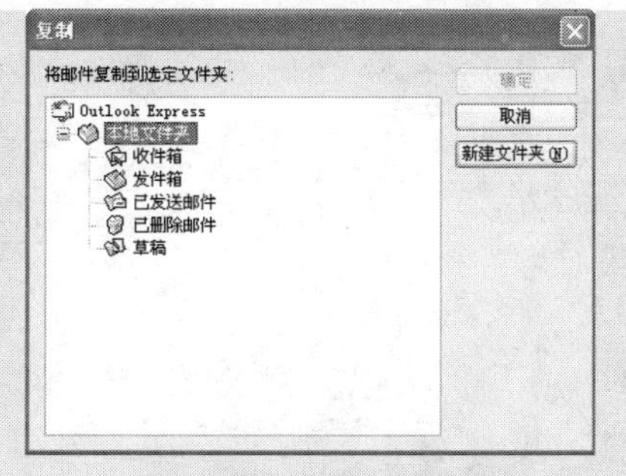

图 3-101 “复制”对话框

图 3-102 新建文件夹

4 返回“复制”对话框，单击[确定]按钮，在 Outlook Express 窗口的文件夹列表中单击“复制”选项，在邮件区的列表中即可看到复制的电子邮件，如图 3-103 所示。

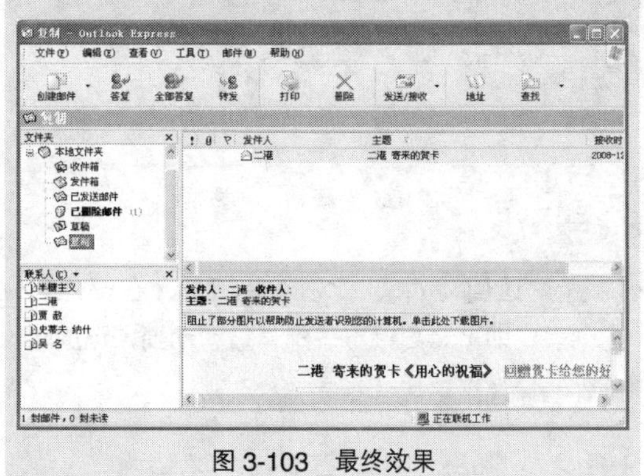

图 3-103 最终效果

2. 移动电子邮件

下面是将复制的电子邮件移动到删除文件夹中的具体操作。

1 在邮件区的列表中单击需要移动的电子邮件，选择【编辑】→【移动到文件夹】菜单命令，如图 3-104 所示。

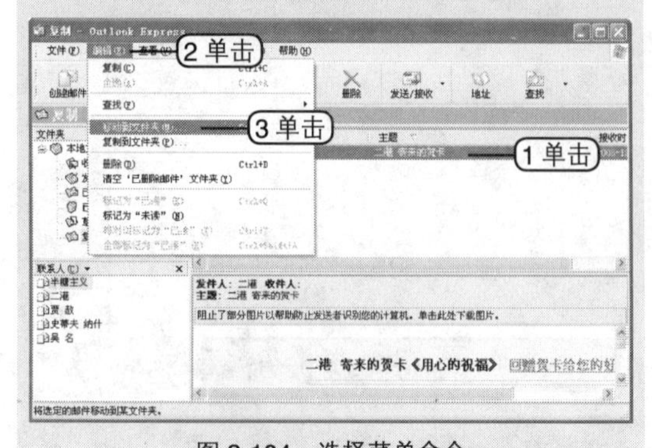

图 3-104 选择菜单命令

2 打开“移动”对话框，在列表框中选择“已删除邮件”选项，单击确定按钮，如图 3-105 所示。

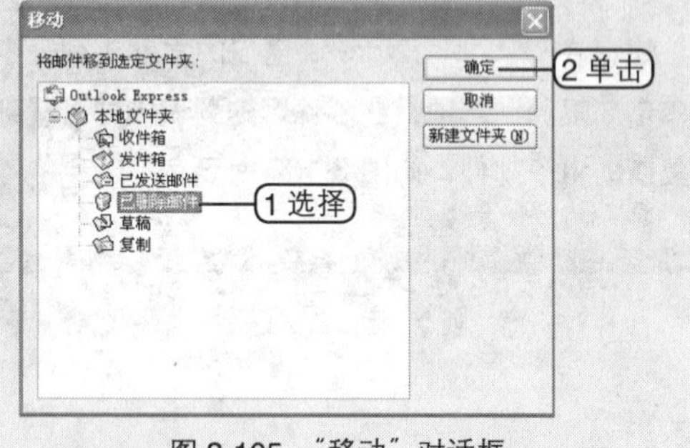

图 3-105 “移动”对话框

3 返回 Outlook Express 窗口，在邮件区的列表中即可看到该电子邮件被移动到“已删除邮件”文件夹中。

3.6.2 删除与恢复电子邮件

一般删除的电子邮件都被移动到“已删除邮件”文件夹中，通过恢复操作能够复原，对于彻底删除的电子邮件，则恢复操作也无能为力。

1. 删除电子邮件

删除邮件主要有以下几种方法。

方法 1：在邮件区的列表中单击需要删除的电子邮件，选择【编辑】→【删除】菜单命令，如图 3-106 所示。

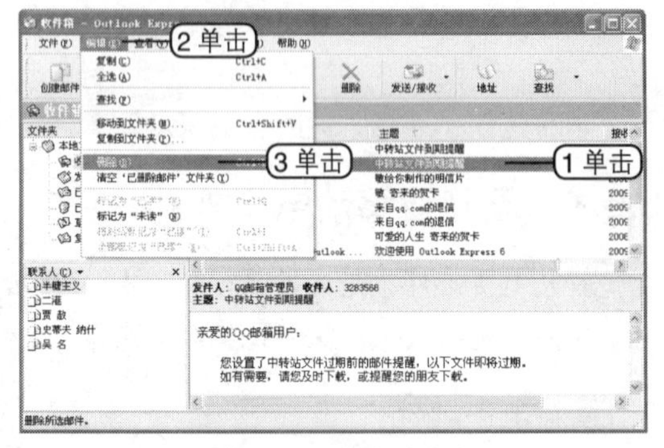

图 3-106 选择菜单命令

方法 2：在邮件区的列表中单击需要删除的电子邮件，再在工具栏中单击删除按钮。

方法 3：打开需删除邮件的显示窗口，在工具栏中单击删除按钮。

方法 4：在邮件区列表中用鼠标右键单击需要删除的电子邮件，在弹出的快捷菜单中选择【删除】菜单命令，如图 3-107 所示。

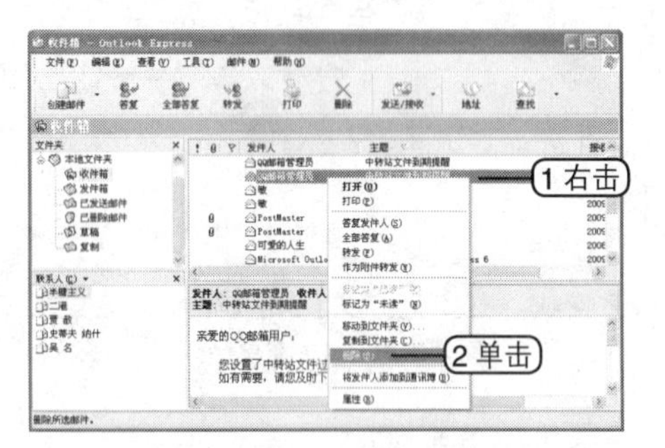

图 3-107 使用右键菜单

方法 5：在邮件区的列表中拖动需要删除的电子邮件到文件夹列表区的“已删除邮件”选项上。

方法 6：打开需删除邮件的显示窗口，选择【文件】→【删除邮件】菜单命令，如图 3-108 所示。

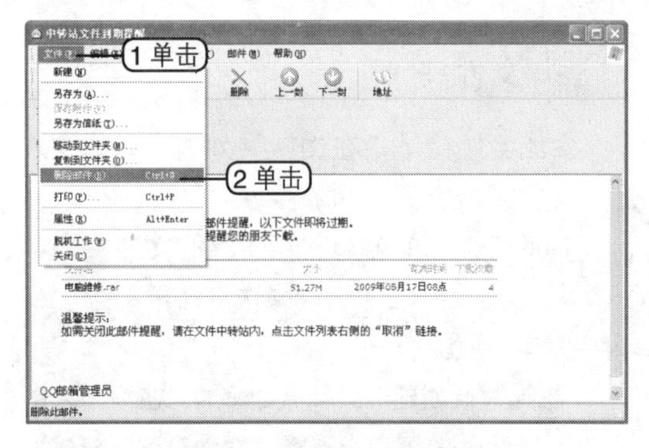

图 3-108　邮件的显示窗口

考场点拨

考试时，有时会要求彻底删除电子邮件，这时就需要选择【编辑】→【清空“已删除邮件”文件夹】菜单命令，如图 3-109 所示。

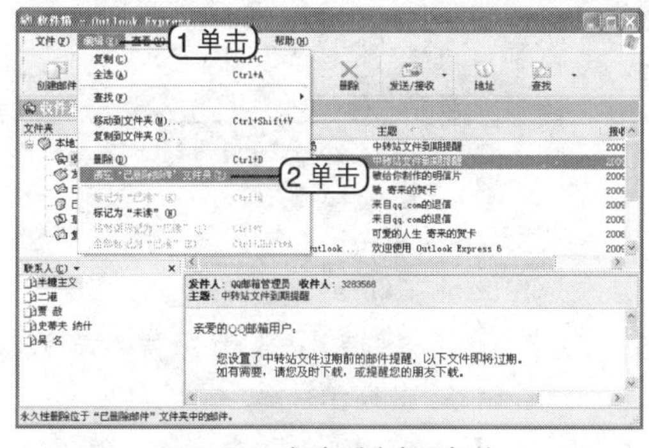

图 3-109　彻底删除电子邮件

2．恢复被删除的电子邮件

打开“已删除邮件”文件夹，选择需恢复的邮件，用鼠标拖动到文件夹列表区的相应文件夹上，即可恢复被删除的电子邮件。

3.6.3　查找电子邮件

如果邮箱中的邮件较多，可使用查找操作，快速找到需要的邮件，下面查找前面撰写的“大家一起开车去要”邮件，其具体操作如下。

1 在 Outlook Express 窗口中，执行下面任意一种操作，都可打开“查找邮件”对话框。

- 通过菜单命令查找：在 Outlook Express 窗口中，选择【编辑】→【查找】→【邮件】菜单命令，如图 3-110 所示。

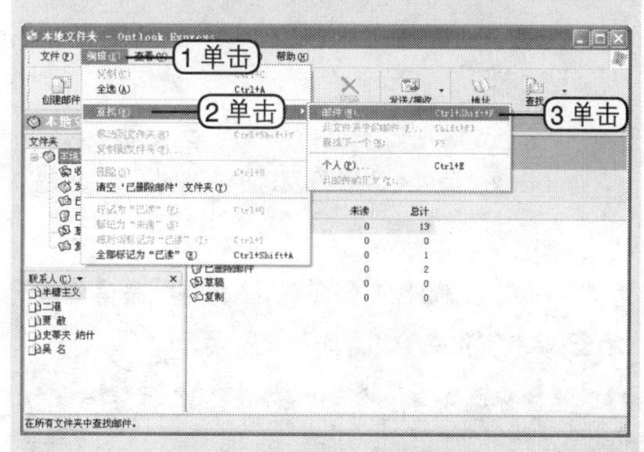

图 3-110　选择菜单命令

- 通过工具按钮查找：在 Outlook Express 窗口中，单击查找按钮右侧的▾按钮，在弹出的菜单中选择【邮件】菜单命令，如图 3-111 所示。

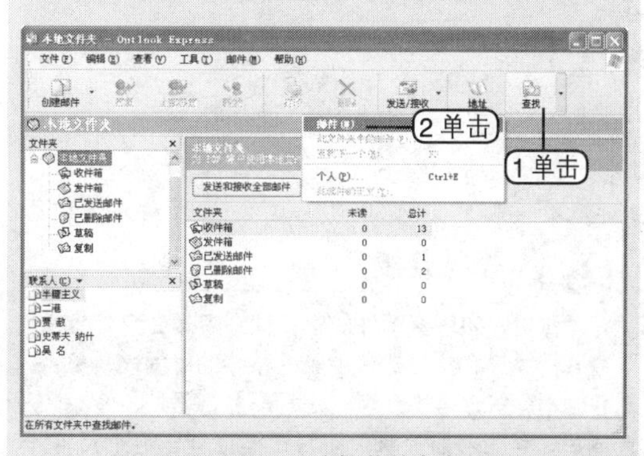

图 3-111　选择菜单命令

2 打开“查找邮件”窗口，在“主题”文

本框中输入需查找的邮件主题“大家一起开车去耍”，单击开始查找(I)按钮，如图3-112所示。

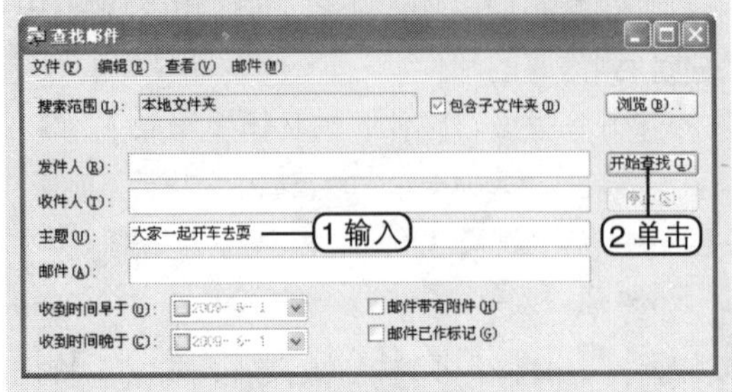

图3-112 输入查找条件

操作提示

根据情况也可在“查找邮件”对话框的其他位置设置查找参数，如某个发件人发送的所有邮件，如某个时间段收到的所有邮件等。

3 “查找邮件”窗口展开列表框，在其中显示查找到的邮件，如图3-113所示。

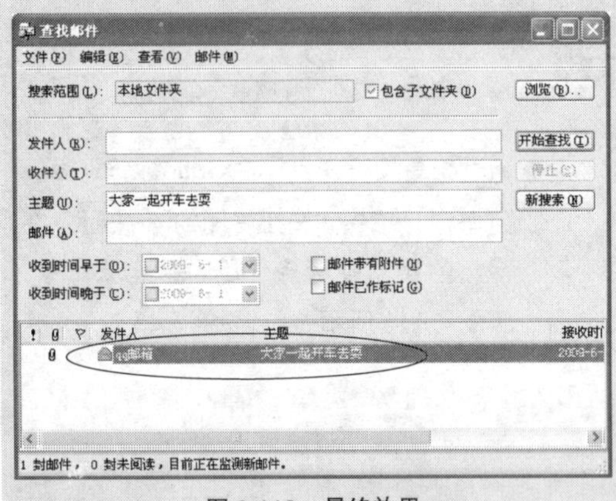

图3-113 最终效果

考场点拨

在考试时，如考查邮件的查找，则考题必会指定需查找的关键字，如邮件主题、邮件的时间段、是否包含附件等，考生注意应理解题意。另外，查找完成后，有些考题要求关闭对话框，有些则不要求，因而考生最好试一下关闭对话框的操作，以避免遗漏操作。

3.6.4 管理文件夹

对于Outlook Express中的文件夹，通常可以进行添加和删除操作。

1. 添加文件夹

添加文件夹是指在文件夹列表中新建文件夹，以放置相应类别的邮件。

下面新建一个名为“新建”的文件夹。

1 执行以下任意一种操作，打开“创建文件夹”对话框。

- **通过“新建”菜单命令添加：在Outlook Express窗口中选择【文件】→【新建】→【文件夹】菜单命令，如图3-114所示。**

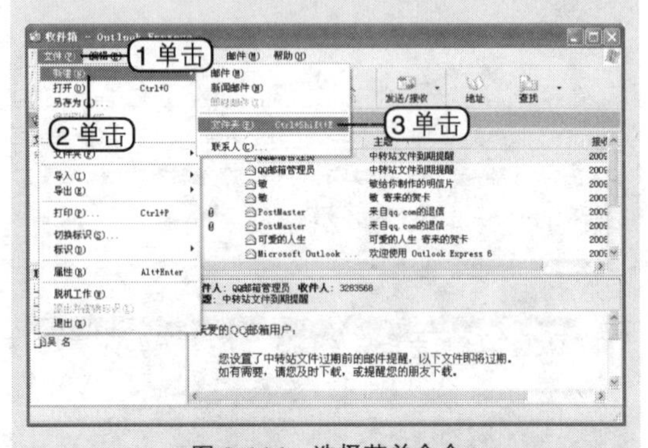

图3-114 选择菜单命令

- **通过“文件夹”菜单命令添加：在Outlook Express窗口中，选择【文件】→【文件夹】→【新建】菜单命令，如图3-115所示。**
- **通过右键菜单添加：在Outlook Express窗口的文件夹列表中，单击鼠标右键，在弹出的快捷菜单中选择【新建文件夹】菜单命令，如图3-116所示。**

2 打开“创建文件夹”对话框，在“文件夹名”文本框中输入新文件夹名称“新建”，单

击 确定 按钮，如图 3-117 所示。

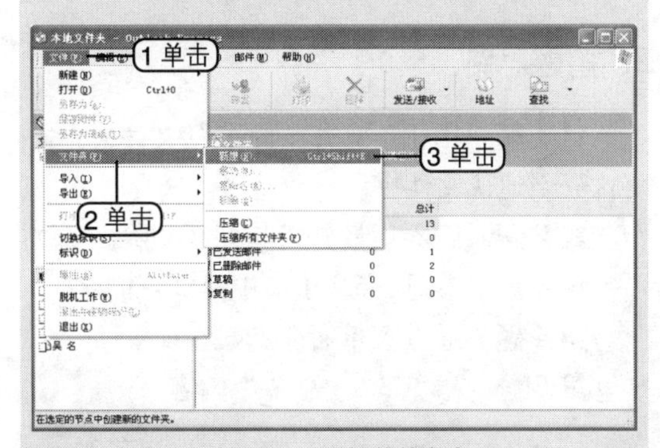

图 3-115 选择菜单命令

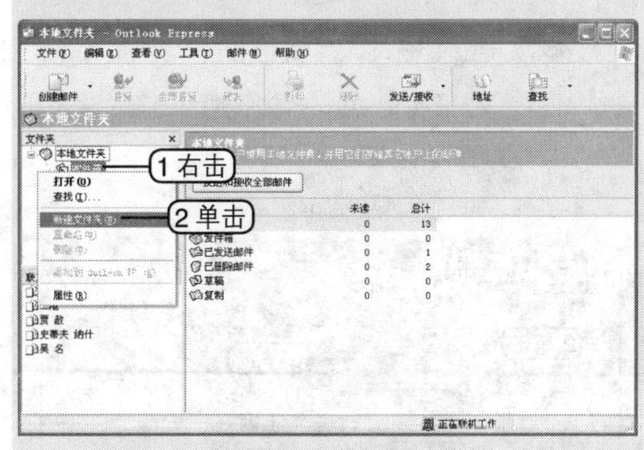

图 3-116 选择菜单命令

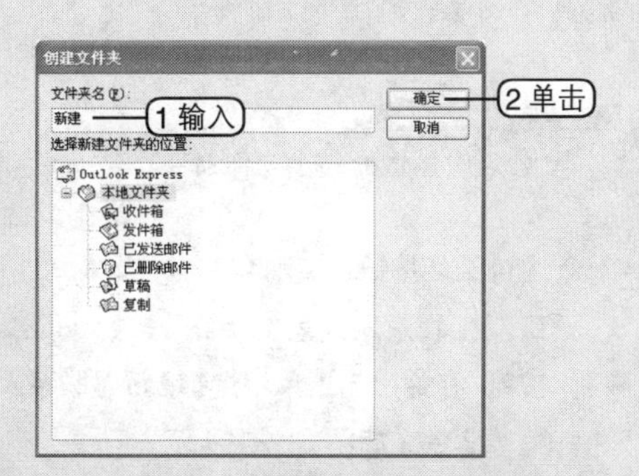

图 3-117 “创建文件夹”对话框

3 返回到 Outlook Express 窗口，在文件夹列表中即可看到新建的文件夹。

2．删除文件夹

删除文件夹主要有以下几种方法。

方法 1：在邮件区的列表中单击需要删除的文件夹，选择【文件】→【文件夹】→【删除】菜单命令，如图 3-118 所示。

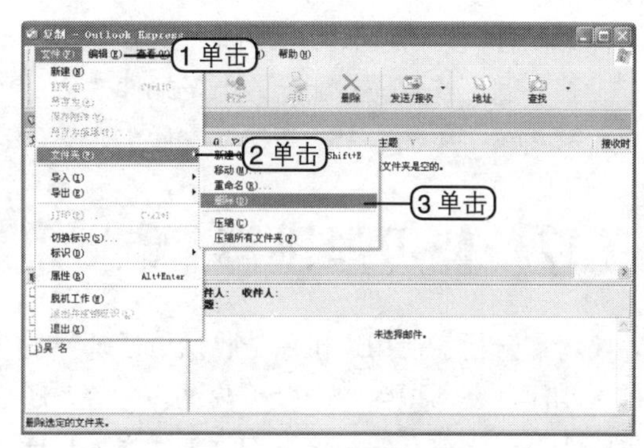

图 3-118 选择菜单命令

方法 2：在邮件区的列表中单击需要删除的文件夹，再在工具栏中单击 删除 按钮。

方法 3：在邮件区列表中用鼠标右键单击需要删除的文件夹，在弹出的快捷菜单中选择【删除】菜单命令，如图 3-119 所示。

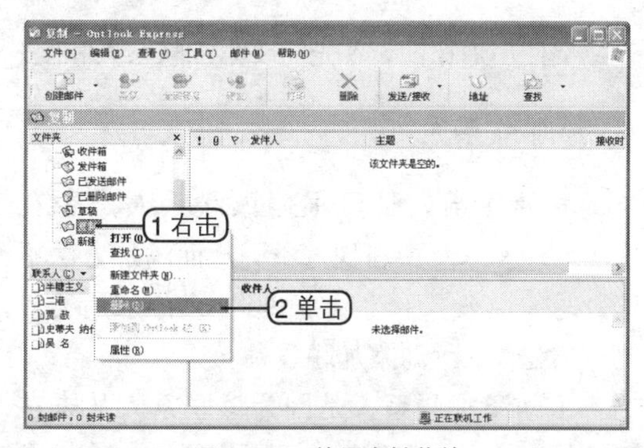

图 3-119 使用右键菜单

方法 4：在邮件区的列表中拖动需要删除的文件夹到文件夹列表区的“已删除邮件”选项上。

3.6.5 自测练习及解题思路

1．测试题目

第 1 题 复制一封电子邮件到“测试”文件夹中。

第 2 题 使用拖动的方法删除一封电子邮件。

第 3 题 恢复一封删除的电子邮件。

第 4 题 添加一个“新建”文件夹。

第 5 题 在收件箱中查找主题是“测试”的电子邮件。

2．解题思路

第 1 题 由于不存在“测试”文件夹，需要首先新建该文件夹。

第 2 题 删除后最好将其彻底删除。

第 3 题 参见 3.6.2 小节中第 2 点内容。

第 4 题 通过菜单命令新建。

第 5 题 参见 3.6.3 小节中内容。

3.7 使用通讯簿

考点分析：使用通讯簿是收发电子邮件的扩展功能，在考试当中一般不会过多考查，题量较少。但需注意的是这里的添加联系人也能在 3.3 的添加管理账号时出现，最好对比一下两者的异同。

学习建议：对导入与导出通讯簿进行命题的几率相对较低，考生可根据学习情况和进度选择学习。

3.7.1 添加联系人和组

要使用通讯簿，首先需要添加联系人和组。

1．添加联系人

添加联系人时可根据该联系人是否在 Outlook Express 中出现过不同，而添加方法不同，总体说来有手动添加和非手动添加两类。

方法 1：手动添加联系人。

手动添加联系人是因为该联系人从未在 Outlook Express 出现过，下面以添加一个姓名为“蔡一”，电子邮箱地址为“caiju1979@126.com”的联系人为例进行讲解。

1 启动 Outlook Express 窗口，执行以下任意一种方法，打开“属性”对话框。

- **通过菜单命令**：启动 Outlook Express 窗口，选择【文件】→【新建】→【联系人】菜单命令，如图 3-120 所示。

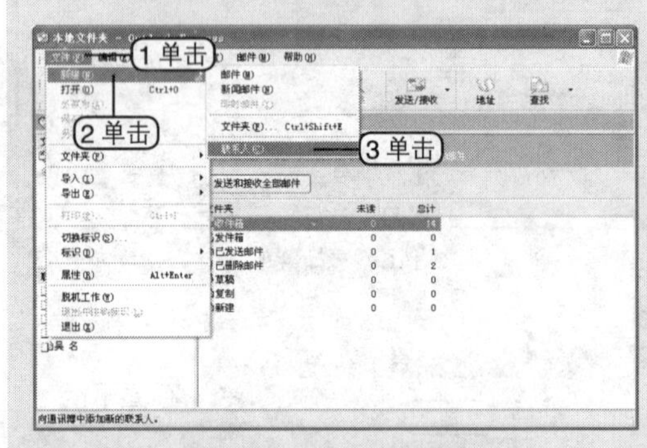

图 3-120 选择菜单命令

- **通过工具按钮**：启动 Outlook Express 窗口，在联系人列表中单击联系人(C) 按钮，在弹出的菜单中选择【新建联系人】菜单命令，如图 3-121 所示。
- **通过通讯簿直接添加**：启动 Outlook Express 窗口，选择【工具】→【通讯簿】菜单命令，打开“通讯簿 - 主标识”窗口，选择【文件】→【新建联系人】菜单命令，如图 3-122 所示。

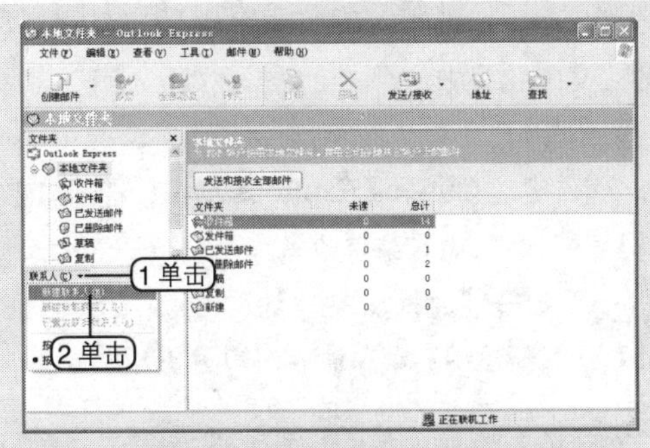

图 3-121　利用联系人列表

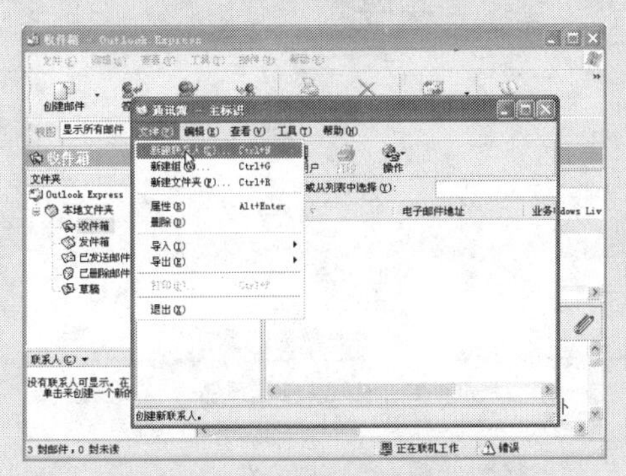
图 3-122　通过通讯簿直接添加

2 打开“属性”对话框，在“姓”文本框中输入联系人的姓“蔡”，在“名”文本框输入联系人的名“一”，在“电子邮件地址”文本框中输入联系人的电子邮件地址“caiju1979@126.com”，如图 3-123 所示。

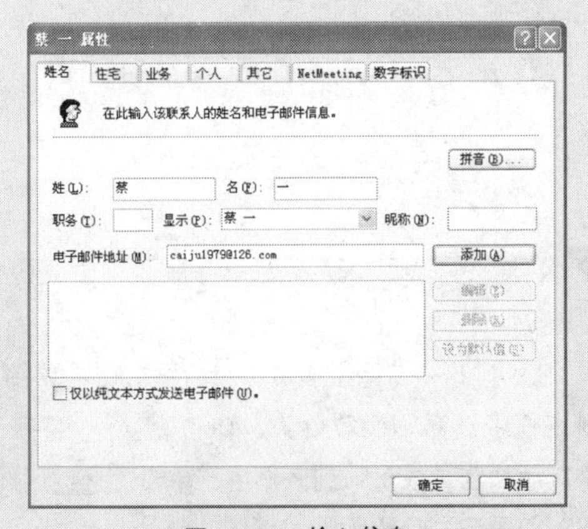
图 3-123　输入信息

3 单击 添加(A) 按钮，将该收件人添加到收件人列表框中，单击 确定 按钮，完成收件人的添加。

4 返回 Outlook Express 窗口，即可在“联系人”窗格中显示添加的联系人效果，如图 3-124 所示。

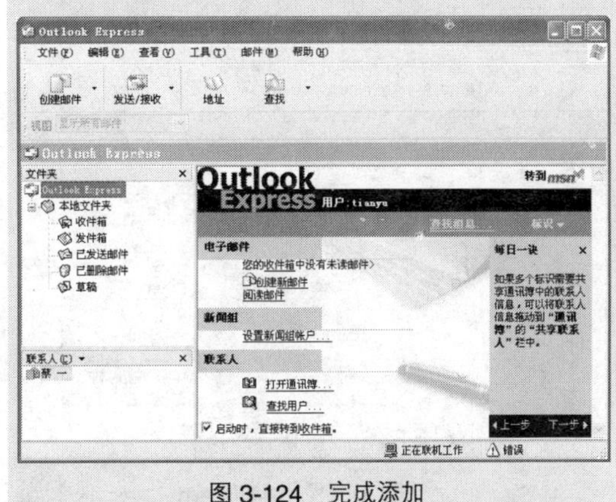
图 3-124　完成添加

方法 2：自动将所有回复收件人添加到通讯簿。

通过该方法，Outlook Express 将自动把回复的收件人添加为联系人，其具体操作如下。

1 启动 Outlook Express 窗口，选择【工具】→【选项】菜单命令，如图 3-125 所示。

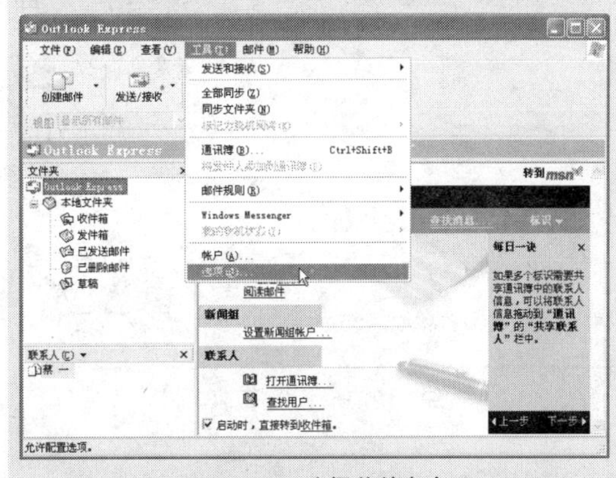
图 3-125　选择菜单命令

2 打开“选项”对话框，单击“发送”选

项卡，在“发送”栏中选中“自动将我的回复对象添加到通讯簿”复选框，单击 确定 按钮，如图 3-126 所示。

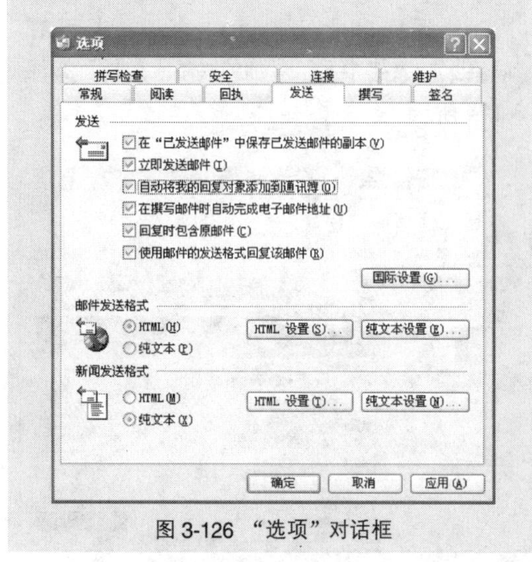

图 3-126 “选项”对话框

方法 3：直接从邮件将发件人添加到通讯簿。

启动 Outlook Express 窗口，在文件夹的邮件列表中选择需要添加到通讯簿中的联系人发送的邮件，单击鼠标右键，在弹出的快捷菜单中选择【将发件人添加到通讯簿】菜单命令，如图 3-127 所示。

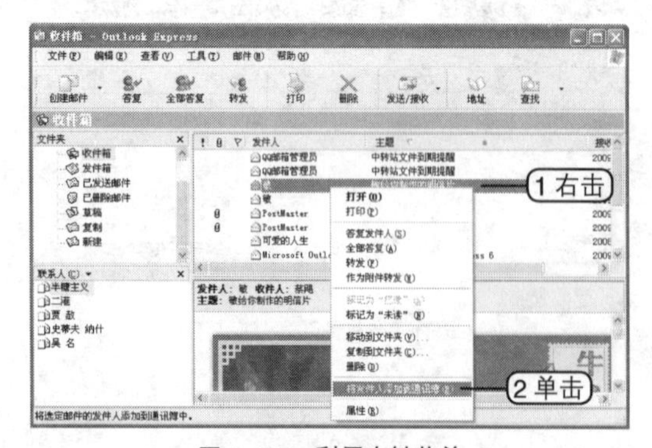

图 3-127 利用右键菜单

2．添加联系人组

联系人组是由联系人组合在一起的，给这个组发送电子邮件，所有的组成员都会收到该邮件。下面添加一个“朋友”联系人组，其具体操作如下。

1 启动 Outlook Exp]ress 窗口，选择【工具】→【通讯簿】菜单命令。

2 打开“通讯簿 - 主标识”窗口，选择【文件】→【新建组】菜单命令，如图 3-128 所示。

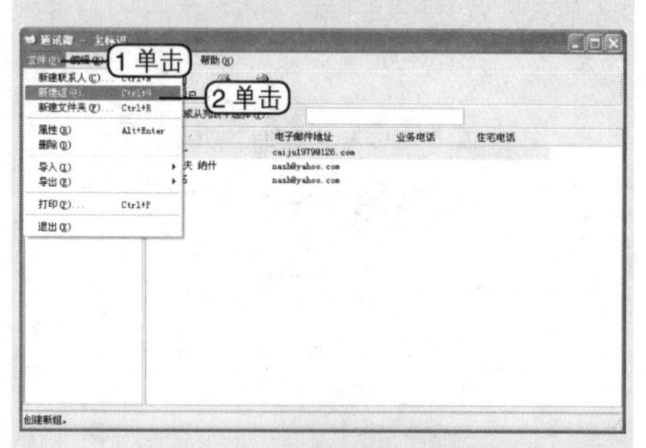

图 3-128 选择菜单命令

3 打开“属性”对话框，在“姓名”文本框中输入“朋友”，单击 选择成员(S) 按钮，如图 3-129 所示。

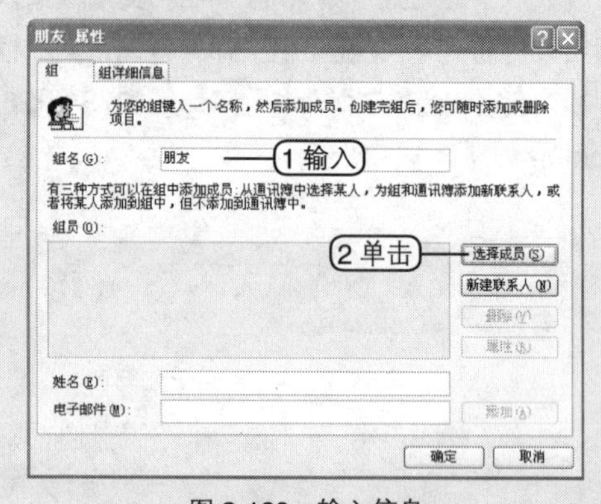

图 3-129 输入信息

4 打开“选择组成员”对话框，在“姓名”列表框中选择一个收件人，单击 选择(T) -> 按钮，将其添加到“成员”列表框中，单击 确定 按钮，如图 3-130 所示。

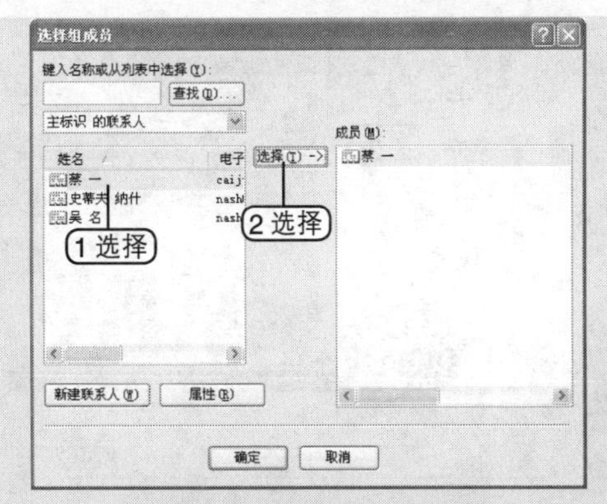

图 3-130 “选择组成员”对话框

5 返回“属性”话框，在“姓名”文本框中输入一个收件人的姓名，在“电子邮件”文本框中输入该收件人的电子邮件地址，单击 添加(A) 按钮，将其添加到“组员”列表框中，如图 3-131 所示。

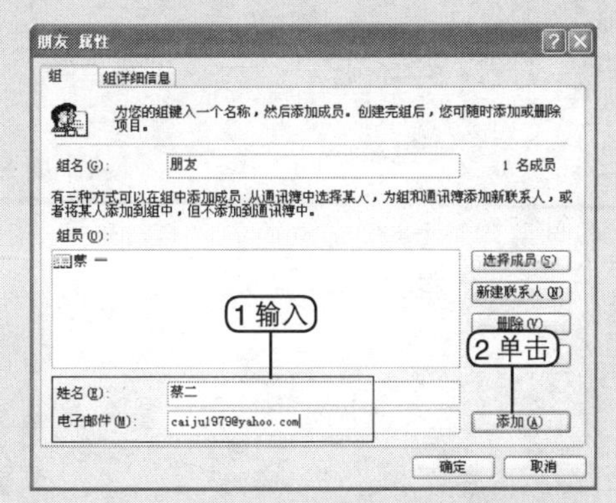

图 3-131 添加组员

6 单击 确定 按钮，返回 Outlook Express 窗口，在联系人列表框中可以看到添加的“朋友”联系人组，如图 3-132 所示。

操作提示

通过“姓名”和“电子邮件”文本框添加的组员不会添加到通讯簿中。在“属性”对话框中单击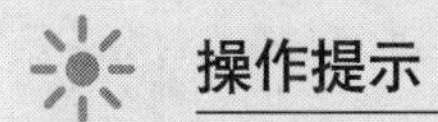按钮，也可以新建一个联系人，并将其添加为组员。

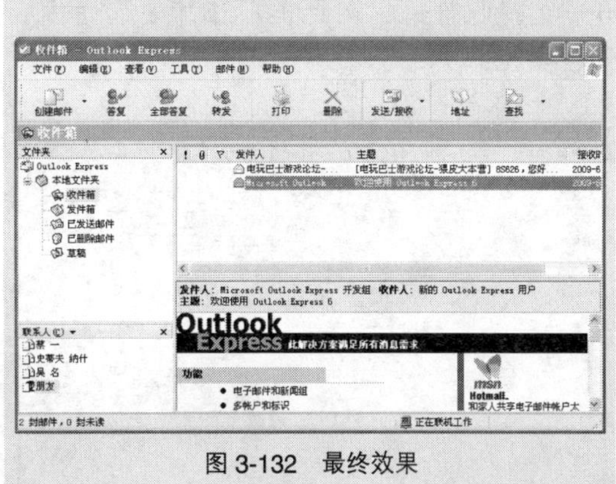

图 3-132 最终效果

3.7.2 在通讯簿中选择收件人

在通讯簿中选择收件人的方法在讲解撰写邮件时已经提到过，就是打开“选择收件人”对话框，将通讯簿中的收件人添加到对应的“邮件收件人”列表框中。打开“选择收件人”对话框主要有以下两种方法。

方法 1：通过按钮选择。

打开邮件编辑窗口，单击 收件人按钮，如图 3-133 所示，打开“选择收件人”对话框，在其中选择相应的收件人。

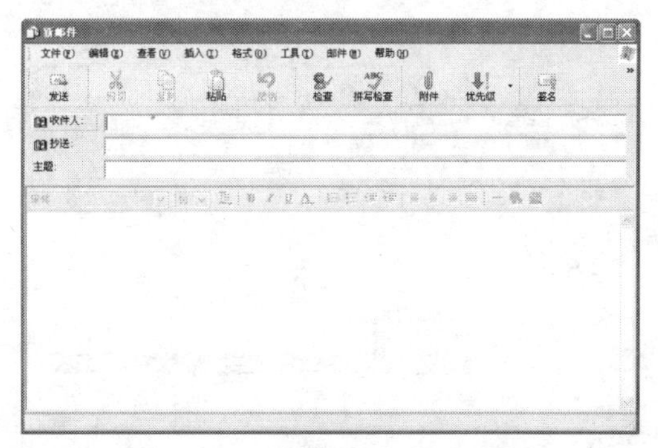

图 3-133 利用按钮打开对话框

方法 2：通过菜单命令选择。

打开邮件编辑窗口，选择【工具】→【选择收件人】菜单命令，如图 3-134 所示，打开“选择收件人”对话框，在其中选择相应的收件人。

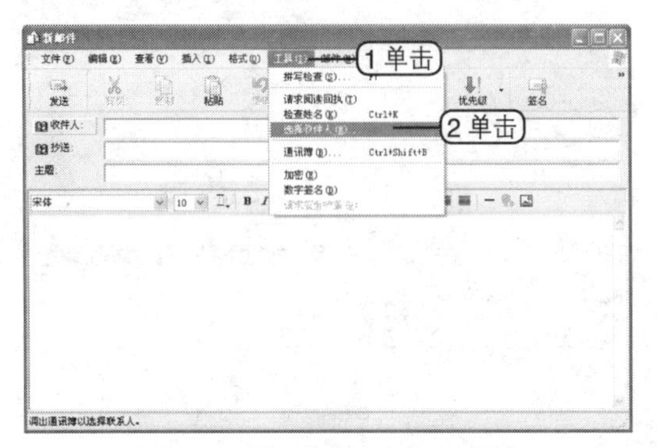

图 3-134　利用菜单命令打开对话框

3.7.3　在通讯簿中查找联系人

如果通讯簿中的联系人较多，可使用查找功能快速找到自己需要的某个联系人，下面在通讯簿中查找姓蔡的联系人。

1 **启动 Outlook Express 窗口，使用以下任意一种方法打开“查找用户”对话框。**

◈ **通过按钮查找：单击查找按钮右侧的▾按钮，在弹出的菜单中选择【个人】菜单命令，如图 3-135 所示。**

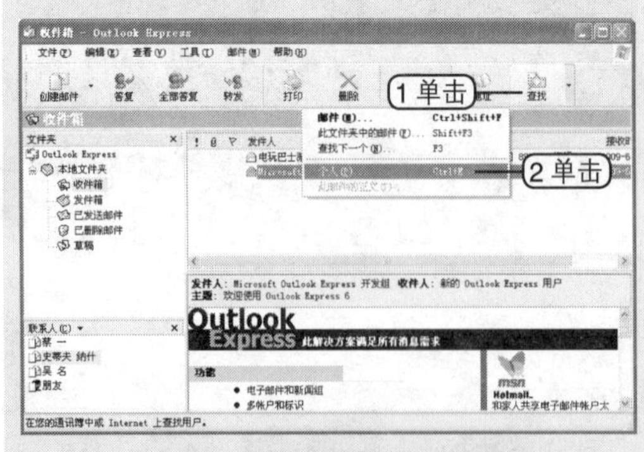

图 3-135　利用菜单命令打开对话框

◈ **通过菜单命令查找：选择【编辑】→【查找】→【个人】菜单命令，如图 3-136 所示。**

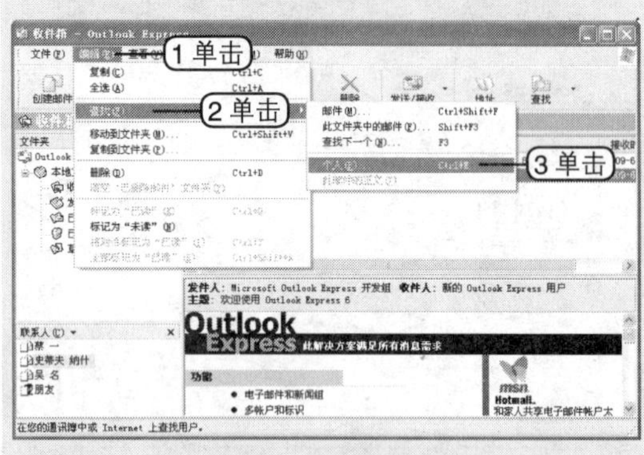

图 3-136　选择菜单命令

2 **打开“查找用户”对话框，在“姓名”文本框中输入需查找的联系人姓“蔡”，单击 开始查找(F) 按钮，将展开列表框并显示查找的结果，如图 3-137 所示。**

图 3-137　查找联系人

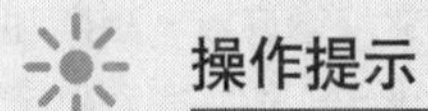

在考试时，如要求查找姓名齐全的用户，如“蔡一”，在姓名文本框中注意应在“蔡”和“一”之间添加空格，即可姓与名之间添加空格，否则不能查找到相匹配的联系人。

3.7.4　导入与导出通讯簿

在 Outlook Express 中可以将通讯簿导出，

也可以将外部通讯簿导入。

1．导出通讯簿

导出通讯簿的具体操作如下。

1 打开 Outlook Express 窗口，选择【文件】→【导出】→【通讯簿】菜单命令，如图 3-138 所示。

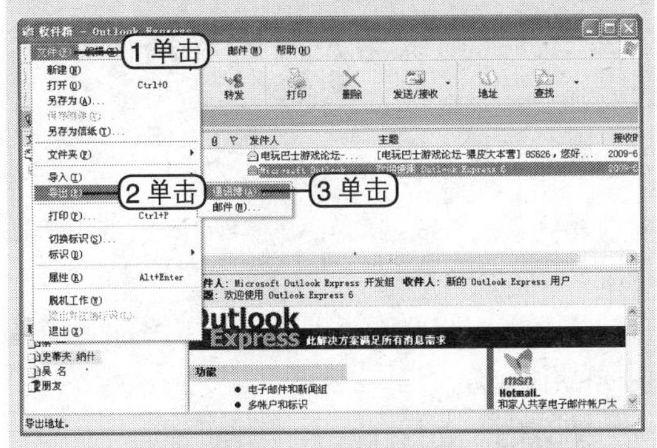

图 3-138 选择菜单命令

2 打开“通讯簿导出工具”对话框，选择个人通讯簿，单击 导出(E) 按钮，系统将打开提示框提示导出完成，单击 确定 按钮，如图 3-139 所示。

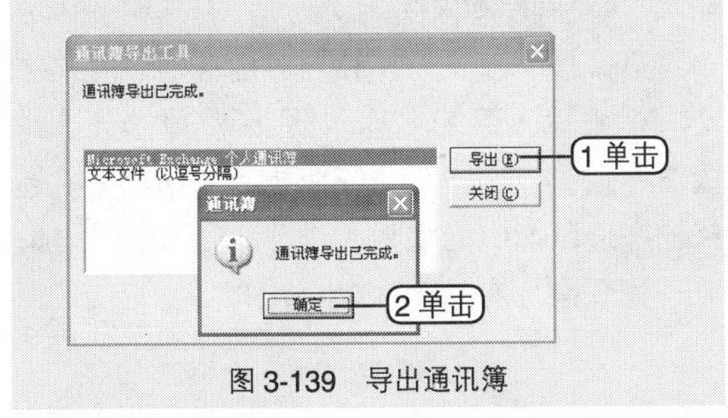

图 3-139 导出通讯簿

2．导入通讯簿

导入通讯簿主要有两种方式。

方法 1：打开 Outlook Express 窗口，选择【文件】→【导入】→【通讯簿】菜单命令，打开“选择要从中导入的通讯簿文件”对话框，选择相应的通讯簿文件导入。

方法 2：打开 Outlook Express 窗口，选择【文件】→【导入】→【其他通讯簿】菜单命令，选择其他种类的通讯簿文件导入。其具体操作如下。

1 打开 Outlook Express 窗口，选择【文件】→【导入】→【其他通讯簿】菜单命令，如图 3-140 所示。

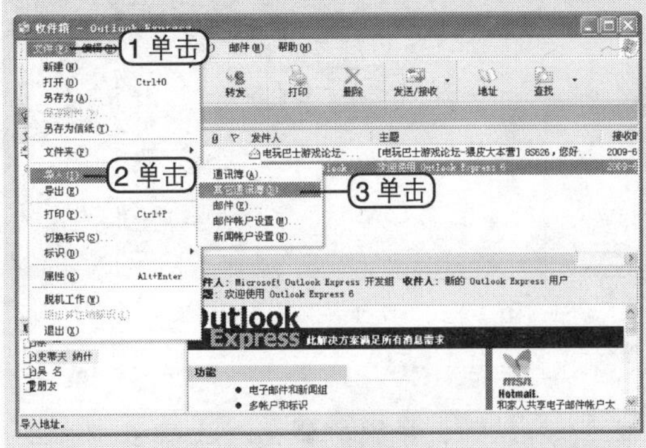

图 3-140 选择菜单命令

2 打开“通讯簿导出工具”对话框，在列表框中选择“文本文件（以逗号分割）”选项，单击 导入(I) 按钮，如图 3-141 所示。

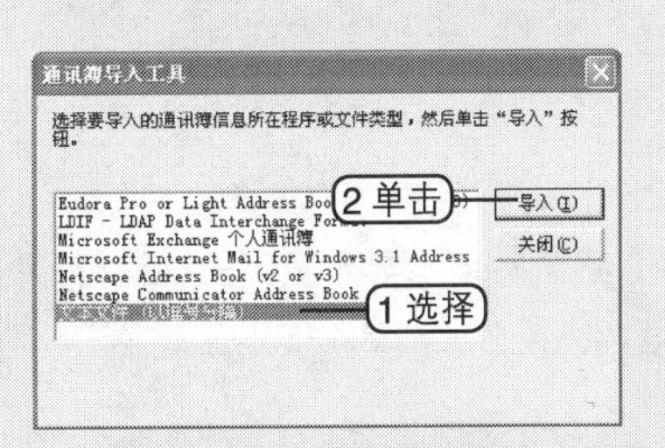

图 3-141 选择导出类型

3 打开“CSV 导入”对话框，单击 浏览(R)... 按钮，如图 3-142 所示。

4 打开“打开”对话框，选择需要导入的通讯簿文件，单击 打开(O) 按钮，如图 3-143 所示。

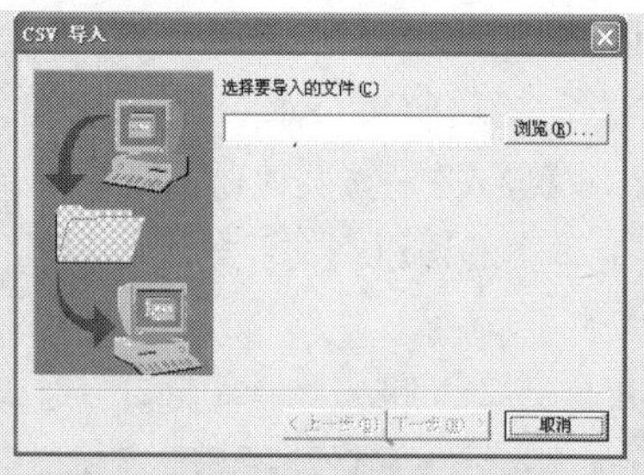

图 3-142 "CSV 导入"对话框

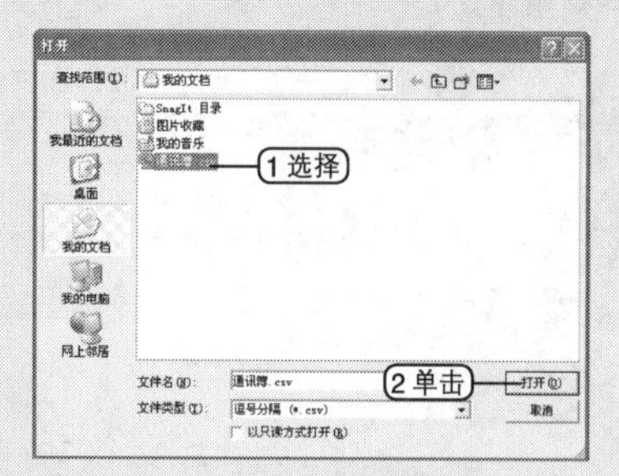

图 3-143 选择导入的通讯簿文件

5 返回"CSV 导入"对话框，单击 下一步(N) > 按钮，将显示要导入的信息，单击 完成 按钮，如图 3-144 所示。

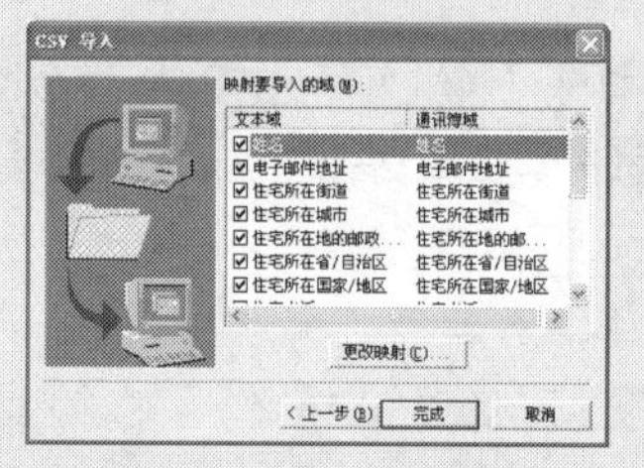

图 3-144 显示导入信息

6 系统将显示导入进度，然后打开提示框显示导入完成，如图 3-145 所示。

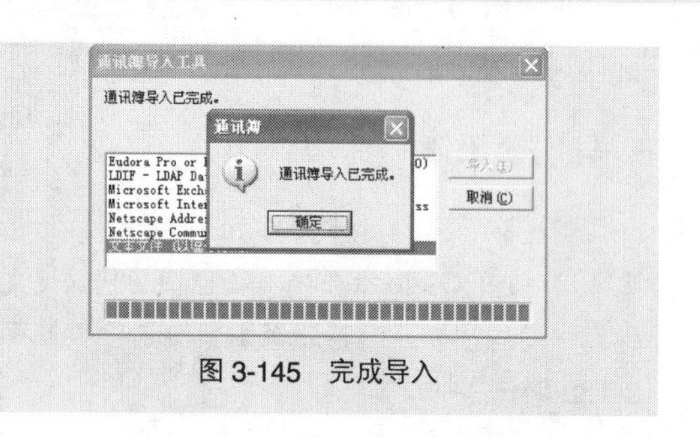

图 3-145 完成导入

3.7.5 自测练习及解题思路

1．测试题目

第 1 题 添加联系人"蔡一一"，邮件地址"caiyiyi@qq.com"

第 2 题 将联系人"蔡一一"添加到"朋友"的组内。

第 3 题 查找联系人"蔡一一"。

2．解题思路

第 1 题 打开"属性"对话框，在"姓名"选项卡的"姓"文本框中输入"蔡"，"名"文本框中输入"一一"，电子邮件地址输入栏中输入"caiyiyi@qq.com"。

第 2 题 打开"属性"对话框，在"组名"文本框中输入组的名称"朋友"。单击"选择成员"按钮，在"选择组成员"对话框中，选择已在通讯簿中的联系人"蔡一一"进行添加。

第 3 题 参见 3.7.3 小节的内容。

3.8 设置Outlook Express

考点分析：这一考点的知识点较多，且比较复杂，如设置与更改邮件规则对于计算机专业的学生来说是学习难点之一。

学习建议：重点学习设置界面布局、设置邮件视图和设置邮件中的文字显示效果这 3 个知识点。其他两个知识点也属于考查范围内，相对较复杂，不少考生难以掌握，可以适当放弃，应抓住简单、易掌握的重点知识。

3.8.1 设置界面布局

在 Outlook Express 窗口中，选择【查看】→【布局】菜单命令，打开“窗口布局 属性”对话框，在其中可以对基本布局和预览窗格布局进行设置。

1．基本布局

基本布局设置主要用于显示、隐藏 Outlook Express 的组成部分和自定义工具栏。

- 显示布局选项：打开“窗口布局 属性”对话框，在“基本”栏中选中某个复选框，单击确定按钮即可将其显示在窗口布局中，如图 3-146 所示为显示视图栏后的效果。

图 3-146 显示布局选项

- 隐藏布局选项：打开“窗口布局 属性”对话框，在“基本”栏中取消选中相应的复选框，单击确定按钮即可将其隐藏，如图 3-147 所示为隐藏工具栏。
- 自定义工具栏：打开“窗口布局 属性”对话框，单击自定义工具栏(C)...按钮，打开“自定义工具栏”对话框，在其中可以设置其中的按钮，如图 3-148 所示。

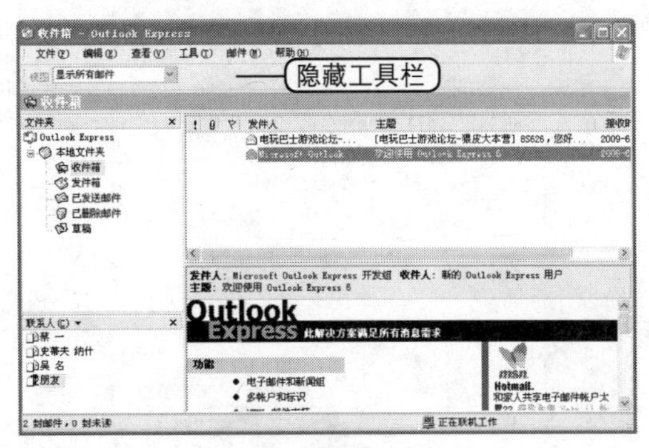

图 3-147 隐藏布局选项

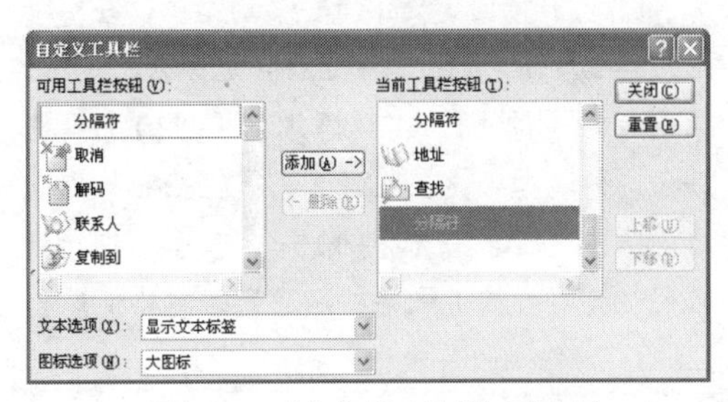

图 3-148 “自定义工具栏”对话框

下面是在工具栏中添加“联系人”按钮，并删除“地址”按钮的具体操作。

1 打开 Outlook Express 窗口，选择【查看】→【布局】菜单命令，如图 3-149 所示。

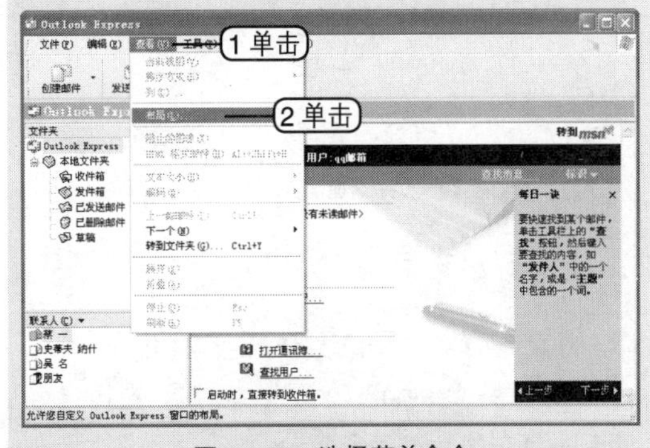

图 3-149 选择菜单命令

2 打开“窗口布局 属性”对话框，单击 自定义工具栏(C)... 按钮，如图 3-150 所示。

图 3-150 “窗口布局 属性”对话框

3 打开“自定义工具栏”对话框，在“可用工具栏按钮”列表框中选择“联系人”选项，单击 添加(A) -> 按钮，将其添加到“当前工具栏按钮”列表框中；在“当前工具栏按钮”列表框中选择“地址”选项，单击 <- 删除(R) 按钮，将其添加到“当前工具栏按钮”列表框中，单击 关闭(C) 按钮，如图 3-151 所示。

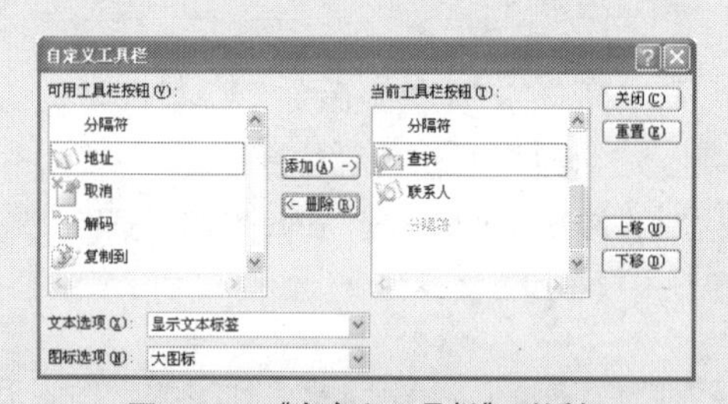

图 3-151 “自定义工具栏”对话框

4 返回“窗口布局 属性”对话框，单击 确定 按钮，效果如图 3-147 所示。

2．预览窗格布局

将预览窗格关闭的具体操作如下。

1 打开 Outlook Express 窗口，选择【查看】→【布局】菜单命令。

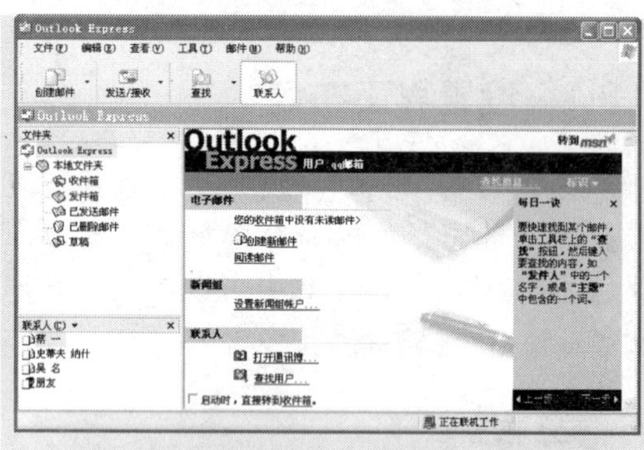

图 3-152 最终效果

2 打开“窗口布局 属性”对话框，在“预览窗格”栏中取消选中“显示预览窗格”复选框，单击 确定 按钮，如图 3-153 所示。

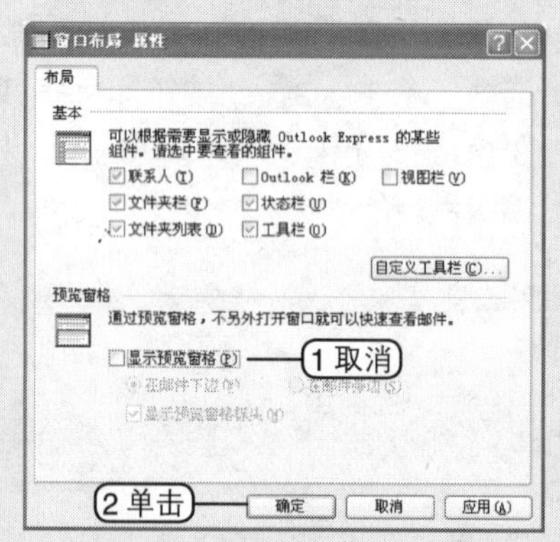

图 3-153 “窗口布局 属性”对话框

3 返回 Outlook Express 窗口，可以看到预览窗格已经隐藏了，如图 3-154 所示。

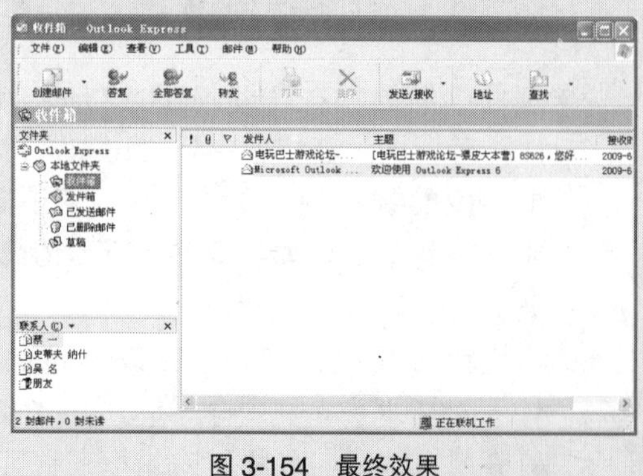

图 3-154 最终效果

操作提示

通常情况下，“预览窗格”栏处于不可操作状态，在打开“窗口布局 属性”对话框前，使当前文件夹的位置停留在“Outlook Express”以外的其他位置，才能激活“预览窗格”栏。

3.8.2 设置邮件视图

通常情况下，邮件的视图方式主要分为三种：显示所有邮件、隐藏已读邮件、隐藏已读或忽略的邮件。邮件视图的设置方法有多种，最常用的是设置基本视图和其他视图。

1. 设置基本视图

设置基本视图主要有以下两种方法。

方法1：通过菜单命令设置。

打开 Outlook Express 窗口，选择【查看】→【当前视图】菜单命令，在弹出的菜单中可以选择不同的选项来显示不同的视图，如图 3-155 所示。

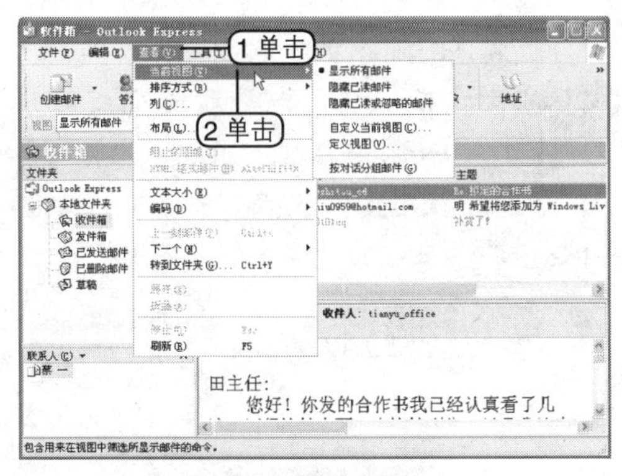

图 3-155　选择菜单命令

方法2：通过右键菜单设置。

在菜单栏或工具栏中单击鼠标右键，在弹出的快捷菜单中选择【视图栏】菜单命令，显示 Outlook Express 窗口的视图栏，单击“视图”下拉列表框右侧的按钮，在弹出的列表框中选择不同的选项来显示不同的视图，如图 3-156 所示。

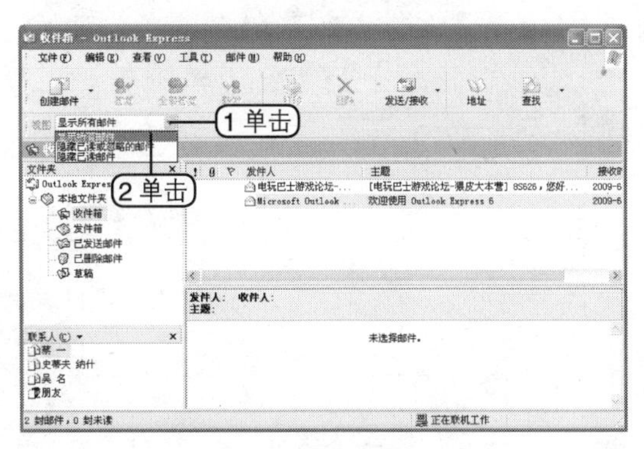

图 3-156　选择不同的选视图

2. 设置其他视图

设置其他视图是指自定义需要的视图效果，下面设置一个名为“附件”的视图，要求显示带附件的邮件，其具体操作如下。

1 打开 Outlook Express 窗口，选择【查看】→【当前视图】→【定义视图】菜单命令，如图 3-157 所示。

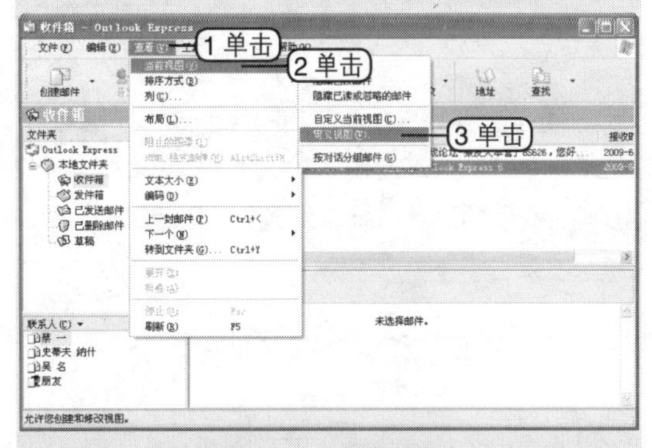

图 3-157　选择菜单命令

2 打开“定义视图”对话框，单击 新建(N)... 按钮，如图 3-158 所示。

3 打开“新建视图”对话框，在“1. 选择视图条件”列表框中选中设置视图的条件“若邮件带有附件”复选框，在“3. 视图名称”文本框

中输入“附件”，如图 3-159 所示。

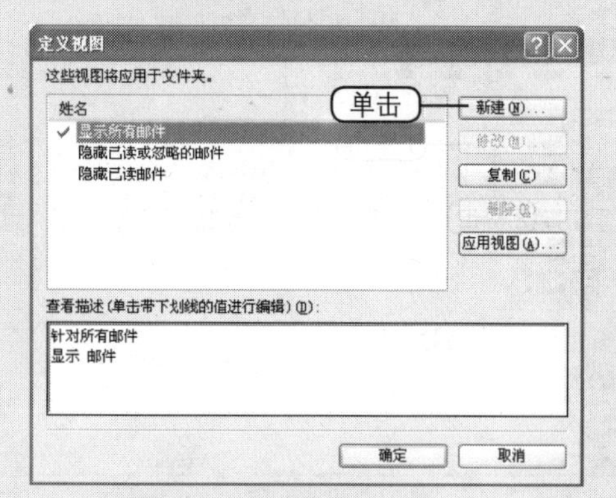

图 3-158 “定义视图”对话框

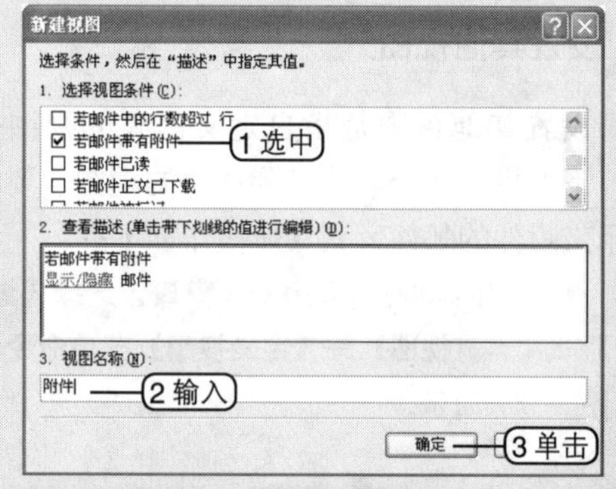

图 3-159 “定义视图”对话框

4 在“2. 查看描述”栏中单击“显示 / 隐藏”超级链接，打开“显示 / 隐藏邮件”对话框，设置邮件视图的具体效果，如选中“显示邮件”单选项，单击 确定 按钮，如图 3-160 所示。

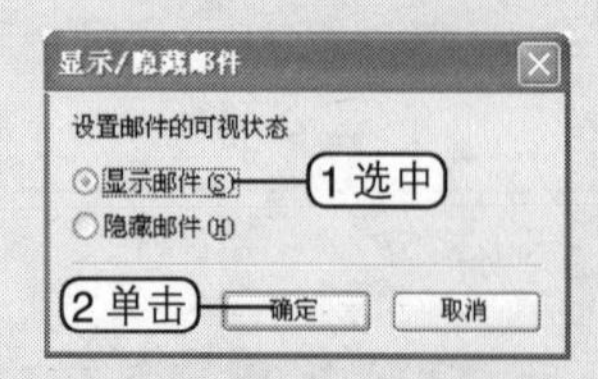

图 3-160 “显示 / 隐藏邮件”对话框

5 返回“新建视图”对话框，单击 确定 按钮，返回“定义视图”对话框，可以看到设置的视图方式，如图 3-161 所示。

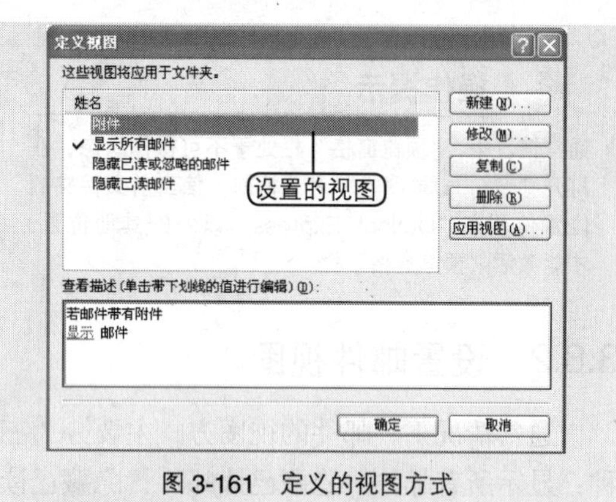

图 3-161 定义的视图方式

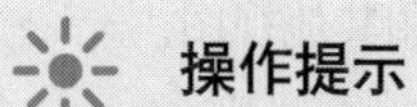

操作提示

如果创建的视图导致邮件异常消失，只需更改“显示 / 隐藏”设置即可。

3.8.3 设置邮件中的文字与编码

设置文字和编码是指设置邮件中的文字大小和编码类别。

1. 设置文字

下面将所有邮件文字大小设置为“较大”，其具体操作如下。

1 打开 Outlook Express 窗口，选择【查看】→【文字大小】→【最大】菜单命令，如图 3-162 所示。

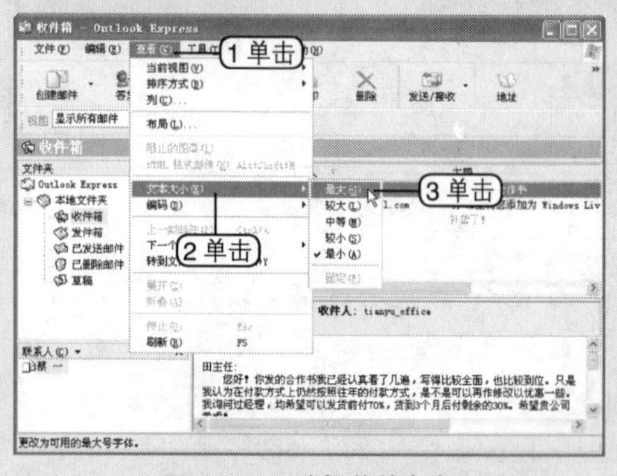

图 3-162 选择菜单命令

2 返回 Outlook Express 窗口，在预览窗格中可以看到文字已经变大，如图 3-163 所示。

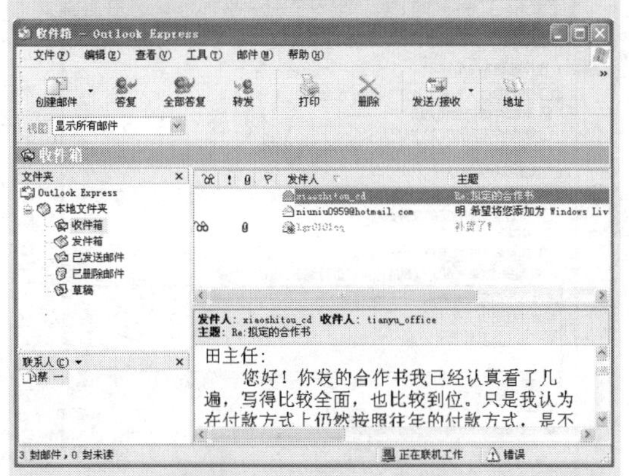

图 3-163 设置文字大小后

2．设置编码

编码不同，邮件的内容显示效果也不同。下面将当前邮件的编码设置为“简体中文(GB2312)”，其具体操作如下。

1 打开 Outlook Express 窗口，选择一封电子邮件，选择【查看】→【编码】→【简体中文（GB2312)】菜单命令，如图 3-164 所示。

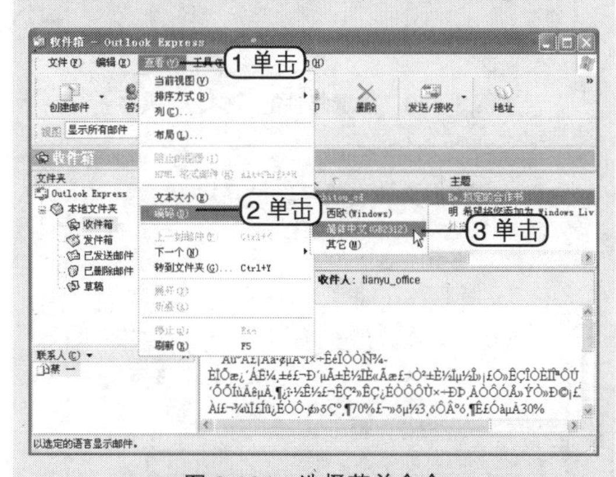

图 3-164 选择菜单命令

2 返回 Outlook Express 窗口，在预览窗格中可以看到该邮件正文编码的改变，如图 3-165 所示。

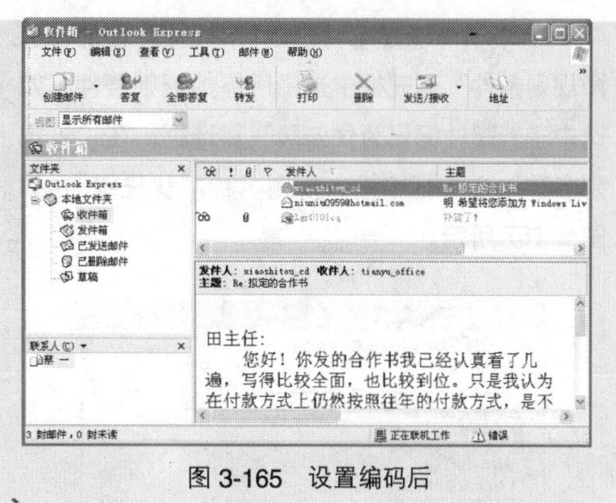

图 3-165 设置编码后

操作提示

如果在设置文字和编码前选择了邮件则设置只对当前邮件有效；如果在设置文字和编码前未选择邮件，则设置将应用于所有电子邮件。

3.8.4 设置与更改邮件规则

在 Outlook Express 中使用规则，可以将接收到的邮件自动分类并保存到不同的文件夹中，并能突出显示特定邮件、自动回复或转发邮件等。

1．设置邮件规则

设置邮件规则的具体操作如下。

1 打开 Outlook Express 窗口，选择【工具】→【邮件规则】→【邮件】菜单命令，如图 3-166 所示。

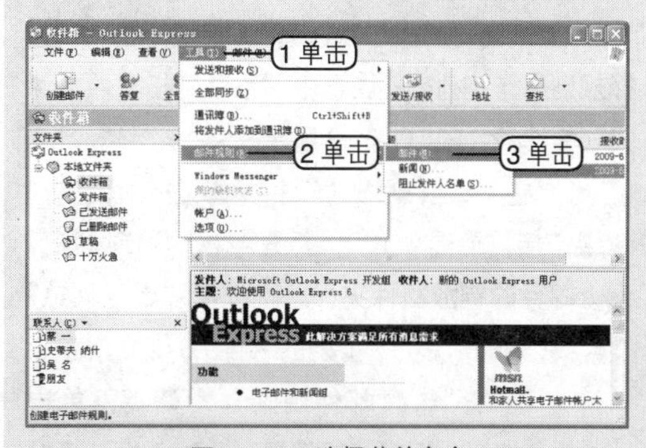

图 3-166 选择菜单命令

2 打开“新建邮件规则”对话框，在“1. 选择规则条件”列表框中选择所需的规则条件，如选中“若邮件标记为优先级”复选框，在“4. 规则名称”文本框中输入规则名称“优先级”，如图3-167所示。

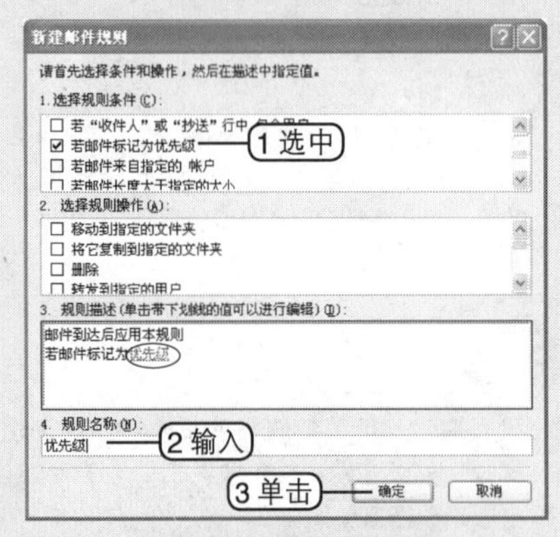

图3-167 选择规则条件

3 在“3. 规则描述”栏中单击“优先级”超级链接，见图3-167，打开“设置优先级”对话框，选中“高优先级邮件”单选项，单击确定按钮，如图3-168所示。

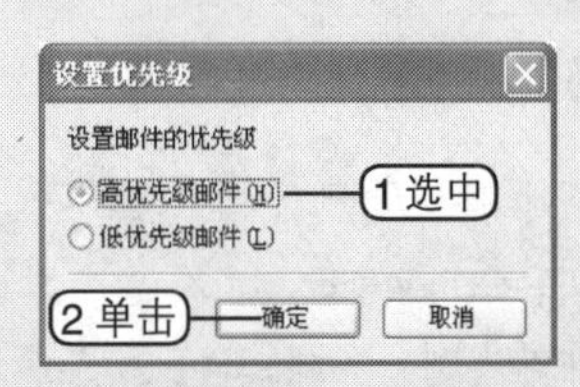

图3-168 设置优先级

4 返回“新建邮件规则”对话框，在“2. 选择规则操作”列表框中选中“移动到指定的文件夹”复选框，如图3-169所示。

5 在“3. 规则描述”栏中单击“指定的”超级链接，见图3-169，打开“移动”对话框，设置邮件的存放文件夹，这里选择“十万火急”文件夹，单击确定按钮，如图3-170所示。

6 返回“新建邮件规则”对话框，单击确定按钮，返回“邮件规则”对话框，可以看到设置的邮件规则，如图3-171所示。

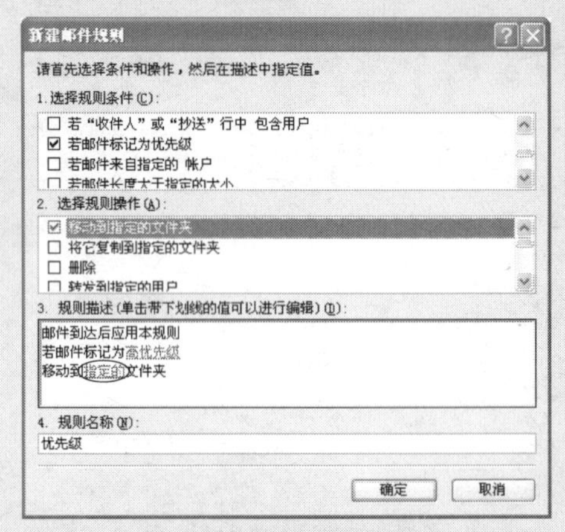

图3-169 选择规则操作

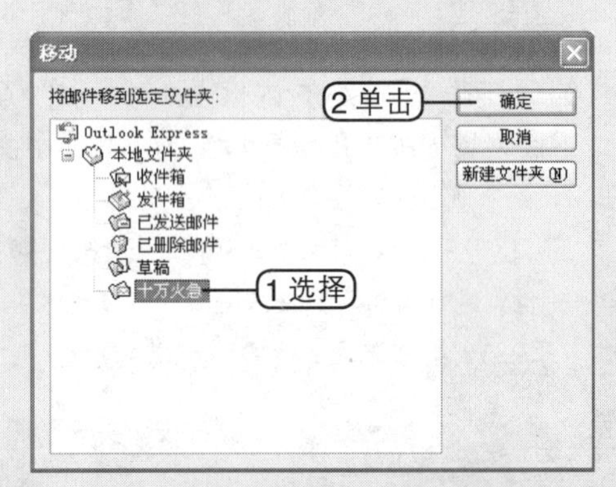

图3-170 设置邮件的存放文件夹

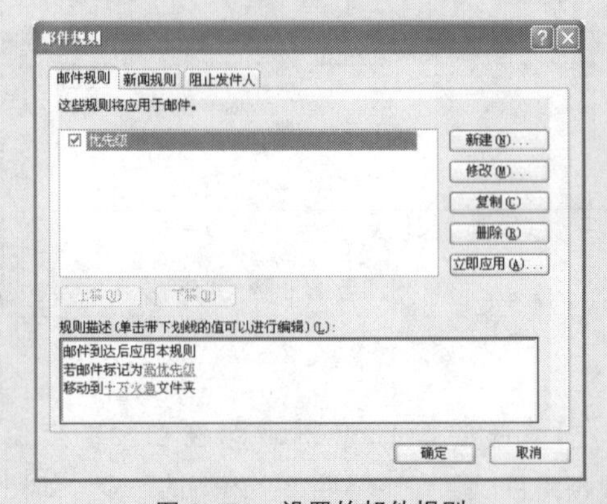

图3-171 设置的邮件规则

操作提示

在 Outlook Express 窗口中选择一封电子邮件，选择【邮件】→【从邮件创建规则】菜单命令，可以直接为这封邮件创建一条规则。它的作用是可以自动为发件人输入名称，但这种方法不会有其他的邮件信息输入到规则中。

考场点拨

如果在考试中遇到设置邮件规则的考题，一定要首先理解其题意。了解选择何种规则。由于实际操作时先设置规则名称还是先设置条件等，都没有特殊规定，但考试时特定了操作流程，您必须跟着该流程操作才能完成考题。所以在操作时一个地方单击没有反应，应快速尝试在其他地方设置。

2．更改邮件规则

更改邮件规则的操作和设置邮件规则的操作相似：首先打开 Outlook Express 窗口，选择【工具】→【邮件规则】→【邮件】菜单命令，打开“邮件规则”对话框，单击 修改(M)... 按钮，如图 3-172 所示，打开“新建邮件规则”对话框，然后按设置邮件规则的操作即可。

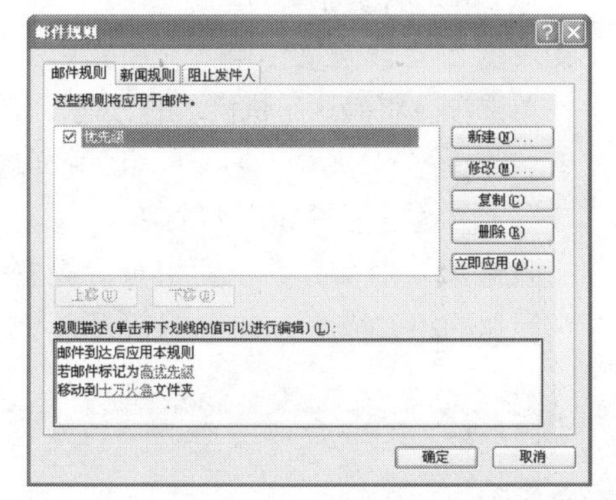

图 3-172　更改邮件规则

3.8.5　设置Outlook Express选项

打开 Outlook Express 窗口，选择【工具】→【选项】菜单命令，打开“选项”对话框，如图 3-173 所示，在其中可对常规、阅读、回执、发送、撰写、签名、拼写检查、安全、连接和维护等 10 个选项进行设置。

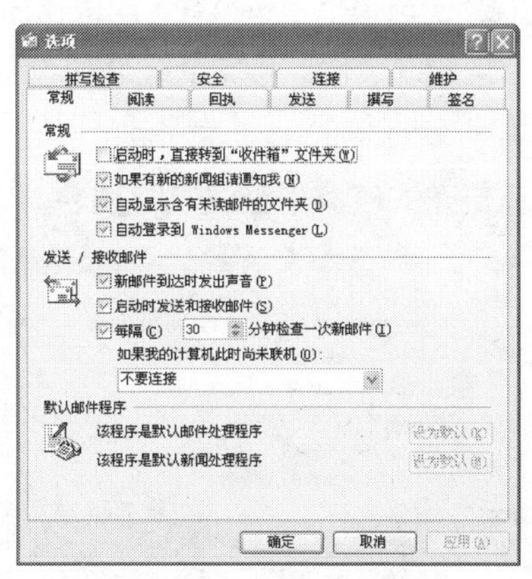

图 3-173　“选项”对话框

1．设置常规选项

在“选项”对话框的“常规”选项卡中可以设置 Outlook Express 选项，“常规”选项卡中主要包括“常规”栏和“发送 / 接收邮件”栏的设置。

在“常规”栏中选中前 3 个复选框，可以使 Outlook Express 具有以下特性。

- 启动时，直接将邮件转到“收件箱”文件夹。
- 如果有新的新闻组请通知用户。
- 自动显示含有未读邮件的文件夹。

在“发送 / 接收邮件”栏中选中 3 个复选框，可以使 Outlook Express 具有以下特性。

- 接收到新邮件时，发出声音提示。
- 启动 Outlook Express 时，自动发送和接收邮件。
- 每隔一定的时间检查一次新邮件，时间间隔由用户自己设置，在数值框中输入间隔时间即可。

2．设置阅读邮件选项

在“选项”对话框的“阅读”选项卡中可以设置阅读邮件时的相关选项，如图 3-174 所示，“阅读”选项卡中主要包括“阅读邮件”栏、“新闻”栏和“字体”栏 3 个区域的设置。各区域的作用分别如下。

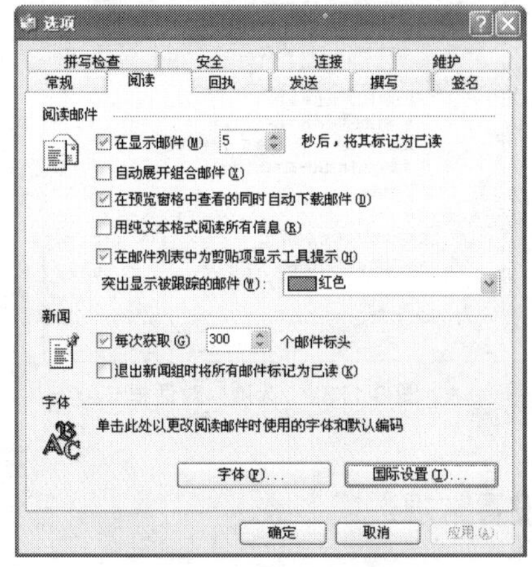

图 3-174 “阅读”选项卡

◈ 在“阅读邮件”栏和“新闻”栏两个区域中选中相应的复选框，则 Outlook Express 将具有该行文字说明的特性。

◈ 在“字体”栏中单击 字体(F)... 按钮，将打开“字体”对话框，在其中可以设置阅读邮件时使用的字体、编码等特性，如图 3-175 所示。

图 3-175 “字体”对话框

3．设置回执邮件选项

在“选项”对话框的“回执”选项卡中可以设置回执邮件的相关选项，如图 3-176 所示，“回执”选项卡中主要包括“请求阅读回执”栏、“返回阅读回执”栏和“安全回执”栏 3 个区域的设置。各区域的作用分别如下。

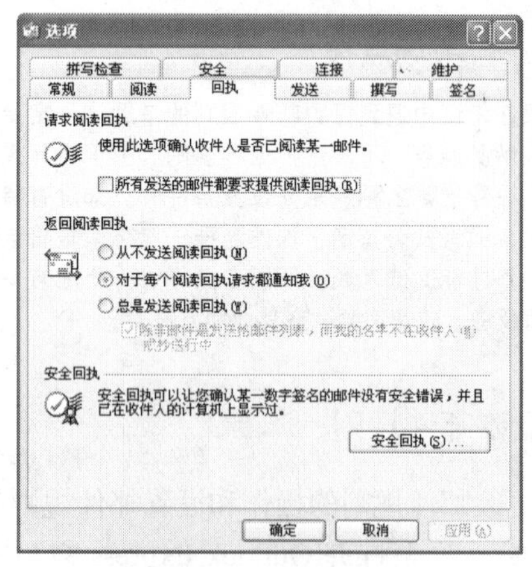

图 3-176 “回执”选项卡

◈ “请求阅读回执”栏：选中“所有发送的邮件都要求提供阅读回执”复选框，则 Outlook Express 将会通过该功能确认收件人是否收到邮件。

◈ “返回阅读回执”栏：选择其中一个单选项，将确认回执请求的方式。

◈ “安全回执”栏：在其中单击 安全回执(S)... 按钮，将打开“安全接收选项”对话框，在其中可设置安全回执的相关特性，如图 3-177 所示。

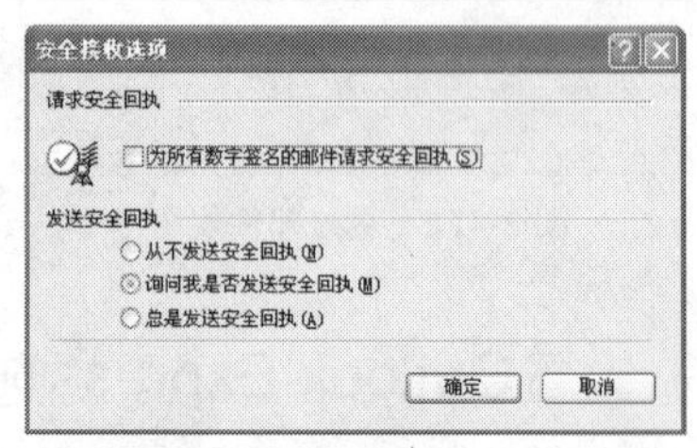

图 3-177 “安全接收选项”对话框

4．设置发送邮件选项

在“选项”对话框的“发送”选项卡中可以设置发送邮件的相关选项，如图 3-178 所示，“发送”选项卡中主要包括“发送”栏、“邮件发送格式”栏和“新闻发送格式”栏三个区域的设置。各区域的作用分别如下。

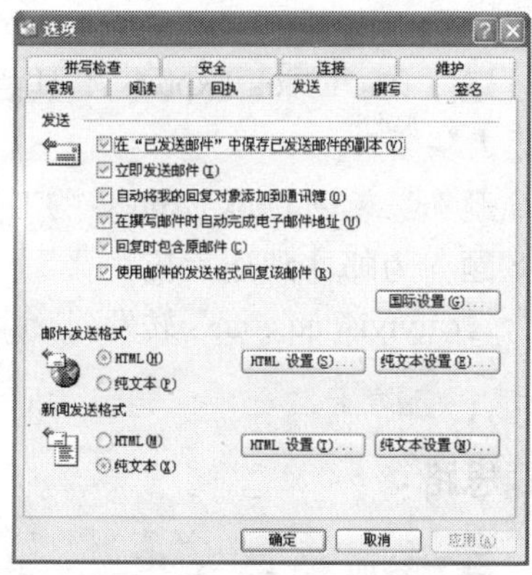

图 3-178 “发送”选项卡

◈ “发送”栏：在其中选中相应的复选框，则 Outlook Express 将具有该行文字说明的特性，如是否立即发送邮件，是否让回复的邮件中包含原邮件等。

◈ “邮件发送格式”栏：在其中选中“HTML”单选项，则邮件以 HTML 格式（格式中包括文本的字体和颜色设置）发送，单击 HTML 设置(S)... 按钮，打开“HTML 设置”对话框，选中对话框下部的两个复选框，可以使邮件和图片一同发送，同时在回复时缩进邮件正文，如图 3-179 所示。

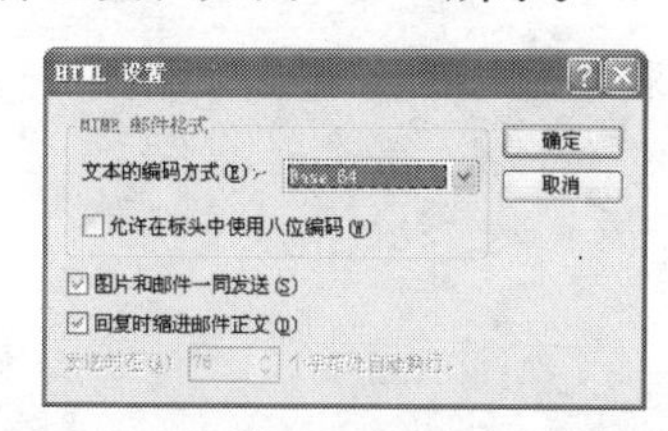

图 3-179 “HTML 设置”对话框

◈ “邮件发送格式”栏：在其中选中“纯文本”单选项，则邮件以纯文本格式（格式中没有任何文字格式设置）发送，单击 纯文本设置(E)... 按钮，打开“纯文本设置”对话框，选中对话框下部的复选框，可以在回复或转发时缩进原邮件正文设置的宽度，如图 3-180 所示。

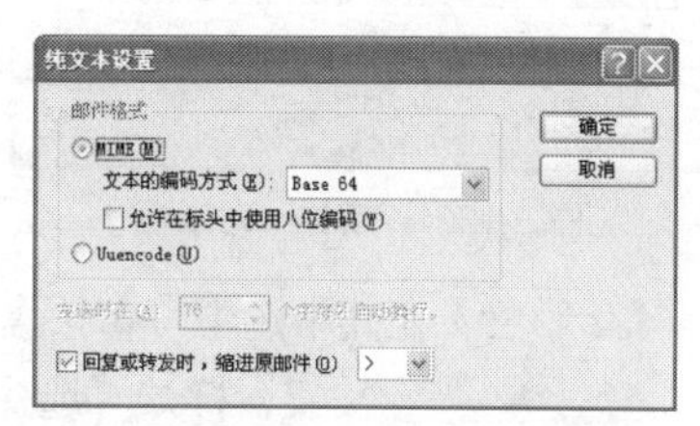

图 3-180 “纯文本设置”对话框

5．设置撰写邮件选项

在“选项”对话框的“撰写”选项卡中可以设置撰写邮件的相关选项，如图 3-181 所示，“撰写”选项卡中主要包括“撰写用字体”栏、“信纸”栏和“名片”栏 3 个区域的设置。各区域的作用分别如下。

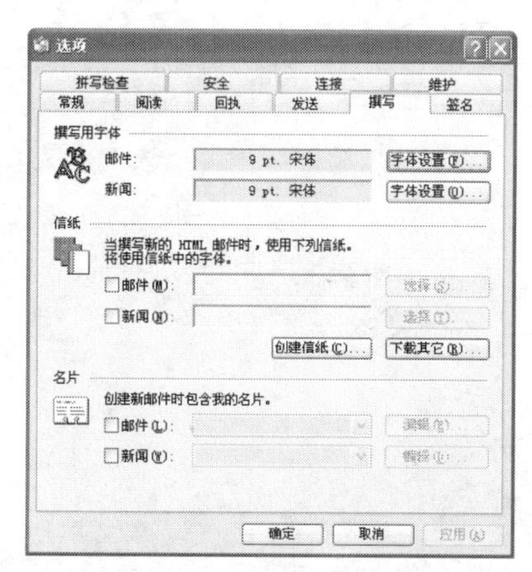

图 3-181 “撰写”选项卡

◈ “撰写用字体”栏：单击“邮件”文本框右侧的 字体设置(F)... 按钮，打开“字体”对话框，在其中可以设置撰写邮件时默认使用的字体、样式、大小和效果，如图 3-182 所示。

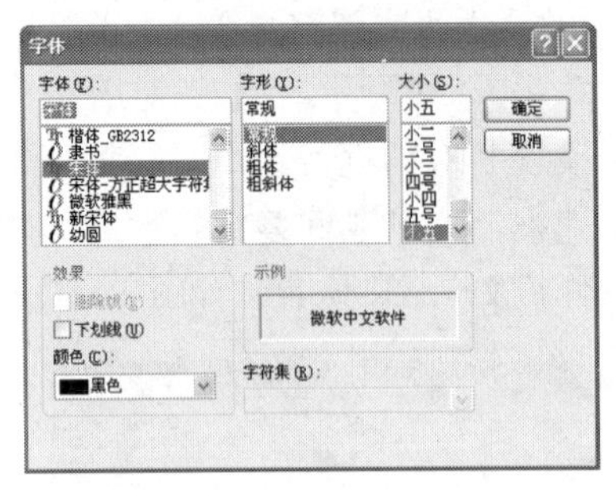

图 3-182 “字体”对话框

◈ “信纸”栏：在其中选中“邮件”复选框，单击[选择(S)...]按钮，打开“选择信纸”对话框，在其中可以选择新建邮件窗口使用的信纸，如图 3-183 所示。

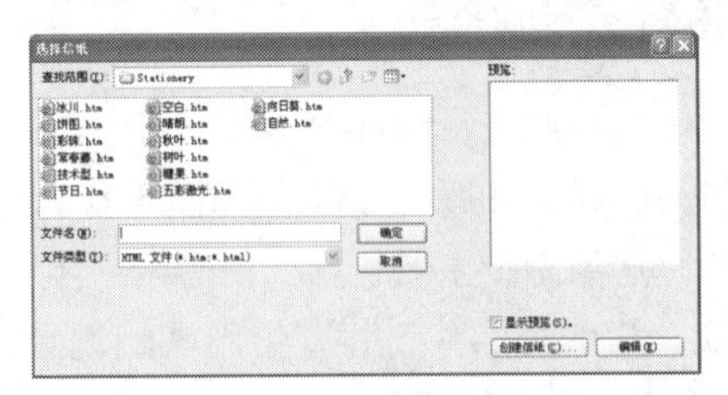

图 3-183 “选择信纸”对话框

◈ 在“名片”栏中选中“邮件”复选框，在其后的下拉列表中选择需要的名片，单击[编辑(E)...]按钮，打开该名片的属性对话框，在其中可以编辑名片。

3.8.6 自测练习及解题思路

1. 测试题目

第 1 题 在 Outlook Express 工具栏中添加“联系人”按钮。

第 2 题 隐藏 Outlook Express 的工具栏。

第 3 题 为邮件到达后应用规则“若发件人包含‘caiyiyi@qq.com’转发到 caiju@qq.com”。

2. 解题思路

第 1 题 参加 3.8.1 小节内容。

第 2 题 参加 3.8.1 小节内容。

第 3 题 参加 3.8.4 小节内容。

第 4 章 ·上传与下载文件·

FTP 客户端软件是在 Internet 上进行文件传输时常用的工具之一，利用这种工具可以方便地进行文件的上传和下载。现在 FTP 客户端软件种类非常多，较常用的是 CuteFTP 5.0 中文版，该软件可以传输整个目录，整个目录的覆盖和删除，以及支持断点续传等。本章主要介绍 FTP 的基础、常用软件 CuteFTP、管理 FTP 站点、上传与下载文件、管理文件和文件夹，以及设置 FTP 等相关知识。

本章考点

☑ 要求掌握的知识

- FTP 的概念
- 文件传输中用到的常用术语
- FTP 客户端软件上传文件和文件夹
- FTP 客户端软件下载文件和文件夹
- 管理本机中的文件和文件夹
- 管理 FTP 站点上的文件和文件夹

☑ 要求熟悉的知识

- 连接和断开 FTP 站点
- FTP 站点的管理，包括添加、删除 FTP 站点和修改 FTP 站点的属性

☑ 要求了解的知识

- 常用相关属性的设置
- 菜单选项的简单设置

4.1 FTP基础

考点分析：本节主要涉及的知识点是 FTP 的概念和常用术语，属于本章的基础知识，虽然不会出现考题，但它是学习后面知识的基础。

学习建议：稍做了解，特别是 FTP 的常用术语，要知道其作用。

4.1.1 FTP的概念

FTP 就是文件传输协议（File Transfer Protocol 的英文缩写），它是 TCP/IP 系列中有关文件传输的协议，主要用于控制两台主机之间文件的交换。

FTP 工作时需要使用两个 TCP 连接：一个用于移动文件，使 Internet 用户可以把文件从一台主机复制到另一台主机，另一个则是用于交换命令和应答。

FTP 也可被看成是一个客户机 / 服务器系统，用户通过客户机程序向服务器程序发出命令，服务器程序执行用户所发出的命令，并将执行的结果返回到客户机。例如，用户发出一条命令，要求服务器向用户传送某一个文件，服务器会响应这条命令，将指定文件传送至用户的计算机中。客户机程序代表用户接收到这个文件，将其存放在用户本地磁盘中。

在 Internet 中，大部分 FTP 服务器为“匿名”(Anonymous) FTP 服务器。在匿名 FTP 下用

户可以连接到远程主机上并下载文件，而无需成为其注册用户。通常情况下，系统管理员建立一个特殊的用户ID，名为“Anonymous”，Internet中的任何人在任何地方都可使用该用户ID。通过FTP程序连接匿名FTP主机的方式同连接普通FTP主机的方式差不多，只是在要求提供用户标识ID时必须输入“Anonymous”，该用户ID的口令可以是任意的字符串。习惯上，用自己的E-mail地址作为口令，使系统维护程序能够记录下来谁在存取这些文件。

需要用户登录接受验证的FTP服务器一般分配给用户一个FTP登录账号和密码，凭正确的账号和密码才能连上该服务器，然后进行文件传输。这种服务一般面向该服务器会员或隶属该服务器公司的内部员工。

启动FTP从远程主机复制文件时，无论是用图形化工具、Internet浏览器内置功能，还是直接用命令执行的方式，实际上都启动了两个程序：一个是本地机上的FTP客户程序，它向FTP服务器提出复制文件的请求；另一个是远程主机上的FTP服务器程序，它响应请求并把指定的文件传送到发出请求的计算机中。

4.1.2 FTP的常用术语

在使用FTP进行文件传输中经常涉及一些专业术语，其常见的术语及基本概念如下所述。

- ◈ 上传：指把数据从本地计算机传送到远程主机上。上传文件时，一般要求用户输入用户名和口令。
- ◈ 下载：将远程主机上的文件传输到本地磁盘上。
- ◈ 远程登录：指用户通过Internet登录到远程主机上。建立连接之后，用户的本地计算机可以作为远程主机的终端使用。
- ◈ 身份鉴别：为了确保用户身份的真实，系统要求输入合法的用户名和口令。
- ◈ 断点续传：指支持断点续传的服务器，允许用户从上次断掉的地方继续传送。目前，Internet上大部分提供免费下载的FTP服务器都支持断点续传。
- ◈ 匿名文件传输：指用户与远程主机建立连接并以匿名身份从远程主机上复制文件，不必是该远程主机的注册用户。在匿名文件传输中，用户使用特殊的用户名Anonymous访问远程主机上共享给匿名用户的文件。
- ◈ FTP文件传输方式：指FTP在传输文件时采用的模式，通常由系统决定。大多数系统只有两种模式，即文本模式和二进制模式。文本模式使用ASCII码字符，并由换行符分隔；而二进制模式不用转换或格式化即可传输字符，并且二进制模式比文本模式更快，可以传输所有的ASCII码值。

4.2 CuteFTP基础

考点分析：虽然软件的基础知识是每套题中很容易出现的考点，但是本软件的启动与退出在历次考试中没有出现过。经常考查的内容是软件界面的设置，比如工具栏的隐藏和自定义工具栏中的按钮，题量为1～2题。

学习建议：建议熟练掌握工具栏和快速连

接栏的设置。

4.2.1 启动与退出CuteFTP

启动和退出 CuteFTP 的方法与启动退出 IE 浏览器和 Outlook Express 相似。本章将主要以 CuteFTP XP V5.0.1 为例进行讲解。

1. 启动 CuteFTP

启动 CuteFTP 主要有如下几种方式。

方法 1：通过菜单命令启动。

单击按钮，在弹出的菜单中选择【所有程序】→【GlobalSCAPE】→【CuteFTP】→【CuteFTP】菜单命令，如图 4-1 所示。

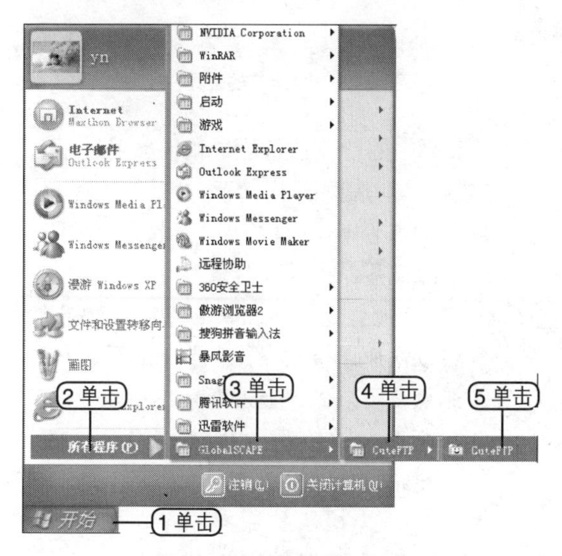

图 4-1 通过菜单命令启动

方法 2：通过桌面快捷方式启动。

对于在系统桌面上创建了快捷方式的，双击桌面上的快捷方式图标，如图 4-2 所示。

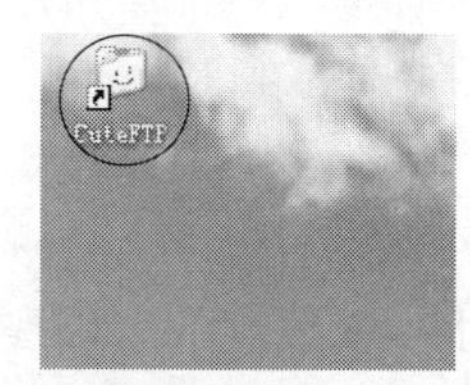

图 4-2 通过桌面快捷方式图标启动

方法 3：通过快速启动栏启动。

单击桌面底部任务栏左侧快速启动栏中的 CuteFTP 图标，如图 4-3 所示。

图 4-3 通过快速启动栏启动

2. 退出 CuteFTP

退出 CuteFTP 主要有以下几种方法。

方法 1：通过菜单命令退出。

在打开的 CuteFTP 窗口中，选择【文件】→【退出】菜单命令，如图 4-4 所示。

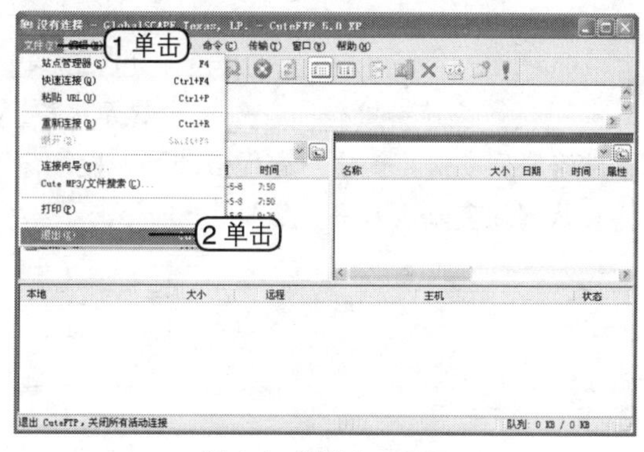

图 4-4 退出 CuteFTP

方法 2：通过系统按钮退出。

在打开的 CuteFTP 窗口中，用鼠标单击其右上角的按钮。

方法 3：通过双击退出。

在打开的 CuteFTP 窗口中，用鼠标双击其左上角的图标。

方法 4：通过快捷键退出。

在打开的 Outlook Express 窗口中，按【Alt+F4】键。

方法 5：通过快捷菜单退出。

在打开的 CuteFTP 窗口中，用鼠标单击其左上角的图标，在弹出的快捷菜单中选择【关闭】菜单命令，如图 4-5 所示。

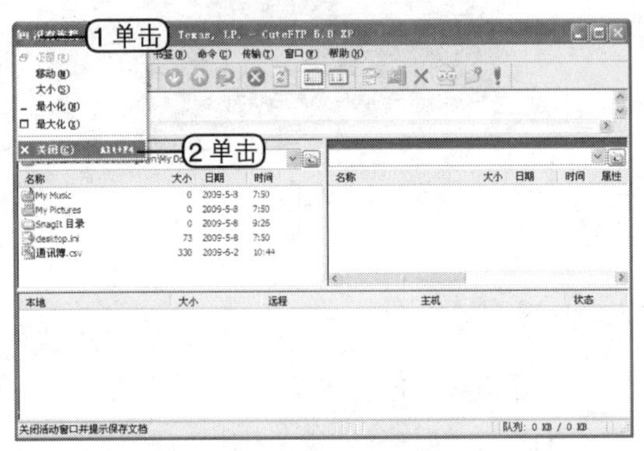

图 4-5 关闭 CuteFTP

4.2.2 认识CuteFTP

CuteFTP 主要由 7 个部分构成，包括菜单栏、工具栏、快速链接栏、状态 / 命令显示窗格、本地资源列表显示窗格、远程资源列表显示窗格和队列列表显示窗格，如图 4-6 所示。

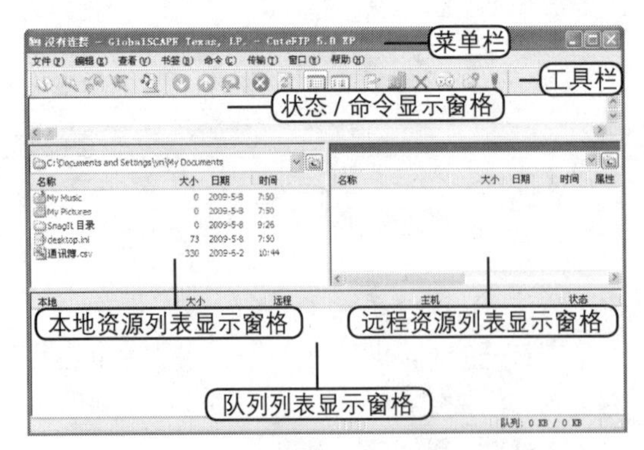

图 4-6 CuteFTP 主界面

1．菜单栏

菜单栏中包括“文件”、“编辑”、“查看”、“书签”、“命令”、“传输”、窗口和“帮助”8 个菜单项，通过选择各菜单项下的命令可实现编辑、保存、复制等操作，如图 4-7 所示。

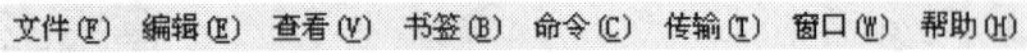

文件(F) 编辑(E) 查看(V) 书签(B) 命令(C) 传输(T) 窗口(W) 帮助(H)

图 4-7 CuteFTP 的菜单栏

2．工具栏

工具栏中包括“站点管理器”、“快速连接”、“重新连接”、“MP3/ 文件搜索”等按钮，通过单击这些按钮可以实现相应的功能，如图 4-8 所示。

图 4-8 CuteFTP 的工具栏

工具栏中的快捷按钮数量和种类用户可以自己定制，其功能和作用如下。

- “站点管理器”按钮：单击该按钮，可以调用站点管理器。
- “快速连接”按钮：单击该按钮，可以快速连接站点，对于一个新的 FTP 站点，可以先连上去查看。
- “断开”按钮：单击该按钮，可以中止站点的连接。
- “重新连接”按钮：单击该按钮，可以重新连接站点服务器。
- “MP3/ 文件搜索” 按钮：单击该按钮，可以对站点中的 MP3 和文件进行搜索。
- “下载”按钮：单击该按钮，可以下载站点中的文件。
- “传输对列”按钮：单击该按钮，将显示传输对列。
- “停止”按钮：单击该按钮，可停止当前进行的操作。

◈ “刷新”按钮：单击该按钮将重新整理当前目录中的文件。

◈ “长目录列表”按钮：单击该按钮，将完整列出文件及目录的详细资料。这样可在传完文件后，比较本地硬盘的文件与FTP站点上的文件大小是否一致。如果不一致，则要续传完整。

◈ “短目录列表”按钮：单击该按钮，将列出文件及目录名称。

◈ “编辑”按钮：单击该按钮可编辑远程区域中的文件。

◈ “执行”按钮：单击该按钮，可执行关联操作，一般情况下不要轻易对FTP站点中的文件进行该操作，它可减慢文件传输的速度。

◈ “重命名文件”按钮：单击该按钮可对选择的文件重新命名。

3．快速连接栏

单击工具栏中的“快速连接”按钮，即可打开快速连接栏，如图4-9所示。通过它输入需连接的FTP站点名称、用户名和密码后，单击工具栏中的“连接”按钮即可连接到对应的站点中。快速连接栏是一项独立的功能栏，一旦连接上FTP站点后，又会自动隐藏。再次启动FTP时，将默认显示前次输入的站点内容。

图4-9　快速连接栏

4．状态 / 命令显示窗格

它是位于工具栏下方的窗格，主要用于显示本地计算机与远程主机（服务器）通信的信息，如正在传输什么文件，是否已经断线等，如图4-10所示。

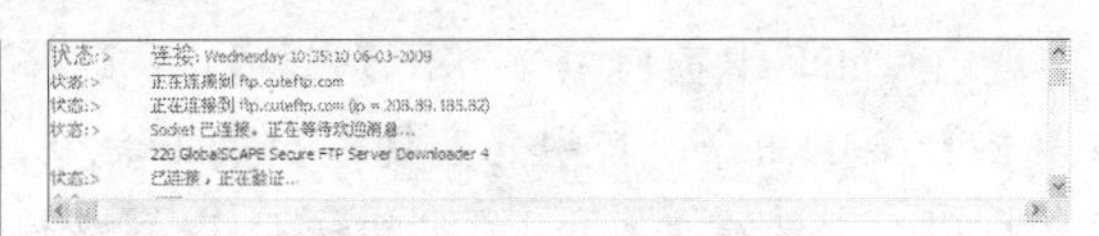

图4-10　状态 / 命令显示窗格

5．本地和远程资源列表显示窗格

当本地计算机未连接远程主机时，本地资源列表显示窗格中将显示本地驱动器、文件夹及文件，而远程资源列表显示窗格则空，如图4-11所示；当本地计算机与远程主机建立连接后，远程资源列表显示窗格将显示远程主机上的文件夹及文件。

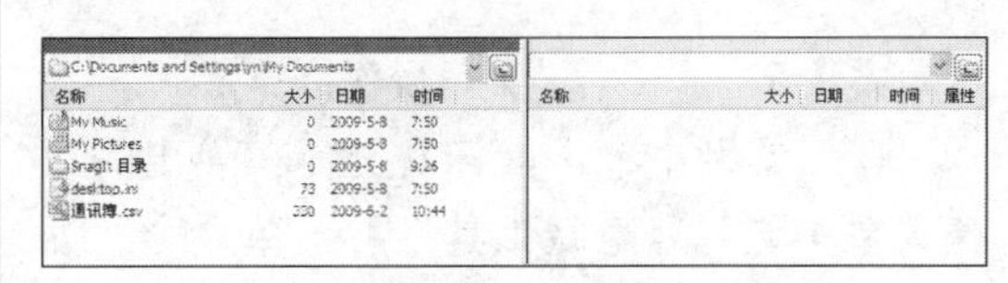

图4-11　本地和远程资源列表显示窗格

6．队列列表显示窗格

它位于整个窗口最下边，用于显示任务队列及任务执行情况，如图4-12所示。

本地　大小　远程　主机　状态

图4-12　队列列表显示窗格

4.2.3　设置工具栏

工具栏的设置主要包括两个方面：工具栏的隐藏和显示，以及自定义工具栏的按钮。

1．隐藏和显示工具栏

工具栏的隐藏和显示主要有以下两种。

方法1：通过菜单命令操作。

在CuteFTP窗口中，选择【查看】→【工具栏】菜单命令，其中【工具栏】菜单命令为选中状态时表示显示，否则隐藏工具栏，如图4-13所示。

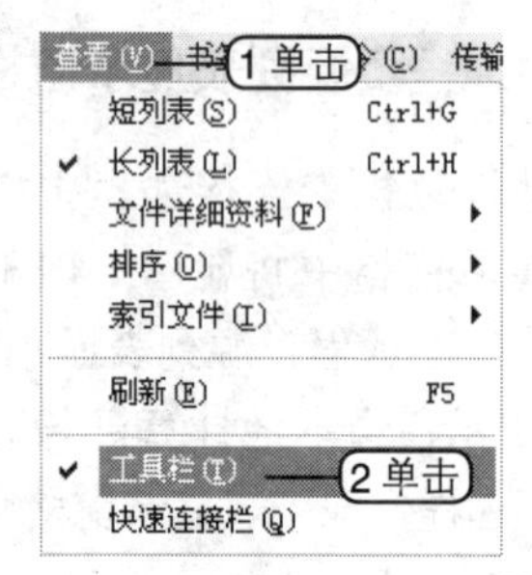

图4-13 隐藏和显示工具栏

方法2：通过右键菜单操作。

在工具栏中单击鼠标右键，在弹出的快捷菜单中选择【隐藏工具栏】菜单命令，如图4-14所示。

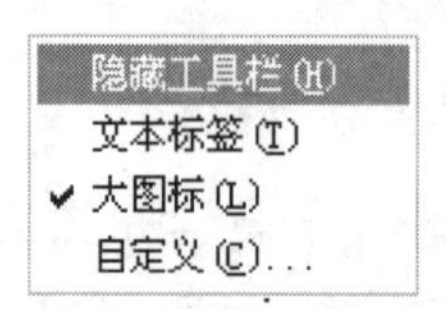

图4-14 使用右键菜单

2. 自定义工具栏的按钮

自定义工具栏的按钮即添加或删除工具栏中的按钮，下面在工具栏中添加“更改目录”按钮，并删除“停止”按钮，其具体操作如下。

1 打开CuteFTP窗口，执行以下任意一种操作，打开“设置”对话框。

- 通过右键菜单：在工具栏中单击鼠标右键，在弹出的快捷菜单中选择【自定义】菜单命令，如图4-15所示。
- 通过菜单命令：选择【编辑】→【设置】菜单命令，如图4-16所示。

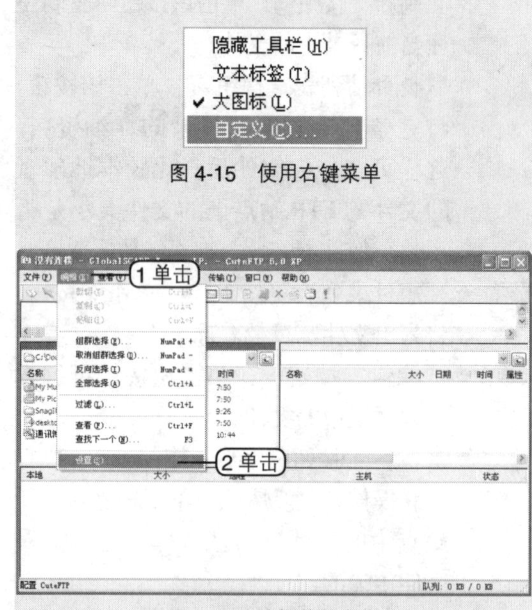

图4-15 使用右键菜单

图4-16 选择菜单命令

2 打开“设置”对话框，在其中的“显示”选项卡的“工具栏”栏中，单击自定义(M)按钮，如图4-17所示。

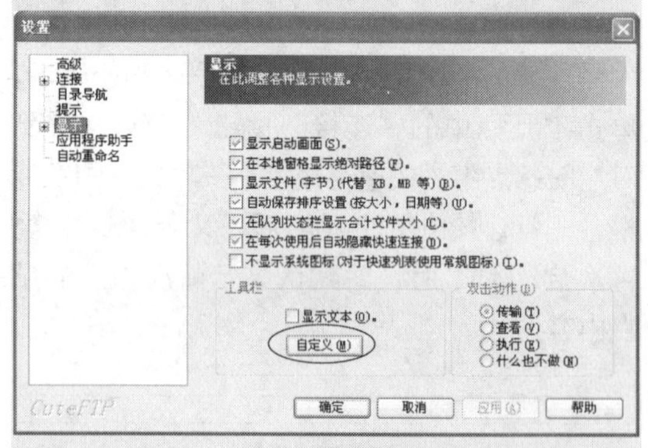

图4-17 “窗口布局 属性”对话框

3 打开“自定义工具栏”对话框，在“可用的按钮”列表框中选择“更改目录”选项，单击添加(A) ->按钮，将其添加到“已选定的按钮”列表框中；在“已选定的按钮”列表框中选择“停止”选项，单击<- 删除(R)按钮，将其添加到“可

用的按钮”列表框中，单击 确定 按钮，如图 4-18 所示。

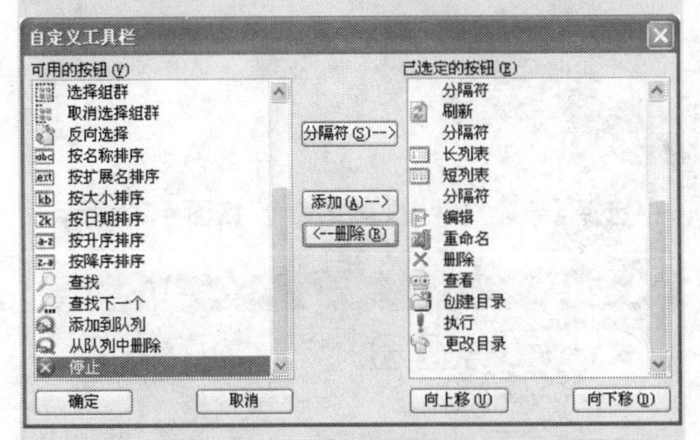

图 4-18 “自定义工具栏”对话框

4 返回“设置”对话框，单击 关闭 按钮，完成设置，即可将“更改目录”按钮添加到工具栏中、“停止”按钮在工具栏中不再显示。

4.2.4 设置快速连接栏

快速连接栏的设置主要包括两个方面：隐藏和显示以及连接的设置。

1．隐藏和显示快速连接栏

隐藏和显示快速连接栏的方法主要有以下两种。

◈ 在 CuteFTP 窗口中，选择【查看】→【快速连接栏】菜单命令，选中状态为显示，否则为隐藏，如图 4-19 所示。

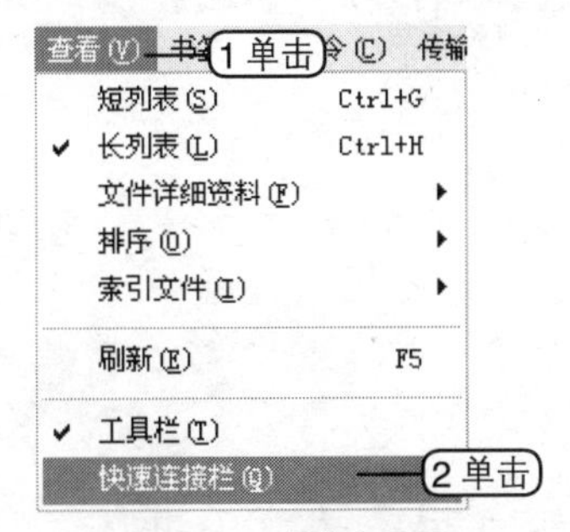

图 4-19 隐藏和显示

◈ 单击工具栏中的“快速连接”按钮。

2．设置连接

直接在快速连接栏的输入栏中输入主机、用户名、密码和端口号（几乎所有的 FTP 站点都以“21”作为端口号）。

单击快速连接栏右侧的“设置”按钮，打开“设置”对话框，如图 4-20 所示，可设置连接的 FTP 站点的相关属性，通常都采用默认设置，只有特殊条件下，才根据连接的要求进行设置。

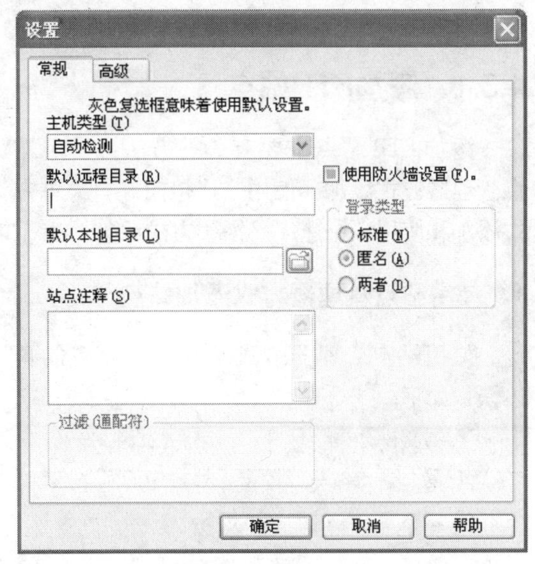

图 4-20 “设置”对话框

4.2.5 自测练习及解题思路

1．测试题目

第 1 题 隐藏 CuteFTP 的工具栏。

第 2 题 显示快速连接栏。

第 3 题 为工具栏上添加“更改目录”按钮，并删除“停止”按钮。

2．解题思路

第 1 题 选择【查看】→【工具栏】菜单

命令，使【工具栏】菜单命令呈取消选中状态。

第 2 题 选择【查看】→【快速连接栏】菜单命令，使【快速连接栏】菜单命令呈取消选中状态。

第 3 题 参见 4.2.3 小节中第 2 点内容。

4.3 管理FTP站点

考点分析：管理 FTP 站点这一考点是常考内容，出题频率非常高，历次考试中所有的知识点都出现过。

学习建议：添加和删除 FTP 站点的出题几率较大，相对而言修改 FTP 站点的则次之。

4.3.1 添加FTP站点

添加 FTP 站点主要有 3 种方法：使用站点管理器方式添加、使用“连接向导”菜单方式添加和使用“快速连接栏”方式添加。

1．使用站点管理器方式添加站点

使用站点管理器方式添加 FTP 站点的具体操作如下。

1 打开 CuteFTP 窗口，选择【文件】→【站点管理器】菜单命令或单击工具栏中的“站点管理器”按钮，如图 4-21 所示。

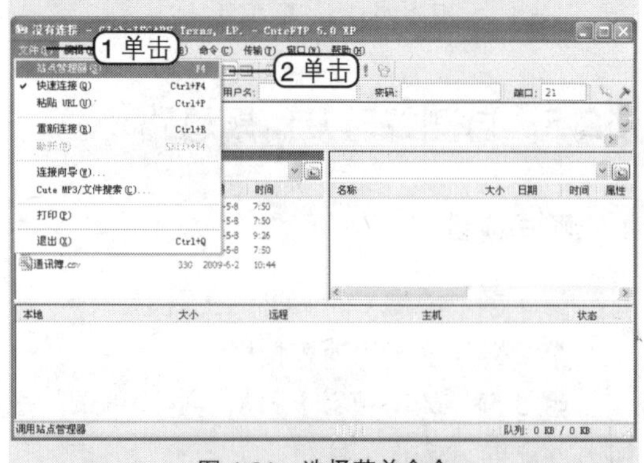

图 4-21 选择菜单命令

2 打开“站点管理器”对话框，在左侧的目录列表框中单击鼠标右键，在弹出的快捷菜单中选择【新建文件夹】菜单命令，如图 4-22 所示。

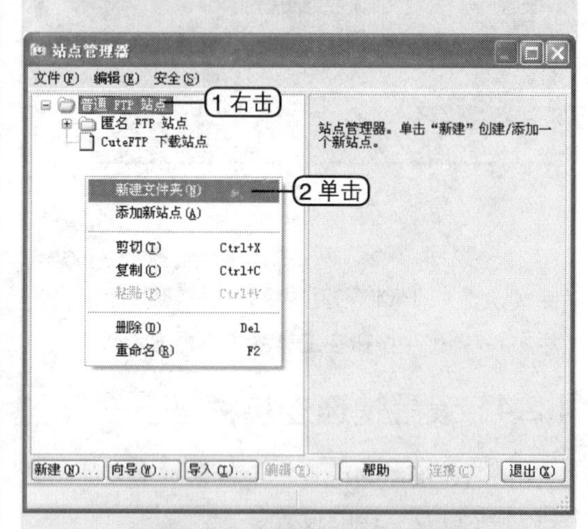

图 4-22 “站点管理器”对话框

3 在目录列表框中的“普通 FTP 站点”菜单项下自动新建一个文件夹，命名为“添加站点”，如图 4-23 所示，单击新建(N)...按钮。

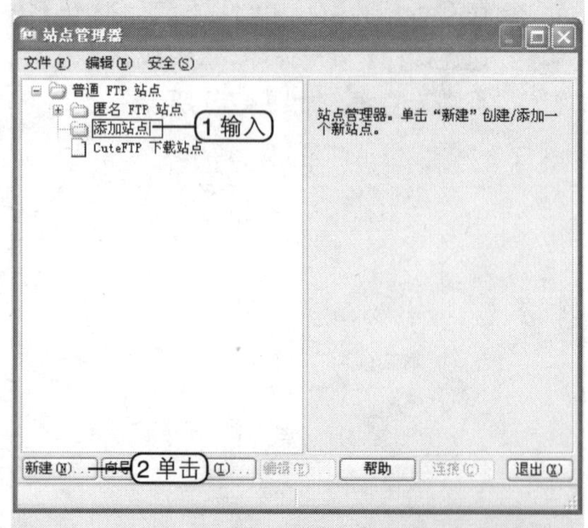

图 4-23 新建文件夹

④ 在右侧各文本框中输入登录站点的信息，单击[退出(X)]按钮，如图 4-24 所示。

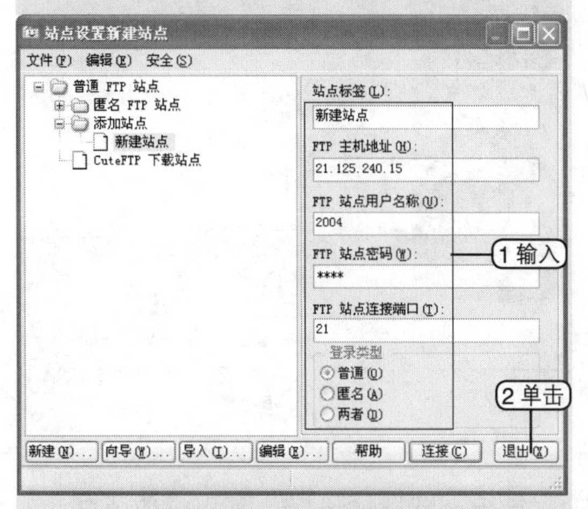

图 4-24　输入站点信息

考场点拨

考试时，如果没有说明用哪一种方法添加站点，最好使用自己最熟悉的方法，这样不容易丢分。如果答案不是你熟悉的方法则再选择其他方法。

2．使用“连接向导”菜单方式添加站点

使用“连接向导”菜单方式添加 FTP 站点的具体操作如下。

① 打开 CuteFTP 窗口，选择【文件】→【连接向导】菜单命令，如图 4-25 所示。

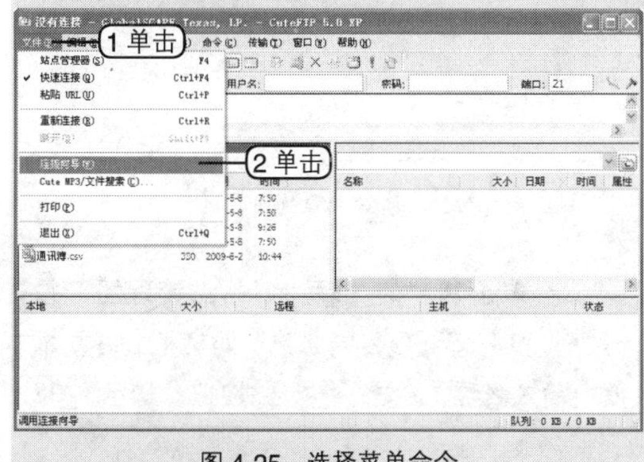

图 4-25　选择菜单命令

② 打开“CuteFTP 连接向导”对话框，在文本框中输入站点标签，单击[下一步(N) >]按钮，如图 4-26 所示。

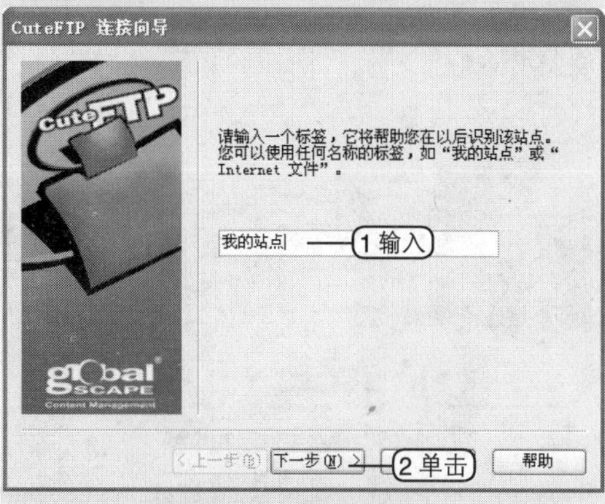

图 4-26　输入站点标签

③ 在打开的对话框中，输入连接的 FTP 主机地址，单击[下一步(N) >]按钮，如图 4-27 所示。

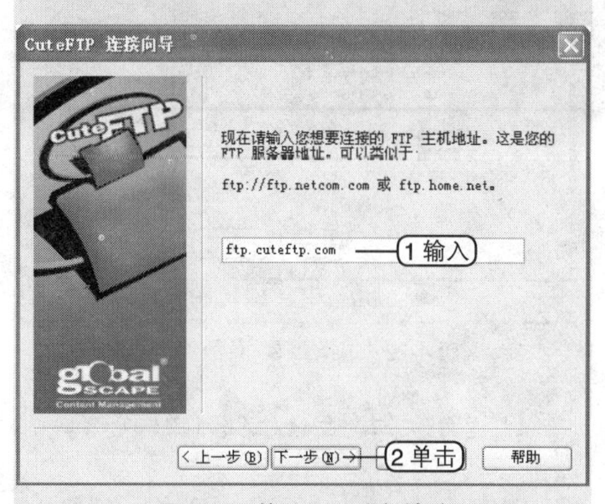

图 4-27　输入 FTP 主机地址

④ 在打开的对话框中，输入用户名和密码，并选中“匿名登录”复选框，单击[下一步(N) >]按钮，如图 4-28 所示。

⑤ 在打开的对话框中，单击[浏览(B)...]按钮，打开“浏览文件夹”对话框，在其中的“选择本地目录”列表框中选择上传文件的目录，单击

确定 按钮，如图 4-29 所示。

图 4-28　输入用户名和密码

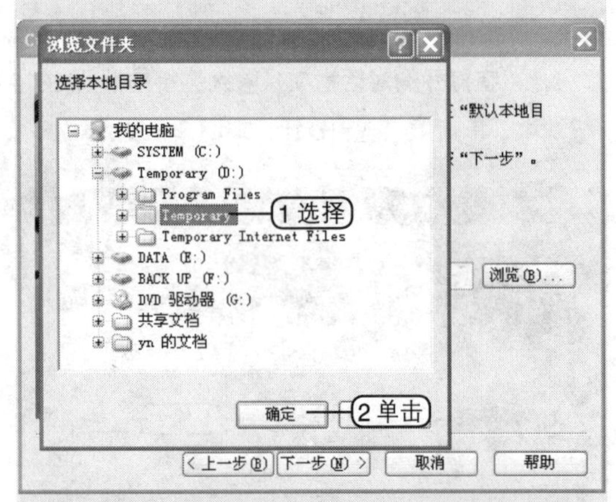

图 4-29　选择上传文件的目录

6 返回选择本地目录对话框，单击 下一步(N)＞ 按钮。

7 在打开的对话框中，单击 完成 按钮，完成站点的添加，如图 4-30 所示。

操作提示

在“完成”对话框中选中“自动连接到该站点”复选框，可在完成站点添加的情况下再连接到站点。

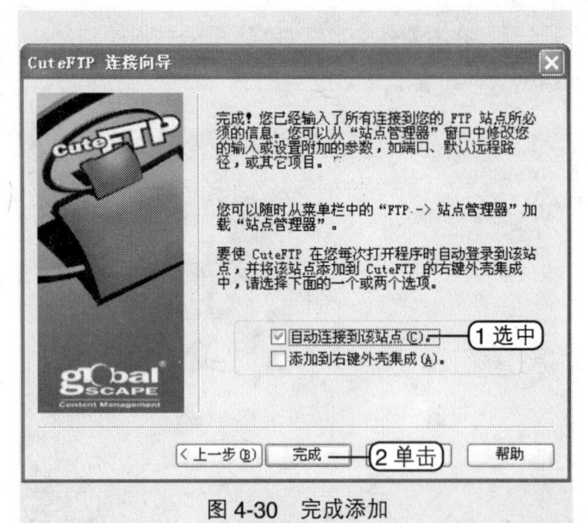

图 4-30　完成添加

3. 使用“快速连接栏”方式添加站点

使用“快速连接栏”方式添加 FTP 站点的具体操作如下。

1 打开 CuteFTP 窗口，单击工具栏中的“快速连接”按钮，在展开的快速连接栏中输入站点登录的信息，如图 4-31 所示。

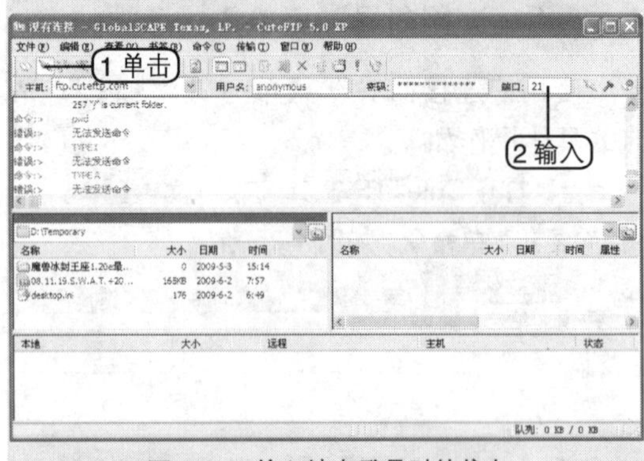

图 4-31　输入站点登录时的信息

2 单击其中的“添加到站点管理器”按钮，打开“新项目的名称”对话框，在文本框中输入名称，单击 确定 按钮，如图 4-32 所示。

图 4-32　输入新项目的名称

③ 打开“选择文件夹”对话框，在其中选择一个添加站点的保存位置，单击 确定 按钮，如图 4-33 所示，完成添加操作。

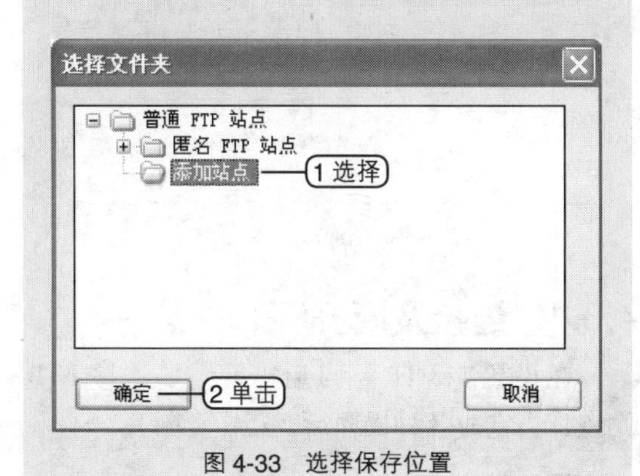

图 4-33　选择保存位置

4.3.2　删除FTP站点

当站点管理器中有不需要的站点时，可以删除该 FTP 站点，其具体操作如下。

① 打开 CuteFTP 窗口，选择【文件】→【站点管理器】菜单命令，打开“站点管理器”对话框。

② 在左侧列表框中选择需要删除的站点后执行以下任意一种删除操作。

◈ 用菜单命令：在左侧列表框中选择需要删除的站点，选择【编辑】→【删除】菜单命令。

◈ 用右键菜单：在需删除的站点上单击鼠标右键，在弹出的快捷菜单中选择【删除】菜单命令，如图 4-34 所示。

③ 打开提示框提示用户是否要删除该站点，单击 是(Y) 按钮，如图 4-35 所示，完成删除操作。

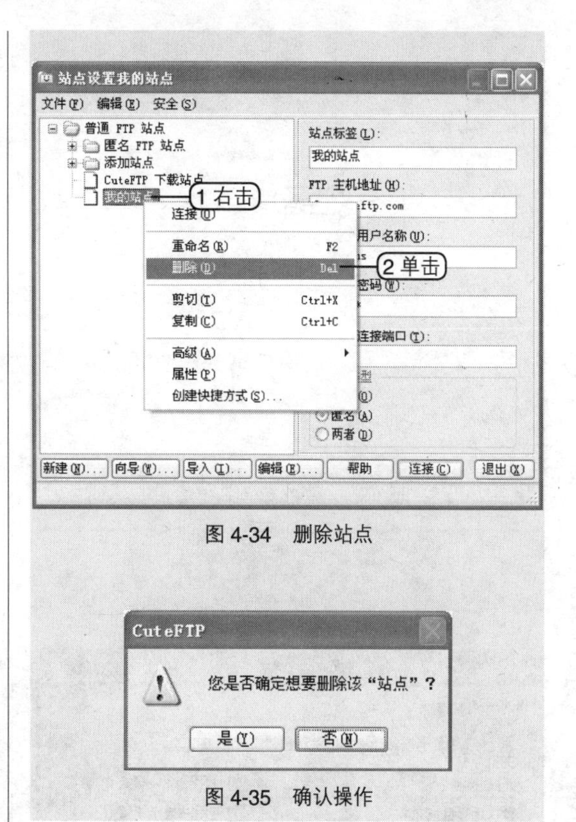

图 4-34　删除站点

图 4-35　确认操作

4.3.3　修改FTP站点属性

修改 FTP 站点属性主要通过“设置”对话框进行，下面修改 CuteFTP 下载站点的默认本地目录和下载时不检查文件大小，其具体操作如下。

① 打开 CuteFTP 窗口，选择【文件】→【站点管理器】菜单命令，打开“站点管理器”对话框。

② 在左侧列表框中选择需要修改属性的站点，单击 编辑(E)... 按钮，如图 4-36 所示。

③ 打开“设置”对话框，在“常规”选项卡的“默认本地目录”对话框中输入默认本地目录的地址，或单击按钮，在打开的对话框中选择所需目录，如图 4-37 所示。

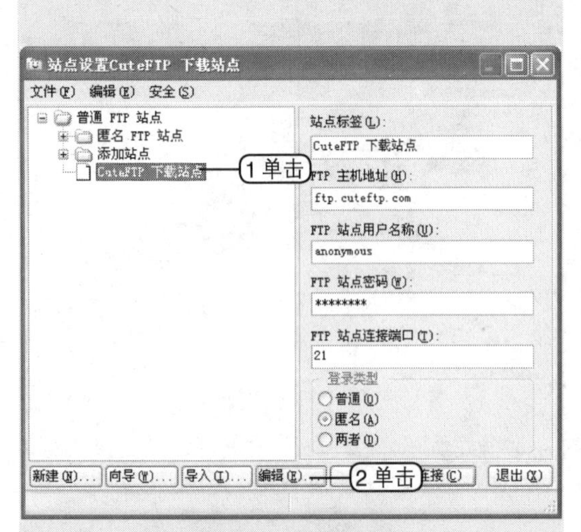

图 4-36 选择站点

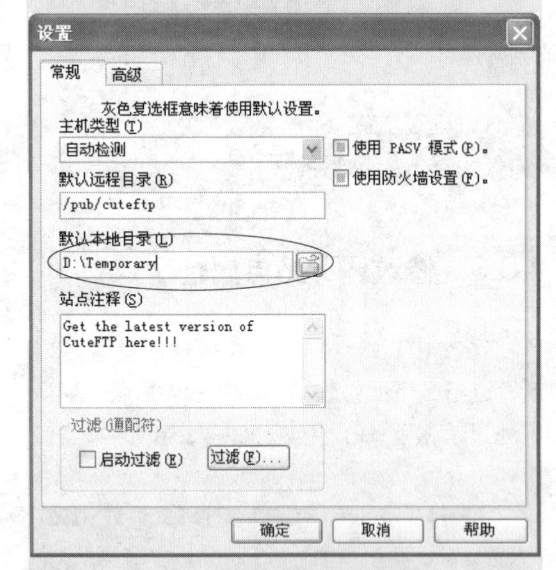

图 4-37 输入默认本地目录

4 单击“高级”选项卡，在“下载时检查文件大小”下拉列表框中选择“关”选项，单击 确定 按钮，如图 4-38 所示。

5 返回站点管理器，单击 退出(X) 按钮，完成修改站点属性的操作。

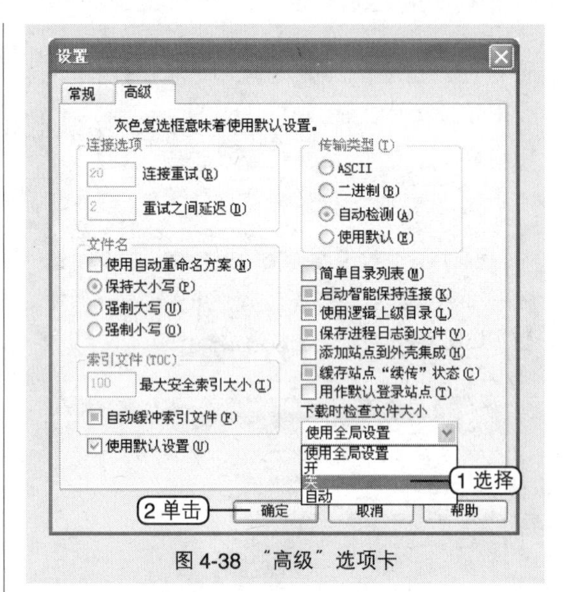

图 4-38 “高级”选项卡

4.3.4 连接及断开FTP站点

在设置完 FTP 站点后，就需要连接 FTP 站点，当完成各种操作后，还需要断开。

1. FTP 站点的连接

FTP 站点的连接主要有以下几种方法。

方法 1：在“站点管理器”中使用菜单连接。

在“站点管理器”对话框左侧列表框中选择需要连接的 FTP 站点，选择【文件】→【连接】菜单命令，如图 4-39 所示。

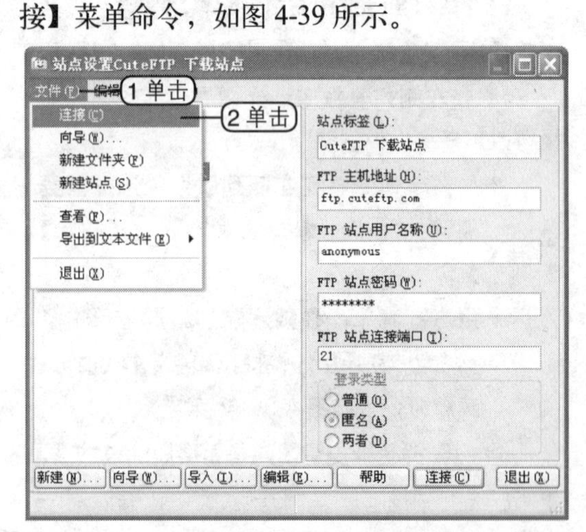

图 4-39 选择菜单命令

方法 2：在“站点管理器”中使用快捷菜单连接。

在“站点管理器”对话框左侧列表框中用鼠标右键单击需要连接的 FTP 站点，在弹出的快捷菜单中选择【连接】菜单命令，如图 4-40 所示。

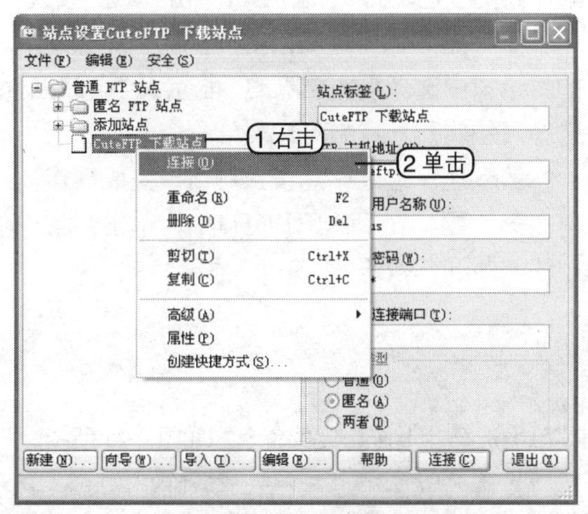

图 4-40 使用右键菜单

方法 3：在“站点管理器”中使用按钮连接。

在“站点管理器”对话框左侧列表框中选择需要连接的 FTP 站点，单击 连接(C) 按钮。

方法 4：使用【重新连接】菜单命令。

打开 CuteFTP 窗口，选择【文件】→【重新连接】菜单命令，重新连接前一次断开的站点，如图 4-41 所示。

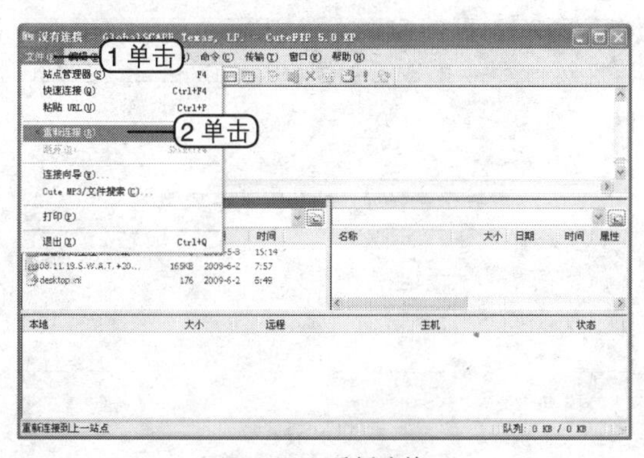

图 4-41 重新连接

方法 5：使用【粘贴 URL】菜单命令。

打开 CuteFTP 窗口，选择【文件】→【粘贴 URL】菜单命令，打开“粘贴 URL”对话框，输入登录站点的地址，单击 确定 按钮，如图 4-42 所示。

图 4-42 粘贴 URL

方法 6：使用快速连接栏连接。

打开 CuteFTP 窗口，单击工具栏中的“快速连接”按钮，打开快速连接栏，输入登录站点的相关信息后，单击快速连接栏中的“连接”按钮。

2. FTP 站点的断开

FTP 站点的断开主要有以下两种方法。

方法 1：使用按钮断开。

在 CuteFTP 窗口中，单击工具栏中的“断开”按钮。

方法 2：使用菜单命令断开。

在 CuteFTP 窗口中，选择【文件】→【断开】菜单命令，如图 4-43 所示。

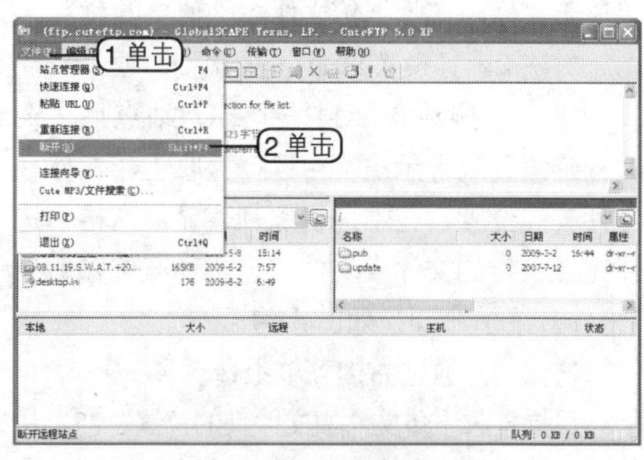

图 4-43 选择菜单命令

4.3.5 自测练习及解题思路

1. 测试题目

第1题 通过站点管理器，添加北京大学FTP站点，站点标签为“北京大学”，FTP主机地址为“ftp.pku.edu.cn”，FTP站点用户名称为“anonymous”，密码为“anonymous”，FTP站点连接端口为“21”。

第2题 运行CuteFTP，删除“北京大学”FTP站点。

第3题 设置连接到清华大学的FTP站点的本地目录为D盘。

第4题 断开清华大学的FTP站点。

2. 解题思路

第1题 双击桌面图标CuteFTP，进入CuteFTP，选择【文件】→【站点管理器】菜单命令，打开“站点设置”对话框，在左侧目录窗口中，选择需要建立站点的目录位置，单击“新建”按钮。

第2题 从FTP站点管理器左面窗口中的目录树中选择需要删除的“北京大学”站点，选择【编辑】→【删除】菜单命令。

第3题 通过站点设置对话框完成操作。

第4题 在CuteFTP窗口中，单击工具栏中的“断开”按钮。

4.4 上传文件

考点分析：这是一个常考基础知识点，但操作比较简单。

学习建议：建议重点掌握如何直接上传文件和文件夹。

4.4.1 直接上传文件或文件夹

直接上传文件或文件夹主要有以下几种方法。

方法1：通过拖动上传。

在本地资源列表显示窗格中选择需要上传的文件或文件夹，将其直接拖动到远程资源列表显示窗格中接收上传文件或文件夹的位置。

方法2：通过菜单命令上传。

成功连接并登录到一个FTP站点后，在远程资源列表显示窗格中选择接收上传文件或文件夹的位置，在本地资源列表显示窗格中选择需要上传的文件或文件夹，选择【传输】→【上传】菜单命令，如图4-44所示。

方法3：通过右键菜单上传。

设置接收上传文件或文件夹的位置，在上传的文件或文件夹上单击鼠标右键，在弹出的快捷菜单中选择【上传】菜单命令，如图4-45所示。

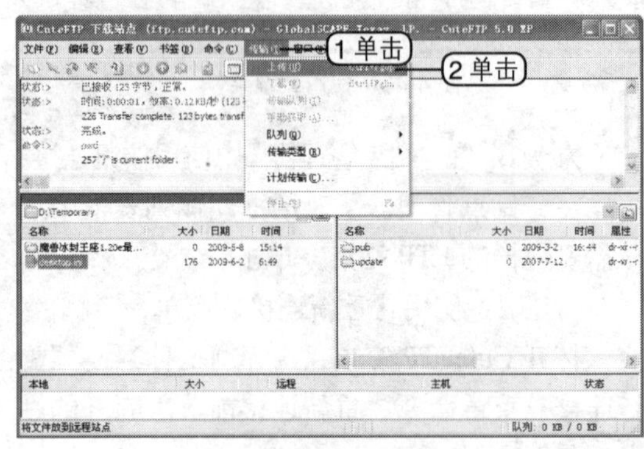

图4-44 选择菜单命令

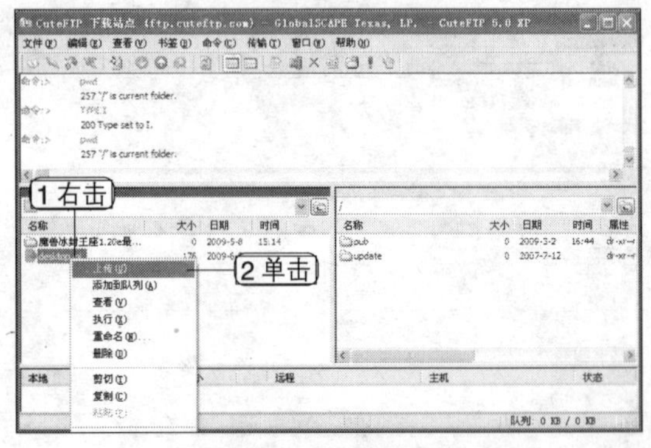

图4-45 使用快捷菜单

方法 4：通过“上传”按钮上传。

设置接收上传文件或文件夹的位置，选择需要上传的文件或文件夹，再单击工具栏中的“上传”按钮。

下面将一张图片上传到 FTP 站点中。

1 连接并登录到一个 FTP 站点，如图 4-46 所示。

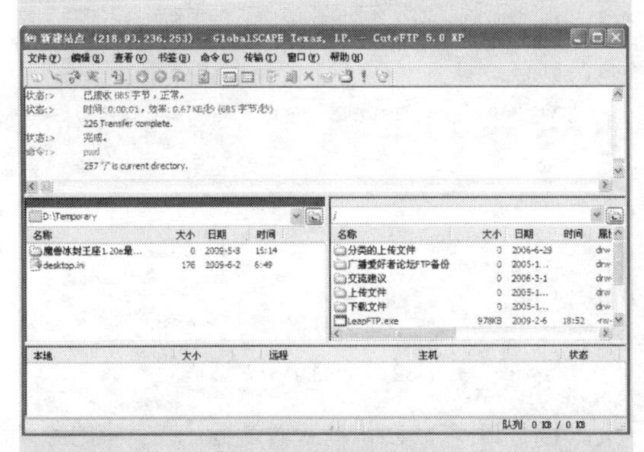

图 4-46　登录站点

2 在本地资源列表显示窗格中，单击按钮，选择“龙泉湖 .jpg”图片，单击工具栏中的“上传”按钮，如图 4-47 所示。

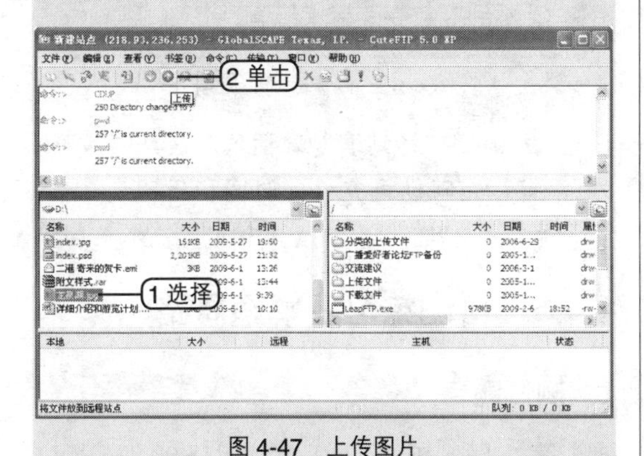

图 4-47　上传图片

3 稍等片刻，远程资源列表显示窗格中即可看到上传的文件，如图 4-48 所示。

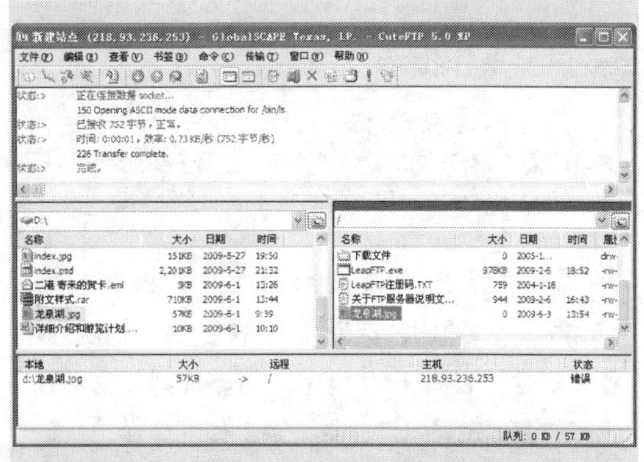

图 4-48　完成上传

4.4.2　将文件添加到“传输队列”

使用“传输队列”的方法进行上传主要有两种方法：一种是将上传文件添加到“传输队列”中进行上传；另一种是将队列中的文件或文件夹制定成“计划传输”再上传。

1．将文件添加到“传输队列”

下面是将一个文件添加到“传输队列”进行上传的具体操作。

1 连接并登录到一个 FTP 站点，在本地资源列表显示窗格中，选择需添加到队列的文件“前言 .doc”文件，选择【传输】→【队列】→【添加到队列】菜单命令，如图 4-49 所示。

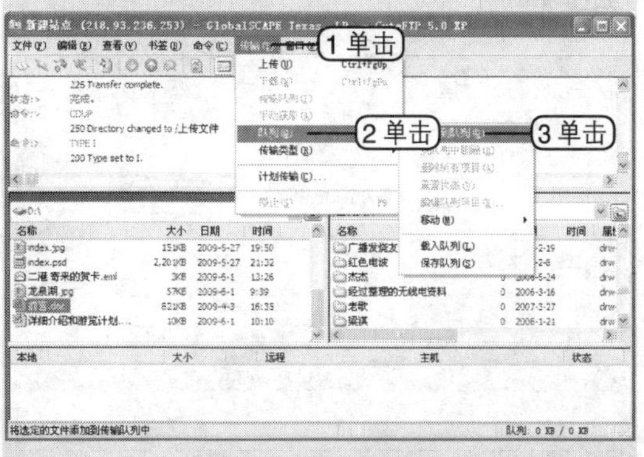

图 4-49　添加到队列

操作提示

在本地资源列表显示窗格中，选择"前言.doc"文件，单击鼠标右键，在弹出的快捷菜单中选择【添加到队列】菜单命令，也能将需要上传的文件添加到队列中。

2 在队列列表显示窗格中，选择"前言.doc"文件队列，选择【传输】→【传输队列】菜单命令，如图4-50所示，稍等片刻，也可在远程资源列表显示窗格中看到上传的文件。

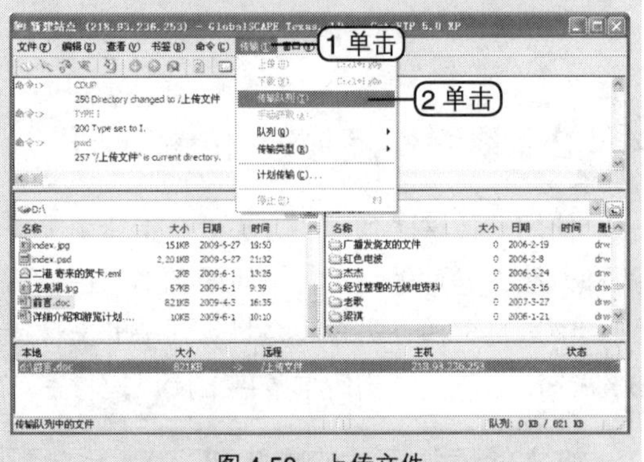

图4-50 上传文件

2．制定成"计划传输"

下面将一个文件添加到"传输队列"，并制定"计划传输"进行上传。

1 连接并登录到一个FTP站点，在队列列表显示窗格中，选择需添加到队列的文件"前言.doc"，选择【传输】→【计划传输】菜单命令，如图4-51所示。

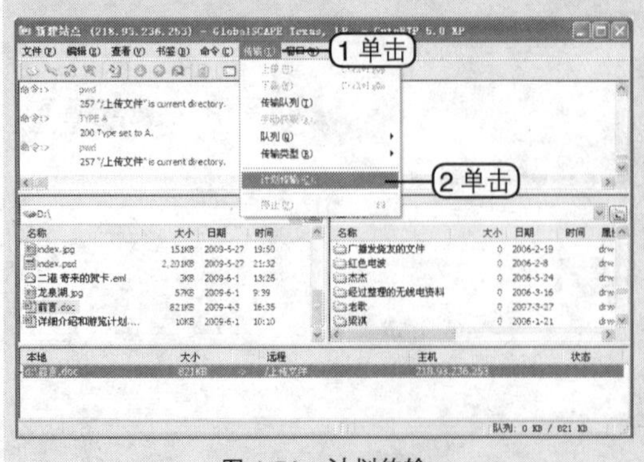

图4-51 计划传输

2 打开"计划表"对话框，选中"启用计划表"复选框，再选中"计划当前队列"复选框，如图4-52所示。

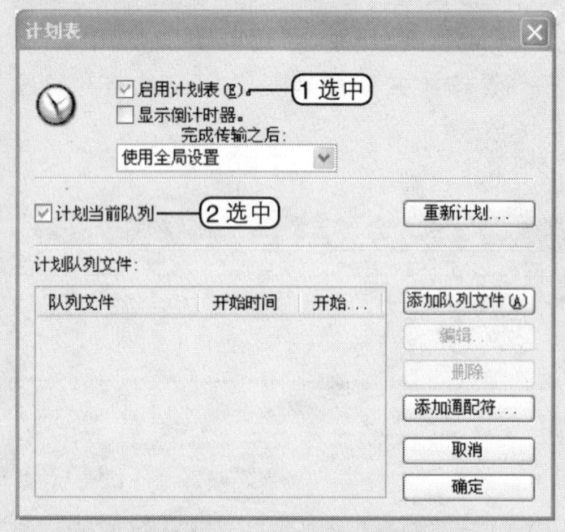

图4-52 "计划表"对话框

3 打开"计划传输"对话框，在其中的数值框中设置计划传输队列文件的时间和日期，单击 确定 按钮，如图4-53所示。

图4-53 设置时间和日期

4 返回"计划表"对话框，在其中即可显示计划传输队列文件的时间和日期，单击 确定 按钮，完成计划传输设置。

4.4.3 自测练习及解题思路

1．测试题目

第1题 向FTP站点（218.93.236.253）上传"测试"文件夹。

第2题 向FTP站点（218.93.236.253）上传"测试1"文件夹。

2．解题思路

第1题 使用拖动的方法实现上传。

第2题 使用菜单命令实现上传。

4.5 下载文件

考点分析：与上传文件相对，下载的方法也较类似，虽然操作简单，却是常考的题型。如遇到下载的题型，应先试菜单命令的方法，如不行，再尝试其他操作。

学习建议：建议熟练掌握如何下载文件和文件夹。

4.5.1 使用CuteFTP下载文件

使用CuteFTP下载文件主要有以下几种方法。

方法1：通过“下载”按钮下载。

成功连接并登录到一个FTP站点后，在本地资源列表显示窗格中选择接收下载文件或文件夹的位置，在远程资源列表显示窗格中选择需要下载的文件或文件夹，再单击工具栏中的“下载”按钮。

方法2：通过右键菜单下载。

设置接收下载文件或文件夹的位置，在下载的文件或文件夹上单击鼠标右键，在弹出的快捷菜单中选择【下载】菜单命令，如图4-54所示。

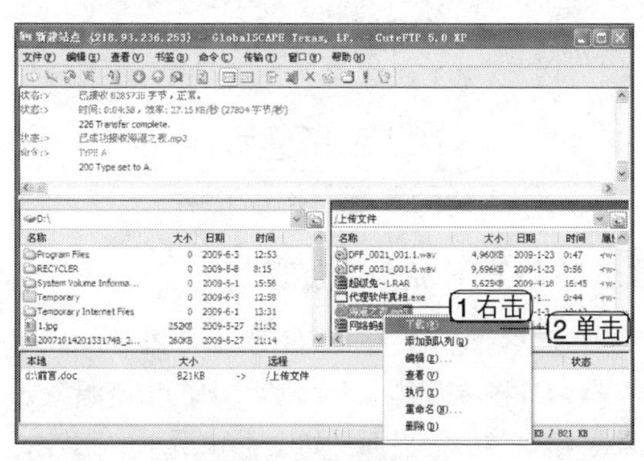

图4-54 使用快捷菜单

方法3：通过鼠标拖动下载。

在远程资源列表显示窗格中选择需要下载的文件或文件夹，将其直接拖动到本地资源列表显示窗格中接收下载文件或文件夹的位置。

方法4：通过菜单命令下载。

设置接收下载文件或文件夹的位置，选择需要下载的文件或文件夹，选择【传输】→【下载】菜单命令。下面使用CuteFTP下载一个文件。

1 连接并登录到FTP站点，在远程资源列表显示窗格中双击打开需下载文件所在的文件夹“上传文件”文件夹，选择“海港之夜.mp3”文件，选择【传输】→【下载】菜单命令，如图4-55所示。

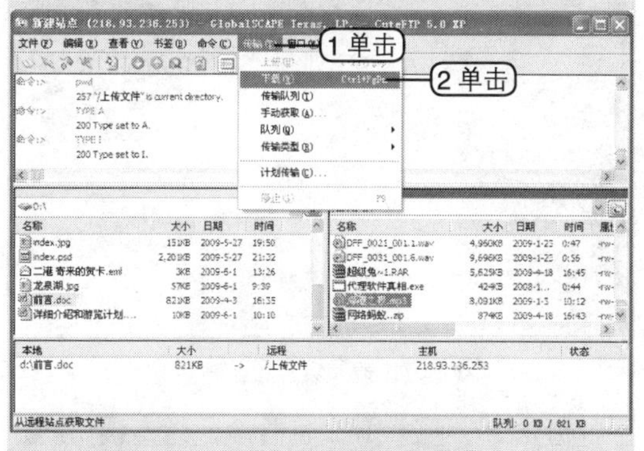

图4-55 下载文件

2 窗口将显示下载的进度，如图4-56所示，完成后，在本地资源列表显示窗格中即可看到下载的文件。

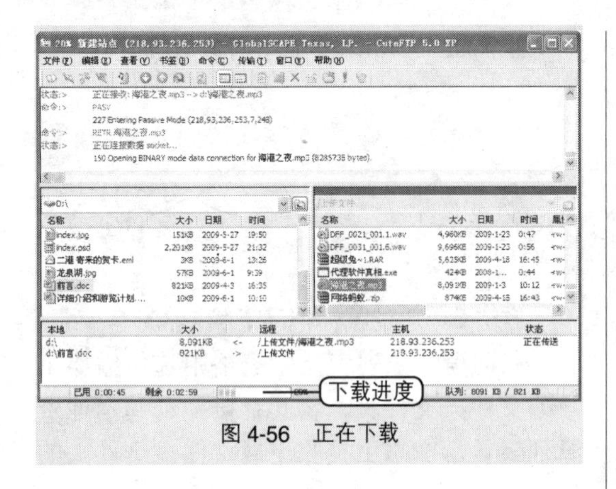

图 4-56 正在下载

4.5.2 使用FTP下载网上资源

使用 FTP 下载网上资源通常在 IE 浏览器中进行。

1. 在 IE 浏览器中打开 FTP 站点

打开 FTP 站点的方法有以下几种。

方法 1：通过 IE 浏览器地址栏匿名访问。

直接在 IE 浏览器的地址栏中输入 FTP 服务器的网址，如图 4-57 所示。

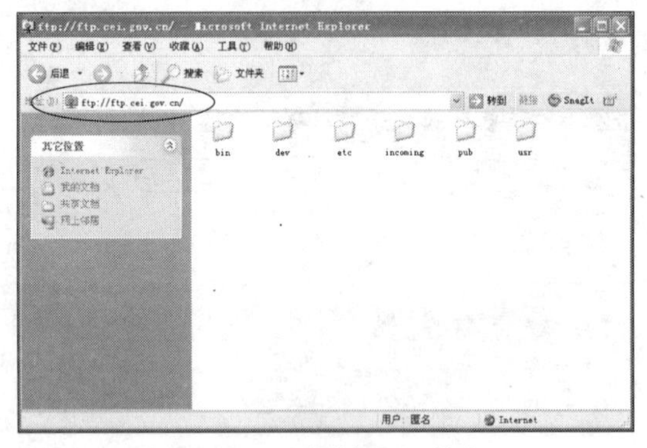

图 4-57 匿名访问 FTP 站点

方法 2：通过 IE 浏览器地址栏直接访问。

在 IE 浏览器地址栏中输入 FTP 服务器使用的账号和密码，其格式为 ftp:// 用户名：密码 @FTP 服务器域名，如图 4-58 所示。

方法 3：通过“打开”对话框访问。

在 IE 浏览器窗口中选择【文件】→【打开】菜单命令，在“打开”对话框的“打开”下拉列表框中输入 FTP 服务器的网址，单击 确定 按钮，如图 4-59 所示。

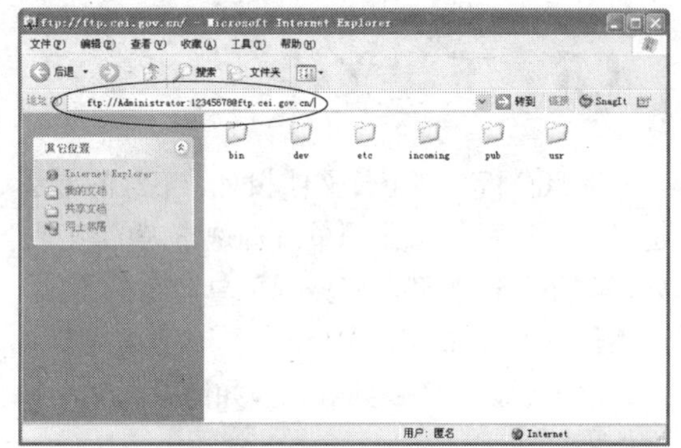

图 4-58 直接访问 FTP 站点

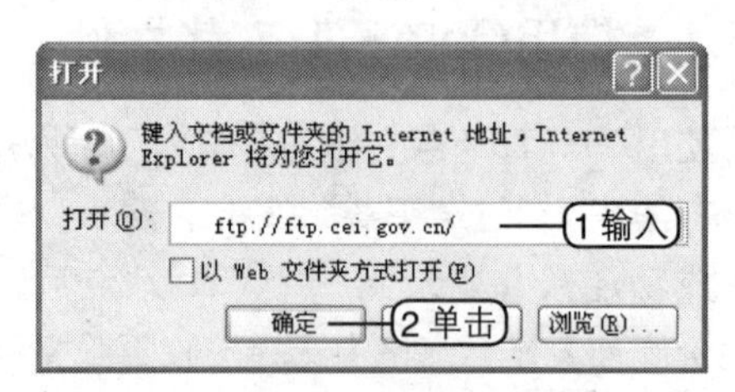

图 4-59 通过“打开”对话框访问

方法 4：通过运行命令访问 FTP 站点。

选择【开始】→【运行】菜单命令，在“运行”对话框的“打开”下拉列表框中输入 FTP 服务器的网址，单击 确定 按钮，如图 4-60 所示。

图 4-60 通过运行命令访问

2. 下载 FTP 站中的资源

通常情况下，登录到 FTP 服务器后，IE 浏览器窗口将转换成与 Windows XP 的“资源浏览器”窗口类似的界面，如图 4-61 所示，在其中对文件和文件夹进行选择、重命名、复制、剪切和粘贴等操作的方法与在 Windows XP 的资源浏览器中进行同类操作的方法完全相同，如选择“复制”菜单命令，再在本地磁盘的文件夹中执行“粘贴”操作，其结果与在 CuteFTP 软件中执行下载操作完全相同。

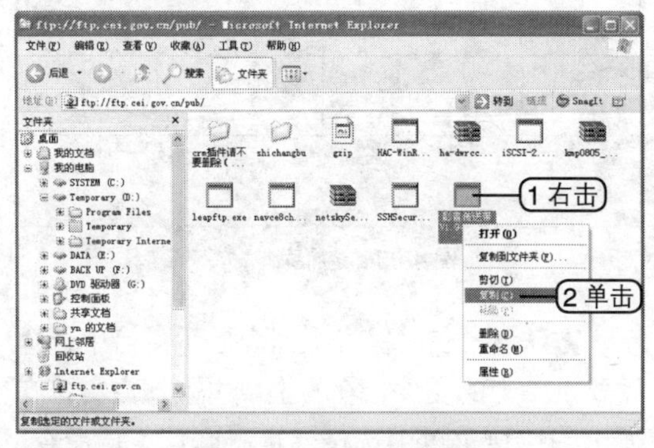

图 4-61　下载 FTP 站中的资源

4.5.3　自测练习及解题思路

1．测试题目

第 1 题　在 FTP 站点（218.93.236.253）下载“测试”文件夹。

第 2 题　在 FTP 站点（218.93.236.253）下载“测试 1”文件夹。

2．解题思路

第 1 题　使用拖动的方法下载。

第 2 题　使用右键菜单下载。

4.6　管理文件和文件夹

考点分析：无论是哪种软件，在其中管理文件和文件夹都是常考内容，Internet 应用也不例外，题量较大。需要注意的是，考试题目还可能会要求考生连续执行两个以上操作，如移动后重命名等。

学习建议：建议熟练掌握删除、重命名、移动和编辑的方法，其中又以前三种操作最重要。

4.6.1　管理文件

管理文件最常用的操作有删除、重命名、移动和编辑。

1．删除文件

删除文件主要有以下 3 种方式。

方法 1：通过菜单命令删除。

在远程资源列表显示窗格中选择需要删除的文件，选择【命令】→【文件操作】→【删除】菜单命令，如图 4-62 所示。

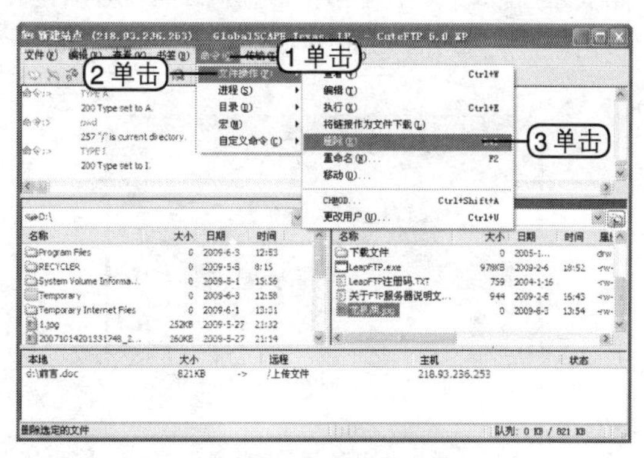

图 4-62　选择菜单命令

方法 2：通过右键菜单删除。

在远程资源列表显示窗格中选择需要删除的文件，在其上单击鼠标右键，在弹出的快捷菜单中选择【删除】菜单命令，如图 4-63 所示。

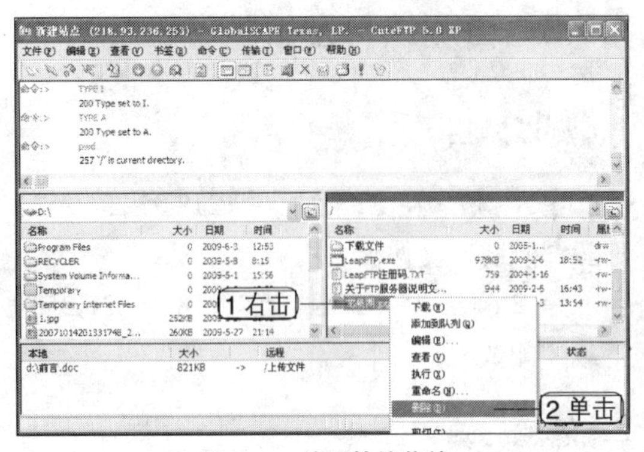

图 4-63　使用快捷菜单

方法 3：通过按钮删除。

成功连接并登录到一个 FTP 站点后，在远程资源列表显示窗格中选择需要删除的文件，单击工具栏中的“删除”按钮。

2. 重命名文件

重命名文件主要有以下 4 种方式。

方法 1：在远程资源列表显示窗格中双击需要重命名的文件，打开“选择操作”对话框，单击重命名(N)按钮，如图 4-64 所示。

图 4-64　“选择操作”对话框

方法 2：在远程资源列表显示窗格中选择需要重命名的文件，单击工具栏中的“重命名文件”按钮。

方法 3：在远程资源列表显示窗格中选择需要重命名的文件，选择【命令】→【文件操作】→【重命名】菜单命令，如图 4-65 所示。

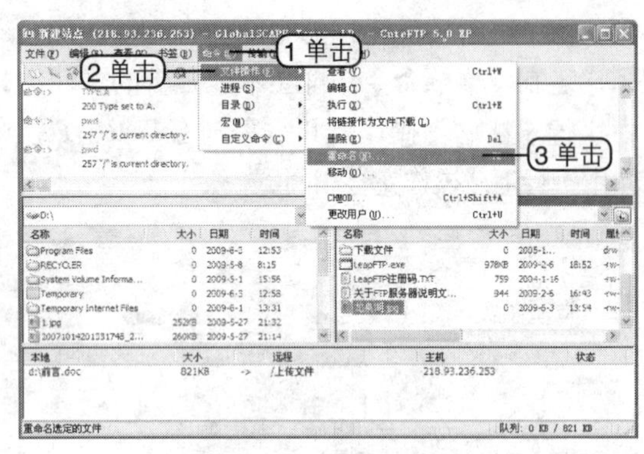

图 4-65　选择菜单命令

方法 4：在远程资源列表显示窗格中选择需要重命名的文件，在其上单击鼠标右键，在弹出的快捷菜单中选择【重命名】菜单命令，如图 4-66 所示。

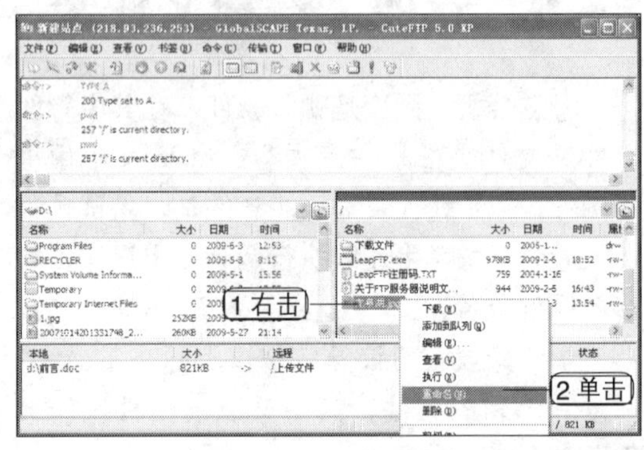

图 4-66　使用快捷菜单

3. 移动文件

移动文件主要有以下两种方式。

方法 1：通过菜单命令移动。

在远程资源列表显示窗格中选择需要移动的文件，选择【命令】→【文件操作】→【移动】菜单命令，在打开的“将文件移动到”对话框中输入新的目录位置，单击确定按钮，如图 4-67 所示。

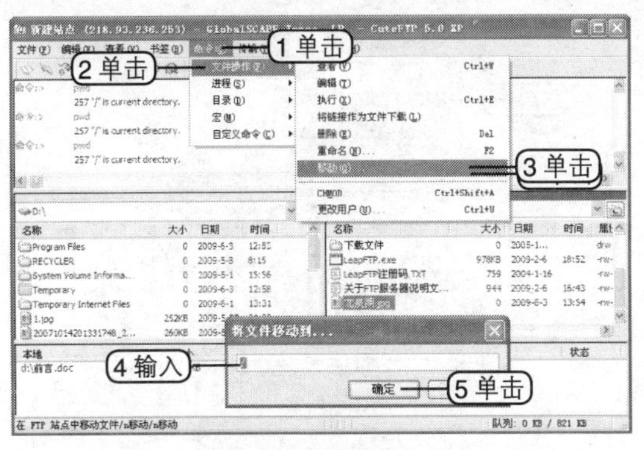

图 4-67 选择菜单命令

方法 2：通过右键菜单移动。

在远程资源列表显示窗格中选择需要移动的文件，在其上单击鼠标右键，在弹出的快捷菜单中选择【移动】菜单命令，如图 4-68 所示。打开“将文件移动到”对话框，在中间的文本框中输入新目录位置，单击 确定 按钮。

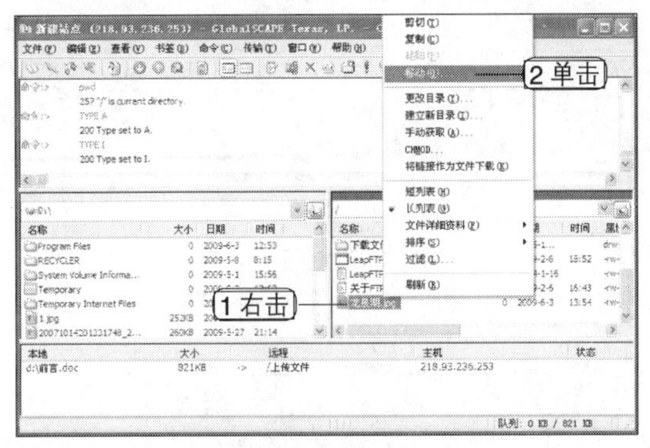

图 4-68 使用快捷菜单

4．编辑文件

对于远程资源列表显示窗格中的文件，也可进行编辑，其具体操作如下。

1 连接并登录到 FTP 站点，在远程资源列表显示窗格中执行如下任意一种编辑操作。

- **通过菜单命令**：选择需要编辑的文件“龙泉湖.jpg”，选择【命令】→【文件操作】→【编辑】菜单命令，如图 4-69 所示。

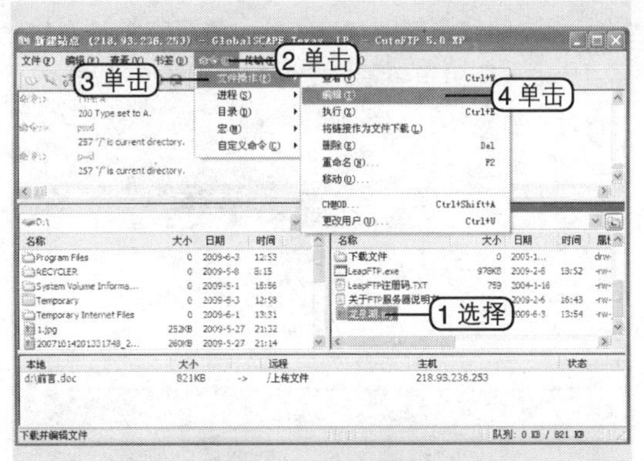

图 4-69 选择菜单命令

- **通过按钮**：在远程资源列表显示窗格中选择需要编辑的文件，单击工具栏中“编辑”按钮。
- **通过右键菜单**：在远程资源列表显示窗格中需编辑的文上单击鼠标右键，在弹出的快捷菜单中选择【编辑】菜单命令，如图 4-70 所示。

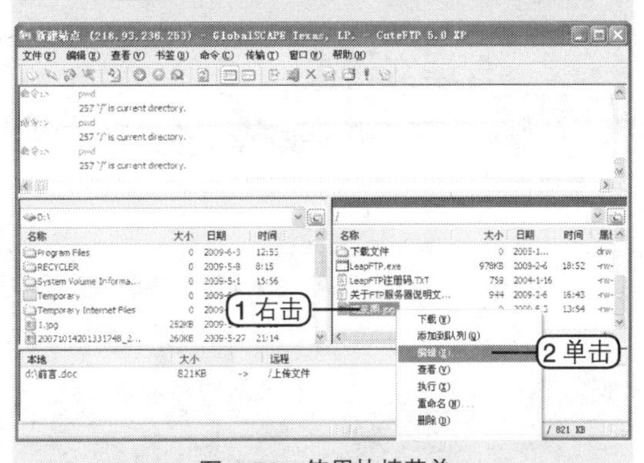

图 4-70 使用快捷菜单

2 打开“按‘确定’载入编辑器，请确定在您完成之后保存文件”提示框，单击 确定 按钮，如图 4-71 所示。

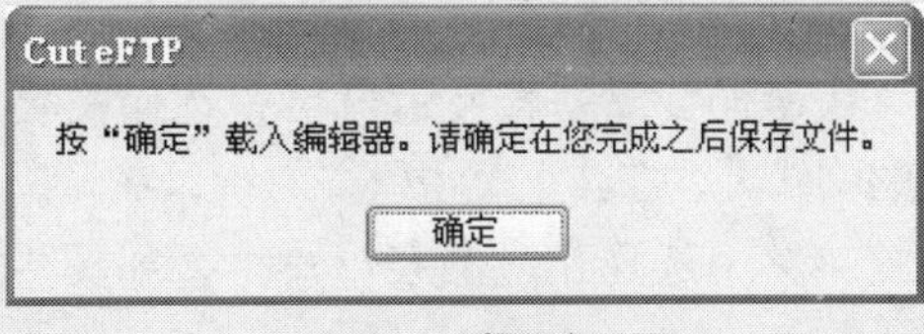

图 4-71 提示框 1

3 根据不同的文件类型，将在本地计算机中启动一个用于编辑该文件的应用程序，同时，将打开如图 4-72 所示的提示框。

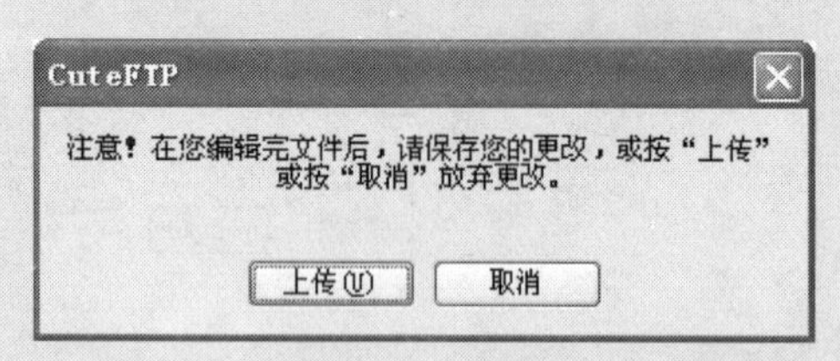

图 4-72 提示框 2

4 对文件进行编辑后，保存并关闭编辑程序，在如图 4-72 所示的提示框中单击 上传(U) 按钮，上传编辑后的文件，完成操作。

操作提示

要对 FTP 站点上的文件执行删除、重命名、编辑等，必须保证登录 FTP 站点的用户有该权限，否则不能进行相应操作。

4.6.2 管理文件夹

管理文件夹的操作和管理文件相似，主要有 3 种方式。

方法 1：通过按钮管理。

在远程资源列表显示窗格中选择需要管理的文件夹，单击工具栏中相应的文件夹管理按钮。

方法 2：通过菜单命令管理。

在远程资源列表显示窗格中选择需要管理的文件夹，选择【命令】→【目录】菜单命令，在弹出的菜单中选择相应的菜单命令，如图 4-73 所示。

方法 3：通过右键菜单管理。

在远程资源列表显示窗格中选择需要管理的文件夹，在其上单击鼠标右键，在弹出的快捷菜单中选择相应的菜单命令，如图 4-74 所示。

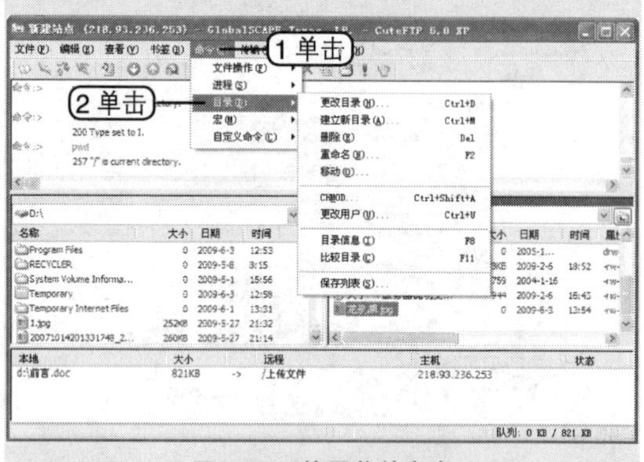

图 4-73 使用菜单命令

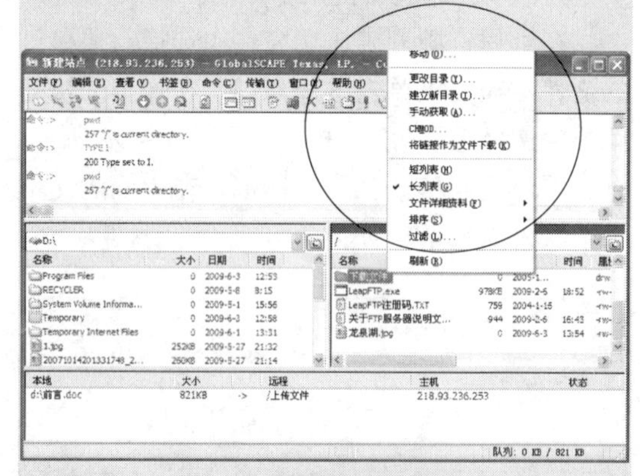

图 4-74 使用快捷菜单

考场点拨

本知识点还有一种考查方式，就是将某个文件移动到一个文件夹中，并对该文件夹重命名。

4.6.3 自测练习及解题思路

1．测试题目

第 1 题 把 FTP 站点（218.93.236.253）的“测试 1”文件夹删除。

第 2 题 把 FTP 站点（218.93.236.253）的“测试”文件夹重命名为“内部文件”。

第 3 题 运行 CuteFTP 并把 FTP 站点（218.93.236.253）中的“内部文件”移动到“机密”文件夹下。

2．解题思路

第 1 题 在远程资源列表显示窗格中选择需要删除的文件，选择【命令】→【文件操作】→【删除】菜单命令。

第 2 题 在远程资源列表显示窗格中选择需要重命名的文件，单击鼠标右键，在弹出的快捷菜单中选择【重命名】菜单命令。

第 3 题 选择【命令】→【文件操作】→【移动】菜单命令，在打开的“将文件移动到”对话框中输入新的目录位置。

4.7 设置CuteFTP

考点分析：本考点不属于重点，但隔一两年会出现一道考题，而且同时考查两个知识点，如续传和连接、提示和显示。

学习建议：建议熟悉所有设置，重点掌握提示属性和连接属性的设置。

打开 CuteFTP 窗口，选择【编辑】→【设置】菜单命令，打开“设置”对话框，如图 4-75 所示，通过该对话框即可设置 CuteFTP。

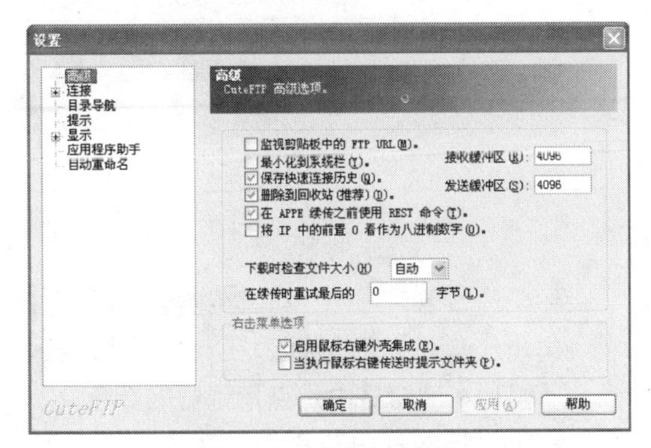

图 4-75 “设置”对话框

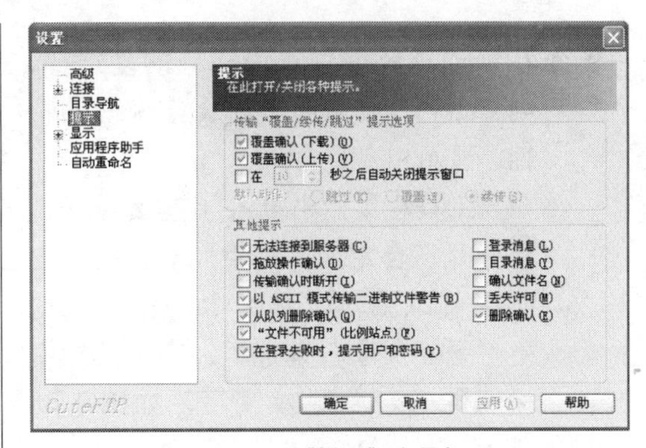

图 4-76 “提示”选项卡

4.7.1 设置提示属性

在“设置”对话框的“提示”选项卡中可以设置打开或关闭各种提示，如图 4-76 所示，“提示”选项卡中主要包括“传输‘覆盖 / 续传 / 跳过’提示选项”栏和“其他提示”栏两个区域的设置。各区域的作用分别如下。

- 在“传输‘覆盖 / 续传 / 跳过’提示选项”栏这个区域中选中相应的复选框，则在 FTP 站点进行各种传输遇到相应的操作时，将提示用户执行“覆盖”、“续传”或“跳过”等操作。
- 在“其他提示”栏中选中相应的复选框，则 CuteFTP 将具有该行文字说明的特性，并进行提示。

4.7.2 设置显示属性

在“设置”对话框的“显示”选项卡中可以设置各种显示属性，如图 4-77 所示，“显示”选项卡中主要包括复选框区域、“工具栏”栏和“双击动作”栏 3 个区域的设置。各区域的作用分别如下。

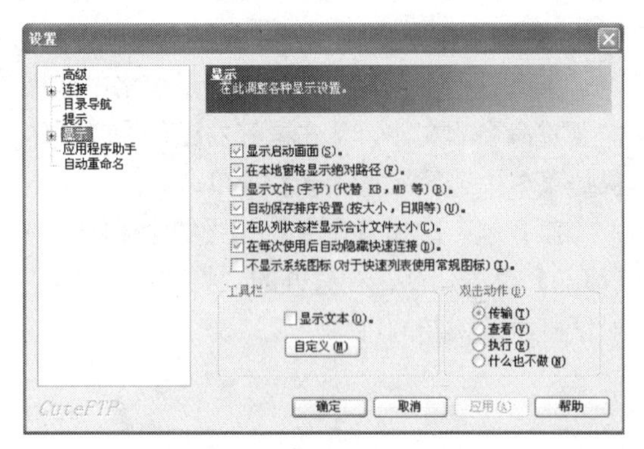

图 4-77 "显示"选项卡

◈ 在复选框区域中选中相应的复选框，则 CuteFTP 将具有该行文字说明的特性，显示相应的内容。

◈ 在"工具栏"栏中单击[自定义(M)]按钮，将打开"自定义工具栏"对话框，在其中可以编辑工具栏中的按钮。选中"显示文字"复选框，在工具栏中按钮的底部将显示文字，如图 4-78 所示。

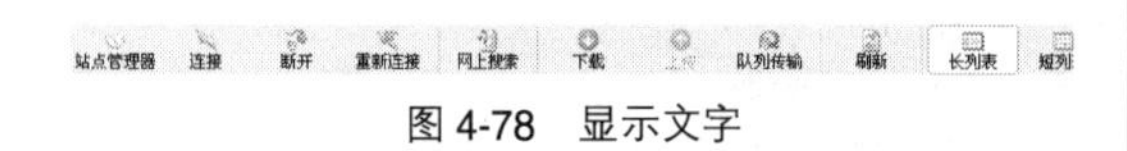

图 4-78 显示文字

◈ 在"双击动作"栏中选中相应的单选项，在双击时则执行该操作。

1．设置"声音"选项

单击"显示"选项卡左侧的⊞按钮，可展开 3 个子选项卡。其中在"声音"选项中可以设置各种声音事件，如图 4-79 所示，在"事件"列表框中选择一种事件，即可在下面的"文件"下拉列表框中为其选择一种声音。

2．设置"颜色"选项

"颜色"选项中可以设置各种颜色，如图 4-80 所示，"颜色"选项卡中主要包括"常规"栏和"状态日志"栏两个区域的设置。各区域的作用分别如下。

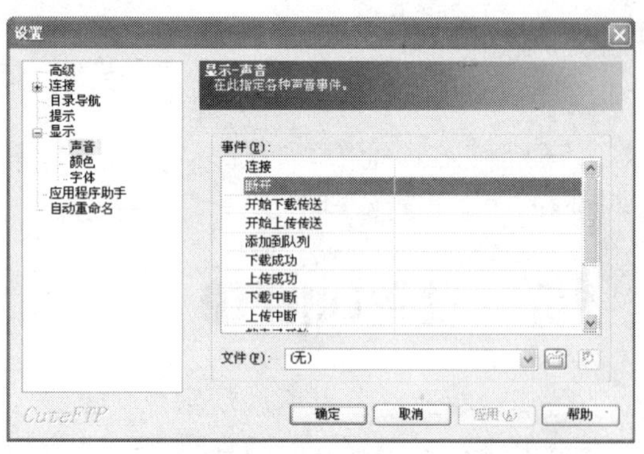

图 4-79 设置"声音"选项

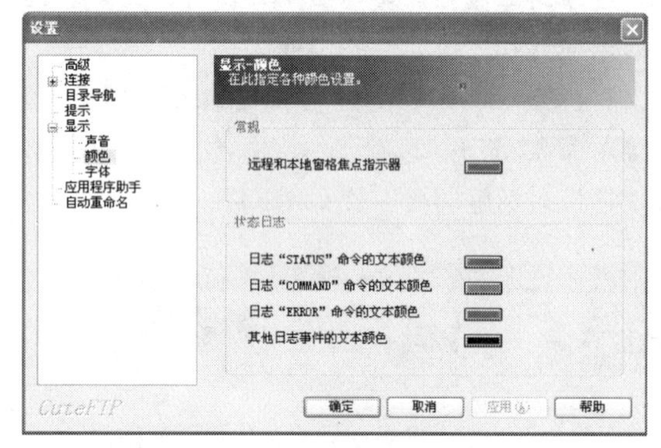

图 4-80 "颜色"选项卡

◈ 在"常规"栏中单击[颜色]按钮，打开"颜色"对话框，在其中可指定远程和本地窗格中焦点指示器的颜色。

◈ 在"状态日志"栏中单击不同的颜色按钮，可以在打开的对话框中指定日志命令文本和日志事件文本的颜色。

3．"字体"选项卡

"字体"选项中可以设置各种字体，如图 4-81 所示，"字体"选项卡中主要包括"程序字体"栏和"登录窗口字体"栏两个区域的设置。各区域的作用分别如下。

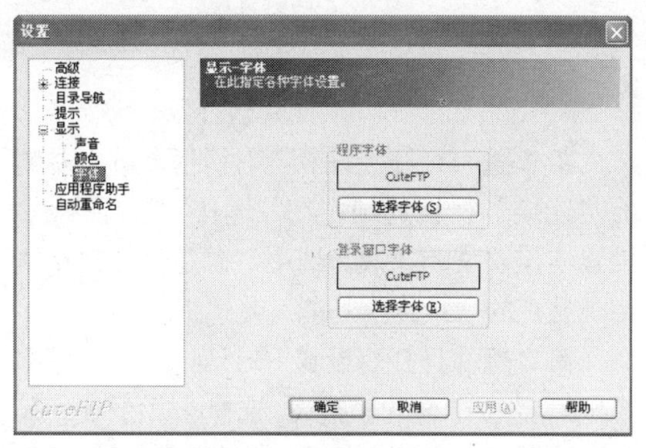

图 4-81 "声音"选项卡

- ◈ 在"程序字体"栏中单击【选择字体(S)】按钮，打开"字体"对话框，在其中可设置 CuteFTP 程序本地资源列表显示窗格和远程资源列表显示窗格的字体。
- ◈ 在"登录窗口字体"栏中单击【选择字体(S)】按钮，打开"字体"对话框，在其中可设置登录窗口信息的字体。

4.7.3 设置目录导航属性

在"设置"对话框的"目录导航"选项卡中可以调整涉及目录导航的各种设置，如图 4-82 所示，"目录导航"选项卡中主要包括普通和"符号链接"栏两个区域的设置。各区域的作用分别如下。

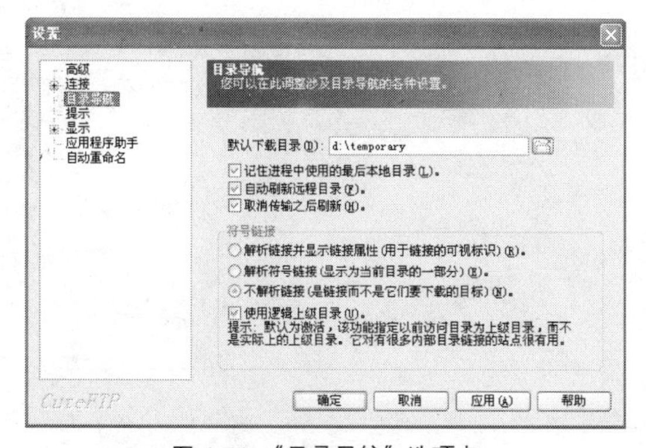

图 4-82 "目录导航"选项卡

- ◈ 在普通区域中可以设置默认下载目录，选中相应的复选框，则可调整与默认下载目录相关的设置。
- ◈ 在"符号链接"栏中选中相应的复选框和单选项，则 CuteFTP 将具有该行文字说明的特性。

4.7.4 设置连接属性

在"设置"对话框的"连接"选项卡中可以设置连接 FTP 属性，如图 4-83 所示。"连接"选项卡中主要包括"常规"、"连接时"和"传输选项"栏 3 个区域的设置，各区域的作用分别如下。

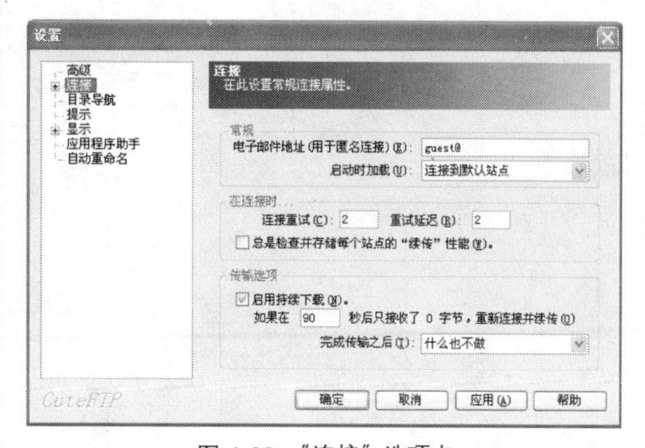

图 4-83 "连接"选项卡

- ◈ 在"常规"栏中可以设置电子邮件地址和启动时的加载项。
- ◈ 在"连接时"栏中选中复选框，则可以检查续传能力，并可在该栏的文本框中设置连接重试的次数和延迟时间。
- ◈ 在"传输选项"栏中选中相应复选框，将启用断点续传功能，在其下的文本框中输入数值则可设置当下载量为 0 的时间为多长时，重新连接 FTP 站点并续传。通过该栏还可设置下载完成之后软件应执行的操作。

4.7.5 自测练习及解题思路

1. 测试题目

第1题 对连接属性进行设置，设置连接重试为3次，设置总是检查并存储每个站点的“续传”功能。

第2题 设置CuteFTP中远程和本地资源列表显示窗格的焦点指示器颜色为红色。

2. 解题思路

第1题 打开“设置”对话框，单击左侧的“连接”属性选项。在“连接”选项卡中，设置连接重试为3次。选中“总是检查并存储每个站点的‘续传’功能”复选框。

第2题 打开“设置”对话框，单击左侧“显示”选项卡前的⊞按钮，选择“颜色”选项，单击“远程和本地窗格焦点指示器”后的颜色按钮，在打开的对话框中选择红色。

第 5 章 MSN即时通信

MSN（Microsoft Service Network，微软网络服务）是在 Windows 操作系统上常用的一种即时通信软件。利用 MSN 可以让用户以多种方式与他人进行在线交流，比如文字信息收发、语音对话、视频聊天、文件传送和发送邮件等。MSN 各版本之间主要功能基本上没有什么区别，一般新版本更多一些附加功能，或对某些操作有所优化。本章将以 MSN 7.0 版本为例介绍下载与安装 MSN、注册 MSN 账户、查找与添加联系人、使用 MSN 进行通信，以及设置 MSN 等相关知识。

本章考点

☑ 要求掌握的知识

- 利用 MSN 进行消息的传递
- 使用语音和视频进行聊天
- 语音和视频的相关设置
- 设置用户的状态
- 收发消息相关的设置

☑ 要求熟悉的知识

- 熟悉下载、安装和设置 MSN
- 成为合法的 MSN 用户
- MSN 其余参数的设置
- 利用 MSN 传送文件和邮件
- 利用 MSN 实现文件共享

☑ 要求了解的知识

- MSN 的隐私设置

5.1 下载与安装MSN

考点分析：下载与安装 MSN 是本章的基础知识点，在考试时不会直接考查。但在实际使用中，下载与安装 MSN 的操作是学习本章其他知识的前提。

学习建议：稍做了解，打下基础。

5.1.1 下载MSN

MSN 属于免费软件，在很多站点都提供下载服务。下面以下载中文版 MSN 7.0 为例进行具体讲解，其操作方法如下。

1 启动 IE 浏览器口，打开如图 5-1 所示下载页面，在“下载链接”超级链接上单击鼠标右键，在弹出的快捷菜单中选择【目标另存为】菜单命令。

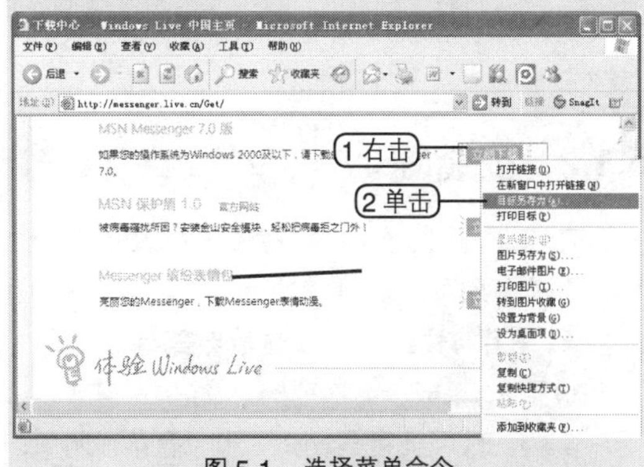

图 5-1 选择菜单命令

2 打开“另存为”对话框，在“保存在”下拉列表框中选择下载文件保存的位置，单击

保存(S) 按钮，如图 5-2 所示。

图 5-2　设置保存

3 开始下载软件，并显示下载进度，如图 5-3 所示。

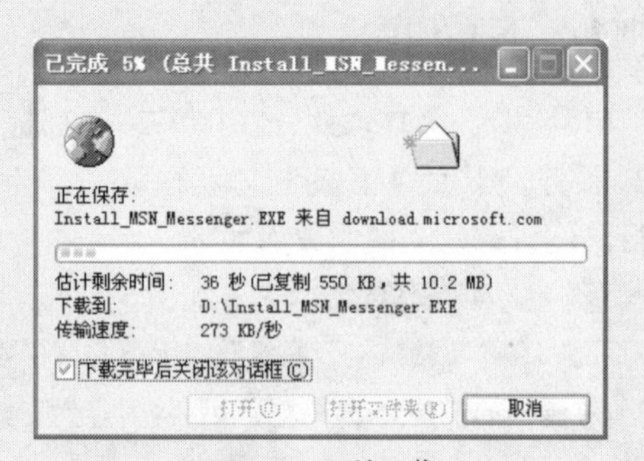

图 5-3　开始下载

4 下载完成后即可在保存位置看到下载的软件安装程序。

5.1.2　安装MSN

安装 MSN 的方法与安装一般软件类似。其具体操作如下。

1 在保存位置双击下载的软件安装程序，打开安装界面，单击 下一步(N) > 按钮，如图 5-4 所示。

2 打开"'使用条款和'和'隐私声明'"对话框，选中"我接受'使用条款'和'隐私声明'中的条款"单选项，单击 下一步(N) > 按钮，如图 5-5 所示。

图 5-4　开始安装

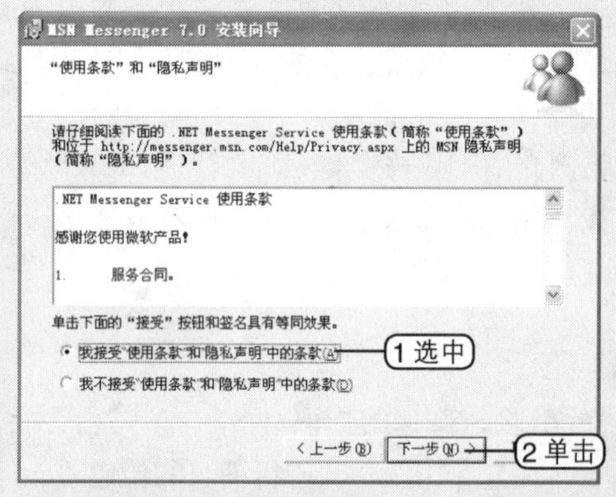

图 5-5　同意协议

3 在打开的对话框中，取消选中全部的复选框，单击 下一步(N) > 按钮，如图 5-6 所示。

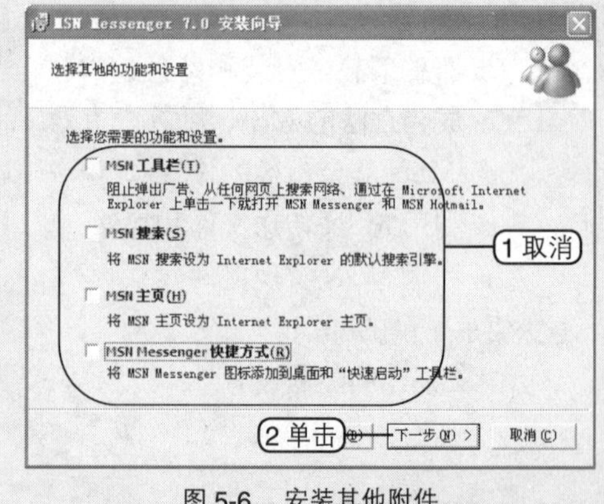

图 5-6　安装其他附件

4 在打开的对话框中，将开始安装 MSN，并显示安装进度，如图 5-7 所示。

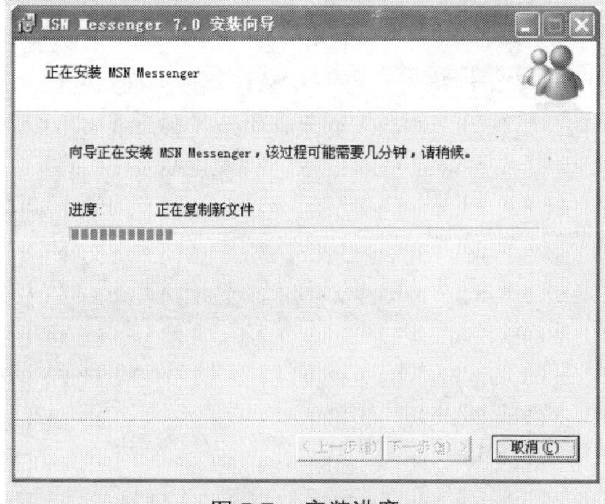

图 5-7　安装进度

5 打开完成对话框，单击 完成(F) 按钮，完成 MSN 的安装，如图 5-8 所示。

图 5-8　完成安装

5.2　注册MSN账户

考点分析：注册 MSN 账户是操作 MSN 软件的基础，在考试当中一般会出现 1 个考题。注册 MSN 账户有两种方法，考试通常会指定考查其中一种。

学习建议：注册 MSN 账户的两种方式是通过 .NET Passport 向导注册和使用已有电子邮箱注册。为了保证得分，这两种注册的相关操作都应该熟悉。

5.2.1　使用.NET Passport向导注册MSN账户

下面通过 .NET Passport 向导注册 MSN 账户。

1 打开 Windows XP 的“开始”菜单，选择【所有程序】→【MSN Messenger 7.0】菜单命令，如图 5-9 所示。

2 打开“MSN Messenger”窗口，单击 登录(S) 按钮，如图 5-10 所示。

3 打开“.NET Passport 向导”对话框，单击 下一步(N) > 按钮，如图 5-11 所示。

图 5-9　启动 MSN

4 打开“有电子邮件地址吗？”对话框，选中“没有，注册一个免费的 MSN Hotmail 电子邮件地址”单选项，单击 下一步(N) > 按钮，如图 5-12 所示。

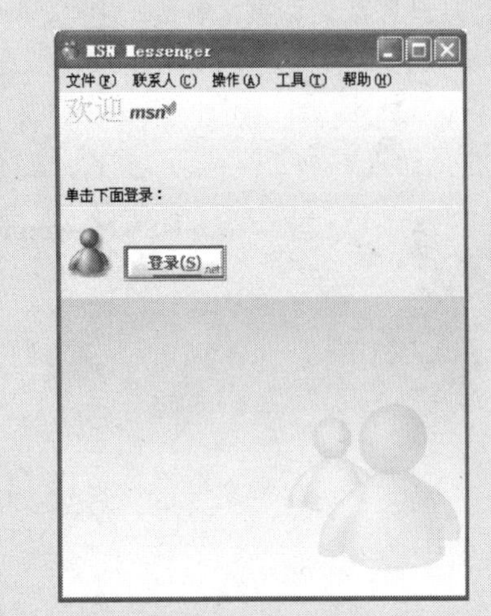

图 5-10 登录

图 5-11 .NET Passport 向导

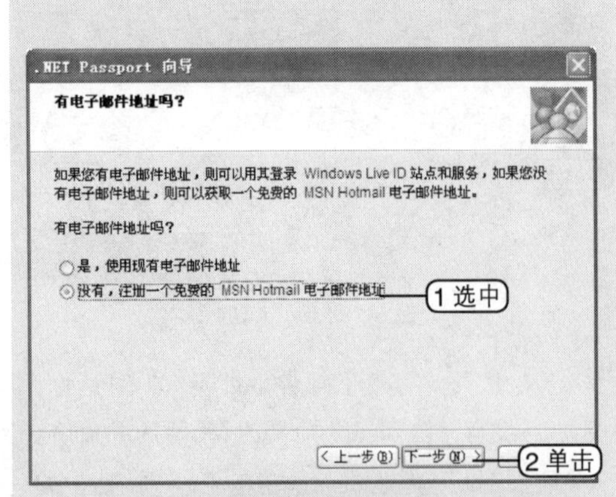

图 5-12 “有电子邮件地址吗？”对话框

5 打开“注册 MSN Hotmail”对话框，单击 下一步(N) > 按钮，如图 5-13 所示。

6 启动 IE 浏览器，进入“注册”界面，在“电子邮件地址”文本框中输入邮件名称，单击 确定帐户未被使用 按钮确认该账户，在“密码”和“重新键入密码”文本框中输入账户密码，在“创建密码重新设置选项”栏中设置密码问题，如图 5-14 所示。

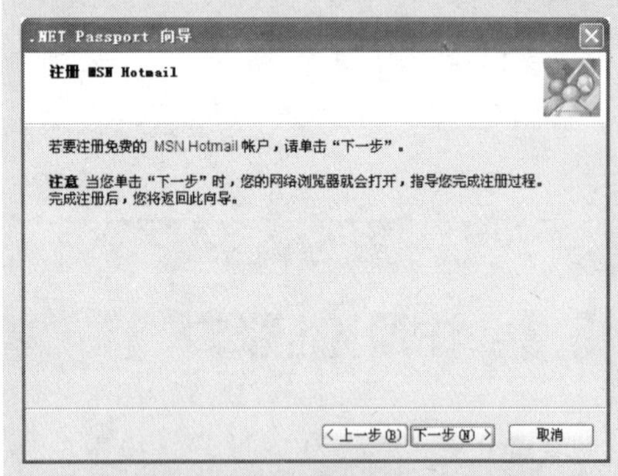

图 5-13 “注册 MSN Hotmail”对话框

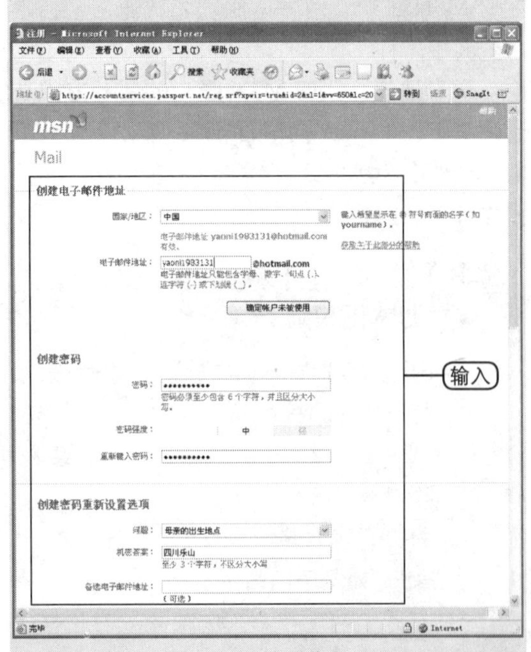

图 5-14 注册信息一

7 在“输入账户信息”栏中输入相关信息，在“请键入您在此图片中看到的字符”栏的“字符”文本框中输入“图片”栏中的字符，单击 接受 按钮，如图5-15所示。

操作提示

如果看不清楚图片中的字符，可以单击按钮，播放音频并键入字符；或单击按钮更换一张能够看清楚的图片。

图 5-15　注册信息二

8 打开新的窗口，显示邮件注册成功，如图5-16所示。

9 回到.NET Passport 向导，单击 <上一步(B) 按钮，如图5-17所示。

10 返回“有电子邮件地址吗？”对话框，选中“是，使用现有的电子邮件地址”单选项，单击 下一步(N)> 按钮，如图5-18所示。

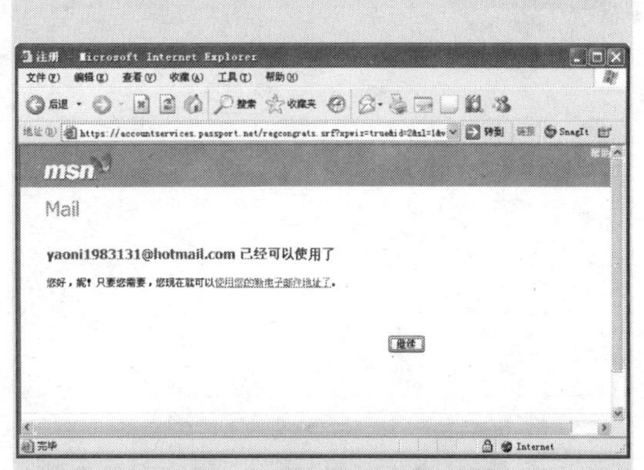

图 5-16　电子邮件注册成功

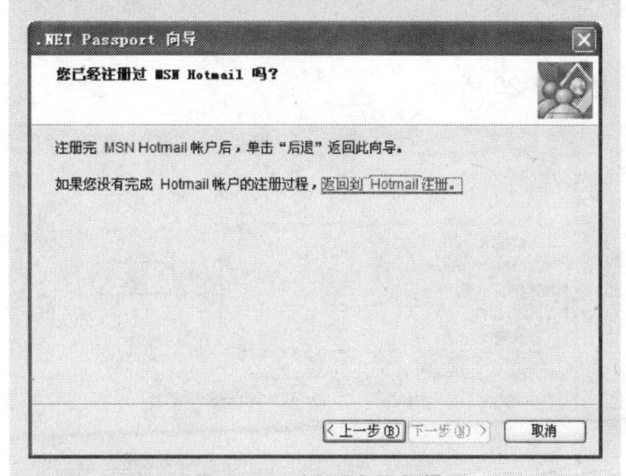

图 5-17　返回注册向导

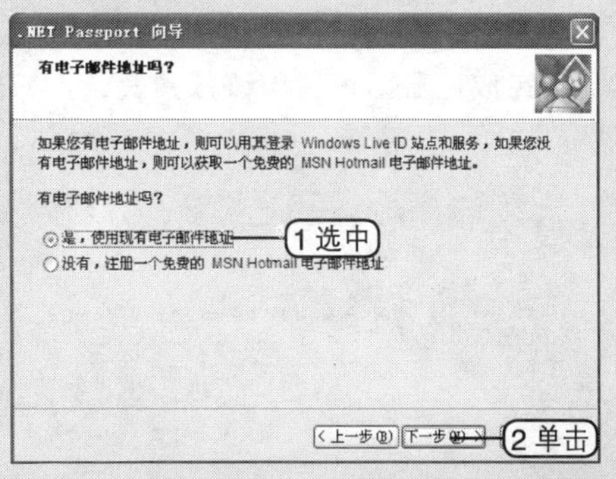

图 5-18　返回“有电子邮件地址吗？”对话框

11 打开“您已经注册了吗？”对话框，选中“有，使用我的 Windows Live ID 凭据登录”单选项，单击 下一步(N)> 按钮，如图5-19所示。

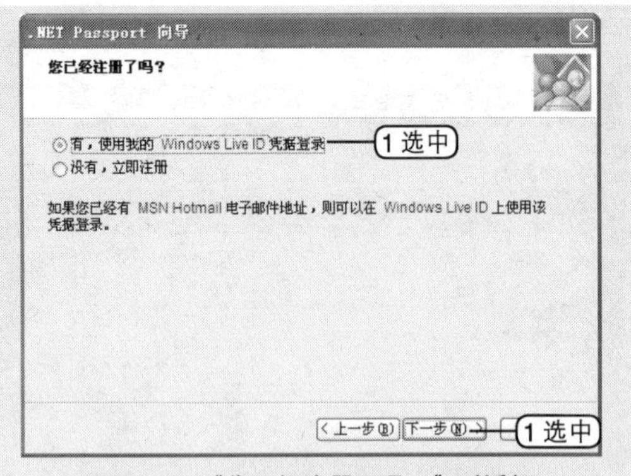

图 5-19　“您已经注册了吗？”对话框

12 打开“使用您的 Windows Live ID 凭据登录”对话框，在“电子邮件地址”和“密码”文本框中输入相应的内容，单击 下一步(N) > 按钮，如图 5-20 所示。

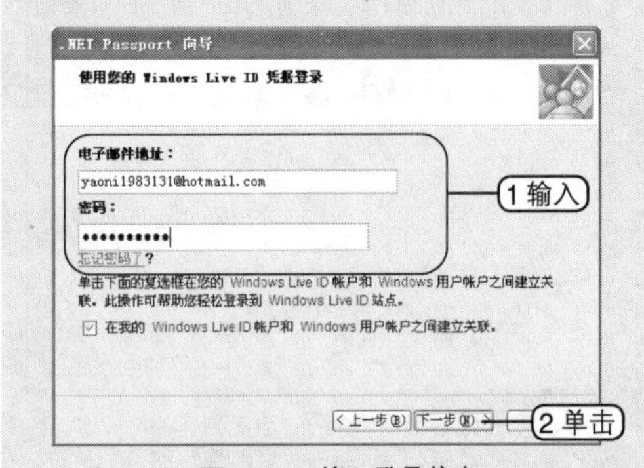

图 5-20　输入登录信息

13 打开“已就绪”对话框，单击 完成 按钮，完成注册即可使用该账户登录，如图 5-21 所示。

图 5-21　完成注册

5.2.2　使用已有电子邮箱注册MSN账户

如果自己的电子邮箱不是 Hotmail 类型，也可以注册 MSN 账户，下面以 3283568@qq.com 电子邮箱为例，将其注册为 MSN 账户，其具体操作如下。

1 启动 MSN，打开“MSN Messenger”窗口，单击“若要以不同账户登录，请单击此处”超级链接，如图 5-22 所示。

图 5-22　登录

2 打开“.NET Passport Service”对话框，单击左下角的“获得一个 .NET Passport”超级链接，如图 5-23 所示。

图 5-23　“.NET Passport Service”对话框

3 打开“将.NET Passport添加到Windows XP用户账户”对话框，单击下一步(N) >按钮，如图5-24所示。

图5-24 添加用户账户

4 打开“有电子邮件地址吗？”对话框，选中“是，使用现有的电子邮件地址”单选项，单击下一步(N) >按钮，如图5-25所示。

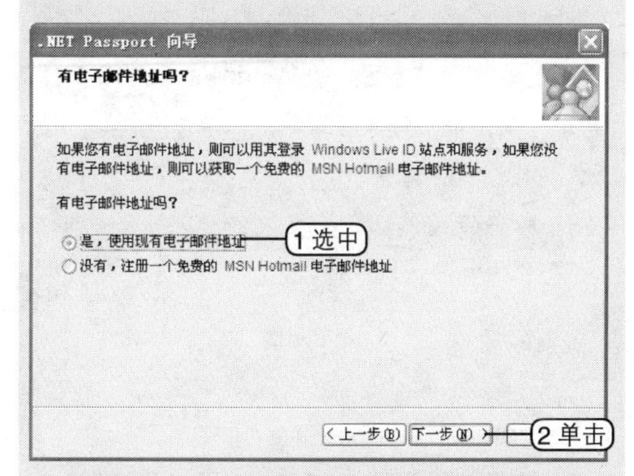

图5-25 “有电子邮件地址吗？”对话框

5 打开“您已经注册了吗？”对话框，选中“没有，立即注册”单选项，单击下一步(N) >按钮，如图5-26所示。

6 打开“注册Windows Live ID”对话框，单击下一步(N) >按钮，如图5-27所示。

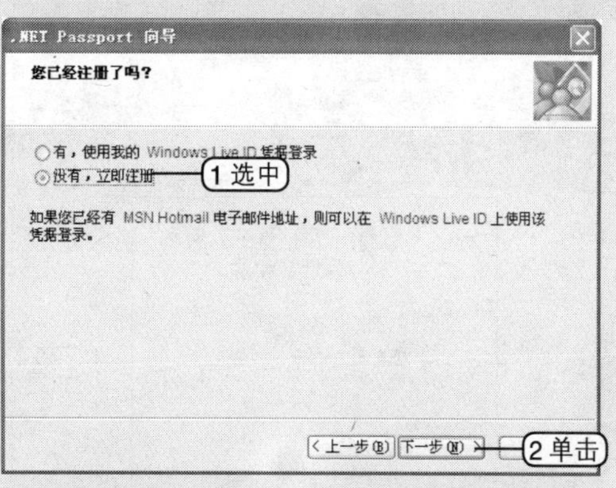

图5-26 “您已经注册了吗？”对话框

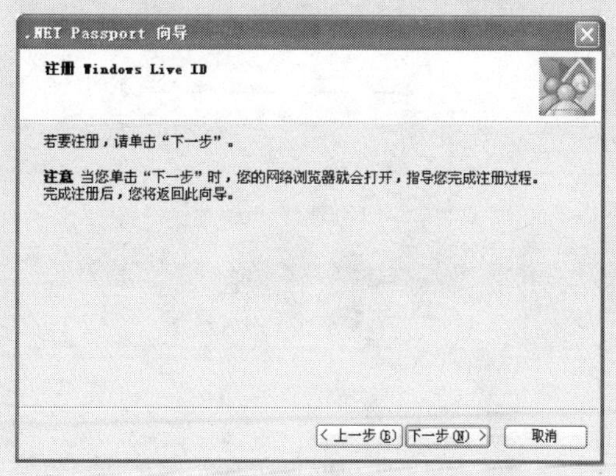

图5-27 “注册Windows Live ID”对话框

7 启动IE浏览器，进入“注册”界面，在其中输入注册信息，单击继续按钮，如图5-28所示。

8 打开“查看并签署协议”对话框，在文本框中再次输入邮箱地址，单击接受按钮，如图5-29所示。

9 打开“您已经创建了凭据”对话框，显示邮件注册成功，如图5-30所示。

10 回到.NET Passport向导，单击< 上一步(B)按钮，如图5-31所示。

11 返回“您已经注册了吗？”对话框，选中“有，使用我的Windows Live ID凭据登录”单选项，单击下一步(N) >按钮，如图5-32所示。

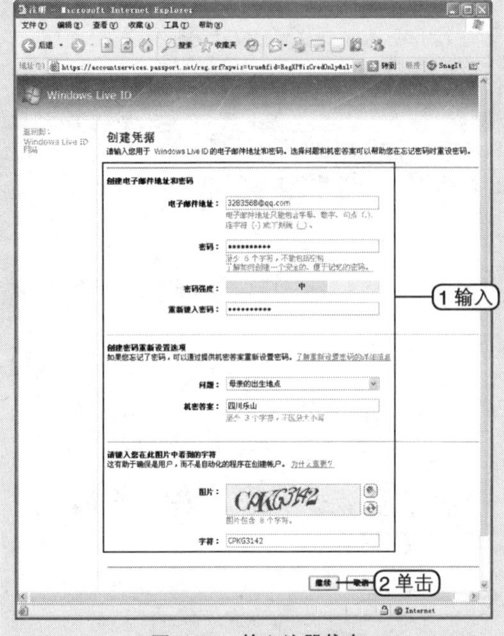

图 5-28　输入注册信息

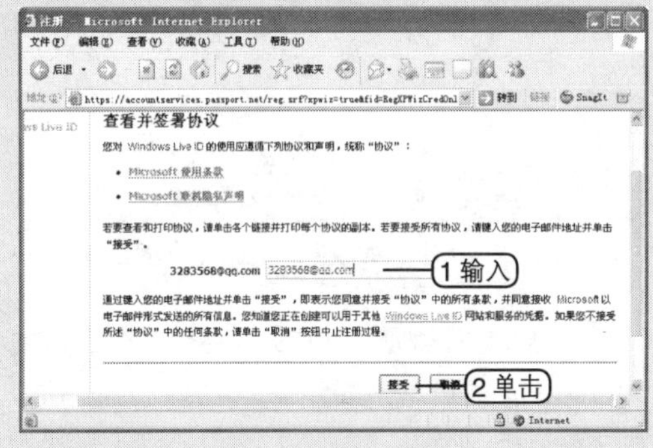

图 5-29　查看并签署协议

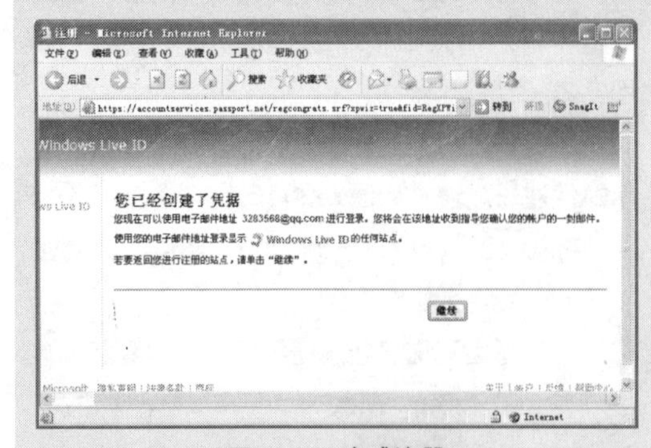

图 5-30　完成注册

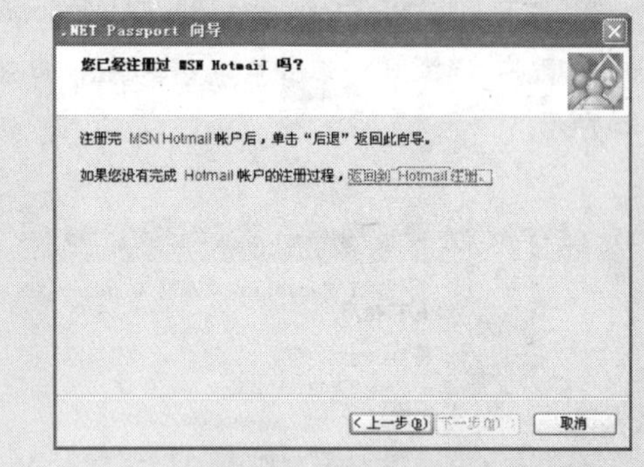

图 5-31　返回注册向导

图 5-32　“您已经注册了吗？”对话框

⑫ 打开“使用您的 Windows Live ID 凭据登录”对话框，输入登录账户，单击 下一步(N) > 按钮，如图 5-33 所示。

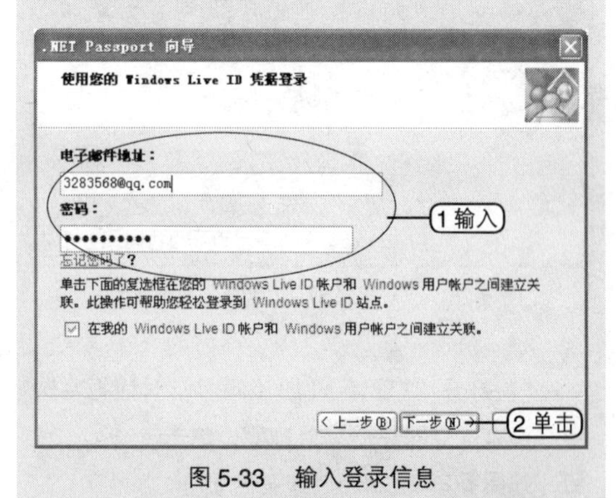

图 5-33　输入登录信息

⑬ 打开“已就绪”对话框，单击 完成 按钮，完成注册即可使用该账户登录，如图 5-34 所示。

考场点拨

由于这两种操作都需要使用向导，考试时有个小技巧可以运用：如果你的操作不正确，是不能进行下一步操作的。

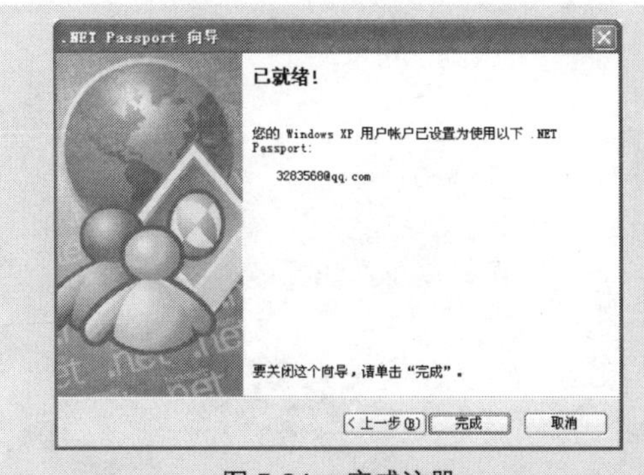

图 5-34　完成注册

5.2.3　自测练习及解题思路

1．测试题目

第 1 题　如果有一个 caiyiyi@qq.com 的邮箱，利用这个邮件地址进行注册。

第 2 题　使用 .NET Passport 向导注册 MSN 账户。

2．解题思路

第 1 题　参见 5.2.2 小节内容。

第 2 题　参见 5.2.1 小节内容。

5.3　查找与添加联系人

考点分析：查找与添加联系人是一个常考知识点。考试时，或者单独考查查找和添加操作，或者结合起来考查先查找再添加。如果认真学习并掌握了这几个操作，得分也就比较容易了。

学习建议：建议熟悉查找和添加的所有操作。

5.3.1　查找与添加联系人

查找与添加联系人的方法主要有以下几种。

方法 1：通过向导操作。

通过向导查找并添加联系人是指通过 MSN 自带的向导对话框设置联系人条件，并进行添加，其具体操作如下。

1 登录 MSN，执行以下任意一种操作打开"向导"对话框。

◈ 选择【联系人】→【添加联系人】菜单命令，如图 5-35 所示。

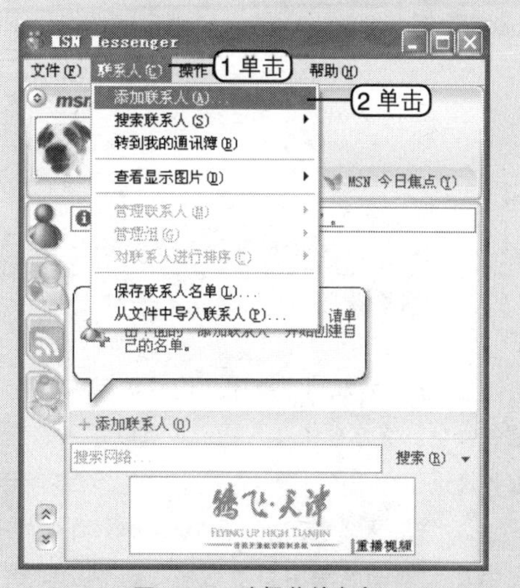

图 5-35　选择菜单命令

◈ 单击"添加联系人"超级链接，如图 5-36 所示。

图 5-36　添加联系人

2 打开"添加联系人"对话框，选中"根据电子邮件地址创建新的联系人"单选项，单击[下一步(N) >]按钮，如图 5-37 所示。

图 5-37　"添加联系人"对话框

3 在对话框的"请输入您的联系人的电子邮件地址"文本框中输入需要添加联系人的电子邮件地址，单击[下一步(N) >]按钮，如图 5-38 所示。

4 打开"成功！3283568@qq.com 已经添加到您的名单中"对话框，选中"向此人发送关于 MSN Messenger 的电子邮件"复选框，在其下的文本框中输入提示相关信息，单击[下一步(N) >]按钮，如图 5-39 所示。

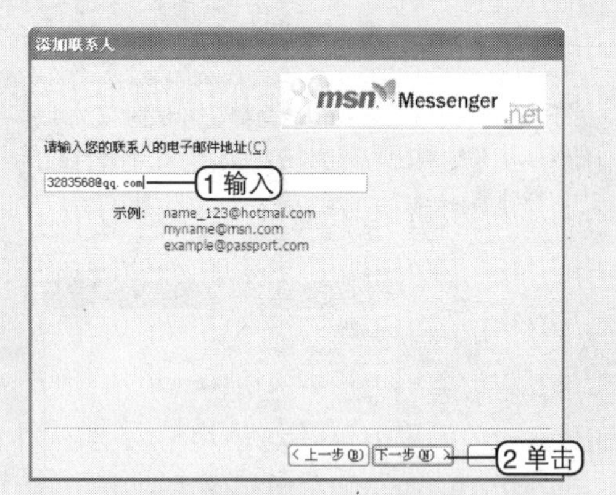

图 5-38　输入电子邮件地址

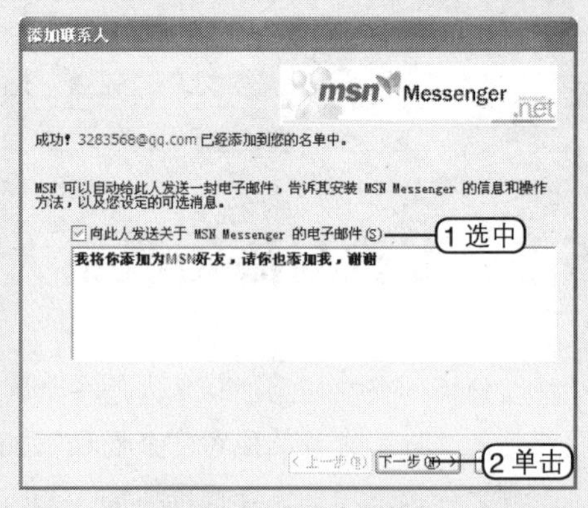

图 5-39　发送电子邮件

5 打开"已完成！"对话框，单击[完成]按钮，成功将 3283568@qq.com 电子邮件添加到 MSN 的联系人名单中，如图 5-40 所示。

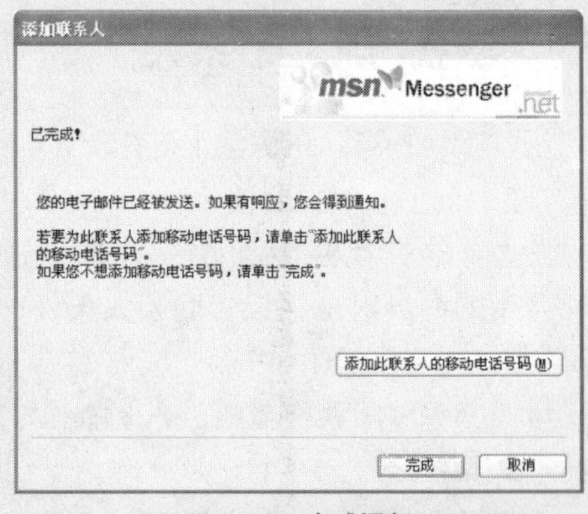

图 5-40　完成添加

操作提示

单击【添加此联系人的移动电话号码(M)】按钮，则打开相应的对话框，添加该联系人的相关信息。

方法 2：通过网页操作。

登录 MSN，选择【联系人】→【搜索联系人】菜单命令，在弹出的菜单中选择【高级搜索】或【按兴趣搜索】菜单命令，如图 5-41 所示，在打开相应的网页中设置搜索的条件即可搜索联系人，并添加到 MSN 中。

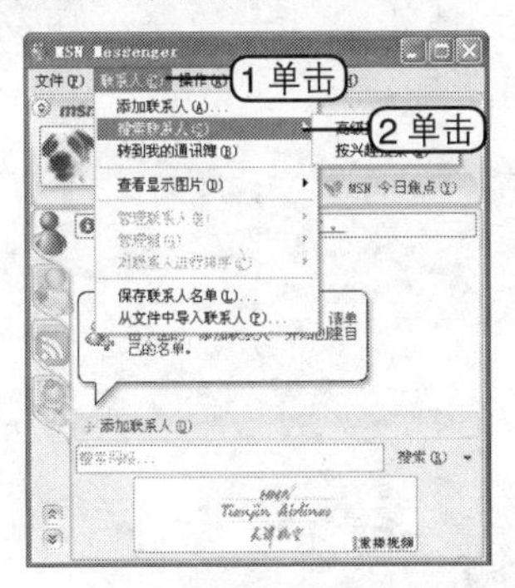

图 5-41　选择菜单命令

5.3.2　自测练习及解题思路

1．测试题目

第 1 题　添加联系人 caiyiyi，他的邮件地址为 caiyiyi@sina.com。

第 2 题　搜索联系人 caiyiyi。

2．解题思路

第 1 题　登录 MSN，单击“添加联系人”超级链接。

第 2 题　选择【联系人】→【搜索联系人】菜单命令，在打开的菜单中选择【高级搜索】或【按兴趣搜索】菜单命令。

5.4　使用MSN进行通信

考点分析：使用 MSN 进行通信是本章的重点，历次考试最少都会出现 2 道以上的考题。除了共享应用程序和多用户通信这两个知识点在以前的考试中出现的频率较低外，其他知识点都要求重点掌握。

学习建议：建议熟练掌握文字通信、音频通信、视频通信、传送文件、设置字体和添加表情符号的相关操作。

5.4.1　文字通信

文字通信是 MSN 最常用的通信方式，当联系人在线时，就可以向其发送文字信息了。文字通信还包括设置文字字体、添加表情符号和添加背景等操作。

1．文字通信的一般方法

文字通信的一般方法就是打开“对话”窗口，在其中输入相应的信息。打开“对话”窗口并进行文字通信的，其具体操作如下。

1 登录 MSN，执行以下任意一种打开“对话”窗口，以进行文字通信。

- 通过菜单命令：在 MSN 登录后的主界面上选择需进行文字通信的联系人，选择【操作】→【发送即时消息】菜单命令，如图 5-42 所示。

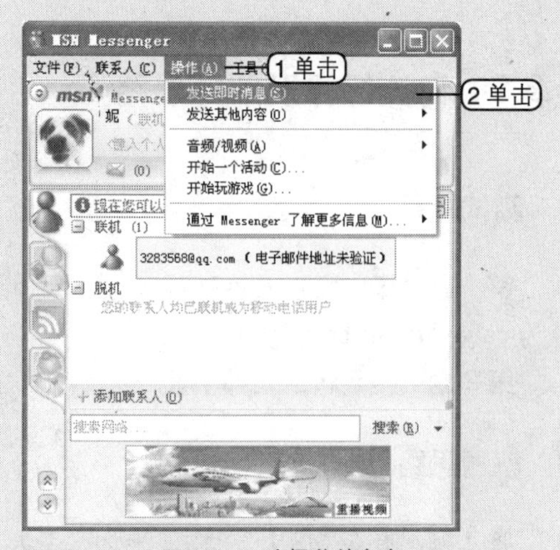

图 5-42　选择菜单命令

◈ 通过右键菜单：在 MSN 登录后的主界面上需进行文字通信的联系人上单击右键，在弹出的快捷菜单中选择【操作】→【发送即时消息】菜单命令，如图 5-43 所示。

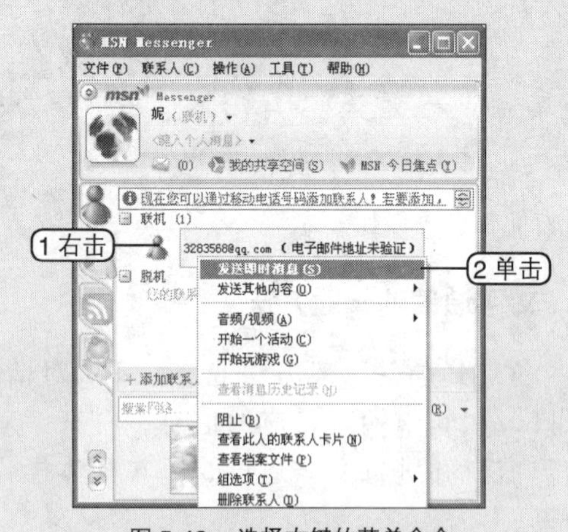

图 5-43　选择右键的菜单命令

◈ 通过双击：在 MSN 登录后的主界面上，双击需进行文字通信的联系人。

2 打开该联系人的“对话”窗口，在文本框中输入文字，单击 发送(S) 按钮，如图 5-44 所示。

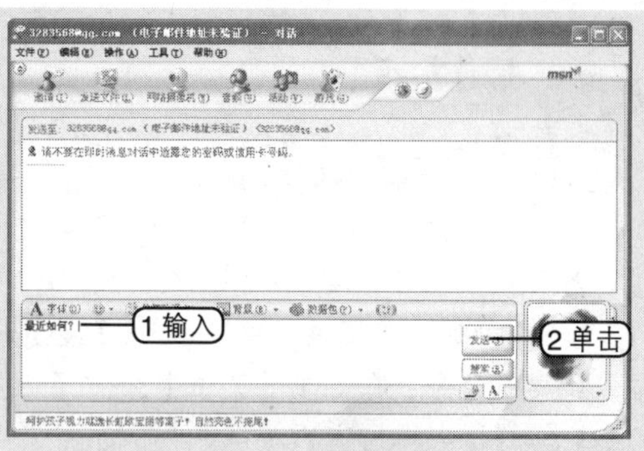

图 5-44　发送消息

3 联系人的桌面上将打开“对话”窗口，显示收到的信息，用相同的方法即可进行回复，如图 5-45 所示。

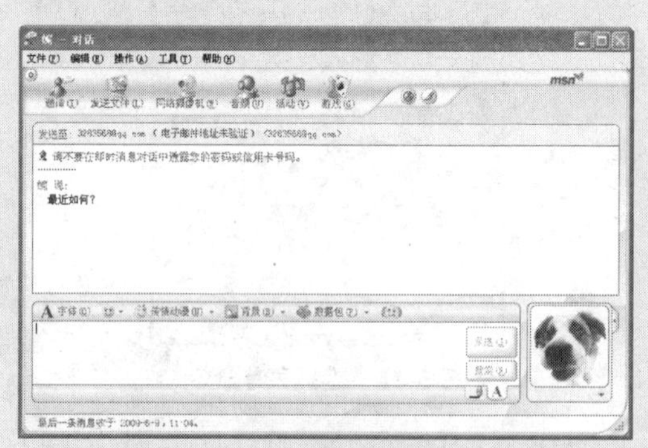

图 5-45　收到消息

4 回复后，通信的所有内容将显示在窗口上部的列表框中，如图 5-46 所示。

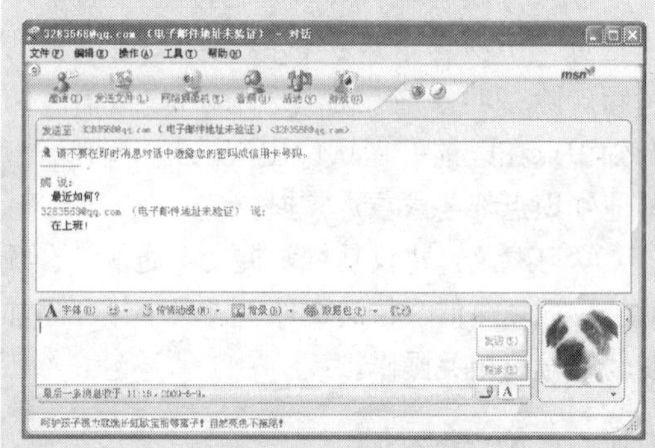

图 5-46　通信的记录

操作小结：MSN 中文字通信最简洁最常用的方法就是双击通信对象，打开该联系人的“对话”窗口再进行文字通信。

2．设置文字字体

设置文字字体的方法是通过“更改我的消息字体”对话框实现的，包括设置字形、字体、大小、颜色、显示效果和字符集。下面是设置文字字体的具体操作。

1 打开“对话”窗口，执行以下任意一种操作打开“更改我的消息字体”对话框。

- **单击工具按钮：单击“对话”窗口的文本框上方的A 字体(O)按钮。**
- **通过右键菜单：在“对话”窗口的文本框中单击鼠标右键，在弹出的快捷菜单中选择【更改字体】菜单命令，如图5-47所示。**

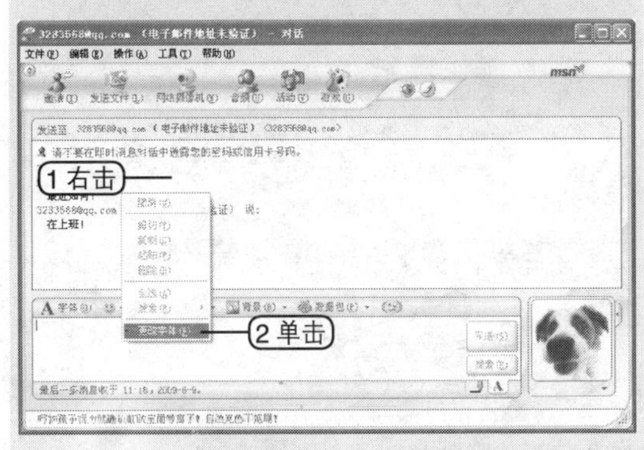

图5-47 使用右键菜单

- **通过菜单命令：在“对话”窗口中选择【编辑】→【更改字体】菜单命令，如图5-48所示。**

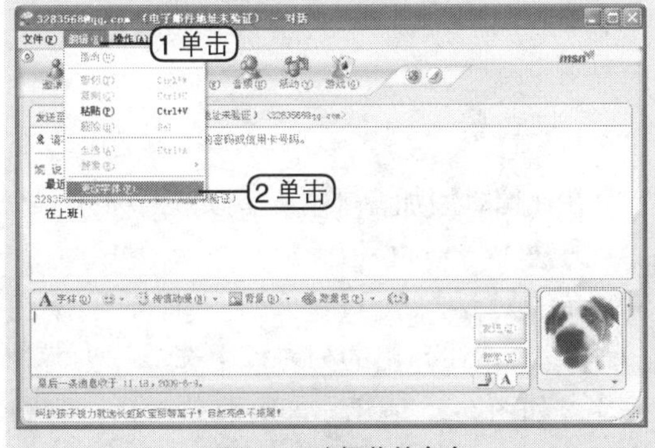

图5-48 选择菜单命令

2 打开“更改我的消息字体”对话框，在“字体”列表框中选择所需字体“隶书”选项，在“大小”列表框中选择所需字号“16”选项，在“颜色”下拉列表框中选择文字颜色“蓝色”选项，单击 确定 按钮，如图5-49所示。

3 如再次发送消息，即可看到设置后的文字效果，如图5-50所示。

考场点拨

考题可能会将发送消息和设置文字进行综合考查，如果出现这种情况，正确的操作应该是先设置文字效果，再输入文字，最后发送消息。

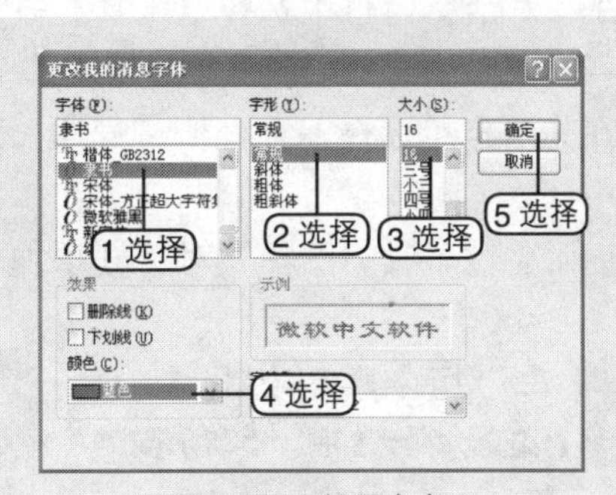

图5-49 设置文字

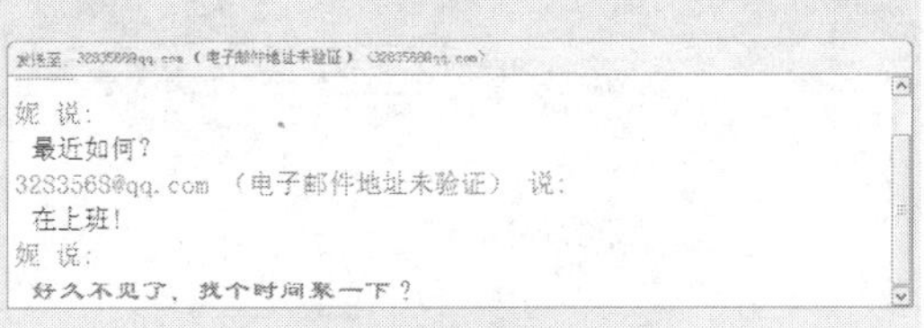

图5-50 设置后的效果

3．添加表情符号

在进行文字通信时添加表情符号主要有以下两种方法。

方法1：通过按钮添加。

在“对话”窗口中单击“选择图释”按钮 ，在弹出的列表框中选择一种表情符号插入到文本框中，如图 5-51 所示。

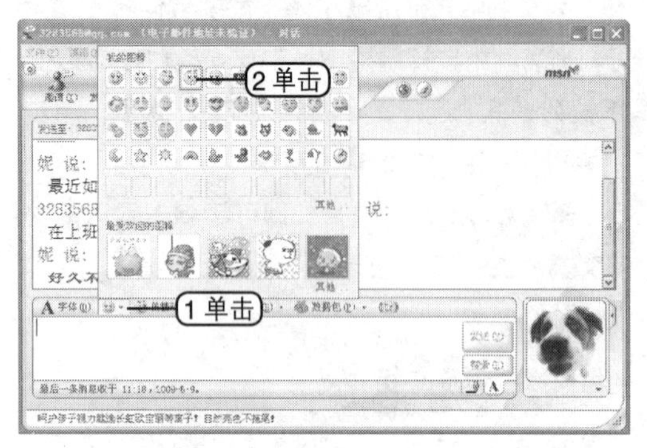

图 5-51　添加表情符号

方法 2：通过菜单命令添加。

在“对话”窗口中选择【工具】→【我的图释】菜单命令，打开“我的图释”对话框，在其中也可选择一种表情符号插入到文本框中。

下面通过“我的图释”对话框添加表情符号。

1 在“对话”窗口中选择【工具】→【我的图释】菜单命令，如图 5-52 所示。

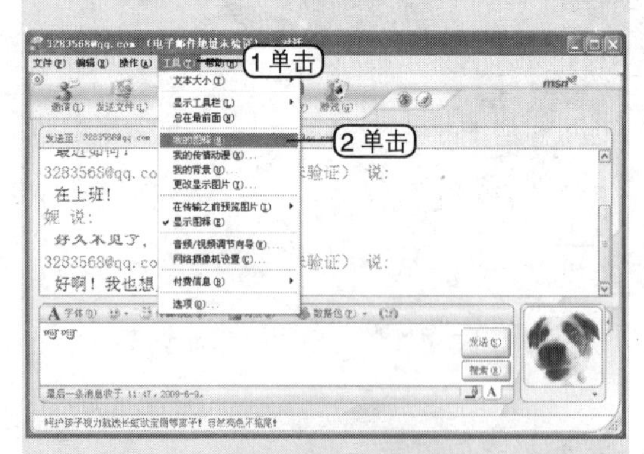

图 5-52　选择菜单命令

2 打开“我的图释”对话框，在列表框中选择所需的图释“眨眼”，单击 确定 按钮，如图 5-53 所示。

3 返回“对话”窗口，在文本框中即可看到添加的表情符号，如图 5-54 所示。

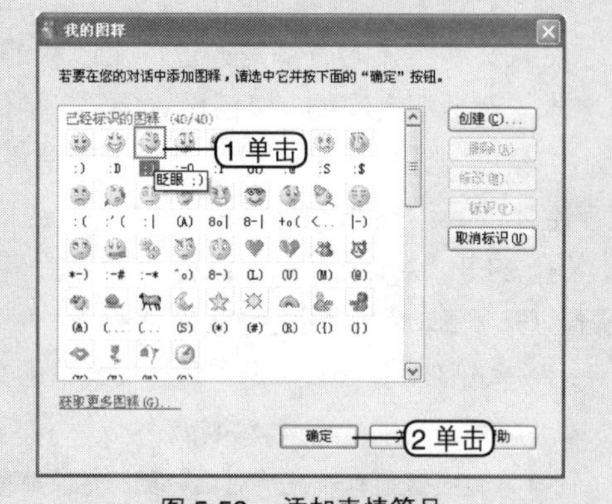

图 5-53　添加表情符号

操作提示

在单击 按钮后弹出的列表框中，单击“其他”超级链接，也能打开“我的图释”对话框。

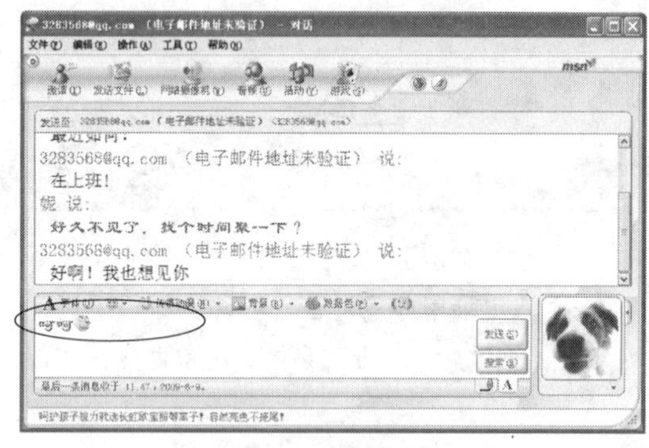

图 5-54　完成添加

4．添加背景

在通信时添加背景主要有以下两种方法。

方法 1：通过按钮添加。

在“对话”窗口中单击“背景”按钮 背景(B)，在弹出的列表框中选择一张背景图片，如图 5-55 所示，即可将“对话”窗口的背景设置为该图片。

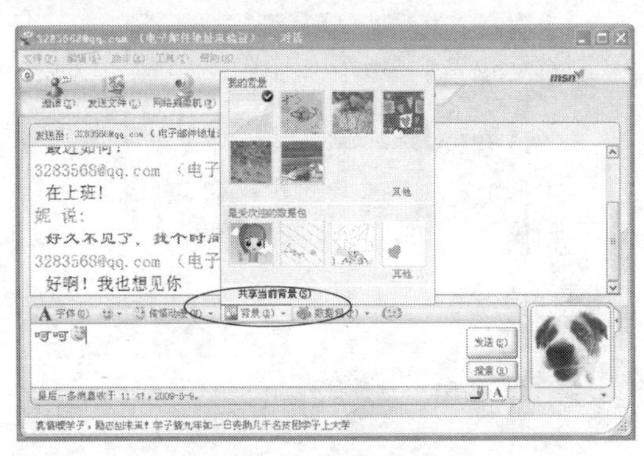

图 5-55　添加背景

方法 2：通过菜单命令添加。

在“对话”窗口中选择【工具】→【我的背景】菜单命令，打开“我的背景”对话框，在其中也可选择一张背景图片。

下面通过“我的背景”对话框设置窗口背景，其具体操作如下。

1 在“对话”窗口中选择【工具】→【我的背景】菜单命令，如图 5-56 所示。

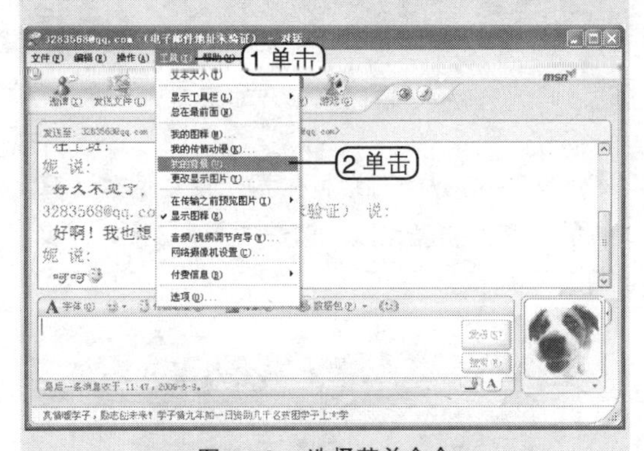

图 5-56　选择菜单命令

2 打开“我的背景”对话框，在“背景图片”列表框中选择所需的背景“薰衣草”，单击 确定 按钮，如图 5-57 所示。

3 返回“对话”窗口，即可看到添加背景图片后的效果，如图 5-58 所示。

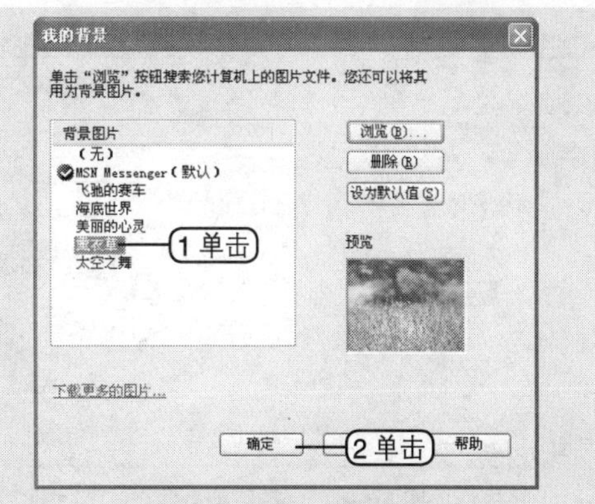

图 5-57　选择背景图片

操作提示

在“我的背景”对话框中单击 浏览(B)... 按钮，在打开的对话框中从本地计算机中选择一张图片，也可以作为窗口背景 。

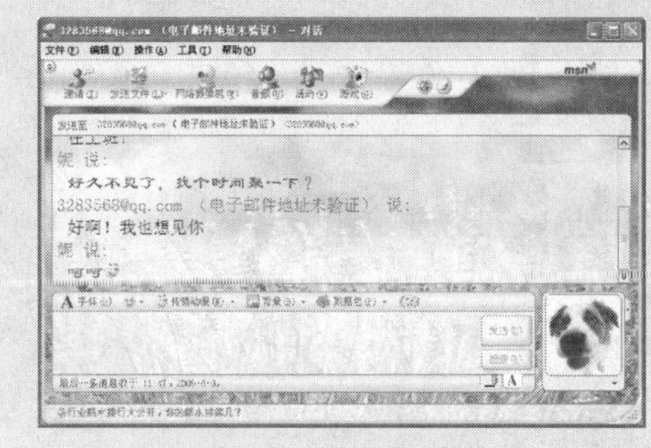

图 5-58　完成添加

5.4.2　音频通信

使用 MSN 可以和 MSN 的联系人进行语音通话。进行音频通话前，双方联系人首先安装并设置好耳机和麦克风，然后就可以打开音频通话界面进行通话。打开音频通话界面主要有以下 4 种方法。

方法 1：通过“对话”窗口菜单命令。

在“对话”窗口中选择【操作】→【音频 / 视频】→【开始音频对话】菜单命令，如图 5-59 所示。

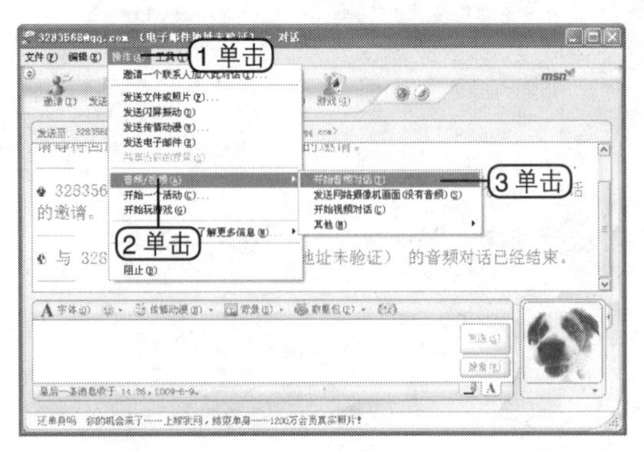

图 5-59　选择菜单命令

方法 2：通过右键菜单。

在 MSN 窗口中选择一个联系人，单击鼠标右键，在弹出的快捷菜单中选择【音频/视频】→【开始音频对话】菜单命令，如图 5-60 所示。

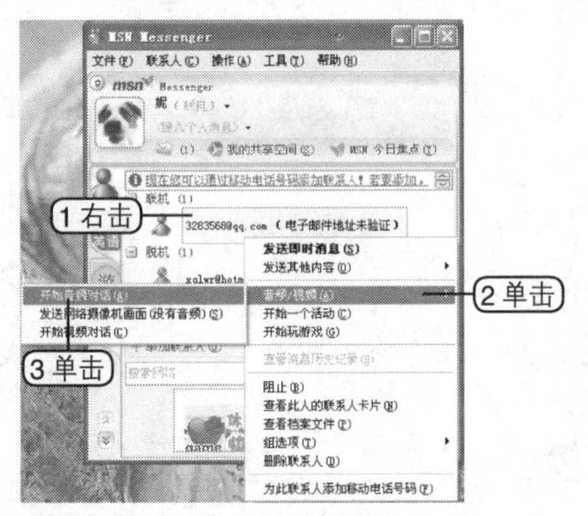

图 5-60　使用右键菜单

方法 3：通过 MSN 窗口菜单命令。

在 MSN 窗口中选择【操作】→【音频/视频】→【开始音频对话】菜单命令，打开"开始音频对话"对话框，选择一个联系人进行音频通信，如图 5-61 所示。

方法 4：通过"对话"按口按钮。

在"对话"窗口中单击工具栏中的按钮。首次启动音频对话时，将打开"音频和视频调节向导"对话框，通过调节后才能保证音频聊天的通畅。

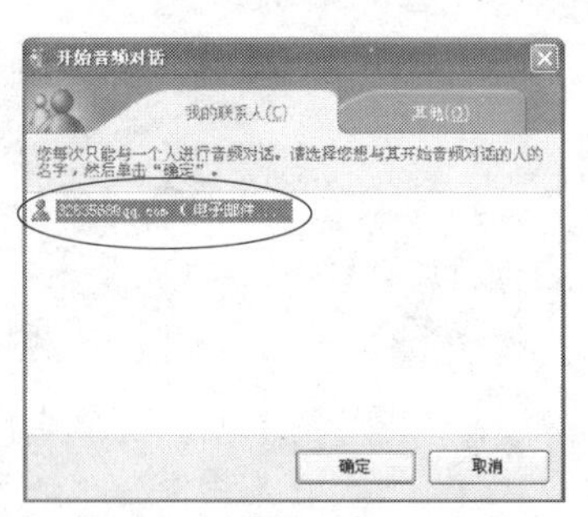

图 5-61　选择音频通信的联系人

下面进行音频调节并进行音频通话。

1 使用前面任意一种方法打开调节向导对话框，单击下一步(N)按钮，如图 5-62 所示。

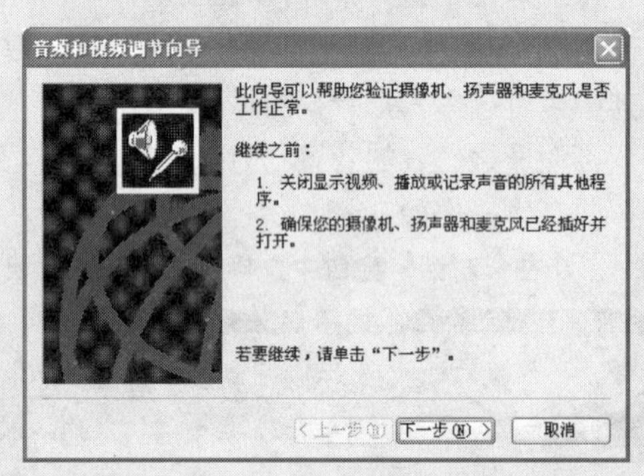

图 5-62　打开调节向导

2 在打开的对话框中提示用户调整计算机的扬声器和麦克风，单击下一步(N)按钮，如图 5-63 所示。

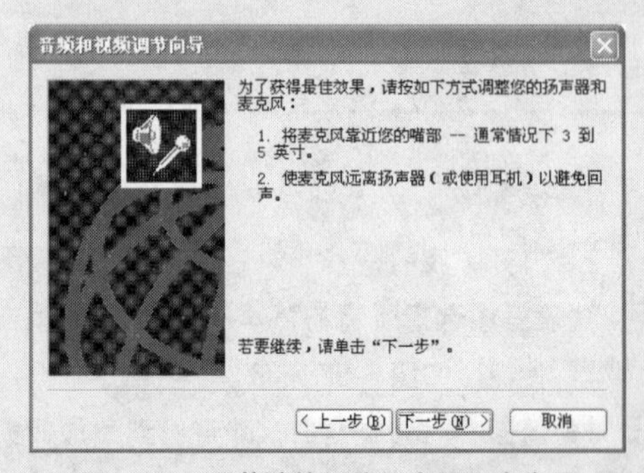

图 5-63　调整计算机的扬声器和麦克风

3 在打开的对话框中提示用户选择计算机的扬声器和麦克风，单击 下一步(N) > 按钮，如图5-64所示。

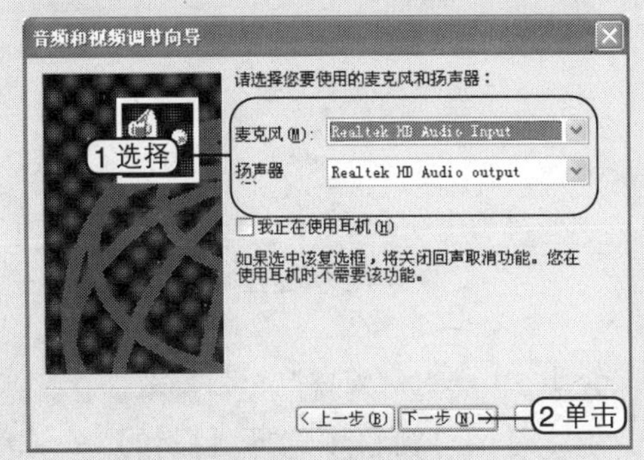

图5-64　选择计算机的扬声器和麦克风

操作提示

如果计算机使用的音频通信设备是耳机，应该选中“我正在使用耳机”复选框。

4 在打开的对话框中提示用户调整计算机扬声器的音量，单击 下一步(N) > 按钮，如图5-65所示。

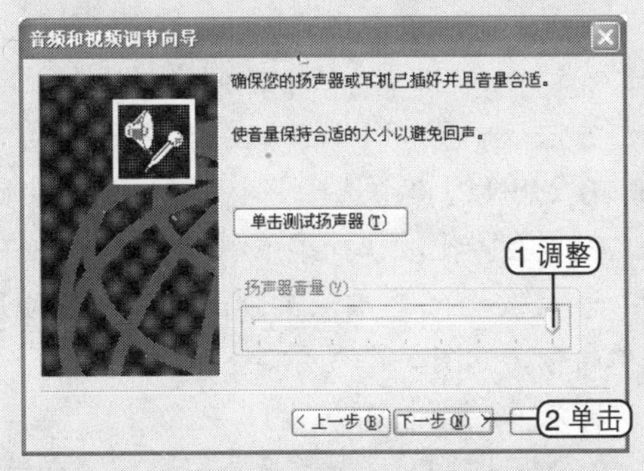

图5-65　调整计算机扬声器的音量

5 在打开的对话框中提示用户调整计算机麦克风的音量，单击 下一步(N) > 按钮，如图5-66所示。

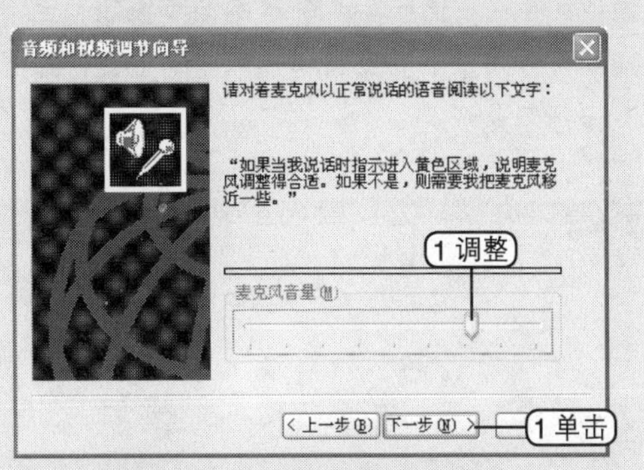

图5-66　调整计算机麦克风的音量

6 在打开的对话框中提示用户调节成功，单击 完成 按钮，如图5-67所示。

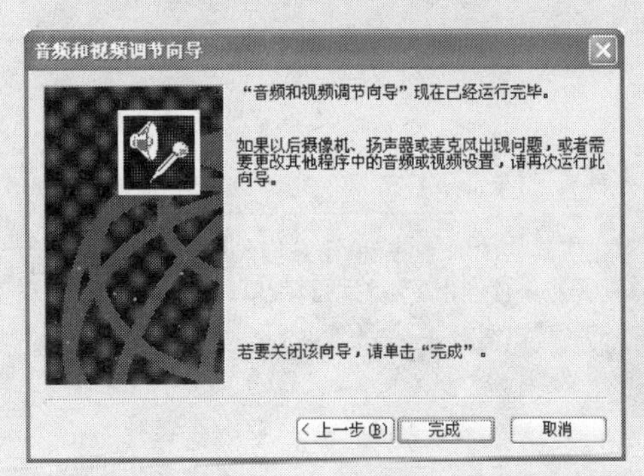

图5-67　调整完成

7 联系人的桌面上将打开“对话”窗口，显示如图5-68所示的信息，单击“接受”超级链接。

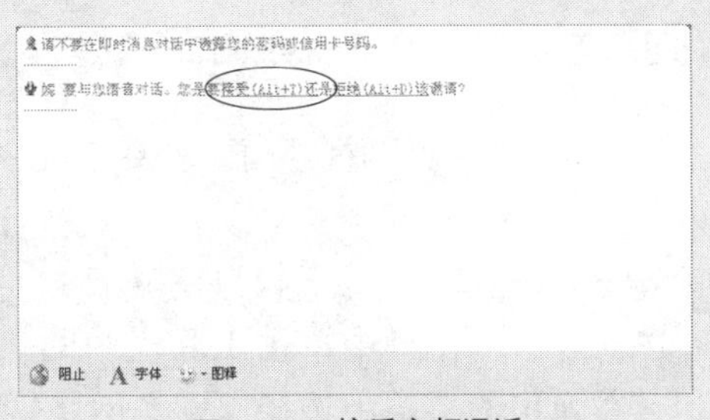

图5-68　接受音频通话

8 返回“对话”窗口，显示可以开始音频

通话，并在右侧显示两个音量调节按钮，上下拖动可分别调节麦克风和扬声器的音量，如图 5-69 所示。

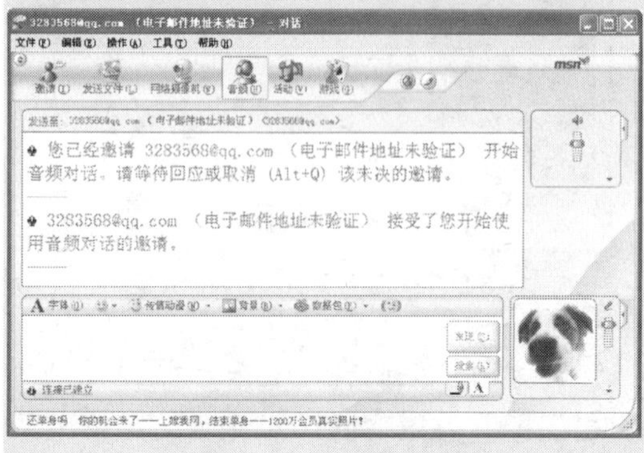

图 5-69 开始音频通信

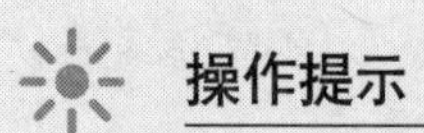

操作提示

单击工具栏中的按钮，或选择【操作】→【音频 / 视频】→【停止音频对话】菜单命令，都能取消双方的音频通信。

5.4.3 视频通信

在 MSN 中利用摄像头进行视频通信主要有两种情况：向对方发送自己的视频画面和双方视频通话。

1．向对方发送自己的视频画面

向对方发送自己的视频画面主要有以下几种方法。

方法 1：通过“对话”窗口按钮。

在“对话”窗口中单击工具栏中的按钮，在弹出的菜单中选择【发送网络摄像机画面（没有音频）】菜单命令，如图 5-70 所示。

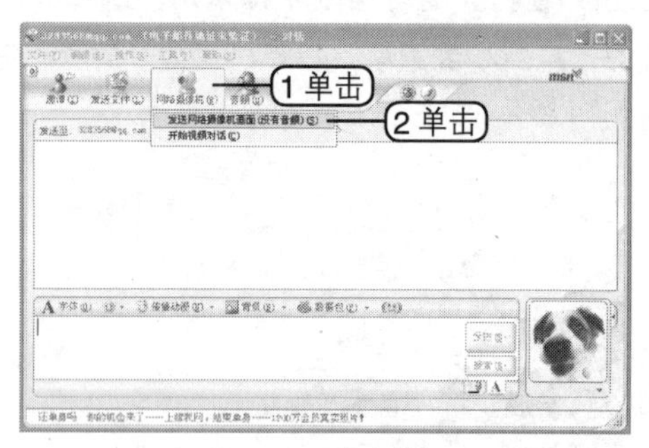

图 5-70 单击按钮

方法 2：通过“对话”窗口菜单。

在“对话”窗口中选择【操作】→【音频 / 视频】→【发送网络摄像机画面（没有音频）】菜单命令，如图 5-71 所示。

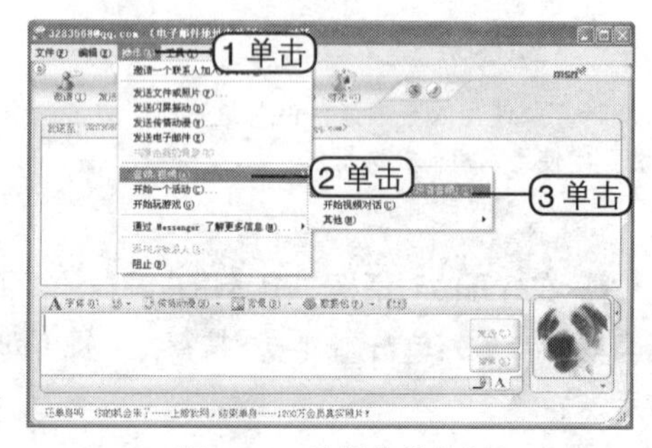

图 5-71 选择菜单命令

方法 3：通过 MSN 窗口右键菜单。

在 MSN 窗口中选择一个联系人，单击鼠标右键，在弹出的快捷菜单中选择【音频 / 视频】→【发送网络摄像机画面（没有音频）】菜单命令，如图 5-72 所示。

方法 4：通过 MSN 窗口菜单。

在 MSN 窗口中选择【操作】→【音频 / 视频】→【发送网络摄像机画面（没有音频）】菜单命令，打开“发送我的网络摄像机画面”对话框，选择一个联系人进行视频通信，如图 5-73 所示。

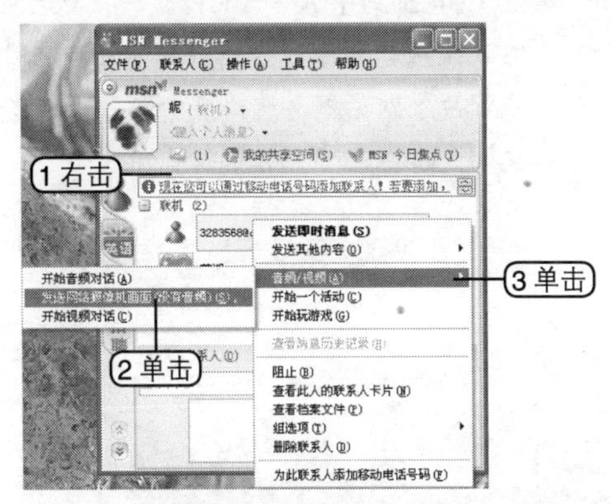

图 5-72　使用右键菜单

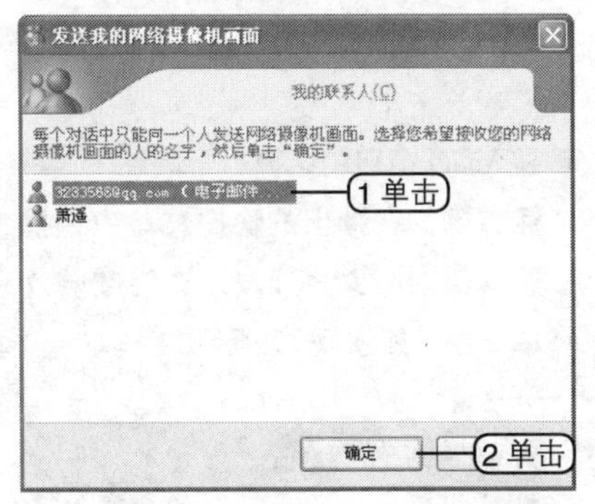

图 5-73　选择视频通信的联系人

2．双方视频通话

双方视频通话主要有以下几种方法。

方法 1：通过“对话”窗口菜单。

在“对话”窗口中选择【操作】→【音频 / 视频】→【开始视频通话】菜单命令。

方法 2：通过“对话”窗口按钮。

在“对话”窗口中单击工具栏中的按钮，在弹出的菜单中选择【开始视频通话】菜单命令，如图 5-74 所示。

方法 3：通过 MSN 窗口右键菜单。

在 MSN 窗口中选择一个联系人，单击鼠标右键，在弹出的快捷菜单中选择【音频 / 视频】→【开始视频通话】菜单命令。

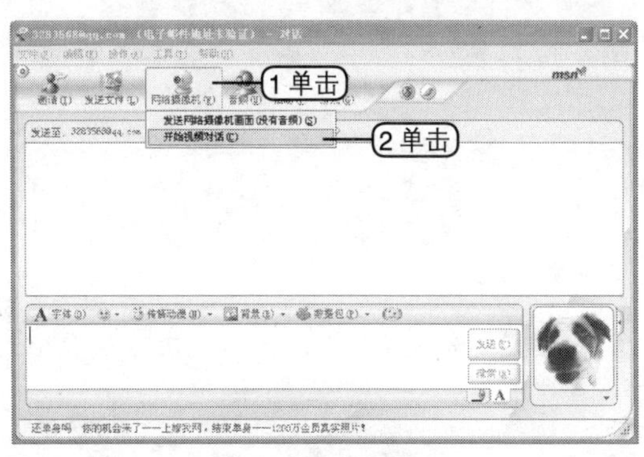

图 5-74　单击按钮

方法 4：通过 MSN 窗口菜单。

在 MSN 窗口中选择【操作】→【音频 / 视频】→【开始视频通话】菜单命令，打开“开始视频通话”对话框，选择一个联系人进行视频通信，如图 5-75 所示。

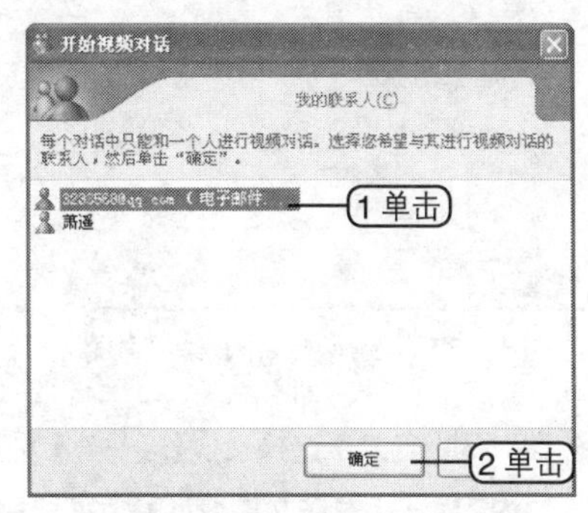

图 5-75　选择视频通信的联系人

5.4.4　传送文件

使用 MSN 可以和世界各地的联机联系人进行文件传输。传送文件的具体操作如下。

1 执行以下任意一种操作打开选择需传送文件的对话框。

- **在“对话”窗口中选择【文件】→【发送文件或照片】菜单命令，如图 5-76 所示。**
- **在“对话”窗口中选择【操作】→**

【发 - 送文件或照片】菜单命令，如图 5-77 所示。

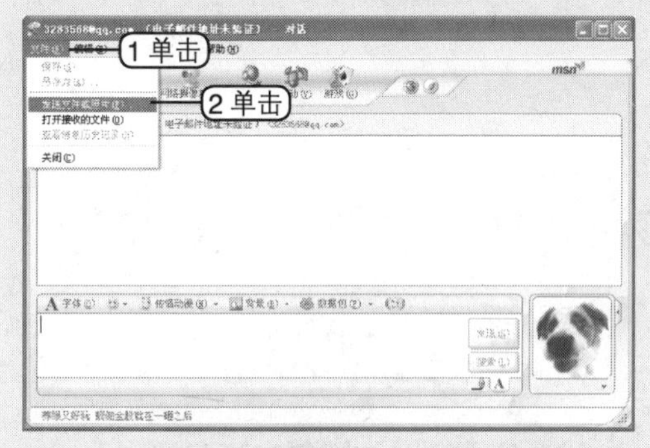

图 5-76 选择【文件】菜单命令

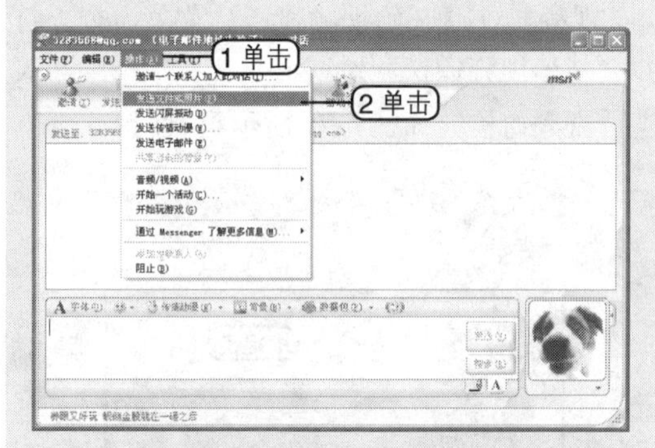

图 5-77 选择【操作】菜单命令

◈ 在 MSN 窗口中选择【操作】→【发送其他内容】→【发送文件或照片】菜单命令，如图 5-78 所示。

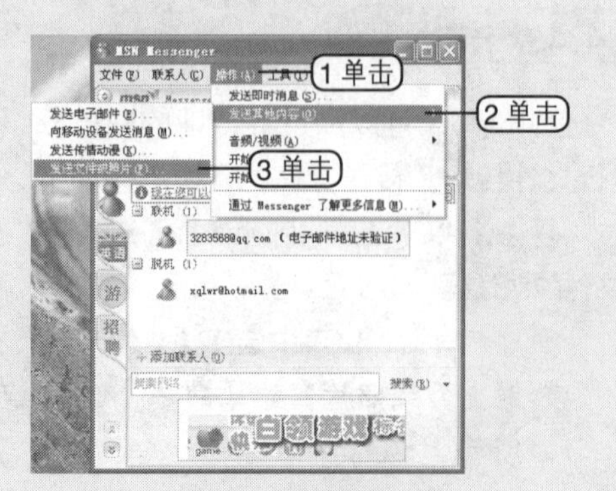

图 5-78 选择菜单命令

◈ 在 MSN 窗口中选择【文件】→【发送文件或照片】菜单命令，打开“发送文件或照片”对话框，选择一个联系人传送文件，如图 5-79 所示。

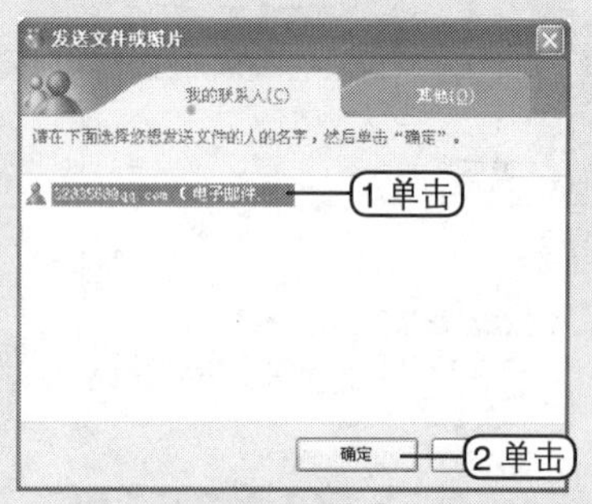

图 5-79 选择传送文件的联系人

◈ 在 MSN 窗口中选择一个联系人，单击鼠标右键，在弹出的快捷菜单中选择【发送其他内容】→【发送文件或照片】菜单命令，如图 5-80 所示。

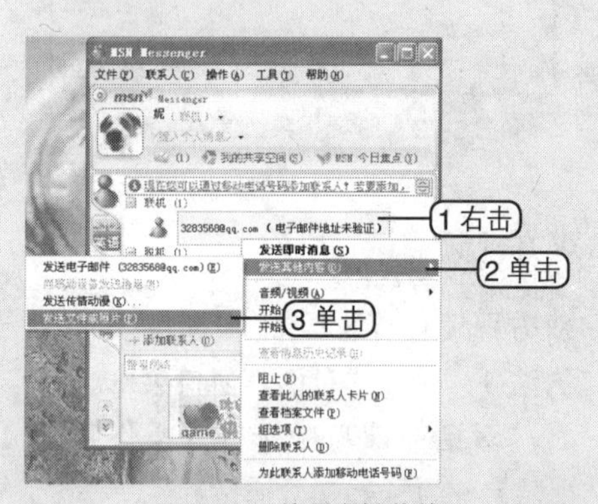

图 5-80 使用右键菜单

◈ 通过“对话”窗口按钮：在“对话”窗口中单击工具栏中的 按钮。

2 打开选择文件对话框，选择需要传送的文件，单击 打开(O) 按钮，如图 5-81 所示。

3 联系人的桌面上将打开“对话”窗口，显示如图 5-82 所示的信息，单击“接受”超级链接。

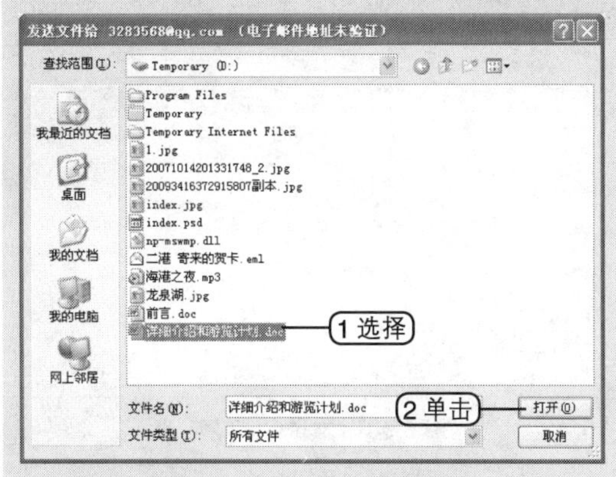

图 5-81　打开选择文件对话框

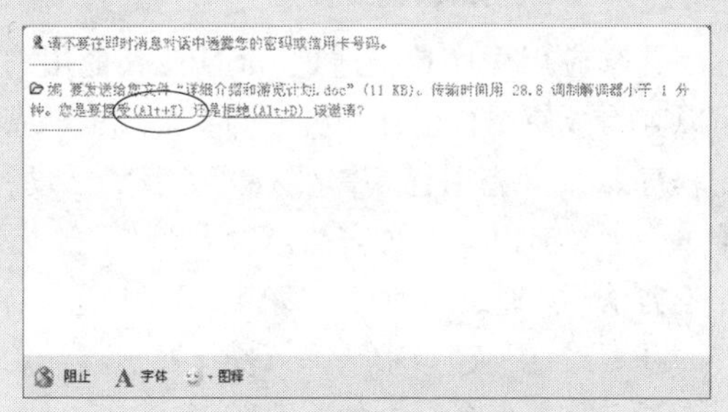

图 5-82　接受文件传送

4 MSN 开始传送文件，并显示传送进度，完成后显示信息，如图 5-83 所示。

考场点拨

选择联系人和发送的文件这两个步骤在传送文件的操作中必不可少，考试中缺少一个，该题无法完成，也不能得到该考题的分数。

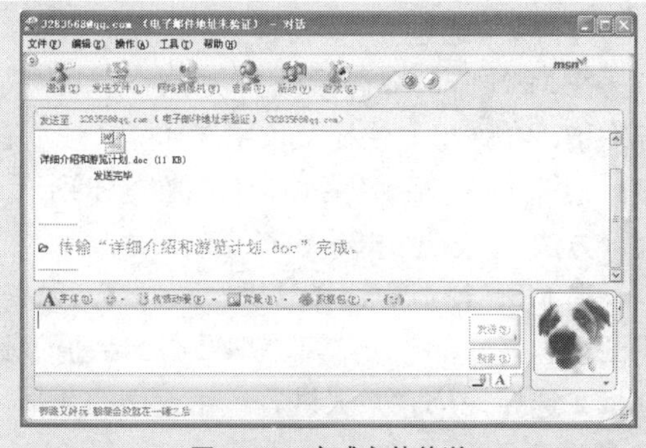

图 5-83　完成文件传送

5.4.5　发送电子邮件

在 MSN 中可以调用收发电子邮件客户端工具向联系人发送电子邮件，不但能向联机的联系人发送，也可以向脱机的联系人发送。其具体操作如下。

主要有以下几种方法。

方法 1：通过“对话”窗口菜单命令。

在“对话”窗口中选择【操作】→【发送电子邮件】菜单命令，可在打开的网页中向当前的联系人发送电子邮件，如图 5-84 所示。

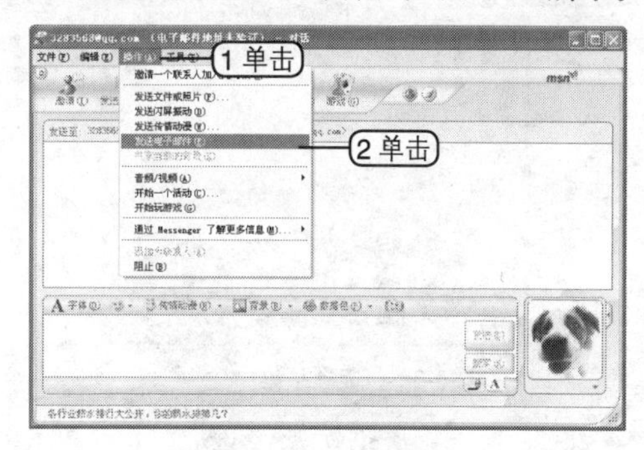

图 5-84　选择菜单命令

方法 2：通过 MSN 窗口右键菜单。

在 MSN 窗口中选择一个联系人，单击鼠标右键，在弹出的快捷菜单中选择【操作】→【发送其他内容】→【发送电子邮件】菜单命令，可在打开的网页中向选择的联系人发送电子邮件，如图 5-85 所示。

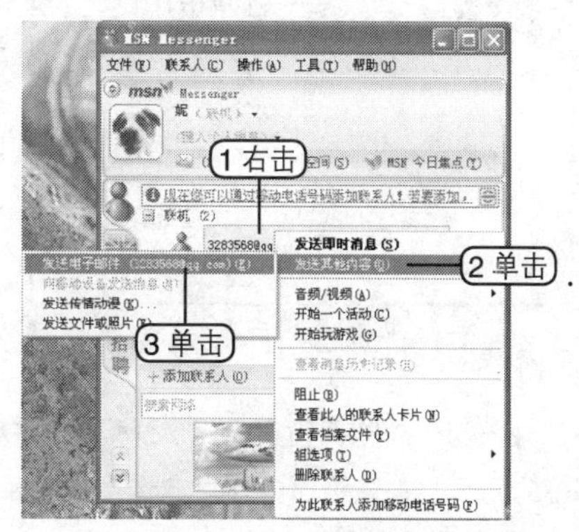

图 5-85　使用右键菜单

方法3：通过MSN窗口菜单命令。

使用该方法发送邮件，还必须在打开的对话框中选择联系人，其具体操作如下。

1 在MSN窗口中选择【操作】→【发送其他内容】→【发送电子邮件】菜单命令，如图5-86所示。

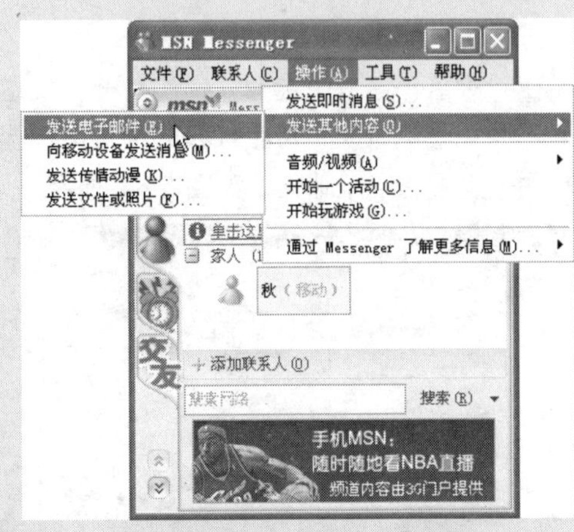

图5-86 选择菜单命令

2 打开“发送电子邮件”对话框，选择一个联系人发送电子邮件，单击 确定 按钮，如图5-87所示。

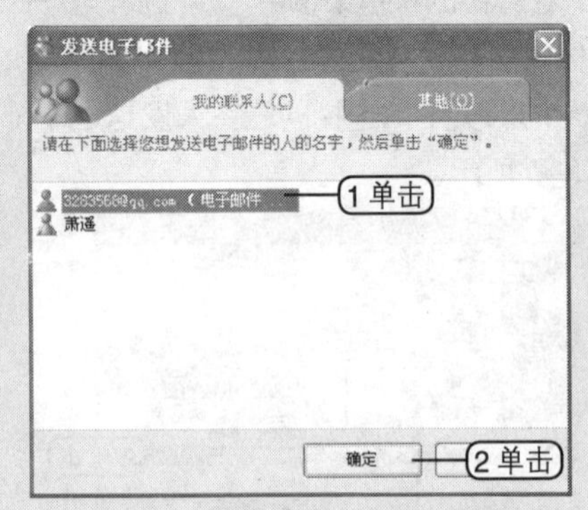

图5-87 选择发送电子邮件的联系人

3 打开IE浏览器窗口，进入MSN账户所在邮箱的网页，在该页面中即可向选择的联系人发送电子邮件，如图5-88所示。

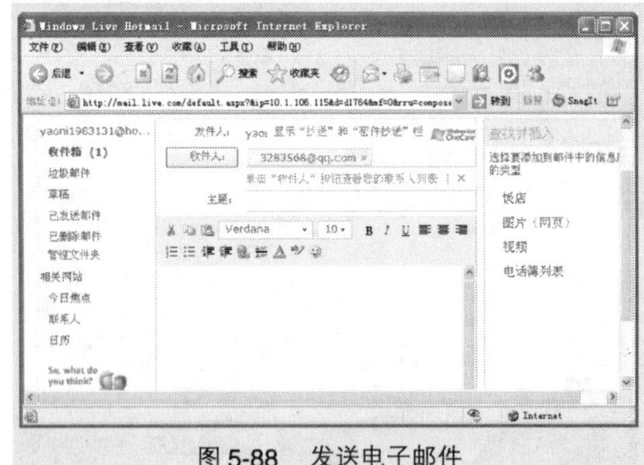

图5-88 发送电子邮件

5.4.6 共享应用程序

共享应用程序是指通过MSN使其他用户可以查看或使用自己计算机中的某个或全部应用程序。共享应用程序需要打开“我的活动”菜单，主要有以下几种方法。

方法1：通过“对话”窗口菜单命令。

在“对话”窗口中选择【操作】→【开始一个活动】菜单命令，如图5-89所示。

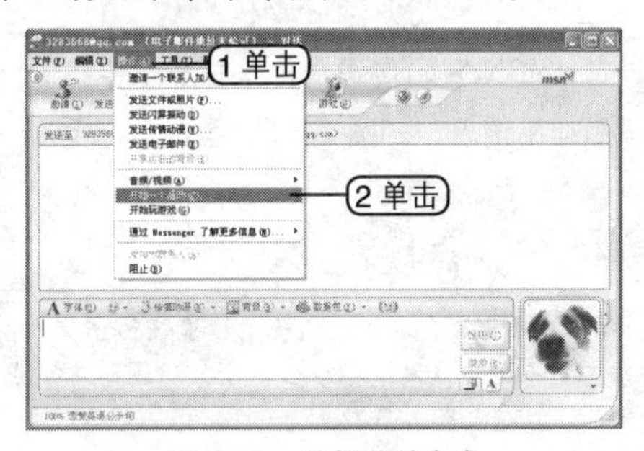

图5-89 选择菜单命令

方法2：通过MSN窗口右键菜单。

在MSN窗口中选择一个联系人，单击鼠标右键，在弹出的快捷菜单中选择【音频/视频】→【开始一个活动】菜单命令，如图5-90所示。

方法3：通过MSN窗口菜单命令。

在MSN窗口中选择【操作】→【开始一个活动】菜单命令，打开“开始一个活动”对话框，选择一个联系人进行应用程序的共享，如图5-91所示。

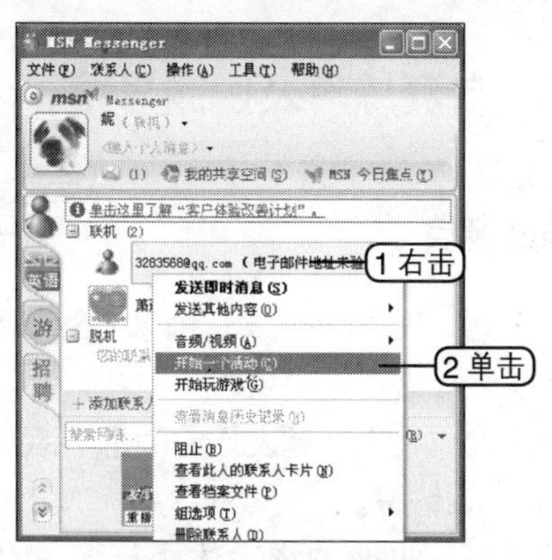

图 5-90　使用右键菜单

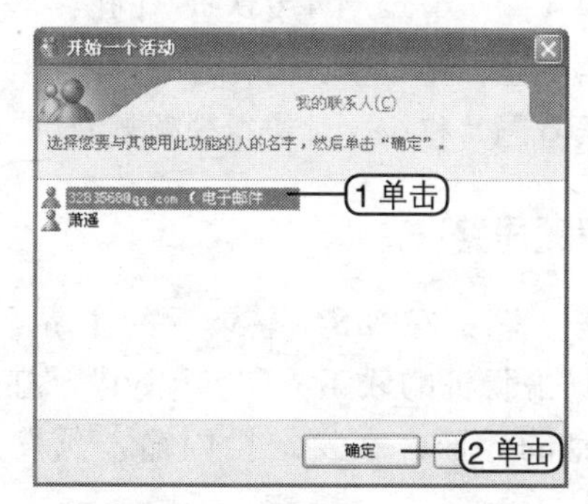

图 5-91　选择共享的联系人

添加“活动”菜单后，在“对话”窗口中单击工具栏中的按钮即可共享应用程序，其具体操作如下。

1 在“对话”窗口中单击工具栏中的按钮，在弹出的菜单中选择【应用程序共享】菜单命令，如图 5-92 所示。

2 联系人的桌面上将打开“对话”窗口，显示如图 5-93 所示的信息，单击“接受”超级链接。

3 打开“正共享会话”对话框，单击应用程序共享按钮，如图 5-94 所示。

4 打开“共享-无”对话框，在其中的列表框中选择需要共享的应用程序，单击 共享(S) 按钮，如图 5-95 所示。

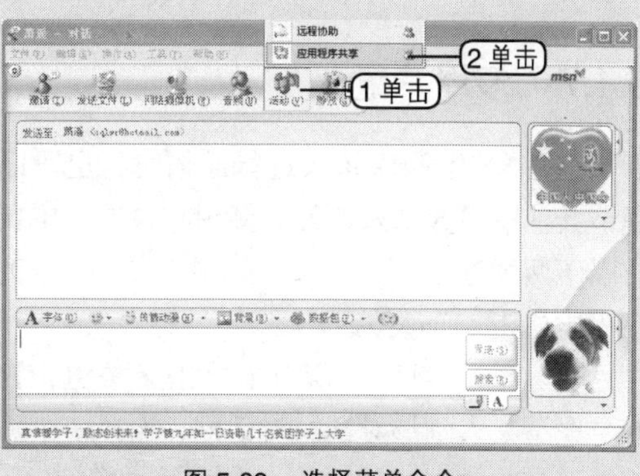

图 5-92　选择菜单命令

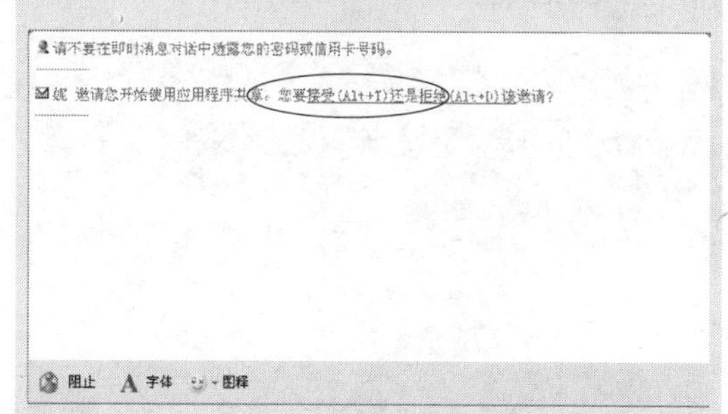

图 5-93　接受程序共享

图 5-94　“正共享会话”对话框

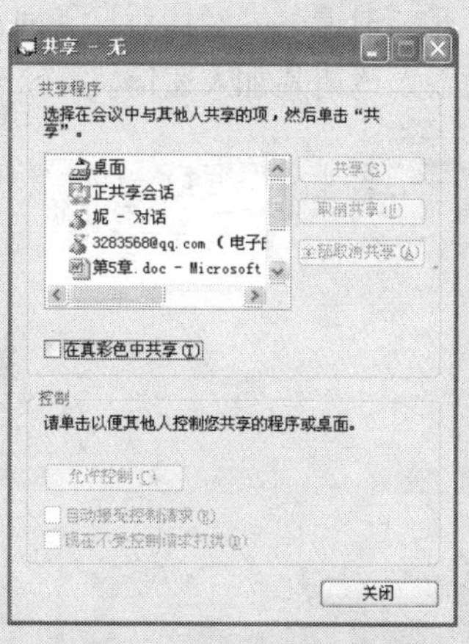

图 5-95　选择共享的应用程序

5.4.7 多用户通信

在 MSN 中两联系人进行通信时，也可以邀请其他联系人加入，开始多用户通信，主要有以下两种方法。

方法 1：通过按钮。

在 MSN“对话”窗口中单击按钮，打开“邀请某人到该对话”对话框，选择一个联系人邀请其加入通信，单击按钮即可，如图 5-96 所示。

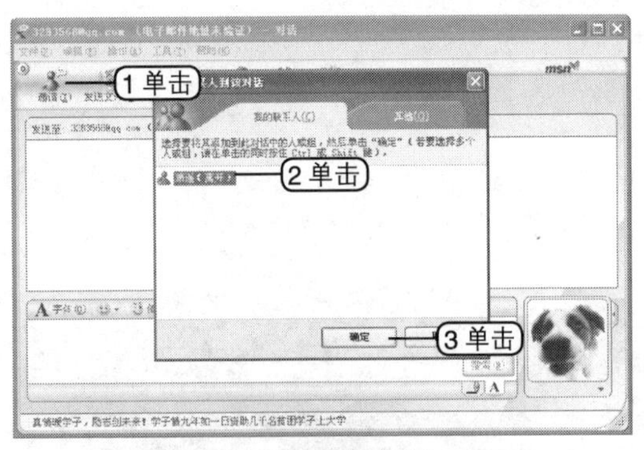

图 5-96 选择联系人

方法 2：通过菜单命令。

在“对话”窗口中选择【操作】→【邀请一个联系人加入此对话】菜单命令，如图 5-97 所示，打开“邀请某人到该对话”对话框，选择一个联系人邀请其加入通信。

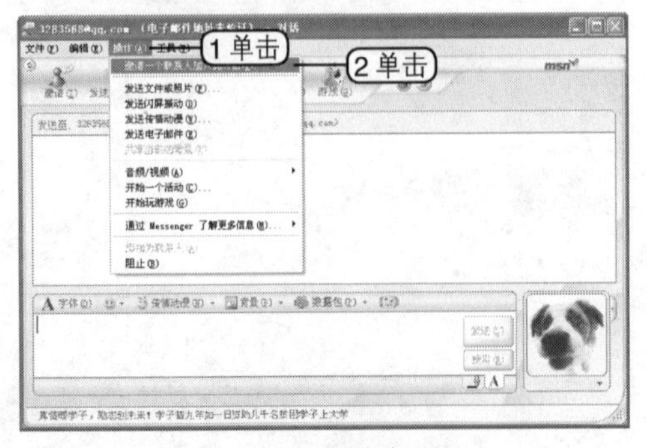

图 5-97 选择联系人

5.4.8 自测练习及解题思路

1．测试题目

第 1 题 向 caiyiyi 发送消息“今天晚上六点在十陵大饭店共进晚餐”。

第 2 题 在上一题发送的消息中添加表情“笑脸 :)”表情符。

第 3 题 更改发送字体为行楷，大小为 20，颜色为蓝色。

第 4 题 给 caiyiyi 发送自己的照片文件。

第 5 题 和 caiyiyi 进行音频聊天。

第 6 题 和 caiyiyi 进行视频聊天。

2．解题思路

第 1 题 在 MSN 登录后的主界面中，可以双击联机的联系人“caiyiyi”，打开发送消息的界面。在发送栏内输入预发送的信息。

第 2 题 单击发送框和接收框中间的表情符所在的按钮，弹出列表框，在其中选择笑脸表情符。

第 3 题 在“对话”窗口中单击“字体”按钮，打开“消息字体设置”对话框。

第 4 题 单击工具栏中的“发送文件或照片”按钮，从打开的窗口中选择要发送的照片。

第 5 题 双击联机的联系人“caiyiyi”，打开发送消息的界面。在对话窗口中单击“开始交谈”按钮。

第 6 题 选择联系人“caiyiyi”，单击鼠标右键，在弹出的快捷菜单中选择【音频 / 视频】→【发送网络摄像机画面（没有音频）】菜单命令。

5.5 设置MSN

考点分析：设置 MSN 是本章的另一个考试重点，通常题量也较大。本章知识点中，除了设置常规选项以前没有在考试中出现过，其他知识点都陆续考查过。

学习建议：重点掌握设置用户状态、个人信息、隐私选项和连接选项的相关操作。

5.5.1 打开"选项"对话框

设置 MSN 通常可以在“选项”对话框中进行，打开“选项”对话框主要有以下两种方法。

方法 1：通过按钮打开。

在 MSN 窗口中单击用户状态按钮，在弹出的菜单中选择【个人设置】菜单命令，如图 5-98 所示。

图 5-98 单击状态按钮

方法 2：通过菜单命令打开。

在 MSN 窗口中选择【操作】→【选项】菜单命令，如图 5-99 所示。

图 5-99 选择菜单命令

5.5.2 设置用户状态

用户登录到 MSN 后，默认显示的状态为“联机”，用户可以根据需要将其设置为“忙碌”、“马上回来”、“外出就餐”、“离开”、“接听电话”和“脱机”等。设置用户状态主要有以下几种方法。

方法 1：通过菜单命令设置。

在 MSN 窗口中选择【文件】→【我的状态】菜单命令，弹出状态选择菜单，选择一种状态即可，如图 5-100 所示。

方法 2：通过状态按钮设置。

在 MSN 窗口中单击用户状态按钮，弹出状态选择菜单，选择一种状态即可，如图 5-101 所示。

方法 3：通过联机图标设置。

启动 MSN 后，会在 Windows 桌面右下角任务栏中出现 MSN 联机图标，通过它也可设置用户状态。

图 5-100　选择菜单命令

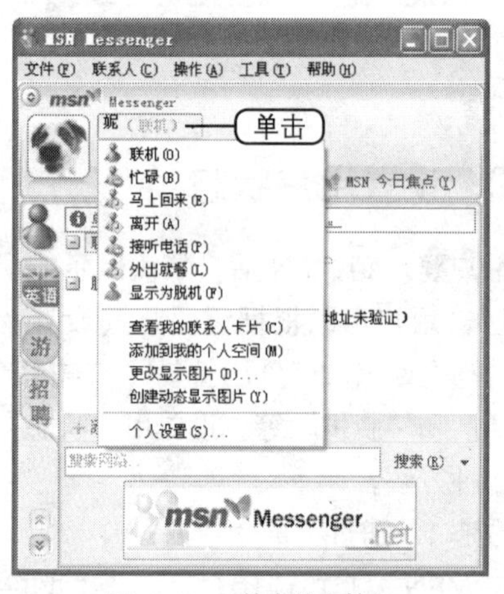

图 5-101　单击状态按钮

下面将 MSN 设置为“外出就餐”状态，其具体操作如下。

1 在 Windows 桌面上单击右下角任务栏中的 MSN 联机图标，从弹出的菜单中选择【我的状态】→【外出就餐】菜单命令，如图 5-102 所示。

2 从当前窗口或其他用户的 MSN 联系人列表中即可看到设置为外出就餐状态效果，如图 5-103 所示。

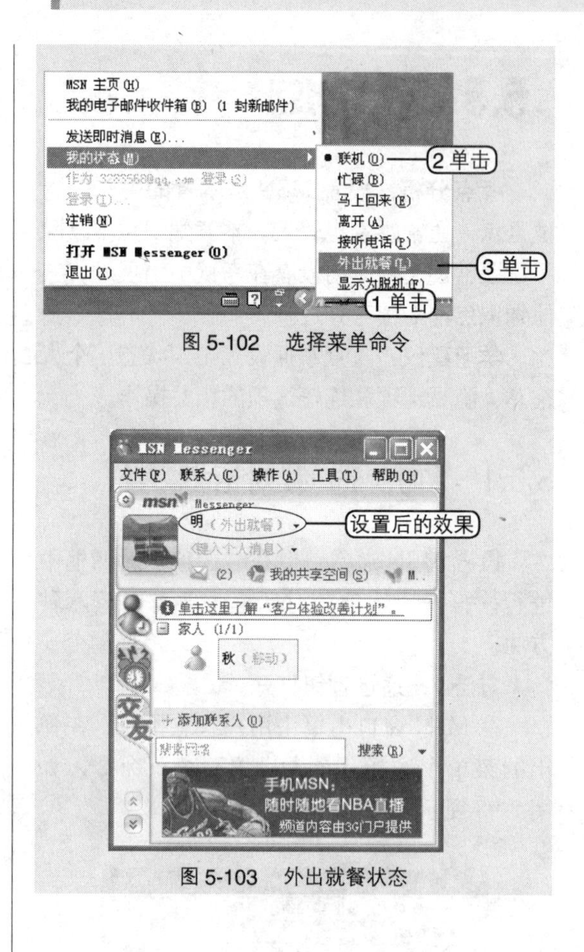

图 5-102　选择菜单命令

图 5-103　外出就餐状态

考场点拨

各种设置用户状态的操作比较简单，考试时要求通过状态栏联机图标进行操作的可能性相对小一些，考生可先选择菜单命令和状态按钮的方法。

5.5.3　设置个人信息

设置个人信息可以在“选项”对话框的“个人信息”选项卡中进行，如图 5-104 所示。“个人信息”选项卡中主要包括“我的显示名称”栏、“我的显示图片”栏、“我的公共档案文件”栏、“我的状态”栏和“我的网络摄像机画面”栏的设置，各区域的作用分别如下。

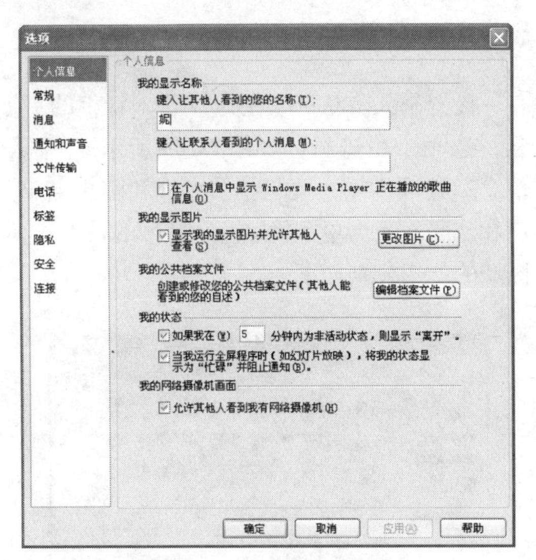

图 5-104 “个人信息”选项卡

- ◈ 在“我的显示名称”栏的文本框中输入相应的内容，可以设置让其他联系人看到的名称和个人消息；如果选中“在个人消息中显示 Windows Media Player 正在播放的歌曲信息”复选框，则 MSN 将具有该行文字说明的特性。
- ◈ 在“我的公共档案文件”栏中选中“创建或修改的公共档案文件（其他人能看到的您的自述）”复选框，单击编辑档案文件(P)按钮，打开相应的网页，在其中可以设置其他人看到的公共档案文件。
- ◈ 在“我的状态”栏中选中第一个复选框，可以设置一定时间后将用户状态自动显示为“离开”；选中第二个复选框，则在运行全屏程序时，用户状态自动显示为“忙碌”。
- ◈ 在“我的网络摄像机画面”栏中选中“允许其他人看到我有网络摄像机”复选框，则开启网络摄像机后，其他联系人能够看到我的网络摄像机。
- ◈ 在“我的显示图片”栏中选中“显示我的显示图片并允许其他人查看”复选框，单击更改图片(C)...按钮，打开“我的显示图片”对话框，在其中可以设置其他人看到的显示图片。

下面以设置显示名称和图片为例讲解设置个人信息的方法，其具体操作如下。

1 在 MSN 窗口中选择【操作】→【选项】菜单命令。

2 打开“选项”对话框，单击“个人信息”选项卡，在“我的显示名称”栏的“键入让联系人看到的个人信息”文本框中输入相应信息“我是小菜”，在“我的显示图片”栏中单击更改图片(C)...按钮，如图 5-105 所示。

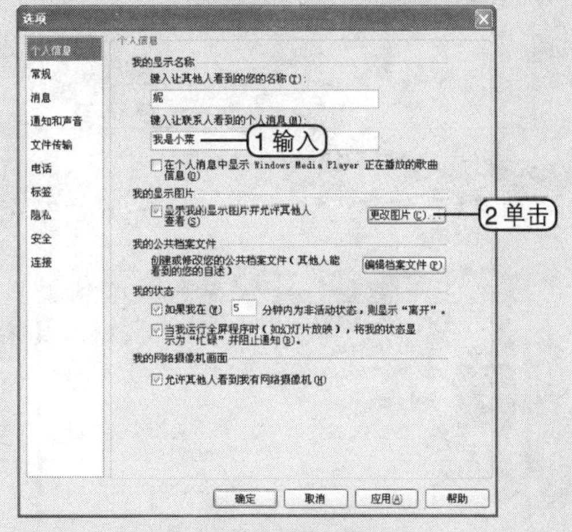

图 5-105 设置个人信息

3 打开“我的显示图片”对话框，单击浏览(B)...按钮，如图 5-106 所示。

4 打开“选择显示图片”对话框，选择所需图片，单击打开(O)按钮，如图 5-107 所示。

5 连续单击确定按钮，设置后的效果如图 5-108 所示。

图 5-106 "我的显示图片"对话框

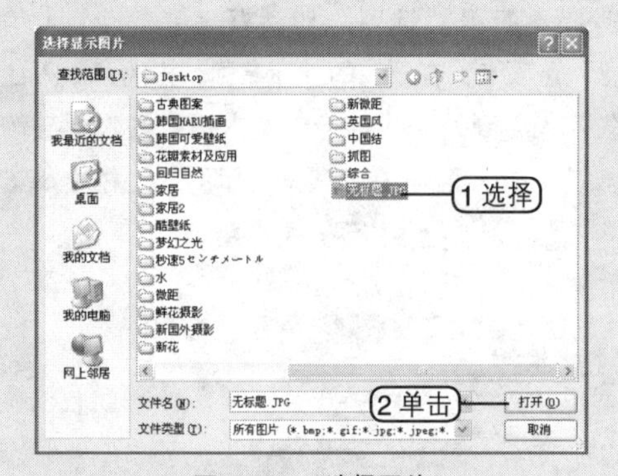

图 5-107 选择图片

图 5-108 最终效果

5.5.4 设置隐私选项

设置个人隐私可以在"选项"对话框的"隐私"选项卡中进行，如图 5-109 所示。"个人信息"选项卡中主要包括"允许和阻止名单"栏和"联系人名单"栏这两个区域的设置，各区域的作用分别如下。

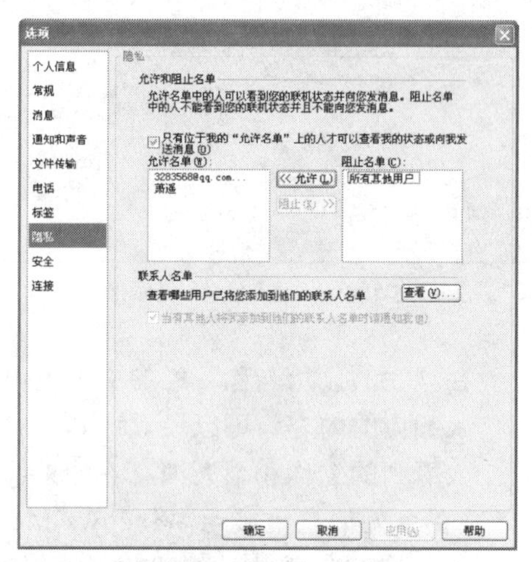

图 5-109 "隐私"选项卡

◈ 在"允许和阻止名单"栏中，只有选中"只有位于我的'允许名单'上的人才可以查看我的状态或向我发送信息"复选框，其功能才能使用。

下面将一个联系人设置为阻止查看我的状态的，其具体操作。

1 在 MSN 窗口中选择【操作】→【选项】菜单命令。

2 打开"选项"对话框，单击"隐私"选项卡，在"允许名单"列表框中选择"萧遥"选项，单击 阻止(K) >> 按钮，如图 5-110 所示。

3 该联系人被移动到"阻止名单"列表框中，单击 确定 按钮，以后该联系人将不会看到本地用户的联机状态。

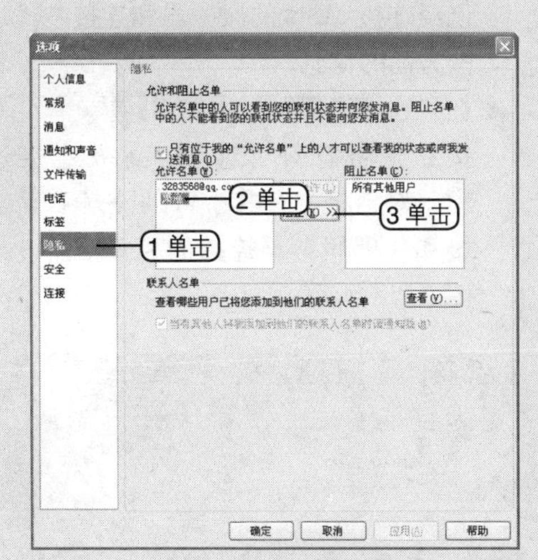

图 5-110　设置阻止

◈ 在“联系人”栏中单击查看(V)...按钮，打开对话框，在其中显示了将本用户添加到他们的联系人名单中的用户，如图 5-111 所示。

图 5-111　用户名单

操作提示

如果希望将联系人设置为允许名单，可在“阻止名单”列表框中选择所需的联系人，单击<< 允许(L)按钮。

5.5.5　设置常规选项

设置常规选项可以在“选项”对话框的“常规”选项卡中进行，如图 5-112 所示。“常规”选项卡中主要包括“登录”栏、“显示联系人”栏、“登录用户和密码”栏和“提高质量”栏这几个区域的设置，各区域的作用分别如下。

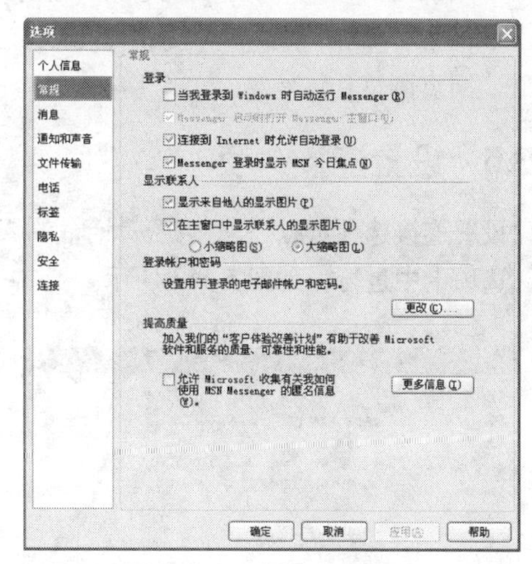

图 5-112　“常规”选项卡

◈ 在“登录”栏中有 4 个复选框，分别是：“当我登录到 Windows 时自动运行 Messenger”、“Messenger 启动时打开 Messenger 主窗口”、“连接到 Internet 时允许自动登录”和“Messenger 登录时显示 MSN 今日焦点”，选中则 MSN 将具有该行文字说明的特性。其中，只有第一个复选框被选中时，第二个复选框才能被激活。

◈ 在“显示联系人”栏中有两个复选框和两个单选项，分别是：“显示来自他人的显示图片”复选框、“在主窗口中显示联系人的显示图片” 复选框、“小缩略图”单选项和“大缩略图”单选项，选中则 MSN 将具有该行文字说明的特性。其中，只有第二个复选框被选中时，两个单选项才能被激活。

◈ 在“登录账户和密码”栏中单击 更改(C)... 按钮，打开“存储用户名和密码”对话框，可以在其中设置登录 MSN 的电子邮件账户和密码。

◈ 在“提高质量”栏中选中复选框，可以加入 MSN 官方开展的客户体验改善计划，单击 更多信息(I) 按钮，可以打开网页浏览具体信息。

5.5.6 设置连接选项

设置连接选项可以在“选项”对话框的“连接”选项卡中进行，如图 5-113 所示。

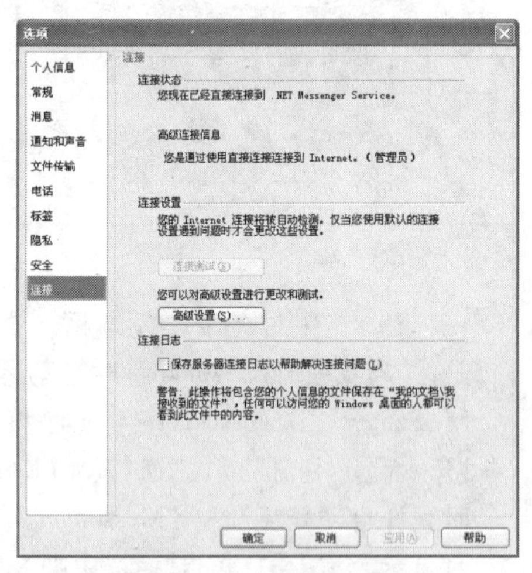

图 5-113 “连接”选项卡

“连接”选项卡中主要包括“连接状态”栏、“连接设置”栏和“连接日志”栏这 3 个区域的设置，各区域的作用分别如下：

◈ 在“连接状态”栏中将显示用户是否已经连接 MSN 的服务器和连接方式这两方面的信息。

◈ 在“连接设置”栏中单击 高级设置(S)... 按钮，将打开“选项 - 高级连接选项”对话框，在其中可以设置 TCP 连接和代理服务器连接的相关信息，如图 5-114 所示。

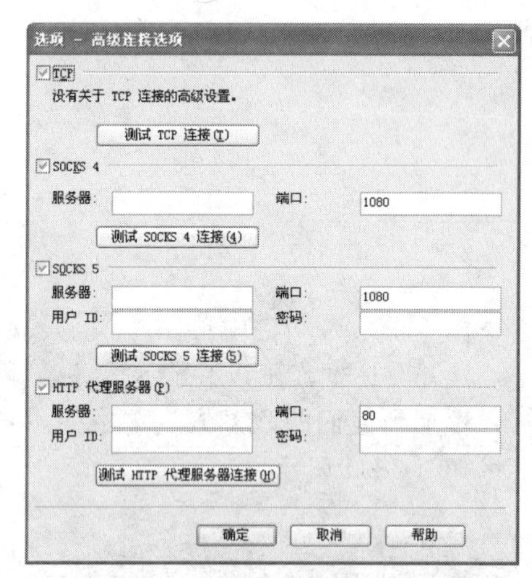

图 5-114 “选项 - 高级连接选项”对话框

◈ 在“连接日志”栏中选中“保存服务器连接日志以帮助解决连接问题”复选框，则 MSN 将具有该行文字说明的特性。

考场点拨

考查设置连接的方式通常是要求给 MSN 设置 HTTP 代理服务器，并提供 IP 地址和端口号。考生打开“选项 - 高级连接选项”对话框进行输入即可。

5.5.7 自测练习及解题思路

1. 测试题目

第 1 题 把用户状态设置为“忙碌”。

第 2 题 设置用户的个人信息，显示图片为“火箭发射”。

第 3 题 设置阻止 caiyiyi 向我发送消息。

第 4 题 给 MSN 设置 HTTP 代理服务器，IP 地址为 192.168.0.1，端口号为 80。

2．解题思路

第 1 题 在MSN窗口中选择【文件】→【我的状态】菜单命令，弹出状态选择菜单，选择“忙碌”状态。

第 2 题 在“我的显示图片”栏中选中“显示我的显示图片并允许其他人查看”复选框，单击“更改图片”按钮，打开“我的显示图片”对话框。

第 3 题 打开“选项”对话框，单击“隐私”选项卡，在“允许名单”列表框中选择“caiyiiyi”选项，单击“阻止”按钮。

第 4 题 打开“选项”对话框的“连接”选项卡，选中“我使用代理服务器”复选框，在“类型”下拉列表框中选择“HTTP 代理服务器”选项。

第6章 局域网的应用

计算机局域网是目前应用广泛的一种网络。其主要特点是地理范围相对集中，连接点数目有一定限制，通常为一个单位所有。通过局域网，用户可以方便地共享外部设备、主机及软件、数据，便于系统的扩展和使用。局域网是组成因特网的基础，本章将讲解局域网连接、设置和如何共享连入 Internet。

本章考点

☑ **要求掌握的知识**

- DHCP 的设置方法
- DNS 服务的设置方法
- TCP/IP 的安装过程
- TCP/IP 的属性设置
- 在局域网上使用网络共享的资源
- 访问共享文件夹的方法
- 共享文件夹共享权限
- 本地权限的作用和设置方法
- 查找网上计算机和共享文件资源
- 网络打印机的安装、设置和使用

☑ **要求熟悉的知识**

- 网络适配器的安装步骤
- 网络驱动器的设置和使用

☑ **要求了解的知识**

- 用户账号和组的创建与管理

6.1 局域网共享接入 Internet

考点分析：通过局域网的方式接入 Internet 是本章知识点的基础，考查的内容不多，主要集中在后面两个小节中，题量在 2～3 道。安装网络适配器的操作。由于是硬件操作，在考试中无法直观看到，所以也不可能出题，但它却是局域网不可缺少的部分和操作，考生也应对其有所了解。

学习建议：熟练掌握添加和设置 TCP/IP 的相关操作。

局域网的地域范围一般较小，它具有距离短、支持多种传输介质、传输速率高、传输质量好、可靠性较高、误码率 低等特点，其成本也较低，并且所需的低层协议简单，非常容易实现。

通过局域网可以在计算机之间实现信息交流，共享数据资源和某些外设资源（如打印机、扫描仪等），实现分布处理及相互通信，而且局域网中的计算机也可以连入 Internet，在企业管理、办公自动化、计算机辅助教学、网吧、联机游戏等多方面已得到了广泛的应用。

通过局域网接入 Internet 要求为每台计算机安装一个网络适配器（网卡），安装该网络适配器的驱动程序并添加相应的网络协议（TCP/IP 等），然后接入局域网，再通过路由器或网关接入 Internet。

6.1.1 DHCP

DHCP 英文全称是 Dynamic Host Con-figuration Protocol，即动态主机分配协议，是一个简化计算机 IP 地址分配管理 TCP/IP 标准协议之一。用户可以利用 DHCP 服务器管理动态 IP 地址分配及其他相关的环境配置工作。

用户接入 Internet 必须有一个 IP 地址，而 IP 地址的分配方式有两种：静态方式和动态方式。静态方式就是把 IP 地址事先分配给用户，该用户单独长期占用属于自己的 IP 地址。在实际情况中即使该用户没有使用网络服务，其他用户也不能使用这个 IP 地址。静态分配方式分配算法比较简单，但在实际使用时可能会存在一些 IP 地址被浪费的现象，比如说对并不经常访问 Internet 或者说不经常使用网络的用户来说，所分配的 IP 地址在大部分时间内没有得到有效利用。

而动态分配方式就可以弥补这个不足。在执行动态 IP 地址分配的网络中，有一台主机运行了 DHCP 服务，这时，这台主机就被称作 DHCP 服务器。当有一台主机加入到网络中时，DHCP 服务器就从自己的 IP 地址数据库中取出一个没有使用的 IP 地址分配给该主机；而当有主机退出网络或关机时，DHCP 服务器就收回分配给它的 IP 地址，放回自己的数据库中，以供其他主机使用。

使用 DHCP 协议，不仅降低了管理员管理 IP 地址的负担，同时也避免了因手工设置 IP 地址和子网掩码所产生的错误和冲突。

6.1.2 DNS服务

DNS (Domain Name Server，域名服务器) 是将网络中的主机名和域名转换为 IP 地址的服务器。Internet 是通过计算机的 IP 地址来标识每一台计算机的，网络中的每台计算机都有唯一的 IP 地址。但是由于 IP 地址是采用数字表示的，不方便记忆，为了向用户提供一种直观的主机标识符，TCP/IP 提供了域名服务，为网络中的每台计算机设置一个唯一的域名，通过它，用户就可以很方便地记忆了，如新浪网站的域名为“www.sina.com.cn”。

不过网络中的计算机之间还是通过 IP 地址建立连接的，因此 TCP/IP 通过 DNS 服务器将用户输入的域名转换成相对应的 IP 地址，然后根据 IP 地址找到要访问的网站进行访问。局域网中的 DNS 服务器通常都是局域网中的主机或者路由器。

6.1.3 安装网络适配器

网络适配器也叫网卡，安装网络适配器主要有两个方面的工作：一个是网络适配器硬件的安装；另一个是驱动程序安装。

1. 安装硬件

安装网络适配器由于硬件不同，其方法也有所不同，主要有以下两种情况。

- ◈ 主板自带网络适配器：现在很多主板上集成了网络适配器，在计算机组装完成后就自动安装到系统中。
- ◈ 独立网络适配器：独立网络适配器主要有 PCI 网卡和外接 USB 网卡两种，这两种都需要单独安装。

下面以安装 PCI 网卡为例，讲解安装网络适配器硬件的操作，其具体操作如下。

1 关闭计算机断开电源，打开机箱后盖。

2 根据网卡的类型选择 PCI 插槽。用螺丝刀将插槽后面对应的挡板去掉。

3 将网卡金属接口挡板面向后侧，轻轻放入机箱对应的插槽内，然后平稳地将网卡向下压入插槽中。

4 用螺丝将网卡固定好，旋入螺丝后再仔细检查一次，看看在固定的过程中网卡与插槽之间是否发生了错位。

5 盖好机箱，旋紧机箱螺丝。

操作提示

用两只手将网卡压入插槽的过程中，压时要稍用些力，直到网卡的引脚全部压入插槽中为止。同时，两手的用力要均匀，不能出现一端压入，而另一端翘起的现象，以保证网卡引脚与插槽之间的正常接触。

2．安装驱动程序

安装好硬件后，接下来的工作就是安装网络适配器的驱动程序。安装驱动程序非常简单，使用硬件安装向导即可，而且现在Windows XP操作系统能够识别大部分硬件，自动为其安装驱动程序，所以安装过程非常简单，通常有以下两种方法。

方法1：通过主板驱动安装。

对于主板集成的网络适配器，安装主板驱动程序时，会自动安装网络适配器的驱动程序，如图6-1所示为安装带有网卡驱动程序的主板芯片组驱动程序。

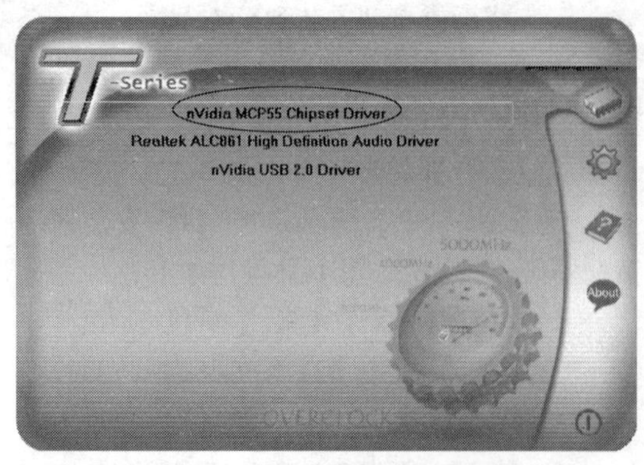

图6-1　安装主板芯片组驱动程序

方法2：通过"控制面板"窗口安装。

通过"控制面板"窗口中的"添加硬件"程序图标，打开硬件安装向导单独安装网络适配器的驱动程序。

1 打开"控制面板"窗口，单击左侧任务窗格中的"切换到经典视图"超级链接，如图6-2所示。

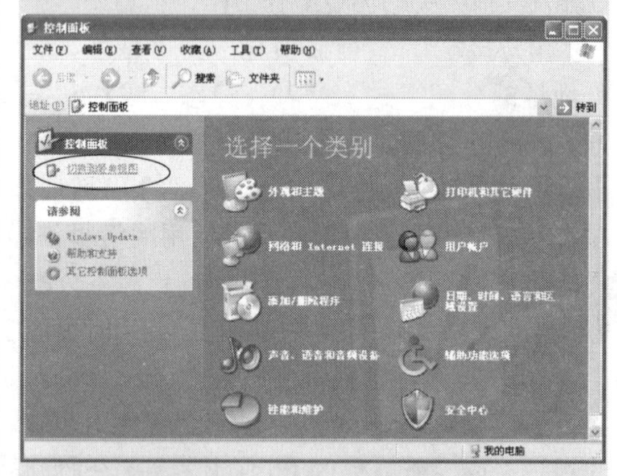

图6-2　打开"控制面板"窗口

2 切换到"控制面板"窗口的经典视图，双击"添加硬件"程序图标，如图6-3所示。

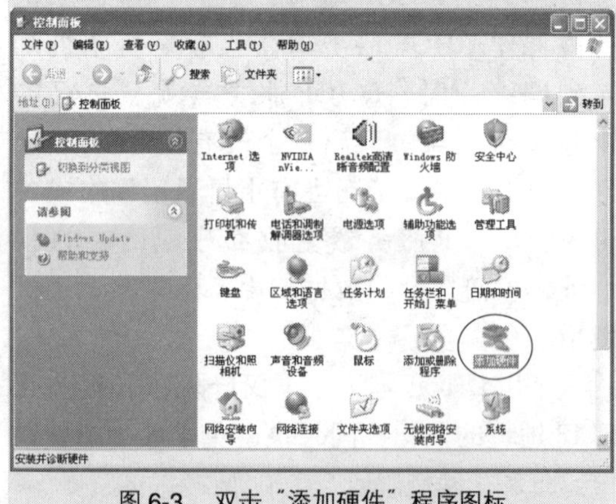

图6-3　双击"添加硬件"程序图标

3 打开"欢迎使用添加硬件向导"对话框，单击 下一步(N) > 按钮，如图6-4所示。

4 这时系统会自动搜索没有配置驱动程序

的硬件，识别出硬件后并为其安装驱动程序，如图 6-5 所示。

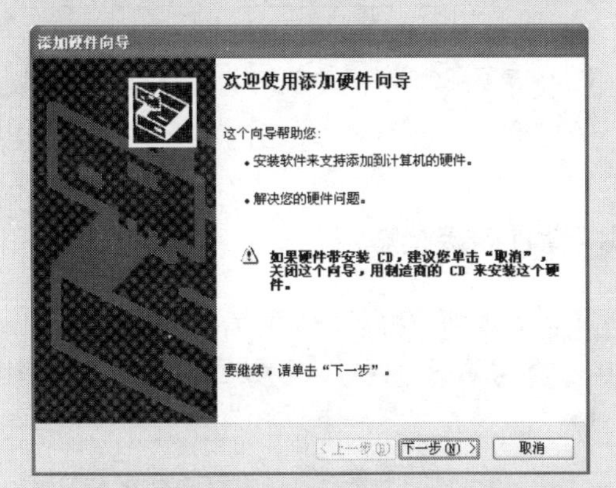

图 6-4 "欢迎使用添加硬件向导"对话框

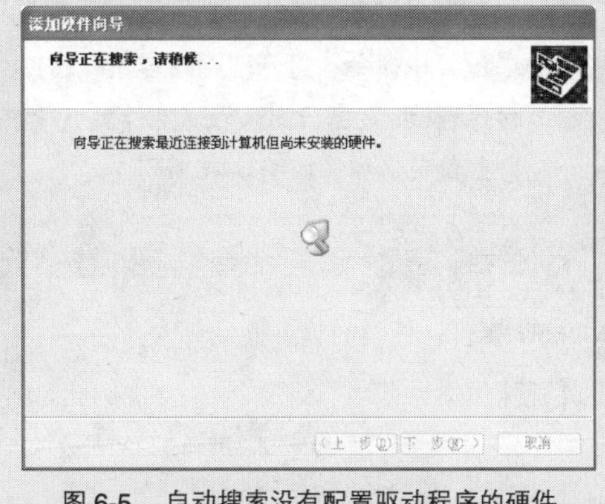

图 6-5 自动搜索没有配置驱动程序的硬件

5 安装完成后，在打开的对话框中单击 完成 按钮，结束操作，如图 6-6 所示。

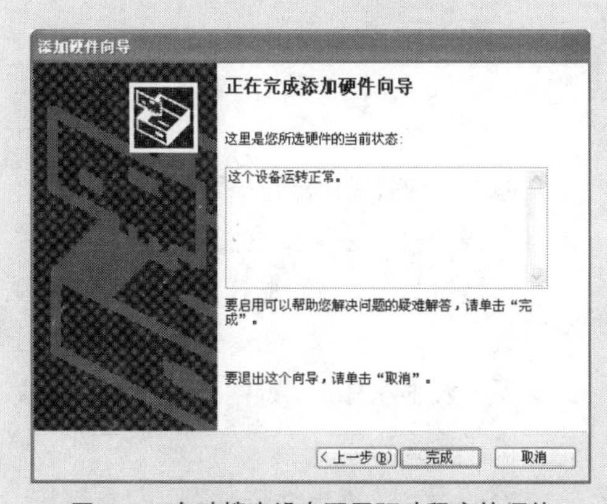

图 6-6 自动搜索没有配置驱动程序的硬件

6.1.4 设置本地连接

网络适配器的驱动程序安装完成后，默认自动安装 TCP/IP，并添加一个本地连接，此时用户可根据实际情况设置本地连接，以满足需求。

1. 重命名连接

重命名连接的方法主要以下 3 种。

方法 1：通过右键菜单进行。

打开"网络连接"窗口，用鼠标右键单击该连接，在弹出的菜单中选择【重命名】菜单命令。

方法 2：通过菜单命令。

打开"网络连接"窗口，选择连接，在窗口中选择【文件】→【重命名】菜单命令，如图 6-7 所示。

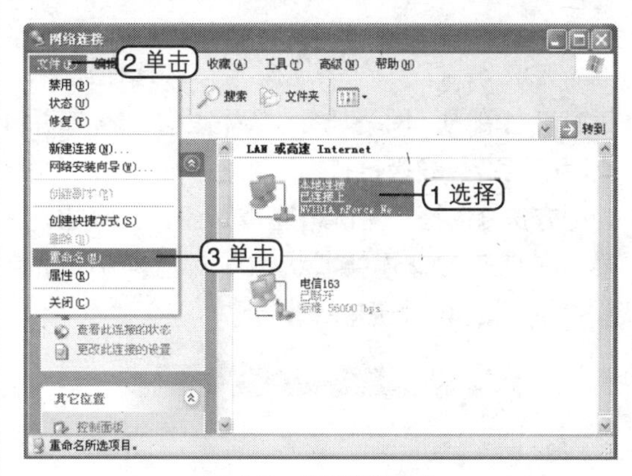

图 6-7 选择菜单命令

方法 3：通过任务窗格进行。

打开"网络连接"窗口，选择连接，在窗口左侧的"网络任务"窗格中单击"重命名此连接"超级链接。

2. 禁用连接

禁用连接的方法与上面重命名的方法类

似，主要有以下 4 种。

方法 1：打开“网络连接”窗口，用鼠标右键单击该连接，在弹出的菜单中选择【停用】菜单命令。

方法 2：打开“网络连接”窗口，选择连接，在窗口中选择【文件】→【禁用】菜单命令，如图 6-8 所示。

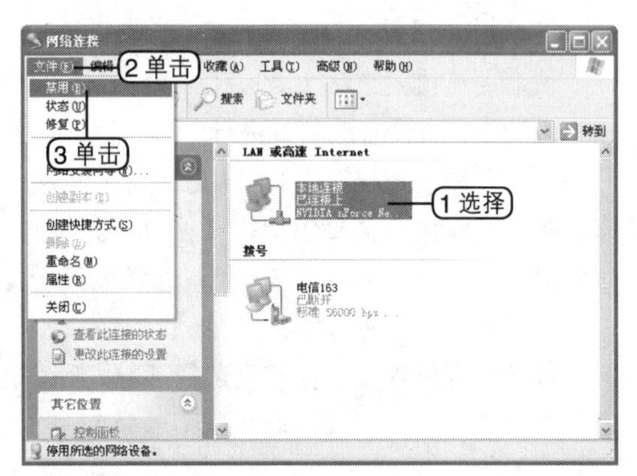

图 6-8　选择菜单命令

方法 3：打开“网络连接”窗口，选择连接，在窗口左侧的“网络任务”窗格中单击“禁用此网络设备”超级链接。

方法 4：打开“网络连接”窗口，双击连接，在打开的该连接“状态”对话框中单击 禁用(D) 按钮，如图 6-9 所示。

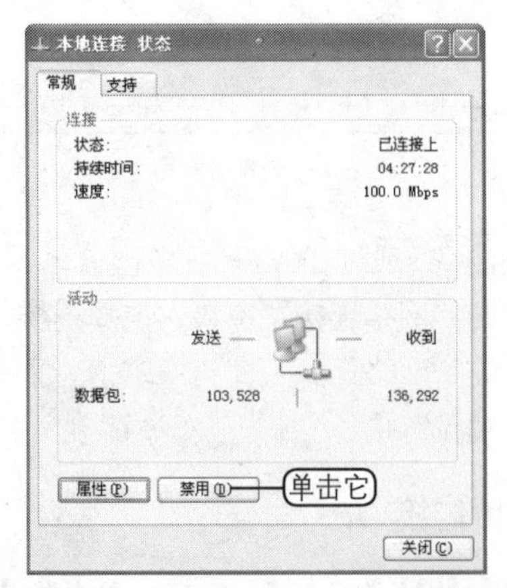

图 6-9　打开该连接“状态”对话框

考场点拨

考试时，通常要求禁用“本地连接”，而“网络连接”窗口中有可能会出现几个连接，选择时要注意连接的名称。

3．查看连接状态

建立本地连接后，可查看连接的情况。

1 执行以下任意一种操作打开“本地连接状态”对话框。

- 通过右键菜单：打开“网络连接”窗口，用鼠标右键单击该连接，在弹出的菜单中选择【状态】菜单命令。
- 通过菜单命令：打开“网络连接”窗口，选择连接，在窗口中选择【文件】→【状态】菜单命令，如图 6-10 所示。

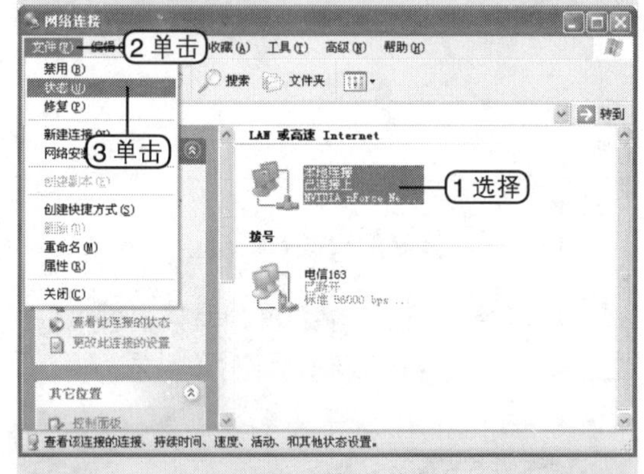

图 6-10　选择菜单命令

- 通过任务窗格：打开“网络连接”窗口，选择连接，在窗口左侧的“网络任务”窗格中单击“查看此连接的状态”超级链接。
- 通过双击：打开“网络连接”窗口，双击“本地连接”图标。

2 在打开的“本地连接状态”对话框中，

可以查看到本地连接的状态、持续时间、连接速度和主机收发数据包的个数等信息。

3 单击“支持”选项卡，即可查看到主机的IP地址、子网掩码和默认网关等数据信息，如图6-11所示。

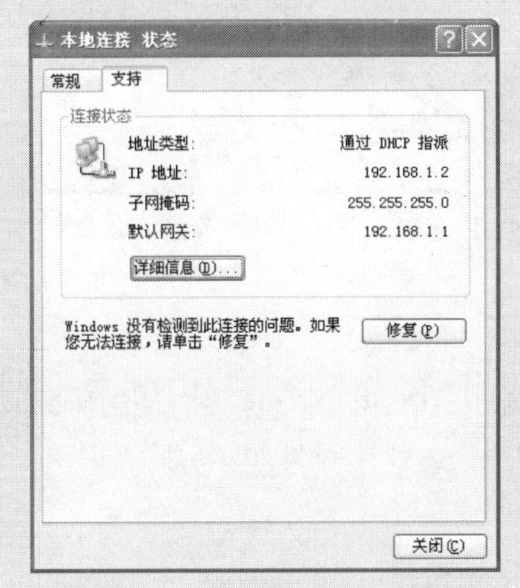

图6-11 “本地连接 状态”对话框

4 单击详细信息(D)...按钮，在打开的“网络连接详细信息”对话框中可查看到网络驱动器的实际地址（物理地址）和DNS服务器的IP地址等更详细的信息，如图6-12所示。

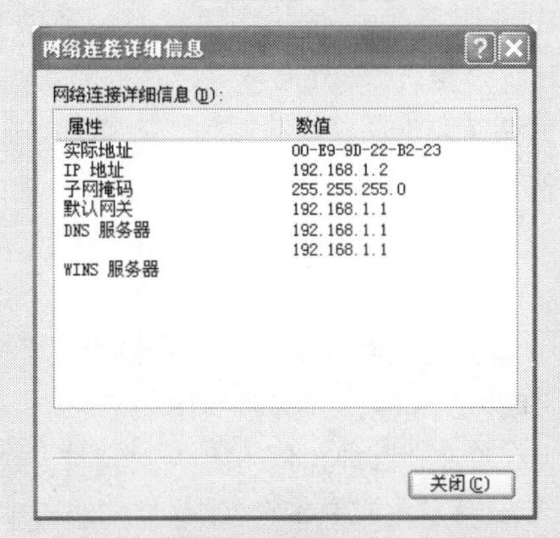

图6-12 “网络连接详细信息”对话框

4．设置连接属性

根据需要，用户可对系统自动建立的本地连接重新设置连接属性。

设置本地连接接通后在通知区域显示图标，并启用Internet连接防火墙的具体操作如下。

1 打开“网络连接”窗口，使用以下任意一种方法打开“本地连接 属性”对话框。

◈ 通过菜单命令：选择本地连接，在窗口中选择【文件】→【属性】菜单命令，如图6-13所示。

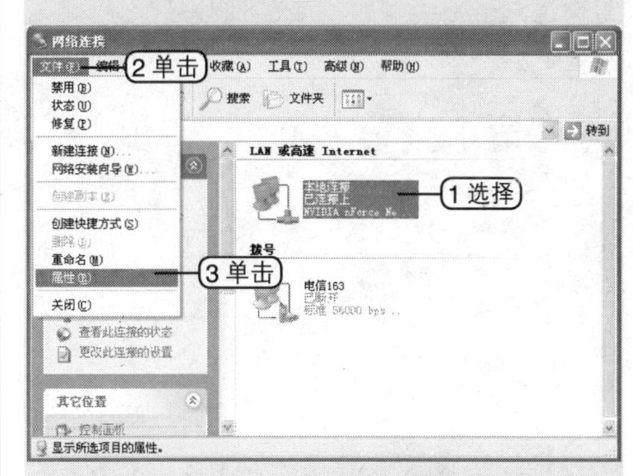

图6-13 选择菜单命令

◈ 通过任务窗格：选择本地连接，在窗口左侧的“网络任务”窗格中单击“更改此连接的设置”超级链接。

◈ 通过双击：双击本地连接，在打开该连接的“状态”对话框中单击属性(P)按钮。

◈ 通过右键菜单：用鼠标右键单击本地连接，在弹出的菜单中选择【属性】菜单命令。

2 打开“本地连接属性”对话框，选中“连接后在通知区域显示图标”单选项，如图6-14所示。

③ 单击“高级”选项卡，在“Windows 防火墙”栏中单击 设置(E)... 按钮，如图 6-15 所示。

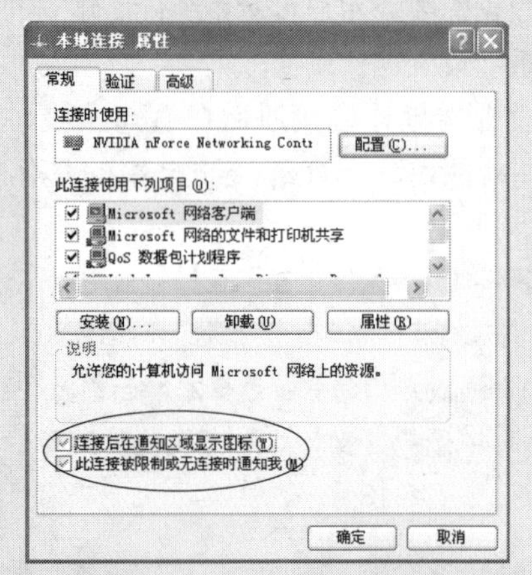

图 6-14 “本地连接 属性”对话框

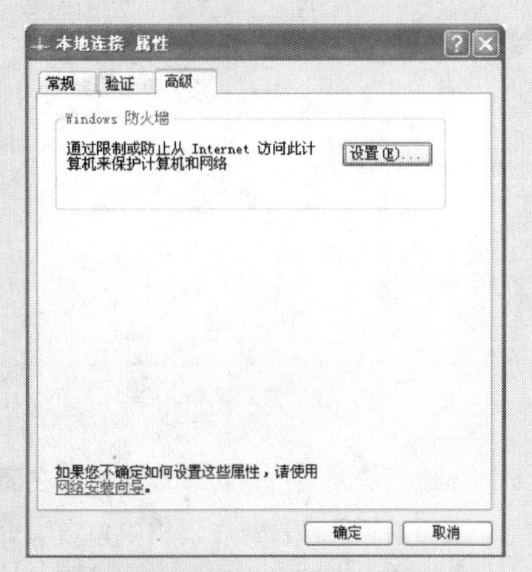

图 6-15 单击“高级”选项卡

④ 打开“Windows 防火墙”对话框，选中“启用（推荐）”单选项，单击 确定 按钮返回“高级”选项卡，继续单击 确定 按钮完成操作，如图 6-16 所示。

考场点拨

考试中所有涉及的连接都应该是“本地连接”，所有的操作都应该围绕它来进行。

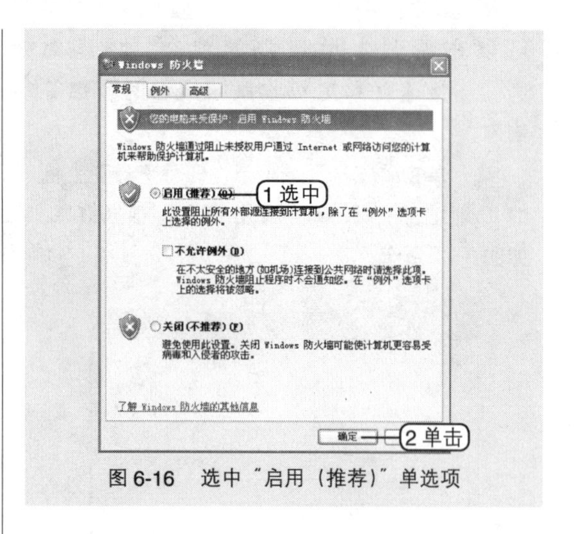

图 6-16 选中“启用（推荐）”单选项

6.1.5 设置TCP/IP属性

设置 TCP/IP 主要包括修改或添加 IP 地址、子网掩码、默认网关、DNS 服务器等，下面分别进行介绍。

1．常规设置

打开“本地连接 属性”对话框，选中“Internet 协议（TCP/IP）”复选框，单击 属性(R) 按钮即可在打开的对话框中进行 TCP/IP 的属性设置，通常有两种方式。

方法 1：自动设置。

选中“自动获取 IP 地址”单选项，可由 DHCP 服务器负则分配 IP 地址，通常使用 ADSL 宽带接入 Internet 就采用这种方式。

方法 2：手动设置。

选中“使用下面的 IP 地址”单选项，就可以通过下面激活的各个文本框输入相应的信息。

下面为局域网中的一台计算机用手动方法设置 TCP/IP 属性，其具体操作如下。

① 打开“本地连接 属性”对话框，选中“Internet 协议（TCP/IP）”复选框，然后单击 属性(R) 按钮，如图 6-17 所示。

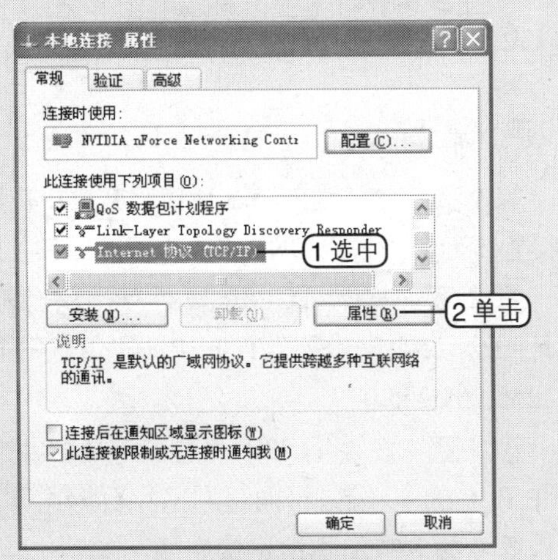

图 6-17 “本地连接 属性”对话框

2 打开“Internet 协议（TCP/IP）属性”对话框，选中“使用下面的 IP 地址”单选项，在“IP 地址”文本框中输入本台计算机在局域网中的 IP 地址，这里输入“192.168.0.2”；在“子网掩码”文本框中输入“255.255. 255.0”；在“默认网关”和“首选 DNS 服务器”文本框中输入局域网中主机或路由器的 IP 地址“192.168.0.1”，单击 确定 按钮，完成操作，如图 6-18 所示。

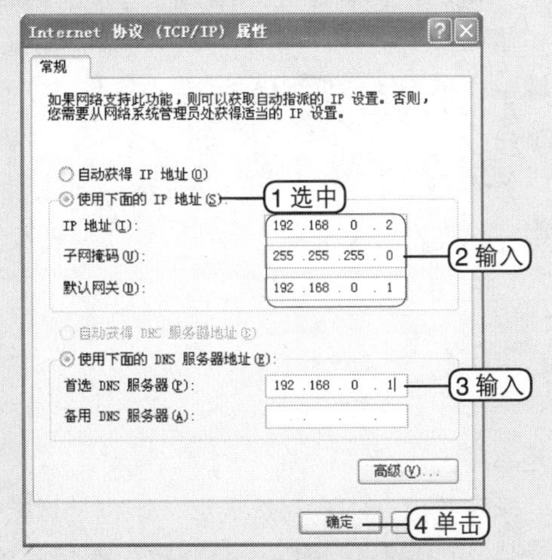

图 6-18 进行常规设置

2. 高级设置

如果还需要添加或修改另外的 TCP/IP 属性，可以进行高级设置，主要有以下一些设置内容。

◈ IP 设置：只需在“Internet 协议（TCP/IP）属性”对话框中单击 高级(V)... 按钮，打开如图 6-19 所示的“高级 TCP/IP 设置”对话框，在该对话框中可进行添加、修改或删除 IP 地址和默认网关等操作。

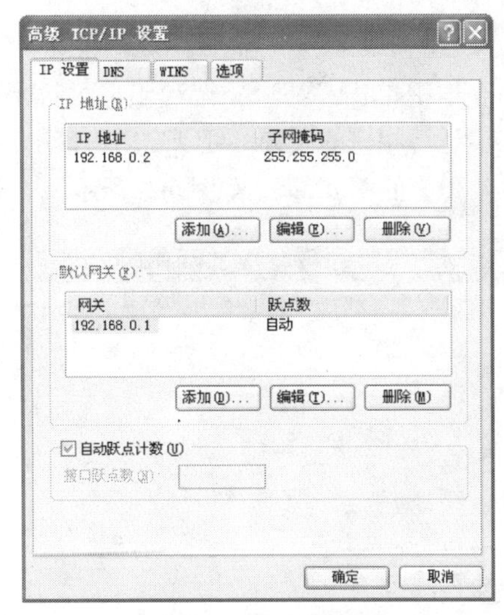

图 6-19 IP 设置

◈ TCP/IP 筛选：在“高级 TCP/IP 设置”对话框中单击“选项”选项卡，在“可选的设置”栏中选择“TCP/IP 筛选”选项，单击 属性(P) 按钮，即可打开如图 6-20 所示的“TCP/IP 筛选”对话框，在其中可打开或关闭 TCP/IP 筛选功能。默认情况下的 TCP、UDP 所有端口和 IP 协议的所有协议均允许。如果选中“只允许”单选项，可以通过单击 添加... 按钮，添加相应的端口和协议。当然也可以单击 删除(M) 按钮删除相应的选项。

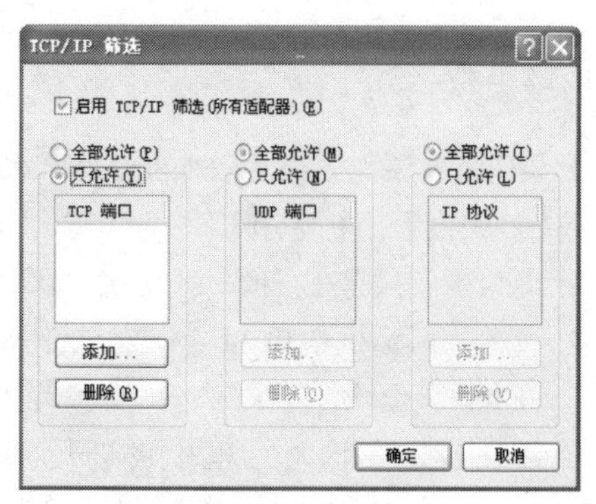

图 6-20　TCP/IP 筛选

◈ WINS 设置：在“高级 TCP/IP 设置”对话框中单击“WINS”选项卡，对 NetBIOS 进行相应的设置，可以启用和禁用 TCP/IP 上的 NetBIOS，如图 6-21 所示。

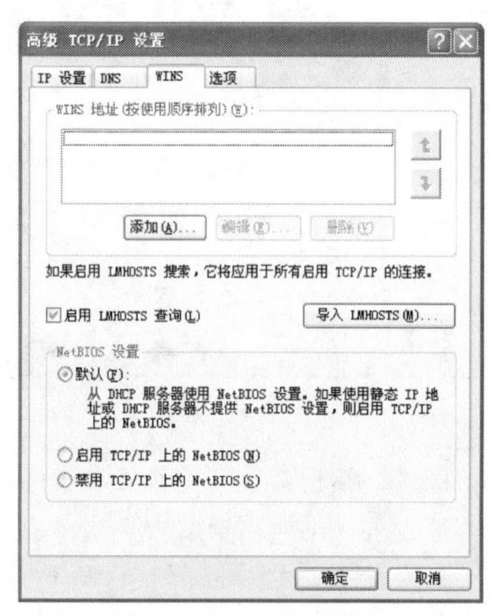

图 6-21　WINS 设置

6.1.6　自测练习及解题思路

1．测试题目

第 1 题　打开“Internet 协议（TCP/IP）”属性设置界面，把备用 DNS 修改为：192.168.4.1。

第 2 题　设置 TCP/IP 属性手工分配 IP 地址 192.168.1.8，设置 TCP/IP 属性的子网掩码 :255.255.255.0。

第 3 题　设置 TCP/IP 属性筛选 TCP/IP 只允许 TCP 的 80 端口（网页浏览）数据通过。

第 4 题　查看本地连接属性。

第 5 题　设置 TCP/IP 属性筛选 TCP/IP 不允许 UDP 端口的数据通过。

2．解题思路

第 1 题　在本地连接属性界面中，打开“Internet 协议（TCP/IP）”属性的“常规”设置界面，在该界面上把备用 DNS 修改为：192.168.4.1。

第 2 题　打开“Internet 协议（TCP/IP）属性”对话框，选中“使用下面的 IP 地址”单选项。

第 3 题　打开“TCP/IP 筛选”对话框，选中“只允许”单选项，单击 添加... 按钮。

第 4 题　打开“网络连接”窗口，用鼠标右键单击该连接，在弹出的菜单中选择【状态】菜单命令。

第 5 题　打开“TCP/IP 筛选”对话框，选中“只允许”单选项。

6.2　共享文件或文件夹

考点分析：共享文件或文件夹是常考知识点，共享网络驱动器在近几年的考试中也较多出现。查找共享的计算机资源并访问其中的文件夹或文件更是出题者较喜欢考查的重点，出题几率很大。

学习建议：本章都是重点，但也是日常中经常使用的操作，所以学习和使用都较简单，建议掌握所有知识点。

6.2.1 共享文件

共享文件的方法很简单，只需将需要共享的文件通过复制操作，粘贴到操作系统的“共享文档”文件夹中，其具体操作如下。

1 选择需要共享的文档，单击鼠标右键，在弹出的快捷菜单中选择【复制】菜单命令。

2 选择【开始】→【我的电脑】菜单命令，打开“我的电脑”窗口，双击“共享文档”文件夹，如图6-22所示。

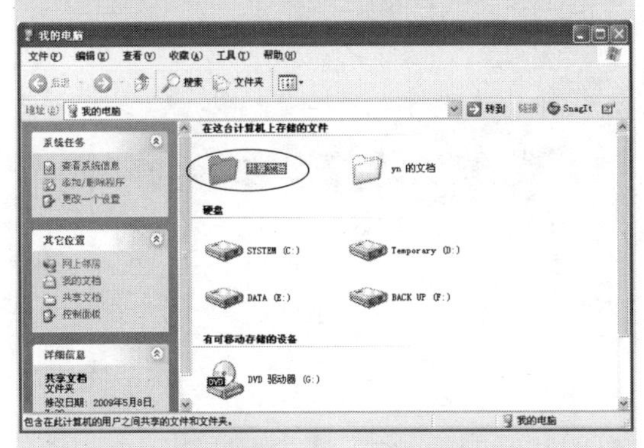

图6-22 “我的电脑”窗口

3 打开“共享文档”窗口，单击鼠标右键，在弹出的快捷菜单中选择【粘贴】菜单命令，即可将该文件共享。

6.2.2 共享文件夹

计算机中的文件夹作为各种数据存储的基础单位，也能将其设置为共享。下面将E盘中的“Job”文件夹设置为共享，其具体操作如下。

1 打开需要共享的文件夹所在的位置，执行以下任意一种操作打开文件夹的属性设置对话框。

◈ 选择需共享的文件夹，单击左侧任务窗格的“共享此文件夹”超级链接。

◈ 选择需共享的文件夹，选择【文件】→【共享和安全】菜单命令。

◈ 在需要共享的文件夹上单击鼠标右键，在弹出的快捷菜单中选择【共享和安全】菜单命令。

2 打开该文件夹的属性对话框，在“网络共享和安全”栏中单击“如果您知道在安全方面的风险，但又不想运行向导就共享文件，请单击此处”超级链接，如图6-23所示。

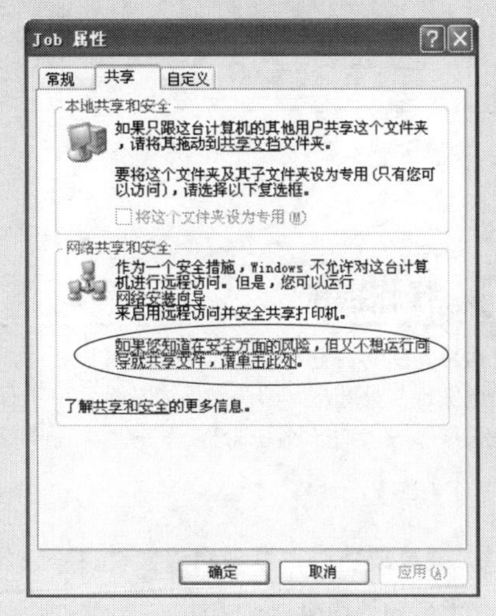

图6-23 设置共享

3 打开“启用文件共享”对话框，选中“只启用文件共享”单选项，单击 确定 按钮，如图6-24所示。

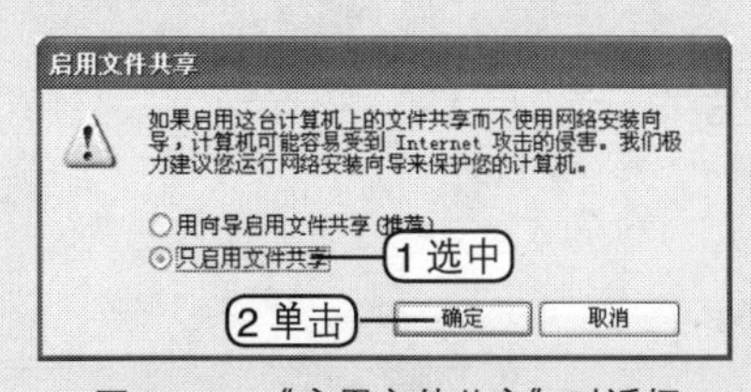

图6-24 “启用文件共享”对话框

4 返回该文件夹的属性对话框，在“网络共享和安全”栏中选中“在网络上共享这个文件夹”复选框，单击 确定 按钮，如图6-25所示。

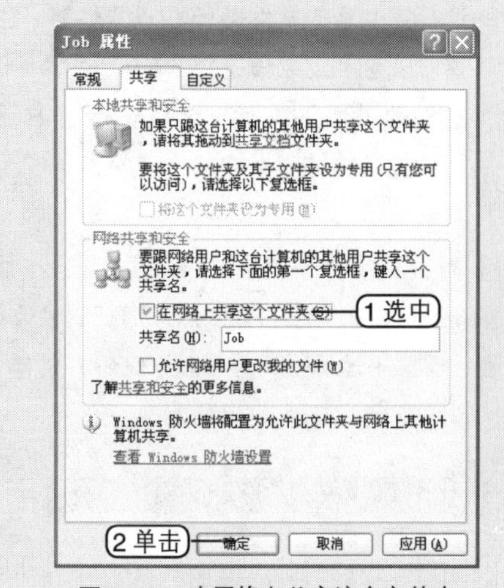

图 6-25　在网络上共享这个文件夹

操作提示

在“网络共享和安全”栏中选中“允许网络用户更改我的文件”复选框，则局域网中其他用户不仅可以查看共享的文件夹还可以进行编辑否则不能编辑共享文件夹。

5 共享成功后，可看到该文件夹下方出现一个手形图标，如图 6-26 所示。

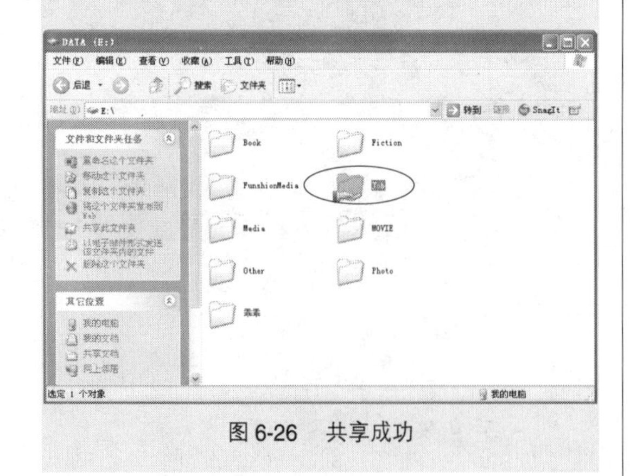

图 6-26　共享成功

6.2.3　共享驱动器

共享驱动器的方法与共享文件夹的方法相同，也需要打开驱动器对应的属性设置对话框，其方法有如下两种。

方法 1：选择需共享的驱动器，选择【文件】→【共享和安全】菜单命令。

方法 2：在需要共享的驱动器上单击鼠标右键，在弹出的快捷菜单中选择【共享和安全】菜单命令。

打开如图 6-27 所示的对话框后，单击“如果您知道风险，但还要共享驱动器的根目录，请单击此处”超级链接，在打开对话框的“网络共享和安全”栏中选中“在网络上共享这个文件夹”复选框。

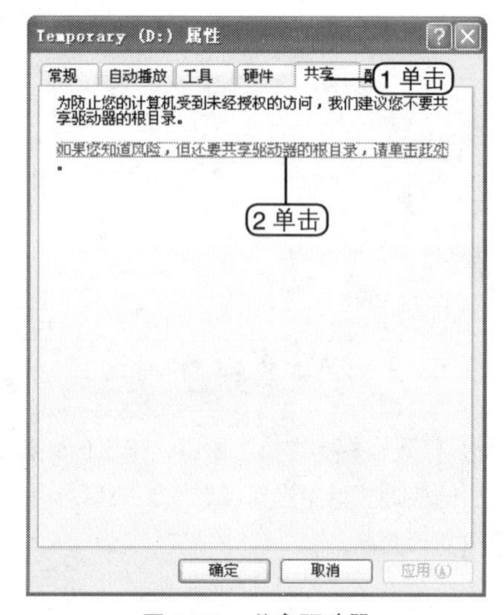

图 6-27　共享驱动器

6.2.4　映射网络驱动器

在网络中直接映射本地驱动器中的某个共享文件夹，将其设置为网络驱动器。如将 F 盘中的“backup”文件夹映射为网络驱动器，其具体操作如下。

1 在“我的电脑”窗口中选择【工具】→【映射网络驱动器】菜单命令，如图 6-28 所示。

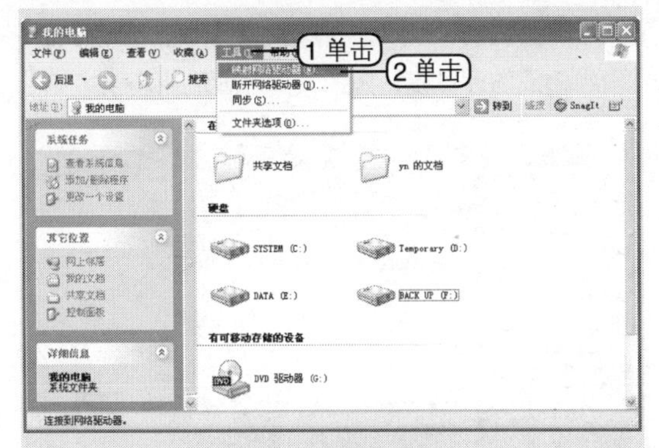

图 6-28 选择菜单命令

2 打开“映射网络驱动器”对话框，在“文件夹”下拉列表框中输入网络驱动器指向的共享文件夹位置，单击 完成 按钮，如图 6-29 所示。

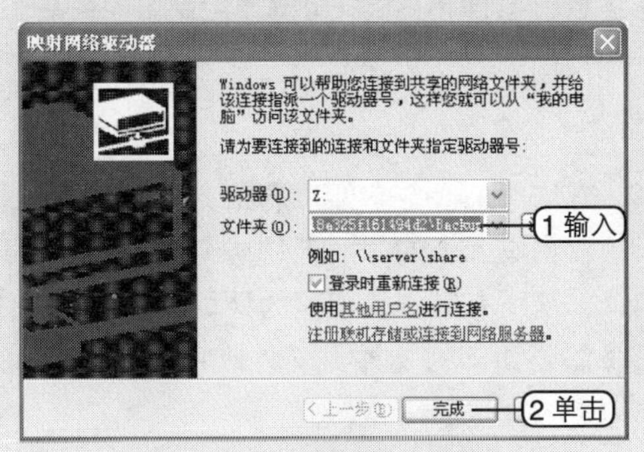

图 6-29 共享网络驱动器

3 此时在“我的电脑”窗口中出现了该网络驱动器图标，双击该图标可打开相应的共享文件夹，如图 6-30 所示。

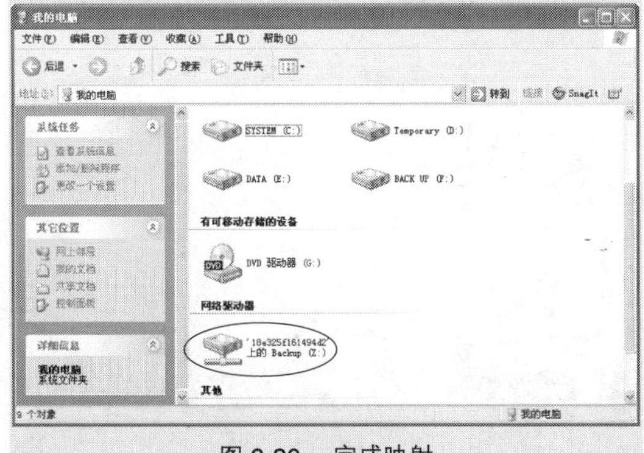

图 6-30 完成映射

6.2.5 查找共享的计算机或资源

查找共享的计算机或资源主要有以下两种方法。

方法 1：通过工作组查找。

在 开始 按钮上单击鼠标右键，在弹出的快捷菜单中选择【资源管理器】菜单命令，打开如图 6-31 所示的窗口，在左侧的窗格中双击相应的选项，展开“Microsoft Windows Network”目录中所有的工作组，通过它即可进行查找。

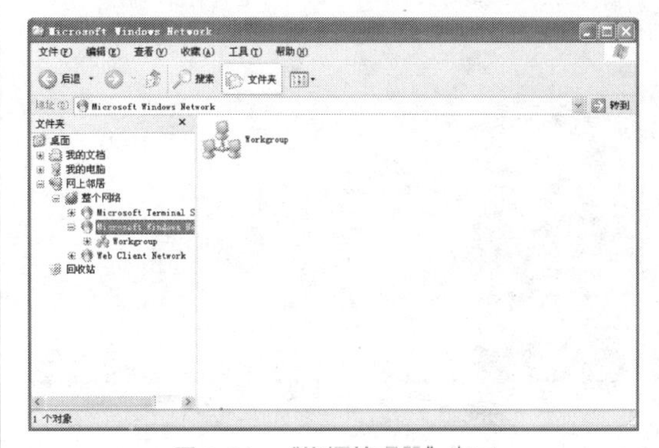

图 6-31 “资源管理器”窗口

方法 2：通过“搜索助理”窗格查找。

打开“资源管理器”窗口，单击工具栏中的 搜索 按钮（或者在 开始 按钮上单击鼠标右键，在弹出的快捷菜单中选择【搜索】菜单命令），打开“搜索助理”窗格，在其中进行查找。

下面通过“搜索助理”窗格查找 IP 为“192.168.0.33”的计算机，其具体操作如下。

1 在 开始 按钮上单击鼠标右键，在弹出的快捷菜单中选择【资源管理器】菜单命令，如图 6-32 所示。

2 打开“「开始」菜单”窗口，单击工具栏中的 搜索 按钮，在左侧打开的窗格中单击“计算机或人”超级链接，如图 6-33 所示。

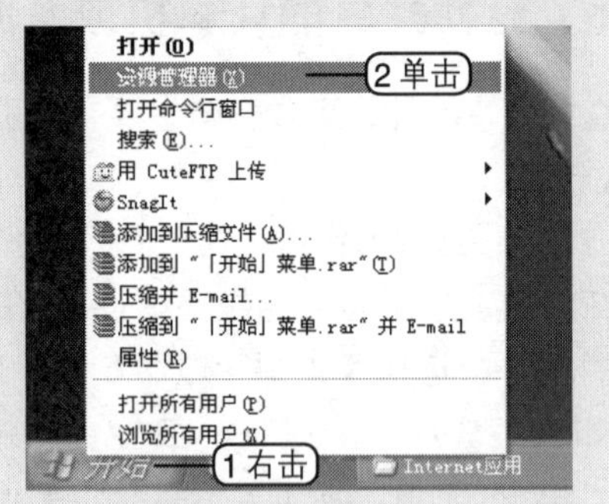

图 6-32　选择菜单命令

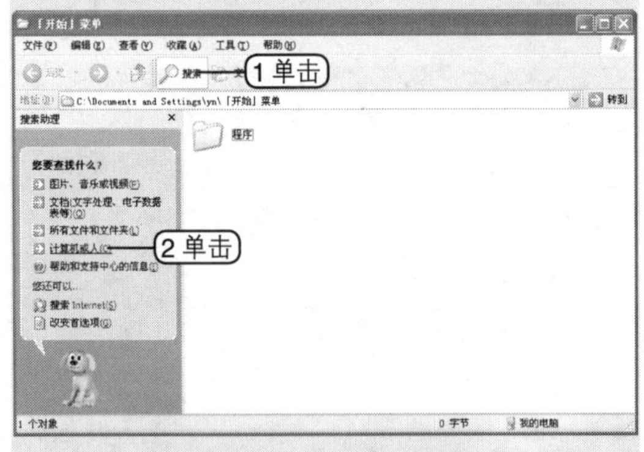

图 6-33　“「开始」菜单”窗口

③ 继续单击左侧窗格中的“网络上的一个计算机”超级链接，如图 6-34 所示。

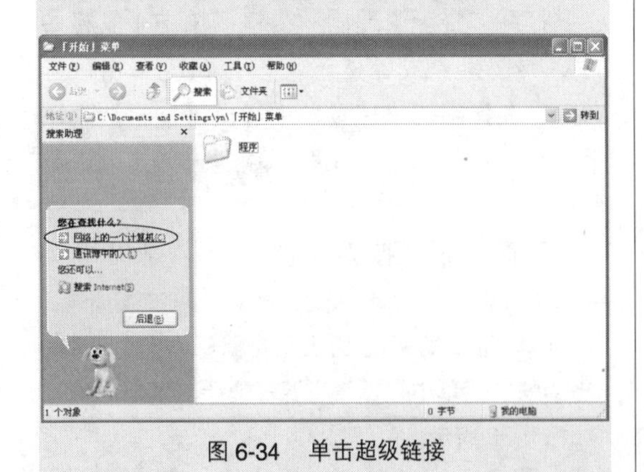

图 6-34　单击超级链接

④ 在“计算机名”文本框中输入需查找的计算机的 IP 地址，单击 搜索(R) 按钮即可搜索到相应的计算机，如图 6-35 所示。

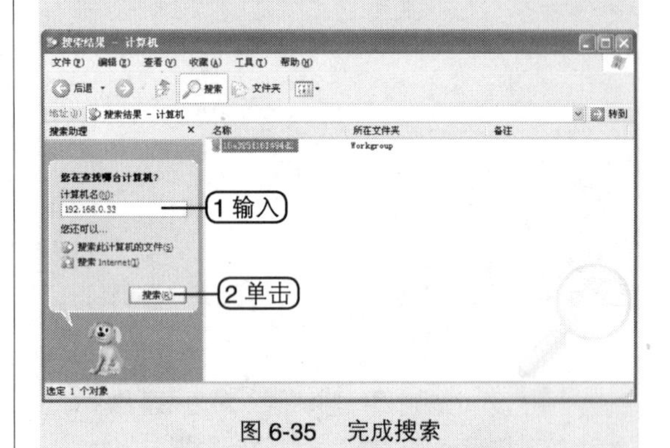

图 6-35　完成搜索

6.2.6　访问共享的文件或文件夹

访问共享的文件或文件夹主要有以下几种方法。

方法 1：通过“网上邻居”窗口访问。

双击桌面上的“网上邻居”图标，打开共窗口，从所有与本机连接的计算机名称列表中选择需要访问的文件或文件夹所在的计算机，双击进入其资源窗口。

方法 2：通过“我的电脑”窗口访问。

在“我的电脑”窗口的地址栏中直接输入需要访问计算机的计算机名和共享目录名，如图 6-36 所示。

图 6-36　访问共享的文件夹

方法3：通过“运行”对话框访问。

打开“运行”对话框，输入计算机的IP地址和共享目录名。

下面访问IP地址为“192.168.0.36”中的“资料”文件夹。

1 选择【开始】→【运行】菜单命令。

2 打开“运行”对话框，在“打开”下拉列表框中输入“\\192.168.0.36”，单击确定按钮，如图6-37所示。

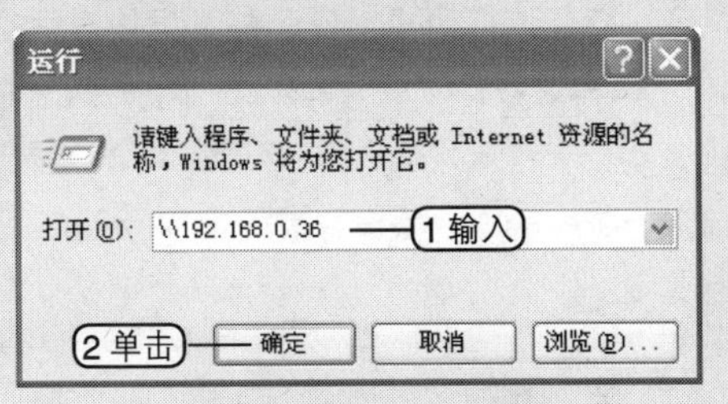

图6-37　输入IP地址

3 在打开的窗口中可以看到共享的文件夹，如图6-38所示。

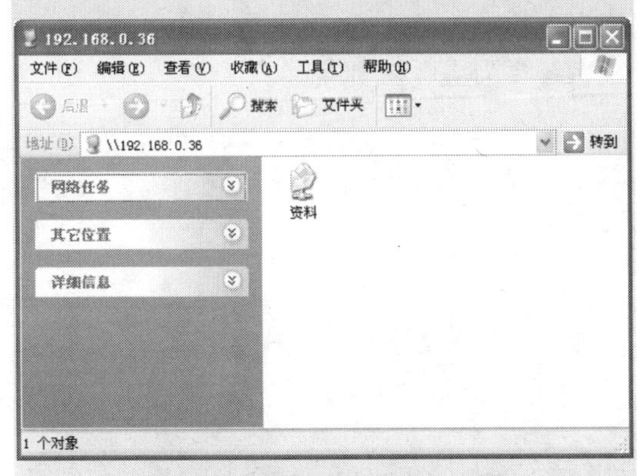

图6-38　访问文件夹

操作提示

在“运行”对话框中输入对方的主机名，也可以进行访问。

6.2.7　自测练习及解题思路

1．测试题目

第1题　把D盘中的某个文件夹中的一张图片放到共享文件夹中共享。

第2题　一台计算机的“流行音乐”为共享文件，搜索该文件夹。

第3题　通过网上邻居查找Leo计算机上共享的文件。

第4题　已知一台计算机的IP地址是“192.168.1.55”，通过“我的电脑”窗口的地址栏访问该计算机。

第5题　把D盘中的“音乐”文件夹进行网络共享并设置其他网络用户能够读写。

2．解题思路

第1题　择需要共享的文档，单击鼠标右键，在弹出的快捷菜单中选择【复制】菜单命令，到“共享”文件夹中粘贴。

第2题　打开“资源管理器”窗口，单击工具栏中的搜索按钮，输入“流行音乐”。

第3题　双击桌面上的“网上邻居”图标，打开其窗口，从所有与本机连接的计算机名称列表中选择需要访问的文件或文件夹所在的计算机Leo，双击进入其资源窗口。

第4题　在“我的电脑”窗口的地址栏中直接输入“192.168.1.55”。

第5题　鼠标右键单击“音乐”文件夹，在弹出的快捷菜单中选择【共享与安全】菜单命令，在打开的对话框中选中“在网络上共享这个文件夹”复选框，和选中“允许网络用户更改我的文件”复选框。

6.3 共享网络打印机

考点分析：共享网络打印机经常考查的知识点不多，历次考试中出现过的只有两个，应该都掌握，争取考试中得到相应的分数。

学习建议：熟练掌握共享本地打印机和添加网络打印机的方法。

6.3.1 共享本地打印机

共享本地打印机的具体操作如下。

1 选择【开始】→【打印机和传真】菜单命令，打开“打印机和传真”窗口，其中可看到安装的本地打印机如图6-39所示。执行以下任意一种操作共享打印机：

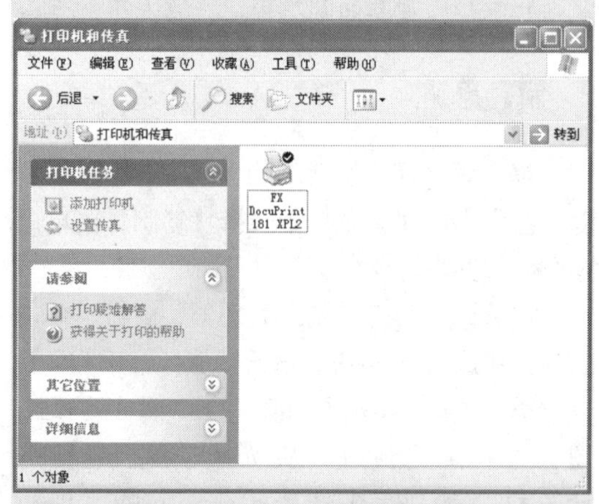

图6-39 “打印机和传真”窗口

- **在已安装的打印机图标上单击鼠标右键，在弹出的快捷菜单中选择【共享】菜单命令。**
- **选择需共享的打印机，单击左侧任务窗格的“共享此打印机”超级链接。**
- **选择需共享的打印机，选择【文件】→【共享】菜单命令。**
- **选择需共享的打印机，选择【文件】→【属性】菜单命令，在打开的对话框中单击“共享”选项卡。**

操作提示

如果在“打印机和传真”窗口中有多台打印机，也可将其全部设置为共享。

2 打开该打印机对应的共享设置对话框，选中“共享这台打印机”单选项，然后在“共享名”文本框中输入共享名称，这里输入“打印机”，单击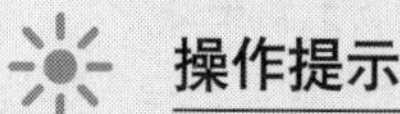按钮，如图6-40所示。

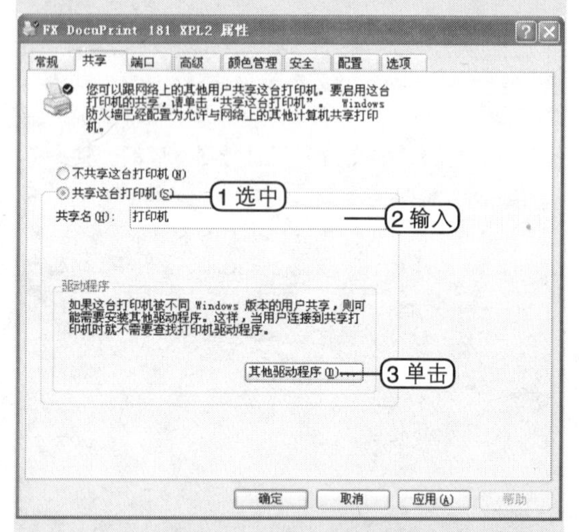

图6-40 设置打印机属性

操作提示

因为局域网中的各台计算机使用的操作系统可能不同，所以要为打印机设置其他驱动程序。

3 打开“其他驱动程序”对话框，在其中选中“Windows 95、98和ME”复选框，单击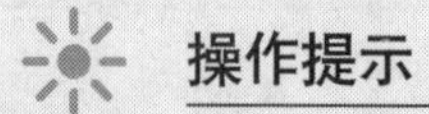按钮，如图6-41所示。

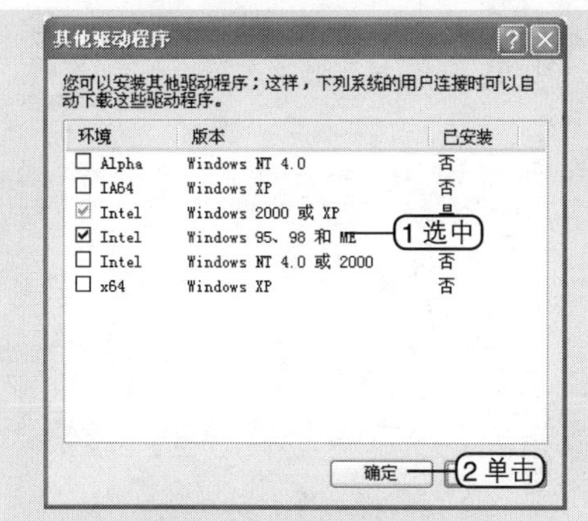

图 6-41　选择其他驱动程序

4 在打开的对话框中单击[浏览(B)...]按钮选择驱动程序文件位置，单击[确定]按钮开始安装驱动程序，如图 6-42 所示。

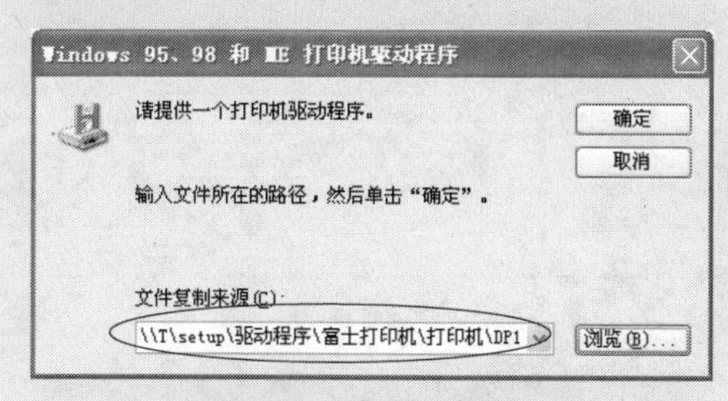

图 6-42　安装驱动程序

5 安装完成后单击[确定]按钮，这时打印机图标下方出现一个手形图标，表示该打印机在网络上已经共享，如图 6-43 所示。

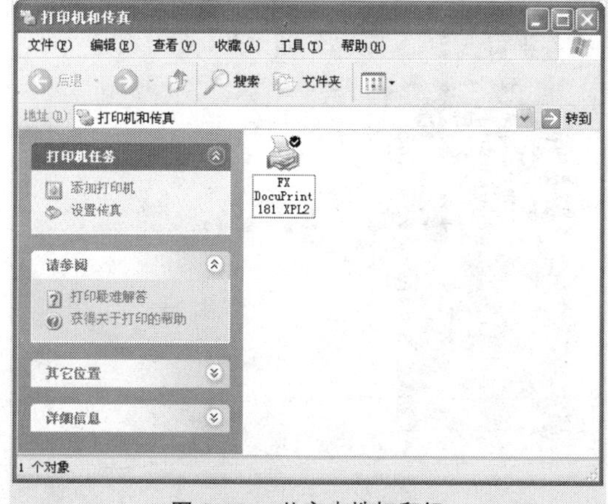

图 6-43　共享本地打印机

6.3.2　添加网络打印机

局域网中的打印机，可对其进行添加，从而使本地计算机即可没有连接打印机，也能拥有打印的功能，下面添加“WALLACE”用户共享的网络打印机，其具体操作如下。

1 选择【开始】→【打印机和传真】菜单命令，如图 6-44 所示。

图 6-44　选择菜单命令

2 打开“打印机和传真”窗口，在左侧的窗格中单击“添加打印机”超级链接，如图 6-45 所示。

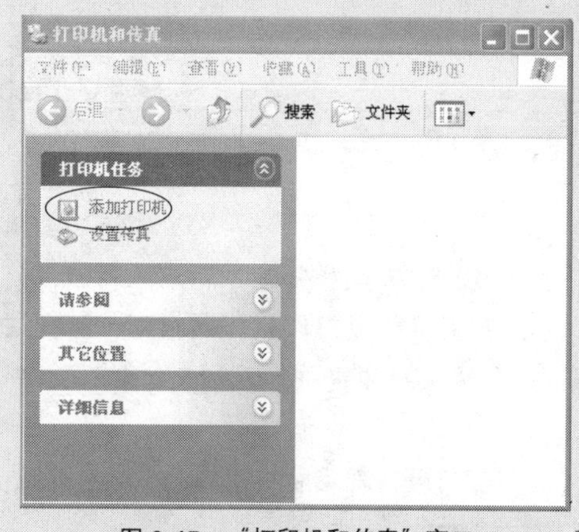

图 6-45　“打印机和传真”窗口

3 打开“添加打印机向导”对话框，单击下一步(N)>按钮，如图6-46所示。

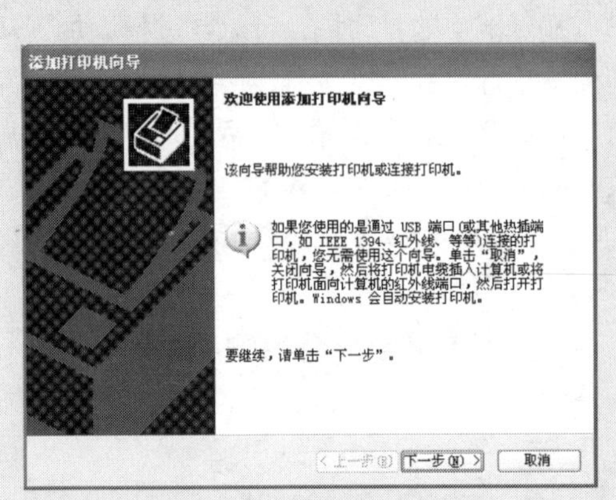

图6-46　添加打印机向导

4 打开“本地或网络打印机”对话框，选中“网络打印机或连接到其他计算机的打印机”单选项，单击下一步(N)>按钮，如图6-47所示。

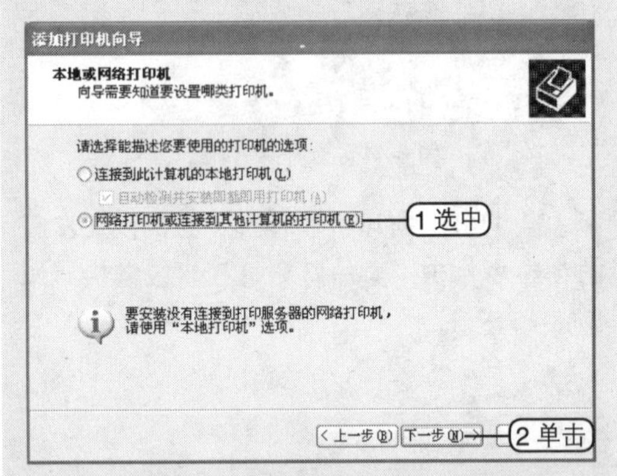

图6-47　“本地或网络打印机”对话框

5 打开“指定打印机”对话框，单击下一步(N)>按钮，如图6-48所示。

6 打开“浏览打印机”对话框，选择需要添加的网络打印机，单击下一步(N)>按钮，如图6-49所示。

7 在打开的对话框中单击是(Y)按钮，如图6-50所示。

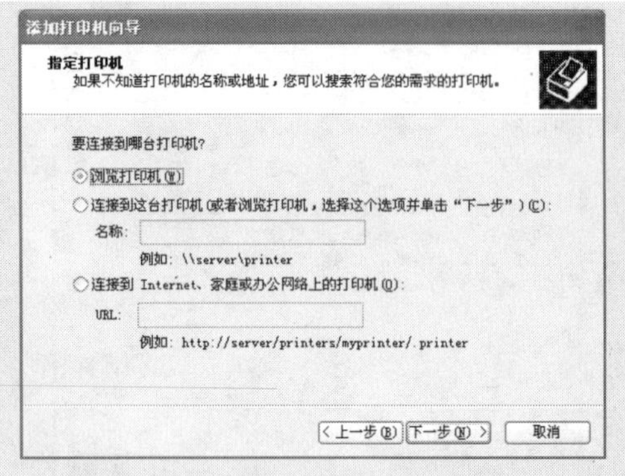

图6-48　“指定打印机”对话

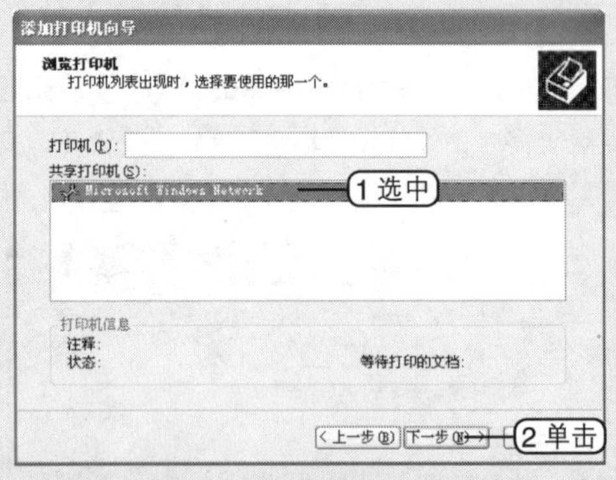

图6-49　“浏览打印机”对话框

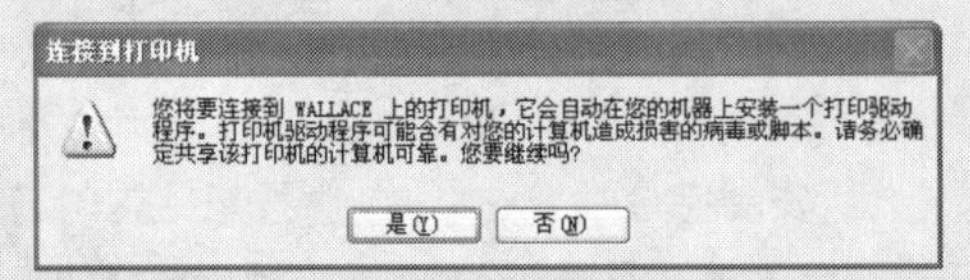

图6-50　确认打印机

8 打开“正在完成添加打印机向导”对话框，单击完成按钮，如图6-51所示。

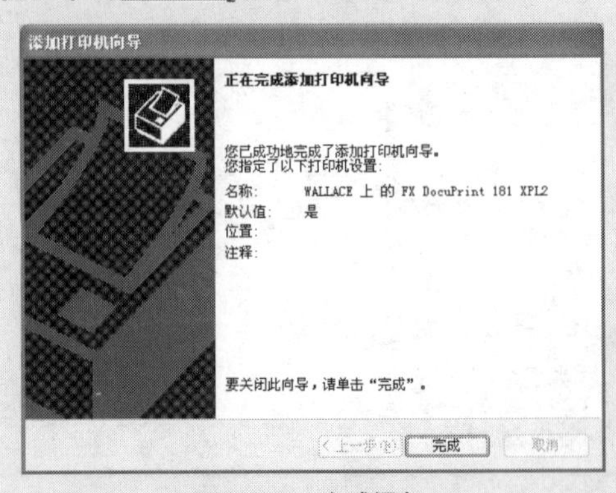

图6-51　完成添加

⑨ 完成添加网络打印机后，可在“打印机和传真”窗口中看到已添加的网络打印机，如图 6-52 所示。

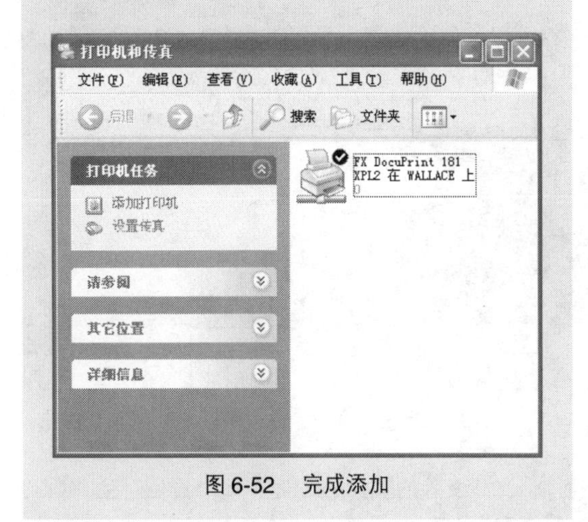

图 6-52 完成添加

6.3.3 自测练习及解题思路

1．测试题目

第 1 题 已知本地计算机上有一台惠普打印机，共享该打印机。

第 2 题 已知计算机 leo 上有一台惠普共享打印机，添加该共享打印机。

2．解题思路

第 1 题 按照共享本地打印机的方法进行操作。

第 2 题 按照添加网络上打印机的方法进行操作。

6.4 管理局域网中的用户

考点分析：这一考点在考试中所占题量大致在 1 ～ 2 道，需要掌握的知识点也不多，应认真学习，争取拿到这个考点的全部分数，冲击高分。

学习建议：建议熟练掌握如何添加用户账号、删除用户账号、创建和更改密码、设置账号类型，以及管理用户组的方法。

6.4.1 管理用户账号

对于用户账号的管理主要包括添加用户账号和更改用户账号两个方面的内容。

1．添加用户账号

添加用户账号主要有两种方法。

方法 1：通过右键菜单添加。

在“我的电脑”图标上单击鼠标右键，在弹出的快捷菜单中选择【管理】菜单命令，打开“计算机管理”窗口，在左侧的窗格中展开“本地用户和组”选项，选择“用户”选项，如图 6-53 所示，选择【操作】→【新用户】菜单命令。打开“新用户”对话框，输入新用户的相关信息，单击创建(E)按钮。

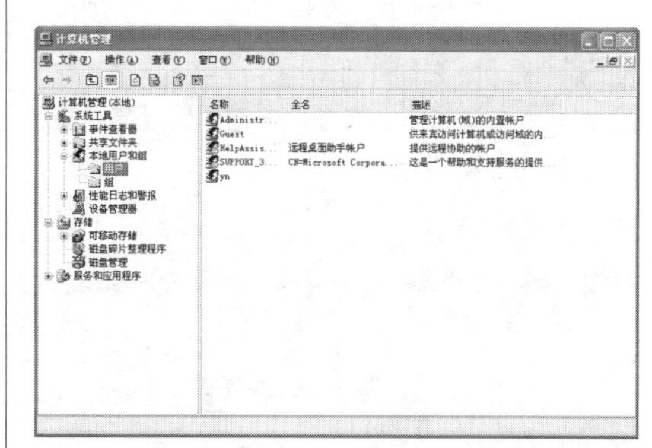

图 6-53 “计算机管理”窗口

方法 2：通过“控制面板”窗口添加。

通过“控制面板”窗口中的“用户账号”选项，根据创建向导添加。下面通过控制面板添加一个名为“飓风”的计算机管理员账户。

1 选择【开始】→【控制面板】菜单命令，单击“用户账户”超级链接，如图 6-54 所示。

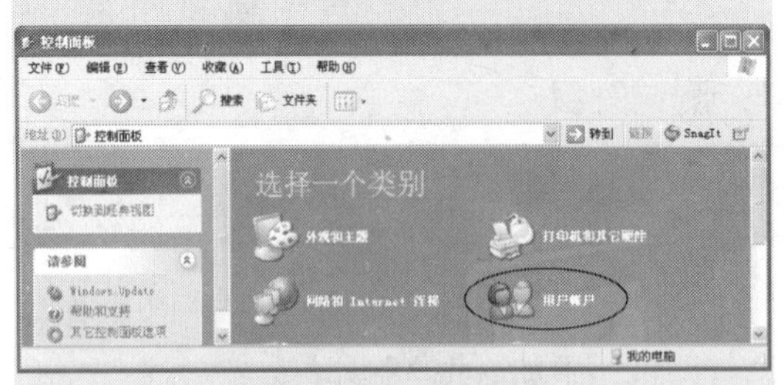

图 6-54　控制面板

2 打开“用户账户”窗口，单击“创建一个新账户”超级链接，如图 6-55 所示。

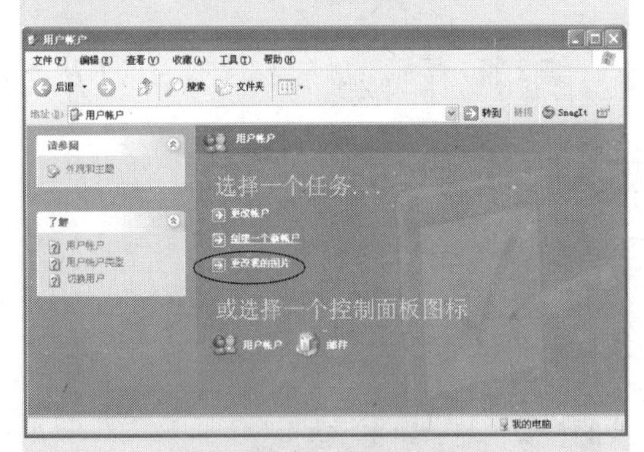

图 6-55　“用户账户”窗口

3 打开“为新账户起名”窗口，在“为新账户键入一个名称”文本框中输入新账户的名称，这里输入“飓风”，单击 下一步(N) > 按钮，如图 6-56 所示。

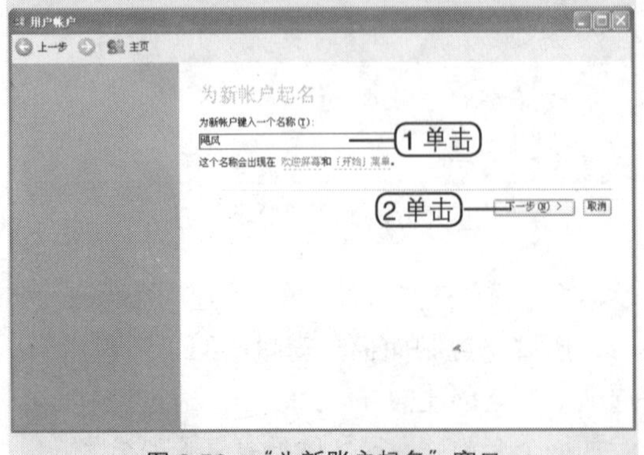

图 6-56　“为新账户起名”窗口

4 打开“挑选一个账户类型”窗口，选中“计算机管理员”单选项，单击 创建帐户(C) 按钮，如图 6-57 所示。

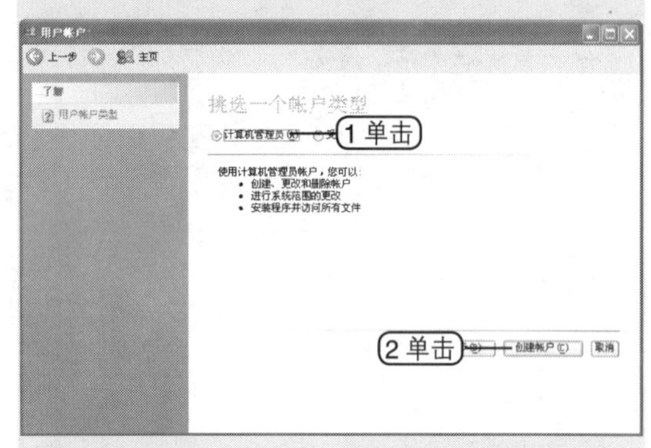

图 6-57　“挑选一个账户类”窗口

5 设置的账户被创建，同时返回“用户账户”窗口主页中，在“或挑一个账户做更改”栏中显示添加的账户的名称及其账户类型，如图 6-58 所示。

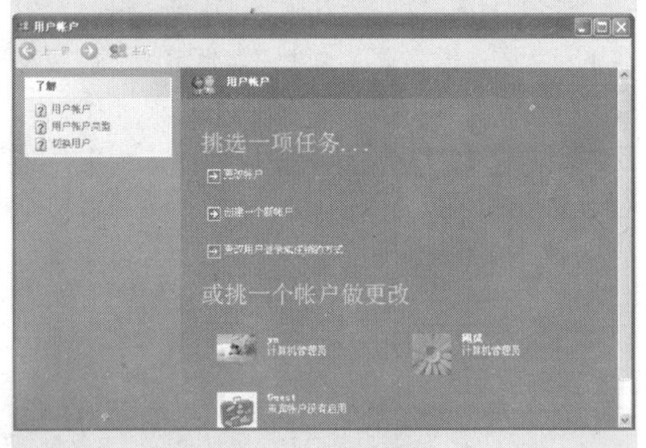

图 6-58　完成添加

2. 更改用户账号

打开“用户账户”窗口，在“或挑一个账户做更改”栏中单击需要修改的账户，通过单击相应的超级链接，在打开的窗口中即可进行相应的更改。主要有以下几方面内容。

- 创建密码：单击“创建密码”超级链接，在打开的窗口的文本框中输入密码和密码提示后，单击创建密码(C)按钮，如图 6-59 所示。

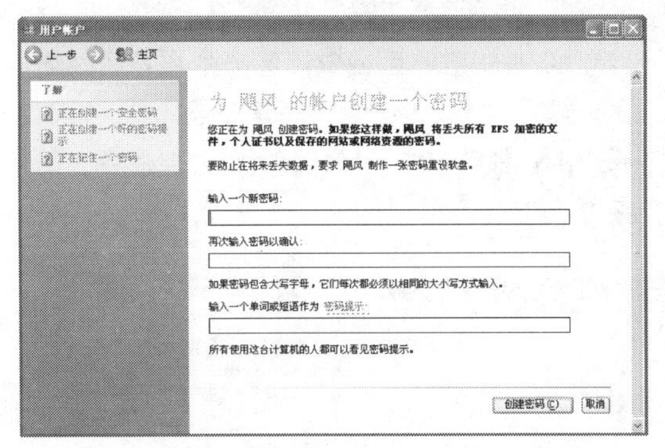

图 6-59　创建密码

◈ 更改名称：单击“更改名称”超级链接，在打开的窗口的文本框中输入新的名称后，单击改变名称(C)按钮，如图 6-60 所示。

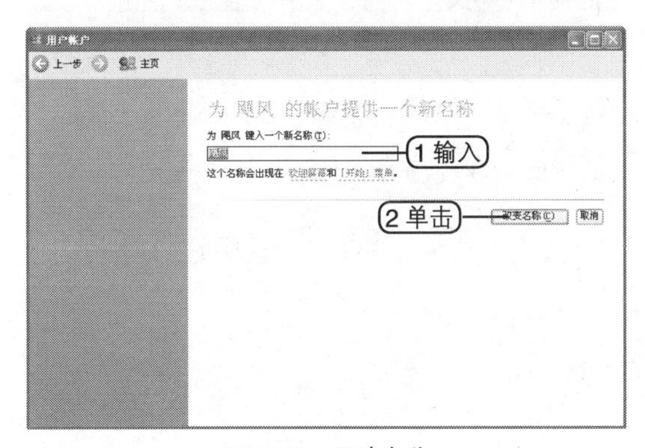

图 6-60　更改名称

◈ 更改账户权限：单击“更改账户类型”超级链接，在打开的窗口中可更改该账户的管理员或受限权限，如图 6-61 所示。

◈ 删除账户：单击“删除账户”超级链接，在打开的窗口中单击删除文件(N)按钮，如图 6-62 所示。

◈ 更换账户图片：单击“更换图片”超级链接，在打开的窗口中选择所需的图片后单击更改图片(C)按钮。

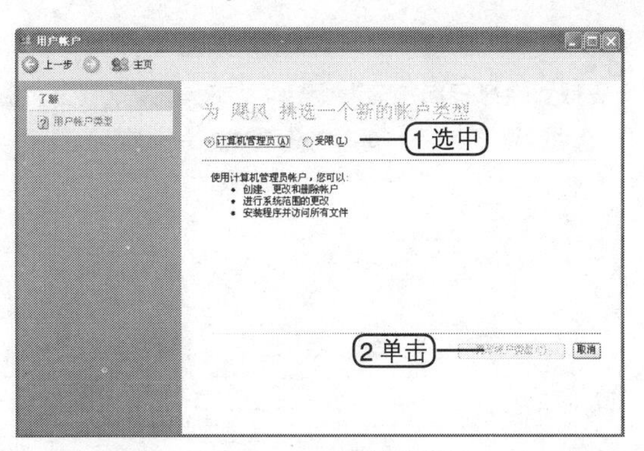

图 6-61　更改账户权限

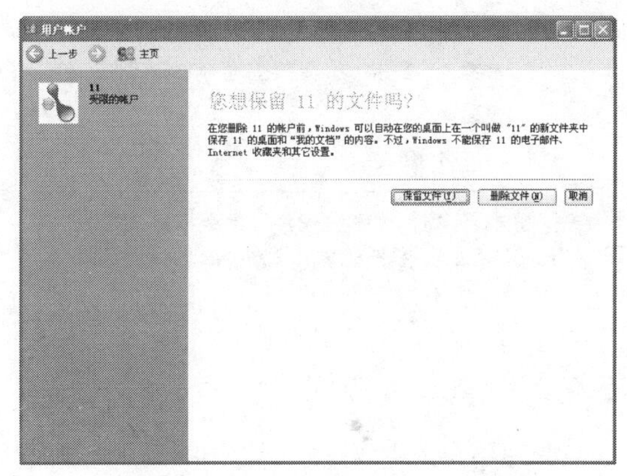

图 6-62　删除账户

更换账户的图片的具体操作如下。

1 打开“用户账户”窗口，单击打开“您想更改飓风的账户什么？”窗口，单击“更换图片”超级链接，如图 6-63 所示。

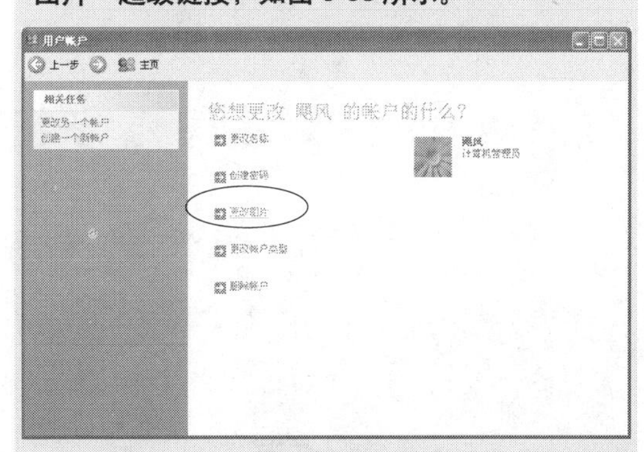

图 6-63　选择操作

2 打开“为　飓风　的账户挑选一个新图像”窗口，在列表框中选择所需的图片“beach.

bmp"，单击 更改图片(C) 按钮，如图 6-64 所示，完成更换账户图片的操作。

图 6-64　更换图片

操作提示

单击该窗口下方的"浏览图片"超级链接，在打开的对话框中可以选择保存在计算机中的任意一幅图片作为账户头像。

6.4.2　管理用户组

管理用户组主要是添加与删除用户，这里以添加组中的用户为例，其具体操作如下。

1 在"我的电脑"图标上单击鼠标右键，在弹出的快捷菜单中选择【管理】菜单命令，如图 6-65 所示。

图 6-65　选择菜单命令

2 打开"计算机管理"窗口，在左侧的窗格中单击"本地用户和组"选项前的 + 按钮，展开该组，再选择其中的"组"选项。

3 在右侧的窗格中选择一个用户组，这里选择"User"组，在其上单击鼠标右键，在弹出的快捷菜单中选择【属性】菜单命令，如图 6-66 所示。

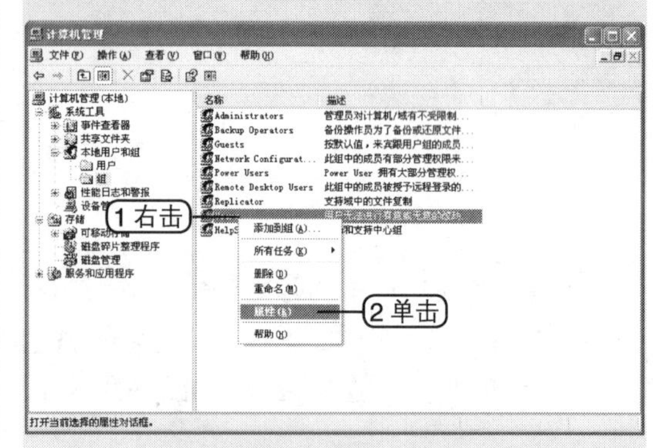

图 6-66　选择快捷菜单

4 打开"Users 属性"对话框，单击 添加(D)... 按钮，如图 6-67 所示。

图 6-67　"User 属性"对话框

5 打开"选择用户"对话框，单击 高级(A)... 按钮，如图 6-68 所示。

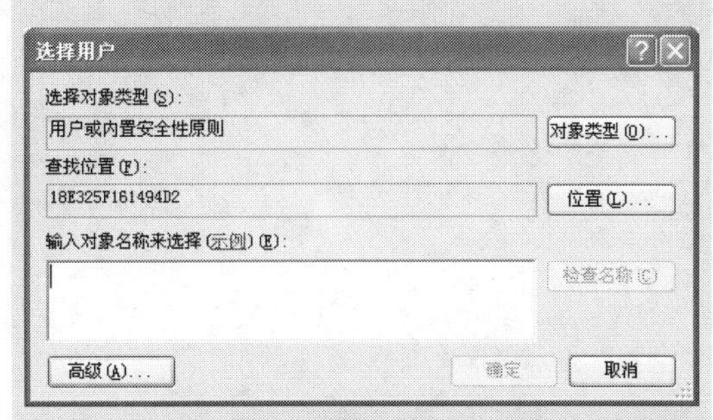

图 6-68 “选择用户”对话框

6 展开“选择用户”对话框，单击立即查找(N)按钮，即可显示本地用户列表，选择一个用户，单击确定按钮，如图 6-69 所示。

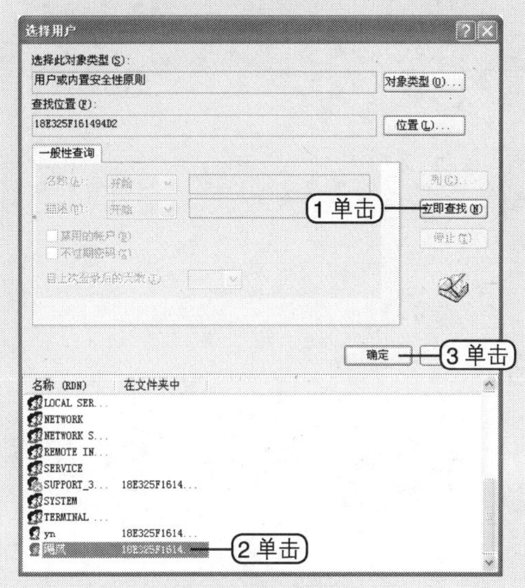

图 6-69 添加用户

7 连续单击确定按钮，即可将该用户添加到该用户组中。

考场点拨

这个考点通常题型为在某个用户管理组中添加或者删除某个用户。考试时，应该先选择指定的用户管理组，接着打开该组的属性对话框，然后再进行添加或删除操作。

6.4.3 自测练习及解题思路

1. 测试题目

第 1 题 添加一个类型是计算机管理员的用户 Tom。

第 2 题 更改计算机管理员用户 Tom 类型为受限用户，并设置密码。

第 3 题 在用户管理组中删除 Tom 用户。

2. 解题思路

第 1 题 在“我的电脑”图标上单击鼠标右键，在弹出的快捷菜单中选择【管理】菜单命令，打开“计算机管理”窗口，在左侧的窗格中展开“本地用户和组”选项，选择“用户”选项，选择【操作】→【新用户】菜单命令。打开“新用户”对话框，输入新用户的相关信息，单击创建(E)按钮。

第 2 题 打开“用户账户”窗口，在“或挑一个账户做更改”栏中单击 Tom 账户，单击“更改账户类型”超级链接，在打开的窗口中可更改该账户的权限。单击“创建密码”超级链接，在打开的窗口的文本框中输入密码和密码提示。

第 3 题 在“我的电脑”图标上单击鼠标右键。在弹出的快捷菜单中选择【管理】菜单命令，打开“计算机管理”窗口，双击“本地用户和组”目录，再单击“组”选项，在 administrators 组中单击鼠标右键，在弹出的快捷菜单中选择【属性】菜单命令，打开“属性”对话框。在“属性”对话框中，选择需要删除的 Tom，再单击删除(R)按钮。